파토스의 그림자

파토스의 그림자

강지희 평론집

문학동네

책머리에

어느 날 새벽, 쌓여 있는 소설 원고들 앞에 있는데 모든 것이 기이하게 다가왔다. 이것들이 모두 정교하게 직조된 허구라는 사실에 대한 인식이 갑자기 나를 날카롭게 찔러왔고, 손에 쥘 수 없는 무언가에 홀려 되돌아올 수 없는 너무 먼 길을 와버린 것 같다는 불안이 엄습했다. 세상의 비밀이 문학 서가에 자리한 글자들 사이 어딘가에 있을 거라는 믿음을 품고 있었음에도, 읽고 썼던 대부분의 시간에 나는 멀리에서 어른거리는 빛을 쫓아 본능적으로 움직이는 생물체와 닮아 있었다. 그때 내가 본 그 빛은 무엇이었을까. 이 책에 실린 글들을 되짚어나가면 그 빛에 대해 무언가 설명할 수 있을까.

이 평론집에 실린 글들은 한 편의 글을 제외하면 모두 2014년 이후에 쓰였다. 나는 2008년에 등단했으나, 2016년에 이르러서야 문학을 통해 나의 언어를 갖추게 되었다고 느꼈다. 제대로 된 글을 쓰기까지 약 팔 년 정도가 걸린 셈이다. 그러니 2010년대 중반 이후에 벌어진 일련의 사건들이 나를 평론가로 만들었다고 감히 말해도 될까. 내가 글을 쓰기 시작했던 2000년대 후반 문학장의 분위기는 묵직한 반격과 저항의 시도들로 가득차 있었다. 근대문학의 종언이나 사회의 비극적인 참사들 앞에서 이를 문학으로 끌어와 다시 보고자 하는 의지는 2000년대 비평장에 에토스로의 전환ethical turn을 끌어냈다. 그러니까 그 당시 문학은 여전히 사회의 중요한 책무를 지고 있었다고 믿어졌고, 정치적으로 투쟁을 멈추지 않았고, 미학적으로 극점에 달하는 순간에 무용함을 넘어 세상에 의미 있는 목소리로 전환되곤 했다.

하지만 2010년대 중반부터 우리를 덮치며 범람했던 것은 무엇이었나. 이 시기에 세계적으로는 페미니즘 리부트의 물결이, 한국에서는 세월호 사건을 거쳐 촛불혁명의 불길이 일어났다. 이런 흐름과 더불어 한국문학장에서도 그동안 문학을 지탱해오던 믿음들이 의혹과 심문의 대상이 되었다. 문학이 순수하지도 숭고하지도 않을 수 있다는 것을 그때 처음 맨눈으로 보았다. 파도가 쓸려나간 해변, 낭만주의의 껍데기가 깨어져 나간 자리에서 모든 것이 새롭게 다시 읽혔다. 과거와 동일한 방식으로 문학 속의 보편적인 선과 악, 아름다움과 윤리를 바라보는 건 불가능해졌다. 그 시간이 내게는 '파토스'라는 단어로 응결되어 있다.

아리스토텔레스는 파토스를 "무대 위에서의 죽음, 고통, 부상 등과 같이 파괴 또는 고통을 초래하는 행동"[1]이라 설명한다. 그에게 파토스란 플롯에 필수적인 요소가 아니라 승화된 연민과 공포에 이를 수 있게 하는 부수적 효과에 가깝다. 파괴되고 고통받는다는 것은 결

---

1) 아리스토텔레스·플라톤·디오니시우스 롱기누스, 『시학』, 천병희 옮김, 문예출판사, 2002, 73쪽.

국 인간 삶의 피할 수 없는 본령일 것이다. 그러나 파토스를 만들어내는 파괴의 양상은 시대에 따라 분해해 보아야 한다. 우리가 삶에 어떤 방식으로 의미를 부여하는지에 따라, 무엇에 가치를 두느냐에 따라 고통은 계속해서 그 모양을 달리하기 때문이다. 2010년대 중반 한국문학장에 도달한 파토스는 우리를 길들여진 감각 바깥으로 던지고 관성적인 윤리를 찢어버렸다. 우리가 문학에 부여해온 의미, 진보와 문제 해결력에 대한 믿음, 여기에 스며들어 있던 모든 낙관이 오히려 세계를 바로 보지 못하게 만들거나 심지어 망치지는 않았는가? 이 시기를 거치며 '누가 어떻게 고통받는가'란 문제에 대해 보편적으로, 중립적으로, 객관적으로 말하는 것이 얼마나 공허한 일인지 드러났다. '절대적 타자'나 '호모 사케르' 등으로 통칭되어오던 타자의 자리에 분할이 생겨난 것이다. 많은 이들이 이제 더이상 서구의 백인 남성 이론가들과 같은 방식으로 문학을 말할 수 없으리라는 것을 서늘하게 직감했다. 파토스는 번개처럼 등장해 에토스를 깨뜨려버렸다.

기존의 믿음들이 비틀리고 부서지는 것은 두려운 일이지만, 그렇게 찾아온 세계의 공백은 받아들이는 자에 따라 해방의 계기가 되기도 한다. 파토스는 그저 고통스러운 파국과 균열을 만드는 데 그치지 않고, 근본적인 지점에서 역동성과 활기와 함께 효과적인 행동의 동력을 제공한다. 실러가 "이성적 존재가 독립성을 선언하고 행동으로 자기를 드러내기 위해서는 반드시 파토스가 있어야 한다"고 말했을 때,[2] 그는 고통에서 촉발되는 도덕적 저항을 염두에 두고 있었다.

2) 조르주 디디-위베르만, 『잔존하는 이미지—바르부르크의 미술사와 유령의 시간』, 김병선 옮김, 새물결, 2022, 274~275쪽에서 재인용.

들뢰즈는 니체의 '힘에의 의지'를 재해석하는 과정에서 "영향을 받는 능력"으로서의 파토스를 읽어내는데,[3] 이 능력이란 단순히 수동성을 의미하는 것이 아니라 새로운 감각과 감성의 힘이다. 한국문학장은 더 나은 미래를 예견하며 인간을 위무하는 단정한 에토스가 아니라, 타협 불가능한 단절을 만들며 기존의 의미들을 파산시키는 날 선 파토스를 받아들였다. 이렇게 부서진 자리에서 문학은 죽는 대신, 다양한 소수자들과 함께 기이하고 아름다운 생물체처럼 다시 살아났다.

파토스를 동반한 이 새로운 문학은 늙고 눈먼 오이디푸스에게 "너는 틀린 답을 했어"라고 단호히 말한다. 하지만 바로 그것이 모든 걸 가능하게 만들지 않았느냐는 오이디푸스의 자신만만한 항변 앞에서 스핑크스는 다시 한번 명료하게 대답한다. "아니, 내가 아침에는 네 발로, 점심에는 두 발로, 그리고 저녁에는 세 발로 걷는 것이 무엇이냐고 물었을 때, 너는 Man이라고 대답했어. 너는 woman에 대해서는 한 마디도 하지 않았어."[4] 인간Man이 알고 있다 믿었고 재확인했던 세계가 여전히 반쪽에 불과하다는 불편한 진실이 주는 혼돈의 파토스가 새로운 문학을 추동한다. 그리고 이 파편화된 세계 속에서 보편자로 환원되지 않는 개별자들이 회귀한다.

그러므로 오이디푸스가 물러난 자리를 물려받는 자를 새롭게 상정하기보다, 이를 비워두는 것이 필요하다고 느낀다. 이 자리는 또다른 위대한 자가 차지하는 대신, 그간 중요하게 호명되지 않았던 무수히 많은 존재들로 채워질 것이다. 평론집을 묶으며 내 첫 글인 「환상이

---

3) 질 들뢰즈, 『니체와 철학』, 이경신 옮김, 2001, 122~123쪽.

4) 뮤리엘 루카이저(Muriel Rukeyser)의 시 「신화(Myth)」(1973) 부분. 번역은 김애령, 『듣기의 윤리』, 봄날의박씨, 2020, 221쪽을 참조.

사라진 자리에서 동물성을 가진 '식물-되기'」가 식물로 변하는 '다프네'에서 시작되었으며, 마지막에 쓴 글 「구멍 뚫린 신체와 세계의 비밀」이 동식물들을 비롯한 비인간에 대한 새로운 상상력을 탐색하는 것으로 갈무리되었음을 알았다. 무언가 크게 한 바퀴를 돌았다는 느낌과 함께 어쩌면 이 새로운 자리에 채워질 존재들은 이미 문학에 도착해 있었다는 생각이 든다. 다프네 신화 속에서 로고스는 거듭 패배한다. 로고스를 대변하는 아폴론은 에로스로부터 사랑의 화살을 맞은 뒤 다프네를 향한 불가항력적인 사랑에 빠지지만, 그의 집요한 구애는 월계수로 변신하는 다프네에 의해 단호하게 거절당한다. 다프네 신화는 세상의 많은 일들이 실상 인간의 이성과 의지를 벗어나는 지점에서 벌어진다는 사실을 보여준다. 불가해하고 압도적인 사건의 진실은 인간 내면이 아닌 인간 바깥의 세계에 존재할 수 있다. 이를 받아들일 때 인간은 진보의 가능성이나 발전의 동력을 조금 잃어버릴 수도 있지만, 그것이 핵심이다. 예기치 못한 세계들에서 밀려드는 우연성의 위험을 기꺼이 수용하며 인간의 몸과 정신을 적극적으로 바꿔내며 펼쳐질 문학의 미래는 인간의 몸에서 식물의 형체로 변하며 종種을 횡단하는 다프네의 변신에 이미 예견되어 있었다.

이 신화가 직시하고 있는 또다른 진실처럼 모든 빛과 사랑이 구원이 되는 것은 아니다. 최근에 관람한 연극 〈스트레인지 뷰티〉는 언어를 빠져나가는 사물과 사유를 둘러싸고 맹렬한 질문들을 던지고 있었다. 이 끝에서 연극은 격렬하게 몸부림치다가 물구나무선 채 죽어버리는 한 인간의 형상을 보여준다. 이후 그 형상의 반대편에서 급작스럽게 문이 열리고 그 틈으로 빛이 들이친다. 연극은 지극히 추상적이었지만, 한 존재가 철저하게 찢기고 부서진 자리를 덮는 마지막 빛의 잔인함은 본능적으로 감각할 수 있었다. 앞선 인간적 몸부림과 남아 있는 잔해에 대한 어떤 이해도 없이 무심하게 떨어지는 빛. 로고스에 포섭된다는 것, 언어화한다는 것은 언제나 이런 날카로운 절단면을 동반하는 일이다.

그래서 나의 평론이 무언가에 비유된다면 강렬하고 차가운 로고스의 빛이 아니라, 어둠까지도 부드럽게 포용하는 파토스의 그림자에 가깝기를 바랐다. 파토스가 지나간 뒤 선연하게 남은 것들을, 그 격정과 상실의 낙차가 만들어내는 흔적들을 정확히 기록하고 싶었다. 사랑에 빠졌을 때보다 사랑이 끝난 뒤에 비로소 상대를 더 깊이 이해해버리는 것처럼, 빛이 아닌 그림자의 자리에서 사랑이 아닌 이별의 자리에서 무언가를 견디며 써나가고 싶었다. 하나의 존재에 무수히 많은 그림자들이 드리워지듯 하나의 문학 텍스트에는 무수히 많은 해석이 달리겠지만, 텍스트가 시대와 나를 관통하는 순간의 파토스를 정확하게 잡아채서 절대적인 하나의 그림자가 되고 싶었다. 빛에 따라 그 모양과 농도가 계속해서 변하는 그림자의 유연한 힘을 닮고 싶었다. 존재에 가장 밀착해 있지만 결코 소유되거나 통제되지 않는 그림자의 자유로움으로 세계와 조우하고 공명하고 싶었다. 이 글을 시작하며 찾고자 했던 내가 홀렸던 문학의 빛은 아마도 한여름의 눈부시고 장엄한 광휘가 아니라, 낡은 베일 사이로 가느다랗게 흘러나오다 부서져내리는 빛과 그림자였던 것 같다. 시대를 또렷하게 응시하며 영향받기를 두려워하지 않고, 몸을 바꾸며 계속해서 나아가는 그림자-되기.

*

『파토스의 그림자』에 실린 글들을 쓰기에 앞서 이해와 분석에 들어가기 전에 격렬하고 깊게 고통받는 시간이 있었다. 외부의 사건들 앞에서 책상 앞에 앉아 있기 어려울 만큼 분개하고 격동하며 균열하던 시간의 파동들이 지진계가 남긴 기록처럼 이 책 안에 새겨져 있다. 이 글들은 오롯이 나의 지성적인 힘이나 의지에 기대서가 아니라, 당시 외부에서 오는 충격파에 감응하는 방식으로 쓰였다. 연속된 진보가 전제된 낙관이 아니라, 단절에 대한 지각 속에서 아직 오지 않은 가능성에 기대어 조금씩 간신히 써나갈 수 있었다. 단절되었다고 느꼈던 그때 비로소 나의 위치를 만들어내는 연결된 그물망들을 보게 되었다. 문학사에서 흐릿하게 뒤로 물러나 있었던 여성 문학사의 계보를 다시 찾아내고, 치열하게 재점검하며, 연대하며 써나갈 수 있었다.

이 책의 1부는 시대와 나란히 놓이는 글들을 모았다. 2010년대 중반 세월호 참사와 촛불혁명과 미투 운동 등을 거치는 동안 광장에서 일어난 일들과, 끝내 광장에서 가시화되지 못한 존재들, 그리고 지금 이곳에 이르기까지 2000년대와 1990년대의 문학사를 더듬으며 쓴 글들이 모였다. 2부는 새로운 여성 문학사라 부를 수 있는 글들로 채워졌다. '여성 스릴러'라 명명해볼 수 있는 새로운 경향성을 짚는 데서 시작해, 거침없이 질주하듯 나아가는 작가들의 글을 배치했다. 3부는 '퀴어'한 존재론을 장애와 교차해 어떻게 사유해볼 것인가에 대한 고민에서 출발해 다양한 스펙트럼으로 미학과 정치를 건드리는 글들을 모았다. 4부는 변이하는 신체들과 환상성이 결합하는 서사들이 묶였다. 그것이 신자유주의라고 말해지는 세상 속에서 얇은 바늘이 되어 저항의 구멍을 낼 수 있는 가능성을 보고 싶었다.

이 평론집은 한 시대를 '나'라는 작은 개인이 온몸으로 뚫고 나온 흔적이다. 한때는 여기에 가해질 비판들이 두려웠었지만, 이제는 그렇지 않다. 내가 할 수 있는 한 시대에 성실하게 답변했으므로, 여기에 놓인 많은 한계들을 발견하고 비판해준다면 늘 기꺼운 마음이 될 것이다. 혁명은 다시 올까. 그때 나는 여전히 뜨거울 수 있을까. 문학은 다시 열릴 광장 어디에 있을까. 한없이 게으른 사람이지만, 문학에 대해서만큼은 뜨거운 사랑 속에서 끊임없이 되돌아보고 갱신해나갈 수 있기를 바란다.

*

혼자 걸어온 길이 아니기에 감사할 분들이 많다. 사주를 보면 나는 작은 나무의 기운을 가지고 있다고 한다. 그래서인지 무엇이든 잘 떠나지 못하는데, 문학이라는 영역에 뿌리를 내리고 오래 머무를 수 있었던 건 내게 가장 큰 축복이었다. 사랑하는 작가들에게 과분한 신뢰를 받아 그들의 아름다운 글 뒤에 해설로 함께하는 행운을 누렸다. 해설이라는 지면이 아니더라도 나는 그들의 글을 거듭 읽고 껴안으며 쓸 수밖에 없었을 것이다. 나는 사랑을 숨기고 살 수 있는 인간이 아니기에. 오년 전쯤, 아마도 이제는 모두 끝나버렸다고 더는 쓸 수 없을 거라 생각했던 시기가 찾아왔었다. 그때 나를 버티게 한 건 내가 잘 쓴다는 믿음이 아니라, 내가 그들의 소설을 가장 사랑하는 사람이라는 것을 재차 확인하는 데서 오는 간절함이었다.

등단 이후에 청탁받은 글들을 하나하나 간신히 써나갈 때마다 가족의 응원이 아니었으면 버티기 어려웠을 것이다. 나의 어머니 김현정 여사는 딸이 어렸을 때 쓴 어설픈 작문에서부터 좋은 점들을 찾아내며, 높은음자리표 모양의 별자리가 보였다는 태몽을 자꾸만 들려주었다. 그 꿈이 지닌 아름다움이 나의 것이 아니라, 어머니가 품고 있는 심미안이라는 것을 안다. 내가 태어나기도 전부터 시작된 그녀의 사랑보다 더 크고 귀하고 아름다운 것은 앞으로도 찾을 수 없을 것이다.

문학동네에는 늘 빚이 많다고 느낀다. 존경해오던 문학동네 선배들로부터 문학을 바라보는 기틀부터 시작해 너무 많은 것을 물려받았다. 지금 『문학동네』를 함께 만드는 동료 권희철, 김건형, 오은교, 인아영을 만날 수 있었다는 사실에 감사한다. 그들에게 늘 자극받고 배우며, 그들의 격려 덕분에 한 발씩 앞으로 나아가는 중이다. 그들이 내게 더없이 소중한 만큼, 내가 그들에게도 때때로 의지할 수 있는 존재가 되기를 바란다. 이 평론집에 실린 글들 중 상당수가 도처에 계신 편집자 선생님들의 손을 거쳤다. 면목없이 마감을 늦추며 살아왔지만, 첫 책의 출간과 더불어 좀더 나은 필자가 되겠다는 약속을 드리고 싶다.

『문학은 위험하다』(민음사, 2019)를 함께 썼던 시기와 언니들을 특별하게 기억한다. 그들이 고민하며 울고 웃었던 흔적들을 붙들며 평론가가 되었다. 나의 마음 안에서 언니들은 언제나 변치 않는 소중한 존재로 자리해 있다는 말을 조심스럽게 전하고 싶다.

이 글을 거의 다 써갈 무렵 김미현 선생님의 평론집 『그림자의 빛』의 제목이 새삼스럽게 눈에 들어와 놀랐다. 나의 평론집에도 존재하는 '그림자'라는 단어는 평론을 쓰던 시간 동안 '작품에 가장 밀착한 그림자가 되겠다'는 마음으로 오래 품고 다녔지만, 여기에 담긴 생각이 홀로 만들어지지는 않았을 것이다. 이 평론집 안에 읽어낼 만한 좋은 구석이 조금이라도 있다면, 모두 나의 스승인 김미현 선생님에게서 배워 길어올린 것이다. 언제나 반듯하고 다정한 선생님은 내가 어둡고 막막한 시절을 지나는 동안에도 한결같이 따사로운 빛으로 길잡이가 되어주셨는데, 첫 평론집에 추천사를 써서 다시 한번 길을 밝혀주셨다. 앞으로도 그 큰 빛을 따라 걸어나갈 것이다.

2022년 가을

강지희

차례

3부 광장을 산책하는 언어

4부 환상의 불꽃놀이

1부

번뜩이는 천 개의 눈

이 밤이 영원히 밤일 수는 없을 것이다

앨리스 제발, 그래, 미치지 말아줘. 우리는 널 해치지 않아.
우린 다만 너의 고통을 자매처럼 느낄 뿐이야.
마가렛 그 고통이 아무리 지나가버린 것이라 해도.
—수전 손태그, 『앨리스, 깨어나지 않는 영혼』[1)]

1. 분열에서 다시 시작하기

그러나 고통은 지나가는 걸까. 이상하게도 여성을 둘러싼 어떤 고통과 조용한 비명들은 멈추지 않고 세기를 넘어 집요하게 반복된다. 이 기시감은 무엇일까. 삶에서 문학만 빼고 모두 버리고자 했던 여성들이 있었다. 하지만 제정신으로 살아남는 것조차 쉽지 않았다고 여성 작가들은 속삭여온다. 버지니아 울프는 『자기만의 방』에서 셰익스피어에게 오빠만큼이나 놀라운 글재주를 가진 여동생 주디스가 있었

---

1) 수전 손태그, 『앨리스, 깨어나지 않는 영혼』, 배정희 옮김, 이후, 2007, 91쪽

다면 어떤 일이 일어났을까를 상상해보자고 말한다. 그녀는 과연 오빠처럼 위대한 희곡을 쓸 수 있는 내면의 자율성을 가질 수 있었을까? 아니면 소리 없이 묻히고 말았을까? 어떤 설명도 듣기 전임에도 현실적으로 후자의 가능성이 압도적으로 높다는 걸 우리는 알고 있다. 수전 손태그는 『앨리스, 깨어나지 않는 영혼』에서 19세기 미국의 대단한 명문 가문의 막내이자 외동딸이었던 한 여성을 끌어온다. 위대한 소설가이자 심리학자이며 윤리철학자였던 윌리엄 제임스와 그의 동생 헨리 제임스에게는 명민한 여동생이 하나 있었다. 하지만 열아홉 살의 앨리스는 우울증을 이겨내지 못하고 자살을 시도했고, 심신쇠약과 관련된 온갖 증상에 시달렸다. 외국으로 떠난 그녀는 평생 침상에서 지내며 일기를 쓰다가 결국 마흔네 살에 세상을 등진다. 수전 손태그는 희곡을 써내려가면서 실존했던 이 앨리스 제임스의 삶 위에 루이스 캐럴의 『이상한 나라의 앨리스』를 겹쳐놓는다. 언어들이 서로 삐딱하게 엇나가는 이 부조리극에서 가장 인상적인 부분은 미쳐버리거나 자살로 삶을 끝맺은 불행한 여성 작가들이 모두 모여 티 파티를 벌이는 5장이다. 그 장을 가득 채우고 있는 정조는 슬픔보다는 실소에 가까워 보인다. 자신의 천재성과 독창성, 공격성을 어찌할 줄 몰라 인생을 파괴하는 여성들의 자아는 이상한 나라의 앨리스처럼 세상 앞에 너무 크거나 너무 작은 채로 위태롭게 기우뚱거린다. 모두가 덜 자란 소녀처럼 묘사되는 그녀들에게 허용되는 것은 오직 끝없는 분열뿐이다.

2. 혐오에 응답하는 마녀들의 언어—강남역 살인 사건과 함께

지금 한국사회는 탄력성 있는 에너지를 지닌 응답의 언어로 들끓는 중이다. 2016년 7월 18일 한 게임 성우가 페미니즘 문구가 들어간 티셔츠를 입은 사진을 SNS에 공개하자 상당수 남성들의 공분을 샀고, 그 여자 성우는 하루 만에 교체되었다. 이에 대해 한 진보 정당이 노동권 침해의 관점에서 내놓은 논평 역시 내부 논란 끝에 철회되었다. 이런 일련의 과정을 거치는 동안 '메갈리아'는 한국사회의 페미니즘적 인식의 후진성을 즉각적으로 가늠하게 하는 리트머스가 되었다. 무엇이 문제인가. 메갈리아를 향하는 비판 중에 가장 단순하면서도 가장 많이 말해지는 것은 그들이 '순수한 페미니스트'로서 온건하게 행동하지 않고 '남성혐오'를 행하고 있다는 것이다. 그러나 '순수하다'는 형용사는 얼마나 불순한가. 사회는 기존의 통념을 거스르지 않으며 위협이 되지 않는 존재들에게 '순수한'과 '귀여운'이라는 형용사를 적극적으로 부여해왔고, 그 말은 대개 남성보다는 여성을 긴밀하게 수식해왔다. '순수한/귀여운 여인'이라는 괴이쩍은 프레임에 들어가기 위해서 어떤 여성들은 일정 부분 지적이거나 저항적이기를 포기해왔다. 사실상 언어 바깥에 스스로를 위치시켜왔다고도 할 수 있겠다. 그러나 세상에는 '순수한' 여성도, '순수한' 남성도, '순수한' 저항도 존재하지 않는다. 오직 자신의 기준에 맞추어 그 '순수'를 적용시키는 권력만이 있을 뿐이다. 메갈리아의 공격성에 대해 폭력적이라거나 불편하다고 말하는 것은 그간 사회적 약자들을 향해 우리가 쉽게 공감 가능한 특성을 갖추길 요구하던 (언제나 약자는 선량하기만을 바라는) 시선을 고스란히 반복하는 것에 불과하다. 여성들은 이해 가능한 보편적 특질을 갖춤으로써 존중받아야 하는 것이 아니라, 바로 이해 불가능한 타자적 존재로서 고유하게 존중받아야 한다. 지금 메갈리아의 언어는 가부장적인 사회질서에 맞추어 길들여지지 않은, 광포하지만 아름다운 은빛 갈기 같은 새로운 언어를 찾아나가는 자연스러운 수순 속에 있다.

여기서 『맥베스』의 주인공이 세 마녀라고 말했던 테리 이글턴의 주장을 전유해보면 어떨까.[2] 『맥베스』에 등장하는 주요 남성 인물들은 자기 지위를 높이거나 유지하려고 경합을 벌이는 반면, 마녀들은 정치사회 외부에 있기 때문에 목적이나 야망이 전혀 없는 것처럼 보인다. 마녀들은 믿을 수 없는 수수께끼를 교환하는 '불완전한 발화자'로서 사회 변방의 부재하는 의미와 시적 언어유희의 영역을 표상한다. 그렇기에 마녀들이 존재하는 곳에서는 선명한 정의가 해체되고 대립항의 의미가 전도된다. 유감스럽게도 테리 이글턴은 이렇게 남성의 권력을 비웃는 급진적 분리주의자들로서의 마녀들에게서 '악'을 발견하는 것처럼 보인다. 그에게는 피와 폭력으로 유지되는 부당한 사회질서보다, 마녀들의 비실체성과 무목적성의 유희가 더 근본적인 위협으로 여겨진다.

그런데 『맥베스』에서 마녀들의 예언은 정말 무목적성의 것일까? 텍스트의 시작점에서부터 솟아오르는 마녀들의 예언은 그들을 변방으로 밀어낸 사회 안에서 남성 권력의 즉각적인 처벌을 피해 발화 욕망을 성취시킨다. 이 예언에는 불가능한 권력을 부정하게 욕망하지만 이를 포기할 만큼 윤리적이지도 않으며, 실현시키기에는 담력 또한 부족한 맥베스를 꿰뚫어보는 통찰이 있고, 이를 역으로 이용할 줄 아는 영민함이 있다. 그들의 언어는 한낱 무의미한 중얼거림이 아니

2) 테리 이글턴, 『악—우리 시대의 악과 악한 존재들』, 오수원 옮김, 이매진, 2015, 2장 참조.

라, 부당한 방식으로 유지되는 남성 권력 핵심부의 욕망을 효과적으로 '미러링'하는 언어다. 상징적인 질서 안에서 투명하게 번역되지 않는 마녀들의 예언은 주디스 버틀러에 의하면 '격분하기 쉬운excitable' 말들이다. 이는 본래 어떤 강압에 못 이겨 행해진 말, 즉 대체로 그 말이 화자의 안정된 정신 상태를 반영하고 있지 않기 때문에 법정에서 사용될 수 없는 증언을 뜻한다. 그러나 버틀러는 이를 말의 통제 불가능성으로 연결시킨다. 혐오 발언은 언어에 대한 근본적인 취약함을, 즉 존재하기 위해 대타자의 말 걸기(호명)에 의존하고 있는 우리의 취약함을 노출시키지만, 혐오 발언의 실패는 비판적인 대응이 될 수 있는 가능성을 품고 있다. 혐오 발언에는 언제나 언어의 힘을 과거의 맥락들로부터 부당 전유misappropriating함으로써 생산된 효과를 교란하고 전복시킬 수 있는 가능성, 담론적 구성 과정의 해체로 이끄는 노출된 충돌 지점이 내재되어 있다.[3] 맥베스는 마녀들의 존재를 한편으로 하찮게 여기고 멸시하면서도 기존의 언어와는 다른, 매끄럽게 해석되지 않는 이 새로운 언어의 요철들에 휘둘린다. 그렇게 마녀들의 언어는 맥베스의 권력에 대한 야욕을 거울처럼 반사해 세상에 노출시키고 그의 자멸 속에서 남성 권력의 공허한 소음과 분노를 발가벗기는 데 성공한다. '카산드라'처럼 효력 없는 언어 속에서 소진되어가던 한국의 여성들은 이제 기꺼이 '마녀'의 언어를 택하기 시작했다.

그러나 넘어서야 할 벽이 많다. 김사과의 「카레가 있는 책상」(『자

3) 주디스 버틀러, 『혐오 발언—너와 나를 격분시키는 말 그리고 수행성의 정치학』, 유민석 옮김, 알렙, 2016.

음과모음』 2014년 겨울호)은 강남역 살인 사건 이후 다시 섬뜩하게 돌아보게 되는 소설이다. 고시원에 틀어박혀 살아가는 남자 주인공은 카레 냄새가 난다는 이유만으로 고시원에 사는 남자들의 린치 대상이 된다. 가장 간단하고 저렴하게 끼니를 때울 수 있는 인스턴트식품 중 하나인 카레는 소설에서 약자를 표상하는 알림판으로 기능한다. 그는 버블티 가게 알바 여성에게 강한 호감을 느끼지만, 그 호감의 자리는 곧 그녀가 자신을 싫어한다는 망상과 금전적 부담, 그리고 자괴감으로 채워진다. 그리고 그 망상은 그녀가 정신적으로 타락했다는 괴이한 결론으로, 그녀의 팔을 자르겠다는 강렬한 욕망으로 변해간다.

처음에 이 소설은 여성혐오 범죄에 가담하는 가해자의 정신 병리적인 상태를 날것으로 드러내는 보고서처럼 읽힌다. 그러나 소설은 이 가해자의 비합리성을 불가해한 '악'으로 그려내는 것이 아니라, 그 이면에 깔린 사회적 적대의 구조를 섬세하게 살피고자 한다. 사회적 약자가 어떻게 또다른 약자에게 혐오를 전이시켜나가며 잠재적 가해자로 탄생하는가. 그 과정에서 문득 섬뜩해지는 지점은 그가 옆방의 조선족 대학생이 린치당하는 소리를 은밀한 쾌감으로 받아들이기 시작하는 순간이다. 그는 더이상 약자가 아니라 공모자의 자리에 자신을 옮겨놓는다. 그리고 '카레'로 대변되는 약자의 위치를 벗어나기 위해, 위층 여자들의 '샐러드'를 경멸하고 린치를 행하는 남성들의 '햄버거'를 함께 탐닉하기로 마음먹는다. 정확히 이때부터 화자의 '도끼로 나무를 자르는 꿈'은 '나무로 도끼를 자르는 꿈'으로 바뀐다. 그가 세상을 바라보는 구조는 극단적으로 단순화되어 있는 것이 사실이지만, 그의 비합리적 망상이 고착화되도록 만드는 것은 사람들의 철저한 무관심이다. 소설은 우리가 도끼로 나무를 자르는 순간들을 계속해서 방기하다보면, 믿을 수 없지만 나무로 도끼를 자르려는 시도를 보게 될 것임을 조용히 경고한다. 그때 그가 노리는 팔이 누구의 것이 될지는 아무도 모르는 일이다.

김사과의 「카레가 있는 책상」이 혐오 범죄 이전의 사태들을 다룬다면, 박솔뫼의 「이미 죽은 열두 명의 여자들과」(『Axt』 2016년 1/2월호)는 혐오 범죄 이후의 풍경들을 초현실적으로 다루는 소설이다. 이 소설에서 살해당한 열두 명의 여자들은 살인자 '김산희'를 반복해서 죽임으로써 복수를 행하는데, 그 과정을 우연히 목격하고 혼란 속에서 이 모든 것을 기록해나가는 '조한이'가 있고, 그와 같은 동네에 살던 '나'는 조한이를 통해 다시 이야기를 전해들으면서 생겨나는 혼란의 궤적을 따라간다. 이미 죽은 여자들이 김산희를 계속해서 다양한 방식으로 죽이는 동안에 복수의 쾌감이 아니라 오히려 점점 침잠되고 쓸쓸함이 배가되는 분위기는 분명 강렬하지만, 작가는 그보다는 조한이를 통해 이야기를 전달받는 '나'의 감정에 초점을 맞추는 것처럼 보인다. 화자에게 열두 명의 죽은 여자들을 이해하는 일은 부차적이다. 처음에 화자는 조한이가 노숙자가 되어 눈앞에 나타났다는 것에 대한 당혹스러움과, 밤거리에서 자신이 본능적으로 그에게 느끼는 공포에 집중한다. 그리고 시간이 흘러 다시 한번 조한이와 조우했을 때, 그 공포는 이미 죽은 열두 명의 여자들이 복수하는 장면 같은 것은 결코 보지 않겠다는 강한 거부와 두려움의 감정으로 바뀐다.

그동안 우리가 윤리적이라고 믿어온 화자들과 비교한다면 이 화자는 다소 당혹스럽게 다가올 것이다. 화자인 '나'는 죽은 여자들에게 미약한 안타까움을 느끼지만 그들이 겪었을 고통과 약자로서의 위치를 다시 자신에게 투사하는 경로를 거치지 않는다. 그러나 여성이라는 동일한 성별 속에서 더 강렬하게 긴장과 공포를 경험하고, 용기 있는 목격자이자 증인이 되는 대신 "나는 평생 그런 일을 몰라 나는 평화롭게 삶을 살아 내 시간은 조용하고 다정해 안전해"(151쪽)라고 말하다가 불가항력적으로 울음을 터트린다. 어쩌면 혐오 범죄 앞에서 그 복수의 절차나 정당성을 따지기에 앞서 동일한 성별의 존재가 느끼는 가장 정직한 심리적 반응은 이런 것이 아닐까. 소설은 같은 여성이라는 본질주의적인 동일성을 전제함으로써 나타나는 공감에 대해 쉽게 말하기보다, 자신의 고통이 갖는 고유성으로부터 촉발되는 공감을 말하고자 한다. 오카 마리가 고통과 사건의 폭력성 앞에서 강조했던 청자의 무력감이 바로 이런 것일 터다. 그에 따르면 우리는 지금 눈앞에서 일어나는 사건에 대해 아무것도 할 수 없음에도 불구하고, 그 사건의 새로운 목격-증인이 되어야만 한다. 타자의 증언을 듣는다는 것은 단순히 어떤 사건의 '정보'가 전달되는 것이 아니라, "타자의 고통의 목격-증인이 됨으로써 그 사건에 대해 철저히 무력한 존재로서 사건을 분유하는 것"[4]이기 때문이다. 이런 무력감에 대한 인정은 사태 앞에서 주저앉는 일이 아니라, 더 깊은 공감을 통해 갚을 수 없는 부채에 대한 응답을 준비하는 일이 된다.

지금 한국사회에서 여성을 향한 혐오와 위협적인 범죄들은 종식될 기미 없이 계속되는 중이다. 이에 대한 응답은 제각기 다른 곳에서 시작될 것이다. 기존 사회에서는 용납되지 않던 새로운 언어에서 출발

4) 오카 마리, 『그녀의 진정한 이름은 무엇인가』, 이재봉·사이키 가쓰히로 옮김, 현암사, 2016, 217쪽.

할 수도, 무력감의 처절한 체감에서 출발할 수도 있다. 그러나 중요한 것은 사건에 대해 어떤 방식으로든 응답하려는 의지를 놓지 않는 것, 두려움과 체념이 교차하는 가운데서도 이를 둘러싼 구조에 대해 사유하려는 노력일 것이다.

3. 얼음송곳을 든 사포의 언어—문단 내 성폭력 말하기 운동과 함께

2016년 10월, 문단 내 성폭력 말하기 운동으로 억압되어온 목소리들이 수면 위로 올라오기 시작했고, 수많은 이들의 지지가 있었다. 몇몇 가해자들은 자신의 가해 사실을 인정하고 사과문을 올렸다. 어떤 학교에서는 대자보가 붙었고, 공식적으로 아카이빙이 만들어지기 시작했다. 이 모든 일들을 잊지 않기 위해서 개인 블로그에 아카이빙을 시작한 이들도 있었다. 고양예술고등학교 문예창작과 졸업생들은 연대를 목적으로 모여 '탈선'이라는 이름하에 기자회견을 열고 성명서와 요구안을 발표했다. 그리고 문단에서는 '페미라이터'가 결성되어 문학출판계 성폭력·위계 폭력 재발을 막기 위한 작가 서약 운동을 시작했다. 이 모든 일이 근 한 달 사이에 모두 일어났다. 가해자 가운데 어떤 이들은 놀랍게도 자신의 말을 바꾸어 법적 대응을 하는 등 역공격을 시도하는 중이지만, 거스를 수 없는 분명한 흐름이 형성되고 있다.

이 사건들 앞에서 다시 보이는 텍스트가 있었다. 여러 번 반복해 읽었음에도 그 소설에 대해, 그 주인공에 대해 온전히 이해하지 못했었음을 급작스럽게 깨달았다. 그 깨달음은 부끄럽게도 '(여성) 평론가'라는 정체성에서 앞의 괄호를 지우려고 부단히 애써왔던 스스로를 발견하면서 왔다. 문학을 향한 나의 판단 기준에서 '젠더' 항의 힘을 약화시키는 것이 보다 공정함에 가까이 가는 길이라고 착각해왔음을 인정하고 난 연후에야 이 소설은 다시 읽혔다.

> "이렇게 웃은 건 아주 오랜만, 정말 배가 아프도록 웃었어. 한 번은 말을 걸 줄 알았지, 한 번은. 넌 울 줄 아는 애니까. 도서관에서 울곤 하는 걸 내가 봤으니까. 아주 오래 걸리긴 했지만 이제는 말해야겠다. 말해야겠어. 치운이 걔는 쓰레기야. 그날 밤, 취한 나를 데려다주면서…… 무슨 얘기인지 알겠어? 그런 건 연애도 뭣도 아니야, 그런 건 폭력이야. 정은아, 기집애야, 너 너무 재밌다. 어떻게 이렇게 재밌어졌어? 하지만 이제는 찾아오지 마. 다시는 찾아오지 마."[5)]

무슨 일이 일어났던 걸까. 진탕한 술자리에서 한 여자의 이름 '세실리아'가 안줏거리처럼 등장한다. 세실리아가 언제나 명랑하면서도 애정결핍에 시달리는 막냇동생처럼 엉기길 잘했었다고 '엉겅퀸'이라는 별명으로 회고될 때, 문득 한 남자 동기는 그녀의 풍만한 엉덩이에 대해서 말한다. 이런 지저분한 농담이 벌어지는 술자리가 지금껏 이들이 살아온 양지의 삶이었을 터인데, 문득 주인공은 그 반대편에 음험한 소문으로 묻혀 있는 음지의 자리를 들여다본다. 그곳에는 친구의 남자친구를 빼앗았다는 무성한 소문 속에 따돌림을 당했던 세실리아가 있고, 그녀를 찾아가 만나던 날 화자는 취한 세실리아를 치운이가 데려다주면서 성폭행을 저질렀음을 듣게 된다.

사회의 양지에서 살아가는 사람들이 고통을 호소해야 할 피해자가

5) 김금희, 「세실리아」, 『너무 한낮의 연애』, 문학동네, 2016, 96쪽.

아니라, 대개 가해자 쪽임을 우리는 안다. 뻔뻔할수록 그들은 더 잘 살아남는다. 세실리아는 치명적으로 상처 입었고 침묵을 택했고 오해 속에서 고립되었다. 그러나 끔찍한 슬픔과 고독하고 처절한 순간들을 지나 그녀는 예술가가 되어 살아남았다. 이것은 아름다운 성장담이 아니다. 사회적 약자의 승리도, 해방도 아니다. 여성 인물들의 공적 세계가 무너질 때, 사적 세계에서 극적으로 따뜻한 관계가 솟아올라 품어주는 통념적인 서사 역시 아니다. 이 소설의 윤리는 설치미술가로 유명해진 세실리아를 이상적이고 긍정적인 여성 역할 모델로 제시하지 않는 데서 온다. 대신 어둡고 간소한 방, 하나의 작품을 완성하기 위해 십 년 가까이 부속을 모으는 진지함, 검은 터틀넥만을 고집하는 고지식함, 자학과 자기모멸이 없는 유머 감각, 진지하게 자신의 작품을 설명하다 제대로 듣지 않는 화자에게 분개하는 예민하고 괴팍한 예술가가 거기에 있다. 그녀는 연약한 희생자의 자리에 놓이기를 거부하고, 독립적인 인간이자 자존감 높은 인간으로 서 있다. 여기에는 성적 모욕과 수치심을 녹이고 흘려보내는 것이 아니라, 구덩이에서 평생을 그 단단함과 싸워온 자의 기품이 있다. 아마도 용서가 있었을 것이다. 그러나 그것은 두 당사자 사이의 화해가 아니라, 자신의 마음속에서 벌어지는 용서였을 것이다. 이건 어떤 범위를 넘어서 버리는 종류의 용서이므로 우리는 영원히 이에 닿을 수 없을 것이다. 다시는 찾아오지 말라는 세실리아의 말을 듣고 돌아서던 화자 정은은 세실리아의 번호를 지운다. 이 장면은 서늘하다. 하지만 이는 자신 역시 그 사건의 동조자였음을, 그리고 그 상처 입은 시간들을 철저히 홀로 견뎌낸 세실리아에 대한 일종의 경외와 존중이 담겨 있는 작별 인사다. 그렇게 김금희는 여성 예술가의 서사를 다시 썼다. 예술을 통해 자아를 찾아가는 우아한 승리의 과정이 아니라, 끔찍하게 민감한 마음과 싸워온 자의 구덩이를 드러내는 매끈하지 않은 서사로. 그러나 그녀는 미치거나 죽지 않고 살아남아 예술가가 된다.

2016년 11월 11일, 고양예술고등학교 문예창작과 졸업생 연대 '탈선'은 기자회견과 함께 성명서를 냈다. 한 시인이 자신이 가르치던 미성년자 여학생을 대상으로 성폭행을 저질렀으며, 상습적으로 성추행과 몰래카메라 촬영, 금품 갈취를 해왔다는 충격적인 내용이 SNS에서 고발되었다. 그리고 용기를 낸 고발자들을 위해 더 많은 졸업생들이 하나로 뭉쳤다. 그들은 악행을 초래하고 묵과한 사회에 책임을 물었다.

이 앞에서 그동안 우리가 관계 맺어온 문학은 완전히 무너져내렸다. 문학은 잠재적 통념에 맞서 싸우며 누군가를 해방시키고 성장하는 데 기여하는 영광 대신, 위계 관계 속에서 약자를 위협하고 폭행했으며 심지어 연대를 끊고 고립시켰다는 추문을 얻었다. 누군가는 이것이 다수가 아니라고 항변할지도 모르겠다. 혹은 도덕적인 순수함이나 진정성이 반드시 문학과 등치되는 것은 아니라고 말할지도 모르겠다. 그러나 우리는 어떤 진보적인 이념도 경직되고 관념화될 수 있음을 의식해야 한다. 위기를 맞았을 때 과거의 관성에 따라 대처하는 순간, 그간의 모든 진보적 발언들도 실천이 수반되지 않는 정치적인 수사로 떨어질 수 있음을 깨달아야 한다. 누군가는 문단 안에 묵혀온 것들이 온 천하에 드러났음을 부끄러워할 수도 있을 것이다. 그러나 썩어가는 것도 다른 생명으로 변하는 하나의 형식이다. 다른 무언가가 태어나기 위해서 무언가는 썩어 사라져야 한다. 지금 우리는 퇴화되면서 또한 재생되는 장면을 목격하고 있는 중이다.

『멀고도 가까운』에서 리베카 솔닛이 말한 바에 따르면, 나병 환자들의 손과 발을 상하게 하는 건 정작 병이 원인이 아니다. 나병은 신경을 짓눌러 아무런 감각을 느낄 수 없게 만들 뿐이지만, 그렇게 아무것도 느낄 수 없게 된 환자들이 환부를 돌보지 않는 것이 오히려 문제가 된다. 그러는 와중에 피부가 상하고 결국에는 그 부위를 잃게 된다. 신경이 없는 신체 부위도 살아 있기는 하지만, 자아를 규정하는 것은 고통과 감각이다. 리베카 솔닛은 단호하게 말한다. "당신이 느낄 수 없는 것은 당신이 아니다." 고통이 몸의 경계를 정하는 것이라면, 우리는 감정을 이입함으로써, 그들의 고통을 함께 아파함으로써, 어떤 사회구성체의 일부가 될 수 있다. 그러나 감정이입은 자동화된 반응이 아니다. "우리는 어떤 감정이입은 배워야만 하고, 그다음에 상상해야 한다."[6] 지금 고발해오는 피해자들의 절실함과 그 고통이 어쩔 수 없는 것이라고 생각한다면, 그리고 그들이 당신과 아무 상관이 없다고 생각한다면, 그만큼 문학의 경계는 축소될 것이다. 그리고 그 자리는 머지않아 누구도 살지 않는 폐허가 될 것이다.

고양예고 문창과 졸업생 연대 '탈선'의 성명서는 다음과 같이 끝맺고 있다.

이에, 우리는 선언한다. 우리는 지금 이 순간 문단, 학교, 선생은 아니지만, 문학은 될 수 있다. 배용제. 조헌용. 우리는 문학이 되어서 네 이름을 갉아먹고 성장할 것이고, 네가 눈 돌리는 모든 곳에 너보다 먼저 와 있을 것이며 네가 내딛는 모든 발걸음에 문학이 된 우리

6) 리베카 솔닛, 『멀고도 가까운』, 김현우 옮김, 반비, 2015, 153~161쪽.

가 도사리고 있을 것이다. 우리는 문학이자 산증인으로서 우리 스스로를 증명할 것이다.

우리의 연대와 지지는 꺾이지 않을 것이며, 우리의 목소리는 잦아들지 않을 것이다. 우리는 진흙탕에서도, 아스팔트에서도 기어나올 것이다. 우리는 이제 시작했다.

이 성명서를 재차 읽을 때마다, 언젠가는 오페라 〈나비 부인〉 속 게이샤 초초상처럼 죽어야만 한다는 것을 예감하고 불운한 운명의 느낌에 사로잡힌 채 평생 글을 썼다는 코넬 울리치(윌리엄 아이리시)를 떠올린다. 자신의 존재가 나비 부인으로 휘발되어버리는 것에 대한 코넬 울리치의 불안이 무엇이었을지 여성으로서 너무나 잘 알고 있기에, 그 말은 내면을 자극하며 순식간에 스며든다. 하지만 더이상은 나비처럼 여성을 상상하고, 농락하고, 재현하고, 그것을 양식으로 삼아 예술이 되어왔던 이상한 힘들 앞에 굴복하지 않을 것이다. 우리의 불모가 그들의 영원한 풍요가 되도록 만들지 않을 것이다. 가느다랗고 아름답지만 쉽게 찢겨버리는 연약한 날개가 아니라, 어둠 속에서 어둠 너머를 보는 시퍼런 칼날 같은 눈을 가질 것이다. 예술을 위해서라면 기꺼이 이기적이 될 것이다. 자학과 자기모멸의 함정에 빠지지 않고 당당한 웃음으로 맞설 것이다. 희열 속에서 마음껏 읽고 쓸 것이다. 여성들의 한 손은 김금희 소설 속 세실리아처럼 계속해서 터틀넥을 쥐어뜯어야 할지도 모르지만, 다른 한 손에는 얼음송곳을 쥐고 어떻게든 살아남아 예술가가 될 것이다. 역사는 이야기하고자 하는 욕망이 가장 강한 자의 것이므로, 이제 문학의 역사는 지금 말하는 여성들의 것이 될 것이다. 최초의 여성 시인 사포가 남긴 시편들처럼, 이 무너지는 힘으로 영원하고 아름다운 언어가 될 것이다. 코넬 울리치의 소설 제목 중 가장 아름다운 제목 하나를 지금 여기에 꺼내놓고 싶다. '밤은 천 개의 눈을 가지고 있다'. 여성 예술가가 되기 위해 지금 깊은 밤을 통과하고 있는 천 개의 눈들에게 이 글을 바친다. 당신들의 눈들은 결코 감기지 않을 것이며, 그 밤 또한 영원히 밤일 수는 없을 것이다.

(2016)

광장에서 폭발하는 지성과 명랑
—2017년 촛불혁명 이후, 미투 운동이 시작되는 광장에서

현실이 현실을

덮쳤네

파도처럼

아프게

—문보영, 「유기」 부분

1. 문학을 향한 의심의 자리에서

김동인의 데뷔작 「약한 자의 슬픔」(1919)을 지금 다시 읽는 일은 곤혹스럽다. 부모를 여의고 의지할 곳 없는 열아홉 살의 주인공 '강 엘리자베트'는 K 남작의 집에서 가정교사로 머물며 학교를 다닌다. 그는 방에 몰래 숨어들어온 K 남작의 요구로 반강제적 성관계를 맺고, 이후 임신한 사실을 알리자 병으로 인한 근무 태만을 빌미로 쫓겨난다. '엘리자베트'라는 서구적 이름이 무색하게도, 그는 너무나 익숙한 서사를 따라 성폭력 피해자의 자리에 서 있다. 아마 대부분의 독자들은 그가 K 남작의 겁탈 앞에서 자포자기적인 합의에 도달하게 되는 장면이나 의사가 청진기를 댈 때 이성의 손이 살에 닿는 쾌락을 느낀다는 식의 서술에서, 작가의 여성혐오적 시선을 읽어낼 수 있을 것이다. 하지만 1919년에 나온 텍스트를 지금의 잣대를 기준 삼아 여성혐오로 비판하는 것은 너무 손쉬운 일이 아닌가.

사실 이 소설이 지닌 의외성은 쫓겨난 엘리자베트가 울고 자학하는 피해자의 자리를 넘어, 반격의 행위를 시도하는 데 있다. 그는 교육받은 신여성답게 재판이라는 묘책을 떠올리고, 법에 기대 자신의 정의를 바로 세우고자 한다. 그러나 엘리자베트를 책망하면서도 연민을 감추지 못하던 시골의 오촌모조차 재판이라는 말 앞에서는 단호하다. "그래도 재판은 못한다. 우리는 상것이고 저편은 양반이 아니냐?" 오촌모는 근대법의 객관성보다 관성과 추문의 힘이 더 세다는 것을 이미 간파하고 있었지만, 엘리자베트는 이를 무지의 소산으로 치부하며 이성과 합리에 기대고자 한다. 그리고 결국 법정에서 증거불충분을 이유로 청구를 기각당한다. 근대법과 관련해서는 한국문학 최초일 성폭력 재판에서 소송은 '약한 자' 엘리자베트의 철저한 패배로 귀결된다. 이때 남작측 변호사를 통해 흘러나오는 말들은 너무 익숙해 고통스럽다. 그는 엘리자베트의 말을 '허황한 것'으로 몰아붙이며 '구체적 증거'를 요구하고, 당시 가정교사의 의무에 충실하지 않았다며 '피해자로서의 자격'을 박탈하고, '정신이상'이 있음을 강조한다. 지금이라면 이차 가해라 불릴 이 말들은 백 년 전의 법정에서부터 반복되어온 것이다. 남성과 여성, 귀족과 상민, 고용자이자 피고용자인 이들의 위계는 흔들리지 않는다. 법은 여성의 편이 아니다. 엘리자베트는 그가 객관적이라 믿었던 공적 제도로서의 법 앞에서, 자신이 법 바깥에 자리한 그저 '상것'임을 확인한다.

이로부터 거의 백 년이 흐른 지금, 법 앞에서 여성들은 '상것'의 지위를 탈피했을까. 2018년 1월 29일 서지현 검사는 JTBC 〈뉴스룸〉에 출연하여 자신을 성추행한 안태근 검사의 행태에 대해, 그리고 당시에 검찰 조직이 그 성추행을 어떻게 묵인하고 공모했는지를 밝혔다. 지난 백 년 사이에 여성들은 마지막 동아줄처럼 법을 붙드는 피해자의 자리가 아니라 법을 수호하는 자리에까지 올랐지만, 여전히 법으로부터 배제당한다. 수많은 성폭력 고발 운동이 법정에서 무혐의 처분을 받는 것은 전혀 놀랍지 않다. 이 결과물의 근본적 원인은 무고한 가해자를 고발하는 정신이 불안정한 피해자가 아니라, 철저히 남성의 경험과 정신을 기반으로 만들어진 반쪽짜리 법적 정당성에 있기 때문이다. 「약한 자의 슬픔」은 참혹한 패배 속에 놓인 엘리자베트가 강한 자가 되기 위해서는 "사랑 안에서 살아야 한다"는 사실을 깨달은 채 기쁨의 웃음을 지으며 끝난다. 김동인이 말하는 인류 보편을 향한 이 사랑에는 그늘 한 점 없고, 여성의 자리 또한 없다. 하지만 엘리자베트는 작가의 의도와 무관하게 그 사랑이라는 안온한 봉합을 찢고 나오는 캐릭터다. 그는 모욕을 견디며 반격의 자리에 서고, 계속 살아나가기 위해 존재의 이유를 찾아낸다. 마지막 그의 웃음은 환희의 기쁨이 아닌, 절망과 증오 앞에서 또다시 일어서는 오연함으로 다시 읽혀야 한다. 자신의 고통을 더이상 방관하지 않겠다는 결심, 세상의 편견을 무릅쓰고 가장 먼저 법정 앞으로 나서는 엘리자베트 위에 '미투(#MeToo) 운동'이 겹쳐지지 않는가. 여자들이 말하기 시작했다. 사라지지 않기 위해 그들은 공적인 자리에 나와 증언하고 고발한다. 세상은 이제 변하고 있다.

제사題詞로 쓴 문보영의 시처럼 현실이 현실을 파도처럼 아프게 덮치고 있어 연일 새로운 폭로가 이어지는 상황 속에서, 문학을 읽고 쓰는 것은 어떤 일이 될 수 있을까. 언어가 이 사회의 가장 약한 자도 지니고 있는 기본적이면서도 강한 무기라는 것에 희망을 걸어도 좋을까. JTBC 〈뉴스룸〉에 남자 앵커와 마주앉아 여성 피해자가 자신의 경험을 발화할 때, 이성적으로 사실관계를 전하려 애쓰는 가운데 치밀어오르는 감정을 밀어내듯 숨을 고르는 순간과 떨리는 목소리에 문학이 있는 건 아닐까. 여성의 경험이 공적 영역에 기입되기 위해 행해지는 고통과 도약의 순간들이 여기에 있다. 혼돈 속에서 계속 떠도는 언어들, 악몽과 소리 죽인 비명에 가까운 고발의 언어들이 계속해서 우리를 덮치고 있다. 그 언어들이 문학에 대해 다시 묻고 있다. 문학이 고갈된 여성들의 고통을 어떻게 다른 방식으로 존재하게 할 수 있느냐고. 고통 속에서 고통을 대상화하는 것은 가능하냐고. 카프카는 그렇다고 말했다. 그는 "고통을 재현하기 위해서가 아니라 고통을 현시하기 위하여"[1] 문학은 세계의 전복을 의미하게 하는 단어들의 물질성을 고통에 부여한다고 말했다. 카프카가 글쓰기를 기도의 형식으로 읽어낼 때, 문학은 신앙에 가까워지며 고귀해지는 듯 느껴진다. 그러나 카프카가 쓴 글들 사이에서 블랑쇼는 문득 이런 자학적인 질문을 읽어낸다. "글쓰기가 악에 속하지 않는다는 것이 그토록 확실한가? 글쓰기가 가져다주는 위안은 피해야만 하는 위험스러운 착각은 아닌가?".[2]

---

1) 모리스 블랑쇼, 『카프카에서 카프카로』, 이달승 옮김, 그린비, 2013, 100쪽, 강조는 원문.

2) 같은 책, 133쪽.

이 의심이 카프카가 손에 쥐고 있던 문학에 대한 아름다운 정의들보다 지금 우리에게 더 요긴하고 품위 있는 것처럼 느껴지는 이유는 무엇일까. 어떤 의심도 없이 문학을 핍박받는 자들과 나란히, 또 선善의 자리에 놓던 시절이 있었다. 문학이 안기는 복잡한 위안과 세속의 손쉬운 위로를 구별하며, 전자가 어떻게 고통에 깊이 침윤하고 승화되는가를 더 깊이 숙고해도 좋았던 시절이 있었다. 하지만 2016년 가을 '#문단내성폭력' 말하기 운동이 시작되었고, 2016년과 2017년 초반에 걸쳐 촛불집회를 거쳐 탄핵과 정권 교체가 이루어졌다. SNS와 다양한 지면들을 통해 사람들은 구조적 위계 아래 벌어졌던 성적인 폭력들을 발화하고자 했고, 또 촛불을 들고 광장에 나가 시민으로서의 권리를 확인하고자 했다. 두 사건은 숨겨져 있던 위계적 구조를 가시화하고, 매개 없이 권력을 탈중심화했다는 점에서 다르지 않다. 바야흐로 "전방위적으로 대의되지 않고 스스로 말하겠다고 주장하는 주체들"[3]이 나타나기 시작한 것이다. 그리고 2018년에 이르러 이 현상은 '미투 운동'으로 이어져가고 있는 중이다. 문학 역시 이런 거대한 시대의 흐름 안에서 바라봐야 한다. 누군가는 일련의 사건들에서 전문가의 자리가 협소해짐을, 반지성주의를 우려하는 것처럼 보인다. 그리고 이 우려는 여성주의에 대한 백래시와도 맞닿아 있다. 2017년 문학장 안에서 조남주의 『82년생 김지영』을 둘러싸고 활발하게 벌어진 '미학성'이나 '정치적 올바름'과 관련된 논의들은 일련의 외부적 운동의 상황들이 문학 안으로 기입되며 읽히는 것에 대한 불안을 보여주는 것처럼 보였다. 하지만 우리는 "문학은 언어보다는 현실의 삶을,

3) 김미정, 「흔들리는 재현·대의의 시간」, 『문학들』 2017년 겨울호, 48쪽.

그리고 인간을 좀더 돌보아야"[4] 할 필요에 대해, "독자-시민에게 '읽히는' 맥락을 외면하고, 미학적 성취나 '작품 자체로만' 갖는 의미를 따지는 일은 주장의 논리적 타당성과는 별개로 얼마큼의 시대적 타당성을 확보할 수 있는가"[5]를 먼저 생각해야 하는 것이 아닐까. 그렇다면 우리의 문학이 악이 아닌지 의심하고 손쉬운 위안을 피해서 그리고 무엇보다 시대와 함께 가기 위해서, '촛불 이후'를 모색하는 지금 어떤 소설들을 붙들어야 할 것인가.

2. 광장에서 누락된 목소리의 복원—황정은의 「아무것도 말할 필요가 없다」

2018년 우리는 성공한 혁명 이후를 살고 있는 것일까. 혁명에 성공한다는 말은 부당했던 과거와 결별하고 완전히 새로운 미래를 열어젖히는 것처럼 느껴지지만, 정말 그렇게 수많은 사람들이 한 종착점에서 다른 종착점으로 순식간에 옮겨질 수 있는 것일까. 광장에서 동등한 시민으로서의 정체성을 확인한 여성들은 공적 영역에서 사라지지 않기 위해 이제 다른 싸움을 시작하고 있다. '문학3' 웹 사이트에 13회에 걸쳐 연재된 황정은의 중편 「아무것도 말할 필요가 없다」는 승리한 광장이 누락해버린 목소리들을 끌어올리며, 형식적인 전환점을 보여주는 소설이다.

작품은 2017년 3월 10일 헌법재판소가 박근혜 대통령의 탄핵을 선고하던 날, 그러니까 "혁명이 이루어진 날"의 정오가 막 지난 오후

---

4) 조연정, 「문학의 미래보다 현실의 우리를-문학의 정치적 올바름에 대하여」, 문장 웹진 2017년 8월호.

5) 소영현, 「페미니즘이라는 문학」, 『문학동네』 2017년 가을호, 538~539쪽.

의 고요한 풍경으로부터 시작된다. 황정은이 이날을 서사 속에 기입하기로 선택한 것은 당연하면서도 놀랍다. 2009년 용산 참사 이후로 황정은의 소설과 정치성은 어깨를 나란히 하고 걸어온 바 있지만, 그것은 현실에 조금 비껴 선 알레고리적인 형태로 자리하고 있었기 때문이다. 그의 소설에서 종종 등장하던 끝없이 낙하하는 운동성의 감각은 모순적이게도 폐쇄된 공간의 감각과 나란히 놓여 나날이 야만이 진화하는 시대의 폭력성을 증언해왔고, 2014년 세월호 이후의 서사들에서는 급작스럽게 가장 가까운 자의 죽음을 겪고 그 이후를 살아내는(죽어가는) 형태로 서늘한 공백을 드러냈다. 그 공백 속에 내내 머무는 듯했던 작가는 중편 「웃는 남자」(『창작과비평』 2016년 겨울호)에서 "흐르는 빛과 신호로 채워져 있"는 "작고 사소한 진공"을 새롭게 발견한다. 죽음으로 향하던 무력한 한 인간은 어떻게 그 모든 자기혐오를 이기고 삶 쪽으로 방향을 트는가. 충돌 한 번에도 쉽게 내동댕이쳐지는 삶은 위태로워 보일 정도로 얇은 유리 속 진공의 힘을 발견하면서, 어떤 공백은 잠재적인 공간임을 깨닫는다. 인간이라는 존재의 하찮음을 껴안고서 어떻게든 살아가보겠다는 의연함을 담은 이 소설이 아직 모든 것이 어둠 속에 있었던 2016년 겨울에 도착했을 때의 감격을 잊을 수 없다. 그때 황정은은 광장에서의 혁명을 믿기보다 인간이 하루하루를 살아가는 반복 속에 만들어지는 생의 의지를, 뭔가를 움켜쥘 수 있는 손아귀의 힘보다 무력하게 열려 있는 귀의 수용성을 믿고자 하는 것처럼 보였다.

그러나 「아무것도 말할 필요가 없다」는 대다수가 촛불혁명이 성공적으로 완수되었다고 믿고 있는 시기인 2017년 가을에 연재된 소설이다. 현실에서 승리한, 게다가 모두에게 널리 알려진 근거리의 역사적 사건을 직접적으로 다루는 건 상대적으로 안전한 선택이 될 수밖에 없고 그래서 덜 유혹적으로 느껴질 수도 있겠다. 하지만 황정은은 이 소설에서 누구도 예상치 못했던 촛불혁명의 시작을 그리거나 그 감격적인 성공에 갈채를 더하는 데 관심이 없다. 작가는 화자가 보내고 있는 나른한 오후에 이십 년을 거슬러올라가 한 여름의 풍경을 겹쳐놓는다. 화자가 지금 동거하고 있는 'k'와 우연히 다시 만난 곳은 바로 1996년 8월 제6차 8·15통일대축전이 열릴 예정인 연세대학교였다. 그들은 종합관에서 스스로 바리케이드를 쌓은 채 고립되어 있었다. 우리가 '연세대 항쟁' 혹은 '연대 한총련 사태'로 알고 있는 그 사건은 소설에서도 말해지는 것처럼 운동권에 대한 대학 사회의 혐오가 공공연해진 사건이다. 1996년 8월 이후 한총련은 이적단체로 규정되었으며, 시위 집회에 대한 사회 전반의 감정이 악화되었다. 학생운동의 이타적 의미와 자부심이 그 이후에 수치스럽고 모멸적인 것이 되어버렸다는 고통스러운 회고들은 조용히 이루어져왔다.[6] 그리고 사회는 시위대를 물리적으로 고립시키고, '재산 손괴 행위'라는 말로 폭력이라는 틀을 씌우는 수단을 발견해냈다. 그런데 황정은은 운동을 무력화하고 세상을 가진 자들의 방식으로 보게 만드는 '틀'이 확립된 기원을 주목하는 가운데, 문득 다른 맥락을 삽입한다.

---

6) '20년 만의 편지'라는 이름으로 1996년 연세대 사태를 회고하는 전시를 기획한 김영희 연세대 교수는 동영상으로 남겨진 인터뷰에서 당시 파괴된 종합관이 보존되어 이념 교육의 전시장이 되었으며, 당시 전경이었던 친구는 "내 학교가 강간당했구나"라는 말로, 또다른 친구는 "나에게 96년 8월 이후는 고립과 모멸의 시대였어"라고 말했다고 회고한다. 박종찬, 「'1996년 연세대'에서… 20년 만의 편지」, 한겨레, 2016. 10. 14, https://www.hani.co.kr/arti/society/society_general/765720.html

그뒤로도 많은 시간이 흘렀고 적지 않은 사건이 있었으나 1996년은 유독 덜 삼킨 덩어리처럼 목구멍 어디엔가 남아 있다. 오감이 다 동원된 물리적 기억으로. 페퍼 포그와 안개비처럼 공중에서 쏟아지던 최루액 냄새, 굶주림과 목마름, 야간 기습과 체포에 대한 공포, 더위와 습기와 화학약품 부작용으로 문드러진 동기생의 등, 만지지 않아도 상태가 느껴지는 타인의 피부, 세수 한 번과 양치 한 번에 대한 끔찍한 갈망, 그리고 "보지는 어떻게 씻었냐 더러운 년들."(「아무것도 말할 필요가 없다」 3회)

이데올로기의 억압에 저항하는 어떤 숭고한 정신도 철저한 고립과 극한의 상황 속에서는 신체의 물리적 한계 앞에서 굴복하게 된다. 소설은 인간의 정신이 동물적 육체로 내려앉는 그 처절한 순간에 대한 건조한 묘사들 끝에 맥락 없이 충격적인 발화 하나를 덧붙여놓는다. 이 이물감에 잠시 멈춰 섰던 독자들이 계속해서 읽어내려가다보면, 그 아래 주석으로 "'초선' 추미애가 국감장서 '쌍욕' 읊은 이유"라는 제목의 기사 일부를 만나게 된다. 그 기사 속 1996년 연세대 항쟁 당시 경찰이 학생들을 연행하는 과정에서 행사한 성적 추행과 폭력에 대한 상세한 언급들은 가히 충격적이다. 하지만 이 기사를 주석이라는 형식으로 직접 끌고 들어오면서 생기는 효과 중 하나는 남성으로 추정되는 기자가 한 여성 국회의원의 공식적인 정치적 행위에 대해 '초선'과 '쌍욕'이라는 단어들이 강조되는 제목을 붙임으로써, 여성의 공적 행위가 그 온당성과 무관하게 격하되고 있다는 사실의 적시다. 객관적 사실을 보도하는 신문기사라는 '틀'에 대한 믿음은 젠더적 프레임을 가져다대는 순간 무너진다. 1996년 8월에 연세대에서 함께 싸웠던 학생들 가운데 여성들은 또다른 방식으로 이중으로 모욕당하며 분리되었다. 그리고 이후에 이 여성들을 위한 공적인 문제제기 역시 교묘한 방식으로 뭉개졌다. 이것은 그간 정치의 영역에서 대의라는 명분 아래 투명하게 치부되었던 또하나의 폭력적인 역사다.

민주주의 정치 한가운데 자리한 가부장적인 권력의 문제들은 사소한 일상들을 가로지른다. 중앙풍물패 선배 'B'는 화자의 리듬 감각을 칭찬하며 다른 누구도 아닌 네게 상쇠를 물려줄 것이라고 여러 차례 말하다가도 이렇게 덧붙인다. "여자가 상쇠를 맡기엔 어려운 점이 있지……" 1997년 IMF가 터지자 일자리를 발견할 수 없어 석사과정에 진학한 k는 여자라는 이유만으로 영수증 관리를 맡아야만 하고, 화자는 동아리의 남자 선배들이 일상적으로 여자 후배들을 차순으로 두거나 '5대 독자 3대 장손'이라는 호칭을 즐기고 여학생을 덮치듯 눕히곤 하는 버릇을 유머 감각으로 용인하는 것을 계속해서 목격한다. 그리고 이 일상들은 소설 하단부 주석에 놓인 "이명박 후보, 편집국장들에게 부적절 비유, 얼굴 '예쁜 여자'보다 '미운 여자' 골라라?"와 같은 제목의 기사와 만나며 불편함을 증폭시킨다. 대통령 후보의 위치에 있는 사람이 '마사지 걸을 고를 때 얼굴이 덜 예쁜 여자들이 서비스가 좋다'라는 식의 말을 할 때, 그것이 공공연하게 유머로 통용되는 사회라면 여성의 자리는 어디에 놓일 수 있는 것일까. 그 농담이 발화되는 자리에 여성이 있었다면, 그는 그 농담을 이미 승인하고 동의한 것일까. 이런 일상들을 짚어가며 소설은 2016년으로 천천히 올라와 그해 11월 26일 광화문에서 열린 집회로 향한다. 그곳에는 "惡女 OUT"이라는 손 팻말을 들고 있는 어떤 남성과, 마이크를 건네받은 발언자의 청와대를 향한 "씨—발년!"이라는 외침과 이에 대해 웃으며 손뼉 치는 사람들이 있다. 그리고 이 모든 불편한 감정들은 "모두가 좋은 얼굴로 한 가지 목적을 달성하려고 나온 자리에서 분란을 만드는 일을 거리끼는 마음"에 의해 또다시 묻힌다.

왜 '모두'를 위한 혁명이 일어나는 광장의 자리에서 '여성'들만은 거듭 교묘하게 배제되는가. 함께 나란히 투쟁하고 있음에도 불구하고 성별이 소거된 채 자리하고 있거나, 성적인 문제를 제기했을 때 그것은 부차적인 것으로 치부당해야 하는가. 캐럴 페이트먼은 일반적으로 성적 관계에서 여자의 거절은 사회적 편견에 따라 '예스'로 재해석되며 체계적으로 무효화된다고 말했다. 문제는 동의에 관한 문제가 사적 영역의 관계들에만 한정되지 않고, 공적 영역의 시민권에도 영향을 미친다는 것이다. 남자들의 통치가 여자들의 신체에 성적으로 접근할 수 있는 권리를 이미 포함하고 있을 때, 근대 정치 이론의 근본인 사회계약에 대한 동의의 문제에 있어서도 여성의 동의는 실천의 문제가 아니라 강제된 복종의 형태가 된다.[7] 시민권을 향한 여성들의 투쟁과 성적 자유에 대한 투쟁은 실은 동일한 메커니즘을 공유하고 있는 것이다. 한국에서 가장 뜨거운 정치적 투쟁이 끝난 자리에서 미투 운동이 새롭게 일어나고 있는 맥락이 여기에 있다. 황정은은 광장에서의 여성의 자리가 어디인지 묻는 동시에, 이를 각주라는 새로운 형식을 기입해 싸우고자 한다.

그의 소설에서는 처음 등장한 각주는 이전과 다른 방식으로 서사를 비틀며 독해 속도를 지연시킨다. 이 각주라는 형식의 차용은 중요

---

7) 캐럴 페이트먼, 『여자들의 무질서』, 이평화·이성민 옮김, 도서출판b, 2018, 4장 참조.

하다. 민주화운동 안에서 성별화된 주체 위치가 재생산되고, 여성이 새로운 공동체의 동등한 구성원이 되지 못하고 정치의 타자로 남는 점에 대해서라면 그간 꾸준히 다양한 서사화를 통해 문제제기가 이루어져왔다.[8] 그러나 많은 서사들에서 이 타자화된 여성의 재현은 자기모멸과 자기부정이라는 감정이 강하게 동반되는 형태였다. 종종 피학성과 수동성이 결국 전복과 부정의 힘으로 작용하는 순간을 목격하기도 했었지만, 이 모든 것은 감정에 밀착된 형태로 진행되었다. 하지만 황정은은 학술적인 보고서 방식의 차용을 통해 감정들과 다소 거리를 두는 이성의 벽을 구축하는 것처럼 보인다. 이 각주는 외부의 맥락과 정보를 덧붙이며 그에 기대고자 하는 것이 아니다. 사회의 상식이나 평균에 맞춰 인물을 보충 설명하거나, 독자가 느낄 법한 동감의 정서를 고양시키는 것도 아니다. 반대로 여성 인물들의 삶과 각주는 불편하고 차갑게 충돌을 일으킨다. 각주로 달린 백과사전의 상식적이고 건조한 정보나 사회현상을 다루는 기사들은 대개 여성의 삶을 배제하고 봉쇄하는 방식을 증언한다. 이렇게 사회적 맥락들이 인용을 통해 직접적으로 소설에 기입되는 것은 지금 사회에서 말과 감각의 변화가 일어나고 있고, "격변과 속도의 소용돌이에서 사람들은 부지불식중에 어떤 '명료함'을 욕망할 가능성"[9]에 호응하는 새로운 방식의 일환으로 볼 수 있지 않을까. 지적인 형식과의 차가운 충돌 속에서 광장에서 누락된 목소리들의 존재감은 선명하게 도드라

8) 민주화운동이 상징 투쟁을 전개하는 과정에서 그 속에서 창출된 주체 위치가 성별화되는 문제에 대해서는 김재은, 「민주화 운동 과정에서 구성된 주체 위치의 성별화에 관한 연구」, 서울대학교 사회학과 석사학위논문, 2002 참조.

진다.

소설의 마지막은 2017년 3월 10일, 18대 대통령 박근혜의 파면 선고가 내려진 날의 풍경을 상세히 그린다. 화자는 묻는다. "혁명이 이루어진 날…… 그래서 오늘은 그날일까?" 소설은 혁명이 이루어진 날의 감격에 가득찬 광장이 아니라, 고요한 오후의 식탁으로 다시 우리를 데리고 온다. 소설은 극적인 재현을 계속 피해 가려 애쓴다. 3월 10일이라는 역사에 기입될 날짜 대신에, 작가는 정오가 막 지난 시간이 오후 1시 23분으로, 그리고 1시 39분으로 바뀌는 동안의 사소한 시간을 기입한다. 이 시간적 감각은 시작보다는 끝에 더 가까운 어떤 것이다. 대개의 서사들이 새로운 출발의 순간을 날짜 단위로 기록하는 반면, 멸망이 도래할 때는 좀더 조밀한 시간 단위로 접근한다. 긴장감이 어리기보다는 어딘가 쓸쓸하게 느껴지는 이 시간 감각은 "우리가 무조건 하나라는 거대하고도 괴로운 착각" 앞에서, 그 거대한 하나라는 허상을 균열시키며 개인성을 내보이려는 의지를 내비친다.

---

9) 김미정은 『82년생 김지영』을 둘러싸고 '정치적 올바름' 프레임하에서 미학적 판단에 대한 논의들을 중지시키는 완전히 새로운 관점을 제시한 바 있다. 그는 오츠카 에이지와 오사와 사토시를 경유해 오늘날 일본 소설에서 '묘사'가 기피되는 경향과 '정보 전달 기능에 특화'되고 있다는 지적을 적극적으로 끌어옴으로써 소재=현실이 재발견되고 그것을 보고하는 식의 새로운 형태로 소설이 나아갈 가능성에 대해 말하고 있다. 김미정, 같은 글, 42쪽.

지면을 달리해야 할 문제지만, 박민정의 최근 소설들 역시 논문, 위키백과, 블로그 등에 나오는 설명들을 적극적으로 차용하고 이를 통해 다양한 맥락을 환기하는 역사적 정보를 교차시킴으로써 구성된다. 그리고 이 정보들의 충돌은 여성들 사이에 '자매애'나 '연대'라는 말로 소멸시킬 수 없는 역사적, 구조적인 차이가 놓인다는 것을 분명히 하며 여성 주체들을 인종, 섹슈얼리티, 계급, 국적과 같은 다양한 사회적 범주들이 교차하는 자리 위에 올려둔다. 정보를 구축하는 방식에 있어 차이가 존재하지만 박민정의 소설 역시 새로운 소설 구성의 흐름을 만들어가는 선두에 놓여 있다.

"툴을 쥔 인간은 툴의 방식으로 말하고 생각한다"는 소설 서두의 가정은 전체 소설을 끌고 가는 전제다. 사람들이 '상식common sense, 感'이라는 말을 사용할 때는 대개 사리분별을 하고 있지 않은 상태라는 것, 그저 굳은 믿음이자 몸에 밴 습관이라는 통찰은 황정은 특유의 날카로운 윤리 감각이 드러나는 순간이기도 하다. 상식은 강자의 것이다. 화자는 맹인의 글자를 '점자'라고 읽는 것은 모두가 알지만, 비맹인의 글자가 '묵자墨字'라는 것은 알지 못한다는 점에 대해 말한다. 볼 수 있다는 세상의 기본적인 전제에서 바라볼 때, "우리는 그것을 말할 필요가 없"다. 마찬가지로 광장에도 '묵자'의 자리에 놓인 자들이 있지 않았을까. 소설의 마지막에서 화자는 동거하는 k, 동생 'q'와 그녀의 아들 '소고'를 바닷가로 밀려온 부유물처럼 느낀다. 둘째라는 이유만으로 대학 진학을 포기하고 상고에 다니며 KFC 알바를 하던 q가 데모하는 대학생들에게 느꼈던 소외감에 대해, q가 홀로 감당해야 했던 육아에 대해, 핑크색을 좋아하는 남자아이 소고가 지닌 여성스러운 감각과 행위들이 배척당하는 방식에 대해, k의 성적 지향성과 무관하게 결혼 적령기라는 말을 내세워 가해오는 압박들은 광장 어디에도 자리하지 않고, 역사 어디에도 기입되지 않았다. 황정은은 묻는다. "여기의 일상에도 혁명은 있을까". 있어야만 할 것이다. '묵자'를 모르는 세계에서 어떤 약자도 침묵하는 자默子들로 남겨두지 않기 위해서. 이 모든 일은 탁자 앞에 앉아 글쓰기에 대한 집요한 욕망 속에서 언젠가는 '완주完走'라는 제목으로 이야기 한 편을 쓸 수 있기를 바라는 사람에게서 흘러나온 것이다. '누구도 죽지 않는 이야기'를 꿈꾸는 이 소설들이 아직 완결되지 않았으므로, 혁명이 이루어진 날은 아직 오늘이 아닐 것이다. 생활 속에서 가장 사소한 사건들을 위해 투쟁은 계속되어야 하고, 그날이 오면 "아무것도 말할 필요가 없"는 대신에 모두가 말하게 될 것이다.

3. 광장을 가로지르는 웃음—박상영의 「알려지지 않은 예술가의 눈물과 자이툰 파스타」

성공한 혁명이 누락한 존재들은 여성만이 아니다. 2017년 4월 JTBC가 주관한 대통령 후보자 토론회 당시 홍준표 후보는 "군 동성애는 국방 전력을 약화시키는" 것이라는 전제를 가지고 '동성애 반대' 여부에 대해 문재인 후보에게 물었다. 그리고 마치 베드로가 예수를 세 번 부인하듯, 두 사람의 문답에서 문재인은 세 번에 걸쳐 동성애를 반대한다는 요지의 대답을 했다. 애초에 찬반 성립이 불가능한 잘못된 질문 앞에서 정의당 심상정 후보를 제외한 모든 후보들이 성 소수자에 대해 적극적으로 부인하는 장면은 한국사회의 성 소수자와 젠더 전반의 감수성이 얼마나 후퇴되어 있는지 상기시키는 바가 있었다. 하지만 성 소수자를 적대적 타자로 정립함으로써 세력화를 도모하는 제도적 정치 안에서의 상황과는 다르게, 최근 한국 소설 안에서 퀴어를 다루는 작품들은 유례없이 늘어나고 있다.[10] 한국 문화 영역의 전반에서 퀴어를 다루는 것이 독특한 소재로 여겨지는 상황은 이미 한참 전에 지났으므로, 새삼 재현의 확산을 이야기하고자 하는 것은 아니다. 근래 등장한 퀴어 소설들은 분명 이전과 다른 활력을 띠고 있고, 박상영의 「알려지지 않은 예술가의 눈물과 자이툰 파스타」

---

10) 2010년대 한국 소설에서 퀴어의 재현 양상을 다양하게 다룬 글로는 차미령, 「너머의 퀴어—2010년대 한국소설과 규범적 성의 문제」, 『창작과비평』 2017년 여름호.

(『문학동네』 2017년 가을호)는 해외 파병과 동성애를 다루면서도 시종일관 경쾌한 리듬과 유머를 구사해나가는 흥미로운 텍스트다.

사르트르는 장 주네를 두고 사드 후작과 비교하며 "주네의 오만한 광기는 여기에서 한술 더 뜬다. 그는 우주로 자위행위를 한다"[11]고 말한 바 있는데, 이 말이 근사하기는 하지만 박상영의 소설에 출몰하는 성적인 면면들이 추상적인 강렬한 의례나 의식으로 변모하는 지점을 찾아내기는 어려울 것 같다. 성적 행위라는 육체성이 구원 의례나 제의 같은 관념적인 것으로 나아가기 위해서는 먼저 그 행위 안에 수치나 모욕 등의 승화되어야 할 감정들이 자리해 있어야 하는데, 박상영의 소설은 일견 표피적인 요소들로만 매끄럽게 구성되어 있는 듯 보이기 때문이다. 인상적인 전작들 중 하나인 「중국산 모조 비아그라와 제제, 어디에도 고이지 못하는 소변에 대한 짧은 농담」(『현대문학』 2016년 12월호)에서 화자의 집에 살게 된 '제제'는 술과 명품, 남자를 좋아하고, 마사지 숍에 나가는 게이다. 삼 년 전 불법 대부업체를 운영하는 남자와 눈이 맞아 미국으로 떠났다가 갑자기 돌아온 제제의 답은 "다 망했어"와 같은 단순 명쾌한 것이며, 한국에 오자마자 가장 먼저 한 코 성형이 실패로 돌아갔지만 콧등에 멍이 가시기도 전에 일을 시작하는 씩씩함을 지니고 있다. "남의 시선으로부터 초연한 근원적 뻔뻔함"과 "단 한순간도 어딘가에 현혹되지 않고서는 견딜 수 없는 것처럼 매일 사랑을 하고" 사는 제제의 캐릭터가 만들어내는 소설적 정서는 그가 선물받은 '리모와 알루미늄 캐리어' 같은 것이다. 여

11) 수전 손태그, 「사르트르의 『성 주네』」, 『해석에 반대한다』, 이민아 옮김, 이후, 2002, 152쪽.

기저기 찌그러진데다 온갖 나라의 항공 세관 스티커로 인해 그간의 고단한 행보를 짐작하게 하면서도, 폭탄 테러가 일어나도 문제없는 방탄 알루미늄 소재는 현실의 중력들을 가볍게 튕겨낸다. 그래서 소설의 말미에 제제가 큰 소리로 울 때, 감정이입하며 함께 눈물을 흘리는 대신 오줌이 마려워 전봇대 뒤로 가 빙빙 돌면서 싸는 화자의 모습이 가능해진다. 이때 바닥에 스며들지 않고 어디에도 고이지 못하는 오줌이 노출하는 정서는 공허라기보다, 가벼운 감정의 발산처럼 보인다. 알루미늄 캐리어처럼 그 내부에 담긴 것보다 외부의 소재가 훨씬 더 많은 것들을 보여주는 박상영의 소설들은 긍정적인 의미에서 '코팅된 눈물의 정서'를 보여준다.

이번 「알려지지 않은 예술가의 눈물과 자이툰 파스타」는 동성애를 둘러싼 상투적 논의들에 전면승부를 던지는 소설이다. 소설은 신도시 P에서 열리는 K 감독 회고전 후 열리는 GV 행사에 화자가 초대되는 것으로부터 시작되는데, 이를 둘러싼 여러 정황들은 동성애가 조심스럽게 다뤄야 할 금기라기보다 이미 시장에서 흥미롭게 소비되는 하나의 상품이 되었음을 드러낸다. 힙스터 영화감독 '다니엘 오'는 게이가 아니지만 유명세를 얻기 위해 남자 아이돌 그룹 멤버 P와의 동성애 루머를 은연중에 이용하고 있으며, 관객들은 이에 호기심과 열광을 표한다. 그러나 소설은 이런 세태를 진지하게 고발하고자 하기보다 "세상에서 동성애를 가장 잘 이용하는 이성애자"(217쪽)라는 말로 눙쳐버리며, 게이 친구 '왕샤'와 함께 예술가연하는 오감독을 어떻게 골탕 먹일 것인가에 골몰한다. 그들이 진저리치는 오감독을 둘러싼 세계의 계몽적인 분위기는 대략 이런 것이다.

평론가 김은 심사평에서 오감독의 영화를 두고, 성적 소수자의 고통을 잘 형상화해 동성애를 보편적 사랑의 경지로 끌어올린 수작이라고 평했다. 그들은 모두 보통 사람들이 누구이며 그들이 하는 보편적인 사랑이 뭔지 너무 잘 알고 있는 눈치였다. 동성애자들이 뭐 얼마나 특별한 사랑을 하고 산다는 건지, 동성애자인 나조차도 알 수 없는 일이었다. 아무튼 이성애자가 연루되면 뭐 하나 제대로 되는 일이 없었다.

박감독 작품이 별로였다는 건 아냐. 근데 뭐랄까. 좀 현실적이지 못해.

네? 갑자기 무슨 말씀이신지. (일기나 다름없는데.)

아니 생각해봐. 주인공들이 너무 발랄해. 깊이가 없어.

깊이요?

응. 캐릭터들이 자기가 동성애자라고 우기기는 하는데 가슴속에 우물이 없어. 그게 말이 안 돼.

무슨 (좆같은) 말씀이신지.

박감독 세대는 어떨지 모르겠는데, 우리가 느끼기에는 그렇게 별 고통 없이 정체성을 받아들이는 인물이 동성애자인 게 너무 이상하고 어색하게 느껴진다고. 너무 나이브하지 않나, 사회적으로 고립된 소수자들이 왜 그런 말투를 쓰는 건지.(「알려지지 않은 예술가의 눈물과 자이툰 파스타」, 221쪽)

과거 스물 몇 살이었던 화자가 자이툰 부대에 가기에 앞서 "동성애를 훈장처럼 전시하지도, 대상화해 신파로 소모해버리지도 않는 순도 백 퍼센트의 퀴어 영화를 만들리라"(201쪽)라고 결심할 때, 여기에는 사회가 원하는 성소수자의 이미지에 가까울수록 그 재현의 진실성이 확보되어온 저간의 사정에 대한 불편함이 자리하고 있다. 위에 인용된 평론가의 말처럼 '보통 사람들의 보편적 사랑'이라는 정체 모를 기준으로 인해 동성애자들의 발랄함은 "가슴속에 우물이 없어"(221쪽)라는 말로 폄하된다. "보통의 사람들을 설득할 수 있는 치명적인 '지점'"(222쪽)을 만들어내지 않으면 성적 소수자들을 소모적으로 다루는 것이 되어버리는, 보편성과 특수성의 이분법이야말로 박상영이 부수고 싶어하는 요체다.

그러므로 자이툰에 파병 나간 군인이자 동성애자를 주인공으로 내세우고 있지만, 소설이 그리고자 하는 것은 이 특수성을 통해 군대라는 억압적인 공간에서 이중으로 타자화되는 동성애자의 고통과 번뇌에 있지 않다. 그 억압적인 현실의 기제들의 실상이란 '꼰대풍의 풍경화'가 성공적으로 받아들여져 벽화 제작 분대가 출범되고, 그 안에서 이성애자 남자들과 무용담을 나누며 쌓아가는 '가상의 연대감'과 같이 모두 허약한 가짜에 불과하다. 이 반대급부에 놓이는 것은 부족한 재능으로 인해 무너져버렸으나 아직 다 스러지지 않은 예술에 대한 열망들, 그리고 어떤 계산도 없이 상대방을 향해 급속도로 빠져드는 순정한 마음과 성적 끌림 같은 것들이다. 왕샤와 둘만 막사 안에 있었을 때 화자가 느꼈던 성적 충동과, 결국 억제하지 못한 자신을 비참하게 자각하고 자이툰 부대 밖으로 뛰쳐나와 힘껏 달리다 눈물을 흘리는 순간은 소설 안에서 가장 감정의 농도가 짙은 장면이다. 수많은 청춘들이 써온 역사가 그러하듯, 이 애절한 마음은 결국엔 실패한다. 벽화 제작 분대의 마지막 임무가 있던 날, 그들이 철수하는 와중에 폭발음이 들린다. 그들은 살아남았지만 인생의 아주 많은 것들이 순식간에 끝나버릴 수 있다는 것을 배운다. "폭탄이 터지고 사람이 죽어나가는 전쟁터에서 내 감정 따위, 모래 알갱이만도 못한 하찮은 것에 불과했다"(237쪽)는 말은 냉혹한 현실을 마주해본 자의 진심일 것이다. 전쟁이라는 압도적인 재난과 죽음 앞에서 자신의 감정과 정체성에 몰두하는 것 자체가 죄악시되며 자체 검열해야 했던 면이 있었을 것이다. 그러나 여기에는 이성애적 세계와의 마찰음이 없다. 그러니 왕샤와의 사랑이 제도의 인준이라는 완고한 벽과 부딪쳐 피 흘리며 무산되었다고 보는 것은 과잉 해석일 수밖에 없을 것 같다. 그들의 사랑은 동성애였기 때문이 아니라, 다양한 악조건들 속에서 사랑을 인지하고 인정하는 각자의 마음이 지닌 속도의 차이로 인해 서로를 베면서 천천히 어긋난다. 그리고 잠시 스스로를 파괴한 채 무너져 있는 시간을 겪어낸다.

소설의 미덕은 이들의 관계를 쓸쓸하고 아름다운 퀴어 멜로로 그리기보다, 차라리 비극의 통속성 안으로 끝까지 밀어붙이고 그로부터 시간적인 거리를 두고 바라보는 시선에 있다. 과거의 세밀한 감정 교류와 실패의 무게는 경쾌한 희극성의 틀에 다시 담겨 전달된다. 육년 전 퀴어 장편영화를 끝으로 어정쩡하게 제작사에서 일하는 화자, "가짜 게이 새끼"(199쪽) 힙스터 영화감독 다니엘 오, 항공사 승무원을 꿈꾸며 필라테스에 중독되어 살고 있는 게이 '왕샤', 변두리 신도시 P의 풍경을 구성하는 샤넬 노래방과 비욘세 순댓국밥집 등의 소설 속 인물과 배경은 '캠프camp'라고 알려진 열렬한 비예술 취향을 상기시킨다. 질감과 감각적 표면을 강조하고 내용을 희생해 스타일을 취하는 캠프처럼, 이들의 돌발적인 말과 움직임들은 사유나 감정으로의 침잠 없이 표면장력 위에서 경쾌하고 역동적으로 움직인다. 「'캠프'에 대한 단상」에서 수전 손태그는 캠프를 "실패한 엄숙함, 연극적으로 과장된 경험의 감수성"이라 압축적으로 요약한다. 여기서의 핵심은 엄숙함이 실패한다는 것이 아니라, 엄숙함에 어울리지 않는 "과장, 공상, 열정, 순진함 등이 적절하게 혼합"되어 있다는 데 있다. 캠프는 본래 자신을 진지하게 제시하는 예술이지만, 순진무구한 과장과 공상으로 부풀려져 궁극에는 진지하게 받아들일 수 없는 예술이다. 손태그가 든 캠프의 인상적인 예시 중에는 '삼백만 개의 깃털로 장식된 드레스를 입고 돌아다니는 여자'와 건축가 가우디가 바르셀로나에 세운 '사그라다 파밀리아 성당'이 있다. 이 둘은 규모의 차원이나 미학적 평가의 차원에서 모두 다르게 다가오지만, 터무니없는 야망과 열정이 스며들어가 "무절제의 기질"이 돋보이는 "괴이한 탐미주의"를 완성한다는 점에서 상통한다.[12] 이 설명들은 박상영의 소설에서 때로 도를 지나치는 것처럼 보이는 아슬아슬한 유머나 사회의 규범으로부터 자유로워보이는 인물들의 매력이 그 표면의 무절제한 과장과 이면의 진지하고 순수한 열정의 낙차에서 오는 것임을 이해할 수 있게 한다.

소설 속의 작은 에피소드지만 인상적인 장면이 있다. 왕샤는 '미자'에게 술을 마시자고 조르다가 집에 간다는 말에 "너희 이성애자들은 정신상태가 글러먹었어"(226쪽)라며 오늘부터 "못생긴 애나 싸지르는 더러운 이성애를 결사반대"(같은 쪽)한다고 외친다. 난임 클리닉에 다니고 있는 미자가 울먹이자 왕샤가 껴안으며 둘은 백 년 만에 상봉한 이산가족처럼 서로 부둥켜안고 서럽게 울기 시작한다. 곧 정신 차린 나에 의해 미자는 택시를 타고 홀연히 떠나고, 왕샤만 남아 술을

12) 수전 손태그, 「'캠프'에 관한 단상」, 같은 책, 415~416쪽.

사달라고 다시 소리지르기 시작한다. 그런데 여기서 왕샤의 인격 모독적 발언들과 두 사람이 번갈아가며 흘리는 눈물은 어떤 비극적 요소를 전달하기보다, 가벼운 형식의 표출 그 자체다. 이 눈물은 자이툰 부대에서 화자가 힘껏 달리다 흘린 눈물의 묵직함과는 정반대의 지점에 있다. 그들은 이제 자기혐오와 좌절, 굴욕 등의 질척이는 감정들과는 가장 먼 자리에서, 투명하고 천진난만하게 욕망과 대면하는 것 같다.

이 '코팅된 눈물의 정서'는 어떻게 가능해지는가. 여기에는 인생은 연극이라는 은유를 받아들임으로써 젠더와 삶을 자기 패러디적으로 구성하는 방식이 있다. 수전 손태그의 말을 빌리자면 "어떤 존재를 역할 수행자Being-as-Playing-a-Role로 이해하는 것"[13]이다. 인물들은 젠더의 틀을 유동적으로 넘나들며, 단순히 진지함을 넘어 스스로를 한껏 연기하듯 살아간다. 이성애자 오감독은 힙스터이자 게이로 자신을 연출하고, 직설적이며 불도저 같은 성격의 미자는 무너지듯 눈물을 쏟아내며, 왕샤는 넓디넓은 어깨로 흐느낌을 연기한다. 모든 행위는 즉흥적이다. 술에 취한 오감독을 택시 태워 집이 있는 역삼동 쪽이 아닌 화천으로 보내버리고, 노래방 반주기의 시간이 부족하자 "동성애자의 품격을 보여"(229쪽)주기 위해 무선 마이크와 재떨이, 탬버린 등을 훔쳐낸다. 이렇게 연극적으로 과장되고 희화화되어 있는 부조화의 순간들이 맞물리는 가운데, 젠더를 가르고 성공과 실패를 가르는 세속의 엄숙한 규율들은 힘을 잃는다. 그들의 퀴어적 정체성이나 예술은 외부의 인준을 받아야 하는 무엇이 되는 대신, 목적 없이 맨몸으

13) 같은 글, 416쪽.

로 계속 춤을 추는 일과 닮아가는 것이다. 마지막에 화자가 추는 춤이 바닥에 앉아 동그랗게 몸을 말았다가 순식간에 몸을 펴 하늘을 향해 힘차게 뛰어오르는 것이라는 것은 의미심장하다. 과거에 자이툰 부대에서 무작정 달려나가던 수평적인 운동성은 이제 수직적으로 전환되며 자신이 서 있는 자리를 거듭 단단하게 확인하는 방식으로 바뀐다. 어떤 것에도 몰두하지 않는 이들에게 이제 실패는 처절한 것이 아닌, 그 자체를 즐길 수 있는 것이 된다. 그리고 이는 어떤 비애와 맹렬한 고통이라도 모두 철저히 자기애가 스며든 탐미적인 스타일로 승화시켜버리는 캠프의 미학과 만난다. 소설 마지막에 웃고 떠들고 술 먹고 섹스하다 죽을 거라는 말은 보잘 것 없는 자신을 향한 자포자기의 말이 아니라, 맨살로 세상을 대면하며 욕망과 사랑을 그대로 표출하게 된 자기애의 표현이다. 캠프는 진정성 같은 것은 단지 중산층의 속물근성이나 지적 편협성일 수 있다는 의심에서 출발한다. 박상영은 세상이 퀴어 서사에 요청해온 엄숙한 비극성을 폐위시키며, 진리와 아름다움의 전통적 미학에 대한 명랑한 아이러니의 승리를 끌어냈다.

황정은과 박상영의 이 소설들은 2017년 촛불혁명이 이루어진 후에 우리에게 도착한 인상적인 작품들이다. 우리는 혁명과 함께 새로운 시대로 이행했다고 믿고 있지만, 그 새로운 광장에 누락된 어떤 존재들이 있음을 조용히 말하고 있기 때문이다. 황정은은 지적인 형식을 경유하며 소수자의 목소리가 배제되어온 역사성을 끌어오고, 박상영은 캠프라는 자기 패러디적 미학을 통해 퀴어 예술가들의 열정적인 실패에 다다른다. 특정한 성별이기 때문에 공적 질서로부터 배척당하거나 대상화되는 일, 일상 속에서도 끊임없이 성적 역할과 태도를 익혀야 하는 일로부터 자유로워지는 것은 그들 모두에게 공통으로 놓여 있는 과제다. 그러니 황정은과 박상영의 소설 속 존재들은 뜨거운 연대가 아니더라도, 그저 제각기 다른 정체성과 차이를 인정하는 방식으로 함께 나아갈 수 있지 않을까. 소설의 마지막에서 황정은의 소설 속 화자는 여전히 뭔가를 쓰고 있고, 박상영의 화자는 길바닥에서 계속 춤을 추고 있다. 이들은 여전히 미완성의 예술 안에서 어떤 고민과 회의를 안고 계속 나아가는 중이다. 이 미완의 움직임은 아직 특정한 사상이나 방향이 담기지 않았기에 오히려 더욱 자유로워 보인다. 광장은 이들의 새로운 지성과 명랑으로 폭발하며 다시 태어나고 있다.

(2018)

관조가 아닌, 연루됨을 위해
—미투-위드유[1]

1. 비평적 백래시에 대해

'문학평론가로서의 나'가 '시민으로서의 나'와 결코 분리될 수 없음을 뼛속 깊이 느끼게 해준 것이 '#문단내성폭력' 해시태그 운동과 '미투 운동'이다. 이 사건들은 문학평론가로서의 내가 잊고 있었던 결정적인 현실의 한 자락을, 그러나 아주 작은 진실이 아니라 너무나 긴 계보를 지닌 채 광대하게 펼쳐져 있어 싸움의 대상으로조차 인식할 수 없었던 '익숙한 무지' 상태에 대해 일깨워주었다. 내게 미투 운동에 감응하는 것은 2009년 용산 참사 앞에서, 2014년 세월호 사건 앞에서 분노로 처참해진 마음을 추스르고 그럼에도 불구하고 끝내 애도할 수 없음에 절망해온 맥락들과 다르지 않다. 그것은 당연히 생물

1) 이 글은 『21세기문학』 2018년 여름호에 긴급하게 마련된, '미투-위드유' 코너에 수록된 글이다. 당시 편집위원들은 열 개의 질문을 보내와 이에 대한 답변의 형식도 좋고 이와 무관한 입장 표명도 가능하다며 글의 방향을 열어두었다. 나는 그 질문들 중 세 개를 선택해 미투 운동에 대한 입장을 짧게 밝혔다.

학적 성별과 무관한 일이며, 다만 구조적으로 자행되어온 문제들 앞에서 자신의 무지와 무감함에 대한 통렬한 자각이 동반되는 일이었다. 그리고 이 고통의 무게를 나눠 지는 동감의 힘이야말로 문학이 오랫동안 망각하지 않고 지켜내온 근본적인 동력이라고 생각한다.

하지만 생각보다 많은 평론가들이 미투 운동 앞에서 극소수가 지닌 과격함이나 선동성에 대해 말하며 거부반응을 보이는 것은 놀랍다. 한 문화평론가는 「선택-문화현상」이라는 글에서 미투 운동의 "'정당함' 혹은 '정치적 올바름'이 그 반대편의 모든 논의와 성찰을 가려버릴 수도 있다는 점"과 "페미니즘이 뜨면 모두가 페미니즘의 눈치를 보는 그런 분위기"를 우려한다.[2] 한편 온당한 말이지만 그가 당분간 한국사회에 나오기 어려울 것이라며 아쉬움을 담아 예시로 드는 소중한 존재들이 해시태그 운동을 '청교도주의'라며 우려했던 카트린 드뇌브와 미투 운동을 '마녀사냥의 반복'이라고 불렀던 미하엘 하네케 두 사람이라는 점이야말로, 자신의 젠더 감수성으로 허용할 수 있는 임계점이 지극히 낮다는 사실을 너무나 투명하게 드러내는 것이 아닐까.

한 문학평론가는 「소설이라는 형식—요즘 소설 감상기」에서 자신이 말하는 '지금'을 '세월호 이후'라는 데 방점을 찍으며 독해를 시작한다. 각각에게 자신의 현재를 구성하는 가장 중요한 사회적 사건이 다를 수밖에 없지만, 왜 굳이 저 강조가 필요했는지는 곧 드러난다. 그가 세월호를 다룬 작품들 중 섬세하게 골라낸 "미학적 수준과 깊이를 갖춘 것들, 곧 아름다운 소설의 목록" 바깥에는 "복잡한 문제"를 "복잡하게 취급"하지 못하는 대다수의 '페미니즘 소설'이 있기 때

2) 문강형준, 「선택-문화현상」, 『문학동네』 2018년 봄호, 594쪽.

문이다. 어쩌다 이런 거친 이분법의 도정을 밟게 되었을까. 그의 글의 서두에서부터 잘못 꿰어진 첫 단추를 찾아볼 수 있다. 그는 『82년생 김지영』이 인용한 통계적 '사실'들이 과연 사실인가에 대한 수많은 갑론을박이 여전히 진행중이라는 이야기에 이어, "현실의 비참이 사실이 아닐 수 있다는 것과 커다란 분노가 진실이라는 것은 조금도 모순되지 않는다. 그렇다면 시원스레 합의되지 않는 현실의 비참에 미학을 시급히 내어주느니보다는 커다란 분노라는 진실로부터 새로운 미학을 찾아내는 게 더 남는 장사일 것이다"라 말한다.[3] 그러니까 그는 지금 많은 여성들이 느끼는 '커다란 분노'와 무관하게 여성들이 경험하는 '현실의 비참'은 조작된 거짓일 수 있다는 것을 전제로 출발중이다. 소설 속 조작된 거짓 통계에 여성들이 우매하게 선동당하고 있음을 우려하는 이 태도는 그가 정말 2018년을 살고 있는 것인지 믿기 어렵게 한다. 나는 지금 그 소설 속에 쓰여 있는 모든 정보가 사실이라고 주장하려는 것이 아니다. 어떤 정보든 감정적 층위를 포함하고 있으며, 정보의 아카이빙 역시 선별 과정을 거친 것이기 마련이다. 그러나 현재 너무나 많은 여성들이 자신을 내걸고 일상 속에서 경험한 피해 사실들을 공적으로 발언하는 미투 운동이 진행되는 중임에도, 한 남성 평론가가 "(여성들이 겪는) 현실의 비참이 사실이 아닐 수 있다"라고 말할 때 여성들이 말하는 차별과 불의는 순식간에 실재하지 않는 것이 되어버린다. 여성들의 진지한 발화를 감정과 악의적 해석으로 구성된 가짜 서사로 취급하는 음모론에 빠져 있기에, 그로서는 "여성의 고백이나 고발의 형식을 취한 소설들" 중에 자신에게 "무언

3) 황현경, 「소설이라는 형식-요즘 소설 감상기」, 『문학동네』 2018년 봄호.

가를 더 생각해보게 하는" 서사가 없다는 이유로 SNS의 몇 줄 문장의 실효성과 비교하며 이상적인 페미니즘 소설의 기준으로부터 기각시키는 일이 손쉬웠을 것이다. 단순하게 멈춰버린 자신의 부족한 성찰력을 작품 판별의 중요한 기준으로 두는 이 놀라운 자신감 앞에서 전문가의 '반지성주의'가 얼마나 무서운지 생각하지 않을 수 없다.

미투 운동은 무엇일까. 그것은 다만 여성들의 말을 진지하게 듣기를 사회에 요청하는 아주 단순한, 하지만 참으로 지난한 일인 것 같다. 물론 미투 운동을 비롯해 모든 페미니즘 운동에도 균형이 필요할 것이다. 약자들의 혐오는 왜 더 약자에게 향하는지, 남성임에도 불구하고 스스로를 약자로 인식하는 이들의 의식과 감정구조가 생성된 사회적 맥락을 읽는 것은 필요하고 의미 있는 작업이다. 한국은 남성들 역시 살기 힘든 나라가 맞는다. 강압적인 규율을 습득하게 되는 군대 문화를 비롯해서 저임금과 고용 불안에 시달리는 비율 역시도 선진국에 비해 높은 것이 사실이다. 그러므로 남성들 스스로 기득권을 가지고 있다는 것을 받아들이기 어렵겠지만, 지금 미투 운동은 그런 남성들에 비해서도 여성들이 압도적으로 열악한 위치에 놓여 있는 구조 자체를 말하고자 하는 것이다. 검사와 같은 사회적 권력을 가진 여성들도 어김없이 성추행의 대상이 되어왔다는 것, 반대로 어떤 권력도 쥐고 있는 것처럼 보이지 않았던 약한 남성들의 상당수가 가해자였다는 것이 우리가 세계적인 미투 운동 속에서 계속해서 확인하게 되는 바다. 직접 추행이나 폭행이 일어난 사건이 아니더라도 몰카와 리벤지 포르노의 불법 유출을 비롯해 이를 관음하고 묵인하는 구조 속에서 여성들이 사실상 '이등 시민'으로 취급되어온 정황은 점점 분명해지고 있다. 그러니 백래시의 많은 발화들에서 그런 범죄를 저지르는 남성들이 '예외'라는 것에서 시작해 한국사회 안에서 '약자로서의 남성성'을 언급하고 '섹슈얼리티의 동등한 자유'를 말하는 것 자체가 방향성을 잃은 지적일 수밖에 없다. 그것은 궁극적으로 그간 긴 침묵을 감수해온 여성들에게 다시 발화를 망설이게 하고, 피해 사실을 자기검열하게 한다. 그리고 다시금 여성들에게 남성을 향한 강제적 관용을 요청한다. 물론 신자유주의와 같은 체제 아래서 모든 개인들은 약자일 것이다. 그러나 그 가운데서 지금 어떤 성별이 구조적으로 취약한 약자의 자리에 놓여 있는지조차도 인정하지 못하겠다면, 해일이 밀려오는데 한가하게 백래시나 하고 있는 이들로 인해 무의미한 싸움은 계속될 것이다.

2. 비평은 미투-위드유 운동에서 무엇을 할 수 있을까

흥분을 가라앉히고 조금 더 차분하게 다른 이야기를 시작하고 싶다. 최근에 다양한 매체에서 적극적으로 조망하는 '페미니즘 소설'이나 '페미니즘 비평'이라는 용어를 둘러싼 거부감이 있다면 아마도 다음과 같은 의혹에서 연유하는 것이 아닐까. 압도적인 현실이 먼저 자리하고 그것을 사후적으로 재현하는 것이 문학의 역할일 수 없으리라는 것, 사회 표면의 강력한 흐름과 일치하는 문학이란 사회를 구성하는 무의식을 통찰하고 그 전체를 움직이는 것과는 다른 거친 지점에 있으리라는 것. 전 세계적으로 미투 운동이 급속하게 퍼져나가고 의식의 변화가 빠르게 일어나는 상황에서 마치 문학이 현실을 따라가는 모양새가 되는 것은 또다른 억압을 만들어내는 일이기에 당연히 지양되어야 한다.

하지만 창작의 영역과 달리, 비평은 작품에 사후적으로 그리고 정치적으로 개입하며 해석해왔으므로 지금 비평가로서 어떤 관점을 가지고 문학사를 재구성할 것인가는 중요한 문제라 생각한다. 1990년대는 페미니즘 문학의 부흥기였지만 어느 순간 확고한 페미니즘 문학의 범주가 여성 작가들에게는 벗어나야만 하는 하나의 굴레가 되었던 것 같다. 그 결과 2000년대 한국문학은 페미니즘 문학의 경계를 적극적으로 무화시키는 방향으로 진화했다. 2000년대는 그야말로 어떤 것들도 다 페미니즘 문학이 될 수 있는 것처럼 보였고, 이러한 현상이 페미니즘 문학이라는 의미를 텅 비게 만들었다. 페미니즘 문학은 해방을 맞은 것일까, 도둑맞은 것일까. 하지만 결과적으로 비평장 안에서 여성성은 타자성이라는 범주 안에 흡수되면서 여성에게 부과되고 있는 여러 현실적 특수성에 대한 인식까지도 자연스럽게 지우는 결과를 낳았다. 그럼 지금 다시 페미니즘 문학이라는 것을 어떻게 재구축하며 나아갈 것인가.[4] 어렵긴 하지만 보편성과 특수성이라는 틀 안에 갇히지 않는 유연성을 최대한 확보하는 게 중요할 것 같다. 여성성이라는 것에 고정된 의미를 담는 대신 다중적이고 모순적인 상태로, 언제나 논쟁의 대상으로 불안정하게 남겨둬야 한다. 페미니즘 문학을 명쾌하게 정의 내리려고 하는 순간, 어떤 순수성에 대한 욕망이 작동할 수밖에 없고 그것이 오히려 페미니즘 문학을 탈정치화시킬 수도 있기 때문이다.

전술한 말들이 혹여나 추상적으로 들릴 가능성을 우려하면서, 강화길의 「방」을 각색해 무대에 올린 연극 〈우리는 이 도시에 함께 도착

4) 여기에서 언급한 내용은 이 책의 1부에 실린 「2000년대 여성 소설 비평의 신성화와 세속화 연구—배수아와 정이현을 중심으로」를 통해 보다 학술적인 논의를 펼쳐보고자 했다.

했다〉를 떠올려본다. 어느 날 원인을 알 수 없는 폭발로 폐허가 된 도시가 있고, 정부는 거액의 급료를 제시하며 도시를 복구할 인력을 모집한다. 그리고 매일 저임금의 고된 노동에 시달리고 있던 수연과 재인은 자원해 그 도시로 간다. 함께 살 전셋집을 마련해 "좋은 곳에서 시작하고 싶다"는 그들의 소박하고 아름다운 희망과는 달리, 그곳에서 그들의 몸은 화석처럼 굳어지며 서서히 죽어간다. 연극은 두 사람이 각자 자신의 속내를 방백하는 대신, 상대방의 상황과 마음을 내레이션하도록 설정해두었다. 이는 그 두 사람이 내밀한 사랑 끝에 이미 서로가 하나임을 보여주는 아름다운 장치이지만, 어느 쪽이 먼저 병들어 죽든 간에 다른 한쪽도 이와 무관한 운명일 수 없음을 섬뜩하게 예기하기도 한다. 소설과 연극은 모두 이 두 사람이 레즈비언이라는 사실에 집중하지 않는다. 두 사람은 그저 가장 사랑하는 사람과 같이 조금 더 좋은 환경 속에서 살고 싶어할 뿐이다. 연극은 그 사소해 보이는 꿈이 어떤 이들에게는 곰팡이로 뒤덮인 화장실을 써야 하고, 이름 모를 것들이 뿜어내는 냄새에 구역질을 해가며 알 수 없는 시체를 처리해야 하는 일이 되는지 그려낸다. 이 고립과 부서진 꿈은 정말 그들이 '가난한 레즈비언 커플'이라는 사실과 무관한가. 모든 구성원들을 문화적으로 동등하게 인정해주는, 신자유주의가 유포한 평등이라는 신화가 무엇을 가리고 있었는가는 서사가 진행되어가며 점점 분명해진다. 우리가 여성이나 퀴어에 접근할 때 보편성과 특수성이라는 틀을 벗어나야 하는 이유는 여기에 있다. 문화정치의 차원이 강조될수록, 물질적 삶의 문제를 다루는 정치경제학은 희미해질 수밖에 없기에. 연극에서 "같이 살자"는 말은 동반자로서 함께 살자는 달콤한 제안이지만, 다시 떠올릴수록 그 말은 함께 살아남자는 당부의 말처럼 들린다. 경제적인 불안정성을 비롯해 정체성으로 인해 수시로 찾아오는 위협들은 여성과 퀴어의 자리를 분리할 수 없게 한다. 이런 상황에서 페미니즘 비평과 퀴어 비평이 다른 말일 수는 없을 것이다. 페미니즘 비평은 불연속적인 모순들로 가득한 젠더 범주들을 가로지르며, 새로운 삶의 형태들을 발견해가며 경쾌하게 이어져야 한다. 지금의 내게 페미니즘 비평은 다른 이에게 "같이 살자"며 손을 내미는 연대의 비평이다.

당연하게 받아들여왔던 것들과 배워온 것들을 의심하게 된 변화가 페미니즘 운동이 내게 준 가장 귀중한 태도다. 페미니즘은 일상을 감각하는 방식을, 예술에 감응하는 방식을 바꿨고, 연대와 운동의 방식을 바꾸고 있다. 비평가로서 축적되어온 페미니즘 이론에 기대어 가면서도 막상 현실의 압도적인 변화 앞에 서서는 그 이론들조차 의심하곤 한다. 이론을 익혀온 대로 능숙하게 다루는 대신, 정적이고 무역사적인 실존으로부터 기어나와 오히려 어떤 서투름으로 다가서는 현실과의 긴장이 존재할 때만 새로운 문학들을 제대로 읽어낼 수 있다고 생각한다.

3. 이 글이 내게는 어떤 의미를 갖는가. 왜 쓰는가.

정말 잘 알았다면 쓰지 못했을지도 모르겠다. 2016년 가을에 '#문단내성폭력' 해시태그 운동 이후에만도 너무 많은 일들이 일어났고, 나는 여전히 모르는 것이 너무 많다. 당사자가 아니기 때문에 혹은 특정 사건이나 페미니즘에 대해 충분히 알지 못하기 때문에 등등의 이유로 발언하는 것이 어렵다는 이야기를 들을 때마다, 그들의 조심스러움과 대비되는 나의 경솔함을 되돌아보면서도 에너지가 허락하는 한 뭐든 더 말해야만 한다고 생각했다. 의미 있는 말이 되지 못하더라도, 설사 방향이 비껴가서 나중에 반성하게 되더라도, 누군가는 여전히 같은 자리를 맴돌며 고민중이라는 걸 알리기 위해서 썼다. 관조하는 구경꾼이 되지 않기 위해, 실패를 통해서 다시 질문하기 위해, 불편하게 계속 연루되기 위해 썼다.

전 세계적으로 벌어지고 있는 거대한 혁명인 미투 운동이 신성화되지 않기를 바라며 썼다. 그 앞에서 우리가 어떤 진영으로도 나뉠 수 없다는 것이 아니라, 그 운동이 어떤 문제도 없이 순수하거나 무결하다고 말하려는 것도 아니라, 지속적으로 또 근본적으로 운동을 이어나가기 위해서 더 많은 불협화음 속에서 예측 불가능한 의견들과 마주치기를 바라며 썼다.

(2018)

2000년대 여성 소설 비평의 신성화와 세속화 연구
—배수아와 정이현을 중심으로

1. 2000년대 소설의 윤리 속에서 누락된 것

지금 여성 소설에 대해, 여성 소설 비평에 대해 이야기를 해야 하는 이유는 무엇인가. 2010년대 중반부터 세계적으로 불어닥친 페미니즘은 담론 이전에, 일상생활 전체를 범람하는 하나의 운동으로서 등장했다. 사회적으로는 『맥심코리아』 표지 논란과, '소라넷' 사태에 이어 강남역 살인 사건, 성우 김자연씨의 해고 등을 둘러싸고 여성혐오에 대한 문제제기가 꾸준히 이어져왔다. 이 목소리들이 본격적으로 한국문학장 안에 기입되기 시작한 것은 2016년 10월 '#문단내성폭력' 말하기 운동에서부터였다. 억압되어온 많은 목소리들이 SNS를 통해 수면 위로 올라오기 시작했고, 이에 대해서 적극적으로 응답하려는 노력과 논란이 있었다.[1] 이 과정을 거치며 많은 문학잡지에서 페미니즘 비평이 등장하기 시작했다. 성폭력과 관련해 사회적 층위를 다각도로 재현하는 박민정, 강화길, 임현 등 젊은 작가들의 작품이 비평장에서 활달하게 조명되었고, 조남주의 『82년생 김지영』이 베스트셀러로 등극함에 따라 새로운 문학의 흐름을 포착하고자 하는 저널리즘의 관심 대상이 되기도 했다. 그러나 새로이 등장한 페미니즘 문학들에 대한 평가가 문학장 안에서 긍정적이기만 했던 것은 아니다. 특히 『82년생 김지영』에 대해서는 '미학성'과 '정치적 올바름'을 둘러싼 비판적 논평들이 계속되어왔다. 이를 들여다보면 요즈음의 여성 소설 비평은 어떤 곤혹 속에 빠져 있는 것 같다. 2010년대인 현재 좋은 여성 소설이란 무엇인가. 여성 소설에 대해 말할 때, 텍스트의 미학성만을 이야기하는 것은 어떤 의미와 효과를 갖는가. 소설의 미학적 논리 역시 시대와 계속해서 쟁투하며 만들어지는 것이 아닐까. 성급히 어떤 판단 기준을 도입하기 이전에, 비평장 안에서 자연스럽게 반복되고 있는 '문학성'과 '미학성'이란 단어를 구성해온 담론의 역사를 계보학적으로 추적해야 할 필요성이 있다.

여성 소설을 말하기에 앞서 느끼는 곤혹은 우리가 그 용어를 의도적으로 탈각한 것이 아니라, 한국문학사의 진화 속에서 자연스럽게 넘어섰다고 믿어왔기 때문인 것 같다. 돌이켜보면 한국문학장 안에서 '여성 문학'이라는 말이 사라지기 시작한 것은 2000년대 중반이었던 것처럼 보인다. 그 이전 2000년대를 맞이하면서 1990년대 문학을 정리하며 벌어졌던 좌담들을 살피면, 여성 문학은 짚고 넘어가야 할 하나의 중요한 카테고리였다. 1980년대와 비교했을 때 1990년대는 여성 작가들의 활동이 유독 활발했으며 그 성과도 높았다는 평가가 주

1) 2016년 가을 이후 문학장 안에서 벌어졌던 문제들에 대한 정리와 비판은 다음의 글들을 참조할 수 있다. 소영현, 「페미니즘이라는 문학」, 『문학동네』 2017년 가을호; 양경언, 「'#문단_내_성폭력' 말하기 운동에 대한 중간 기록」, 『여/성이론』 2017년 하반기.

를 이루었다. "페미니즘의 입장에서 본다면 여성 문학사의 새로운 차원이 열리는 연대"이자, "페미니즘 문학이야말로 민족 문학 이념의 위축 이후 이 땅에서의 가장 진보적이고 전위적인 문학운동"(이광호)이었다는 것이다. 소설에서 일상성의 미학적·도덕적 복권에 "일상성의 영역에 익숙하고, 바로 거기에서 삶의 현안들을 찾아내는 능력들"(황종연)을 가진 여성 작가들이 큰 기여를 했다는 점도 지적되었다.[2] 물론 그에 못지않게 회의적인 지점도 많았다. 창작의 측면에서 볼 때 여성 문학 자체가 '페미니즘은 휴머니즘이다'는 입장에서 "도식적인 결론에 이른다는 문제"가 나타나며, 여성 문학 비평의 측면에서는 형식과 내용의 이분법적 대립기가 무의미해진 상황에서 구심점을 잃어버린 채 "치외법권 지대"(김미현)에 놓이게 되었다는 우려 또한 대두되었다.[3] 여기에는 지금 현재도 진행중인 중요한 문제의식이 놓여 있다. 여성이라는 특수성은 보편성을 대변할 수 있는 것인가. 1990년대 대표 작가로서의 신경숙을 우호적으로 논의하는 좌담 과정에서, 한 남자 평론가가 신경숙을 '여류 작가'라는 편견 안에서 바라보지 말고 '인간의 목소리'를 내고 있다고 보는 것이 타당하다는(김동식) 말을 던질 때,[4] 여기에는 여성 문학의 특수성에 대한 위계적인 가치판단이 자리하고 있다. 한국문학사 안에서 여성 문학의 성과가 가장 높이 평가되던 시점에도 여성이라는 범주는 남성의 대타항이 아니라, 결여되

2) 황종연·진정석·김동식·이광호(사회), 「좌담: 90년대 문학을 어떻게 볼 것인가?」, 황종연 외, 『90년대 문학 어떻게 볼 것인가』, 1999, 민음사, 44~46쪽.

3) 신수정·김미현·이광호·이성욱·황종연, 「좌담: 다시 문학이란 무엇인가」, 『문학동네』 2000년 봄호, 404~405쪽.

4) 황종연·진정석·김동식·이광호(사회), 같은 글, 42쪽.

거나 협소한 것으로서 인지되어온 것이다.

그렇다면 2000년대는 어떠했는가. 2000년대 소설의 특징을 규정하고 새로움을 찾는 모색이 활발하게 벌어진 것은 2005년경부터였다.[5] 사실상 무경향이라고 할 만큼 하나의 세대나 집단으로 특권화하지 않는 이 다종다양한 소설들은 1990년대와는 달리 대타 의식이 불러오는 강박과 포즈로부터 자유로우며, 주체의 왜소화를 보여준다고 말해졌다. 이때 자주 호명된 박민규, 편혜영, 김중혁, 김애란, 박형서, 이기호, 한유주 등의 작가들은 '혼종적 글쓰기 혹은 무중력 공간'(이광호), '망상의 메커니즘'(김형중), '탈현실의 문법과 상상력'(심진경), '탈내면의 상상력'(김영찬) 등으로 수식되었다. 1990년대와의 변별점을 위해 현실과 내면으로부터 벗어나고 있음을 강조하고 있었지만, 공통성은 희미했고 그것은 '환상'이라는 느슨하고 추상적인 명칭으로나 간신히 묶이는 것처럼 보였다. 편집증적 유머와 거짓말로 대변되던, 다소 몸이 가볍던 이 주체들은 2000년대 후반에 접어들면서 타자성과 윤리라는 키워드와 접속한다. 타자성은 마치 모든 것을 빨아들이는 블랙홀 같은 키워드였다. 여기에 포섭된 이들의 한쪽은 국경을 넘는 이주 노동자, 외국인, 이방인 등의 '호모사케르'였고, 다른 한쪽은 좀비, 늑대, 유령, 귀신 등의 주체성이 희박한 환상적 존재였다. 그리고 현실과 환상 양극단에 놓여 있던 이 타자들과 대면해 응답하

---

5) '한국 문학의 새로운 문법'(『문예중앙』 2005년 봄호); '2000년대 문학의 새로운 모험'(『문학과 사회』 2005년 여름호); '과잉의 상상력'(『문예중앙』 2005년 여름호); '외계로부터의 타전'(『문예중앙』 2005년 가을호); '2000년대 문학의 (불)연속성'(『문예중앙』 2005년 겨울호); '2000년대 한국 문학이 읽은 시대적 징후'(『창작과 비평』 2006년 여름호); '지금, 소설이란 무엇인가'(『세계의 문학』 2006년 겨울호) 등의 특집 속에서 당시 활발하게 담론이 전개되었다.

는 문학적 태도가 바로 '윤리'였다.

2000년대 윤리 담론을 개별 주체의 자유와 책임에 기반한 것으로 읽어낼 때 오히려 타자와의 관계가 누락되는 것은 아닌지, 당시 윤리 담론이 봉착한 문제들에 대한 비판들이 적지 않았다.[6] 하지만 이는 문학은 철학 혹은 정치와 동일한 윤리를 요청받지 않으며, 이방인이라는 사건의 도래에 대한 문학적 충실성은 "'모국어의 한계를 어떻게 돌파할 것인가' 하는 질문에 응답하려는 고투 속에 있을 것"[7]이라는 말로써 반박되었다. 그리고 이는 '성을 사유하는 윤리적 방식'으로 이어졌다. 성性과 윤리는 어떻게 만나는가. 김형중은 2000년대 여성성을 다루는 방식을 대변하는 듯한 이 평론에서 타자를 '이방인화'하지 않을 때 윤리가 발생한다는 가라타니 고진의 말을 경유해, 여성 역시도 이상화하고 신화화함으로써 '이방인'이 아닌 "윤리와 교통의 대상으로서의 타자"로 대하는 것이 중요하다고 강조한다.[8] 그가 다루는 대상 텍스트는 진수미, 이민하, 진은영, 황병승, 김민정의 시와 김연수, 천운영, 배수아, 윤성희, 강영숙의 소설이다. 여기서 특히 남성 작가인 김연수의 소설과 황병승의 시를 포함시킨 데는 섬세한 분류가 작동한 것으로 보인다. 그는 김연수의 소설에서 이해할 수 없는 여자친구의 죽음에 대한 탐색이 "언어로도 등정으로도 도달할 수 없는 곳이 바

6) 서동진, 「차이의 윤리라는 몽매에서 어떻게 벗어날 것인가」, 『문학판』 2005년 가을호; 정영훈, 「윤리의 표정」, 『세계의 문학』 2008년 여름호; 김미정, 「'버려야만 적합한 것이 되는 것'의 윤리」, 『문학동네』 2008년 가을호 등.

7) 김형중, 「사건으로서의 이방인—'윤리'에 관한 단상들」, 『문학들』 2008년 겨울호, 50쪽.

8) 김형중, 「성(性)을 사유하는 윤리적 방식」, 『창작과 비평』 2006년 여름호, 248쪽.

로 타자의 처소라는 사실을 용인"한다는 점에서 타자의 절대적 외부성을 인정한다고 보고, 황병승의 '시코쿠'로부터는 하나의 젠더로 고정되지 않는 "개별자들의 수만큼 많은 성적 정체성"의 존재를 읽어낸다. 작가나 인물의 성별을 다루는 데 있어서 철저히 생물학적인 이분법적 성별의 도식을 해체하고, 타자의 절대적 외부성을 용인하는 윤리를 발생시키며, 타자들이 함께 기거하는 윤리적인 의사가족pseudo-family을 구성하기에 이르는 이 평론에서 좋은 여성성은 곧 윤리성과 완벽하게 등치된다. 이 평론을 예외적인 독법으로 보기는 어렵다. 오히려 여성성 자체에 대한 논의가 드물어지던 시점에 적극적으로 여성성의 새로운 의미 규정을 위해 분투하는 시대감각에 충실한 글이었다. 천운영 소설에 대한 평론을 거의 마지막으로 여성주의 독법은 사라지고 있었고, '백수들의 위험한 수다'라는 제목 속에 박민규, 정이현, 이기호가 함께 묶이고(정혜경), '문명의 심연을 응시하는 반문명적 사유' 속에 천운영, 윤성희, 편혜영이 같이 논의될 때(박혜경) 이는 편협하다기보다 여성 작가들의 자리를 한정 짓지 않는 독해로 받아들여졌다. 2000년대는 한국문학의 한 특수지대로서 존재했던 여성 문학이 보편성을 얻고 오히려 그 부산물로 "남성 문학이라는 특수지대"[9]가 나타난 것이 아닌가 하는 분석은 당시의 분위기를 잘 보여준다. 2000년대 소설 담론이 창출해낸 윤리성의 보편적 틀은 차이로서의 여성의 자리를 사실상 지우고 있었다.

그렇다면 문학 속에서의 윤리가 아니라, 여성주의 안에서의 윤리는

---

9) 손정수, 「남성문학의 시대?」, 『비평, 혹은 소설적 증상에 대한 분석』, 계명대학교출판부, 2014, 118쪽.

다른 것일까. 이 시대 대표적인 여성주의 철학자라 할 버틀러가 비슷한 시기 2005년에 미국에서 출간한 『윤리적 폭력 비판Giving an Account of Oneself』[10]을 보면, 그는 푸코가 말년에 천착했던 주체 형성 이론을 이어받아 "스스로의 존재론적인 지평의 한계를 드러내는 방식으로 자기를 만들어내는" 윤리적 주체를 말하고 있다. 인간이 일인칭 독백에 갇힌 채 구조를 반복하는 종속된 존재가 아니라 '너'에게 말하면서 비로소 '나'가 되는 담론적 상황 속에 자리한다는 것, "타자와의 관계에서 기꺼이 훼손당하려는 자발성"에 대한 강조는 사실상 2000년대 중반 이후 한국의 문학장 안에서 강조되었던 타자성 담론과 아주 멀리 떨어져 있는 것처럼 보이지 않는다. 작가나 인물의 생물학적 성별을 철폐하는 데까지 나아가야 한다는, 여성 역시 다른 타자들에게 열려 있을 때에만 비로소 또하나의 주체로서 자리할 수 있다는 이 암묵적 정언명령은 2000년대 비평장 안에서 충실하게 적용된 것처럼 보인다. 그러나 당시 가장 최신의 여성주의 담론과 한국문학 텍스트의 조화로운 접합은 현실과 무관한 것이었다.

2. 여성 소설 비평의 신성화

배수아를 두고 2000년대 작가라고 하기는 어렵다. 그는 '1990년대 작가군' 중 한 명이었고, 2010년대 중반이 넘은 지금에 이르러서도 여전히 스스로의 작품세계를 갱신하며 앞으로 나아가고 있는 놀라운 작가다. 그의 작품의 오랜 생명력은 시대와 밀착하는 직접적인 소재나 주제를 차용하는 것이 아니라, 주체의 개별성에 주목하면서 무

10) 주디스 버틀러, 『윤리적 폭력 비판』, 양효실 옮김, 인간사랑, 2013.

국적無國籍의 서사를 만들어내는 데서 시작하기 때문인 것처럼 보이기도 한다. 그의 작품은 언제나 꾸준히 비평장의 관심 안에 있어왔지만, 그의 소설에 대한 독해가 특히나 성性과 관련해 문제가 되었던 것은 2000년대 중반의 일이었다. 여기서는 배수아의 소설 중에서도 『에세이스트의 책상』을 둘러싼 비평들을 논하고자 한다.

배수아의 『에세이스트 책상』[11]은 작가의 중요한 대표작에 속할 뿐만 아니라, 2000년대 소설장 안에서 중요한 논쟁의 대상이 되었던 텍스트다. 이 소설의 화자는 겨울의 강한 추위 속에서 M과 나눴던 사랑을 기억 속에서 하나씩 길어올리고, 그 여리고 연약했던 사랑이 어떻게 의심과 불안 속에서 파괴될 수밖에 없었는가를 잔인할 만큼 섬세하게 그려나간다. M과 내밀한 사랑을 나누는 장면에서 화자는 M의 맨몸의 촉감을 더없이 감미롭게 음미한 뒤, 무언가 직감하며 비통에 젖는다. "연약하고도 연약한 M. 나는 견디나 너는 견디지 못하리라, 그리하여서 마침내는 너는 견디나 나는 견디지 못하게 되리라."(123쪽) 이 문장의 의도적인 목적어 생략으로 인해 화자의 '견딜 수 없음'은 우리가 인생에서 필연적인 파멸과 파국을 예감하는 모든 순간으로 확장되며 깊은 비애를 끌어온다. 인생의 가장 황홀한 순간은 가장 치명적인 비극의 직감과 맞닿는다. 이 감각의 불멸성과 보편성에 집중한다면 덧붙일 말은 무한해지겠지만, 이 보편에는 무언가가 누락되어 있다. 이 소설의 중반부가 지나서야 밝혀지는 것처럼, 주인공인 '나'와 'M'의 성별은 모두 여성이기 때문이다.

두 사람의 성별을 인지하며 소설을 읽는다면, 화자와 M의 사랑은

11) 배수아, 『에세이스트의 책상』, 문학동네, 2003.

여러 사회적 창살 속에 갇혀 있음이 뚜렷하게 드러난다. 소설 초반부에 정신적 빈곤과 경박함의 상징처럼 등장하는 '요아힘'은 돈에 연연하는 성정과 과시욕을 숨기기 위해서인 듯, M과의 사랑을 돈과 특이한 문화적 취향의 결합으로만 평가절하한다. 이 앞에서 화자는 '빈곤'한 경제적 계급과 '동양인'이라는 인종적 정체성에 꼼짝없이 갇히고 말며, 그 의심에서 벗어나기 위해 '보편적'인 것으로서 자신의 사랑을 증명하기 위해 애써야만 한다. 독일어 강습으로 인해 만나게 되는 '에리히' 역시 "경멸감을 안고"(123쪽) 씰룩거리는 입술로 나와 M에게 다가오고, 다분히 의도적으로 동양인 여성 작가 '요코 다와다'와 동성애자로 알려진 음악가 '슈베르트'를 언급한다. '동양인 여성'이자 '동성애자'라는 화자의 정체성과 그의 사랑은 보편의 위치로 도약하지 못하고 모욕감과 함께 떨어져내린다. 이때 M이 언어의 '정신성'과 '보편성'을 반박하듯 말하다 에리히에 의해 말이 잘리는 장면은, 마치 화자와 M의 사랑이 지극히 '육체적'이며 '특수성'을 가진 것임을 인정하도록 추궁받는 순간처럼 보인다.

화자가 M으로부터 에리히와 잠자리를 한 적이 있었다는 말을 듣는 순간부터 그들의 사랑은 강렬한 수치심과 함께 파국으로 흘러간다. 소설은 이때부터 다시 외부의 현실을 지우고, 이 사랑이 남겨놓은 짙은 수치심과 그것마저 옅어지면서 M과의 기억이 서서히 추상화되는 과정을 그려간다. 그러니 이 소설의 서두에 자리한 압도적인 문장들이 음악과 죽음의 절대성에 대한 것임은 당연할지도 모르겠다. 가장 추상화된 예술인 '음악'과 가장 추상화된 형태의 삶인 '죽음'은 너무나 간절히 갈망했지만 끝내 가닿는 데 실패한 M과의 사랑에 대한 완벽한 환유로 남는다. 그 사랑의 불가능과 고통스러운 고독을 정확하게 직시하며 화자는 "더 많은 음악"이라는 말을 반복해서 중얼거린다.

그러니 이 소설의 공식적인 첫 독해라고 할 수 있는 김영찬의 해설에서 "M에 대한 사랑은 예술적·정신적 삶, 그 안에서 살아가는 내면적인 단독자로서의 삶에 대한 사랑을 다른 방식으로 외화하는 것"으로 말해진 것은 작가의 의도에 가장 부합하는 정확한 독법이었을 것이다. 그러나 더 흥미로운 것은 이후 펼쳐진 리얼리즘 독법에 대한 논쟁들이다. 이 소설 속 화자의 정신주의가 "영·육靈肉이 쌍전雙全하는 삶에 대한 얼마만큼의 무지를 드러내는 주장인지"[12]를 제대로 인식하고 있지 못하다며 비판한 백낙청의 리얼리즘적 독법은 이후에 김영찬과 김형중 등에 의해 효과적으로 반박된다. 김영찬은 백낙청이 이 소설에서 표출되는 정신주의를 "다분히 '허위의식' 이상도 이하도 아닌 것으로 파악"하고 있다고 보면서, 이 소설의 성취를 "모더니즘으로서는 드물게도 작가 특유의 '허위의식'을 교정하는 '리얼리즘의 승리'의 장면을 보여주고 있다는 사실 자체에서 찾고 있"다는 사실을 비판한다. 그리고 화자와 M의 사랑의 의의를 이전까지와는 달리 "그 허무주의적인 개체적 고립의 충동을 '절대적 내면'이라는 고정점을 향해 수렴시키려는 글쓰기에 대한 자의식을 그 사랑을 통해 반복적으로 확인하고 있다는 점"[13]에서 찾는다. 김형중 역시 이런 문제의식을 적극적으로 이어받으며, "문장 단위에서 용인되는 관습적 성차의 해소 시도"라는 한국문학사상 가장 급진적인 실험으로 인해 배수아가 "최소

12) 백낙청, 「소설가의 책상, 에쎄이스트의 책상」, 『창작과비평』 2004년 여름호, 42쪽.

13) 김영찬, 「한국문학의 증상들 혹은 리얼리즘이라는 독법」, 『창작과비평』 2004년 가을호, 275~277쪽.

한 성별에 관한 한 '보편언어'"[14)]를 만들어냈음을 상찬한다.

이 글들은 모더니즘적 실험을 감행하는 소설에 대한 새롭고 섬세한 독법의 필요성을 보여준다는 점에서 여전히 유효해 보인다. 그러나 이런 섬세한 독해들 끝에 배수아는 일반적인 '페미니스트' 내지 '여성작가'와는 다른 자리에 위치한다. 동성애자를 성적 소수자이기보다 남성과 여성이라는 관습적 성차가 삭제된 '탈젠더적 존재'로 그려내는 데 성공함으로써 그 결과 배수아는 "페미니스트도 아니"[15)]고, "여성주의적으로 해석될 여지가 많은 것은 분명하지만 여성주의 문학이라고 보기 어려"[16)]워지는 것이다. 물론 이는 상찬의 뜻으로 사용된 것이다. 이후에 이 소설과 관련해 전개된 논의도 "생물학적 성별과는 무관한 욕망과 충동의 성별, 혹은 주체가 향유하는 방식의 성별"을 분별해 들어가 "사랑을 지향하지만 늘 욕망으로 균열되고 마는 삶에 대한 통찰"[17)]을 읽어내는 방식으로 이어진다. 『에세이스트의 책상』이 탈성화脫性化된 방식으로 읽히는 가운데 거의 유일한 예외는, 이 소설이 "동성애적 텍스트임을 논증하는"[18)] 정치한 독해를 펼쳤던 차미령의 평론이다. 이 글은 (성적) 대상의 측면에서 M의 '중성적'인 얼굴이 섹슈얼리티적 성격을 고정시켜두고 있지 않고, 그들이 성을 향유하는 방식

14) 김형중, 「민족문학의 결여, 리얼리즘의 결여」, 『창작과비평』 2004년 겨울호, 291~292쪽.

15) 같은 글, 291쪽.

16) 심진경, 「2000년대 여성 문학과 여성성의 미학」, 『여성과 문학의 탄생』, 자음과모음, 2015, 234쪽.

17) 신형철, 「당신의 X, 그것은 에티카」, 『몰락의 에티카』, 문학동네, 2008, 153~161쪽.

18) 차미령, 「성정치에 관한 파편 단상—배수아의 『에세이스트의 책상』을 다시 읽으며」, 『버려진 가능성들의 세계』, 문학동네, 2016.

역시 성애적이며, '에리히'라는 적대적인 남성 타자의 개입이 욕망을 억압하고 생산하는 양상을 구체적으로 논증한다. 2008년에 발표된 이 평론은 지금 시대의 문제의식을 선취하고 있는 중요한 글이다.

문제가 단순치 않은 이유는 배수아를 둘러싼 탈성화된 텍스트 읽기가 평론가들의 둔감 때문이 아니라, 오히려 더 세심한 독해의 결과였다는 것이다. 『에세이스트의 책상』보다 일 년 앞서 발간된 『동물원 킨트』에서 배수아는 서문에서 "주인공의 성별을 규정하지 않겠다"고, "성적 정체성이 자연스럽게 부여하는 모든 정서의 상태를 부정하기를 원했기 때문"[19]이라고 밝힌 바 있다. 작가가 자신의 세계를 구축해가는 맥락 속에서라면 『에세이스트의 책상』에서 M의 성별을 감춘 이유 역시 사랑이라는 보편적인 정서에 성별과 관련한 편견이 개입하는 것을 막기 위한 것으로 보는 것이 적절할 것이다. 그러나 정말 이런 독해로 충분한가.

페미니즘 이론에서 젠더의 규제적 구성을 섹슈얼리티의 규제적 구성으로부터 분리하는 일은 상식이 되었다. 하지만 주체화는 주체가 떠맡고 수행하도록 요구되는 여러 정체성의 표식에 의해 형성되는 것이다. 다시 『에세이스트의 책상』으로 돌아가, 화자가 느끼게 되는 모욕감이 '빈곤한 동양인 여성 동성애자'라는 여러 정체성의 표식들이 불가분으로 얽혀 생성된다는 것을 부인하는 것은 불가능하다. 만일 소설 속에 '나'와 'M'이 부유한 백인 남성 동성애자였더라도 그들은 동일한 곤란과 무게 속에서 보편을 증명해야 했을 것인가. 요아힘과 에리히는 동일하게 모욕과 위협을 가할 수 있었을 것인가. 2000년대 소

19) 배수아, 『동물원 킨트』, 이가서, 2002, 5~6쪽.

설 비평들은 원본이 없는 모방적이고 수행적인 실천의 가능성을 통해, 이분법적 성차에 국한되지 않고 다양하게 성별화된 육체들에 가까이 가고자 했다. 그것은 사실상 버틀러로 대변되는 페미니즘 이론의 최전선에 밀착하는 일이었고, 라캉을 경유해 '성관계는 존재하지 않는다'는 사실을 해체적으로 더없이 세련되게 보여주는 것이기도 했다. 그러나 우리는 너무 성급하게 성차라는 헤게모니적 상징계를 전치했다고 믿었던 것은 아닐까. 배수아 소설을 둘러싸고 성차의 흔적을 지우는 독법은 결과적으로 성을 육체와 무관한 초월적인 것으로 만들었다. 그리고 이는 본래 의도와는 달리 여성성에 대해서도 세속적인 것과 구분되는 성스러운 경외감과 아우라를 부여하는 결과를 낳았다.

3. 여성 소설 비평의 세속화

정이현은 첫번째 소설집 『낭만적 사랑과 사회』(2003)와 장편 『달콤한 나의 도시』(2006)를 통해 대중적인 인지도를 얻었을 뿐만 아니라, 문학사 안에서 1990년대 여성 작가들과는 확실히 변별되는 2000년대 여성 작가로 자리잡았다. 물론 작가는 지금까지 활발한 행보를 보여주고 있지만, 비평적으로 정이현이 가장 주목받았던 시기는 2000년대 중반 이후로 당시 세계적인 문학 조류 중 하나였던 '칙릿'이라는 장르의 부흥과 맞물려 있었다. 2000년대 여성 소설의 존재론적 지평을 고찰한 평론에서 적확하게 짚어준 것처럼, 물질, 육체, 정신, 관념이라는 각 항목들을 대변하는 여성 작가 편혜영, 천운영, 김애란, 정이현의 시대적 대표성을 부인할 수 없을 것이다.[20] 이 가운데서도 특히 여

20) 양윤의, 「광장(Square)에 선 그녀들」, 『문학동네』 2010년 봄호.

성주의의 프레임 안에서 읽혔던 작가는 천운영과 정이현으로 보인다. 그런데 천운영을 둘러싼 비평적 키워드들이 '동물성' '야생성' '육식성' '공격성' '그로테스크' 등의 시대 초월적이고 남성적 특수성을 강조하는 양상을 보인 데 반해, 정이현의 소설을 둘러싸고 빈번히 언급되었던 키워드들은 '소비사회' '속물성' '유행' '취향' '위장' '악녀' '화장' '연출' '욕망' '순응' 등 시대와 긴밀한 상관관계를 가진 채 여성의 부정적인 특성이라 인지되었던 요소들과 직결되는 면면을 보인다. 당대에 함께 '칙릿'이라 불리며 묶였던 작가들 중 가장 주목받았던 작가이자, 그중에서도 독보적으로 문학사에 안정적으로 등재되어 거론되고 있는 작가라는 점을 생각할 때 정이현을 둘러싼 소설 비평들은 다시 분별해 재독할 필요성이 있다.

정이현을 단독으로 다룬 첫 비평은 이광호의 해설 「그녀들의 위장술, 로맨스의 정치학」으로 보인다. 이 글은 이후에 정이현을 새로운 여성 주체로 읽어내는 전반적인 틀을 마련한다. 정이현 소설 속의 캐릭터는 '악녀'로서 "'위장된 순응'의 방식으로 세계에서 생존하고 복수"하며, "자기 욕망을 실현할 전략을 짠다"는 것이다. 이 위장술은 로맨스와 결혼이라는 이데올로기가 여성 개인을 호명하는 방식과 그 순응의 과정 안에서 벌어지는 정치적 국면들을 드러낸다. 정이현의 위장술이 지배적인 상징 질서에 타협하는 것이 아니라 '저항적 의미'를 가진다는 의미를 부각시키기 위해, 이 비평문은 현대 세계의 규율적인 권력의 메커니즘 안에서는 "저항 역시 그 권력관계의 일부로서 존재할 수밖에 없"[21]음을 강조한다. 자본주의를 둘러싼 권력의 외부에 대한 상상이 불가능하다는 이 인식은 이후의 정이현의 소설에 긍정적 의미를 적극적으로 부여하는 다른 평론에서도 암묵적인 전제로 보인다.

정이현 소설을 둘러싸고 가장 많이 언급되었던 단어는 '소비'였으며, 여성의 소비는 단지 패션이나 식사에 국한되는 것이 아니라 사랑과 관련한 욕망으로까지 연결된다. "소비를 향한 무한한 욕구와 로맨틱 러브를 향한 끈질긴 갈망의 교집합"이 정이현식 '칙릿'의 기저에 있었으며, 그 안에서 남녀의 스펙은 곧 관계의 보증수표로 "소비 가능성=결혼 가능성의 도식을 형상화"[22]했다. 소비의 취향 자체가 캐릭터를 결정하는 중요 요인이기도 했다. 화려한 싱글이 되기 위한 소비 품목들을 나열하듯 보여주는 그녀들의 라이프 스타일과 '머스트 해브' 아이템들은 "단지 삶의 증표가 아니라 그녀들의 아이덴티티 자체"[23]였던 것이다. 그리고 이런 소비하는 여성성, 욕망하는 주체로서의 여성들은 "전통적인 가부장적 금기라든가 낭만적 사랑의 환상으로 둘러싸인 위선적 가족·결혼 제도를 폭파하는 모종의 힘"[24]을 지닌 것으로 읽혔다.

당시 비평들이 정이현 소설의 '새로움'을 읽어내는 데는 1990년대 여성 소설이 대변하던 내면성과 진정성 테제에 대한 의식이 있었다. 1990년대 여성 문학의 인물들은 자신의 진정한 자아를 실현하는 것

21) 이광호, 「그녀들의 위장술, 로맨스의 정치학」, 『낭만적 사랑과 사회』 해설, 문학과지성사, 2003.

22) 정여울, 「칙릿형 글쓰기에 나타난 젊은이들의 소비 풍속도」, 『문학동네』 2008년 겨울호.

23) 소영현, 「포스트모던 소비사회와 여성 소설의 후예들」, 『분열하는 감각들』, 문학과지성사, 2010, 178쪽.

24) 백지연, 「낭만적 사랑은 어떻게 부정되는가—이만교와 정이현」, 『창작과비평』 2004년 여름호, 140쪽.

을 가장 큰 삶의 미덕으로 삼고 집밖으로 떠돌았고, 이를 섬세하고 복잡한 내면성으로 풀어냈다.[25] 하지만 정이현 소설 속 '악녀'라 호칭되는 이 여성들은 세계와 자신의 사이에 간극을 절감하는 일 없이, 호명에 적극적으로 응답하며 내면이 거의 거세된 즉물적이며 소비적인 행동 양식을 보인다. 그런데 당시 정이현 소설의 도발적 여성들을 구성하는 새로움이란 '속물'로 곧바로 규정될 수 있는 어떤 아슬아슬함을 품고 있는 것처럼 보인다. 소비하는 여성을 욕망의 주체이자, 사소하지만 정치적 전복성을 읽어내는 많은 평론들이 이 특성이 곧 한계가 되는 양가적 측면에 주목한 것도 그 때문이다. 소비와 결혼과 외부의 인정을 규준으로 삼는 지극히 세속적인 욕망들은 처음부터 타자적인 것으로 가치화되어 있었고, 이를 바탕으로 주체성을 주장하는 것은 결과적으로 신자유주의 기획에 기민하게 부응하는 부정적 주체를 강조하는 효과를 낼 수밖에 없었다. 정이현 소설 담론을 구성하는 대부분의 평자들이 초기의 예외적인 몇몇 사례를 제외하고 거의 여성이라는 것,[26] 정이현의 소설 속 여성 인물들의 소비 행위에 대해 옹호하기 위해 애쓰면서도 결국에는 그 행위에 내재된 체제 순응성을 비판할 수밖에 없었던 것은 징후적이다. 대다수의 비평들이 유보적인 태도를 취하는 가운데, 주로 언급되는 비판들은 다음과 같았다. 정이현 소설 속 인물들은 "이데올로기의 작동에 저항하는 '나쁜 주체'가 아니라, 주

25) 소영현은 이런 1990년대산 여성 소설의 자아 찾기가 '틀 바깥'에서의 삶에 대한 뚜렷한 대안을 마련하지 못했으며, 의식의 각성을 이룬 여성과 그녀들의 실제적인 사회생활 사이의 간극에 대체로 무력했다고 바라본다. 소영현, 같은 글, 171~172쪽.

26) 이광호의 해설과 우찬제의 「소비 사회의 접속과 천의 목소리—정이현론」(『문학과 사회』 2003년 겨울호)을 제외한 거의 대부분의 정이현론은 여성 필자들에 의해 쓰였다.

어진 이데올로기를 '자기 의지'로 굳건하게 실천하는 '착한 주체'"[27]이고, 특히 소비와 관련해서 "욕망과 취향이라는 이름으로 마련되는 그녀의 아이덴티티는 구별과 차이를 통해 복수적으로 구성되는 표피적이고 유동적인 것"[28]이며, "결국 물신화된 욕망에 스스로 포박된 여성의 모습은 작가가 기도했던 전술이 체제의 감옥에 갇힐 수밖에 없는 소모적"[29]인 것임을 입증한다는 것이다.

정이현을 둘러싼 이 새로운 여성성에 대한 담론은 어떤 딜레마에 빠져 있는 것처럼 보인다. 보리스 그로이스는 '새로움'이 과거의 모든 것과 총체적으로 단절하는 절대적이고 특별한 것something special이 아니라고 말한다. 기존 질서가 가치화하는 아카이브와의 비교를 거쳐, 그 아카이브에 포괄되지 않는 것들로 이루어진 세속적인 공간이 동시대인들에게 차이가 있는 다른 것something different으로 받아들여지는 순간에 '새로움'이 규정된다는 것이다. 그렇기 때문에 이 새롭게 기입되는 세속적인 것은 "그 전통 속에서 이미 처음부터 타자로, 전통 자체에 대한 부정적 순응이라는 의미에서 타자로 가치화"[30]되어 있었던 것일 수밖에 없다. 정이현 소설 속 주체의 새로움은 바로 그 자본주의 사회 속에서 타자화되어 있던 '소비'를 기준으로 한다. '사치스러운 여자'를 둘러싼 오랜 고정관념—남성을 생산과 능동성과 합리성의 축에, 여성을 소비와 수동성과 비합리성의 축에 두는—은 그의 소설 속에서 잠시 가치 위계를 전도시켜 적극적이고 공격적인 여성상을 보

27) 이경진, 「속물들의 윤리학—정이현론」, 『창작과비평』 2008년 겨울호, 423쪽.

28) 소영현, 같은 글, 180쪽.

29) 백지연, 같은 글, 141쪽.

30) 보리스 그로이스, 『새로움에 대하여』, 김남시 옮김, 현실문화, 2017, 148쪽.

여준다. 그러나 이로서는 주체의 욕망이 달성되는 순간 자본주의적 질서 속에 더 깊이 종속되는 함정을 피하기 어렵다. 소비의 틀 안에서 여성을 본다는 것 자체에서 "소비사회의 주범/희생양으로 고착화하는 담론의 블랙홀"[31]을 피해갈 수 없기 때문이다.

여기에서 2000년대 비평 담론이 새로 주목했던 문제적 개인들이 '백수'와 '루저'였음을 상기해볼 필요가 있다. 2000년대 후반은 '88만원 세대'(우석훈)라는 명명과 함께 젊은이들을 구속하고 있던 여러 물질적이고 생활적인 조건에 대한 관심이 두드러지면서, 박민규나 김애란 등의 소설에 등장하는 고시원과 옥탑방 등의 공간이 새롭게 주목되던 시기였다. 그 가운데 잉여적인 인물들의 권태와 수동적인 태도를 시스템의 일부분으로 작동되지 않고 거리를 두려는 일종의 저항정신으로 해석하는 독법이 늘어나기 시작했다. 김애란, 윤성희, 윤이형, 편혜영, 김미월 소설의 인물들을 묶어 어떤 불행과 고통 앞에서도 '무심한' 태도를 고수함으로써 "자율성의 최소 공간"[32]을 만들어내는 '초연성의 존재 미학'을 지니고 있는 것으로 읽어내는 시선이 있었다. 한채호, 문진영, 박솔뫼, 황정은의 소설 속 인물들을 "자기계발과 속물되기를 적극 권유하고 강요하는 세상의 대오에서 이탈한 사람들"[33]로서 '바틀비적 주체' '무위無爲'의 존재방식으로 읽기도 했다. 2000년대 후반 이런 잉여적 주체들에 대한 긍정적 독해가 점점 늘어나는 상황 속에서 정이현 소설을 비롯한 칙릿류의 소설들 속 적극적인 자기계발형

---

31) 박진, 「칙릿 세대, '여성'은 어떻게 만들어지는가?」, 『문학들』 2009년 가을호, 84쪽.

32) 이광호, 「너무나 무심한 당신」, 『익명의 사랑』, 문학과지성사, 2009.

33) 복도훈, 「아무것도 '안' 하는, 아무것도 안 '하는' 문학」, 『문학동네』 2010년 가을호, 381쪽.

여성 인물들의 자리가 좁아지는 것은 상징적이다. 이 여성들의 자본주의사회 적응기/실패기는 그 능동성으로 인해 한층 더 속악한 것으로 비춰지며 한국문학장 속에서 서서히 배제된다. 2010년대에 이르러서도 잉여적 주체들에 대한 계보 그리기가 계속되어온 반면, 칙릿 서사 속에 등장하던 악녀형 여성 주체들의 자리가 완전히 사라진 것은 변화한 상황을 잘 보여준다. 정이현의 이후 소설들에 대한 평론들 역시 칙릿의 순문학적 변형태로서가 아닌, 새롭게 타자를 발견하는 윤리성으로 소설을 읽어냈다. 어느 정도는 소설의 변화가 이런 평론 독법의 변화를 이끌었겠지만, 이는 기본적으로 더이상 소비하고 욕망하는 여성 주체가 새로움을 담보하는 존재일 수 없다는 암묵적인 전제가 먼저 있었음을 부인할 수 없을 것이다. 정이현 소설의 비평들은 1990년대 여성 소설과의 비교 속에서 새로움을 발견하는 데 성공했지만, 포스트모던 소비사회에 대한 너무나 여성적인 순응이라는 비판으로부터 텍스트를 보호하고 새로운 주체를 형성시키는 데는 실패했다.

4. 신성화와 세속화 사이의 구조적 동형성

앞에서 분석한 배수아와 정이현을 둘러싼 비평적 담론들은 언뜻 상이한 것처럼 보인다. 배수아에 대한 비평들은 주인공이 맺은 과거의 동성애적 관계에 대해 예술적이고 정신적인 면면을 강조하며, 성적 차이를 소거한 채 '보편적' 지점에 대해 말한다. 반대로 정이현에 대한 비평들에서는 어김없이 주인공이 자본주의 속에서 순응과 저항 사이에서 여성적인 '특수한' 전략을 수행하고 있음이 강조되어왔다. 요약하자면, 배수아의 소설 속 여성 인물에 대해서는 정신적이고 초월적인 측면을 강조하는 신성화 전략이, 정이현의 소설 속 여성 인물에 대해서는 신체적이고 물질적 측면을 강조하는 세속화 전략이 수행되어온 것이다.

그러나 이들을 둘러싼 담론에서 공통적으로 여성성은 사회적 기대를 만족시키기 위해 사회적으로 만들어진 이데올로기, 즉 하나의 가면처럼 받아들여진다. 그리고 이는 포스트모던 페미니즘의 해체적 전략과 맞닿아 있다. 포스트모던 페미니스트들에 의하면 고전적 모더니즘은 궁극적인 본질을 미리 전제한 상황에서 '본질/형상' '정신/물체' '이성/신체(감성)' '남성/여성' '주체/타자' 등의 이원적 위계성을 강조해왔기 때문에 페미니즘의 당면 과제라고 할 '주체'의 문제에 대하여 제대로 된 해석을 제시하지 못했다고 평가된다. 그들이 보기에 이러한 사고틀은 '남성 중심적'이며 게다가 '유럽(서구) 중심적'이다. 그런 이유로 이들은 이른바 '주체의 죽음' 혹은 '탈중심화된 주체'를 선언하는 것이다. 이 단계에서 포스트모던 페미니스트들은 바로 '욕망' '쾌락' '감성' 등의 담지자라고 할 '신체'에 관심을 둔다. 그들에게 '욕망하는 신체'는 그동안 욕망의 대상으로 지배되고, 명명되고, 정의되고 임명되어왔던 과거의 굴레를 벗어나 '욕망의 주체'로 거듭날 수 있게 했다.[34)]

배수아의 소설을 둘러싼 담론은 이런 포스트모던 페미니즘의 대표적인 담론자 중 하나인 '엘렌 식수'의 논의를 따른다. 기존의 글쓰기(남성적 글쓰기)가 위계성과 단절성에 종속된 글쓰기라면, 이것을 거부하는 글쓰기가 바로 여성적 글쓰기다. 식수는 "여성 안에는 항상

---

34) 포스트모던 페미니즘에 대해서는 최일성, 「'탈중심화된 주체', 혹은 '소비주체'의 등장」, 『정치사상연구』 제23집 1호, 2017 봄호 참조.

타자를 생산하는 힘"[35]이 유지된다고 말하며, 남성 중심적 체계를 지배하는 담론의 한계를 넘어서 자신의 육체를 글로 쓰는 양성적 글쓰기를 강조한다. 배수아가 소설 속에서 의도적으로 여성과 남성을 암시하는 지표를 최대한 지웠던 것은 관습적인 젠더 이분법으로부터 벗어나기 위한 새로운 소설적 장치였다. 그러나 결과적으로 배수아의 소설에 대한 비평적 독법들은 여성이기에 억압되고 착취되는 구체적인 물적 근거를 지우는 결과와 함께, 여성성을 일반적인 타자성으로 추상화·보편화시켰다. 이 성급한 보편성으로의 도약은 여전히 현실 속에 자리한 실질적인 차별의 구조 그리고 동성애라는 외상적 경험의 완전한 공유 불가능성을 은폐하는 효과를 낳는 것처럼 보인다.

정이현의 소설을 둘러싼 비평적 담론은 쾌락과 욕망을 자유롭게 소비하고 발산하는 신체, 이를 통해 위계적이고 억압적인 상징체계를 뒤집을 수 있는 혁명적인 소비 주체를 강조한다. 자본주의적 소비사회 안에서 누구나 욕망을 소비할 수 있는 신체를 가지고 있지만, 누가 무엇을 얼마만큼 소비하는가에 따라 소비 주체가 또다시 서열화된다. 정이현 소설 속 주체들이 소비를 통해 자유를 실현하는 것처럼 보이기보다, 도리어 언제나 충분히 소비할 자유가 없음을 실감하며 박탈감 속에 공회전하는 이유도 여기서 연유한다. 이렇게 소비 주체의 서열화를 철저히 드러내고 풍자하는 냉소적 주체이기 때문에 정이현은 미국식 칙릿과 구별되는 한국적 현실을 비판할 수 있었다는 평가도 가능했다. 그러나 문제는 정이현을 비롯한 당시 칙릿 소설들의 소비 주체의 양상들이 2000년대 중반 한국에서 횡행했던 '된장녀'와

35) 엘렌 식수, 『메두사의 웃음/출구』, 박혜영 옮김, 동문선, 2004.

같은 혐오 발화와 나란히 가면서 소모되었던 지점에 있다. 정이현 소설 속 주체의 새로움을 자본주의사회 속에서 타자화되어 있던 '소비'를 기준으로 할 때, 주체의 욕망이 더 긴밀히 추구되고 마침내 달성되는 순간 자본주의적 질서 속에 더 깊이 종속되는 함정을 피하기 어렵다. 이를 보완하기 위해서인 듯 정이현의 소설 속에서 새롭게 형성되는 관계성의 윤리에 대한 성찰에 방점을 찍는 논의[36]도 있었지만, 이 윤리 역시 순수한 자기 원인에서 비롯한 것이 아닌 세상이 요구한 반쪽 자리라는 것은 그 한계를 더욱 분명하게 만들었다.

배수아와 정이현을 둘러싼 2000년대적 비평들은 이전보다 더 세련되고 정교하게 타자성이 생산되는 후기자본주의사회의 방식이 어떻게 '다름'과 '같음'의 원리를 변증법적 계기 속에서 통합시키는지 보여준다. 배수아의 동성애적 관계의 '다름'은 신성화되며 모든 사회적 규범과 관계를 삭제해버린 순수성과 절대성을 획득하며, 정이현의 소비 주체의 '다름'은 세속화되며 사회적 규범에 더없이 잘 길들여진 여성적 주체를 탄생시킨다. 그러나 이는 모두 결국 여성들이 가진 현실적 욕망의 실존을 가리는 것은 아닐까.

2010년대 후반, 전 세계적인 페미니즘 운동의 물결 속에서 한국문학의 여성 문학 비평은 여러 난관에 봉착해 있다. 1990년대는 여성 문학의 부흥기였지만 어느 순간 확고해진 여성 문학의 범주가 여성 작가들에게는 벗어나야만 하는 하나의 굴레가 되었다. 그 결과 2000년대 한국문학은 여성 문학의 경계를 적극적으로 무화시키는 방향으로 진

---

36) 최성실, 「세계 저편의 타자들, 그리고 환상의 스크린 위에서 살아가기」, 『세계의 문학』 2006년 겨울호.

화했다. 2000년대는 그야말로 어떤 것들도 다 여성 문학이 될 수 있는 것처럼 보였고, 이러한 현상이 여성 문학이라는 의미를 텅 비게 만들었다. 여성 문학이 해방을 맞은 것일 수도 있고 도둑맞은 것일 수도 있을 것이다. 하지만 결과적으로 비평장 안에서 여성성은 타자성이라는 범주 안에 흡수되면서 여성에게 부과되고 있는 여러 현실적 특수성에 대한 인식까지도 자연스럽게 지워지는 결과를 낳았다.

2010년대의 여성 문학 비평은 어떻게 보편성과 특수성이라는 틀에 갇히지 않는 유연성을 확보하면서, 여성 문학의 틀을 다시 확립해갈 것인가. 미셸 퍼거슨의 니나 파워에 대한 비판적 해설은 이에 대해 하나의 참조점을 마련해주는 것 같다. 그는 철학자 월터 브라이스 갈리W. B. Gallie가 페미니즘을 "본질적으로 경합하는 개념들essentially contested concepts"이라고 불렀던 것에 주목한다. "본질적으로 경합하는 개념들"에는 고정된 의미란 없으며, 언제나 그것들의 의미는 경합과 논쟁의 대상으로 불안정하게 남아 있음을 시사한다. 페미니즘은 어떤 관념들의 단일하고 명확한 집합을 가리키는 것이 아니며, 오히려 가소적可塑的, plastic인 것이다. 즉 페미니즘은 언어의 한 조각으로서 다중적이고 모순적이며 중첩적인 의미화를 수행할 수 있다. 단일한 페미니즘은 존재하지 않으며 존재할 수도 없다.[37] 여성 문학을 가능한 의미의 범위 내로 안정시키거나 고정시켜서는 안 된다. 이때 여성 문학의 순수성에 대한 욕망은 기묘한 방식으로 여성 문학의 비정치화에 기여할 수 있기 때문이다. 대신에 2010년대 여성 문학 비평은 최근 활발하

37) 미셸 퍼거슨, 「페미니즘을 도둑맞는 게 가능할까?」, 『도둑맞은 페미니즘』 해설, 김성준 옮김, 에디투스, 2018, 152~153쪽.

게 등장하고 있는 퀴어 소설들에 주목함으로써 이분법적 성별 체계의 범위를 넘어서며 새로운 가능성을 찾아갈 수 있을 것처럼 보인다. 여성과 퀴어에게 공동으로 놓인 문제 중 하나는 오늘날 그들이 공동으로 내몰려 있는 "불안정화becoming precarious"의 상태가 경제적 비상사태라는 이름으로 자행되고 있는 정부의 신자유주의 합리화 정책의 일환이자 차별적 젠더화와 긴밀하게 결부되어 있다는 것이다. 무엇보다 퀴어라는 존재는 "원본이 없는 모방적이고 수행적인 실천의 가능성을 통해"[38], 이성애 규범성이 얼마나 헤게모니적으로 작동하는지를 인식하게 함으로써 밀폐된 것처럼 보이는 체제 외부를 상상하도록 이끈다. 섹슈얼리티의 다양성과 복합적인 작동을 통해 기존의 젠더 규범성과는 다른 종류의 리듬을 발견함으로써 우리는 여성 문학의 타자화를 피하며 여성 문학 비평들을 새롭게 재편해나갈 수 있을 것이다.

(2018)

38) 주디스 버틀러·아테나 아타나시오우, 『박탈—정치적인 것에 있어서의 수행성에 관한 대화』, 김응산 옮김, 자음과모음, 2016, 91~94쪽.

경계 위에서
—1990년대를 이어가는 여성 문학의 자리

너는 듣고 있는가 분노한 여성의 노래
다시는 노예처럼 살 수 없다 외치는 소리
심장 박동 요동쳐 북소리 되어 울릴 때
내일이 열려 밝은 아침이 오리라
—불법 촬영 편파 수사 규탄 시위 때 불린 〈민중의 노래〉 부분

1. 분노한 여성의 노래

2016년 10월 이후 한국에 놀라운 정치적 변화가 일어나는 동안 모든 이들이 광장에 동등한 위치로 나와 싸울 수 있었던 것은 아니었다. 승리한 광장이 누락해버린 존재들에게 혁명은 아직 끝나지 않았고, 2018년 전 세계적인 미투 운동의 흐름과 더불어 젠더 혁명은 계속 이어지는 중이다. 지난 5월 '홍익대 누드모델 몰래카메라' 사건 이후 시민들이 자발적으로 모여 벌인 '불법 촬영 편파 수사 규탄 시위' 역시 이 연장선상에 있다. 집회측이 추산하는 시위 규모는 다음과 같

다. 1차 시위 1만 5천 명, 2차 시위 4만 5천 명, 3차 시위 6만 명, 4차 시위 7만 명. 불법 촬영에 반대하며 모여든 시위조차 또다시 불법 촬영하고 스트리밍하려는 이들이 돌아다니는 상황이었고, 대다수의 여성이 위험을 감수하고 선글라스와 모자로 얼굴을 가린 채 앉아 있어야 했다는 점을 감안할 때, 계속해서 늘어나는 숫자는 그 자체로 여성들이 이 사안에 느꼈던 절박함을 드러낸다. 무엇이 그들을 이렇게 모이게 했던 것일까. 동등한 교육을 받아왔고, 동등한 능력을 가지고 있다면 평등한 지위를 획득할 수 있다고 믿었던 여성들은 몰카, 소라넷, 데이트 폭력, 불법 촬영, 일반인 음란 영상, 웹하드 카르텔 앞에서 그저 단순한 성기로 치환되는 치욕스러운 경험을 해야만 했다. 그리고 불법 촬영에 대한 편파적인 사법부의 판결들 앞에 다시 한번 무력감을 느껴야 했다. 이는 사실상 여성들 사이에 자리한 어떤 차이도 뛰어넘는 것이었다. 광화문에서 열린 4차 시위에서 한 시민이 직접 적어 든 피켓에는 "울지 마 지워줄게, 죽지 마 지켜줄게, 우리가 싸워줄게"라는 문구가 적혀 있었다. 울며 죽음을 생각하는 이에게 지워주고 지켜줄 것을 다짐하며 건네는 이 말은 마지막에 '우리의 싸움'이 되며 힘을 모은다. 집회의 현장 속에서 여성들이 쌓아온 치욕과 무력감은 서로를 감싸안는 연대의 토대가 되었다.

'불편한 용기'가 주도한 시위에서 가장 많이 불렀던 노래가 앞의 제사로 인용한 뮤지컬 〈레미제라블〉의 〈민중의 노래〉를 개사한 것이었다는 점은 의미심장하다. 이 노래는 민주주의가 발화되는 수사적 언어의 틀에 젠더가 기입될 수 있는가를 자문하게 한다. 내일이 열려 밝은 아침을 맞을 '분노한 민중' 속에 '분노한 여성' 역시 동등하게 포함되어 있는가. 〈레미제라블〉에는 일시적 쾌락의 대상으로 이용당하고 미혼모가 된 '팡틴'이 등장한다. 팡틴은 버림받은 후에도 아이를 맡기고 열심히 노동해 살아가보려 하지만, 미혼모라는 사실이 알려지자 부도덕한 여자로 몰려 일터에서 해고되며, 결국 몸을 파는 자리까지 밀려나, 병으로 비참하게 죽는다. 〈레미제라블〉 안에서 〈민중의 노래〉가 흘러나올 때, 비참한 민중의 표상이었을 팡틴은 새로운 세계가 열리는 그 승리의 자리에 없다. 그는 이 민중의 행진 속에서 드러날 수 없는 흔적으로, 유령적 잔여로서만 기입되어 있다. 물론 우리는 맡겨진 채 혹사당하고 있던 팡틴의 딸 코제트가 장발장에 의해 구제되었다는 사실을, 결국에는 이 모녀가 지닌 불행한 운명의 결속이 끊어졌음을 안다. 하지만 이 노래가 2018년 한국의 광장에서 다시 불릴 때, 상기하게 되는 것은 1789년 프랑스대혁명 이후의 시기를 살면서도 여성이라는 예외적인 자리에 놓인 채 가난과 수치 속에서 비참하게 죽어가던 팡틴이다. 분노한 여성의 노래는 팡틴을 다시 불러내 애도의 자리에 세운다. 촛불혁명이 막을 내리며 성공적으로 진보 성향의 정부가 집권했지만 여전히 난립하는 성범죄와 편파적 판결들 속에 "여성에게 국가는 없다"는 자각은 여성을 국경 바깥의 '난민'의 자리에 밀어넣는다. 그 자리에서 여성들이 노래할 때, 이 노래는 국적과 시대를 뛰어넘어 흐른다.

이 현실적인 의제의 심각성 앞에 세상을 바꿔나가기 위해서, 여성들 사이의 차이를 인식하는 동시에 어떻게 연대로 나아갈 수 있을까. '여자의 적은 여자'라는 시대착오적인 말을 넘어, 어떻게 '서로의 용기'가 될 것인가. 지금 여성 서사를 말하면서 염두에 두어야 할 것은 약자로서 체득하게 된 자기혐오를 반복하지 않는 일인지도 모른다. 오드리 로드는 『시스터 아웃사이더』에서 '자매애'라는 말로 아우를 수 있는 동질적 경험을 믿어서는 안 된다며, 각기 다른 젠더 억압을 경험하는 '교차성'을 잊지 않을 것을 당부한다. 하지만 이를 넘어 그가 궁극적으로 다다르고자 하는 것은 스스로 여성임을 긍정하며, 함께 사회를 바꾸려 노력하는 연대에 있다. 그는 여성들은 "서로에게 끌리면서도 서로를 경계하며, 적에게라면 결코 기대하지 않을 즉각적인 완벽함을 서로에게 요구"[1]한다는 사실을, 약자이기에 자신 안에 깊이 흡수된 혐오를 반복하며 고통을 경험하고 분열이 조장된다는 것을 알고 있다. 이 고통으로부터 어떻게 빠져나올 것인가. 오드리 로드는 "내가 이미 그 고통을 모두 겪고 살아남았음을"[2] 되새기는 것에서 모든 것이 달라질 수 있으리라 믿는다. 지금 전 세계의 여성들이 '미투 운동' 속에서, 그리고 매일 뉴스에 오르내리는 여성혐오 범죄들 속에서 확인하는 것은 여성의 삶을 구성하고 있는 동질적인 폭력의 구조다. 살아남은 여성들은 이제 "울지 마 지워줄게, 죽지 마 지켜줄게, 우리가 싸워줄게"라고 말하며 곁에 있는 여성들을 살리고자 한다. 자매애는 환상일까. 물론 우리는 범죄의 현재적·잠재적 피해자로 '생물학적 여성'만을 호명함으로써 여성들 사이의 차이를 무화시키고 여성이라는 하나의 범주로 소급해버릴 가능성을 경계해야 한다. 하지만 사회의 압력을 고려하는 가운데 폭력적인 문제들을 효과적으로 분쇄할 수 있는 운동으로 나아가는 것은 중요하다.

지금 여성들은 경계 위에 서 있다. 버틀러는 헤게모니를 새롭게 사유하려는 투쟁은 합법성의 규범이 무너지는 저 경계에, 경계적인 사

---

1) 오드리 로드, 『시스터 아웃사이더』, 주해연·박미선 옮김, 후마니타스, 2018, 332쪽.
2) 같은 책, 331쪽.

회적 존재가 중지된 존재론의 조건 속에서 출현하는 저 경계에 머무르지 않고서는 결코 가능하지 않다고 말했다.[3] 지금 한국문학은 여성성이라는 존재하지 않는 초월적 추상성에 기대지 않은 채, 이 새로운 운동들, 다른 세계로 가려는 강력한 내적 동기를 어떻게 가시화할 것인가라는 과제를 대면하고 있는 것처럼 보인다. 근래 발표된 정이현, 권여선, 최은영의 소설들은 개별성의 상징 공간으로서의 '방'을 나와 '광장'에서부터 시작되고 있다. 이 소설들은 자신이 놓인 자리의 계보를 촘촘히 따라 올라가 잊혀져 있던 여성들의 계보를 발굴하며, 고통에 공감하며 홀로 싸우는 여성 곁에 선다. 이들에게는 2000년대 내내 따라붙었던 상실과 체념이 아니라, 새로운 시대의 변화 가능성을 믿고 있는 이들의 활기가 있다. 다양한 사회의 문제를 '여성'의 시선으로 재발견하며 이들은 신자유주의시대에서 사라졌던 연대를 다시 꿈꾸고 있는 중이다.

2. 우리 모두의 언니

2000년대 정이현 소설 속 언니들은 '파워 페미니즘'을 체현한 존재 같았다. 여성은 욕망을 쟁취할 만큼의 동등한 사회적 힘을 가진 것처럼 보였고, 낭만적 사랑에 대한 환상을 벗어나 섹슈얼리티까지도 자본주의 안에서 성공을 위해 수단화할 수 있었을 때 그 힘은 절정에 이른 것처럼 다가왔다. 하지만 파워 페미니즘은 사실상 젠더를 지운다. 그리고 이는 개인을 젠더화하거나 사회적 불평등의 기원을 가

---

3) 주디스 버틀러, 「경쟁하는 보편성들」, 주디스 버틀러·에르네스토 라클라우·슬라보이 지제크, 『우연성, 헤게모니, 보편성—좌파에 대한 현재적 대화들』, 박대진·박미선 옮김, 도서출판b, 2009, 248쪽.

족에 두고 싶어하지 않는 신자유주의자들이 자유로운 개인과 가족을 자연스러운 것으로 결합하고 타협시키는 방책과 상통한다. 호모폴리티쿠스에 관한 논의가 남성적인 기질과 활동공간을 전제로 했다면 호모에코노미쿠스는 어떤 성별도 전제하지 않는다. 신자유주의 분석틀에서는 서로 경쟁하고 자기 가치를 제고하는 인적 자본만이 존재하며 복잡하고 지속적인 성적 불평등은 성적인 차이에서 기인하는 것으로 본다. 매끄럽게 결과를 원인으로 전도시키는 신자유주의하에서는, 성별 노동 분업 내부의 여성의 성 종속은 심화되어가면서도 잘 드러나지 않는다.[4] 물론 2000년대 정이현을 비롯해 '칙릿'에 대한 전 세계적 열광은 여성이 더이상 가정 내부에만 자리한 존재도, 억압당하기만 하는 수동적 존재도 아니라는 명제의 호소력에서 기인한 것이었다. 그리고 이는 여전히 남아 있는 성차에 따른 차별을 서사에서나마 지우고 싶었던 대중의 판타지와 맞닿아 있었다. 하지만 불평등한 사회구조와 무관하게 예외적인 성공한 여성이 되기 위한 개인의 투쟁은 결국 '자본주의의 새로운 정신'으로서의 페미니즘으로 귀착했다. 신자유주의 시대에 이르러 페미니즘이 사회경제적 투쟁보다는 인정 요구를 선호하며 새로운 자본주의의 형태에 기민하게 부응했다는 낸시 프레이저의 비판은[5] 지금에 와서 뼈아프게 다가온다. 그러나 억압된

---

4) 웬디 브라운, 3장 「푸코의 신자유주의 이론 수정」, 『민주주의 살해하기』, 배충효·방진이 옮김, 내인생의책, 2017.

5) 낸시 프레이저는 제2물결 페미니즘과 신자유주의가 동시에 번창한 것이 단지 우연의 일치였을 뿐인지 묻는다. 그에 따르면 다양한 정체성 정치로 변형된 제2물결 페미니즘은 문화주의적 비판을 확장하는 한편, 정치 경제 비판은 축소하는 방향으로 진행되었다. 낸시 프레이저, 9장 「페미니즘과 자본주의, 역사의 간계」, 『전진하는 페미니즘』, 임옥희 옮김, 돌베개, 2017.

것은 돌아오게 마련이다. 2010년대 중반에 이르러 지워져 있던 '칙릿'의 계보를 이어 등장한 '가정 스릴러'는 2000년대 일과 사랑을 두고 저울질하던 미혼 여성들이 시간이 지나 놓이게 된 자리를 현실적으로 환기한다. 원하지 않는 방식으로 가정 안으로 귀속된 여성들은 거침없는 파괴력을 발휘하며 갈등을 개시중이다. 정이현의 화려했던 언니도 이전과는 사뭇 다른 모습으로 돌아왔다.

정이현의 「언니」[6]는 2010년대 중반을 넘어선 지금 여성의 자리는 어디에 있는지, 공적 공간에 노동하는 존재로서의 여성을 기입하는 일의 지난함에 대해 말하는 소설이다. 소설은 화자를 씨엘독서실의 막내딸로서가 아니라 '이영선'이라는 이름으로 정확히 기억하고 불러주었던 '인회 언니'의 섬세함과, 인회 언니를 아느냐는 말에 거의 반사적으로 내뱉던 큰오빠의 무성의한 반응—"그런데 예뻐?" "하긴 예뻤으면 내가 기억 못할 리 없지"(3쪽)—을 대비시키며 시작된다. 이때 무심코 오빠의 말에 따라 웃은 후 화자가 느끼는 곤혹스러움은 사소한 일상적 순간에서조차 여성이 어떻게 쉽게 대상화된 채 외부의 판단 기준들 속에 갇히는지 전달한다. 이는 언제나 더 많은 생각과 배려를 해야 하는 약자와 무지할 권리를 안고 사는 강자의 차이이지만, 그 차이는 대개 절묘하게 젠더의 위계와 겹쳐져 있다.

대학원생인 인회 언니는 미국으로 떠난 지도교수를 대신해 중국어 기초 학습서를 번역해야 하는 과제를 안고 있고, 임무를 무사히 완수하기 위해 화자와 성주에게 아르바이트를 부탁해온다. 그 기간 동안

---

6) 정이현, 「언니」, 『릿터』 2017년 12/2018년 1월호. 이하 인용시 본문에 쪽수만 밝힌다.

화자는 인회 언니가 "자기 앞만 보고 걸어가는 사람이 아니"(6쪽)라는 것을, 언제나 "가장 궁금한 것"(같은 쪽)을 중심에 두고 무언가를 택하며, 거의 잠을 자지 못하고 무모할 만큼 꾀 없이 일하는 사람임을 알아차린다. 그러나 한 달쯤 지나 출간된 민교수의 새 번역서에는 인회 언니가 방학 내내 공들여 번역한 내용과 문장이 고스란히 실려 있지만 언니의 이름만은 완전히 지워져 있다. 공역자의 자리에는 그녀의 남편 이름이, 역자 후기에는 학습서의 저자인 중국인 학자에 대한 친밀한 경의를 담은 감사 인사가 들어 있을 뿐이다. 그리고 이 년이 흘러 도서관에 나타나 침묵시위를 하는 인회 언니가 나눠준 유인물에는 교수의 행동에 이의를 제기한 이후 벌어졌던 응분의 대가들과 "없는 사람"(17쪽)으로 취급받아온 정황이 적혀 있다.

누군가는 이런 일이 너무 흔하다고, 언젠가의 보상을 위해 그 정도는 감수해야 하는 것이라고 말할까. 물론 위계질서에 의한 절묘한 착취 속에서 을로 살아가는 일이 비단 여성에게만 일어나는 것은 아니다. 그런데 정이현은 노동의 흔적과 존재가 완전히 지워진 인회 언니의 사건 위에 전쟁 공포증에 시달려온 인회 언니 어머니의 이야기를 겹쳐둔다. 시청에서 일하는 공무원이었던 언니의 어머니는 자주 아픈 딸아이를 위해 일을 그만두어야만 했다. 날카로운 공습 사이렌이 한참 울리다 사라진 어느 오후부터, 그녀는 집안에 지하 벙커를 만드는 데 몰두하기 시작한다. 각각 '요상하게 미쳤다' '배은망덕도 유분수'라는 말을 듣는 이 모녀의 일은 지나치게 운이 없거나 욕심이 많아서 겪게 된 일일까. 전쟁 공포증이라는 낯선 단어를 듣고 화자는 전쟁이 나면 어린아이와 여자들이 가장 큰 고통을 겪는다는 이야기를 떠올린다. 그런데 전쟁이라는 예외 상태가 아닐 때, 여자들은 고통 없이 자리하고 있을까. "살아남을 수 있는 튼튼하고 단단한 방. 아무도 침범할 수 없는 방"(14쪽)에 대한 언니 어머니의 집착은 '자기만의 방'을 꿈꾸어온 여성들의 오래된 갈망과 달라 보이지 않는다. 어머니가 돌아가신 후에도 가끔 지하 벙커에 내려가 아무것도 하지 않은 채 엎드려 있다는 인회 언니에게는 어머니의 그림자가 겹쳐지며 어른거린다. 육아를 위해 힘들게 얻은 안정된 직업을 포기해야 했던 박탈감, 혼자 아이를 맡아야 하는 돌봄노동의 고단함 속에서 언니의 어머니가 '집안'에서 천천히 지워져갔다면, 인회 언니는 무급에 가깝게 자신의 지적 노동을 착취당하며 '집밖'에서 서서히 지쳐간다. 그저 사회에서 지워지지 않고 자신이 원하는 일을 계속하는 것, 그 일에 대한 정당한 대가를 바라는 것은 당연한 일임에도 불구하고 그것이 여성과 연결될 때는 어쩐지 다르게 들리기도 하는 듯하다.

어쩌면 이 소설에서 가장 서늘한 장면은 같은 과 친구들이 둘러앉아 인회 언니의 학력에 대해 이야기하는 순간인지도 모르겠다. '전문대'를 나온 '타교 출신' '학력 세탁'이라는 말에 이어진, "자기가 하고 싶은 걸 기어코 하는 사람이야"(11쪽)라는 성주의 논평은 화자에게 험담으로 다가온다. 분명 이 발화는 대화의 맥락 속에서 인회 언니를 자신의 욕망만을 앞세우는 이기적인 사람으로 부각시키는 것 같다. 그러나 긍정적인 사실이기도 한 이 논평이 왜 험담으로 다가왔는지 화자가 다시 자문하는 순간, 우리는 그 이유가 인회 언니가 여성이기 때문이라는 것을, 여성에게 사회적인 욕망과 성취란 탐욕스러운 것으로 여겨지고 제약되어왔음을 상기할 수밖에 없다. 상황은 복잡하게 얽혀 있다. 신자유주의하에서 사회는 '몫 없는 자들'끼리의 싸움을 방조하고, 그들이 차별에 찬성하며 이를 오히려 평등으로 여기는 사고를 강화시켜왔다. 사회는 자기 착취적인 노력과 자기계발을 부추기는 동시에, 다른 한편으로 약자가 노력을 기울여 사회적인 위계와 한계를 넘어서는 것을 혐오의 시선으로 바라본다. 여성의 욕망이 야망으로 치부되고 이에 순응할 때, 여성에게 자연스럽게 주어지는 몫이란 가사노동이나 돌봄노동처럼 경제적으로 잘 환산되지 않으며 비가시적인 노동의 자리다. "남들이 버린 허섭스레기들 주워모아서 얼기설기 만든"(19쪽) 인회 어머니의 방은 사회에서 손쉽게 혐오받는 약자들이 밀려난 끝에 다다른 자리다. 그 방이 이제 인회 언니에게 물려졌음을 알아차리는 마지막 장면에서 소설 제목인 '언니'는 '구인회'라는 한 여자 대학원생을 지칭하는 고유명사가 아니라, '우리 모두의 언니'를 가리키는 보통명사가 되며 넓어진다. 여성에게 "자기가 하고 싶은 걸 기어코 하는"(11쪽) 자유로운 욕망들이 수용되지 않을 때, 간신히 허용된 비좁은 공적 공간으로부터도 쫓겨나 지하 벙커로 들어가야만 할 때, 다른 여성은 무엇을 할 수 있을까. 언니가 그 방에 머물던 힘겨운 시간을 지나 홀로 침묵시위를 하기 위해 나타났다는 것, 그리고 화자가 그 시위하는 언니 곁에 기꺼이 서기를 선택하는 순간은 감동적이다.

정이현의 소설은 이제 더이상 '자기만의 방'에만 머물지 않겠다는 선언과 함께 서 있는 것처럼 보인다. 어떤 화려한 방도 궁극적으로 고립되어 있으며, 공적 공간에서 자리할 수 없는 한계와 나란히 놓여 있다는 사실을 부인하긴 어렵다. 「언니」는 2010년대에도 여전히 여성들은 "없는 존재"가 되지 않기 위해 싸워야 한다는 것, 누구든 그 곁에 나란히 서며 그 손을 잡아줄 수 있다는 것을 말하기 위해 쓰였다. '자기만의 방'을 꿈꿔온 여성들의 오랜 역사의 수직성은, 방에 머무르기를 그치고 광장으로 나온 여성과 그 여성 곁에서 연대를 마음먹고 나란히 서는 여성으로 인해 수평적으로 바뀐다. 지금 많은 여성들에게 투쟁은 선택이 아니라 피할 수 없는 필연적인 것이다. 하지만 평론이 이 소설 속 단정한 연대의 요청을 그대로 받아 읽는 것에 그쳐도 좋을까. 현실에서 요청되는 당위를 소설이 정확하게 응답하고 있음을 읽어내게 될 때, 현실과 허구가 맞아떨어지는 지점이 기쁘면서도 비평이 그간 믿어왔던 현실의 틀만을 다시 확인하고 반복하는 지루한 운동을 하는 중이 아닌지 의심하게 되지 않는가. 연대를 마음먹는 순간이 창출하는 이 조화로운 풍경을 조금 더 의심해보며 권여선의 소설을 읽으려 한다.

3. 누구도 알지 못하는 마리아

권여선의 「하늘 높이 아름답게」[7]는 주인공 '마리아'가 죽은 이후, 소식을 전해들은 성당 자매님들이 마리아를 회상해내는 조각들로 구성되어 있다. 마리아는 가난한 집안에서 존재감 없는 딸로 자라다가 파독 간호사를 지원해 독일로 떠났고, 독일에서 사랑했던 남자가 돌연한 과로사로 죽자 아이를 입양 보내고 한국으로 송환되었다. 그 이후의 삶은 성당 자매님들의 가사 도우미를 하면서, 버려진 아이들 몇몇을 장기 위탁 보호로 돌보면서 흘러간 것처럼 보인다. 소설은 아들을 입양 보낸 것을 치부로 여기고 평생 죄책감에 시달리면서, 죽기 직전까지 누군가의 비위를 맞추며 끝없는 노동 속에 살아야 했던 마리

7) 권여선, 「하늘 높이 아름답게」, 『릿터』 2018년 10/11월호. 이하 인용시 본문에 쪽수만 밝힌다.

아를 끝내 '성녀'로 만들지 않는다. 대신 태극기를 팔러 다니며 은밀한 기쁨을 느끼던 그의 비밀스러운 취미를 통해 아이러니의 정점으로 밀어넣는다.

태극기 부대를 포함하여 이 무의미한 기표에 집착하는 이들은 누구인가. 현실에서도, 이 소설 속에서도 "하늘 높이 아름답게" 펄럭이는 태극기에 감격하는 이들은 역설적으로 국가로부터 가장 소외되고 박탈된 존재들이다. 마리아에게 태극기란 열아홉 살에 독일로 떠나며 느꼈던 희열과 공포를 상기시키는 풍경이자, 무엇보다 첫아들의 청회색 눈동자를 닮은 불가해한 아름다움의 대상이다. 그런데 조국의 상징인 태극기에 전율하며 마리아가 회상하는 이 장면들은 불협화음을 만들어낸다. 가족 중 유일하게 이주 노동자가 되어 독일로 떠나야 했던 순간과, 터키계 독일인 '카디르' 사이에서 낳아 입양 보내야만 했던 남자아이의 눈동자는 국가의 보호로부터 밀려나 배제되고 퇴출되었던 난민으로서의 마리아의 위치를 드러낸다. 마리아의 태극기는 그가 국가 바깥에서 고통받았던 선명한 트라우마적 기억의 고정점이다. 제3세계 노동력으로 수출되어야 했던, 그리고 본인의 의사와 무관하게 다시 송환되어야 했던, 조국으로 돌아온 후에도 성당 내에서 가사노동과 감정노동을 전담하며 보이지 않는 존재로 평생을 살았던 마리아는 정말 대한민국의 자랑스러운 국민일 수 있는가?

소설 속에서 마리아에 대한 산발적 기억들을 모으고 배치하는 인물은 '베르타'다. 성당의 가을 바자회가 끝나가는 산만하고 지루한 자리에서 "참 고귀하지를 않구나 이 사람들은"(3쪽)이란 생각을 반복하는 베르타는 모든 것을 통제하고 판명 내리고 싶어하는 오만한 주체처럼 보인다. 그는 마리아를 회상하는 이야기를 듣는 동안 자매들을 재평가한다. '수산나'의 넙데데하고 무표정한 얼굴 뒤에 드리운 슬픔에 감동받고, '올가'의 마르고 침통한 얼굴을 바라보며 욕심꾸러기 노인으로 여긴 것을 참회한다. 그러나 막상 베르타 자신이 지닌 마리아의 기억에 이르자 판단 주체로서의 완고한 틀은 무너져내린다. 마리아와 태극기를 팔러 갔던 날 저녁, 한 양산살이 튕기듯 베르타의 왼쪽 눈가를 찍고 지나간다. 베르타는 싸구려 양산을 쓰고 자신의 눈을 찌르고 사라진 여자를 마리아가 똑같이 사모님이라 호칭하는 것이 거슬리고, 마리아의 시큼하고 구린 구취에 그를 밀치며 역정을 낸다. 하나도 못 팔면서 그깟 태극기는 왜 그 먼 데까지 팔러 다니냐는 질책에 "모르겠어요. 저도 잘 모르겠어요"(10쪽)라는 마리아의 대답은, 이제 와 베르타의 입술로 다시 옮겨져 반복된다. 베르타가 마리아를 두고 할 수 있는 말이란 이제 모르겠다는 부인의 말밖에 남지 않았다. 그는 자신이 제법 철이 들고 너그러워졌다는 확신이 오산이었음을 확인했던 그 순간으로 돌아가, 전혀 고귀하지 않은 자신을 오싹함 속에서 다시 바라본다.

그 오싹함은 베르타만의 것일까. 소설은 과연 이 시대에 누가 '난민'인지, 국가 안에서 여성의 온전한 자리가 있는지 묻는다. 하지만 이 소설의 놀라운 점은 성당 '자매님들' 사이에서조차 '가사 도우미'와 '사모님'으로 나뉘는 여성 내부의 위계 구조가 태극기를 함께 팔러 다녀오던 그날까지도 넘어설 수 없는 것으로 남아 있음을 포착하는 바로 그 지점이다. 마리아의 지독한 구취에 엉겁결에 그를 밀쳐냈던 베르타의 경험은 혐오라는 정동이 이성과 무관한 자리에서 자기 보호 본능처럼 작동하는 것임을, 자매애라는 이름으로 쉬이 모든 걸 넘어서 하나로 묶이는 일이 얼마나 어려운 것인지를 상기시킨다. 마리아는 철저히 소외되어 있다. 소설은 이미 마리아가 죽은 시점에서 시작되며, 이 인물에 대해 진실에 가까울 사연들을 전해줄 수 있는 자 역시 부재한다. 내일이 되면 이미 마리아는 모든 인물들의 머릿속에서 지워질 것임을 화자는 명확하게 암시한다. 소설은 마리아를 '재현 불가능한' 존재로서 현실에 기입시킨다. 마리아는 우리를 하나로 만드는 성녀의 이름이 아니라, 우리가 끝내 넘어서지 못하는 온갖 이해관계와 역동적 힘으로 전환되지 않는 차이다.

정이현의 「언니」가 자기만의 방을 벗어나기 위한 연대의 구심점으로서 '우리 모두의 언니'를 만들어냈다면, 권여선의 「하늘 높이 아름답게」는 연대의 자리에 포섭될 수 없는 '누구도 알지 못하는 마리아'를 보여준다. 난민이자 비非국민으로서의 여성에 대해, 그럼에도 자매애로 통합될 수 없는 차이에 대해 짚어내는 이 소설은 지금 광장의 페미니즘이 연대를 위해 어떤 존재를 배제하는가와 관련해 가장 날렵한 비판에 가닿고 있다. 기존의 비평적 관점에서 바라본다면, 우리의 인식 능력을 넘어서는 '누구도 정확히 알지 못하는 존재'로 인물을 해체하는 이 방식을 조화의 풍경보다 높이 샀을 것이다. 그러나 이 해체에서 오는 자족성은 현실과의 관련성을 철저히 지우기에 가능한 것은 아닌가. 현실에 연루되는 방식으로 이 소설을 읽으려 하면, 통합될 수 없는 차이와 한계를 마주한 이 지점을 어떻게든 넘어 다른 지점으로 가야 하는 것은 아닐까. 이 곤혹 속에서 이번엔 최은영의 소설을 들여다보려 한다.

4. 응답하라, 1990년대 싸우던 여성들이여

최근 여성 작가들의 몇몇 작품들이 1990년대를 소환할 때 육박하는 실재감과 동시대성은 놀라울 정도이다. 그것은 근래 대중문화에서 과거를 회상해온 많은 서사들이 정치성을 구현하는 데 실패했던 것과는 대조적인 자리에 있다. 〈응답하라 1997〉 〈응답하라 1994〉 〈응답하라 1988〉로 이어진 드라마 시리즈는 정치적으로 첨예하게 다가올 수밖에 없는 한국 현대사의 연도를 노골적으로 피해 가고 있었다. 이 드라마 시리즈가 당대에 풍미했던 유행가와 패션, 헤어스타일, 군것질거리, 그리고 상품의 디자인 같은 취향의 집적물을 통해 만들어낸 "디테일의 리얼리즘"은 "상투적인 관념으로 대상화된 대상의 세밀함"[8]에 다름 아니었다. 천만 관객이 든 영화 〈1987〉(장준환, 2017)의 경우는 어떨까. 한국 역사에서 민주화 투쟁의 역사 한 자락을 그리는 이 영화는 표면적으로는 '응답하라' 시리즈의 정반대편에서 적극적으로 정치성을 호명하려는 시도처럼 보일 수도 있지만, 그간 많은 서사에서 재현되는 동안 역사로서 안정적으로 정착된 1980년대의 풍경을 영웅적 열사를 한가운데 둔 채 느슨하게 반복할 뿐이다. 이 영화는 관객들로 하여금 도덕적 죄책감에 사로잡혀 눈물 흘리게 하지만, 현재에 기민하게 개입하거나 그간의 역사적 해석과 충돌하는 지점을 만들어내는 데 관심이 없어 보인다.

이런 상황 속에서 황정은의 중편 「아무것도 말할 필요가 없다」에 이어 최은영의 「몫」[9]이 플래시백으로 소환하는 시기가 1990년대 중반이라는 점은 중요해 보인다. '진정성의 레짐' 형식으로 존속했던 규범적 압력이 '97년 체제'가 본격화되면서 와해되었다는 논의를 염두

---

8) 서동진, 「플래시백의 1990년대: 반기억의 역사와 이미지」, 『동시대 이후: 시간-경험-이미지』, 현실문화A, 2018, 76쪽.

9) 최은영, 『몫』, 미메시스, 2018.

에 두었을 때,[10] 그 직전인 1996년 전후로 돌아가는 서사들로부터 강한 정치적 열망을 감지하는 것은 자연스럽다. 이 작가들은 1990년대의 풍요로운 문화적 세부를 재현하는 데 관심을 두기보다, 그곳에서 여전히 누군가는 투쟁하고 있었음에 주목한다. 당시 마지막 불씨처럼 진행되고 있던 투쟁들 속에서 우리가 무엇을 놓쳤는가를 직시하고자 할 때, 그 속에서 부차화되고 경멸되었던 '젠더' 문제가 드러나는 양상은 2018년의 정치성이란 무엇에 기반해야 하는가에 대한 물음과 나란히 놓인다.

최은영의 「몫」에서 이 질문을 담당하고 있는 자들은 교지 편집부 활동을 했던 '해진' '정윤' '희영' 세 사람이다. 화자인 해진은 A 여자대학교에서의 집단 폭력에 대해 문제제기한 글을 읽고 교지 동아리에 들어온다. 이때 함께 들어온 동기 희영은 B 대학교 교수 성희롱 사건을, 아내에 대한 폭력 문제를, 기지촌 여성문제 등을 계속해서 다루고자 한다. 이 여성문제에 대한 희영의 관심은 교지 안의 다른 선배들에 의해 "세계가 급변하고 있는데, 개인의 윤리 문제를 다룰 지면은 없다"는 말로 곧잘 반대에 부딪힌다. 정윤 선배는 희영의 의제가 내부에서 반대에 부딪힐 때면 이것이 일개 여성문제가 아니라 사회의 기형적인 권력 구조에 관한 문제라고 반박하며 희영에게 힘을 실어준다. 그러나 정윤의 옹호가 남기는 찜찜함은 이것이 "성차별은 민족문제, 노동문제가 해결된 다음에"를 외쳐왔던 진보 진영의 오래된 의식구조를 고스란히 반영하고 있기 때문이다. 일반적인 기대와 달리, 진보 의식과 여성 의식이 비례하지 않는다는 것은 우리가 진보 진영 안에서

10) 김홍중, 「진정성의 기원과 구조」, 『마음의 사회학』, 문학동네, 2009.

젠더 문제가 터져나올 때마다 확인하게 되는 사안이다.[11] 여성문제를 그 자체만으로 중요하게 발화하지 못하고 사회구조의 문제의 일부로 기입시키는 전략은 여성문제를 언제나 절반의 것으로 만들며, 언제든 차순으로 미룰 수 있는 알리바이를 제공해왔다. 정윤의 옹호는 사실상 여성문제만을 다루지 말고 관심사를 좀 넓혀보라는 다른 선배의 지적과 같은 맥락에서 여성문제를 주변적이고 사소한 문제로서 격하시킨다.

소설은 이를 정면으로 반박하기보다, 대개의 경우 부차적이었던 여성문제가 언제 어떤 방식으로 진보 진영 안에서 주요하게 다루어지는지를 보여준다. 미군에게 살해당한 어느 기지촌 여성의 5주기 추모 집회에 갔을 때, 해진과 희영은 미군에게 살해당한 여성의 시신 사진이 실린 유인물을 본다. '조국의 자궁'이자 '우리의 누이들'로 규탄되던 말은 집회 뒤쪽에서 누군가 "범죄는 모국에서! 강간은 미국에서!"라는 말로 쉽게 옮겨진다. 주변에서 옅게 퍼지던 웃음소리와, 강간이라는 말이 집회에 활기를 주던 그 순간은 두 사람에게 잊을 수 없는 소외의 기억으로 남는다. 동일한 문제제기를 위해 모여든 진보 진영의 집회에서도 민족문제가 앞세워질 때, 젠더 프레임이 지워지며 여성이

---

11) 『이프』 2000년 가을호에는 「그들의 '진보'엔 여성이 없다」라는 기획 기사가 실렸다. 2000년 광주 5·18 전야제에 '새천년 NHK 가라오케'에서 이른바 386 정치인들이 아가씨들을 끼고 술판을 벌인 일, 서슬 퍼런 낙선운동을 벌이기도 한 총선시민연대의 환경운동가가 어린 여대생과 호텔에 들어갔다가 성추행 혐의로 고소를 당한 일, 부장판사를 포함한 법관들이 불법 스트립쇼 단란주점에서 접대를 받았다며 현직 판사 부인이 고발한 일 등은 수면 위로 올라와 비판의 대상이 되고 있다는 점에서 대한민국이 변하고 있다는 희망의 단서로 받아들여지고 있으나, 근래 다시 드러나고 있는 것은 진보 진영에 있어 성 착취와 성범죄는 여전히 사회를 위해 싸우는 남성을 위한 보상물로 받아들여지고 있었다는 사실이다.

또다시 성적 대상화되는 것을 보게 된 희영은 자신의 의제가 구조적인 모순으로서 정윤에게 옹호될 때 이전과 달리 반박한다.

우리는 구조적인 모순을 이야기하지 않으면 안 돼요. 기지촌 문제는 민족 모순, 계급 모순 아래에서 배태된 문제죠. 거대한 구조를 봐야 해요. 왜 그 사람이 그때 거기서 살해당했는지. 구조적인 틀을 놓치고 가면 안 되죠.

정윤 언닌 정말 그렇게 믿어요?

희영이 입을 열었다.

주한 미군이 철수하면 그런 일이 없어질 거라는 거, 통일 조국이 되면 그런 일이 일어나지 않으리라는 거, 여자들이 맞고, 강간당하고, 죽임당하는 일이 없어지리라는 걸 믿어요, 언니?

논리에 모순이 있네. 정윤이 말했다. 민족 주권과 빈곤의 문제를 여성의 문제로 축소해서 보려는 겁니까?

당신은 어떤 말을 해야 할지 알지 못한 채로 그런 희영과 정윤을 번갈아 바라보기만 했다.

언니는 여성문제가 그렇게 작은 문제라고 생각해요? 전 그분이 살아 있을 때나 돌아가셨을 때나 사람들에게 이용당했다고 생각했어요. 민족의 누이 운운하면서 자기들이 하고 싶은 말 하려고 그렇게 처참한 시체 사진을 사용했고……

정윤이 희영의 말을 끊었다.

여성문제요? 본인이 돌아가신 분과 같은 여자라고 생각해요? 그거 오만한 생각 아닌가. 너무 다른 입장 아닌가. 희영은 그런 삶을 경험한 적이 없고, 앞으로도 마찬가지일 거예요. 그런 삶에 대해 모르면서 어떻게 그렇게 말할 수 있어요. 희영이 그렇게 가난해본 적 있어요? 몸을 팔아야 할 만큼? 대학 교육까지 받고 좋은 옷 입고 좋은 신발 신으면서 희영이 같은 여자랍시고 그 문제에 대해 이야기할 수 있다고 생각해요?(『묶』, 45~48쪽)

소설에서 가장 첨예하게 인물들이 부딪치는 것은 바로 이 지점이다. 이 인용문에는 운동권 내부에서 여성 간의 연대를 막아온 가장 핵심적인 논쟁들이 포함되어 있다. 하나는 앞에서 지적하기도 했던 다른 민족과 계급이라는 구조적 틀 속에 여성의 문제를 포함시켜버리는 것이며, 다른 하나는 여성 내부의 계급 차와 당사자 정치의 문제다. 대학 교육을 받고 좋은 의복을 걸친 희영이 기지촌 여성을 대변할 수 있는가라는 반박은 상대를 협의의 당사자성에 가둔다.

그런데 여성문제의 진위를 가리기 위해 계급 문제를 끌어들이는 것은 오래된 전략이다. 이 프레임은 실상 한국에서 여성문제가 주류 담론 안에 기입되기 시작한 1970~80년대부터 반복되어왔다. 여성이라는 동일한 정체성 아래 여성의 계급적 차이를 어떻게 바라봐야 할지에 대한 고민 속에서 '(일하지 않는) 중산층 여성' 대 '(생활수준과 교육수준이 낮은) 근로 여성'이라는 대립 구도는 무리 없이 통용되었다. 이때 '민중'이라는 무성적·초남성적 집단 정체성의 문제가 보편성의 차원에서 인식되었던 것과 달리, 여성운동은 보편성의 차원에서 가능한 것인지에 대한 의구심과 함께 민족 해방 혹은 인간 해방이라는 보편성의 관점에서 사유할 것을 요청받았다.[12] 1980년대 운동권 여대생의 출현에도 불구하고 이들이 교양 주체의 위치를 획득하지 못했으며, 계급적 구별 짓기로서 중산층 문화를 완성하는 기표로 사회적 선망/

시기의 프레임 속에서 타자화되었던 것도 같은 맥락에 있다.[13] 1980년대 진보적 여성 작가들의 소설에 등장하는 노동 현장에 투신하는 운동권 여학생들의 이야기는 문학적 시민권을 획득했지만, 동시에 그들과는 다른 선택을 하고 다른 삶을 살아가는 여성들을 배척함으로써 "변혁 운동이 어떻게 중간계급 여성에 대한 혐오를 양산하는가"[14]를 보여주었다. 아이러니하게도 당시 운동하는 여성들의 시민권은 여성혐오를 바탕으로 획득되었던 것이다.

이에 대한 인식이 중요한 이유는 현재 문학장 속에서 『82년생 김지영』을 향한 대다수의 비판이 많은 이들을 공감하게 한 여성문제에 무게를 두는 대신, 모든 것이 '평균'에 가까운 여성의 재현에 대한 불편함을 표명하고 있기 때문이다. 소설 속 김지영이 대학을 나왔으며, 아이를 낳고 살아가는 평범한 중산층 여성이라는 사실은 그 불편함의 근원을 이루고 있는 것처럼 보인다. 하지만 성별에 따른 임금격차와 결혼과 출산으로 인한 경력 단절 문제가 심각한 한국에서 이 여성을 '일하지 않는' 계급적 특혜 속에 있다고 받아들이는 것만큼 시대착오적인 시선이 있을까. 2000년대 소설 속에서 무력해진 중산층 가장과 백수 청년들이 재현되는 동안, 그 인물을 일방적으로 피해자화해서는 안 되기에 교차적 관점으로 구조적 복합성을 요청하거나, 그를 대표

---

12) 조연정, 「1980년대 문학에서 여성운동과 민중운동의 접점 — 고정희 시를 읽기 위한 시론(詩論)」, 『우리말글』 제71집, 2016, 242~248쪽 참조.

13) 김은하, 「운동권 여대생의 주체화 기획과 자기 재현의 어려움」, '한국여성 문학학회' 주관 2018년 3월 숙명여자대학교에서 열린 콜로키움 발표문, 4쪽.

14) 김은하, 「1980년대, 바리케이트 뒤편의 성(性) 전쟁과 여성해방문학 운동」, 『상허학보』 51집, 2017, 40쪽.

로 인식함으로써 소외되는 현실의 많은 사람들을 의식해야 한다고 누구도 말한 바 없었다. 그러나 갑자기 한 허구 속 여성 인물에 대해서만 엄밀해진 비평적 관점들은 여성문제가 그 자체만으로 문제로서 받아들여지는 것이, 특히 중산층 여성에 대한 공감이 얼마나 어려운가를 여실히 보여준다. 그간 발화의 공간을 갖지 못하고 지워져왔던 평범한 여성들이 드디어 말하고 있고, 이 가운데 한국의 비평은 시험대 위에 놓여 있는 듯하다. 하지만 육박해오는 현실의 문제를 뒤로한 채 획득되는 미학성이 정말로 급진적일 수 있을까. 정확하고 유려하게 문학을 읽어내는 기준점을 시대의 언어와 마주하고 있는 독자의 방향으로 돌리지 않는다면, 어떤 문학성도 고립을 피할 수 없을 것이다.[15)]이제는 어떤 여성 서사에 대해서도 전형으로서의 현실을 재확인하는 것에 불과하다는 우려보다, 전형이 되었다고 느낄 만큼 오래된 여성문제들이 공적 지평 위에 놓일 때 여전히 그 자체로 무게 있게 받아들여지지 못하고 탈정치화되는 맥락들에 집중해야 할 때다.

「몫」이 후일담 소설로 느껴지지 않는 것은 소설 속에서 제기되는 문제들이 여전히 고스란히 동시대에 감당해야 하는 문제로 지각되며 육박해 들어오기 때문이다. 1980년대 '공동체'와 1990년대 '개인', 혹은 1997년 이전의 '진정성 레짐'과 그 이후 '포스트-진정성 체제'의 스노비즘, 그간 한국 사회와 문학사를 진단할 때 중요한 기준점으로

15) 이와 같은 맥락의 문제의식에 대해서는 다음의 글들에서 더 상세하고 섬세한 성찰을 찾아볼 수 있다. 김미정, 「흔들리는 재현·대의의 시간—2017년 한국소설의 안팎」, 『문학들』 2017년 겨울호; 백지은, 「텍스트를 읽는 것과 삶을 읽는 것은 다르지 않다」, 『문학과사회 하이픈: 독자 공동체』 2018년 여름호; 소영현, 「거대한 침묵 앞에서」, 『21세기문학』 2018년 여름호; 조연정, 「같은 질문을 반복하며—2018년 한국문학의 여성 서사가 놓인 자리」, 『릿터』 2018년 8/9월호.

작동했던 이 시대적 구분들 속에서 초지일관 소외되어왔던 것은 젠더적 프레임이었음을 「몫」은 뚜렷하게 상기시킨다. 소설에서 교지를 만드는 대학생들은 여성문제에 대해 어떻게 접근할지 메타화된 자리에서 고민함으로써 사건 당사자가 아님에도 가장 깊숙이 연루된다. 이 가운데 세 사람 안에서 계속되는 입장 차와 관계의 균열은 '순수한' 피해자라든가 '완벽한' 자매애의 환상을 불식시키며, 가해와 피해, 억압과 저항이라는 이분법을 남녀 성별의 대립으로 연결 짓는 대신 생산적인 방식으로 갈등을 지속시킨다. 이는 공사 영역을 분리시키고 여성의 자유를 섹슈얼리티에서의 자유에 집중시킴으로써 공적인 영역에서 여성의 시민권을 희미하게 만들어온 그간의 관점을 바꾼다. 지금 여성들에게 필요한 것은 성적 자유를 행사할 권리 이전에, 몸으로만 단순하게 치환되지 않고 '합리적 여성'의 자리에 서는 것이다. 최근의 여성 소설들이 여성문제를 메타적으로, 다양한 정보들을 교차시키고 지적인 형식을 구축하면서 만들어가는 전략적인 재현의 변화는 이 요구를 반영한다.

연대는 실패하는가. 소설 안에서 가장 많은 무게를 지고 여성문제를 제기해온 희영은 결국 모두를 설득시키지 못하고, 이후 조용히 활동가의 삶을 선택한다. 하지만 소설 막바지에 이르러 해진이 정윤을 껴안을 때, 소설은 죽은 희영을 영웅화하지 않으려 애쓰는 동시에 결혼을 선택한 정윤 역시 비난하지 않으려 하는 것처럼 보인다. 이 여성들은 쉽지 않았던 싸움 속에서 나름대로 자신의 '몫'에 충실했으나, 누구도 승리하지 못했다. 하지만 마지막 장면의 포옹은 그들 간의 갈등과 균열이야말로 그들이 치열하게 연대했던 증표였음을 보여준다. 희영, 정윤, 해진 이 세 여성 인물에게는 한국문학사 안의 '투쟁했지만 여성의 자리를 부인함으로써만 정치 공동체의 일원으로 인정받을 수 있었던' 1980년대의 여성이, '집을 나가고 섹슈얼리티를 분출함으로써 가부장적 질서로부터 벗어나고자 했으나 개별적 자아로 남아 있었던' 1990년대 여성이, '융성했던 타자 담론 속에서 자리가 무화된' 2000년대 여성이 모두 어른거린다. 이들을 모두 껴안고, 쉽게 끝나지 않을 지난한 싸움 속에서 어떻게 이 연대를 이어갈 것인가. 소설은 '당신'이라는 이인칭시점을 고수함으로써 지금 이 시대의 '당신'을 이 책임과 연대 속에 끌어들인다. 이제 이에 어떻게 응답할 것인가가 우리에게 남은 '몫'일 것이다.

5. 소비되지 않는 여성 서사를 위해

여성 서사 앞에서 여성 서사라고 말하는 일은 여전히 난감한 고충을 안고 있다. 너무나 오랜 시간 동안, 아마도 인류 역사 내내 여성이라는 구획 속에 들어가는 것은 결국 보편의 자리에 서지 못하는 한계점으로 작용해왔음을 잘 알고 있기 때문이겠다. 그러나 젠더 대립이 격화되는 현실의 상황 속에서 필요한 것은 여성 서사임을 지우고 불가능한 보편의 자리에 서는 것보다, 여성 서사를 어떻게 익숙한 그간의 관념으로 소비되지 않게 할 것인가에 대한 고민이 아닐까.

2000년대 한국 소설의 중핵에는 고립된 '방'의 이미지가 있었다. 아직 젊은 이십대 주인공들이 고시원, 옥탑방 등을 전전할 때, 그 안에서 타자는 지나치게 밀착되어 있어 견딜 수 없거나, 너무 멀리 있어서 닿을 수 없었다. 2016년부터 시작된 일련의 사건들을 통해 한국 소설은 이 고립된 공간을 나와 정치적, 윤리적 공동체를 지향하는 내적 동기들을 표면에 그려나가기 시작하고 있다. 그것은 인물이 자신이 여성임을 자각하면서, 벌어지고 있는 사건이 우연히 혼자만 겪게 된 일이 아니라 무수히 많은 여성들이 겪어온 일임을 인지하면서 생겨난 변화다. 그렇게 하여 정이현의 「언니」의 주인공은 '자기만의 방'에서 나와 투쟁의 주체로 광장에 설 수 있었고, 권여선의 「하늘 높이 아름답게」에서는 마리아가 지닌 '여성'과 '난민'의 교차적 위치성이 드러났으며, 최은영의 「몫」은 그간 젠더 문제가 누락되어온 맥락을 메타적으로 다루며 끌어올려냈다. 이 소설에서 여성들은 섹슈얼리티의 관계 속에 국한되어 있지도, 피해자의 자리에만 머물지도 않는다. 그들은 가해자이고 억압의 주체이기도 하지만, 연대하고 싸우는 여성들이다. 이 싸움은 단지 대립되는 하나의 전선만을 가지고 있는 것이 아니라, 내부의 차이와 균열을 안고 있기에 더욱 견고해 보인다. 갑질의 피해자이지만 활달하고 강한(「언니」), 난민이지만 우아하고 행복한(「하늘 높이 아름답게」), 서로를 공격하지만 사랑하는(「몫」) 이 여성들은 규정될 수 없는 경계 위의 존재로서, 이들은 따로 또 같이 계속해서 싸워나갈 것이다.

(2019)

찢어진 광장이라고 쓸 때
—윤이형의 『작은마음동호회』

이 글의 제목에 '찢어진 광장'을 적는 순간에 이제는 어떤 은유와 비유 앞에서 사람들이 각기 다른 사건을 떠올릴 수밖에 없음을 차갑고 선명하게 깨달았다. 문학 안에서 수사修辭가 매끄럽게 작동하기 위해서는, 먼저 합의된 현실이 있어야만 한다. 2009년 용산 참사 이후 불이나 크레인이 곧장 비유와 상징이 되었던 것처럼, 2014년 세월호 참사 이후 물이나 아이를 잃는다는 사건이 무언가를 무너지게 만들고, 2016년 촛불혁명 이후 광장의 빛과 함성에 대한 표현들이 벅차오르게 했던 것처럼. 아주 사소한 표지지만 모두에게 곧장 현실 속 바로 그 사건을 가리킬 수 있을 때, 문학의 언어는 은유를 끌어당기며 우회하고 춤을 출 수 있다. 이는 비단 사건의 크기나 강도의 문제만은 아니다. 재현 불가능성을 숙고하게 만드는 많은 끔찍한 사건들 앞에서 문학은 이제 쓸 수 없으리라는 비탄에 젖지만, 실은 그 비통함이야말로 우리가 아직 우리라는 것을 너무나 잘 알려주는 지표이기도 하지 않았는가. 그 찢어진 사건들 앞에 다른 언어를 가져다줄 문학을 모두가 갈구하고 있음을 알고 있지 않았는가. 하지만 지금은 문학의 은유에 기대어 갈 수 있는 시대가 아니다. 2010년대 중반을 거치며 우리 각자가 놓인 위치에 따라 시공간이 얼마나 다르게 감각되는지를 절절히 알게 되었기 때문이다. 지금 열렬하게 연도를 기입하는 이들은 앞서 언급한 용산 참사, 세월호 참사, 촛불혁명 등 문학장에서 대의적인 당위성을 쉽게 승인받아온 사건들이 아니라, 2016년 강남역 살인 사건, 예술계 성폭력 고발 운동, 2018년 미투 운동, 불법 촬영 편파수사 규탄시위 등을 비롯한 젠더 문제의 무게와 심각성을 '인정'받으려는 위태로운 자리에 서 있는 자들이다. 당신은 찢어진 광장 어디에 있는가.

기존의 언어 안에서 무사히 자신을 확인하는 일은 모두에게 주어져야 할 축복이다. 하지만 단지 여자라는 이유만으로 공공 영역에서 칼에 찔려 죽을 수도 있다는 것을 확인했을 때, 예술계 안에서도 기이한 위계가 특권으로 작동하며 한쪽 성별을 무너뜨렸다는 걸 알아차렸을 때, 각자가 지닌 몸의 권리가 법 앞에서 얼마나 다른가를 새삼 깨달았을 때, 모두가 공유해온 문학적 사건과 언어가 분리되었다. 대신 그 앞에서 쏟아지고 흘러넘치는 비틀거리는 말들, 깔끔한 인과관계로 정리되지 않는 고백, 날카로운 구호와 비명, 이상한 웃음, 절박한 호소 같은 것들이 새로운 문학이 되어갔다. 지금은 너무나 사적인 '나'의 언어들이 첨예한 각자의 광장을 만들어가는 시간, 모든 수사가 깨져나간 자리에서 언어를 발명하는 시간이다.

그 시간들 속에서 탄생한 윤이형의 『작은마음동호회』[1]는 2010년대에 가장 첨예하게 접속하고 뜨겁게 응답하는 소설집이다. 이 책은 "나는 마음이 작다"(「작은마음동호회」)로 시작되고, "당신들은 우리를 끝낼 수 없다"(「역사」)로 갈무리된다. 마음이 작다는 고백과 역사의 간극은 얼마나 먼가. 그러나 윤이형은 그 작은 마음들이 모여 '우리'가 된다고, 그렇게 역사를 만들어간다고 말한다. 소설들은 "이것이 모두의 일이었다면 떠올리지 않아도 좋았을 말들"(「피클」)로 가득차 있다. 특정 사건들이 고립되어 각자의 현실로만 남아 있음을 정확히 적시하는 저 말의 의미를 의미심장하게 곱씹지 않고서는 이 소설집의 직접적인 언술과 질문들이 다소 생경하게 느껴질 수도 있겠다.

그렇게 생각해볼 때, 이 소설집 안에서 가장 먼저 발표된 소설인 「이웃의 선한 사람」(2015)의 이질성은 주목될 필요가 있다. 이 소설은 세월호 참사 이후 우리 사회의 동감과 연민의 방향에 대해 돌아보게 하는 작품이다. 소설은 초점 화자의 아이가 트럭에 치일 뻔한 순간 구해준 생명의 은인이자 '이웃의 선한 사람'의 정체를 알아가는 과정의 혼란을 그린다. 자신의 선행에 철저히 무감각한 그 이웃 청년은 공원에서 미친 사람처럼 괴성을 지르며 그네를 탔던 남자이자, 초점 화자가 담배를 피우고 있을 때 악의적인 침묵 속에서 식초를 들이부은 끔찍하게 불편한 인간이다. 초점 화자는 이웃 청년이 지닌 다른 얼굴들의 까마득한 낙차 앞에서 깨끗한 정리와 이해를 위해 만남을 도모하지만, 그가 듣게된 것은 그 청년이 미래를 본다는 황당무계한 설명이다. 청년은 미래에 많은 아이들이 죽는 크고 참혹한 대형 참사가 일어나고 정확히 이 년 후 자신의 손녀가 거의 흡사한 대형 참사로 희생된다는 말을 한다. 그리고 손녀가 죽은 후 충격과 죄책감에 휩싸인 자

1) 윤이형, 『작은마음동호회』, 문학동네, 2019. 이하 인용시 본문에 작품 제목과 쪽수만 밝힌다.

신의 딸마저 결국 마흔이 되기 전에 자살을 한다고 예언한다. 이 지점에서 초점 화자는 폭발적인 분노를 터뜨린다. "선한 사람들이 선하게 살았기 때문에, 선한 마음을 품었기 때문에 그런 일이 일어난다고?"(174쪽)

소설은 우연찮게 면한 일상의 재난과 미래의 대형 재난을 연결시키며, 그 앞에서 우리의 선악이 그리 쉽게 구별될 수 있는지 묻는다. 소설에서 아이를 구해준 은인이지만 철저히 무감정한 얼굴을 보이는 청년 이웃의 모습은 뉴스 속 사건들과 생활의 불안을 일일이 느낄 여력이 없어 "일회성 분노와 삶의 근본을 바꾸지 못하는 습관적 다짐을 반복"(143쪽)하며 "무감한 이주민"(144쪽)으로 살아가는 초점 화자와 그리 다르지 않다. 세월호 이후 '잊지 않겠습니다'라는 다짐의 구호는 사회를 뒤덮었다. 이는 분명 선의가 담긴 애도의 말이었지만, 어떤 차원에서는 아이를 잃은 친족과의 거리 두기를 통해 비행위성의 알리바이가 될 수도 있다는 여러 우려를 낳았다. 그랬을 때, 매끄럽게 이해되지 않는 불쾌한 이웃과 평범한 소시민인 초점 화자의 얼굴이 처음부터 닮아있다는 사실은 절묘한 데가 있다. 그 무차별한 선악 위에서 소설은 '선한 사람들의 선한 마음(부채감과 충실한 일상)이 재앙을 일어나게 할 가능성은 없는지' 묻는다. 이 질문은 세월호 앞에서 우리의 부끄러움과 죄책감이 사회구조를 바꾸는 대신에 자기 윤리로 회귀하지 않았는지, 그렇다면 이 자기 윤리에는 선함이 구원으로 이어질 것이란 순진한 믿음 내지는 기만이 깃든 것은 아닌지 불편하게 파고들며 무언가를 초과한다. 이 초과는 정치 앞에서 오직 언어로 싸워온 문학의 최대치를 심문하는 지점에서 오는 것이다. 익숙한 문학의 자기 반성 역시 어떤 한계를 품고 있었던 것은 아닌가?

그런데 지금 다시 이 소설을 읽을 때 눈에 들어오는 것은 초점 화자가 바로 남성 가부장이라는 사실이다. 문학의 관성이 깨지는 지점, 자신으로 회귀해 스스로를 반성하고 단속하는 지점에 서 있는 자가 바로 남성 가부장이어야 했던 것은 그저 우연이었을까. 윤이형은 「여성에 대해 쓰기」(문예중앙, 2017년 여름호)라는 산문에서 오랫동안 자신의 화두가 '한국사회의 나쁜/파괴된 아버지들을 어떻게 대할 것인가'에 고착되어 있었으며, 그 내면의 풍경 속에서 이 사회를 구성하는 다른 다양한 인물들(여성, 소수자, 아이)의 존재는 자연히 주변화되었다고 말했다. 한 남성이 세월호 참사라는 사건 앞에서 자기기만에 부딪혀 분열하고 깨어져 나간 이후에, 즉 「이웃의 선한 사람」 이후에 윤이형의 소설에는 아이를 키우는 기혼 여성의 목소리가 분명하게 자리잡는다. 이는 우연일 수 없다. 어떤 세계를 깨뜨리고 어떤 세계를 불러올 것인가의 문제로 윤이형은 정확하게 움직이고 있고, 사회에서 '아줌마'라 비하되고 '맘충'이라 내쫓겼던 이 기혼 여성들은 이제 그의 소설 한가운데 자리한다. 이 소설집에서 가장 중요한 지점 중 하나는 이 응답의 언어가 사회 안에서 자신의 위치를 자각하는 바로 그 자리에서 시작되고 있다는 사실이다.

> 우리는 아내들, 며느리들, 딸들이다. (……) 우리는 부당한 권력에 대항하는 대규모 집회가 열리는 토요일마다 빈집에서 아이와 마주앉아 있는 사람들이다. 아이와 컬러링북을 칠하거나, 와서 김장을 하라는 시어머니의 급한 호출을 받고 달려가는 사람들이다. 그렇게 나가고 싶으면 유아차라도 끌고 아이를 데리고 나가면 되지 않느냐는 질문에 그러면 '맘충' 취급을 받지 않겠느냐고 볼멘소리로 대

답하면서도, 인파 속에서 밀리고 밟히다 아이가 혹시 다칠까 겁내는 마음이, 차가운 초겨울 바람이 아이의 볼을 꽁꽁 얼리지 않을까 걱정하는 마음이, 실은 우리 자신이 만들어낸 나약한 핑계이고 열등감이 아닐까, 나는 실은 전혀 정치적 존재가 못 되는 게 아닐까, 자기검열을 하다 마음을 다친 채 새벽 두시에 책상 앞에서 맥주 캔을 따는 사람들이다.(「작은마음동호회」, 10~11쪽)

이 소설의 서두는 네 쪽에 걸쳐 지금 말하고 있는 화자가 누구인지를 말하는 데 할애되어 있다. 그리고 '아이를 키우는 기혼 여성'이 재단되어온 방식과 그들이 바라보는 세상의 풍경은 2016년 가을의 광장에 함께하지 못했던 또다른 존재들을 새삼 상기시킨다. 광장에서 뜨겁게 하나가 되었던 '우리'는 실은 저 서술 속 '아내들, 며느리들, 딸들'이 없는 반쪽짜리 '우리'였던 것이다. 하지만 더 중요한 것은 보여주기showing가 아니라 말하기telling를 택하는 서술 방식에 있다. '나는/우리는'으로 시작하는 저 서술들은 읽는 이와 쉽게 통합될 수 없는 단독적인 '나'만의 자리를 지켜낸다. 그리고 각자가 놓여 쓰고 있는 위치가 너무나 다르다는 것을 메타적으로 계속해서 인식시킨다. 이러한 '말하기'를 택할 때 읽는 이와 쓰는 이의 거리감은 '보여주기'일 때보다 더 멀어지기 마련이다. 그럼에도 이 시점을 선택함으로써 확보하려고 했던 것이 무엇인지는 일인칭 '나'를 내세우는 서사가 최근 한국문학장 안에 늘어가는 것과 더불어 중요하게 읽혀야 한다.

이 '나'들의 새로운 주체성은 경험의 다층적인 차원을 교차시키며 연대를 모색하는 데까지 나아간다. 「승혜와 미오」에서 레즈비언 승혜와 식탁에서 마주한 워킹맘이자 싱글맘 화자는 사회에서 구획한 어떤 상에 완벽하게 들어맞지 않는 존재란 점에서 조심스럽게 겹쳐진다. 레즈비언이지만 베이비시터 일을 할 만큼 아이를 좋아하는 승혜는 충분히 퀴어하지 못한 존재로 자신을 자각한다. 무엇보다 승혜의 이런 욕망은 애인 미오와의 관계에서 장애물이 된다. 가족이라는 제도 자체가 힘들다는 미오는 "나는 네 가족이 되어줄 수가 없는 사람인데"(51쪽)라는 말과 함께 슬픔을 내비치고, 이는 곧 두 사람 사이의 치명적인 싸움으로 이어진다. 이후 자신을 두고 "정상가족에 대한 판타지를 지닌 레즈비언"(52쪽)이라는 자기 비난에 빠져 있던 승혜는 이호와 이호 엄마까지 셋이서 밀푀유나베를 먹는 식탁 앞에서 자신의 존재를 다르게 맞닥뜨리는 전환점을 맞는다. 승혜 누나에게 여자 애인이 있더라는 말을 이르듯 전하는 이호 앞에서 이호 엄마는 이렇게 말한다. "엄마도 모르겠어. 엄마가 좋은 엄만지 나쁜 엄만지. 엄마는 그냥 엄마지. 회사에서 늦게 오지만 그래도 엄마지. 마찬가지야. 세상에는 다른 누나랑 사랑해서 같이 사는 누나도 있는 거야. 그냥 원래 그런 거야. 그건 좋은 거야, 나쁜 거야?"(56쪽)

승혜의 아이를 좋아하는 레즈비언으로서의 정체성은 매일 회사에서 늦게 오는 싱글맘 이호 엄마의 정체성과 만나, 좋고 나쁜 것을 넘어 "그냥 원래 그런" 자연스러운 존재로서 자신의 자리에 안착한다. 여기에는 아슬아슬한 지점이 있다. 싱글맘과 레즈비언은 강제적 이성애 규범성으로 유지되는 가부장제하에서 사회적 차별과 낙인을 감당해야 한다는 점에서 유사성을 갖지만, 분명 이들의 존재 방식은 다를 수밖에 없기 때문이다. 가족을 구성했다가 해체한 상황과 가족을 만들 수 있는 자격조차 주어지지 않는 상황에는 시민권의 현격한 차이가 존재한다. 밀푀유나베가 놓인 식탁을 중심에 두고 소설은 새로운 가족 공동체처럼 세 사람을 품어내고 있지만, 실은 돌봄노동을 위탁할 수 있는 경제적 우위와 자신의 성 지향성이 돌봄노동자로서 결격사유가 될 것을 염려해야 하는 피고용인으로서의 격차는 엄연하다. 게다가 어떤 지점에서 레즈비언의 정체성은 보다 이성애 규범성에 가까운 싱글맘으로부터 '승인'되고 있는 것처럼 보이기도 한다. 그러나 다소 허약하고 선험적으로 보이더라도 이 연대는 시스젠더 헤테로와 퀴어 사이의 경험과 감정의 접점을 마련하고 있다는 점에서 새로운 길을 열고 있다.

촛불집회와 함께 시작된 혁명은 정권 교체를 이뤄냈지만, 여성을 비롯한 소수자들의 싸움은 여전히 진행중이다. 소수자의 싸움에 더 어려운 이유가 있다면, "자신이 피해자라는 사실을, 그 무겁고 무섭고 모든 것을 걸어야 하는 싸움을 해야 한다는 사실"(「피클」)을 받아들이기 어렵기 때문이겠다. 『작은마음동호회』를 읽어나가다보면 알게 된다. 긴 시간이 걸리는 싸움은 사람을 위대하게 만들기보다, 옹졸하고 나약하게 만든다는 것을. 힘겹게 시작된 연대 안에서도 자기검열은 계속되며, 우리는 종종 싸움의 대상을 잊고 서로에게 칼을 겨누곤 한다는 것을. 하지만 작가는 이 싸움이 쉽게 끝나지 않으리라는 것 역시 알려준다. 지금 윤이형은 광장 한복판에서 "나는 쏟아지는 중이고, 흘러나오는 중이고, 그럼에도 아직 살아 있다고"(「역사」) 나직하게 말하며 서 있다. 이 흔들리며 살아 있음을 증명하는 직접적인 언술들 아래서, 우리는 서로 칼을 겨눈 채로도 계속 함께 걸어나갈 수 있을 것이다.

(2019)

분노의 정동, 복수의 정치학

—세월호와 미투 운동 이후의 문학은 어떻게 만나는가

1. 무능하거나 영악한 법 앞에서

2019년 5월 17일은 강남역 살인 사건이 발생한 지 삼 년째 되는 날이었다. 그날, 공동 포럼 〈미투 운동 1년, 한국사회에 찾아온 변화〉에서 발표된 글 중에는 문학계 내의 이야기 역시 함께 있었다. 「'시민-독자'의 자리: 이후의 삶, 너머의 문학」을 읽은 후에 서늘한 각성이 있었고, 이 글 역시 그 글을 이어받으며 시작될 수밖에 없다고 생각했다.[1) 「'시민-독자'의 자리」는 2018년 1월 29일 한 여성 검사의 검찰 조직 내 성폭력 피해 고발 이후 전방위로 미투 운동이 일어나며 쇄신과 연대의 물결이 일어났지만, 이미 그 이전인 2016년 10월부터 문학계 내 성폭력 해시태그 운동을 통해 다양한 지지와 연대 활동이 지속되었다는 점에 주목하며 글을 시작한다. 성폭력 해시태그 운동

1) 이 글은 2019년 5월 17일 공동 포럼 〈미투 운동 1년, 한국사회에 찾아온 변화〉에서 발표된 소영현의 「'시민-독자'의 자리: 이후의 삶, 너머의 문학」과 장은정의 토론문 「'연대자'의 자리: 이후의 삶, 너머의 문학」이 있기에 시작될 수 있었다.

과 미투 운동이 소셜 미디어를 기반으로 한다는 것은 대중운동으로 확산될 수 있는 적실한 기반이 되었지만, 동시에 고발이나 폭로 이후로 좀더 빠르게 개인별 사건 단위로 분절되고 법적 공방으로 협소화될 수밖에 없도록 만들었다. 법정 공방이 반복되면서 해시태그 운동은 운동의 국면과 맥락의 의미가 소거된 채 점차 가해자와 피해자 혹은 고소인과 피고소인의 문제로 납작해졌고, 최영미 시인의 미투 운동에 대한 문단의 반응이 거의 침묵에 가까웠던 것 역시 2018년 미투 운동이 있기 이전의 경험을 빼놓고는 설명될 수 없다. 「'시민-독자'의 자리」의 중요한 문제의식은 '한 명의 가해자의 처벌로 미투 국면을 과연 진전시킬 수 있는가'와 '피해자들을 다시 어떻게 공동체로 귀환시킬 수 있는가'에 있다. '문학의 이름으로' 자행된 사건들 안에서 피해자 생존자들은 그 고통을 견디느라, 법적 공방 속에서 의도와 무관하게 문학과 분리되는 경험을 해왔다. 또한 법정 공방에서의 승소가 공동체로의 복귀를 의미하는 것이 아니기에, 법적 절차와는 별개로 젠더 위계 폭력을 가능케 했던 기존의 문학출판계 구조를 이에 속한 구성원들이 다르게 변화시켜야 한다는 것을 모두가 이해하는 자리에서야 비로소 소영현이 제기한 '포스트 미투 운동'의 모색은 가능할 것이다. 미투 운동 이후 많은 것이 바뀌었다고들 하지만, 그 작은 승리들이 무색하게도 최근 장자연 사건, 김학의 사건, 버닝썬 사건은 형식적인 조사와 수사 끝에 많은 의혹이 미궁으로 남은 채 종결되었다. 사회 전반에 구조화된 여성혐오의 문제가 해결되기란 지난해 보이며 문학이 무엇을 할 수 있는가에 대해서는 아득하게 느껴지지만, 그 가운데 문학 안에서 새로운 정동과 수행성이 나타나고 있다는 것은 중요해 보인다.

올해 발표된 한정현의 『줄리아나 도쿄』와 권여선의 『레몬』에서 눈에 띄는 것은 복수가 실행되는 방식이다. 문학은 사건에 어떻게 개입할 수 있는가. 『줄리아나 도쿄』와 『레몬』에서 인물들은 각각 연인에 의한 극심한 폭행 이후 자신의 삶을 다시 찾아나서야 하고, 범죄로 언니가 죽은 이후에도 계속 살아나가야 하는 문제를 안고 있다. 두 사건은 다른 결을 지니고 있음에도 결국에는 법이란 이름의 공권력이 해결해주지 않은 사건이라는 점에서 같다. 이 소설들 속의 법은 절망적으로 무능하거나 소름 끼칠 만큼 영악하여 아무런 기능도 하지 않는다. 법 앞에서 소설 속 인물들은 무력해지고 슬픔에 잠기지만, 어느 순간 그 슬픔 속에서 분노라는 정동을 밑바탕으로 삼아 적극적으로 움직이기 시작한다. 이 움직임에는 자신을 추스르고 일상생활로 복귀하는 것이 아니라, 이를 상회해버리는 강렬한 복수가 있다. 그런데 '눈에는 눈, 이에는 이' 식의 동일한 고통의 복수란 가능한가. 이들의 복수는 가해자를 정확히 겨냥하는 듯 보이면서도 조금씩 어긋나 있고, 그 어긋남이 복수를 사적인 앙갚음이 아니라 공적인 차원에서 정당성의 쟁투로 만들어낸다.

이 복수들을 들여다보는 동안, 세월호 사건과 미투 운동이 어떻게 연결되며 '이후'의 자리를 새롭게 만들어나가는지 다시 그려지기 시작했다. 한국사회에서 이 두 사건은 사건을 해결하는 대신 미제未濟로 남겨두거나 피해자들이 오히려 공격당하는 빌미를 만들어주면서 공권력의 무능과 간사함을 적나라하게 보여준 대표적인 사례들이다. 세월호 이후 단식투쟁하는 유가족 앞에서 폭식하는 일베 유저의 모습이나 보상금의 문제로 치환해버리는 자극적인 언론 보도, 경제 위기 극복의 프레임을 내세우는 정부 앞에서 피해자의 고통은 축소되었을 뿐만 아니라, 피해자와 가해자의 자리는 전도되었다. 이 전도된 상황은 성폭력 해시태그 운동 이후에 오히려 대부분의 피해자들이 가해자들로부터 명예훼손과 무고 위협에 시달리며, 대중으로부터는 피해자로서의 자격과 고발의 의도를 의심받는 2차 가해의 대상이 되어온 것과 무관하지 않다. 2014년 이후 한국에서 벌어진 이 일련의 사건들은 우리의 자리를 잠재적 공모자이자 생존자의 자리에 놓고 사고하게 했다. 이 사건들 앞에서 어쩌면 자신이 사회구조적으로 사건을 방조하는 데 기여한 것은 아닌지에 대한 의심과 죄책감, 나 역시 우연히 살아남았다는 불안과 공포로부터 자유로웠던 사람이 있을까. 이 글은 '미안하다, 잊지 않겠다, 가만히 있지 않겠다'는 한국의 집합 감정이 문학 안에서 어떻게 진동하며 수행성을 만들어가는지에 대한 고민 속에서 쓰였다.

2. 서로를 지켜내는 퀴어 디아스포라—한정현의 『줄리아나 도쿄』

한정현의 『줄리아나 도쿄』(스위밍꿀, 2019)는 '한주'의 이야기에서 시작된다. 오랫동안 연인의 가스라이팅과 데이트 폭행에 시달려온 한주는 결국 샤워기 호스로 목을 감은 채 욕조에서 발견되고, 이후 한주는 그 충격으로 모국어인 한국어를 잃어버린다. 사건의 수사 과정에서 한주에게는 당시의 폭행을 입증할 자료가 요구되지만, 폭행 순간의 영상이나 사진, 당시의 진단서 등은 그를 찾아가 다시 맞지 않는 이상 제출할 수 없는 증거들이다. 어떤 것도 제출할 수 없는 그녀가 겨우 자신의 이름을 한글로 쓸 수 있게 되었을 때, 피의자로 지목되었던 옛 연인은 증거 불충분으로 풀려난다. 그리고 한주는 일본으로 건너간다. 소설은 어쩌면 이제 우리에게 너무나 익숙해져버린 피해자 여성의 서사에서 출발해 그 '이후'를 상상해나간다. 결국 자신의 피해를 '법적으로' 증명하는 데 성공하지 못하고 그 증상을 신체에 새긴 채 공동체를 떠난 자들은 어떻게 되는가.

작가 특유의 따뜻한 시선에 실려 한주는 아사쿠사바시浅草橋의 꼬치구이 노인의 호의로 일본에서 자신만의 생활을 시작하며 일자리를 구하게 되고, 또 서점에서 함께 일하던 일본 게이 청년 '유키노'와 작은 집을 얻게 된다. 화자는 유키노와 자신이 무슨 관계일지 고민하지만 유키노와 이야기를 나눌수록 그 제안은 단순하게 "나 유키노에겐 한주 네가 필요해"(63쪽)라는 말이라는 것을 알게 된다. 성 정체성을 적극적으로 가로질러 형성되는 친밀한 공동체의 형성은 최근 김봉곤의 「시절과 기분」이나 박상영의 「재희」에서도 발견되는 요소 중 하나다. 게이 남성과 시스젠더 여성이 만들어가는 느슨하지만 따뜻한 우정의 공동체가 『줄리아나 도쿄』에서도 핵심을 이룬다고 할 수 있겠지만, 앞의 소설들과 다른 지점은 이 소설이 '연대자-되기'라는 수행적 행위의 과정을 그려나가고 있다는 데 있다. 성폭력 사건과 관련한 법적 공방이 문제가 되곤 하는 이유는 성폭력이 발생한 시점과 고발이 이루어지는 시점의 간극이 좁지 않다는 데 있다. 그리고 피해자는 피해와 함께 만들어지는 게 아니라 오랜 시간에 걸친 자기반성, 자체 검열, 자아성찰을 통해 즉 '피해자-되기'라는 수행적 행위를 통해서 만들어진다는 사실을 이해할 필요가 있다.[2] 마찬가지로 상대방의 피해 사실을 알게 되었다고 해서 바로 연대자가 될 수 있는 것이 아니라, '연대자-되기'[3]라는 수행적 과정이 필요할 수밖에 없다. 『줄리아나

2) 소영현, 같은 글, 7쪽.

도쿄』의 오분의 일 정도에 해당되는 지점에서 유키노는 떠난다는 메모를 남긴 채 실종되어버리고 만다. 그리고 소설의 남은 부분은 서로가 보이지 않는 곳에서 이들이 서로의 역사를 이해하고 연대해나가는 과정으로 이루어진다.

어린 시절 IMF 외환 위기로 인해 그림을 그리고 싶었던 꿈을 포기해야 했던 한주와, '줄리아나 도쿄'의 화장실에서 버려진 아이를 발견하고 기꺼이 미혼모가 되어 그 아이를 키우는 동안 환한 표정을 잃어버린 어머니에게 죄책감을 갖게 된 유키노는 다른 배경을 갖고 있지만, 데이트 폭행의 피해자로서 겹쳐진다. 국적과 성 정체성을 뛰어넘는 이들의 이야기는 캬바쿠라에서 자라다 가까웠던 언니의 납치와 임신의 충격으로 인해 그 공동체로부터 튕겨져나온 유키노의 어머니로, 오키나와인들로, 한국의 여성 노동자들로, 백여 년 전 음악을 하며 진짜 자신으로 살고 싶어서 조선에서 일본으로 건너왔다가 소련으로 망명한 작곡가 '정추'에게로, 윤이상의 음악을 공부하고자 한국으로 유학 간 정추의 어머니로, 대학 시위에 참가했다가 최루탄이 발사되는 현장에서 정추의 음악을 틀었던 노동자 아버지로 계속해서 넓혀진다. 이들을 하나로 잇는 것은 "자리를 끊임없이 선택하지만 그곳에 완벽히 소속되지는 못하는 불안한 삶"(188쪽)처럼 보인다. 이들은 모두 운이 좋아 자신이 우연히 살아남았음을 실감하며 죄책감을 안고 사는 피해자이자 생존자이며, 작가는 이 인물들 모두에게 자신을 온전히 내보일 수 있는 각각의 단상을 마련해주기 위해 긴 글을 쓴 것처럼 보인다. 그리고 이 다소 많은 연결망들을 보여준 끝에 유키

---

3) '연대자-되기'라는 표현에 대해서는 장은정, 같은 글, 2쪽.

노가 행하는 연대의 행위는 예상치 못한 방식으로 튀어나온다.

> 유키노는 한주의 목에 감긴 호스를 향해 칼을 휘둘렀다. 분명 그랬는데, 한수가 목을 움켜쥔 채 충격으로 놀란 눈을 홉뜨고 비틀거린다. 유키노의 눈앞에는 여전히 샤워기 호스가 목에 감긴 한주가 있었다. 차라리 샤워기가 연결된 끝을 잘라버리자. 그러나 곧, 유키노는 그 자리에 멈춰 섰다. 기어이 잘라버리려고 했던 샤워기의 끝에는 오타루의 집에서 살려달라고 빌었던 유키노 자신이 있었다.
> (……)
> 내뱉고 나면 어색해질까봐 참았던 그 말을 이제야 온전히 건넬 수 있을 것 같았다.
> "한주, 너는 나의 의지야."(251~253쪽)

"내가 죽어서라도, 그 사람의 인생이 산산조각나길"(242쪽) 바라며 샤워기 호스로 목을 감을 수밖에 없었던 한주의 고통스러운 과거를 들은 유키노는, 부산으로 건너간 상태에서도 계속 이어지는 한국인 연인의 폭력 속에서 환각을 본다. 그는 샤워기 호스가 목에 감긴 한주를 구하기 위해 칼을 휘두르지만, 그 결과 자신의 연인이었던 한수를 찌르게 된다. 하지만 유키노의 정당방위는 자신을 구해내는 '탈출'이자, 한주를 위한 '복수'다. 이 서늘한 장면은 '피해자'였던 유키노가 '연대자'로 거듭나는 순간이다. 이를 통해서 작가는 피해자나 연대자의 윤리-정치적 결단이 부드러운 호소로 남아 있을 것이라 기대하는 시선이란 공동체의 이기적 환상이자 또다른 타자화일 수밖에 없다는 것을, 해방과 연대에는 때로 불가피한 폭력성이 개입할 수밖에 없음을 보여주고자 하는 것처럼 보인다.

강남역 살인 사건에, 불법 촬영물의 공유와 카르텔에, 그리고 이제 다시 버닝썬 게이트에 분개해 거리로 나오는 여성들의 말과 움직임들은 단순히 합리성이라는 언어로 포획될 수 없는 공감의 힘을 바탕으로 공동체적 감각을 만들어가는 중이다. 이 분개는 어떻게 계속해서 이어져나갈 수 있을 것인가. 권김현영은 성폭력 문제 해결을 위한 원칙으로 피해자의 권리와 구성원의 의무를 강조하는 방식의 허점을 짚은 바 있다. 피해자를 지지하고, 성폭력 문제 해결을 위해 연대하는 것은 구성원으로서의 '의무'가 되었다. 상담자와 지원자에게는 비밀 유지나 신고의 의무가 부여되고, 가해자는 자신이 저지른 범죄 행위에 따른 벌을 받아야 할 의무가 있다. 오직 피해자만이 의무가 아닌 '권리'를 이야기하게 된다. 문제는 이렇게 되면 피해자만이 공동체 내에서 이질적인 사람이 되고, 시민사회 내에서 피해자를 이중 배제하는 동학 속으로 밀어넣게 된다.[4] 하지만 이런 피해자의 이중 배제를 말하기 전에, 그 연대의 의무는 행해지고 있는가. 문단 내 성폭력 해시 태그 운동 이후에 지금 문단이라는 공동체 속에서 피해자는 어디에 있는가. 한정현의 『줄리아나 도쿄』에서 한국인 '한주'는 여전히 일본 도쿄에서, 일본인 '유키노'는 한국의 부산에서 이질적인 퀴어 디아스포라의 자리를 고수하며 서 있다. 한주는 법적으로 구제받을 수 없었고, 유키노는 아직 재판 이전의 상태라는 것, 그리고 이들에게 아직 공동체로 복귀할 수 있는 길이 열리지 않고 있다는 것은 두 사람

4) 권김현영, 「성폭력 2차 가해와 피해자 중심주의의 문제」, 『피해와 가해의 페미니즘』, 교양인, 2018, 62쪽.

의 뜨거운 연대에도 불구하고 무엇이 부재한가를 우리에게 강렬하고 불편하게 상기시킨다. 이 끝에 있는 나무와 저 끝에 있는 나무가 서로 보지는 못해도 뿌리가 얽혀 있어 태풍으로부터 오키나와를 지켜준다는 고무나무숲의 아름다움은 구체적인 역사적 상황의 얽혀 있음을, 복수의 행위가 피해자를 고립시키지 않고 정치적 공동체의 구조적 질서를 바꾸는 순간을 상징적으로 보여준다.

3. 애도의 슬픔에서 복수의 수행으로—권여선의 『레몬』

권여선의 『레몬』(창비, 2019)은 창비 2016년 여름호에 '당신이 알지 못하나이다'라는 제목의 중편으로 발표되었던 작품을 개작한 것이다. 당시 이 작품은 '세월호 서사'로 회자되며 많은 이에게 읽혔고 연극으로까지 만들어졌다. 2002년 한일월드컵 폐막식 직후인 7월 1일에 두부가 손상된 시신으로 공원에서 발견된 언니 '해언'을 어떻게 애도할 것인가의 문제를 남겨진 가족의 시선을 중심으로 다루는 이 이야기는 비슷한 시기에 등장했던 아이를 잃은 슬픔을 말하던 소설들과 나란히 읽혔다. 소설 안에 산포된 노란색의 사물들과 함께, 용의자로 지목되었던 인물들이 모두 풀려나고 사건이 미제로 남겨졌다는 사실도 이 소설을 세월호와 떨어뜨려 읽을 수 없게 만드는 요소였다.

소설 내부의 가장 중요한 화자는 사건으로 언니를 잃어야 했던 '다언'이다. 다언은 해언과 한 반 친구이자 자신의 문예반 선배였던 상희에게 절규하듯 다음과 같이 말한다. "언니, 이 모두가 신의 섭리다, 망루가 불타고 배가 침몰해도, 이 모두가 신의 섭리다, 그렇게 자신 있게 말할 수 있어야 신을 믿는다고 말할 수 있는 것 아닐까요? 나는 죽었다 깨어나도 그렇게 말할 수가 없어요. 섭리가 아니라 무지예요!

이 모두가 신의 무지다, 그렇게 말해야 해요! 모르는 건 신이다, 그렇게……"(187쪽) 부조리한 언니의 죽음 위에 용산 참사와 세월호 사건을 겹쳐두고 있는 다언의 이 말은 소설의 제목 '당신이 알지 못하나이다'와 공명하며, 우리가 여전히 세월호에 대해 충분히 진상을 규명하지 못했으며 그로 인해 해결 역시 불가능한 상태라는 점을 상기시켰다. 시를 쓰고 싶었지만 더이상 시를 쓸 수 없게 된 두 여성 인물 다언과 상희는 신이 인간에게 가하는 무참하고 무의미한 비극에 대응할 수 있는 언어의 자리에 문학을 두지 않는다. 그들의 쓸 수 없음, 그 침묵이야말로 언어로만 이루어진 문학이 행할 수 있는 가장 큰 속죄의 형식처럼 보였다.

그런데 2019년 4월에 단행본으로 발간된 『레몬』을 읽는 것은 조금 다른 체험이었음을 고백해야 할 것 같다. 소설은 2016년과 완전히 다르게 읽혔다. 계간지 『창작과비평』에 실렸던 당시와 비교해보았을 때, 『레몬』은 내용적 측면에서 개작이 많이 된 편은 아니었다. 다만 소제목을 이루는 연도의 변경은 언급해둘 필요가 있을 것 같다. '레몬' '끈' '무릎'이라는 소제목으로 2009년에 일어났던 사건들은 2010년으로 옮겨졌고, '신'의 2014년은 2015년으로, '육종'의 2015년은 2017년으로, 가장 마지막 장을 이루고 있던 '사양斜陽'의 2016년은 2019년으로 변경되며 다시금 지속되고 있는 애도의 현재성을 강조했다. 그러니 소설이 이전과 다르게 받아들여졌다면, 그것은 절대적으로 소설의 변화가 아니라 독법의 변화에서 오는 차이였다. 2016년 당시에는 죽은 해언을 어떻게 애도할 수 있을 것인가를 둘러싼 문제, 애도 불가능한 상황 속에서 남겨진 자들의 고통이 너무나 압도적으로 다가왔다. 그러나 이번에 다시 읽으며 두드러지게 눈에 들어왔던 것은 성폭행을 당한 흔적은 없으나 속옷이 탈의된 시체로 발견되었고, 끝내 그 인과관계가 해명되지 않은 '해언'이라는 여성 인물이었다. "내용 없는 텅 빈 형식의 완전함이 주는 황홀"(34쪽)이라 설명되는 해언을 어떻게 바라봐야 할 것인가. 이 문제 속에서 소설은 '세월호 서사'와 '미투 운동 이후의 서사' 사이에서 진동하는 듯 느껴졌다. 특정 소설을 '세월호 서사'로 명명할 때 우리가 읽어내지 못했던 것은 무엇인가. 이를 해명하는 것은 '세월호 이후'와 '미투 운동 이후'를 어떻게 문학 안에서 결부시키며 함께 갈 수 있는지 탐구하는 문제와도 연결되어 있을 것이다.

「당신이 알지 못하나이다」가 발표되었던 당시 이 작품을 주목했던 몇몇 평론들은 이 소설이 '애도'와 '복수심' 사이에 있다는 것을 정확히 간파하고 있었다. 황현경은 이 소설을 "남겨진 이들의 끝나지 않을 고통"으로 읽어내며, 왜 가해자가 아닌 피해자인 다언이 참회록을 쓰는지에 주목한다. 그리고 이 소설이 "도대체 무슨 일이 벌어진 것인지를 몰라서, 말해야 할 이들이 말하지 않고 알려줘야 할 이들이 알려주지 않아서, '혹시'나 '만약'으로 시작되는 상상을 통해 스스로를 괴롭히는 죄를 지으며 울다 병든 이들 앞에, 소설 속 사건의 인과를 자신만만하게 틀어쥐곤 했던 '작은 세계의 신'이 바친 참회록"[5]이라 말한다. 이 평론은 무엇보다 세월호가 미제의 사건으로 남았음을 끝까지 주시하면서 그 모호함이 어떤 고통으로 귀결되는지를 바라보고자 한다. 애도는 그저 단순히 슬픔에 머물러 있는 것이 아니라, 누군가에게는 또다른 죄를 지을 수 있을 만큼 가혹한 상상을 계속하게

5) 황현경, 「그러나」, 『기획회의』 436호, 2017년 8월, 130~131쪽.

만든 고통의 문제라는 것이다. 황현경은 다언의 죄에 대해 사건 관계자들을 자신의 머릿속 법정에서 끊임없이 심문해온 다언의 가혹한 상상에 국한해서 논하고 있지만, 유괴를 행한 다언의 행위를 어느 정도는 염두에 두는 것처럼 보인다.

정홍수는 한 칼럼에서 애도의 시간을 모욕하는 일이 공권력에 의해 자행되기 시작한 것을 개탄하면서도, "애도 자체가 어느 면에서 정형화되거나 준비된 해답의 자리로 바뀌고 있지는 않은지 성찰도 필요"하다고 말한다. 무엇보다 이 소설에서 동생의 상상이 "사건의 진실에 도달하고자 하는 의지 말고도 복수심과 은밀한 개인적 욕망에 의해 추동되고 있다는 사실"에 주목하면서, "공감의 상상력이라는 중립지대는 없"다는 결론으로 나아가는 것은 그가 읽어낸 독해의 깊이를 보여준다. 대다수의 국민들이 세월호 사건에 대해 깊은 슬픔에 빠진 채 희생자들에 대한 죄의식에 사로잡혀 있을 때, 그 희생자와 가족의 자리를 이해하고 상상하는 '한계'를 인식한다는 것이 쉬운 일은 아니었다. 분명 자신의 죄의식이 담보하는 윤리성에 심취하는 것이 아니라, 이를 다시 한번 심문에 부치는 것이야말로 필요했던 태도였을 것이다. 정홍수의 칼럼은 이 공감의 상상력이라는 중립지대 너머, 소설이 "마침내 한 인간의 진실을 상상하는 값진 순간에 도달"했음을 읽어낸다. 그 진실의 자리에 있는 자는 바로 한만우다. 정홍수는 "어느 면에서는 사건의 가장 가혹한 피해자"[6]인 한만우 역시 결국에는 죽은 자라는 사실을 상기시키며, 죽음의 자리에 놓이게 된 그가 살아있던 시절 자신이 무슨 일을 하는지 모르는 가운데 설레 하던 감정까

6) 정홍수, 「우리는 알지 못한다」, 한국일보, 2016. 7. 28.

지도 상상할 수 있어야 한다는 것을 다시 한번 강조한다.

그런데 우리는 이렇게 물어볼 수도 있지 않을까. 죽은 자의 고통과 희열이 어디에 있는지 우리가 끝끝내 모른다면, 왜 소설은 모든 고통의 시작점에 놓여 있는 중요한 사건의 피해자인 해언의 진실을 상상하는 순간에는 도달하지 않았는가. 왜 해언은 "내용 없는 텅 빈 형식의 완전함이 주는 황홀"(34쪽)의 추상적 아름다움에만 머물러 있는가. "모든 걸 돌이킬 수 없도록 단절시키는 죽음"의 "공평무사"(179쪽)함에 동의한다고 하더라도, 열아홉 살에 공원 화단에서 머리를 가격당해 살해된 시신으로 발견되었지만 미제로 남은 해언의 죽음과 생활고에 시달리다 골육종이라는 질병에 의해 서른 직전에 죽은 한만우의 죽음이 어떻게 같은 층위로 다루어질 수 있는 것인가. 범인이 잡히지 않은—심지어 수사 과정에서 공권력이 타협하고 방기한—범죄의 피해자로서 겪은 죽음과 질병으로 인한 죽음이 죽음이라는 불가해不可解로 쉽게 묶여도 되는 것인가. 소설 속에서 해언은 기이할 정도로 자신의 섹슈얼리티에 무지하고 무방비한 존재로 나타난다. 속옷을 입지 않으며 무릎을 벌려 세우고 앉아 있는 습관이 겹쳐지면서, 그는 '피해자가 빌미를 제공한 것은 아니냐'는 성적 범죄와 관련해서 늘 따라다니던 오랜 편견 속에 여전히 갇혀 있다. 그리고 해언의 비현실적 순진함과 과잉된 섹슈얼리티가 엉켜 있는 범죄가 소설의 마지막에 이르러 해언만큼 순박한 한만우의 건전한 노동 속에서 승화되는 것처럼 읽힐 때 이는 더욱 문제적이다.

소설은 다언이 세탁 공장에 찾아가 한만우가 시트를 다림질하는 모습을 발견한 순간을 "작은 기적"(197쪽)으로 정성 들여 묘사한다. 이때 무시무시한 소리의 형질이 변하며 착착 정리된 공구함 속의 공구처럼 자기 모양새를 획득한 소리가 되고, 완벽하게 조화를 이룬 한만우의 동작 아래 새롭고 눈부신 시트들이 끊임없이 탄생되는 것처럼 보인다. 그러나 용의자였던 한만우의 단순하고 활달한 노동에서 보여주는 신생新生의 순간이 어떻게 해언의 삶의 의미를 담보할 수 있는가. 다언은 한만우의 삶과 죽음을 언니의 삶과 죽음과 겹쳐냄으로써 "완벽한 미의 형식이 아니라 생생한 삶의 내용이 파괴되었다는 것을 이해"하고 "비로소 언니의 죽음을 애도할 수 있게 되었"(199쪽)다고 말한다. 한만우는 분명 한국사회의 약자가 맞는다. 가난한 집안에서 홀어머니와 여동생을 부양하며 일찍부터 노동 현장에 노출되었던 생활고와, 진짜 범인은 따로 있는데도 유력한 용의자로 내몰렸던 억울함과, 고통을 호소했음에도 군대라는 억압적인 조직에서 제때 치료받지 못해 다리까지 잘라야 했던 그의 불운은 여러 층위에서 약자로서의 한국 남성을 대변한다. 그러나 그런 그의 총체적인 고통이 섹슈얼리티가 중점이 되어 부정적 함의가 덧씌워진 채 죽은 해언의 고통을 대리하고, 심지어 승화로 이어내는 것은 불가능하며 불쾌한 일이다. 그 사건은 '미모의 여고생 살인사건'이라고 불렸고, 사건과 연관된 누군가에게는 여전히 "글쎄요. 그애가 속옷도 안 입고, 글쎄 브라만 안 한 게 아니라 팬티도 안 입고 나와서 그 사람을 유혹하려고 했다니까……"(110쪽)라고 회상된다. 두 사람은 사회로부터 순진한 자신을 보호할 수 없었다는 점에서 겹쳐지지만, 성적인 범죄의 여성 피해자와 그 범죄의 용의자로 몰렸던 남성의 죽음을 그리 쉽게 하나로 모을 수는 없다.

그러나 '세월호 서사'로 읽었을 때, 해언에 대해서 지금과 같은 질문을 던지게 되지는 않았다. 오히려 해언을 추상화시키고 텅 빈 형식으로 남겨둠으로써 이는 적극적으로 애도를 거부하는 윤리성을 내포하고 있는 것처럼 보이기도 했다. "애도 작업의 절차에서 우리가 주목해야 할 가장 중요한 것은 바로 공백의 자리(Ø)"[7]라는 말에 담긴 함의가 이와 연결될 것이다. 어떤 슬픔이든 그 중핵에 놓인 공백의 자리가 명쾌한 언어로 설명되는 순간 슬픔의 정동이 단순하게 정리되거나 소진되기 마련이라는 익숙한 관념이 이와 같은 재현 방식을 낳았다. 사회의 애도가 너무나 손쉽게 죽은 자들을 지워버리지 않도록, 슬픔의 정동을 소진시키지 않기 위해서 우리는 사건을 완전히 이해하기를(받아들이기를) 거부할 필요가 있었다. 하지만 사건을 봉합하지 않기 위해 슬픔의 정동을 보존하기 위한 노력은 자칫 "가만히 있으라"라고 말하는 권력에의 굴복과 쉽게 구분되지 않으며 수동적으로 머물게 만들지는 않는가. 제3자로서 이 사건에 책임이 있을 수도 있다는 방조자의 죄책감이나 우연히 살아남았다는 생존자의 두려움은 계속해서 슬픔만이 주된 정동으로 남아 있을 때에는 그저 약해지고 마는 것이 아닌가. 이는 '미투 운동 이후 서사'에서도 중요한 문제다. 사회의 근본적인 변화를 위해 지속적인 관심을 필요로 하지만 제3자의 자리에서 쉽게 피해자와 가해자의 진위를 판별하기 어려운 문제들 앞에서, 사건을 관조하며 스펙터클로 만드는 대신 적극적으로 연루되기 위해 소설은 다시 읽혀야 한다.

『레몬』을 비단 '세월호 서사'를 넘어 '미투 운동 이후 서사'로 겹쳐 읽을 때 가장 새롭게 독해가 필요한 지점은 다언이 행한 복수인 듯하

7) 백상현, 『속지 않는 자들이 방황한다—세월호에 대한 철학의 헌정』, 위고, 2017, 26쪽.

다. 「반바지, 2002」에서 다언은 살인자가 누구인지 알고 있기에 '그런 짓'을 저질렀던 것이고, "죽을 때까지 내가 그 죄에서 벗어나지 못할 것도 알고 있다"(34쪽)고 말한다. 그런데 이 죄란 무엇인가. 신정준과 윤태림의 딸 예빈은 유괴된 후 다언의 가족 안에서 '혜은(해언)'으로 키워지고 있는 중이다. 그리고 다언은 "아이의 웃음소리는 내게 죄를 알리는 종소리"(35쪽)라 말하면서도, 이 아이는 언니가 죽고 나서 십 년 뒤 엄마 품에 안겨 혜은이 됨으로써 "내가 엄마에게 준 선물"(74쪽)이라 당당하게 말한다. 다언은 자신의 유괴를 표면적인 층위에서는 죄라고 칭하면서도, 이로 인해 죄책감을 가지지는 않는다. 오히려 해언의 죽음 이후 가족으로서 고통받아왔던 지점들은 유괴 이후에 비로소 인과응보가 완성되며 편안해지고, 어떤 면에서는 죽음을 죽음으로 갚는 대신에 아이는 '혜은'으로서 새 삶을 이어나가기도 한 것이다. 이 복수의 양식에 대해 권여선은 한 대담에서 다음과 같이 밝힌 바 있다. "다언은 윤리적인 여러 판단을 통해 행위하는 것이 아니다. 행위 속에 들어가 감당하는 자세가 윤리적이어야 한다고 생각한다. 때문에 자기를 행위 속에 집어넣고 그 죄를 감당해내려 한다. 용서하는 것보다 오히려 죄를 짓는 방법으로 자기를 행위하게 하는 것이다."[8] 용서가 아니라 죄를 짓는 방식으로 자신을 행위하게 한다는 말은 중요하다. 언니의 죽음 이후 다언은 일상생활로 무사히 돌아간 자신을 보며 언니를 별로 사랑하지 않았던 게 아닌가 하는 의혹에 빠졌고, 휴학한 후에는 완전히 수동적인 무기력 상태에 놓인 채 엄마와 함

8) 육준수, 「소설 원작 연극 "당신이 알지 못하나이다", 원작자 권여선 등과 함께하는 대담 이뤄져」, 뉴스페이퍼, 2017. 12. 7, http://www.news-paper.co.kr/news/articleView.html?idxno=21028

께 각자의 몫으로 남겨진 죄의식을 견뎌내고자 했다. 그리고 이 죄의식은 자기파괴적인 성형수술로 나타났다. 그러나 유괴라는 행위 이후 이제 다언이 가지게 된 죄의식은 더이상 자기파괴적이지 않고, 차라리 명랑하게 울리는 종소리 같은 것으로 전환된다. 이 죄의식의 형질 변화뿐만 아니라, 더 중요한 것은 이 복수가 가해자에게 발생시킨 효과처럼 보인다. 이런 다언의 행위성 반대편에 윤태림의 수동성이 있다.

"예빈이 이마에 입술을 갖다 대고 또 한참을 있더라고요. 그러다가, 그러다가…… 글쎄, 울더라고요. (……) 그걸 보고 저는…… 끔찍했어요. 너무 끔찍했습니다. 왜냐고요? 그게 끔찍하지 않나요? 저는 끔찍해서 그냥…… 죽고 싶다, 그런 생각밖에 안 들었어요. 왜냐고요? 글쎄요, 모르겠어요, 모르지만, 저는 그냥 죽고 싶었습니다. 우울증이었으니까요. 죽도록 우울했으니까요. 욕실 타일에…… 머리를 쾅쾅 부딪쳐서…… 머리가 깨져서…… 그렇게…… 두부 손상으로…… 죽고 싶었어요. 그렇게…… 똑같이…… 죽을 수 있을 것 같았어요.

(……)

저는 그런…… 남편 같은 인간들, 구원받지 못한 영혼들…… 그들을 정말 가엾게 여깁니다. 저는 구원을 받았으니까요. 시를 읽고 시를 낭독하고 시를 쓰면서, 저는 주님을 만나고 있는 것처럼 평온함과 충일함을 느낀답니다. (……) 제가 주님 앞에서 완전히 무력하고 완전히 무능하다는 걸. 이렇게 완전히 수동적인 기쁨, 주님께서 주시는 것은 그게 행복이든 불행이든 다 받았고 앞으로도 다 받겠다는, 죽음까지도 달게 받겠다는 이 열린 기쁨을 박사님은 아시나

요?"(153~162쪽, 밑줄은 인용자)

「신, 2015」 장은 윤태림의 독백으로만 이루어져 있다. 그의 독백을 통해 추정되는 것은 윤태림이 신정준이 저지른 죄의 현장에 방조자로 있었으며, 그 사실에 대해 영원히 입을 다무는 대가로 부유한 신정준과 결혼해 살고 있다는 사실이다. 그러나 윤태림 역시 신정준이 저지른 죄로부터 자유롭지 않았음은 둘 사이에 낳은 딸을 보며 눈물을 흘리는 남편을 보고 끔찍해서 죽고 싶었다는 말에서도 잘 드러난다. 그 눈물 앞에서 윤태림은 두부 손상으로 죽은 해언과 "똑같이" 죽고 싶은 마음에 시달린다. 그런데 유괴 사건이 벌어지고 시부모님의 급작스러운 수사 중단 요청 이후로, 윤태림은 모든 것을 놓아버린다. 실의에 빠진 남편과 달리, 자신은 기이한 평온함과 충일감 속에 시 쓰기와 신앙 속으로 빠져드는 것이다. 여기서 '시'와 '신'은 기만과 다르지 않다. 모든 것을 신의 섭리로 돌리는 일은 "완전히 수동적인 기쁨"(162쪽)으로, 그 속에서 "우리는 텅 비어 있고" "아무것도 할 필요가 없"(164쪽)어진다는 점에서 일종의 가사假死 상태에 가깝다.

자신의 감정이나 사건의 진실을 공백으로 만들어내는 이 가사의 반대편에 다언의 유괴 행위가 있다. 가해자의 씨를 받아 태어난 아이를 피해자인 언니의 자리에 두고 키워내고자 하는 다언의 복수는 분명 기괴하다. 하지만 이 행위는 죽어간 자의 불행을 소극적으로 수용하지 않기 위한 몸부림이다. 인간의 이성으로는 불가해한 불행 앞에서 절대자의 힘에 기대는 대신, 다언은 불가해를 거부하는 몸짓으로써 응답하는 중이다. 우리가 희생자의 자리에 자신을 대입하고 감정이입하며 애도할 때, 희생자의 죽음은 감상적인 파토스에 머무르고 결국 사고라든다. 그러나 다언이 유괴한 생명으로 언니의 자리를 채울 때, 언니는 텅 빈 형식으로 남겨지지 않는다. 그렇게 다언은 비로소 언니의 시신을 매장하길 거부하는 이 시대의 안티고네가 된다. 그는 태림을 향해 복수했다기보다, 죽은 언니를 위한 명징한 가해행위를 함으로써 스스로를 용서하는 자리에 가닿게 한 것처럼 보인다. 그러니 이 모든 것을 사사로운 원한의 앙갚음으로만 볼 수는 없을 것이다. 공권력이 적극적으로 용의자를 방조하고 피해자를 구원하지 않을 때, 압도적인 약세의 위치에서 저항하는 일은 공적 응징의 차원에서 정당성을 가질 수밖에 없다. 다언의 유괴는 추상적인 도덕의 차원에서는 부조리할 수 있지만, 사회에 근본적인 적대를 기입한다는 점에서 '복수의 정치학'을 행하는 것이다. 피해자의 자리에서 느끼는 자기 연민만으로는 사회 변화로 이어지는 정치를 만들어낼 수 없다. 이제 피해자들은 무력한 슬픔에 기대는 대신, 자신이 가해자가 되더라도 적극적으로 사회를 규탄하기 시작하고 있다.

이 변화된 어법을 이해하는 자리 위에서 한정현의 『줄리아나 도쿄』와 『레몬』은 마주하며, 이 소설들 속 등장인물들의 격렬한 분노의 정동과 복수를 이해할 수 있는 길을 연다. 소영현은 세월호 참사가 한국사회뿐 아니라 문학장에도 참사인 이유를 "개인의 몫으로 다 돌려지지 않는 사회의 위기가 개인의 바깥 즉 공공의 영역에서 사회를 위협하는 위험으로 되돌려지고 있기 때문"이며 "가까스로 유지되던 삶과 문학 사이의 시차 혹은 장막이 찢겨졌"다고 말했다. 이 앞에서 우리 모두는 "삶에 시민-증인으로서 개입/연루"[9] 될 수밖에 없는 것이다. 공권력이 극도로 무력하거나 기만적으로 아무것도 하지 않을 때, 문학 속에서 가해자에게 고통을 되돌려주는 복수의 움직임은 의미심장하다. 이때 그들이 느끼는 분노의 정동은 피해자의 자리를 벗어날 수 있게 하며, 사건을 망각과 부인으로 몰아넣는 사회적 침묵을 일깨우는 힘으로 작동한다. 이런 구체적인 복수의 행위들은 인물들을 사건의 '공모자'거나 '생존자'로 새로 자리매김하게 만든다는 점에서, 적극적으로 자신을 사건에 연루시키는 '연대자-되기'의 움직임으로까지 나아간다. 문학은 이제 비로소 세월호 이후 가시화된 '미안하다, 잊지 않겠다, 가만히 있지 않겠다'는 집합 감정 가운데 '가만히 있지 않겠다'라는 언어를 현실화하며, 지금 새로운 연대를 발명해나가고 있다.

(2019)

9) 소영현, 「목격하는 증인, 기록하는 증언: 이후의 삶 혹은 문학」, 『문예중앙』 2017년 봄호, 26쪽.

2부

불협화음으로 춤추는 여성들

투명한 밤과 미친 여자들의 그림자
—여성 스릴러의 가능성

1. 칙릿 로맨스에서 여성 스릴러로

영국 드라마 〈킬링 이브〉(2018~)와 미국 드라마 〈빅 리틀 라이즈〉(2017~) 등 최근 세계적인 트렌드를 이루고 있는 여성 서사들에는 공통점이 많다. 분노 속에서 복수의 주체로서 능동적으로 움직이는 여성 인물들은 자신이 원하는 바를 얻기 위해서라면 수단을 가리지 않고, 합리적으로 계산된 광기를 불사른다. 이 새로운 여성 서사에 대한 열광적인 반응 아래에는 현실에서 여성의 강한 권력power과 행위성agency을 보고 싶다는 열망이 깔려 있다. 그간 많은 여성 서사들이 가부장제 '바깥'에서 죽거나 미치는 여자들을 통해 사회구조를 '균열'시키고 '전복'을 꿈꾸었다. 하지만 그것이 결국 현실에 어떤 실질적인 변화도 가져오지 못하는 가능성으로만 남는 것을 깨달은 이후, 여성 서사의 경향은 바뀌고 있다. 가부장제 '바깥'이 아니라 '안'에서 내파하는 방식을 개시하고 있는 것이다. 가부장제의 피해자로서의 여성이 아니라, 가학성을 발휘해서라도 가부장제를 부수어버리는 여성을 보고 싶다는 바람이 다른 장르에 앞서 여성 스릴러를 추동시켰다.

이 여성 인물들의 먼 조상은 고딕 서사 속 '다락방의 미친 여자'들과 하드보일드 범죄소설 속의 '팜파탈'일 것이고, 가까이로는 가정 스릴러의 원조 격인 길리언 플린의 『나를 찾아줘』(2012)의 '에이미'가 단연 독보적인 선배가 될 터이다. 하지만 새로 등장한 이들을 그 잔혹함과 광기만으로 기존의 '악녀형' 인물들과 함께 묶어버리기는 어딘가 아쉽다. 이 서사들에는 여성을 억압하거나 로맨스의 대상이 되어왔던 남성 인물들의 자리가 희미한데, 그 자리를 채우는 것은 우정을 넘어 잔혹한 애증을 오가는 여성들의 관계망이다. 〈킬링 이브〉에서 감정 없는 여성 사이코패스와 그를 추격하는 여성 수사관은 서로 증오로 불타면서도 미묘한 성적 긴장감이 흐르는 기이한 짝패double를 형성한다. 뛰어난 능력을 지닌 여성들이 서로를 적대적인 경쟁 상대로 여기면서도 사적인 호기심과 끌림을 지우지 않는 모습은 남성 동성사회에 대한 새로운 '미러링'처럼 보인다. 〈빅 리틀 라이즈〉에서 이제 막 아이를 학교에 보낸 학부형들 사이의 날카로운 신경전과 마지막에 이루어지는 그들의 연대 역시 양면을 이룬다. 서로 다른 경제적 계급과 가정사에도 불구하고 남성의 폭력성에 대해 경험에 밀착한 이해를 공유하고 있는 이 여성들은 결정적인 순간 완벽하게 공모한다. 도드라지는 '한 명의 여성'이 아니라, 복잡하게 얽힌 '여러 여성들'의 내밀한 관계와 남성 살해는 이 범죄들이 예외가 아니라 공통의 경험임을 입증한다. 폭력적인 범죄 앞에서 여성들에게 긴요한 것은 내면으로 파고들어가는 죄책감이나 우울의 정조가 아니라, 외부적으로 발산하는 공격적이고 충동적인 에너지다. 이는 지금 새로운 여성 서사에 요청되는 것이 윤리보다는 현실에서 실질적인 변화를 만들어가는 힘이라는 것을 다시 한번 확인시켜준다.

2000년대 미혼 여성들의 일과 사랑 사이에서의 고민을 다루던 '칙릿'의 배후에는 소비문화와 이성애적 로맨스가 있었다. 이 서사들에서 사랑은 취향과 선택의 문제로 다루어지곤 했고, 남들처럼 살고 싶다는 평균적인 욕망을 더없이 솔직하게 추구하는 모습은 '악녀'와 같은 능동적인 새로운 여성상으로 읽히기도 했다. 그러나 지금 다시 돌아볼 때, 이 서사들 아래에는 욕망의 자율성에 대한 다소 순진한 믿음이 작동하고 있었던 것처럼 보인다. 칙릿 서사의 주인공들이 대개 이십대 후반에서 삼십대 초반의 미혼 직장 여성이었다는 사실은 인생주기의 상당 부분이 '딸'이나 '아내/어머니'라는 가부장제 가족 구성원으로 묶여 살아가는 여성의 현실을 잠시나마 덮어둘 수 있게 했다. 화려한 소비 목록이 주는 즐거움은 그 취향들 속 내면화된 계급성을 건드리면서도, 물건만큼이나 쉽게 소비의 대상이 되는 여성의 섹슈얼리티를 망각하게 했다. 자본주의와 적극적으로 공모한다면 여성 역시도 자율적이고 능동적인 주체의 자리에 설 수 있을 거라는 칙릿 서사 속 믿음과 남녀 관계 안의 최소한의 낭만성은 2010년대에 이르면서 어떤 한계점을 맞이하게 된 것처럼 보인다.

장류진의 「새벽의 방문자들」[1]에서 미혼 여성의 오피스텔은 안식처가 아니라, 새벽이면 느닷없이 초인종이 울리며 긴장감을 극도로 끌어올리는 공간이다. 그 '새벽의 방문자들'이 바로 오피스텔에 성매매를 하러 오는 남자들이라는 것을 깨달은 후의 어느 날, 비디오 폰

1) 장류진, 「새벽의 방문자들」, 『일의 기쁨과 슬픔』, 창비, 2019. 이하 인용시 본문에 쪽수만 밝힌다.

의 모니터에 뜬 얼굴은 바로 전 애인인 '김'이다. 아는 사람이 모니터에 뜰 가능성에 대한 상상 속에서도 그것이 "온갖 성매매업소에 대해 해박한 지식을 늘어놓던 정이었지, 김은 아니었다"(184쪽)는 생각에서 읽히는 것은 과거의 애인들이 어떤 낭만으로 남을 수 없을 정도로 불쾌하게 오염된 여성의 현실이다. 정이현의 「낭만적 사랑과 사회」(2002)[2]가 발표된 지 십칠 년이 지나 도착한 장류진의 「새벽의 방문자들」은, "'위장'의 방식으로 체제가 요구하는 여성의 존재를 '연기'함으로써 자기 욕망을 실현"[3]하는 정이현 소설 속 전략에 붙여졌던 '도발'과 '명랑' 등의 비평적 수식어에 대해 다시 생각하게 한다. 「낭만적 사랑과 사회」에서 남자들과의 연이은 데이트를 감행하는 여성 화자에게서 두드러지는 정조는 불안과 긴장이며, 대사만큼이나 많이 등장하는 것은 한숨이다. 성욕을 전혀 자제할 마음이 없는 남자들의 동의 없는 스킨십은 성추행에 가깝고, '한 번만'을 외치며 성기를 들이대는 남자에게 마지못해 오럴을 해주거나 완전무결한 첫날밤을 위한 십계명을 수행하는 일은 노동의 피로를 방불케 한다. 이 불안과 피로의 배경에는 "금가는 순간" "끝장나는 거야!"(20쪽)라며 여자의 가치를 외재적인 기준으로 끊임없이 후려치는 가부장제가, 피임이랍시고 기껏 질외사정을 해놓고는 중절 수술을 하려는 여자친구 앞에서 "이제 겨우 착상된 수정란 때문에 눈물을 흘리"(24쪽)는 것으로 책임을 갈음하는 남성 권력이 자리하고 있다. 그러니 소설의 마지막에 이르러 순결을 증명하지 못한 성관계 후 루이비통 백을 받아든 화자가 느

2) 정이현, 「낭만적 사랑과 사회」, 『낭만적 사랑과 사회』, 문학과지성사, 2003. 이하 인용시 본문에 쪽수만 밝힌다.
3) 이광호, 「그녀들의 위장술, 로맨스의 정치학」, 『낭만적 사랑과 사회』 해설, 246쪽.

끼는 맹렬한 불안감은 자기 욕망의 실현이 좌절된 것으로만 가볍게 읽힐 수 없을 것 같다. 여기에는 로맨스와 결혼에 이르는 사회적 과정 속에서 어떤 전략을 취하고 연기를 하더라도, 여성은 언제든 위험에 처할 수 있다는 위태로움과 절박함이 깃들어 있다. 2000년대의 칙릿 로맨스 안에는 이미 스릴러로 변환될 수 있는 불쾌한 긴장감이 자리하고 있었던 것이다.

몰카, 리벤지 포르노 등이 너무 쉽게 생산되고 유포될 뿐 아니라, 데이트 폭력과 위계형 성폭력이 법적인 처벌로 귀결되는 대신 남성들의 유희와 조롱거리로 소비되는 현실에서 칙릿 로맨스는 여성 스릴러로 몸을 바꿨다. 최근 한국의 많은 여성 소설들은 성적 위협을 넘어 납치, 유기, 살인 등 기존 여성 서사에서 잘 다뤄지지 않던 음험한 범죄들을 다루며 심리 스릴러의 문법을 적극적으로 차용하는 중이다. 여성을 둘러싼 범죄와 긴장의 맥락을 파헤쳐 들어가는 이 스릴러들에는 이 사회에서 여성으로 살아간다는 것의 함의가 짙게 깔려 있다. 이제 여성들은 자신이 얼마나 쉽게 성적으로 소비되고 혐오의 대상이 될 수 있는지 안다는 점에서 순진하지 않다. 인내심이 바닥난 가운데 비틀린 충동과 광기를 가학적으로 실현해버린 후, 그들은 더없이 태연하고 평온한 얼굴로 되돌아온다. 어딘가 무심한 여성들의 표정에는 죄의식이 아니라 온당한 범죄 노동의 대가로 얻은 피로가 읽힌다. 어떤 전략도 연기도 발휘하지 않는 이 여성들의 맨얼굴에는 우리가 처음 보는 권력이 스며들어 있다. 여성 스릴러 속 지배적이고 거만한 맨얼굴을 드러내는 이 여자들을, 이 새로운 장르가 안겨주는 희열을 읽어내는 독법이 필요하다.

2. 여성 분신double을 창출하는 사회

스릴러의 주요 장치인 서스펜스는 정보의 낙차에서 작동하기에, 공간적으로 인물이 위치하고 있는 자리도 중요해진다. 파스칼 보니체르는 미로를 서스펜스와 동일한 것으로 보면서 장외 공간off-scene space이나 눈먼 공간blind space이 보는 사람을 위협하는 힘에 주목했다.[4] 공포의 지점은 바로 이런 사각지대에 위치하고, 스릴러에서라면 시각적인 측면에서 우위를 점할수록 희생자로 전락하지 않을 가능성 역시 높아진다. 장류진의 「새벽의 방문자들」은 남성들의 관음증적 시선이 만연한 사회 속 한 여성의 투쟁기다. "여자의 두 눈은 모텔을 찾고 있었다"(166쪽)는 다소 자극적인 문장으로 시작되는 소설은 곧 주인공이 맡고 있는 댓글 모니터링 업무에 대한 설명으로 이어진다. 음란 성인 광고를 통해 배설하듯 쏟아지는 '모텔' '섹스' '하룻밤' '원나잇' 등의 말들이 누군가에게는 사무적으로 처리해야 하는 고단한 노동 업무의 일환이다.

그러나 사무실에서 인터넷 공간의 음란한 언어들을 처리하는 일과 달리, 한밤중에 젊은 여자가 혼자 사는 원룸 오피스텔을 찾아오는 방문자들은 보다 직접적인 공포와 불안을 야기하는 문제다. 새벽의 방문자들에 대한 공포심은 그들이 자신이 사는 오피스텔을 '더블타워'인 옆 동으로 착각해 잘못 찾아온 남자들이라는 것을 깨닫고 나서 누그러지기 시작하며, 어느 순간부터 여자는 "묘한 우월감"(182쪽)을 품은 채 비디오 폰 모니터로 문밖의 낯선 남자들을 관찰하기 시작한다. 곧 돈을 주고 이루어질 성관계에 대한 기대를 담은 남성들의 시

---

4) 타니아 모들스키, 『너무 많이 알았던 히치콕』, 임옥희 옮김, 여이연, 2007, 117쪽.

선을 받는 불쾌함은, 역으로 그 얼굴과 시선을 관찰하고 철저히 대상화함으로써 어느 정도 소거된다. 여자는 시선의 전치를 통해 비로소 우위에 서게 되는 것일까. 그러나 이 행위는 그리 오래지 않아 위기를 맞는다. 결혼까지 생각했던 김이 성매수 남성으로서 우연히 오피스텔의 초인종을 누른 그날, 여자는 더이상 참지 못하고 옆 동을 찾아가기로 마음먹는다. 연인 사이의 가장 내밀한 육체적 교류가 자본의 교환을 통해 다른 여성들과 무작위로 이루어졌다는 사실은 단순히 전 애인의 저열한 도덕성을 반추하게 하는 것을 넘어, 사랑을 통해 확인해온 자신의 개별성까지도 무너뜨리는 일이기 때문이다.

> 초인종을 누르자 처음 낯선 남자를 문 앞에 두었을 때처럼 심장이 요동치기 시작했다. 어떻게 생겼을까. 가슴을 다 드러낸 슬립 원피스를 입고 있지는 않을까. 야릇한 붉은 조명 같은 걸 켜놨겠지. (……) 1204호의 열린 문 앞에서 여자를 맞이한 것은 헐벗은 여체가 아니었다. 앞니를 짓궂게 드러낸, 롤링스톤스의 통통한 입술과 혓바닥이었다. 트레이닝복 바지에 롤링스톤스의 혓바닥 로고가 프린트된 맨투맨 티셔츠를 입은 그녀가 먼저 물었다. 어제도 저희 집 초인종 누르셨나요?(185~187쪽)

여자가 확인하게 되는 것은 헐벗은 성매매 여성의 육체가 아니라, 자신도 가지고 있는 맨투맨 티셔츠를 입은 여자다. 열린 문 사이로 보이는 방은 여자의 방과 흡사한 구조일 뿐만 아니라, 여자에게 즉각적으로 던지는 질문은 그녀 역시 여자와 같은 새벽의 방문자들에게 시달려왔음을 드러낸다. 더블타워 B동의 그녀와 A동에 사는 여자는 동일한 불안과 공포 속에 놓여 있다는 점에서 분신double 구조를 형성하는 것이다.

이 동일성의 확인은 '88만원 세대'라는 호명과 함께 고시원, 옥탑방 같은 살풍경한 가난의 공간을 적극적으로 소설 속 배경으로 끌어들였던 2000년대 소설들을 상기시킨다. 김애란의 「노크하지 않는 집」(2002)에서 '여관식 자취방'의 1번 방에 살고 있던 '나'는 두 번의 도난 사건 뒤 나머지 네 여자의 방을 여는데, 그 방들은 자신의 방과 가구에서부터 옷, 장신구, 책, 방바닥에 난 담배빵 자국까지 오차 없이 징그럽게 똑같고, 공포에 휩싸인 '나'는 자신을 안다고 생각하는 사람들에게 전화를 건다. 그 인물들에게 가장 큰 불안은 "이 익명적 세계에 수동적으로 함몰"됨으로써 "수많은 익명적 존재들과 구분되는 '나'의 자율성과 자립성을 끝내 지켜내"[5]지 못할 수도 있다는 점에 있었다. 그러니 「침이 고인다」(2006)에서 후배와의 동거가 실패하고 혼자 남아 껌을 씹는 달콤하고도 공허한 행위에 젖어든 화자의 모습으로부터 "여자들의 방은 여자들의 '연대'를 가능하게 하는 공간이 아니라, 타인의 외상과 고독을 공유하는 것에 대한 내적 장애를 발견하는 자리"[6]가 읽혔던 것은 불가피했다. 그러나 2000년대 소설에서 여성 청년들을 통해 읽어냈던 혼자 사는 방은 탈脫젠더화된 것이 아니었을까.

장류진은 혼자 사는 젊은 여성의 방을 완전히 다른 시선으로 조명한다. 좁고 열악한 방은 계급의 문제이기에 앞서, 낯선 남성의 침입과

5) 심진경, 「김애란을 다시 읽는다」, 『떠도는 목소리들』, 자음과모음, 2009, 245쪽.
6) 이광호, 「나만의 방, 그 우주 지리학」, 『익명의 사랑』, 문학과지성사, 2009, 108쪽.

시선으로부터 숨을 곳을 찾을 수 없는 젠더적 위협의 문제다. B동 여자가 입은 맨투맨 티셔츠에 프린트된 혓바닥 로고가 길거리에 뿌려져 있던 '입싸방'의 홍보물과 겹쳐진다는 사실은 중요하다. 여성의 육체를 파편화된 상태로 소비하는 사회에서 여성들의 개성과 사회적 변별점은 무한히 복제되어 구별이 불가능한 육체로 소급된다. B동 여자와 A동 여자의 동일성은 이미 예견되어 있던 결과물인 것이다. 일반적으로 고딕 서사에서 분신은 주체의 분열과 세계의 붕괴를 의미하기에 반드시 제거되어야만 하는 혼란이다. 하지만 이 소설에서 분신으로서의 상대방을 발견하게 된 시선에는 친밀감과 연민이 뒤섞인다. A동 여자는 자신과 똑같은 구조의 방에서 동일한 위협과 불안을 안고 살아가는 B동 여자를 보고 안도하지만, 곧 막막함을 느낀다. 자신이 놓인 위치의 반대편에 자신의 무결함을 증명해줄 문제적인 '다른 여자'가 있는 것이 아니라면, 자신이 잠재적 성매매 여성으로 간주되는 구조에서 벗어날 방책은 더욱 요원해지기 때문이다. 소설은 개인의 힘으로 해결책을 찾기 어려운 사회구조 속에 인물을 넣어둔다. A동 여자가 이사를 떠나는 마지막 결말이 어떤 불편함을 남긴다면, 여성 인물이 방안에서 단지 시선의 전치만을 통해서 손쉽게 이 구조를 전복해내는 것이 환상임을 가장 정직하게 보여주고 있기 때문일 것이다.

여성들을 관음증적으로 소비하는 사회의 시선과 구조는 강화길의 「오물자의 출현」[7]에서 더 깊이 조명된다. 이 소설은 이 년 전에 죽은 여성 연예인 '김미진'에 대한 이야기다. 정확하게 다시 말하자면, 죽은

7) 강화길, 「오물자의 출현」, 『릿터』 2018년 12/1월호. 이하 인용시 본문에 쪽수만 밝힌다.

뒤 이 년이 지나는 동안에도 계속해서 다른 이들의 '쓰기'에 의해서만 구성되는 여성에 대한 이야기다. 서술자는 이 글이 "『오물자의 출현』 광고를 위해 작성된 서평"이라고 밝힌 뒤, 본격적으로 김미진의 삶을 풀어놓기 전에 "허세만 가득한 어떤 사람" 때문에 "악몽을 꿀 만큼 스트레스를 받는다"(107쪽)는 여배우 K의 말을 인용한다. 김미진에 대한 사람들의 편견들을 편집을 통해 적극적으로 개입시키는 소설적 구성은 김미진을 향한 남편 '이진오'의 가정폭력이 암시되는 2장에 들어서서 절정에 달한다. "그런데 말해두고 싶은 것이 있다. 김미진의 죽음은 미디어 탓이 아니다. 절대 아니다"(116쪽)라는 서술자의 강조 뒤에, 김미진의 일화들을 책으로 출간한 '이마리'와 '김지우'의 언어들이 교차하는 과정에서 김미진을 둘러싼 진실은 더욱 미궁으로 빠진다. 그녀를 둘러싼 폭력적 정황은 피해자로서의 여성에 대한 익숙한 통념들과 겹쳐지면서 이야기의 끝까지 자극적으로 소비될 뿐이다. 이런 "메타적인 형식을 통해서, 젠더 권력관계에서 가해자가 폭력을 저지른 이유가 아니라 피해자가 폭력을 당한(혹은 예방하거나 피하지 못한) 이유를 집요하게 궁금해하고 심문하는 사회의 악질적인 관습을 폭로"[8)]하는 것이야말로 정확히 이 소설이 겨냥하는 바다. 누군가는 김미진을 안타깝게 여기고 누군가는 진저리를 내는 양상이 김미진의 실체와는 점점 더 무관하게 진행되어가는 것을 드러내는 과정은, 이 여성 연예인의 죽음이 정확히 미디어의 탓이라는 것을 보여준다.

페미니즘이 여성은 어떻게 주체성을 획득할 수 있는가를 계속해서

---

8) 인아영, 「여배우와 할머니—최근 여성 서사에 나타난 정체성의 탐사들」, 『현대문학』 2019년 4월호, 325쪽.

질문해왔다면, 강화길은 역으로 대답하는 것처럼 보인다. 이 사회에서 여성이 온전한 주체가 될 수 없다는 것을 인정하고 그것을 끝까지 밀고 나간 자리에서 아이러니하게도 여성의 자리가 마련될 수 있다고. 「오물자의 출현」에는 김미진의 소외를 극대화하면서 의도된 우스꽝스러움을 만들어내는 장면이 있다. 김미진의 자전적 소설 『천국』에서는 스스로를 "지독한 운명에 얽힌 비극의 주인공"으로 착각하는 순간이 그려지는데, 김미진은 자신의 죄책감을 자극해서 원하는 방식대로 관계를 유지하는 이진오의 가스라이팅에 휘둘리다가, "두 눈을 찌르고 싶은 충동"(125쪽)과 함께 이렇게 외치고 싶어한다. "봐라. 이것이 인간이다. 운명에 맞서는 인간의 모습이다!"(같은 쪽) 그런데 김미진이 자신의 눈을 찌른다고 해서 오이디푸스가 될 수 있을까?

2000년대 중요한 평론집들에서 반복적으로 등장하는 신화적 인물이 '오이디푸스'였다는 사실은 흥미롭다. 복도훈에게 오이디푸스는 근친상간과 부친 살해를 저지른 비非인간의 오염된 언어로 고정된 상징의 언어와 의미를 그 한계까지 밀고 나가는 존재다.[9] 강유정에게 스스로 눈을 멀게 한 오이디푸스는 시각이 아닌 다른 감각에 집중하는 당시 소설의 변화를 보여주는, 근대성을 탈피하고 전복하는 은유로 읽힌다.[10] 신형철에게 오이디푸스는 자신이 누구인지 알기를 선택하는 '주체화'를 통해 세계에 맞서 기꺼이 몰락하는 '진실의 윤리학'을

9) 복도훈, 「하나이면서 여럿인: (포스트)문학의 윤리와 정치」, 『눈먼 자의 초상』, 문학동네, 2010.

10) 강유정, 「콜로노스 숲에서의 글쓰기, 눈먼 오이디푸스의 소설—2000년대 소설의 새로운 징후들」, 『오이디푸스의 숲』, 문학과지성사, 2007.

창안하는 인간이다.[11] 이 평론들에는 선험적으로 주어지는 상징계의 도덕과 감각의 기만성을 감지하고 이에 저항하며 붕괴하는 한 인간에 대한 매혹이 있다. 그런데 우리는 이렇게 물어볼 수 있지 않을까? 이 진실의 윤리학을 위한 자리는 상징계에서 점유하고 있는 위치가 안정적이며 애초에 자신이 질서의 표준이었던 주체에게만 허락된 것이 아닌가? 그러니까 오물자(인형)에 불과한 김미진은 오이디푸스가 될 수 있을까? 김미진은 두 눈을 찌르며 운명에 맞서는 인간의 모습을 고통받는 자신에게 투영하고 싶어한다. 하지만 폭력적인 남자의 가스라이팅에 시달리고 있다는 걸 알면서도 비참할 만큼 '예스'를 외치며 사랑에 집착하고 죽은 후에는 자신의 실체와는 무관하게 편집되며 수많은 이의 평가들에 의해 찢어질 때, 그녀는 역으로 '몰락의 비극성' 역시 남성적으로 젠더화된 개념이라는 것을 보여주는 징표가 된다.

「오물자의 출현」은 김미진의 '비밀과 진실'을 알아내려는 어떤 시도도 불가능하다고 말하는 소설이다. 김미진의 일기를 편집한 책이 나오더라도, 결국 김미진은 사람들 각자가 읽어내고 싶어하는 이미지들로 환원되며 다시 한번 가십으로 소비될 것이다. 그러나 그 가십과 가십을 계속 겹쳐놓음으로써, 모든 평가를 무의미하게 돌려놓음으로써, 김미진이 하나의 텅 빈 기표이자 오물자에 불과하다는 것을 밝혀내는 순간 비로소 그녀는 젠더 폭력의 그물망으로부터 빠져나간다. 이브 세지윅은 『고딕 문학의 형식적 특징The Coherence of Gothic Conventions』에서 고딕 서사가 내면 대신 인물의 '표면surface'에 서사의

11) 신형철, 「우리가 '소설의 윤리'를 말할 때 너무 많이 한 말과 거의 안 한 말—세 편의 평론에 대한 노트」, 『몰락의 에티카』, 문학동네, 2008.

에너지가 모아지는 것에 집중했다. 세지윅의 논의가 갖는 의의는 "사적인 영역에 속하는 개인의 내면과 육체에 대한 재현이 필연적으로 불러일으키게 되는 오독, 혹은 가시성으로 완전히 치환되지 않음으로써 재현됨 자체에 저항하는 깨지기 힘든 불투명한 여러 겹의 껍질과 같은 '표면'을 발견"[12]하는 데에 있다. 강화길이 한 여성 연예인을 구출하는 방식은 그녀의 과거나 가족사, 연인처럼 사적인 영역에 대한 어떤 설명도 그녀의 진실을 담보해주지 못한다는 것을 밝히는 것이다. 우리는 영원히 김미진의 여러 겹의 껍질과 같은 표면만을 바라볼 뿐이다. 「호수—다른 사람」「다락」「화이트 호스white horse」 등에서 강화길은 공포와 불안을 야기하는 여성들의 현실을 겹쳐놓음으로써 인물들을 서로의 분신double으로서 읽어낼 수 있게 했다. 「오물자의 출현」은 표면적으로는 한 인물을 집중적으로 다루는 것처럼 보이지만, 결국에는 김미진이라는 텅 빈 기표가 무수한 가십 속에서 오독되어 무한 복제됨으로써 김미진과 구별 불가능한 분신이 창출되는 것을 보여준다. 장류진의 소설 속 여성 인물들이 젠더 폭력의 구조 속에 갇혀 있을 수밖에 없는 서로를 분신으로 발견한다면, 강화길의 소설 속 여성은 가십 속에서 무수히 많은 여성 피해자의 통속적 복제판인 분신이 됨으로써 유유히 가십들 사이를 빠져나간다.

서사를 추동하는 핵심 여성 인물이 이미 죽은 상태라는 점에서 『치유의 빛』[13]은 「오물자의 출현」의 확장판이다. 하지만 「오물자의 출현」이 김미진을 텅 빈 기표로 만들면서 가십으로부터 구해냈다면,

---

12) 정희원, 「고딕적 상상력과 영국소설—『파멜라』에서 『노생거 수도원』에 이르는 소설사의 이해」, 서울대학교 영어영문학과 박사논문, 2012, 9쪽.

13) 강화길, 「치유의 빛」, 『악스트』 20~27호 연재.

『치유의 빛』은 그 빈자리를 둘러싸고 여성들이 어떻게 서로를 바라보며 자신을 재구성해나가는지를 그린다. 『치유의 빛』은 지방의 한 낙후된 동네에서 눈에 띄는 탁월함으로 한때 모두의 희망이었던 여성 '이진리'의 죽음에 얽힌 진실을 다룬다. 친구 '민영'의 시선으로 기술되는 첫번째 장에서 진리가 신장 쇼크사로 사망한 지 두 달 만에야 발견되었다는 비참한 정황이 전해진다. 진리의 몰락과 죽음에 대해 궁금했던 민영은 주변 사람들을 하나하나 만나가며 자신이 몰랐던 진리의 삶을 복원해나간다. 그 복원으로 구성되는 서사에서 과거 십대 시절에 주요한 사건이 '수영장'에서 벌어지고, 현재 중요한 배경이 '여성병원'이라는 사실은 의미심장하다. 수영장이 서로를 질투하고 경쟁하던 생기 넘치는 십대 여성의 육체들이 부딪치는 활력의 공간이었다면, 여성병원은 삼십대에 이른 그들에게 가장 무거운 고통이자 이겨내야 할 대상이 된 자신의 육체를 마주해야 하는 공간이다. 물속에서 물살을 밀어내며 원하는 대로 움직일 수 있는 자유로운 느낌과, 시험관 시술 과정에서 자신의 몸이 물건처럼 다뤄지는 모멸감은 그 거리가 멀어 보인다. 육체의 물질성은 분명 각자의 것이지만, 또 공통의 경험이기도 하다. 가장 오래 육체적 고통을 앓아왔고 비틀린 자기혐오 속에서 살아왔던 진리는 선망과 경쟁, 불안과 통증에 시달리는 각기 다른 여성들을 하나의 선으로 관통한다.

진리라는 인물을 알아갈수록 우리가 깨닫게 되는 것은 등장인물 모두 진리에게 투영한 자신의 이야기를 할 뿐이라는 사실이다. 진리는 여성들과 세계 사이에 놓여 있는 깨지지 않는 거울이며, 그들은 서로의 분신으로 드러난다. 진리를 하나의 진실로 정돈하지 않음으로써 강화길은 여성들의 관계를 연대와 적대로 단순히 구분해온 선을 넘어선다. 여성들의 지독한 질투와 맹렬한 가학적 충동이 "무한한 기대감"을 품은 사랑이자 살아 있다는 것을 일깨우는 생생한 감각임을 알게 되는 일은 여성들의 관계성을 무한히 확장해낸다.

지금까지 이야기한 이 여성 스릴러들에서 여성들은 자신만의 공고한 자리를 확인하거나 자신의 욕망을 향유하는 주체가 아니다. 자기만의 방은 성적 위협의 공간이 되고, 여성 셀럽으로 사는 일은 해명 불가능한 오명 속에서 사는 일임을 체감하는 주체들이 여기에 있다. 이는 여성들 자신이 다른 여성들과 쉽게 구별되지 않는 분신임을 확인하는 것으로 이어진다.[14] 그러나 젠더 폭력이 일상화된 사회 속에서 자율성을 구축한다는 것이 쉽지 않다는 한계는 여성들 사이의 관계를 새롭게 열어낸다. 여성들은 서로 겹쳐지고 교차되면서 고립을 탈피하고, 서로를 사랑과 증오의 대상으로 온전히 다시 바라보기 시작한다. 여성들이 서로에게 위악적으로 굴고 가학성을 분출하는 장면들은 그들이 서로에게 욕망의 대상이자 주체가 될 수 있다는 것을 보여준다는 점에서 중요하다. 이 관계망 안에서 여성들은 그 자체로 욕망할 만한 가치와 의미를 가진 존재로 자리하고, 가학적인 방식으로라도 끝까지 욕망을 밀어붙임으로써 행위성을 획득한다. 여성들은 서로를 파괴하며 극단까지 나아감으로써 그 속에서 자기 자신을 다시 발

---

14) 복수의 방식에서 '분신-되기'를 보여주는 박서련의 『마르타의 일』(한겨레출판, 2019)에 대해서도 이야기해볼 수 있다. SNS 셀럽이었던 여동생 '리아'의 억울한 죽음을 복수하기 위해 언니인 '수아'는 결정적인 순간 여동생으로 위장해 용의자 앞에 나타난다. 소설에서 사람들에게 늘 비교 대상이 되어온 자매가 사건 앞에서 '분신'으로 대응하는 방식은, 성경 속 일화에서 '마리아와 마르타' 안에 옳고 그름이 있는 것이 아니라 두 사람 모두 결국 남성 사회에서 요구되는 기준에 맞춰 평가되면서 유사하게 소외되어 있었음을 다시 읽어내는 핵심적 전언과도 상통한다.

견한다. 그들은 서로를 파괴하는 만큼 강하고, 증오의 크기만큼 서로를 사랑한다. 이 고통과 모멸이 뒤얽힌 여성들의 관계 속에 남성 인물들이 들어설 자리는 잘 보이지 않는다. 이 여성 분신들은 사랑과 증오의 도착들에 휘감긴 채로 폭발적인 에너지를 내뿜고 있다.

3. 죽음으로만 넘을 수 있는 모녀의 애증

최은미와 손보미의 최근 소설들에서는 기혼 여성과 여자아이의 이야기가 연달아 펼쳐지는 중이다. 한국문학에서 오랫동안 관습적으로 '숭고한 어머니'나 '순결한 누이'로 등장하던 여성들을 생각해보면, 최은미와 손보미의 소설 속 여성들은 낯선 긴장감으로 다가온다. 애초에 그들이 주변 사람들의 말처럼 '유별'나고 '비정상적'이기 때문일까. 실제로 소설 속 엄마들은 분노와 성욕을 분출하고, 죄책감에 시달리면서도 자식에 대한 유기 욕망을 버리지 못한다. 회상 구조 속에서 여전히 자신의 감정에 대해 양가적으로 기술하거나, 스스로도 확신하지 못한 채 머뭇거리고 번복하는 그들을 온전히 믿기는 어렵다. 서사의 표면적인 층위에서 끔찍한 사건이 재현되지 않음에도 불구하고, 서로를 겨누고 있는 모녀 관계 안의 불안과 충동을 보여준다는 점에서 이 소설들을 '모녀 스릴러'로 명명해도 좋겠다.

이 모녀 스릴러의 흥미로움은 『나를 찾아줘』 이후 하나의 장르로 성립된 '가정 스릴러domestic thriller'와는 상반되는 지점에서 오는 듯하다. 주로 가정폭력, 성추행이나 강간, 배우자의 외도 같은 현실적인 문제들을 다루는 이 장르에서 "가장 수상한 사람이 남편이며, 가장 많이 죽는 사람 역시 남편이라는 것"[15]은 이전의 남성 스릴러와 변별되는 중요한 특징 중 하나다. 가정생활의 파탄을 불러온 혐의의 대부분을 남편에게 둠으로써 발생하는 일차적인 효과는 물론 결혼에 씌워져 있는 환상의 표피를 벗겨내는 것이다. 그런데 문제 있는 가부장을 적발하고 징벌하는 것이 반복될 때, 결국에는 가부장의 위치를 승인하는 효과를 피할 수 없게 된다. 악랄한 가부장을 징벌하기 위해 엄마와 딸이 힘을 합쳐 협력하는 동안 모녀 관계는 평평하게 형상화되기 쉽고, 결국에 누가 가부장이 되는가만이 문제가 될 뿐 가부장의 자리 자체는 의심되지 않는다. 그러나 최근 한국문학의 모녀 스릴러에서 아버지/남편은 이미 죽었거나 존재감이 희박하며, 엄마와 딸의 분노가 겨냥하는 대상은 바로 서로를 향해 있다.[16)]

최은미의 『어제는 봄』[17)]은 양주 북부의 한 읍에서 어떤 여자가 저지른 일에 대해서 십 년째 소설로 쓰고 있는 소설가 '정수진'의 이야기다. 작품 취재 과정에서 정수진은 '이선우'라는 경찰관을 만나고, 두 사람은 서로에게 끌리기 시작한다. 그런데 소설은 기혼 여성이 결혼 제도 바깥에서 찾은 설렘을 낭만적인 열정으로 포장하기보다는 그 이면에 주목한다. '어제는 봄'이라는 제목은 엄마의 외도와 아빠의 자살과 자신의 살인 충동이 한꺼번에 일어났던 스물세 살의 봄이 삼

15) 이다혜, 『아무튼, 스릴러』, 코난북스, 2018.

16) 오은교는 최근 '아내의 죽음'을 다루는 여성 작가의 소설들에서 남편의 입장보다는 아내의 숨겨진 심리에 대해 끈질기게 추적하는 경향을 지적한 바 있다. 그는 홀로 남겨진 남편들이 슬퍼하기보다는 무서워하고, 상실을 통해 진실을 깨닫는 대신 아무것도 모른다는 무지의 상태에 도달하는 양상을 두고 '홀아비 스릴러'라 명명한다. 이 홀아비 스릴러는 남편/아버지의 존재감이 축소돼 있다는 점에서 이 글에서 상술하는 모녀 스릴러와 통하는 부분이 있으면서도, 재현의 방식이 반대라는 점에서 모녀 스릴러와 동전의 양면을 이룬다. 오은교, 「아내가 죽은 후에 벌어진 일들—홀아비 스릴러의 탄생」, 『문학들』 2019년 봄호.

17) 최은미, 『어제는 봄』, 현대문학, 2019. 이하 인용시 본문에 쪽수만 밝힌다.

십대 후반인 지금도 여전히 파괴적으로 반복되고 있음을 알리는 비명이다. 소설은 숲이라는 공간과 과거에 그녀가 저지른 범죄의 연관성을 계속해서 암시하며 불안을 이어나간다. 아무것도 알지 못하는 다섯 살짜리 딸이 소나무숲으로 둘러싸인 능에 처음으로 소풍을 갔다가 내내 바들바들 떨며 울고, 그날 저녁 스케치북에 형체를 알기 힘든 검은 선들을 그려올 때 이 긴장감은 최대치로 증폭된다. 마치 "지난 시간을 들추기 위해 보내진 심판관"(57쪽)처럼 느껴지는 딸은 과거에 "내가 무언가를 묻어놓은 숲"(55쪽)을 상기시키며, 그 '무언가'에 대한 생각을 멈추지 못하게 한다. 그리고 그 불안의 정조는 그녀 앞에 나타난 이선우를 향해 온전히 투사된다.

> 내 접시의 회 위에 가만히 무순을 올려놓아주는 그의 행동 하나에도 나는 버들처럼 흔들렸다. 남은 인생에서 누군가에게 한 번쯤 내 일부를 드러내도 된다면 나는 그게 이선우였으면 좋겠다고 생각했다. 내 어떤 부분을 솔직히 드러내도 나를 향해 달려오던 이선우의 마음이 멈추지 않을 거라고 믿었다.
>
> 그렇게 믿어서 미안하다. 이선우 너한테 내가 미안하다. 니가 니 엄마 얘기를 해도 나는 내 엄마 얘길 하면 안 됐는데 해버려서 미안하다. 나를 통해 니 엄마를 이해해보고도 싶었을 너한테 내가 아주 미안하다. 니가 어렵게 세워놓은 방어기제를 걷어차버려서 미안하다. 애초에 경찰서로 찾아가서 미안하다. 너한테 내 죄에 대한 자문을 구해서 미안하다. 소설의 탈을 쓰고 강력 사건을 털어놓아서 미안하다.(99~100쪽)

이선우에 대한 부드럽고 다정한 감정은 엄마에 대한 이야기를 경유하자 순식간에 파괴적인 분노로 전환된다. 엄마의 외도라는 공통의 트라우마를 처음으로 서로에게 털어놓은 두 사람은 강렬하게 부딪친다. 엄마를 '이해'하고 싶은 이선우의 갈망은 엄마를 향한 정수진의 '역겨움'과 충돌하며 서로를 건드리고, 두 사람의 사랑은 "몸을 갈라버릴 수도 있는 혐오와 증오를 안은 채 자폭"(107쪽)할 수 있는 분열 자체가 되어버린다. 정수진은 이 모든 혼란을 피하고 싶어하는 이선우를 향해 자신의 원망과 갈망을 모두 쏟아낸다. "너에게 고통을 주어야겠으니까."(111쪽) 일상과 SNS 곳곳에서 자신을 철저히 숨기고, 이선우가 피로와 원망이 뒤범벅된 얼굴로 카페에서 작업중인 자신을 쳐다보고 있다는 걸 알면서도 그녀는 블라인드를 완전히 내려버린다. 그리고 그 대가로 그날 이후 초여름의 따가운 햇볕이 쏟아지는 내내 블라인드를 내리지 못한 채, 자신을 학대하듯 소설을 써내려간다.

이런 이선우와 관계된 모든 면면들은 궁극적으로 정수진이 "좋아? (……) 살아 있으니까 좋으냐고"(131쪽) 묻는, 살아 있음 자체를 추궁할 수밖에 없는 엄마를 향해 있다. 십 년째 완성하지 못하는 소설 역시 엄마의 외도에서 촉발된 스물세 살의 악몽 같은 봄을 영원히 맴돈다. 정수진의 성욕과 사랑은 모두 엄마에 대한 지긋지긋한 증오와 연결되어 있고, 그것이 다시 자신에게 대물림되고 있음을 확인하는 과정에서 광기 어린 분노의 자기 폐쇄적 부딪힘은 무한 반복된다. 여기에는 성적 욕망에 충실했던 엄마의 삶에 대한 징그러움과 환멸, 엄마에 대한 복수로 살인을 감행해야 했던 충동, 자신의 딸에게 어떤 부정적인 영향도 물려주고 싶지 않다는 안간힘이 뒤섞여 있다. 표면적으로 이선우에 대한 강렬한 정념에 붙들려 있는 듯 보이는 『어제는 봄』은 실은 온전히 엄마를 중심에 둔 채 죽음충동과 싸우는 이야기다. 이 모녀 스릴러를 이끌어가는 것은 엄마를 향한 분노와, 완고하고 강력하게 상대에 대한 지배를 행사하고자 하는 의지다.

그런데 내내 불길하게 서사 아래를 흘러다니던 '검은 형체'는 돌연 아이들이 소풍을 간 숲에서 멧돼지로 등장한다. 그리고 이선우의 출동으로 멧돼지는 처단되며 모든 것은 깔끔히 마무리된다. 이는 다소 급작스러운 결말처럼 보이기도 한다. 최은미는 단편 「근린近隣」에서 이미 이와 비슷한 형체를 출현시킨 바 있기 때문이다. 그 소설에서 멧돼지처럼 보이던 형체는 자세히 들여다보니 교미의 현장으로 밝혀졌고, 곧 역겨움에 의한 토사물이 터져나왔다. 삶의 기저를 이루지만 견딜 수 없이 징그러운 성욕과 충동의 현현처럼 보이던 멧돼지는 어떻게 이번 소설에 이르러 상징질서에서 뚜렷하게 현실화되며 심지어 퇴치될 수 있었던 것일까. 그 순간에 이선우가 자신을 쏘려고 한다고 생각해서 쓰러지는 정수진은 유사 죽음의 순간을 통해 엄마로부터 대물림되어온 성욕과 사랑에 대한 갈망을 말끔히 잘라내는 것처럼 보인다. 유난히 맑고 밝은 소설 마지막의 꿈 장면들은 알 수 없는 개운함을 품고 있다. 여기에는 불길하게 맴돌던 어떤 충동의 무게가 없다. 소설은 죽음을 경유해서 비로소 엄마에 대한 애증으로부터 자유로워지는 한 여자를 보여준다. 그렇게 이 소설은 모녀 관계를 분리 불가능한 애착 관계로 재현하는 관습을 되풀이하지 않는다. 모녀 관계 아래에서 흐르는 것은 분리불안이 아닌, 분리에의 열망이다.[18] 엄마는 자신을 죽여서라도 살해되어야 할 대상이며, 그렇게 엄마로부터 내려오는 운명적 결속은 끊어진다.

이 단절에의 열망은 손보미의 「사랑의 꿈」[19]에서 다른 방식으로 반복된다. 오래전 남편과 이혼하고 그가 죽었다는 소식을 들은 여자에게는 자신에게 신경질적으로 조바심과 반감을 표출하는 딸이 있다. 그녀는 그런 딸과 함께 치매에 걸려 요양원에 들어간 노파(전남편의 어머니)를 방문하는 현재의 관점에서, 오래전 자신에게 찾아왔던 충동을 둘러싼 기억을 회상한다. 그녀가 사립고등학교 행정실에서 직장을 얻고 독립적으로 살아보고자 노력하던 어느 날, 행정실에서 같이 근무하는 '공주연'의 말—"애들은 정말 성가셔요. 쓸데없이 죄책감을 불러일으키잖아요. 가끔씩은 버리고 싶은 기분이 들죠?"(142쪽)—이 그녀를 사로잡는다. 공주연의 소개로 '탈엄(일탈중인 엄마들)' 모임에 간 그녀는 공주연의 그런 발화가 아기 엄마들이 가진 "이상한 방식의 우월감"(145쪽)에 대응하는 한 방식임을 알아차린다.

소설은 결혼을 둘러싸고 여성들이 느끼게 되는 복잡한 위계질서를 헤집는다. 결혼으로 인해 돌봄노동과 감정노동을 불평등하게 떠맡게 되는 성별은 분명 여성이지만, 사회제도에 포섭되는 중요한 형식으로서 결혼은 여성에게 유무형의 자산과 권력을 부여한다. 탈엄 모임에서 기혼 여성들 사이의 은밀한 피해 의식과 미묘한 적개심이 긴장감의 수위를 높이는 순간 적절한 농담을 던져 분위기를 조율하는 공주연의 역할은 이들 안에서 미혼 여성이 경쟁자로 간주되지 않는 낮은 지위

---

18) 천희란의 「카밀라 수녀원의 유산」(『악스트』 2020년 1/2월호)에서도 주인공 '라우라'의 가장 큰 갈망은 어머니로부터 자유로워지는 것이다. 결국 어머니가 새로 행복한 가정을 꾸리고자 할 때 그간 억눌려 있던 강렬한 충동은 어머니를 목 졸라 살해하는 것으로 이어진다.

19) 손보미, 「사랑의 꿈」, 『문학사상』 2019년 10월호. 이하 인용시 본문에 쪽수만 밝힌다.

를 차지하고 있음을 확인시킨다. 하지만 영원히 결혼할 생각이 없다고 강조하는 공주연은 싱글맘인 그녀에게 모종의 동질감을 느끼면서도, "당신은 사랑에 금방 빠지지만 난 그렇지 않다는"(147쪽) 영리함을 내세우며 미혼인 자신의 우위를 암묵적으로 재확인하려 든다.

그녀는 대학을 중퇴한 이유를 묻는 질문에 평소처럼 '사랑'에 빠졌었다고 말하는 대신 '임신'을 했었기 때문이라는 대답을 한 후, 리스트의 〈사랑의 꿈〉이 흐르는 탈엄 모임에서 빠져나온다. 그날 그녀는 딸을 버리고 떠날 계획이었는데, 차에 올라탄 그때 공주연이 차 안으로 들어온다. 공주연의 등장으로 자신이 하려던 일이 무엇인지 완전히 깨닫게 된 그녀는 왜 그런 일을 하려고 했는지 이유를 알지 못해 어리둥절해하면서도, 딸을 버린 자신에 대해 떠들어댈 비난의 말들을 상상하고, 애초에 자신을 이런 상황으로 내몬 공주연에게 분노하며 차를 운전한다. 그러던 여자의 차에 고양이가 치인다.

> 이상했다. 고양이를 묻어줘야 한다고 생각하니까 갑자기 그녀를 감싸고 있던 그 모든 불안감과 두려움이 사라지는 것 같았다. 용기, 이런 걸 용기라고 하는 걸까? 그녀 내부로부터 분출되는, 그녀가 이제껏 한 번도 느껴보지 못했던 그런 힘이 샘솟는 것 같았다. 아이를 낳을 때조차 이런 식으로 힘을 느껴보지는 못했다고 그녀는 생각했다.(156쪽)

두려움에 떨고 있는 공주연 앞에서 그녀는 죽은 고양이를 안은 채 "위엄이 넘치는 모습으로"(158쪽) 선다. 남편의 부모가 반대하는 결혼을 강행하고 그 사랑의 맹세가 배반된 이후에도 여전히 남아 있는 삶

앞에서 그녀는 불현듯 내부에서부터 샘솟는 힘을 느끼며 아직 희미하게 살아 있는 고양이를 매장한다. 〈사랑의 꿈〉이 흐르는 과시적인 부르주아의 중산층 질서에서 벗어나 그녀는 이 순간 바깥에서 그곳을 파국과 죽음의 자리로 응시하고 있는 것처럼 보인다. 그런데 이 사건이 현재진행형이 아니라 요양원에 있는 노파를 바라보며 회상하는 중에 드러나는 사건이라는 점이 무엇보다 중요할 것 같다. 그녀는 "노파가 잃어버린 건 도망칠 기회라고"(140쪽) 생각하며, 요양원에 사는 노인들이 나무숲에서 길을 잃더라도 그들에게 위치추적 장치가 부착되어 있어 대번에 발견되는 장면을 상상한다. 그 세계의 안온함이란 애완동물처럼 최소한의 본능만을 충족시키며 사육될 때에만 누릴 수 있는 것이다. 이 반대편에 차에 치인 고양이를 땅에 묻는 밤이 자리한다. 자식이 굴레이자 정상성의 표징이 되는 여자들의 세계로부터 벗어나, 그녀의 두려움과 죄의식의 자리를 채우는 것은 팽팽하게 가득차 있는 야생적인 정념과 섬뜩한 응시다. 잔인함을 무릅쓰고 고양이를 기어이 죽음에 이르게 하는 가학성을 그녀는 피하지 않는다. 죽음을 향해 맹렬하게 달려가던 충동은, 마침내 고양이와 세상의 끈이 완전히 끊어졌을 때 멈춰진다. 고요함 속에서 피아노의 선율이 다시 흐를 때, 이 섬뜩한 선율은 그녀가 엄마로서 가지고 있던 죄책감과 자기검열을 완전히 부숴버렸음을 알리는 것만 같다.

그런데 이 공백을 채우기 시작하는 것은 기이하게도 공주연을 향한 사랑이다. 그녀는 공주연에 대해 "진심으로, 마치 이 세상에 단 하나 남은 그런 사랑이라고 받아들일 수도 있을 것"(161쪽) 같다고 고백한다. 자기도취적이고 비호감적인 언행으로 은밀한 배척 대상이 되어 왔으며, 자신을 향한 공격성을 숨기지 않던 공주연을 향한 예상치 못한 애정은 어디에서 오는 것일까. 적어도 이 끈적한 동성애적 기운은 결혼과 아이를 중심에 둔 채 살아가는 위선적인 부르주아 여성들에게서 멀리 있다. 싱글 맘과 비혼 여성 사이에 감도는 이 생경한 성적 긴장감은 가부장제에서 탈피할 수 있는 희미한 가능성을 담은 새로운 '사랑의 꿈'이 아닐까.

이 소설들에서 야생적인 동물을 죽이는 의식은 서로를 향한 모녀의 살해 욕망이 간접적으로 실행되는 장면이라는 점에서 중요하다. 가부장제하에서 형성된 전통적인 어머니상이 생산성과 헌신성, 포용성과 같은 이타적 자질과 결부되어왔다는 것을 생각하면, 이 기혼 여성들이 '모친/딸 살해' 행위를 통해 표출하는 분노와 공격성은 이례적인 것이다. 모녀 사이에 날카롭게 흐르는 긴장과 갈등에 주목하는 이 모녀 스릴러는 모성을 신화화하지 않고, 어머니를 비가시적인 영역에서 구해낸다는 점만으로도 중요하게 이야기될 필요가 있다. 남성 인물들이 부차적으로 물러난 가운데, 여성 간의 관계는 더욱 복잡하게 부각되며 젠더 규범의 족쇄는 부서진다. 이성애를 기반으로 한 가부장제의 중요한 관계들이 모두 부서진 자리에서 고요히 팽창하는 여성들 간의 욕망과 사랑은 여성 스릴러가 펼쳐내는 새로운 미래다.[20]

---

20) 이와 관련해 최은미의 「보내는 이」와 「운내」에 대해서도 이야기할 수 있다. 「보내는 이」에서 가장 높은 감정의 밀도가 왜 '나'의 아이 친구의 엄마인 '진아씨'를 향하는지도 짐작하게 된다. 소설은 폭염으로 들끓는 여름 동안, '나'가 진아씨와 맺는 관계의 파동을 그린다. 동갑내기 여자아이를 키우는 전업주부로서 두 사람은 친밀한 이웃이지만, "알알하고 허망해서 어떻게 해야 할지를 모르겠"는 시간을 보내는 '나'에게 진아씨의 집은 유일하게 "감정적 고양 상태에 도달"할 수 있는 섹슈얼한 공간이기도 하다. 「운내」에서 승미가 옷을 벗은 화자의 몸을 혈자리를 따라 살살 긁어주는 동안 감도는 나른하고 간지러운 기운에서도 이런 동성애적 섹슈얼리티가 감지된다.

4. 소녀에게 남겨진 미친 여자들의 유산

모녀 스릴러의 기혼 여성들이 모녀 관계의 단절을 희구하는 과정에서 파괴적인 공격성을 드러내고 있지만, 이들의 딸들에게서 희생자로서의 안쓰러운 면면은 잘 보이지 않는다. 소녀들은 부모의 죽음을 상상 속에서 계속 재생하거나 다른 이와 스스로에 대한 납치를 공모하고, 기괴한 놀이들 끝에 친구의 죽음을 방조하기에 이른다. 이 소녀들은 마치 고아처럼 보인다. 부모가 일시적으로 다른 사람에게 맡겨둔 상태이기에 더 많은 관심과 배려를 받기도 하지만, 이는 그들에게 불편한 응시일 뿐이다. 소녀들은 이 시선을 피해 자신과 공모할 또다른 여성을 찾아내고 그녀와 내밀한 관계를 맺는다. 그들은 대개 사람들로부터 '까졌다'거나 '정신 나간 여자'라 말해지는 부류의 여성이다.

손보미의 「밤이 지나면」[21]은 부모가 이혼하면서 외삼촌댁에 맡겨졌을 때 정신 나간 여자에게 납치당한 적이 있는 여자아이 '나'의 이야기다. 그런데 이 '정신 나간 여자, 미친 여자, 미친년'은 누구인가. 삼년 전 동네에 정착해 고층 아파트 공사장 근처에서 이국적인 식료품점을 운영하고 있는 이 여자는, 이혼을 했고 자식이 죽었는데 '죽인 거나 마찬가지'이며 동네 남자들을 '꼬시려 든다'는 소문 속에 있다. 이 소문들은 혼자 사는 여자가 그 존재 양태만으로도 정상 가정에 잠재적인 위험 요소로 인지되는 맥락을 잘 보여준다. 그런데 흥미로운 것은 이 여자가 예지몽을 꾼다는 소문으로부터 생성되는 미묘한 위계질서다. 외숙모는 자신을 "의학을 공부"한 합리적인 이성의 자리에 놓으

21) 손보미, 「밤이 지나면」, 『문학동네』 2019년 여름호. 이하 인용시 본문에 쪽수만 밝힌다.

며, 그 정신 나간 여자가 예지몽을 꾼다는 것 자체가 "비과학적"이며 그 여자는 "거짓말쟁이"라고 비난한다(202쪽). 하지만 정신 나간 여자가 알려주는 진실은 정작 외숙모가 온갖 데모에 참여하다 구치소에 들어간 자기 아들의 미래를 알기 위해 예지몽을 부탁하러 왔었다는 사실이다. 또한 그녀는 입을 다물고 지내던 '나'가 유일하게 대화를 나누는 상대이자, 제발 자신을 데리고 어디론가 떠나달라고 부탁하는 사람이기도 하다. 정신 나간 여자는 '비정상적'이라 규정되는 자신의 위치로 인해 역설적으로 사람들의 가장 내밀한 비밀들을 알게 되며 부탁을 받는다. 그녀는 그 비밀로 상대에게 치명적인 모욕을 가할 수도, 부탁을 거절할 수도 있는 권력의 자리에 놓이는 것이다.

한국문학사 안의 '미친 여자'들은 가부장적 억압과 폭력에 대한 절대적인 피해자로서, 때로는 역사적 트라우마가 체현되며 훼손된 순수성의 상징으로 등장해왔다. 가부장제 질서 아래에서 살아가는 여자라면 누구나 너무 쉽게 '미친 여자'로 규정될 수 있기에 이 기표에는 언제나 오인이 숨어 있었다. 그런데 「밤이 지나면」은 정신 나간 여자의 과거나 순정한 실체를 드러냄으로써 그녀를 타자화된 자리로부터 구원하는 데 관심이 없다. 실제로 본 그녀는 '나'가 막연하게 상상했던 마녀형의 신경질적인 외모와는 상당히 다른 모습이지만, 섹스와 관련된 "불길하면서도 들뜬 기운"과 "무신경한 단어 선택과 이죽거리는 말투, 균형이 맞지 않는 화장과 옷차림"(207쪽) 등에 대한 묘사들은 그녀를 무고한 존재로 그리는 데 집중하지 않는다. 그녀는 오히려 상대의 약점에 대한 무례한 호기심이나 비열한 웃음을 숨기지 않음으로써 불쾌함을 불러일으키는 존재로 나타난다. 그리고 '나'는 바로 그런 점 때문에 그녀를 편안하게 느끼며 그녀와 함께 이곳을 떠나길 선택한다.

그녀의 차를 타고 떠나던 밤 일어난 충돌 사고는 집요할 만큼 모든 것이 구체적이고 물질적으로 격렬하게 묘사된다. "무언가 소진되어버린 것 같은 지독한 냄새가 났다. 체액, 축축한 느낌, 경미하지만 분명한 신체적인 훼손"(211쪽)이 발생한다. 매혹과 거부를 동시에 불러일으키는 '비체abject'를 상기시키는 묘사는 곳곳에 등장한다. 그런데 어둠 속에서 그 여자에게 자신의 엄마 아빠가 죽었다고 했던 게 거짓말이었음을 고백하는 순간 '나'가 알아차리는 것은, 모두가 두려워하는 방식으로 철저히 타자화된 그녀가 실은 어떤 예지 능력도 가지고 있지 않다는 사실이다. "처음으로, 아주 명백하게 그녀를 상처 입히고 싶다는 생각"(215쪽)은 자신과 그녀의 차이가 아무것도 없다는 인지에서 온다. '나'가 이미 이 정신 나간 여자의 세계와 뒤섞인 채 그녀와 분리 불가능하게 존재하고 있다는 걸 알았을 때, 여자를 향한 두려움은 사라진다. 소설은 어느 하룻밤, 두려움과 수치심을 걷어내고 생생한 증오와 공격성을 채우게 되는 소녀를 보여준다. 이 하룻밤은 밤의 불가해함이 허상이라는 것을 알아차리는 시간, '나'가 이미 그 어둠의 세계를 살아가고 있었음을 인지하는 시간이다. "너가 죽게 된다면 그건 지금이 밤이라서가 아니야. 그건 너가 바로 지금 여기에 있어서야"(213쪽)라는 여자의 말은 기이함과 불안의 전조들을 모두 실재하는 물리적인 것으로 돌려놓는 말이다. 그렇게 여자는 '비체'의 자리를 벗어난다. 이 정신 나간 여자는 이성의 속박에 맞서는 저항적 존재가 아니며, 쾌락원칙의 유혹을 대변하는 리비도적 존재도 아니다. 근대 질서에 손상되지 않은 무시간적 진정성이나 표현 불가능한 비의적인 존재 역시 아니다. 그저 살아남기 위해 끊임없이 자기 연출을 감행해야 하는 영악하고 위태로운 존재일 뿐이다.

정신 나간 여자와 공모했던 '나'는 그 밤으로부터 돌아오고 자신이 납치'당했'었다는 사실을 부인하지 않음으로써 정상의 세계로 편입한 것처럼 보인다. 그런데 입원한 자신을 찾아온 같은 반 아이 '영예은'에게 '나'는 돌연 "너는 앞으로 상상도 하지 못한 그런 삶을 살게 될 거야"(221쪽)라는 말을 한다. 이 말은 자신의 공격 앞에서 무너져내리던 그녀가 부서진 언어로 자신에게 예언처럼 들려주었던 말이기도 하다. 이 말이 부서지지 않은 또렷한 언어로 전달되며, 그때 영예은이 본능적으로 아주 무서운 말을 들은 사람처럼 굳었다는 사실은 의미심장하다. 버틀러는 상처를 주는 말에 대한 재배치redoubling만으로도 모욕적인 발언의 관습을 드러내고 이에 저항할 수 있는 언어적인 권력이 될 수 있다고 보았다.[22] 정신 나간 여자의 예언의 말은 그녀가 '나'에게 남겨준 유산이다. '나'는 정신 나간 여자로부터 제도 속에 포섭되지 않는 위치를 역이용해 다른 이들의 삶을 픽션화하는 태도를 배운 것처럼 보인다. '나'가 영예은에게 그 말을 할 때, '나'는 타인의 삶을 규정하고 개입하는 언어의 힘을 정확히 알고 이용하는 중이다. 대개의 서사에서 소녀들에게 미친 여자는 이 세계에 편입하고 성장하기 위해서라면 결코 체화되어서는 안 되는 진정한 '비체'였다. 하지만 「밤이 지나면」은 그 정신 나간 여자의 세계와 자신의 세계를 분리하지 않음으로써double, 보편을 참칭하는 남성적 세계의 가치를 내면화하는 대신 여성이라는 젠더를 지우지 않고 성장하는 새로운 소녀 성장 서사로 나아간다. 그 방식이 지저분하고 오염된 단어를 "경

---

22) 주디스 버틀러, 『혐오 발언』, 유민석 옮김, 알렙, 2016, 35쪽.

솔하고 무자비하게" 반복함으로써redoubling "그 단어에 거대한 구멍이 뚫리고 텅 비어버"(224쪽)리는 것을 보게 하는 방식이라는 것은 중요하다. 그들은 상징적 언어 질서의 저편인 실재의 세계로 넘어가는 대신, 바로 이 상징질서 안에서 상징적 언어의 방식으로 자신들을 모욕해온 질서에 구멍을 뚫어버리는 것이다. 정신 나간 여자가 불가해한 미지의 대상이 아니듯이, 이들의 밤 또한 더이상 미지의 공포를 대변하지 않는 투명한 밤이다. 그리고 그 아래에서 여자들은 그림자처럼 떨어뜨려놓을 수 없는 서로의 동일성을 확인하며 나란히 서 있다.

이 여성 스릴러들에서는 지금 시대 여성들이 느끼는 분노의 정동이 이전과 다른 방식으로 흘러나온다. 이 정동이 변하지 않는 남성적 세계와 마찰하는 동안 서스펜스는 점점 더 커지며 희열을 생산한다. 여성들이 사납게 분출하는 분노와 공격성은 오랜 세월 가부장제의 끈질긴 동력이었던 감정노동과 돌봄노동을 향한 부채감을 끊어낸다. 그들이 위악적이고 가학적인 방식으로 서로를 욕망하고 파괴하는 방식은 이성애 중심적인 가부장제 질서를 부수고, 여성들을 있는 그대로 인정하며 여성들이 성장하는 하나의 길을 열어낸다. 지금 현실에서 독자들의 욕망과 가장 밀착해 있으면서, 기존 서사들의 재현 방식을 날렵하게 갱신하는 장르가 여기에 있다. 여성들이 여성들에게 물려주는 이 모든 사랑과 증오의 유산 속에서, 여성들은 비체라는 오명을 집어던지며 새로 태어나는 중이다.

(2020)

영원한 샤먼의 노래
—배수아의 『뱀과 물』

꿈과 같은 내면의 삶을 묘사하는 일이 운명이자 의미이고,
나머지는 전부 주변적인 사건이 되었다.
—카프카, 『꿈』

음악은 이렇게 속삭이는 것으로 시작된다.
"기억하나요, 어느 날, 옛날에, 당신은 사랑하던 것을 잃었잖아요."
—파스칼 키냐르, 『부테스』

1. 접신하는 꿈의 세계로

꿈과 음악. 이 두 가지만으로도 배수아의 『북쪽 거실』 이후의 작품들에 대해 설명할 수 있지 않을까. 서사들은 요약되지 않고 끝없이 흩어지며 날아오른다. 사소한 특성이 반복해서 겹쳐지는 인물과 사건들은 기시감을 불러일으키고, 이는 무언가에 불가항력적으로 붙들려 있는 꿈의 구조를 상기시킨다. 불쑥 튀어나오는 누군가의 목소리, 미

래를 선취하고 있는 주술 같은 말들은 반복 속에서 리듬을 만들어내며 음악을 향해 간다. 배수아만이 만들어낼 수 있는 이 꿈의 음악을 실재하는 음악에 비유한다면 어떤 절정의 구간도 허용하지 않는 무조음악일 것이다. 무조음악이 화성적인 기능관계를 해체시켜 하나의 지배음에 대한 다른 음의 종속관계를 부정하듯이, 배수아의 소설은 하나의 고정된 현실에 의해서 발생되는 꿈이라는 보조적 관계를 부정하며 이어진다. 그에 따르면 현실에서의 슬픔이 밤에 슬픈 꿈을 만들어내는 것이 아니라, 꿈의 슬픔이 흘러넘쳐 현실을 슬픔으로 물들이는 것이다. 그 꿈의 슬픔이 다른 슬픈 꿈들을 불러오는 것이다. 현실과 꿈 사이의 위계를 무너뜨림으로써 배수아는 삶을 단순명쾌하게 정리하기를 거부한다. 그리고 자신의 꿈과 타인의 꿈 사이의 경계 역시 무너뜨림으로써 나와 타인을 나누려는 주체의 욕망에 제동을 건다. 배수아의 꿈은 주체가 현실에서 겪은 강렬한 사건들이 흔적을 남기는 프로이트적인 방식이 아니라, 삶에서 감정의 열도를 소거한 뒤 남는 잔상들의 원형을 찾아가는 바슐라르적인 방식으로 쓰인다. 프로이트가 구축한 무의식의 세계가 한 개인을 향해 몰입해 들어간다면, 바슐라르가 구축한 원형적 상징들은 인류 보편을 향해 넓어진다. 오랫동안 사회로부터 자발적으로 고립을 택한 철저한 개인주의자였던 배수아는 이제 꿈의 세계를 통해 타인들과 육체 없이 뒤섞이기 시작했다.

이 무조음악 세계의 주인공은 유령들이다. 이들은 안개에 쌓인 듯한 희미한 배경과 인과관계가 불분명한 사건들 사이를 영원히 부유해 다닌다. 유령은 인물이라기보다 차라리 낯선 외국어나 읽을 수 없는 글자들, 점점 잦아드는 노이즈로 존재하다 결국에는 아무것도 적히지 않은 백지로 돌아가는 "소리의 그림자"(『알려지지 않은 밤과 하루』, 자음과모음, 2013, 11쪽)에 가깝다. 가장 최근에 발표된 장편 『알려지지 않은 밤과 하루』에서 배수아는 등장인물인 '볼피'의 사진론에 기대어 자신의 소설론을 드러낸 적이 있다.

> 카메라가 찍은 것은 사물의 옷을 입은 유령의 순간이다. 그것은 포괄적인 의미의 꿈이다. 꿈의 주체가 카메라맨도, 원본 대상도 아니라는 점이 바로 예술회화와 사진의 차이점이다. 사물에는 그 존재가 지배하지 못하는 비가시적인 영역과 성분이 있다. 그것이 사물의 비밀을 구성한다. 사진의 마법은 찍는 자와 찍히는 자 모두의 의지와 무관한, 매우 고요하고 정적인 경악이 깃들어 있다는 점이다. 우리가 더이상 없는 어느 날의 집을 상상해보자. 우리의 집안 어딘가에서 스윽 모습을 드러내며 침침하게 눈먼 거울 속을 홀로 지나가게 될 우리의 유령이 있다.(같은 책, 148~149쪽)

이 글에서 가장 중요해 보이는 것은 "존재가 지배하지 못하는" "의지와 무관한"과 같은 말들처럼 보인다. 배수아는 한 인간을 구성하는 고유한 욕망과 내면구조를 떠나, 인간 역시 세계 속의 사물에 불과하다는 건조한 진실을 직시하려 한다. 그것은 극도의 수동성, 살아가는 동안 끊임없이 소멸되어가는 인간의 운명에 가닿는 것이다. 이는 말과 관념이 아니라 감각의 영역을 통해서만 가까스로 가능한 것이 아닌가. 그러므로 배수아의 소설을 읽는 일은 거리를 두고 감상하는 것이 아니라 온몸으로 체험하며 통과하는 것이며, 그 과정 속에서 삶의 일부가 해체되는 경험을 하는 것이다. 유령으로서의 내 얼굴을 마주하고 "매우 고요하고 정적인 경악"에 사로잡히는 것이다. 오이디푸스 이래로 인간은 결국 자신의 무지를 인정하기 위해 글을 써왔을지도 모른다. 그러나 문학사가 '눈먼 인간'의 도취적인 어리석음과 절망을 그리는 데 바쳐져왔다면, 배수아의 소설은 '눈먼 거울'을 향한다. 눈먼 거울에는 나르시시즘이 없으므로 절망도 없다. 눈먼 거울 속을 홀로 지나가는 유령은 순간적으로 나타났다 사라져가는 사물의 감각일 것이다.

이 사물의 감각에 가까이 가기 위해, 배경과 사건과 인물을 지우고 급기야는 써내려가는 자까지도 모두 지워버리는 글쓰기가 여기에 있다. 한동안 배수아는 에세이스트로서 글을 썼다. 화자의 존재감이 두드러지는 그 소설들에는 누군가에 매혹되는 황홀한 떨림과 수치가, 소중했던 이의 죽음 앞에서의 절규의 흔적이 뚜렷이 새겨져 있었다. 그것은 삶이 불가능해 보이는 순간들 속에서 피할 수 없는 눈과 비처럼 쏟아져내리는 말이었다. 이번 소설집에서 배수아는 또 한번의 전회를 이룬 것처럼 보이고, 이는 죽음에 대한 인식의 전환과 연결되어 있는 듯하다. 여기에는 죽음이 외부로부터 도래해 문득 직면하게 되는 기괴함unheimlich이 아니라, 우리가 단 한 번도 죽음과 분리된 적 없이 친숙하게heimlich 살아왔으리라는 깨달음이 있다. 지금의 나 역시 매 순간 망각과 함께 흘려보낸 과거의 죽음들로 구성되어 있음을 받아들일 때, 이제 애도해야 할 대상은 지금의 내가 말살해온 또다른 자아들이 된다. 망각 저편의 자아들은 꿈을 통해 눈먼 거울 속 유령들과 어울리며 뒤섞인다. 그 모르는 삶들에 접신하듯 닿아 얽히고 풀리는 샤머니즘적 힘이 배수아의 이번 소설집 『뱀과 물』[1)]의 단편들을 낳았다.

2. 꿈꾸는 샤먼 - 소녀들

이번 소설집의 입구를 여는 열쇠는 표제작 「뱀과 물」이 시작되자마자 나오는 터너의 그림 〈The Cave of Despair〉처럼 보인다. 테이트미술관에서 제공하는 설명에 따르면 이 그림은 본래 주제 미상으로 그림 가운데에 아이로 보이는 형상이 모래시계를 잡고 있어 '시간의 알레고리'로 분류되었다가, 후에 에드먼드 스펜서의 『선녀 여왕 *The Faerie Queene*』에 나오는 장면을 그린 것으로 밝혀졌다고 한다. 사실 터너 특유의 붓 터치로 인해 이 그림을 명확히 판별하기란 거의 불가능에 가깝다. 한참을 들여다보면 한가운데 있는 아이의 모습과 그 위의 작은 올빼미의 형상을, 왼편에 빛이 번져나가는 것처럼 보이는 동굴의 입구와, 오른편에 뿌옇게 몇몇 사람들이 자리한 걸 볼 수 있다. 하지만 이미지들이 단번에 명쾌하게 들어오지 않기에 한참을 들여다봐야 하는 불투명한 추상성이, 배수아의 세계에서 애도할 수 없는 상실을 의미해왔던 올빼미의 형상이나 그 아래 시간을 쥐고 있는 아이의 모습이 작가 마음의 뭔가를 건드린 것이 아닐까. 「뱀과 물」은 화자가 바로 이 그림 앞에 있을 때 모르는 이로부터 전화가 걸려와, 1972년의 자신을 안다고 하는 목소리를 듣는 것에서부터 시작한다. 이어 작가는 다음과 같이 쓴다.

> 이미 일어났다고 알려진 일은 일어나지 않은 일보다 신비롭다. 그것은 동시에 두 세계를 살기 때문이다. 어슴푸레한 빛 속에서 비순차적인 시간을 몽상하는 어떤 자의식이 있고, 우리는 그것에서 태어

---

1) 배수아, 『뱀과 물』, 문학동네, 2017. 이하 인용시 본문에 작품 제목과 쪽수만 밝힌다.

난 아이들이었다.(「뱀과 물」, 191쪽)

일어나지 않은 일을 경험할 수 있을까. 내가 존재하지 않았던 어느 하루를 살아낼 수 있을까. 배수아는 이 모든 것이 가능하다고, 우리는 "동시에 두 세계"를 산다고 말한다. 일어난 모든 일은 일어나지 않을 가능성을 안고 있으며, 모든 존재는 존재하지 않을 가능성을 동시에 지니고 있다. 시간의 혼돈 속에 잠재되어 있던 세계는 "아이들"을 잉태한다. 왜 아이들인가. 이를 이해하기 위해서 이번 소설집에 실려 있지 않은 단편 「올빼미의 없음」(『올빼미의 없음』, 창비, 2010)으로 잠시 돌아가야 한다.

「올빼미의 없음」에서 화자는 자신이 애정했던 문학가 '외르그'와 죽기 전 함께했던 산책을 회상한다. 그때 외르그는 오래전 자신이 살았던 고향의 어두운 숲에서 어머니와 유모차에 있는 아기인 자신의 환영을 본다. 그는 아무도 모르게 죽음 가장 가까이에 있었지만, 동시에 가장 어린 시기를 살고 있기도 했다. 외르그의 환영은 단순히 죽음에 대한 막연한 예감과 두려움에서 파생된 것이었을까. 알 수 없지만, 그 시간의 겹을 함께 바라보고 싶었던 화자의 열망은 외르그에 의해 차갑게 거절당한다. 죽음이라는 것은 그런 방식으로 쉽게 함께할 수 있는 것이 아니라는 듯이. 하지만 배수아는 소설 속에서 끝내 외르그를 삶 바깥으로 보내지 않는다. 그를 삶 속에 붙들어놓기 위해서인 것처럼 소설은 카프카의 『꿈』(배수아 옮김, 워크룸프레스, 2014년)에 나오는 한 장면을 끌어온다. 그 꿈속에는 마을을 지나쳐서 가는 한 사람이 있다. 모든 사물이 고요한 가운데 문 앞에 서 있는 아이들이 그 사람이 다가오는 것을 그리고 뒷모습을 물끄러미 응시한다. 어쩐지 외르그처럼 보이는, 죽음과 삶의 아슬아슬한 틈새를 지나가고 있는 그 사람을 볼 수 있는 것은 오직 아이들뿐이다. 이 아이들은 영원히 림보에 머물러 있는 자, 불가능한 죽음을 주재하는 샤먼처럼 보인다. 바로 이 순간에 배수아는 자신이 그를 바라보는 아이가 되기를, 영원히 그의 꿈을 꾸는 샤먼이 되기를 선택한 듯하다. 그를 떠나보내지 않기 위해, 배수아는 자신의 삶 전체를 꿈으로 만들어버렸다.

그 꿈꾸기가 이번 소설집 『뱀과 물』 속에 꿈꾸는 샤먼-소녀들을 낳았다. 이 어린 소녀들에게는 어머니의 자리가 공백으로 남아 있다. 어머니는 여동생을 낳으러 가서는 돌아오지 못하고 죽었고, 얼이의 어머니는 미쳐 있다(「얼이에 대해서」). 서커스단의 어머니는 모습을 보이지 않게 하는 마술을 부리고(「눈 속에서 불타기 전 아이는 어떤 꿈을 꾸었나」, 이하 「눈 속에서」로 약칭), 흉노의 마법사 어머니 역시 때때로 모습이 사라져서는 자신도 기억하지 못하는 여행을 하고 돌아온다(「노인 울라에서」). 할머니는 푸른 양철 가방을 들고 여행을 떠난 후 먼 나라에서 죽어 연기가 된다(「기차가 내 위를 지나갈 때」). 그런데 어머니의 부재는 결여로 느껴지기보다 오히려 이들의 세계 전체가 가볍게 일렁이는 어머니의 환영 안에 놓여 있는 것처럼 느끼게 만든다. 소녀들은 어머니의 흔적을 따라 여행하듯, 부모가 먼 곳의 왕이나 여왕이라는 백일몽 속에서 '반두'나 '스키타이족의 무덤' '노인 울라' 등과 같은 북쪽의 도시로 떠난다. 그리고 휘발되는 어머니의 운명을 따라간다. 이 과정이 카프카적인 환상성으로 잔혹 동화처럼 구축된 작품이 「눈 속에서」와 「노인 울라에서」 연작이다.

「눈 속에서」는 유원지에서 아버지가 사라졌음을 발견한 화자가 스키타이족의 무덤으로 떠나기까지의 이야기이고, 「노인 울라에서」는 거인 아버지를 찾아 가장 북쪽에 있는 역인 노인 울라에 도착하면서부터 벌어지는 이야기다. 「눈 속에서」가 카프카의 『꿈』의 '옮긴이의 말' 대신에 삽입된 단편이라는 점을 유념한다면, 이 소설들에서 내용 요약만으로 추출할 수 있는 것이 그리 많지 않으리라는 사실을 직감할 것이다. 소설은 거대한 배경과 증발하는 인물들로 인해, 마치 곧 사라질 수증기로만 이루어져 있는 느낌을 준다. 흰 비구름에 덮인 바위산이나 꼭대기가 구름 위로 솟아 있는 대관람차처럼 공간은 압도적으로 거대하고 광활해 전체가 다 보이지 않는다. 그러나 '바늘 없는 시계'로 드러나는 대관람차처럼, 공간은 시간화되며 추상적이 된다. 트럭에 탄 사람들의 얼굴 자리에 '매의 머리 모양의 회색빛 구름'만 있듯 인물들은 익명성 속에 묻힌다. 자주 사라지는 마법사 어머니들뿐만 아니라, 눈표범 조련사 아버지와 사령관 아버지 역시 부재한다. 사라진 아버지의 이름과 생김새는 너무 흔하고 평범해 찾을 수가 없으며, 화자가 자신의 이름이라고 둘러대는 '눈 아이' 또한 흔한 이름으로 드러난다.

그런데 이 추상적인 배경과 개별성이 상실된 인물들은 불안을 유발하기보다, 유사한 운명으로 밀착된 분신의 존재를 가능하게 하는 조건처럼 보인다. 배수아의 이번 소설집에 실린 대부분의 단편에서 소녀들은 짝을 지어 나타나는데, 「눈 속에서」와 「노인 울라에서」 연작에서는 '나'와 '눈먼 소녀'가 그렇다. 이들은 아주 사소한 표식으로 이어져 있기에, 숨은그림찾기 하듯 소설을 읽어나가야 한다. 「눈 속에서」에서 화자는 아버지가 읽어줬던 『눈snow 아이』라는 책으로부터 자신의 이름을 빌려오고, 그 책에서 화형당한 소녀의 '가느스름하고 엷은 눈꺼풀'은 경찰서에서 만난 머리에 커다란 '리본'을 단 장님 여자아이의 엷은 눈꺼풀로 이어진다. 이 눈먼 소녀는 「노인 울라에서」에서 붉은 리본을 달고 화자 앞에 다시 나타나 긴밀한 관계를 맺는다. 마지막에 절대로 뒤를 돌아보면 안 된다는 금기를 어기고 화자가 뒤돌아보았을 때, 눈먼 소녀는 아버지가 읽어주었던 책 속 '눈 아이'와 같은 모습으로 교수형을 당해 죽는다. 그리고 그날 일곱 살 생일을 맞은 화자는 그 '붉은 리본'을 자신의 머리에 묶고 그대로 사라진다.

이 소설의 모티프가 되고 있는 빨치산 소녀의 왼쪽으로 기울어진 긴 목과 잠든 것 같은 모습은 널리 알려진 역사 속 사진 한 장을 상기시킨다. 그 사진은 열일곱 살에 불과한 나이에 공산당 당원으로 레지스탕스 운동을 하다가 독일군에 붙잡혀 교수대에 목이 매달린 '마샤 브루스키나'라는 소녀다. 죽었다고 보기에는 너무나 평온한 얼굴과 기울어진 각도 때문에 그녀는 마치 성녀처럼 보인다. 이 이미지의 기이한 평온함은 이데올로기를 둘러싸고 벌였던 역사의 폭력성과 무의미함을 더욱 부각시킨다. 그리고 이는 소설 속에서 아버지로 대변되는 남성성의 세계로 이어진다. 빨치산 소녀가 나오는 책을 읽어주고, 다른 종족을 야만인으로 치부하며 죽음을 불사하는 무력으로 제압해나가는 것은 아버지들이다. 그들은 고정된 활자로 박제된 역사에 붙들려 있고, '언덕 위에 선 느릅나무'처럼 멀리서도 한눈에 들어오는 위용을 과시한다. 화자는 아버지를 위해 '연필 깎는 아이'가 되어 기다리지만, 돌아온 거인 사령관은 두께 없는 그림자처럼 펄럭이다가 '흰 화살촉'으로 변한 눈송이에 관통당해 말에서 떨어진다. 광활한 공간성과 날카로운 무력을 대변하던 남성의 세계는 자신들의 무기였던 연필과 화살이 심장에 되돌아와 꽂힌 것처럼 맥없이 스러져버린다. 그 허물어진 자리를 채우는 것이 부드럽게 흐르고 감기다가 증발하는 액체/기체와 같은 여성성이다. 이 여성성은 어머니가 흉노 여왕을 위한 젖 짜는 여자로 만들기 위해 눈을 멀게 하는 '검은 아네모네 즙'처럼 섬뜩하고 잔인하면서도, 갑자기 어머니처럼 자라난 눈 아이가 입에 물려주는 '눈처럼 흰 젖'같이 풍요롭고 편안한 양가적인 것이다. 하지만 눈을 멀게 하는 것은 제약이라기보다는 자유에 가깝다. 소설에서 남성들이 전체적인 판세를 읽고 대처하는 지휘관이 되어 조감하는 위치를 고집한다면, 여성들은 시각장場으로부터 완전히 벗어나길 택하기 때문이다. 이들은 조망하는 강력한 시선의 바깥에 있기에, 어디든 자유롭게 갈 수 있고 뚜렷한 목적지 없이 떠도는 유목민이 된다. 유랑하는 삶은 하나의 장소에 고정된 물리적 고유성을 분열시키는 것이며, 흘러가는 시간의 흐름을 망각하는 것이다. 이들은 두꺼운 역사와 명징한 지도를 지우며 가볍고 투명한 추상화를 만들어간다. 중력에서 떠난 시간은 소용돌이치고, 그 속에서 여성들은 시간에서 튕겨나가듯 자라난다.

그래서 시곗바늘이 없는 이곳에서 소녀들의 성장은 발전론적인 선위에 있지 않다. 아버지 찾기에서 시작된 「눈 속에서」는 「노인 울라에서」에 이르면 입사식initiation을 거치는 여성 서사로 변모한다. 흉노 어머니의 리본은 눈먼 소녀를 거쳐 화자에게 이른다. 붉고 가느다란 리본으로 서로 묶인 것처럼 여성들의 운명은 비밀스럽게 결속한다. 화자가 그 리본을 다는 순간이 일곱 살 생일을 맞은 날이라는 것, 이제 여자아이로 살게 된다는 것, 머리가 길고 검게 자랄 것이고 가슴도 커질 것이라는 아버지의 말은 무섭고 슬픈 예언처럼 들린다. 일곱 살 생일을 맞는 마지막 장면에서 불안은 급작스럽게 증폭되고 현실은 무겁게 덮쳐진다. 유년 시절이 마치 영원히 깨어나고 싶지 않은 꿈이었던 것처럼, 더없이 달콤한 마법이었던 것처럼. 화자는 여성으로서의 성장이 암시되는 순간, 세상에서 사라져버린다. 이 여성들의 세계에서 성장이란 독일의 교양소설Bildungsroman에서처럼 전全인격적 자아를 공고히 형성하며 세계와 합치되는 것이 아니라, 자아를 망각하는 것이다. 어느 시간을 살고 있는지 알 수 없었던 내가, 자신이 누구인지조차 잊어버리는 것이다. 그런데 이렇게 사라지는 '나'와 '눈먼 소녀'와 허구 속 '눈 아이'의 운명은 기묘하게 겹쳐지지 않는가. 이들은 시간의 소용돌이 속에서 다른 이들의 운명을 무한 반복하는 한 사람처럼 보인다. 몰아의 상태가 되어 타인의 삶과 끊임없이 교접하는 자, 이들은 샤먼-소녀들이다.

성별이 여성으로 고정되는 입사식의 순간은 「얼이에 대해서」에서도 반복된다. 어머니와 여동생의 장례식이 끝난 후, 누나는 이제 이걸 입고 다니라며 옷장 서랍을 열고 흰색 원피스를 꺼내준다. 그러자 여성으로 성장해야 한다는 그 점이 마치 원인이었던 것처럼, 화자는 "쥐처럼 나직한 소리로"(77쪽) 웃는 미친 여자로 자라난다. 『뱀과 물』에 실린 소설 곳곳에서 여성으로서의 성장은 불안을 안겨주는 징후처럼 제시된다. 「1979」에서 유달리 성숙한 몸을 가지고 있는 키 큰 소녀의 뒤를 따라가는 소년들은 아무도 없는데, 그것은 "저녁 땅거미를 밟으며 집을 떠날 때처럼 막연한 불안감"(89쪽)을 유발하기 때문이다. 「노인 울라에서」의 눈먼 소녀 눈 아이의 급작스러운 성장과 흰 젖의 분출은 거인 사령관 아버지가 죽은 이후에 나타나고 그것은 눈 아이의 교수형으로 이어진다. 「도둑 자매」에서도 소녀의 성숙하고 신비한 성장 직후에 마주하게 되는 것은 악취를 풍기며 앓아왔던 어머니의 죽음이다. 이들에게 성장이란 죽음과 긴밀하게 연결되어 있으며, 성별이 분명해지고 고정되는 바로 그 순간부터 환상과 마법이 작동하지 않는 질서의 세계로 진입한다. 그러므로 이 유년의 왕국은 멈추지 않는 회전목마나 오르골처럼 영원히 계속되어야 할 것이지만

> "어린 시절은 망상이에요. 자신이 어린 시절을 가졌다는 믿음은 망상이에요. 우리는 이미 성인인 채로 언제나 바로 조금 전에 태어나 지금 이 순간을 살 뿐이니까요. 그러므로 모든 기억은 망상이에요. 모든 미래도 망상이 될 거예요. 어린아이들은 모두 우리의 망상 속에서 누런 개처럼 돌아다니는 유령입니다."(「1979」, 94쪽)

> 어린 시절. 그것은 막 덤벼들기 직전의 야수와 같았다고 여교사는 생각했다. 모든 비명이 터지기 직전, 입들은 가장 적막했다. (……) 염세적인 사람은 일생에 걸친 일기를 쓴다. 그가 어린 시절에 대해서 쓰고 있는 동안은 어린 시절을 잊는다. 갖지 않는다. 사라진다.(「뱀과 물」, 223쪽)

소설들 곳곳에서 이런 강렬한 언어들이 어린 시절이라는 시기 자체를 강하게 부정한다. 자신의 유년기에 더없이 사랑스러운 시선을 보내면서도 지극히 증오하는 일은 어떻게 가능한가. 이들에게 어린 시절은 환상과 마법의 세계가 아니라 망상에 불과하며, "누런 개"처럼 비루하고 "덤벼들기 직전의 야수"처럼 난폭하다고 비유된다. 그런데 이 연민과 공포로 분열된 비유들은 어린 시절에 대한 거리감을 유지하고 있다기보다, 오히려 긴밀하게 고착되어 있고 간절하게 욕망하고 있다는 느낌을 주지 않는가. 누런 개처럼 돌아다니는 유령 아이들은

우리가 망각했지만 잊어서는 안 되는 어떤 것들을 다시 전해주고 싶어하는 듯 보이지 않는가.

3. 지워진 얼굴은 거울이 되고

무엇을 잊었던 것일까? 멜랑콜리에 빠진 자들은 무엇 때문에 슬픈지, 자신이 상실한 것이 무엇인지 제대로 인식하지 못한다. 그런데 마치 무언가를 상기시켜주어야만 한다는 듯, 고요한 적막 속에서 진행되던 소녀들의 삶은 문득 불길한 그림자에 휩싸인다. 이번 소설집 『뱀과 물』에서 가장 많이 변주되는 것은 바로 이 불길함과 기시감의 리듬이다.

그리고 이를 가장 직접적인 표상으로 드러내는 것이 「얼이에 대해서」에서 "너희들 이리 와봐!"(48쪽)라고 소리지르는 곡괭이를 든 위협적인 남자일 것이다. 현실과 꿈을 오가며 "이리 와봐!"라는 남성의 커다란 목소리가 울려퍼지는 순간들은 끔찍한 순간에 대면해 깨어나는 악몽의 구조와 닮아 있다. 얼이의 죽음이 화자에게 새겨지는 것은 두 번의 꿈을 통해서이다. 첫번째의 꿈에서 화자는 서커스가 진행되는 수백 마리의 쥐가 우글거리는 무대 위에서 반두의 왕으로 지목당한다. 살균된 세계 속에서 무지의 상태로 살아가던 화자는 이 꿈을 기점으로 서서히 죽음에 대해 눈을 뜨는 듯 보이고, 얼이의 죽음이 여동생의 탄생과 교환된 것이라고 믿는다. 그때 두번째 꿈이 개입한다. 꿈속에서 바다에 둥둥 떠 있는 사내아이의 죽음이 반두의 여왕인 당신이 한 짓이라고 추궁당하던 화자는 여동생이 태어나기를 바라지 않았다고 격렬하게 부정한다. 뒤집힌 채 바다에 떠 있는 사내아이는 얼이인가. 보트 위의 흰 원피스 소녀는 여동생인가. 알 수 없다. 중요한 것은 꿈속에서 곡괭이 남자와 닮은 음산한 얼굴이 화자를 지목하는 순간들이 이 죽음들에 대해 화자가 겪는 죄책감을 고스란히 노출하고 있다는 것이다. 여동생의 존재를 부정한 두번째 꿈 직후에 어머니와 여동생의 장례식을 치르게 되면서, 이 죽음들은 애도되지 못하고 화자의 내부로 우울증적으로 파고든다. 이는 장례식이 끝나고 누나가 꺼내주는 흰색 원피스를 통해 상징적으로 전달된다. 흰색 원피스는 여성으로서의 표상 이전에 상복처럼 보이고, 이 장면은 물위에서 본 소녀의 환영이 화자에게 영원히 전이되는 순간처럼 보인다.

배수아의 이번 소설집에서 죽음은 외부에서 도래해 일회적으로 발발하는 사건이 아니고, 반복해서 살아가야만 하는 어떤 것이다. "이리 와봐!" 하는 곡괭이 남자의 명령과 "그런 바보 같은 말 하는 거 아니야"(71쪽)라는 아버지의 힐난은 죽음을 암시하며 충격과 공포로 육박해온다. 이 남자들은 각각 지하의 죽음과 지상의 생명을 주관하는 강력한 존재자처럼 보인다. 그런데 화자는 그들의 지배로부터 추락하듯 빠져나간다. '나'는 아이들의 정부, 노인들과 외로운 개들과 쥐의 연인이자, 사랑하는 대상이면서 죄의 상징이기도 한 그 미친 여자의 세계로 간다. 어떤 행위를 하더라도 항상 "미친년이 간다!"(38쪽)고 말해지는 여자는, 이리 와보라는 명령을 거슬러버리는 매혹적인 금기의 세계다. 흰 드레스를 입은 채 나는 죽은 얼이가 되고, 끝내는 얼이의 미친 어머니가 된다. 나는 살아 있지만, 죽음과 광기를 산다. 이 죽음과 광기의 세계는 쥐들이 득실거리고 아무데서나 성기가 노출되는 더럽고 위험한 곳이지만, 동시에 가볍고 신비스럽게 빛난다. 몽롱한 졸음에 잠긴 화자가 기차 안에서 보았던 금빛 수면 위의 흰 드레스 소녀처럼.

이 소설의 마지막 장면은 더없이 슬프면서도 아름답다. 아주 오랜 시간이 지나 마을의 미친 여자가 되어 있는 화자는 확장된 크기의 얼이를 마주친다. 그는 얼이가 다가오기를 기다리고 있지만, 얼이는 마치 내가 그 자리에 없다는 듯 지나쳐서 위태로운 철교 위를 흔들흔들 걸어 떠난다. 하지만 내 얼굴, 내 웃음이 그의 어머니와 같았기 때문에, 그는 영영 떠나기 전 나를 오래오래 바라본다. 이것은 이해 가능한 세계에서 벌어지는 일이 아니다. 이해와 사유 이전에 있는 어떤 감각적인 것을 통해 세계의 타자와 마주하는 일이다. 어린 시절과 똑같은 복장을 한 얼이의 모습이 화자만이 볼 수 있는 환영이 아닐까 의심하면서도, 오랫동안 이어온 기다림이 서로의 얼굴을 마주보는 아주 짧은 순간에 도달하는 장면은 마음을 흔든다. 여기에는 죽음의 완고한 난폭함에 대응하는 부드러운 침묵이 있다. 이 침묵은 죽음을 넘어서서 다른 생을 끌어안는다는 점에서 전능하면서도, 떠나가는 뒷모습 앞에서 한없이 무력하다. 무한히 서로를 반사하는 거울들처럼 여성들의 운명은 구분되지 않는다.

「도둑 자매」에서도 "밤의 비밀스럽고 불길한 두런거림"(150쪽) 속에서 소녀들의 운명은 겹쳐진다. 소설은 길 한가운데를 느리게 지나가는 흰 배와 검은 물이 고인 악취 나는 도랑에 가라앉은 죽은 강아지를 보여주며 시작된다. 상여처럼 보이는 흰 배의 거대함과 도랑의 작고 검은 시체의 대비는 거대하고 힘센 죽음 앞에서 보잘것없이 무력한 생명을 부각시킨다. 화자가 자신이 잃어버린 강아지인지 확신하지 못하며 그 시체를 향해 손을 뻗었을 때, 갑자기 열 살쯤 된 소녀가 나타난다. 검은 광목 원피스에 굉장한 빼드렁니를 가진 소녀는 "내가 네 언니야"(156쪽)라는 주술 같은 말을 던지더니, 작고 초라하고 어두운 집으로 데려가 악취를 풍기며 죽어가는 어머니에게 없어진 동생을 찾아왔다고 말한다. 그런데 결국 어머니가 죽고 산에 봉분을 만들던 날, 돼지 장수가 여자애를 납치해갔다는 소문이 파다하던 그날, 밤의 산길에서 넘어진 나는 다시 일어나지 못한다. 그리고 빼드렁니 소녀는 죽은 엄마를 두고 했듯이, 달려드는 벌레를 쫓고 손바닥에 침을 묻혀 얼굴을 닦아준다.

시간이 되면 원래 사람은 파리와 모기를 쫓고 얼굴을 아기처럼 깨끗하게 만들어야 한다고, 소녀가 말했다.

그러면 내가 죽은 거냐고 나는 물었다.

별이 죽으면 불가사리가 되어 해변에 떨어지는 거야. 소녀가 대답했다.

그러면 내가 죽은 거냐고 나는 다시 물었다.

어쩌면 그럴지도 모른다고 소녀가 말했다. 어머니가 도랑에 집어던진 너를 내가 건져올렸지만, 그건 어쩌면 너무 늦었을지도 몰라.(「도둑 자매」, 180쪽)

자신의 죽음을 선선히 확인하는 질문과 조심스러운 대답이 오가는 이 장면은 「얼이에 대해서」의 마지막 장면처럼 마주함에서 오는 따뜻함을 품고 있다. 희박해져가는 이들을 잠시나마 한 장소에 머무르게 하는 유일한 몸짓은 서로의 죽음을 살피고 어루만져주는 일뿐인 걸까. 화자가 아직 자신의 죽음을 실감하지 못하고 있는 이 장면에는 어떤 공포나 음울함도 배어 있지 않다. 모든 것이 심상한 일인 듯 서로의 운명이 산산이 흩어졌다가 다시 겹쳐진다. 빼드렁니 소녀가 얼굴을 닦아주는 동안 화자의 얼굴은 지워진다. 그리고 그 지워진 얼굴은 "시간을 앞서 비추어진 거무스름한 거울"(187쪽)이 되어 죽음 속에 잠긴 자들을 담기 시작한다. 거울 속에서 '나'는 도랑에 가라앉아 죽은 강아지이고, 이미 죽은 존재였으며, 이후로 평생을 이미 살아버린 존재이기도 하다. 고아원 철봉에 거꾸로 매달려 죽은듯이 가만히 있는 소녀와, 돼지 장수가 산에 갖다 버렸다고 했던 거짓 자백 속 소녀는 겹쳐진다. 전신주에 붙어 있는 붉은 벽보들 사이에서 얼마 전 생일날 현관 거울 앞에서 어린 강아지를 안고 웃는 나의 사진과, 먼 훗날 미스 대회에 나가 엄청난 뻐드렁니를 숨긴 채 입을 다물고 서 있는 나의 사진도 겹쳐진다. 도둑 자매는 죽음의 시간을 훔쳐 자기 것으로 살아낸다. 나의 죽음과 너의 삶은 함께 흐르고, 나의 과거와 너의 미래는 구분되지 않는다. 이런 중첩된 시간에 대한 믿음이 인간을 시간의 흐름과 함께 허무하게 사라지지 않게 한다. 배수아는 한 사람이 자기 안의 다른 시간을 동시에 살 수 있다면, 지금의 삶이나 죽음도 그저 또하나의 꿈일 것이라 믿는다. 이는 현실을 무상하게 바라보는 허무주의가 아니다. 여기에서 벌어지는 것은 다른 죽은 이에게 나의 삶을 내어주고, 진짜 나의 삶은 꿈으로 만드는 연금술이다. 자신의 고유한 얼굴을 지워낸 거울 속에 다른 이들의 짧고 고독한 생들이 무수히 겹치며 흐른다. 여성들의 생이 투명하게 중첩된 채로 삶-꿈은 끝없이 이어진다.

이 거울이 비추는 것은 가난과 광기의 세계다. 눈송이만큼 많은 시궁쥐떼가 우글거리는 '반두'처럼(「얼이에 대해서」), 항시 먼지구름이 이는 이곳에는 전후의 비루함과 악취가 곳곳에 도사리고 있다. 외팔이 군인이 돌아다니고, 여인의 얼굴에는 미군의 네이팜탄이 남겨놓은 화상 자국이 있으며, 고아원에는 벌을 받고 있는 천사처럼 철봉에 거꾸로 매달린 사내아이가 있고, 새끼 돼지를 끌고 다니는 젊은 돼지 장수가 있다. 그런데 이 가난의 풍경은 부끄럽거나 힘겨운 것이라기보다 알 수 없는 생동감으로 요동친다. 도리어 허상의 세계처럼 위태로워 보이는 것은 백사장에서 혀를 길게 빼문 사냥개들이나 사내아이들이다. 이들은 매우 절도 있는 동작으로 날렵하고 재빠르게, 보이지 않는 엄정한 질서 아래 움직이지만, "해변에 유일한 얼룩을 선사하는 그림자"(167쪽)로 남을 뿐이다. 도시에 세워질 예정인 제철소에서 일하기 위해 돌아왔다는 엔지니어의 가족도 마찬가지다. 행복, 희망, 약속된 미래, 앞으로 닦여질 넓고 반듯한 도로, 광장에 자리잡을 위대한 황동상, 해변에 세워질 거대한 제철소에 대한 풍문은 거대하고 완강하지만 한낱 신기루처럼 흩어진다. 반대편에서 소녀들의 기원이자 미래는 생선 썩는 냄새를 풍기며 죽어가는 여인이나, 이가 몽땅 빠지고 앞니 두 개만 남은 달걀 행상 노파와 겹쳐지며 강렬하게 새겨진다. 여성들이 가닿은 궁핍과 죽음은 획일적인 아름다움이 아니라, 소녀가 철봉에 거꾸로 매달렸을 때 속옷을 입지 않은 맨 하반신이 섬광과 같은 태양빛 속에 드러나는 순간처럼 무엇도 의식하지 않는 단순함으로 아찔하게 환하고 강렬하다. 소녀들은 노래의 일부가 되어 가볍게 경계 너머로 증발하듯 사라진다. 그리고 서사의 끝에서 시간 역시 역행하며 지워진다. 이 지워지는 시간을 이루는 정조에 대해서라면 조금 더 부연이 필요할 텐데, 그것은 이 소설집 안에서 가장 극렬한 마조히즘과 에로티즘을 경유하며 이해할 수 있을 것 같다.

커다란 태양이 머리 위에서 하얗게 연소하는 한낮에 죽음으로 치달아가는 「뱀과 물」은 유독 극렬한 증오와 마조히즘이 이질적으로 드러나는 작품이다. 이 소설 속 인물은 어린 전학생 길라, 여교사 길라, 늙은 길라로 분열된 상태로, 서사는 꿈속의 꿈속의 꿈처럼 겹겹이 둘러싸인 채 진행된다. "푸르스름한 커다란 유리병 속에서 춤추는 흰나비떼"(205쪽)처럼 어린 길라와 여교사 길라는 서로의 꿈속에서만 현기증 이는 나비떼처럼 존재하는 듯 보이기도 한다. 이 서사를 거칠게 요약한다면, 한낮에 교실 속에서 한 교사가 백일몽을 꾸는 동안, 어린 전학생 길라가 학교에 왔다가 운동장에서 늙은 길라와 마주치고 죽음에 이르는 이야기이다. 그러니 교사가 꾸고 있는 백일몽은 자신의 미래(늙은 길라)가 자신의 과거(어린 길라)를 죽이는 상징적 사건에 대한 은유로 볼 수 있을 것이다. 그런데 왜 여교사는 백일몽 속에서 증오에 사로잡혀 늙은 길라에게 자신을 죽여달라고 반복해서 애원하는 것인가. 게다가 교사 길라의 한낮의 백일몽 속에서는 거울 뒤편에서 뱀과 물이 "알몸에 검은 황소 마스크를 쓴 두 남자"(214쪽)로 나타나 마조히즘적인 성관계를 시전한다. 벌거벗은 교사는 채찍을 맞으며 비틀거리고, 피와 오줌, 내장덩어리를 흘리며, 깨진 거울 속에서 처참하고 흉측한 자기 자신을 본다. 그러다 그들이 마스크를 벗으려는 마지막 의례 앞에 교사는 돌연 발광하듯 제지하며, 히죽히죽 웃는 태아를 붙잡고 먹기 시작한다.

다른 소설들에 흐르는 음악이 아름답고 단조로운 노래라면, 이 소설의 백일몽은 이례적으로 강한 불협화음처럼 들린다. 아니, 차라리 절규에 가깝다. 그런데 이상하게도 이 절규는 섬뜩하지만 세계를 붙들려는 안간힘처럼 보인다. 자신을 파괴하는 쪽으로 향하는 여교사의 죽음충동은 단지 죽음 자체를 열망하는 것이 아니라, 그만큼 분리되고 싶지 않은 뜨거운 에로티즘을 내뿜는다. 무엇과 분리되고 싶지 않은 것인가. 모리스 블랑쇼의 『카오스의 글쓰기』에 대한 해제에서 박준상은 어린아이를 우리의 무의식 안에 결코 완전히 죽어서 사라지지 않는 원초적 나르시시즘의 표상으로 읽는다. 이 어린아이를 살해함으로써만 우리는 자신 안에 갇혀 동물이나 아이로 남아 있지 않고 사회로 진입할 수 있다. 하지만 어린아이의 살해를 완벽하게 실현시킬 수도 없는데, 그것은 불가능할뿐더러, 만약 그럴 수 있다면 각자는 삶의 모든 향유에 무감각한, 마치 조종당하는 기계와 같은 존재가 되어버린 채 살아갈 아무런 근거나 이유를 찾을 수 없게 되어버릴 것이기 때문이다.[2] 소설 속 여교사는 최초의 자신(태아)을 죽임으로써 가장 두려운 "고여 있는"(213쪽) 상태로부터 벗어나려 한다. 그런데 그 시도는 오직 절반만 성공하는 것처럼 보인다. 표독스럽고 신경질적인 예민함을 동반하고 있는 이 가학성이 끈적이는 에로티즘을 동반하고 있기 때문이다. 여교사는 태아를 단순히 죽이는 것이 아니라 먹는데, 이는 단절이 아니라 자신 안으로 흡수해 분리할 수 없는 하나가 되는 것이다. 보이지 않는 흔적으로 전환되어 자신 안에 침투하는 타자의 시간성을 용납하는 일이다. 이 치열한 쟁투의 끝은 소름끼치는 저녁의 눈동자 속에서 벌어지는 죽음의 장면에 닿는다. 이 장면은 섬뜩하면서도 "이미 일어난 일이 일어날 것을 기다렸"(224쪽)다는 말로 인해, 더없이 차분하고 절제되어 있다는 인상을 준다. 생의 혼돈은 모두 이 적막한 죽음의 질서의 세계에 닿기 위한 과정에 불과했던 것일까. 이곳에 닿지 않고 생을 계속 유지하기 위해서라면 우리는 스스로를 향하는 날선 가학성과도 어쩔 수 없이 친밀해질 수밖에

2) 박준상, 「한 어린아이」, 『카오스의 글쓰기』 해제, 그린비, 2012, 267~268쪽.

없는 것일까. 자기 안에 어린 길라를 다시 한번 죽이고 하나가 되는 여교사 길라의 백일몽은 "펜촉 끝에 고인 잉크가 마침내 한 방울 뚝 떨어"(207쪽)지는 순간에, 하지만 "일생만큼"(218쪽) 긴 편지를 쓰는 시간 속에 일어난다. 순간과 영원은 그렇게 만난다. 한 뱀의 머리가 다른 뱀의 꼬리를 물고 있는 우로보로스처럼 끝없이 죽음과 재생이 이어지고, 물처럼 서로의 삶에 스며든다. "염세적인 사람은 일생에 걸친 일기를 쓴다"(223쪽)는 말이 더없이 쓸쓸하게 들려오는 이유는 인간은 언어를 사용하는 한 분열 속에서 존재와 완전히 하나가 될 수 없기 때문이다. 그 고독에 머무르고 있는 염세적인 사람의 일기는 오직 자신 안의 어린이를 다시 죽이고 하나가 되는, 시작도 끝도 없는 공회전 속에 있을 것이다. 완전한 이별이 불가능하다는 것을 계속해서 확인하면서.

이 마조히즘을 「1979」의 에로티즘이 극대화된 장면과 나란히 보면 어떨까. 반에서 가장 성숙한 '키 큰 소녀'에게 미묘한 성적 끌림을 느끼며 집착하는 남자 교사는 귀갓길에 우연히 그 키 큰 소녀와 작은 리우진을 마주친다. 그 둘을 다급하게 쫓아가던 그는 이상한 장면과 마주친다.

> 손을 잡고 걷던 거무스름한 아이들은 낡은 담벼락 앞에서 멈추어 서더니 각자의 손가락을 담벼락의 구멍 속으로 집어넣었다. 조금 떨어진 곳에서 그것을 지켜보던 교사는 거칠고 딱딱한 흙과 광물, 바스러진 뱀의 알과 곰팡이, 죽은 애벌레의 감촉을 손가락에 느꼈다. 마침내 구멍 깊숙한 곳에 숨어든 한낮의 꿈과 같이 미끈미끈한 온기에 손끝이 닿자, 교사는 자신도 모르게 온몸을 움찔거렸다. 잠시 후

> 손가락을 구멍에서 꺼낸 리우진이 이번에는 자신의 입속에 손가락을 넣어 붉은 사탕을 꺼냈다. (……) 교사의 입속으로, 마치 어린 시절과도 같은 혼몽하고 은은한 단맛이 퍼졌다. (「1979」, 113~114쪽)

이상한 장면과 마주쳤다기보다는 미지에 놓인 감각의 영역으로 들어가게 되었다는 표현이 더 적합할 것이다. 아이들이 손가락으로 만지는 감각과 내가 손가락으로 느끼는 감각은 서로 구분되지 않는다. 촉각의 영역 속에서는 적극적인 만짐과 수동적인 만져짐의 구별이 사라진다. 이들은 마치 한 몸이 된 것 같다. 게다가 손가락을 작은 구멍 속으로 밀어넣는 행위 때문에, 그때 느끼는 한낮의 꿈과 같은 혼몽함과 미끈미끈한 온기로 인해, 본능적으로 온몸을 움찔거리는 이 교사는 극도의 오르가슴을 겪고 있는 것처럼 보인다. 그런데 거칠고 딱딱한 흙과 광물, 바스러진 뱀의 알과 곰팡이, 죽은 애벌레의 감촉은 매장된 시체가 허물어지면서나 생길 법한 감각이 아닌가. 에로스의 극점은 죽음과 맞닿아 있다. 그리고 이는 "마치 어린 시절과도 같은 혼몽하고 은은한 단맛" 안에서 연결된다. 이 극도의 도취 직전에 교사가 개천에서 쓰레기 더미에 섞여 있는 죽은 아기의 몸뚱이를 보았다는 사실은 의미심장하다. 그 죽은 아기는 마치 교사의 상징적인 죽음처럼 보인다. 우리는 죽음 이후에야 그 속에서 에로스와 만날 수 있는 걸까. 입가의 침과 설탕물을 닦아내는 교사는 더이상 여학생을 탐닉하고 싶은 어른의 자리에 있는 것이 아니라, 무력한 어린아이로 강등되어버린 것처럼 보인다. 그런데 이 강등이야말로 불쾌한 욕망과 체제의 관습 속에 길들여진 교사를 처음으로 그 바깥으로 끌어낸다.

그리고 그 직후에 일어났던 사건들이 하나씩 지워지며 없었던 것이 되어간다. 이 소설집에 실린 어느 단편이나 어린 시절에 대한 기나긴 서술 뒤에 오는 시간의 지워짐은 유독 짧다. 이것은 마치 어린 시절에 극도의 불안에 흔들리는 감정의 아슬아슬한 아름다움이 밀집되어 있고, 이후의 삶 전체는 무의미한 환영에 불과하다는 언명처럼 보이기도 한다. 그 끝에 남는 것은 '새처럼 자유로울 권리의 선고'처럼 언제든 마음대로 죽을 수 있는 정도의 냉혹한 자유이거나(「1979」), "그렇다면 어디로?"의 대답 없는 질문만 울려퍼지는 적막감이다(「뱀과 물」). 하지만 삶에서 어린 시절만 빼고 모두 버리려는 이 단호함에는 사회의 주변부에 머무르고자 하는 욕망이 있다. 콜레라, 전쟁, 핵폭탄, 방사, 광인과 소녀들의 살해 앞에 두려움에 빠지거나 길들여지지 않고, 차라리 더 적극적으로 가난과 광기와 죽음 쪽으로 끝까지 걸어가버리려는 완고한 의지가 있다. 주거지도, 가족도 없는 한 여자는 타인의 죽음과 자신을 일치시키고, 그로 인해 자신마저도 분열시킨다. 이 분열 앞에서 '뱀'처럼 사나운 마조히즘과 '물'처럼 부드럽게 합일되는 에로스는 서로를 휘감는다. 죽음 너머로 가는 너를 위해 나의 삶을 통째로 내어주고, 너의 가난과 죽음과 광기를 내가 대신 살겠다는 결기가 여기에 있다. 네가 없는 나는 더이상 존재할 수 없기에 나를 해체시키고 산산이 부서져내리는 동안, 어린 시절을 무한히 반복하는 삶은 기이하게 아름다워진다. 시간을 무화시키는 그 반복 속에 무엇이 남는가. 오직 "나를 사랑하는 누군가의 목소리"(「도둑 자매」, 188쪽)만이 남아 울린다. 그리고 그녀는 마침내 삶과 죽음이라는 관념들로부터 자유로워진다. 세상을 이루는 거대하고 단단한 것들이 결코 해치지 못할 소문이자 꿈이 되어. 사랑하는 목소리가 되어.

4. 얼굴 없는 샤먼의 노래

배수아는 어느 순간부터 죽음이 안개처럼 깔려 있는 이 세계를 해석되지 않는 긴 꿈, 풀리지 않는 비밀, 번역되지 않는 외국어로 인식하기 시작했다. 그는 누구보다 치열한 번역가임에도 불구하고, 번역을 믿지 않는 냉소적인 번역가이기도 하다. 그에게 인간의 말은 여러 사람의 입을 거치는 동안 최초에서 멀어진 이상한 웅얼거림이며, 원본을 상실한 상태의 무수한 복사본에 가깝다. 『서울의 낮은 언덕들』(자음과모음, 2011)을 참조해 말해보자면, 인간의 삶이나 언어는 정체불명의 경로를 통해 온 세계를 돌아다니다가 그것을 쓴 사람은 이미 망자가 된 후에 되돌아온 '수취인 불명'의 편지 같은 것이다. 이번 소설집 『뱀과 물』에서도 언어는 쉬이 잡히지 않고 익명성 속으로 침잠한다. 「1979」에서의 "어린아이들은 모두 우리의 망상 속에서 누런 개처럼 돌아다니는 유령입니다"라는 인상적인 대사는 육체성을 상실해가는, 목소리로만 남아 있는 남동생의 것이다. 그런데 모두에게 잊힌 과거형의 존재로 수신자 없는 편지를 계속 써온 남동생이야말로 어린아이-유령의 실체가 아닌가. 「뱀과 물」에서 눈먼 시선으로 반듯하게 앉은 여교사는 편지를 쓰다 멈춰 있는데, 잠시의 백일몽이 지나자 종이는 셀 수 없이 불어나 있다. 마치 그사이에 있었던 모든 일들이 내용이 기억나지 않는 기나긴 편지에 불과한 것처럼. 이 육체성 없는 목소리와 수신자 없는 편지들은 소설들을 투명한 막으로 감싸면서 해석으로부터 보호한다.

「기차가 내 위를 지나갈 때」는 이 소설집의 마지막에 놓여, 어린 시절과 꿈과 죽음의 온전히 이해되지 않는 지점들을 언어로 감싸안고 있는 소설이다. 이 소설은 세계 여성의 날에 한 외국 여행지에서 시낭

독회에 참석하는 내용으로 이루어져 있다. 화자는 즉석에서 초대받아 앞으로 나가 사람들이 한마디도 알아듣지 못할 것을 알지만 직관에 기대 슬픔 없이 말하기 시작한다. 그 이야기는 삼십 년 전 떠난 할머니와, 이 주일 전에 받은 그 할머니의 부고에 대한 것이다. 그런데 다시 찬찬히 보면 부고에 쓰여 있는 할머니의 이름과 나의 이름이 같으며, 할머니의 여행가방이 내 손에 들려 있고, 바로 오늘이 할머니의 장례식 날이라는 점이 우리로 하여금 다른 상상을 촉발시키지 않는가. 「노인 울라에서」의 붉은 리본처럼, 할머니의 푸른 양철 가방은 운명적 힘을 담은 것처럼 나에게로 전승된다. 화자는 할머니와 구분되지 않는 상태로, 삶을 이어받아 살고 있는 중이 아닌가. 그는 먼 곳에서 피어오르는 불그스름한 연기 속에 스며들어, 할머니의 장례식을 매일 반복중인 것이 아닌가.

그러나 슬픔에 잠긴 좁고 긴 얼굴을 한 채 휘청거리며 이어지던 이 이야기는 잭의 재기 어린 말과 박수 뒤에 이어진 사람들의 환호성과 휘파람으로 멀리 밀려난다. 잭이 이 편지를 들은 후 온전하게 이해했다는 확신과 흥분, 충격과 감동의 표현들은 배수아의 서사가 지양하는 바를 말해준다. "망치처럼 단단하고 강"(231쪽)한 그의 언어는 거침없이 번역으로 뛰어들지만, 그 번역으로부터 건져낸 편지의 마지막 구절은 더없이 추상적으로 겉돌기 때문이다. "이해할 수 없는 언어"(239쪽)로 적혀 있는 편지는 거리를 둔 채 내용을 파악할 수 있는 것이 아니라, 오직 몸으로만 감각할 수 있을 뿐이다. 그와 달리 이해할 수 없음에 순응하며 편지를 천천히 낭독했던 화자는 "고요히 발광하는, 오묘하고 경사진 달의 영토"(234쪽)와 같은 할머니의 세계에 닿아 살아낸다. 그곳은 "파국을 향한 열망" "추락의 열망" "기차가 내 얼굴 위로 지나가는 것을 두 눈으로 보고 싶은 열망"(262쪽)을 통해서만 진입할 수 있는 곳이다. "기차가 막 내 위로 지나간 것 같"은 느낌과 함께 "너무 이른 죽음"(263쪽)을 반복하는 곳이다. 이 죽음을 향한 여정은 군중의 소리 높은 웃음과 환호성의 자리에서 가장 멀리에서, 존재들이 은밀하게 부딪치며 만들어내는 소리와 눈물에 도달한다. 왜 눈물인가. 운다는 것은 "물이 되는 것, 형체가 사라져버리는 일"(246쪽)이기 때문에. 그는 자신을 흐트러뜨려 죽은 할머니의 삶을 살고, 영원한 시간의 여행자가 되고자 한다. "형체가 사라지고 존재만 남은 가방과 같은 이것, 파국을 향해 산란되는 이것"(263쪽)은, 사랑하는 존재의 죽음과 합일되려는 자가 느끼는 슬픔의 황홀경이다. 그것은 세차게 벌어졌다 똑바로 떨어져내려 순식간에 사라지는 '밤의 꽃잎'처럼, 한낮의 방만한 번역과 해석들로부터 영원히 미끄러져간다.

그리하여 배수아가 말하는 이 '밤의 꽃잎'과 같은 언어를 이해하는 데 이르면, 우리는 『뱀과 물』에서 증발하듯 사라지는 인물들과 지워지는 시간 역시 이해하게 된다. 작가가 왜 붙잡을 수 없이 울림의 여운만 남긴 채 사라지는 음악을 사랑하는지 알 수 있게 된다. 언어를 해석 이전의 상태로, 들리지 않는 말로서 놓아두고자 하는 의지는, 결국 언어가 갖는 어떤 권력도 거부하는 것이다. 무엇도 지시하거나 명령하지 않고자 하는 것이다. 자신이 세계의 주인이 아니며, 온전한 주체 또는 인격이 아니라 자연에 가까운 존재라는 사실을 드러내는 것이다. 할머니의 푸른 양철 가방 앞에서 "완벽한 사물에게 예속된 존재"(229쪽)가 되어 순종하듯, 고유한 자신을 지우는 것이다. 그렇게 배수아는 자신의 삶이 아니라, 타인의 삶을 무한히 살아가는 얼굴 없는 샤먼이 된다. 이 샤먼의 노래는 선형적 시간의 질서를 흐트러뜨리고, 현재만을 사는 우둔한 육체를 떠나 새처럼 가볍게 활강하고 또 추락한다. 그건 삶에 대한 어떤 미련도 없이 오직 한 점으로 응축되는 순간만을 사랑하는 자에게만 허락된 음악이다. 얼굴 없는 샤먼의 노래를 우리는 이미 알고 있다. 역사로 기록되지 않은 이야기, 사회 주변부에 머물던 자들이 구술로 전승해온 야사와 전설, 머나먼 오지의 방언들, 나직한 속삭임과 귓속말, 언어를 배우기 이전의 여리고 순한 웅얼거림, 이것들은 문학이 되었다. 하지만 태초에 이는 노래였을 것이다.

세이렌이 있는 섬을 지나가기 위해 선원들은 홀려서 죽게 될까봐 두 귀를 밀랍으로 막았다. 오디세우스는 최초로 이 노래를 들으려고 했고, 배의 돛대에 자신의 손과 발을 묶었다. 그런데 이때 부테스만 노를 놓아버리고 바다로 뛰어든다. 이 부테스라는 인물을 위해 한 권의 책(『부테스』, 송의경 옮김, 문학과지성사, 2017)을 적어내려간 키냐르는 음악을 두 갈래로 나눈다. 세이렌의 매혹적인 노랫소리가 '파멸의 음악'이라면, 키타라 연주로 세이렌의 노랫소리를 무화시켜 자신과 선원들을 치명적 매혹에서 구한 오르페우스의 음악은 '구원의 음악'이다. 이 분류에 따르면, 배수아는 그 파멸의 음악으로 홀로 뛰어드는 부테스가 아닌가. 그의 소녀들은 바다의 길고 단조로운 노래에 서서히 홀리고, 넋을 잃고, 이해할 수 없는 그 노래의 일부가 된다. 그의 소설은 문자를 넘어 낭송되는 소리가 되고자 한다. 그 노래와 소리는 어느 순간 해석되길 거부하고, 그 미지의 매혹 속에서 삶과 죽음은 더이상 구별되지 않는다. 배수아의 소설은 가난과 광기의 세계로 추락해 그 파멸의 힘으로 영원한 꿈이 된다. 잃어버린, 사랑했던 것들이 그 꿈 속에서 다시 떠오른다. 키냐르는 자신의 정체성과 언어를 잃어버리기로 동의한 사람의 귀에, 음악은 이렇게 속삭이는 것으로 시작된다고 말한다.

"기억하나요, 어느 날, 옛날에, 당신은 사랑하던 것을 잃었잖아요."(『부테스』, 94쪽)

모든 것을 잃어버렸으나, 어느 한 순간도 잊지 않은 배수아가 답할 것이다.

"이제 꿈이 시작되는 건가요?"(「눈 속에서」, 31쪽)

(2017)

처음에는 오필리아로, 다음에는 세이렌으로

—강화길의 「호수—다른 사람」

텍스트의 젠더가 작가의 성별과 다르게 구성되곤 한다는 것은 이미 상식이다. 그러나 호숫가에서 쓰러진 채 발견된 여성의 몸에서 시작되는 강화길의 소설 앞에서 이 상식적 명제는 조금 무색해지는 것 같다. 여성 작가가 쓴, 초점화자 또한 여성인 이 소설은 여성 독자와 만나 신경이 팽팽하게 당겨지는 경험을 만든다. 「호수—다른 사람」[1]은 몸으로 먼저 스며들어오고 불가항력으로 신경을 장악해버리는 소설이다. 여성들의 일상에 일렁이던 잠재적 위협들은 남성들의 가청 범위를 넘는 고주파를 만들어내면서 보이지 않는 공동체를 구성한다. 그러나 이 소설은 여성 소설이기 이전에 범죄소설이고, 동시에 긴밀하게 구성된 심리소설이기도 하다. 겹으로 이루어진 이 소설을 단순하게 읽지 않기 위해 우리는 최소한 두 번의 독해를 필요로 한다. 처

1) 강화길, 「호수—다른 사람」, 임현 외, 『2017 제8회 젊은작가상 수상작품집』, 2017, 문학동네. 이하 인용시 본문에 쪽수만 밝힌다.

음에는 하드보일드로 건조하게, 다음에는 기괴한 전율 속에서 모호하게. 다시 이렇게 말해볼 수도 있겠다. 처음에는 오필리아로, 다음에는 세이렌으로.

처음 읽어내려갈 때 이 소설은 전형적인 범죄 스릴러처럼 보인다. 친구 '민영'은 폭행을 당해 혼수상태에 빠졌으며, 자꾸 나를 살피며 캐묻는 민영의 남자친구 '이한'은 충분히 의심스럽다. 소설은 이 혐의를 시시각각 짙게 물들여가면서 입증의 순간을 향해 나아간다. 민영이 사고를 당하던 순간 출장에서 막 돌아와 잠들어 있었다는 죄책감 때문이라 하기에는, 이한의 집요함은 민영이 사고 전날 자신에 관한 이야기를 했는가에만 맞춰져 있다. '진영'의 회상 속에서 모든 것은 주요한 단서가 된다. 친구들과의 모임에서 민영이 술을 못 마시는 체해왔다는 것을 알았을 때 굳어지던 이한의 표정이나, 그 자리에서 창백하고 무표정한 얼굴로 앉아 있던 민영, 의식불명인 민영의 몸을 덮은 상처들이 '언제' 생겼는가에만 지나치게 신경쓰며 감정적으로 반응하던 이한의 모습들. 뭔가 무섭다고 했지만 곧 부인하던 민영의 카디건이 흘러내린 뒤, 드러난 팔뚝에 찍혀 있던 멍자국은, 이한이 지금 진영의 팔뚝을 거칠게 잡아당길 때의 살의 눌림과 절묘하게 겹쳐진다.

민영을 해친 것이 누구인지를 추적하는 이 미스터리 서사는 무수한 여성들의 중첩되는 역사 속에서만 범인을 지목할 수 있다. 소설 사이사이에는 이 사건과 무관한 다른 여성들이 겪어온 폭력적인 경험들이 파문을 그리며 번져나간다. 버스 안에서 남자 승객이 거칠게 욕설을 내뱉어도 공포에 질려서 그의 얼굴을 확인할 수조차 없었던 순간, 남편의 폭력으로 인해 머리가 거의 다 뽑힌 채 늘 호숫가에서 빨래를 하던 '미자네'의 모습, 사과를 빙자해 집요하게 만남을 요청하던 전 남자친구를 만났을 때 호숫가에서 벌어졌던 폭력, 맘에 든다고 무작정 따라온 낯선 남자가 밀폐된 엘리베이터 안에서 번호를 따낼 때 엄습해오던 두려움. 여성의 일상을 핍진하게 훑어내는 경험들 속에서, 필사적으로 "우리와는 다른 사람이야. 완전히 다른 사람이야"(202쪽)라고 되뇌었던 경계의 말은 무참하게 무너져내린다. 버스 안에서, 호숫가에서, 엘리베이터 안에서 움츠러든 여성들은 의식불명으로 누워 있는 민영과 '다른 사람'이 아니며, 읽어나가는 동안 몸의 어딘가가 뻣뻣하게 굳어지는 당신과 '다른 사람'일 수 없다. 증거가 될 만한 사건들을 머리에서 재조합하며 범인을 추측중인 진영은 지금 탐정의 자리에 놓여 있지만 그녀 역시 우연히 살아남았을 뿐이며, 그 우연한 행운은 이한과 함께 호숫가로 향하는 길에서 다시 피해자-여성으로서의 보편적 운명 앞에 집어삼켜지기 직전에 있다.

이 폭력과 비명의 역사를 반복시키는 것은 누구인가. "그녀는 위험한 남자들보다 멍청한 여자들에 대한 경고를 더 많이 들어왔다."(196쪽) 남성에게 주어진 '실수할 수 있는 권력' 앞에 여성들의 '불가피한 어리석음'은 계속된다. 21세기에도 여성에게 주어진 선택지는 간명해 보인다. 다락방에서 미치거나, 호숫가에서 시체와 다름없는 모습으로 발견되거나. 그렇게 호숫가에 누워 있는 여자의 모습으로부터 우리는 유서 깊은 이미지 하나를 떠올릴 수 있다. 그것은 약혼자인 햄릿에게 자신의 아버지가 살해된 후 강물에 몸을 던진 오필리아다. 이런 그녀의 비극적 결말은 아이러니하게도 미술사에서 더없이 아름다운 물의 여신처럼 그려짐으로써 미학적으로 승화되곤 했다. 관련해 가장 유명한 작품 중 하나일 존 에버렛 밀레이의 〈오필리아〉(1851~1852)는 그 탐미성의 절정을 이루고 있는데, 물에 반쯤 잠긴 아름다운 원피스와 주변에 흩뿌려진 꽃들, 누군가를 맞이하듯 벌려진 팔, 그리고 살짝 벌어진 입으로 인해 그림 속의 여자는 방금 막 죽었다기보다는 마치 보이지 않는 남성과의 관계에서 절정을 맞이하고 있는 것처럼 보인다. 에로티즘과 죽음의 친연성에 대해 이해함에도 불구하고, 대상화된 에로티즘의 자리에는 언제나 햄릿이 아니라 오필리아가 놓여 있었음을 우리는 새삼 불편하게 인식할 수밖에 없다. 그리고 그 미학사는 호숫가에서 폭력에 휘말렸던 여성들이 "그러니까 조심했어야지" "그러게 호수에 왜 갔느냐"(201쪽)는 무성의한 질책들 앞에서, 정작 가해자가 아닌 섹슈얼한 혐의들 내지 자기혐오와 싸워야 했던 여성들의 역사와 다시 겹쳐진다.

하지만 이게 전부일까. 역사에서 비스듬하게 몸을 돌린 채 다시 이 소설을 읽었을 때 나타나는 또다른 얼굴이 있다. 그때 「호수—다른 사람」은 모든 것이 금세 붕괴될 가건물처럼 아슬아슬하게 쌓아올려진 심리소설로 다시 드러난다. 우리는 진영이 믿음직한 화자가 아닐 가능성을 상정해볼 수 있다. 진영은 생존을 위한 피로와 불안 속에서 과민해져 있는 여성 중 하나이며, 무엇보다 호수에서 일련의 폭력적인 사건들을 겪었기에 거리를 두고 냉정하게 상황을 기술하지 못하는 상태일 수 있다. 실제로 우리가 객관적으로 파악할 수 있는 사실은 민영이 의식불명의 상태로 병원에 입원해 있다는 것 외에는 없다. 민영이 의식을 잃으며 마지막으로 남긴 말("호수에 두고 왔어. 호수에.")의 모호함처럼, 모든 상황은 안개 속에 뒤덮여 있다. 이한의 집요함과 적극성은 진상을 밝히려는 필사적인 노력일 수 있으며, 때때로 그의 표정이 미묘하게 서늘해지곤 한다고 느꼈던 것도 모두 진영의 착각일 수 있다. 무엇보다 버스 안에서 욕설이 섞인 고함을 지르던 남자, 새벽녘 호숫가에서 힘없이 빨랫방망이를 두드리던 미자네, 사과를 빙자해 폭력을 저지른 진영의 전 남자친구, 맘에 든다는 이유로 술집에서부터 따라와 엘리베이터에서 전화번호를 따간 남자 등은 이 사건과 하등 관련이 없다. 진영이 가진 대부분의 의혹은 그녀의 공포에 갇힌, 지극히 사적인 것이다. 이 모호성은 소설의 마지막 순간 절정에 이른다. 민영이 두고 왔고 이한이 찾아냈다는 그것은 끝까지 '물건'이라고만 지칭되며, 호수 안에서 진영의 발이 돌덩이 위에서 미끄러지고 시커먼 세상이 그녀를 짓눌렀던 순간의 묘사는 이한에 의해 제압당하는 중인지 그저 진영이 당황한 채 혼자 허우적거리는 중인지 알 수 없다. 물속에서 발견한 "딱딱하고 단단한, 길고 얇은 물건"(200쪽)을 꽉 쥐고 "해야 할 일을 했다"(203쪽)는 결정적인 순간에도 진영이 대체 무슨 일을 저지른 것인지는 정확히 알 수 없다.

이 모호성은 구조적이다. 민영이 호수에 두고 왔다는 그 '물건'은 일종의 맥거핀처럼 서사를 추동해나가지만, 소설 어디에도 이에 들어맞는 최종적 기표는 존재하지 않는다. 작가는 끝내 우리에게 명쾌한 해석을 위한 단서를 제공하지 않으며, 어떤 미스터리도 해소시키지 않는다. 소설의 표층에서 우리는 최악의 데이트 폭력을 저지른 영악한 용의자가 자신을 의심하는 여자를 마저 해치우기 위해 움직이는 잔인한 범죄소설을 읽지만, 그 이면에는 사회적으로 명백히 억압당해온 젊은 여자의 신경증적 반응들로 이루어진 심리소설이 있다.

흡사 헨리 제임스의 『나사의 회전』을 상기시키기도 하는 이 매력적인 심리소설의 층위에서 봉착하는 난감함은 마지막 장면을 어떻게 위치 지을 것인가에 있다. 범죄소설의 층위에서 그 장면은 진영이 처음으로 위협적인 남성에게 반격을 가하며 서사에 반전을 일으키는 순간처럼 보인다. 이때 그녀는 상황을 지배하길 원하는 것 같다. 천천히 그의 눈을 마주하고 그 '물건'으로 '해야 할 일'을 하는 순간은 더이상 상징적 질서가 정합적이지 않다는 것을 꿰뚫어보는 자의 움직임이며, 충동으로 향하는 운동처럼 보이기도 한다. 그러나 마지막 이 돌발적인 움직임을 내면의 목소리만으로 연약하게 구성되어왔던 자기 서사가 결핍 없이 현실화되는 숭고한 순간으로, 타자의 죽음과 더불어 마침내 자유롭게 살게 되기를 실현하는 순간으로 읽을 수 있을까. 심리소설의 층위에서 바라보면 그것은 그저 정신분석학을 경유한 근사한 수사가 되어버리는 것은 아닐까. 이 마지막 장면은 끝내 명쾌하게 설명되지 않는 불투명함으로 인해 오히려 힘을 가지게 되는 것이 아닐까.

고전 신화에 나오는 세이렌들은 반은 인간이고 반은 새인 존재로, 섬 위에 살면서 매혹적인 노래로 선원들을 유인했다. 그리고 세이렌의 노래에 굴복한 선원들은 즉시 사망했다. 오직 오디세우스만이 밀랍으로 자신의 귀를 막고 몸을 묶어두는 지략을 발휘해 세이렌의 유혹을 넘어선다. 하지만 이로 인해 세이렌 자매가 실제로 무엇에 대한 노래를 부르는가는 『오디세이아』의 영원한 미스터리로 남았다. 츠베탄 토도로프는 이 수수께끼에 대해 "세이렌의 노래는 삶이 있기 위해서는 사라져야만 하는 시가詩歌이며, 문학이 태어나기 위해서는 사멸해야 하는 현실"이라고 나름의 답을 내놓는다. 세이렌의 노래는 내러티브가 일관성을 획득하기 위해서 말해지지 않은 채 남아 있어야만 하는, 내러티브 안에 있는 어떤 지점이다. 「호수―다른 사람」의 마지막에 이르러 그간의 긴장감과 의심들은 주인공의 불확실한 현실 인식과 함께 붕괴하고, 진실은 여러 겹의 현실과 비현실 속에 가려진다. 심리소설의 층위에서 인물은 불투명한 막에 싸이며 지워진다. 그리고 영원히 풀 수 없는 미스터리가, 세이렌의 노래만이 남는다. 그러나 이는 사람들이 알고 있다고 믿는 현실 속에서는 결코 (여성들의) 진실에 접근할 수 없다는 사실을 알려준다.

「괜찮은 사람」에서 시작해 「니꼴라 유치원—귀한 사람」을 거쳐 「호수—다른 사람」으로 이어지는 '사람' 연작에서 강화길은 상징계 질서 속에 어떻게든 안착해보려는 여성들이 겪는 위태로운 심리적 서스펜스를 그려왔다. 그리고 각각의 소설에는 전체 서사의 맥락에서는 잉여로 치부될 수밖에 없지만, 화자의 내면으로부터 돌출된 듯한 기괴한 페르소나적 인물들이 튀어나오는 순간들이 있다. 느닷없이 나타나 니꼴라 유치원을 둘러싼 수상한 소문들을 상기시키는 속눈썹 없는 10회 졸업생 여자가 그렇고(「니꼴라 유치원」), 길을 잃은 순간 도축장에서 손수레를 끌고 다가와 고기 썩는 냄새를 풍기며 흘러내리는 아이스크림을 건네는 남자가 그렇다(「괜찮은 사람」). 그런데 「호수」에서 페르소나는 더이상 인물화되어 나타나지 않는다. 오랫동안 '오필리아'로 살아왔던 여성은 예기치 못한 순간에 '세이렌'으로 화하는 것이 아니라, '세이렌의 노래' 속에서 지워진다. 그러나 어떤 나르시시즘도 없는 이 냉혹한 지워짐 속에서 역설적으로 소설은 더 강하고 오랜 여운을 남긴다.

강화길의 「호수」는 여성의 생물학적 신체가 전설의 우물 속에서 경이와 신비로 드러나는 신화적 세계가 아니라, 여전히 한계로 남아 호숫가에서 짓이겨지는 세계 속에 있다. 작가는 끝내 신화로 회복될 수 없는 여성 내면의 균열을 들여다보고, 그것이 얼마나 불투명한지를 그려낸다. 그동안 우리에게 필요했던 것은 더 많은 환상으로 현실에서 여성이 놓인 자리의 비루함을 승화시키는 대신, 이렇게 현실과 진실 사이에서 끝내 논리적으로 해명되지 않는 여성들의 심리적 경계에 머무는 소설인 것 같다. 어떤 여성도 처음부터 오필리아나 세이렌으로 태어나지는 않는다는 것. 여성을 나누는 오래된 이분법을 넘어 여기까지 왔고, 이제 여성 문학은 새롭게 시작되는 중이다.

(2017)

잔존의 파토스
—김금희의 『너무 한낮의 연애』[1)]

1. 한낮의 신비와 불안

"그렇죠, 오늘도."

양희는 어제처럼 무심하게 대답했는데 그 말을 듣자 필용은 실제로 탁자가 흔들릴 만큼 몸을 떨었다.

"오늘도 어떻다고?"

"사랑하죠, 오늘도."

필용은 태연을 연기하면서도 어떤 기쁨, 대체 어디서 오는지 알 수 없는 기쁨을 느꼈다. 불가해한 기쁨이었다.(「너무 한낮의 연애」, 24~25쪽)

1) 김금희, 『너무 한낮의 연애』, 문학동네, 2016. 이하 인용시 본문에 작품 제목과 쪽수만 밝힌다.

1999년 종로 거리에서 왜 이 남자는 저 무심한 대답에 전율하고 있나. 분명 어제까지만 해도 두 사람 사이를 "허무하고 특별할 것 없던 관계"라고 규정해온 남자였는데, 우연히 떠오른 듯 '양희'가 "나 선배 사랑하는데"(20쪽)라는 말을 던진 이후로 두 사람의 감정은 이상한 전도顚倒를 겪게 된다. 그는 이제 이 여자에게 매일매일 매달리듯 그 사랑이라는 감정의 실체를 확인해야만 안심할 수 있는 사람이 되어버리고 만 것이다. 감정의 열도라고는 일절 느낄 수 없는 그녀의 '사랑'이라는 말에는 주변의 공기를 휘감으며 집중시키는 묘한 매력이 있다. 도대체 이 모든 불가해는 어디에서 오는 것이란 말인가.

화가 조르조 데 키리코는 "이 세상 어떤 종교보다 화창한 날 길을 걷는 사람의 그림자 속에 더 많은 미스터리가 있다"라고 말했다. 단조롭게 이어지는 대화 속에서 기묘한 정념과 파문을 끌어내는 김금희의 소설을 보다보면 가장 사실적인 묘사 기법을 사용해서 부조화를 창조하는 키리코의 〈거리의 신비와 우울〉이 떠오른다. 김금희가 그리는 한낮은 너무나 밝고 찬란한 때가 아니라, 오묘한 적막감 속에 신비와 불안이 함께 웅크리고 있는 시간이다. 그 한낮이야말로 우리가 완벽하게 하나되었던 시간이 아니라, 드리우고 있는 그림자의 농도마저 다르다는 잔혹한 사실을 숨길 수 없었던 시간이다. 김금희의 많은 소설에서 시선의 방향은 분명 과거로 향해 있지만, 거기에는 어떤 노스탤지어도 담겨 있지 않다. 다만 얼마만큼의 시간이 지나 이제 그 모든 일들에 담담하게 '너무'라는 부사를 달아줄 수 있게 된 균형 잡힌 시선이 소설의 중추에 있다. 그 한낮에는 우리를 넘어서버리던 '불가해한' 무엇이 있었음을 과장 없이 드러낼 줄 아는 이 작가는, 그때보다 그림자가 더 길어진 황혼의 시간을, 더욱 어둠이 깊어져 그림자가 세계와 섞여 하나가 되어버리는 이 시간을 기꺼이 팔 벌려 맞이한다.

어떤 정념에도 붙들려 있지 않으면서, 그렇다고 무기력이나 냉소에 함몰되지도 않는, 이 초연하고 성숙한 힘은 대체 어디에서 오는 것일까. 일상을 섬세하게 감각하며 작은 이야기들의 분화를 보여주던 첫 소설집을 지나, 이번 두번째 소설집 『너무 한낮의 연애』에서 비로소 작가는 그 '텅 빈 도큐먼트'를 자기만의 방식으로 채워넣는 길을 찾아낸 것 같다. 그 도큐먼트를 채우고 있는 인물들은 어딘가 오래된 유물처럼 보이며, 독특한 존재감을 발휘한다. 그들은 살아남았다는 죄책감에 한 발을 담그고 있으면서도, 한편으로는 자신의 존재 가치가 부정당하면서 솟구치는 모욕감에 다른 한 발을 구른다. 죄책감과 모욕감을 오가는 이 격렬한 진폭은 그들이 거쳐온 긴 시간의 탐사를 이끌어내고, 그 긴 시간이 남겨놓은 흔적과 당면할 때 그곳에는 "너무 완전해서 마치 하나의 구球 같은"(「너무 한낮의 연애」, 14쪽) 서정이 감돈다. 오래된 손수건에 잔잔히 스며들어 있는 체취 같은, 웃기에는 서늘하고 울기에는 좀 따뜻한, 이런 감정을 대체 무엇이라고 불러야 하나. 그렇게 지금 김금희의 눈동자는 한낮의 그림자가 지닌 불가해를 따라가는 중이다.

2. 부채감과 모욕감 사이

이번 소설집에서 아마 독자들에게 다소 낯설게 다가올 소설들은 「고기」나 「개를 기다리는 일」 「우리가 어느 별에서」 등일 것이다. 이 작품들은 김금희 소설 중에서는 이례적으로 불길한 분위기 속에 작동하는 미스터리를 보여주며 강한 긴장감을 창출하고 있다. 이 소설들은 단순히 서스펜스를 생생하게 보여주는 것을 넘어서, 우리 시대에 불안의 정동이 기인하는 자리들을 찾아 소설집 전체의 배음으로 깔고 있다.

이 소설들 속 인물이 사로잡혀 있는 것은 어떤 부채감과 상실감이다. 「우리가 어느 별에서」는 마치 그 부채감과 상실감을 오가며 분투하는 이야기처럼 보인다. 주인공은 화천의 고아원에서 자라나 서울로 상경한 뒤 간호학원을 갓 졸업한 여자다. 그녀에게 '미래를 차단시키던 폭력'을 '공평한 사랑'으로 애써 이해해야 했던 고아원에서의 과거는 아련하면서도 집요하게 이어진다. 어려워진 고아원에 경제적 원조를 요청하는 편지가 계속해서 날아오고, 병원에서는 고아원의 수녀님과 너무나 닮은 여자 환자가 잃어버린 신발을 찾아달라고 계속해서 부탁해온다. 신발에 대한 강박으로 인해 어딘가 정신이 나간 것처럼 보이는 이 환자는 어느 순간 주인공이 만들어낸 환영처럼 보이기도 한다. 하지만 실재 여부를 밝히는 일보다 중요한 것은 주인공이 남루하고 고통스러웠던 과거에 몸서리치며 단절되길 갈망하면서도, 마음 한편에서는 고아원이 문을 닫지 않게 도와야 한다는 부채감을 떨치지 못한다는 데 있다. 그녀가 지금 떠올려보는 "내일이면 사라질지도 모르는 어떤 세계"(202쪽)는 단지 죽어가는 세계인 것만이 아니라, 치명적인 상처를 지니고 있어 끝내 외면할 수 없는 세계이기도 하다. 상처에는 척력만이 아니라 인력도 함께 있어, 우리는 상처 입은 대상에게서 멀어지려는 본능을 느끼면서도 어쩔 수 없이 나의 일부를 형성하게 만든 그것에 지독하게 매이기도 한다. 공포를 야기하는 소설적 장치들이 전체적인 정조를 전혀 다르게 만들어내지만, 어쩌면 이 작품은 「너의 도큐먼트」로부터 그리 멀리 있는 소설은 아닐지도 모르겠다. 소설의 주인공이 '고아'여야만 했던 것, 그가 대상에 지닌 '부채감'

과 그로 인해 자아가 떠맡게 된 '상실감'의 무게를 끝없이 저울질하는 모습은 작가가 오랫동안 그려온 자기 세대의 내면 풍경은 아닐까.

특유의 상실감과 지금의 시대가 만나 만들어낸 소설 중 하나는 「고기」다. 주인공은 마트에서 산 고기의 포장 랩에 유통기한이 다른 라벨 두 개가 겹쳐져 붙어 있는 걸 본 후, 분개한 소비자로서 마트 본사 홈페이지에 항의 글을 올린다. 그전까지는 귀찮은 내색을 보이며 노골적으로 무시하던 마트 직원은, 해고될 위기에 처하자 매일같이 찾아와 선처를 부탁한다. 이 소설에서 눈을 뗄 수 없게 만드는 것은 '사모님'이라는 공손한 호칭과 함께 간절히 애원하는 태도를 취하다가도, 어느 순간 날이 선 말투로 반말을 뱉는 마트 직원이 만들어내는 긴장감이다. 문득 고개를 쳐들듯 돌출되는 그 언어들은, 단순히 고객으로서 필요한 권리를 찾으려는 것을 넘어선 여자의 보상심리를 독자로 하여금 객관적으로 주시하게 만든다. 실제로 여자는 이 문제를 해결하기보다 "맹렬한 적개심"(135쪽)을 지닌 채 계속해서 사과받는 상황 자체를 유지하고 싶어하고, 이 심리 저변에는 몰락하는 중산층의 불안이 있다. 대체 무슨 일을 하는지 모르지만, 멧돼지를 잡는다는 말로 둘러대는 남편에게 여자는 묻는다. "우리 아주 가난해지고 있는 거지?" "얼마나 가난해질까?"(143쪽) 남편이 일하는 오퍼상은 무너지고, 부모는 부도를 맞았으며, 그럼에도 아이의 토슈즈는 사야 한다. 그녀가 어딘가 거칠고 위태로워 보이는 어머니를 바라보다 어머니가 잃은 것이 어쩌면 아버지의 생산적인 폭력이 아니었을까 생각할 때, 그녀가 품고 있는 맹렬한 적개심은 잠시나마 이해될 수 있는 것으로 보이기도 한다. 그녀는 이제 회전축을 잃고 공회전중인 삶을 생산적인 폭력을 휘둘러서라도 나아가게 하고 싶어하고, 마지막에 남편이

천만원과 함께 들고 온 핏물이 배어나온 자루는 마치 그 소망이 충족된 자리에 남겨진 흔적처럼 섬뜩하다. 이상하리만치 고요해진 남편의 눈, 끝내 항의 철회를 받지 못한 마트 직원의 갑자기 홀가분해진 표정에 대해 작가는 설명을 멈추고 갈고리 같은 물음표만을 남겨둔다. 다만 곤경에 빠진 사람들이 만들어내는 이 괴이한 육식성의 세계는 책장을 넘어와 우리에게까지 그 불안을 전염시킨다.

「고기」의 주인공처럼 인생의 낙하곡선 위에서 그 불안의 책임을 전가할 대상을 애써 움켜쥐어볼 수도 있겠지만, 대개의 경우 인생에서 불안을 구성하는 마지막 퍼즐은 끝내 찾아지지 않는 법이다. 「보통의 시절」은 인생을 점령하고 있던 모욕감이 돌연 아연함이 되어 되돌아오는 순간을 김금희 특유의 유머 감각으로 포착해낸 소설이다. 어느 성탄절, 사 년 만에 한 가족이 '심상하게' 모인다. 화자는 어렸을 때 큰오빠를 괴물이나 마귀, 악당이라고 생각했고, 커서는 그냥 샐러리맨이라고 생각했지만 결국 "살다보면 거기서 거기"(207쪽)라는 걸 알게 되었다고 말한다. 그리고 자신에 대해서는 "배우는 사람이고 배우는 사람은 순진무구한 사람"이며, "순진무구한 사람은 나이가 들어도 아기 같은 사람"이라고 표현한다.(208쪽) 모든 것을 애써 대수롭지 않은 것으로 치부해버리려는 화자의 어조를 슬그머니 따라가다보면 자연히 알게 된다. 어딘가 심드렁하게 깎아 말하는 이 말투는 어린 시절 무서움 때문에 심장이 멎을 것 같은 공포를 자주 넘겨야만 했고, 갈망하던 것들이 성취되는 일보다 무너지는 일을 더 많이 겪어본 자의 자기방어에 다름 아니라는 것을.

구리의 고향삼계탕에서 '아무 기대 없이' 만난 이 가족은 큰오빠가 다음주에 위암 수술을 받는다는 소식을 듣게 되고, 호들갑스럽게 눈물바람인 언니를 진정시킨 뒤 다 같이 '김대춘'을 만나러 가기로 한다. 김대춘이 누군가. 보일러실에 불을 질러 부모님이 운영하던 목욕탕을 전소시킨, 이 가족의 모든 불행의 원인이 된 바로 그 남자다. 사 년 만에 그것도 성탄절에 만났으니 이 가족이 '아무 기대 없'었을 리 없고, 병에 걸린 채 가족의 원수를 찾아가자는데 '심상하게' 들을 수 있을 리 없다. 그런데 이 소설의 묘미는 이 비장미 넘치는 상황을 일절 비통함 없이 그려내는 데 있다. 예컨대 김대춘의 집주소가 번듯한 '일산'의 '아파트'라는 것을 알게 될 때 언니의 울음은 급작스레 곡진해지며 속물성을 드러내고, 큰오빠가 던진 건축학과에 대한 농담에 그 와중에도 웃음이 터진다. 그렇게 어영부영 같이 웃고 우는 동안 어쩐지 언니의 속물성도 큰오빠가 조성해왔던 끔찍한 공포의 시간들도 조금은 귀여워지고, 리듬 따라 흘러가는 한바탕의 소동극이 되어버린다. 말랑말랑한 몽상이 되기 어려울 이런 일들을 "다 맨숭맨숭해지면서 그냥 그런 보통의 일"(222쪽)로 만드는 것은 이 모든 일들이 자신과 무관한 양, 한 걸음 떨어져 랩을 하듯 중얼거리는 화자의 화법 때문이다. 그러나 흐트러지며 부드러워진 분위기는 김대춘의 집에서 반전된다. 김대춘의 비천하게 엎드린 자세는 어딘가 과장되어 도리어 '모욕감'을 느끼게 하고, 급기야 그의 입에서는 자신이 죽게 하지 않았다는 고백이 튀어나온다. 그렇게 남은 사람들의 생을 지탱시켜왔던 분노의 원동력은 순식간에 사라져버리고 만다. "인생의 허방을 딛지 않겠다는 어떤 결의 같은 것"(228쪽)은 아무 소용도 없이, 성탄절이 막 지난 시각 그들이 놓인 자리는 이미 허방 위다. 화자가 이 모든 상황을 빠르게 자신과 무관한 것으로 수습하기 위해 "나는 공부하는 사람이고 공부하는 사람은 순진무구한 아기 같은 사람이니까"라는 알리바이를 다시 반복하기 시작할 때, '상준이'는 단호하게 말한다. "잊기는 어떻게 잊어요? 이미 봤는데 어떻게 잊어요? 이미 들었는데 어떻게 잊어요?"(229쪽)

저 말을 두고 '지나간 것은 지나간 대로 의미가 있'기에 잊을 수 없는 것이라는 식으로 의미 부여하는 것은 김금희 소설에 대한 완벽한 오해일 것이다. 이 소설집에 실린 작품 중 가장 유머러스한 이 소설은 마지막에 이르러 상준이의 저 말로 인해 어쩐지 슬픈 맨얼굴을 드러내고 마는 것 같다. 그 슬픔은 원수를 갚겠다는 말을 동력 삼아 긴 시간을 에돌아 왔으나 그간 버텨온 시간들에 대해서 온당하게 제 의미를 부여받을 수 없다는 진실을 마주한 허탈함이 아닐까. 이는 어떤 이들에게는 삶을 버티게 하는 원동력이 모욕감이나 부채감이 될 수밖에 없음을, 실상을 덮고 있는 그 아슬아슬한 베일을 걷어버리지 않기 위해 어떻게든 눙치고 넘어가야만 하는 매 순간의 곤경을 아프게 드러낸다. 소설은 이 서늘한 풍경을 "어두운 보일러실 계단을 내려가는 촛불의 움직임"(230쪽)으로 따뜻하게 덮는다. 그들이 진실과 직면해 문득 아연해진 오늘 역시 운이 좀 나빴고 방심했을 뿐이지, 특별할 것 없는 '보통의 시절'을 지나고 있을 뿐이라고.

3. 잔존하는 인물, 지나가지 않는 세계

앞에 자리한 소설들은 부채감과 모욕감 사이 어디엔가 자리한다. 부채감에 직면할 때면 작아지고 모욕감 앞에서는 솟구쳐오르지만, 이 감정들은 부당한 현재를 호흡하는 시간 안에서 뒤섞인다. 언제 중산층에서 몰락하게 될지 모른다는 공포와 불확실한 불안들이 도사리고 있는 하루하루 속에서 자괴감과 수치심을 재생산하는 일상은 한국사회의 익숙한 단편이다. 그러나 김금희 소설의 인장印章이 조금 더 명확하게 드러날 때는 이 분위기가 하나의 인물로 응축되는 순간들이다. 거대한 집단적 흐름과 욕망의 한가운데서 홀로 부동자세를 취하며 역행하기를 택한 이 인물들에게는 태풍의 눈과 같은 고요한 역동성이 있다. 이들의 대화나 행동은 어딘가 수동적이며 세상과 어긋나 있다. 그런데 거기에서 발생하는 엇박자의 리듬이 눈을 뗄 수 없게 세계의 기류를 빨아들인다.

「세실리아」는 술에 질펀하게 절어 있는 허랑방탕한 연말 분위기 속에서 진행된다. 90년대 후반에 대학생활을 했던, 이제 내일모레면 마흔인 화자와 대학 동기들의 술자리는 허무함을 넘어 깊은 환멸로 가득차 있다. 사회과학 서적들이나 르포 영화들과 가까웠지만, 막상 그걸 보며 울 때에는 "갑자기 그렇게 진지한 내게 알 수 없는 혐오를 느끼면서"(83쪽) 중단할 수밖에 없었던 그 시절의 곤경은 이제 술자리에서 결혼과 이혼과 유부남과의 연애 등 보다 세속적인 언어들로 희석되는 중이다. 십 년 전쯤 광화문에 집회하러 나갔다 우연히 '찬호'를 만나 함께 먹은 냉면의 "밑이 없는 것 같은 맛. 둥둥 뜨는 맛"(79쪽)은, 이제 와서 '추억의 영화'(문화)에 젖어들기도, '정치'를 진지하게 논하기도 어정쩡해진 90년대 학번으로서의 그들의 위치를 고스란히 반영한다. 이들의 술자리에 불현듯 안줏거리로 등장한 것이 '세실리아'라는 이름이다. 그녀는 누구일까.

세실리아는 여러 사람들의 가벼운 회상 속에서 분열되며 나타난다. 화자는 세실리아가 애정결핍에 시달리는 막냇동생처럼 엉기길 잘해서 별명이 '엉겅퀸'이었다고 기억하지만, '형규'는 세실리아의 엉덩이가 아주 건강하고 풍만해서 그런 별명이 붙었다고 회고한다. 전남편은 그녀의 인상을 '모나리자'에 비유한다. 그리고 세실리아를 만났을 때, 화자는 소문과 달리 취한 세실리아를 '치운이'가 데려다주면서 일방적인 폭행을 저질렀음을 알게 된다.

그런데 소설은 집단의 오해 가운데 있던 개인의 내밀한 진실이 드러나는 순간에 방점을 두기보다는, 세실리아와 화자의 대화 속에서 발생하던 불균형과 균열들을 드러내는 데 몰두하는 것처럼 보인다. 만남은 엇박자로 흘러간다. 세실리아는 화자가 도서관에서 우는 걸 보았으며, 그래서 한 번쯤은 자신을 찾을 줄 알았다는 이야기를 두 번이나 반복한다. 세실리아에게 그녀는 눈물로 기억된다. 하지만 세실리아 앞에서 화자는 줄곧 시답지 않은 농담으로 일관하고, 자학과 자기모멸이 없는 세실리아의 유머를 불편하게 여기며, 세실리아가 진지하게 자신의 작품을 설명하는 동안 다른 생각으로 실없이 웃다 분위기를 망쳐버린다. 세실리아가 그녀에게서 보았던 눈물은 이미 증발하고 없다. 그러나 전남편과의 관계에서도, 동기들과의 송년회 자리에서도 내내 위악적으로 굴며 조소하는 힘으로 견뎌내는 것처럼 보였던 화자는 세실리아와의 만남 직후에 처음으로 "별안간 모든 게 수치스러워"(97쪽)지는 걸 느낀다. 그는 왜 수치스러운가.

그 순간에 우리는 이 소설이 세실리아를 이해하기 위해 쓰인 것이 아니라, 세실리아라는 거울을 통해 자신을 비춰보기 위해 쓰인 것임을 깨닫는다. 세실리아를 만나는 동안 화자가 흘리는 웃음은 스스로에게 침을 뱉는 웃음이다. 내가 흘렸던 눈물이 내가 살아온 세월에 의해 배반되었음을 아는 자의 웃음이다. 빙산이 녹아 얼음 바다로 무너져내리듯, 아무런 지지대도 지향점도 없이 시간에 실려가듯 가볍게 살아온 화자와 동기들의 공허함은 집요하게 충실한 세실리아의 구덩이 앞에서 무력해진다. 세실리아의 간소한 방과, 하나의 작품을 완성하기 위해 십 년 가까이 부속을 모으는 진지함과, 검은 터틀넥만을 고집하는 고지식함과, 타인의 눈물을 기억하는 섬세함 등은 어딘가 시대착오적이다. 그러나 유일하게 과거를 망각하는 대신 젊어지길 택한 세실리아가 얼음송곳으로 구덩이를 파고 다시 덮는 동안, 그녀만은 '동결'되지 않고 동기들과 다른 방식으로 살아남는다.

그러니 과거를 향해 있는 김금희 소설의 방향성에 대해 다시 말해야 하겠다. 김금희가 과거로부터 지속되어온 존재들을 바라볼 때 거기에 있는 것은 '생존'이 아니다. 육체를 건사하며 그저 살아남는 것은 동물의 일이며, 때로 너무 가볍고 쉬운 일이다. 그러나 얼음이 녹듯 흘려버리는 것이 아니라, 떨어지는 눈물의 중력을 몸에 새기듯 수직으로 단단한 구덩이를 파고 덮는 행위를 반복중인 세실리아의 삶의 방식을 두고 우리는 '생존' 대신 '잔존'이라 말할 수 있지 않을까. 잔존은 역사적인 단절과 연속성 너머에 있다. 여기에는 죽음과 부활의 극적인 숭고함이 없다. 오히려 잔존은 잉여적인 삶이고, 어떤 의미에서는 유령적 삶에 가깝다. 하지만 그것은 연약하지만 끝내 죽지 않고, 나타남과 사라짐의 영원한 반복 속에 존재한다. 그리고 그 반복 속에서 어떤 희미한 빛에 도달한다. 무리와 떨어져 있는 인물들은 고립되는 대신 홀로 버티며 그렇게 자신을 지켜낸다.

엇박자의 리듬으로 잔존을 행하는 인물형은 「고양이는 어떻게 단련되는가」에서도 찾아볼 수 있다. 대기업과의 합병을 앞두고 회사는 정리해고를 위해 직원들을 직능계발부로 발령 낸다. 주인공 역시 좌천되지만, 고양이처럼 혼자 견뎌야 살아남을 수 있다고 믿는 이 남자는 다 같이 투쟁하는 데 동참하지 않는다. 그가 몰두하는 일은 퇴근 후에 동네 유기묘들의 주인을 찾아주는 '고양이 탐정'으로서의 활동이다. 외견상 회사에서 생존하는 데 가장 유리한 기술을 지녔고 고독에조차 능수능란해 보이는 그가 투쟁을 결심한 듯 굴뚝 위로 오르는 마지막 장면은 윤리적이고 온당하게 느껴진다. 그러나 정작 이 소설이 마음을 뒤흔들어버리는 순간은 남자가 십여 년 만에 소파에서 자신의 자리를 찾는 장면이다. 숨을 쉬며 살아가고 있다고 해서 다 같은 밀도의 삶을 사는 것은 아니다. 수시로 자살 시도를 할 정도로 만신창이이기에 스스로를 '고양이에게 간섭받는 객체'로 여긴 채 간신히 생존해오던 남자는 문득 자신을 소파에 앉아도 되는 존재로 받아들인다. 자기 몫의 자리를 갖겠다는 작은 의지. 그것은 집을 나간 고양이들이 모두 죽는 것이 아니라, 군집해 새로운 삶을 시작한다는 이야기를 전해들은 이후에 싹튼다. 고양이는 어떻게 단련되는가. 누군가가 찾아내 원래의 자리로 되돌려주는 것이 아니라, 외부에서 자신의 자리를 새로 찾는 고양이들만 비로소 단련되기 시작할 것이다. 주인공은 그렇게 무성의한 '직능'과 '계발'의 세계를 떠나 무력하지만 존엄이 있는 연대의 세계로 향한다.

「조중균의 세계」의 배경이 되는 회사에서도 생존은 녹록지 않은 문제다. 입사했다고 생각했으나 알고 보니 화자는 '해란씨'와 석연찮은 경쟁을 벌여야 하는 상황에 놓여 있다. 게다가 이 회사에는 마흔이 훌쩍 넘는 문제의 인물이 하나 있다. '무리 중衆'에 '고를 균均'이라는 독특한 이름을 가진 '조중균'은 이름뿐만 아니라 여러모로 특이한 존재다. 점심을 먹지 않을 권리를 주장하고 월급에 포함되어 있는 식대를 돌려받기 위해 매일매일 자신이 밥을 먹지 않았음을 수첩에 확인받던 에피소드는 그의 고집스러움을 잘 보여준다. 그에게서 '바틀비'가 연상된다면 그 특유의 고집스러운 수동성이 세계를 근본적으로 비틀어버리는 힘을 내재하고 있다는 직감에 따른 것이 아닐까. 그의 요령 없는 행동은 교정 작업 기간을 하염없이 늘려버리는 특유의 성실함으로, 쉰내 나는 떡을 싸온 해란씨가 민망하지 않게 조용히 끝까지 먹는 사려 깊음으로 연결되며, 데모한 후 끌려갔던 경찰서에서 나올 때 형사가 셔츠 주머니에 꽂아준 오천원의 모욕을 잊지 않는 결연함과 맞닿아 있다.

조중균이라는 인물의 흥미로운 관찰기 이후에 밝혀지는 그 독특한 이름의 역사는 이렇다. 그는 수업이 아니라 데모가 일상이었던 80년대, 응시만 하면 점수를 준다는 역사 과목 시험장에서 이름을 쓰기를 거부한다. 오직 이름만 적으라는 시험지 앞에서 "우리가 원하는 건 아무것도 하지 않음으로써 얻어지는 형태의 것이 아니었으"(65쪽)므로 그는 홀로 부끄러움에 젖어들었고, 이름 대신 시를 썼다. 그 시가 바로 「지나간 세계」다. 그런데 그 시의 존재 양태야말로 실로 기이한 것이다. 조중균씨는 그 시는 자기가 썼지만 자기 시는 아니라고 말한다. 원하는 사람이면 누구든 자기 이름을 붙여 자기가 쓴 것처럼 연단에서, 광장에서, 거리에서 낭송할 수 있었으니까. 그렇다면 그 시는 누구의 것일까.

롤랑 바르트는 '작가'와 '글쟁이'를 구별했다. '작가'란 제도적 정당성을 부여받은 채 언어에 대한 독점적 권리를 소유해온 자다. 작가가 세상에 책임을 지는 것이 아니라 문학에 책임을 지고자 한다면, '글쟁이'의 글쓰기는 목적 지향적 행위이다. 그들에게 쓰는 일이란 곧 상황에 개입하는 행위이며, 아름다움을 지향하는 것이 아니라 현장성을 보존하고 진실성을 지켜내는 일이 된다. 조중균씨는 「지나간 세계」를 쓰는 순간, 자발적으로 주체성을 결락시키며 글쟁이의 길을 간다. 글을 쓰는 자신의 존재의 현재성을 지워버리는 대신, 그는 그 시가 낭독되는 모든 순간에 현존하는 길을 택한다. 그래서 그의 작가로서의 이름은 지워지지만, 지워진 이름의 '부재하는 존재'는 지울 수 없는 것으로 남는다. 그렇게 '조중균의 세계'가, '하나인 동시에 모두인衆均' 존재가 태어난다. 그는 오직 망각되는 형식으로만 기억되고, 사라짐으로써만 전위되어 잔존한다. 여기에 새로운 미학과 정치성의 전조가 어른거리지 않는가. 인간들의 관계는 더이상 직접적으로 경험되지 않고 스펙터클한 재현 안에서 소원해지는 중이다. '새로운 것'은 더이상 하나의 미학적 판단 기준이 되지 못한다. 정치적으로도 유토피아를 추구하던 모더니티의 목적론적 합리주의는 무너져내렸다. 그럼에도 우리가 순간적인 공동체성이 만들어지는 특권적인 장소를 상상해볼 수 있다면, 그것은 루이 알튀세르가 최후의 텍스트에서 말한 '만남의 유물론'과 같은 것이 아닐까. 기원도 없고, 선재하는 의미도 없으며, 하나의 목적을 부여하는 이성도 존재하지 않는 세계의 우연성에서 '마주침'은 생성된다. 김금희의 소설은 소진된 인간들이 우연히 겹쳐지고 맞물리는 망각의 움직임 속에서 이상한 이해에, 소멸하지 않는 기억에 도달한다는 사실을 믿고자 한다.

이 소설이 품은 수수께끼 중 하나는 좀더 현실적인 감각으로 거리를 두는 '나'라는 관찰자가 있음에도 해란씨의 눈에 비친 조중균씨에 대해서도 동시에 보여주고 있다는 점이다. 부드럽고 단순하고 활기차서 사랑스럽지만 소설 구조적 측면에서는 잉여적인 인물로도 보였던 해란씨는 소설의 마지막 장면에서 문득 '마주침'을 만들어내는 것 같다. 집 앞에 내린 해란씨는 목발을 짚고 올라가다가 멈춰 서서 휴대전화를 꺼내 사진을 한 장 찍는다. 화자는 그 모습을 물끄러미 바라보다 꽃 한 송이, 고양이 한 마리 없는데 뭘 찍나, 생각하며 돌아선다. 그런데 화자에 의해 구태여 의미 부여되지 않고 넘어가는 이 장면에는 어둠 속에 잠겨 있는 것들을 보려는 따뜻한 응시가 있고, 그 응시를 다시 유심히 바라보는 동안에 아련하고 혼곤하게 스며드는 이해가 있다. 그간 한 번도 조중균씨를 제대로 바라보거나 이해하는 것 같지 않았던 화자는 이 순간에 잠시 해란씨와 나란한 시선으로 조중균씨를 바라보는 것 같다. 수다한 말을 통해 이어가는 소통이 아니라, 순간 속에 시간의 깊이를 담아내는 마주침이 여기에 있다. 뒤에 남아 말없이 지켜보는 그 다정한 무심함이 김금희 소설의 요체라고 말해도 될까. 그 시선 속에서 '지나간 세계'는 오래 지속된다.

4. 무심하게 도달하는 충만함

먼길을 돌아 다시 「너무 한낮의 연애」로 왔다. 대낮의 백일몽처럼 아득하고 아름다운 소설에 대해 정확하게 설명해보려는 시도가 과녁을 벗어날 수밖에 없다는 것을 나는 감수해야만 한다. 이 소설에 대해 말한다는 것은 애초에 결론이 명확하지 않은 것을 이야기하는 것과 다르지 않기 때문이다. 우리를 깊은 절망에 잠기게 하는 헛된 질문들 속에서 공회전하는 인생처럼, 이 소설에는 후회할 것을 알면서도 놓아버린 시간들의 어리석음과 안타까움, 그럼에도 다시 맞물리고 겹쳐지는 어떤 움직임들을 가만히 응시하는 지극한 슬픔, 연민 그리고 이해가 담겨 있다.

영업팀장에서 시설관리직으로 인사이동을 통보받았을 때, 그렇게 더이상 자신이 사회에서 유용한 존재가 아님을 냉정하게 확인했을 때, 필용에게는 십육 년 전 종로의 맥도날드가 떠오른다. 다시 찾은 그곳에서 "나무는 'ㅋㅋㅋ' 하고 웃지 않는다"(14쪽)라는 연극 현수막을 보는 순간, 필용은 그것이 십육 년 전 양희가 쓰던 대본의 제목이라는 것을 알아차리고 양희와의 재회가 필연적임을 납득한다. 아니, 실은 간절히 믿고 싶어한다고 해야 맞겠다. 세속적인 욕망으로 불안하게 부유하던 시간 속에서 오래전에 길을 잃은 그는 자신이 놓인 자리의 답을 얻기 위해 뒤늦게나마 그 욕망의 행로를 따라간다.

그렇게 우리는 이 소설에 잊을 수 없는 고유한 인장을 새겨놓은 양희라는 인물과 마주하게 된다. 양희의 말들은 소설을 다 읽고 난 후에도 계속 잔영처럼 떠다닐 정도로 강력함에도 사실 소설에서 양희가 말하는 장면은 드물다. 그녀가 처음 자신을 드러내는 순간은 사랑 고백을 할 때다. 평소처럼 맥도날드에서 필용이 스스로에게 도취된 채 떠드는 이야기를 듣고 있던 그녀는 불쑥 "선배, 나 선배 사랑하는데"(20쪽)라는 말을 던진다. 하지만 천진난만하게 던져진 고백에는 더 이상 어떤 수식도 덧붙지 않고, 무엇보다 상대의 어떤 이해나 변화도 바라지 않는 그녀의 태도로 인해 필용은 아리송해지기 시작한다.

> "아니…… 네가 날 사랑한댔잖아. 킬킬킬킬…… 그 고백을 들은 거잖아, 지금. 그러면 이제 어떻게 하면 좋으냐고. 앞으로 우리 어떻게 되는 거냐고."
>
> "모르죠, 그건. 알 수도 없고. 알 필요도 없고."
>
> "알 필요가 없다고?"
>
> "지금 사랑하는 것 같아서 그렇게 말했는데, 내일은 또 어떨지 모르니까요."
>
> 필용은 황당했다. 얘가 지금 누굴 놀리나 하는 생각이 들었다.

"사랑한다며?"

"네, 사랑하죠."

"그런데 내일은 어떨지 몰라?"

"네."

"사랑하는 건 맞잖아. 그렇잖아."

"네, 그래요."

"내일은?"

"모르겠어요."(「너무 한낮의 연애」, 21~22쪽)

왜 양희의 무심함은 이렇게나 맑은 느낌이 드는 걸까. 양희의 이 대답들은 자신의 감정을 확신할 수 없다는 데서 오는 불안도 아니고, 그 감정을 방기해버리는 심드렁함도 아니다. 이 소박한 직설성은 그저 자신 안에 있는 감정 앞에서 최대한 투명해지려는 하나의 태도에 가깝다. 여기에는 견고한 입장이 없다. 창밖의 날씨를 전해주듯 그녀는 자신 안에 있으나 자기가 주재할 수 없는 감정들을 거리를 두고 바라보며, 성실하게 보고하듯 전달할 뿐이다. 노래와 풍경 사이의 간극이 멀듯, 그녀와 감정 사이의 간극도 멀다. 그녀는 이 모든 감정들에 자신을 완전히 열어두면서도, 빠져들지 않는다. 그래서 이 투명한 무심함은 특정한 구조에 자리잡지 않고, 두 사람 사이에 어떤 '틈'을 마련한다. 사랑하는 자와 사랑받는 자, 호혜를 베푸는 자와 받는 자 같은 위계의 자리들이 이 틈에서는 어지러이 길을 잃는다. 여기에 우리가 매혹된다면, 이 무연한 표정의 대답들이 일상의 질서와는 다른 자유로운 리듬을 창출하고 있기 때문은 아닐까. 그러나 궤도의 이탈에서만 생겨나는 우연성에 기반하고 있는 이 사랑은 어느 날 싹을 틔우는 가지처럼 순연하게 시작되지만, 이유 없이 떨어지는 꽃잎처럼 또 그렇게 문득 사라져버리고 만다. 그저 자연의 이치처럼, 누구에게도 죄 물을 수 없이.

이를 이해할 수 없던 필용은 어느 날 이제 사랑이 없어졌다는 양희의 말에 분개하고, 이 상황을 어떻게든 돌이키기 위해 양희의 고향인 문산으로 따라 내려간다. 그러나 동네에서 가장 누추하고 낡은 집, 은근슬쩍 돈을 부탁해오는 부모, 그런 부모에게 아무렇지 않게 모아둔 돈을 기꺼이 넘기는 양희를 보는 동안 필용의 마음은 돌아선다. 필용은 내심 이 모든 상황에 분개하면서도 개입하는 대신 시선을 비끼고, 왜 문산까지 왔느냐는 양희의 물음에도 대답을 얼버무린다. 그리고 이미 비겁한 선택을 내린 자신을 숨기기 위해 사과하기 시작한다. 이 무력한 속물성을 대체 어찌하면 좋단 말인가.

> "선배, 사과 같은 거 하지 말고 그냥 이런 나무 같은 거나 봐요."
>
> 양희가 돌아서서 동네 어귀의 나무를 가리켰다. 거대한 느티나무였다. 수피가 벗겨지고 벗겨져 저렇게 한없이 벗겨져도 더 벗겨질 수피가 있다는 게 새삼스러운 느티나무였다.
>
> "언제 봐도 나무 앞에서는 부끄럽질 않으니까, 비웃질 않으니까 나무나 보라고요."
>
> 필용은 양희 뒤에 서서 양희에게로 손을 뻗어보았다. 닿지는 않았다.(「너무 한낮의 연애」, 37쪽)

'나무나 보라'는 이 단호하고 명징한 목소리에는 그사이 한풀 꺾인 필용의 마음을 감지하고 그 여운을 잘라내는 차가움이 있다. 그러나 이 차가움은 필용의 나약함을 질책하지 않고, 답답하고 외로운 현실 앞에서 누구도 원망하지 않으려는 의연함을 품고 있다. 이 응시는 위에서 내려다보는 관조의 시선이 아니라, 내재적인 방식으로 자신을 추동해온 삶으로부터 생겨난 시선이다. 외부에 무심하지 않으면서 자동반사적인 웃음으로 쉽게 넘겨버리지도 않고, 어떤 흐름도 애써 거스르지 않으면서 세심하게 순간을 새겨두는 듯한 시선이 거기에 있다. 그런데 소설은 이 시선을 한번 더 반복한다. 십육 년 만에 무대 위에서 재회한 그에게, 양희는 어깨너비가 넘게 팔을 벌리고 "어느 밤의 느티나무처럼"(41쪽) 바람을 타듯 팔을 조금씩 흔든다. 그렇게 다시 찾아온 한낮에 양희는 나무가 되어 그 밤의 응시를 되돌려준다.

그들이 재회한 이 마지막 장면에는 불가해한 충만함이, 묘한 서정이 있다. 그런데 이 서정성은 통상적으로 우리가 자연에 마음을 투사하면서 받게 되는 위로와는 조금 다른 질감을 갖고 있는 듯하다. 사물과 세계에 대한 서정적 자아의 우위를 통해 혼탁한 세계를 지우는 서정성이 결국에는 상처로부터 자신을 보호하는 방식이라면, 나무가 된 채 필용을 바라보는 양희에게서는 어떤 두려움도 없이 세계를 향해 자신을 완전히 열어둔다는 느낌이 있다. 필용은 두 번 울었지만, 두번째 눈물에 닿아서야 "시간이 지나도 어떤 것은 아주 없음이 되는 게 아니라 있지 않음의 상태로 잠겨 있을 뿐"(42쪽)이라는 것을 깨닫는다. 그렇게 선형적인 시간의 틀은 무너진다. 세상에는 욕망에 들려 뚜렷한 목적과 가치를 추구하며 시간을 축적해가는 것이 아니라, 그저 매 순간 속에서 있는 그대로 존재하려는 의지로 시간을 흐트러뜨리는 삶의 방식도 있다는 것을 그는 깨닫는다. 양희가 그의 시선을 나무로 향하게 돌려놓을 때 그것은 시선을 외면하려던 것이 아니라,

오래전에 이미 이해에 닿아 있던 나무처럼 다정한 무심함으로 자신을 바라보려는 안간힘이었음을 깨닫는다. 세상 어떤 것도 그냥 사라지는 법은 없다. 사라져버렸다고 믿었던 세계는 이렇게 돌아와 무심하게 충만함에 도달한다.

그렇게 김금희는 현재에 도착한 세계를 믿는다. 그리고 사랑은 사라지지 않는다고, 세계를 바꾸려는 싸움도 끝나지 않는다고 말한다. 보이지 않는 어둠의 자리들, 아직 발현되지 않은 잠재성의 자리들을 응시하는 김금희의 소설에는 잔존의 파토스가 있다. 대개 투명한 무심함의 옷을 입은 인물로 압축되어 나타나는 이 잔존의 파토스는 세계에 만연한 무기력과 허무를 몰락으로 진단하는 목소리로부터 우리를 구한다. 마치 필용이 문산에 내려가던 날 "눈에는 보이지 않지만 분명 거기에 있는 무성한"(14쪽) 존재들의 생장력을 감지하던 순간처럼, 쉽게 감지되지 않는 존재들은 작가의 깊은 응시 속에서 자신의 모습을 드러내기 시작한다. 그때 세계는 우리를 넘어서버리는 '너무 한 낮'의 뜨거운 빛이 아니라, 희미한 반딧불이의 빛, 어둠 속을 지나가는 미광으로 채워진다. 이 빛은 우리에게 어떤 구원도 부활도 약속하지 않지만, 적어도 현재를 살아내기보다 미래의 종말을 앞당겨 파열시켜버리고 싶은 욕망들로부터 멀리 떨어져 있다. 그렇게 아주 오래된 미래, 지나갔으나 사라지지 않은 세계는 소진되지 않은 의미들을 품고 우리에게 도착했다. 불가해한 빛과 함께.

(2016)

끝내 울음을 참는 자의 윤리
—최은영의 『내게 무해한 사람』[1)]

1. 서늘한 파열음

최은영의 소설은 민감한 감각과 감정들로 가득차 있다. 수줍음과 어색함 사이에서 서성거리는 순정한 인물들은 누군가의 마음에 잠시 일렁이는 잔물결이나 그림자를 놓치지 않고 "겨우겨우 짐작하면서 눈물을 참"아내기에(「지나가는 밤」, 100쪽), 우리는 그 헤아림 앞에서 어쩔 수 없이 "따뜻한 온도에서 가슴이 무너지는 느낌"(「아치디에서」, 269쪽)을 받게 된다. 최은영의 첫 소설집을 두고 쏟아진 감탄사들은 대개 이 섬세한 따뜻함을 향해 있었다. 감정을 짧은 호흡의 재치 있는 문구나 감각적인 사진으로 압축하고 대체하는 것에 익숙해진 사회 속에서 이 시대가 망각해가는 감정의 결을 섬세한 손으로 발굴해내는 최은영이란 존재가 더없이 매혹적으로 다가왔던 것이다. 그는 사람들이 무엇

---

1) 최은영, 『내게 무해한 사람』, 문학동네, 2018. 이하 인용시 본문에 작품 제목과 쪽수만 밝힌다.

을 하는가가 아니라, 그러는 동안 마음을 채우고 흘러가는 감정들에 대해 주의를 기울인다. 프루스트의 소설에서 마들렌을 입에 무는 순간에 어린 시절이 끝없이 흘러나오듯, 최은영의 소설에서 누군가 고개를 떨어뜨리거나 한숨을 내쉬는 순간에 세계는 온통 뒤흔들리며 멈춰 선다. 많은 이들이 최은영의 소설에서 감지한 다정함은 누구나 한번쯤 베인 적 있는 상실의 감각에 대해 예민한 촉수로 그려내는 것을 넘어서, 거대한 세계와 사소한 개인 사이의 위계를 무너뜨려버린다는 데 있을 것이다. 작가는 다만 한 사람의 마음속에서 벌어지는 혼돈일지라도 그것이 세계 종말 이상의 사건이 될 수도 있음을 전제한 채, 나비가 날개를 파닥이듯 얇게 흔들리는 마음의 무늬들을 그리는 데 집중한다.

그러나 이 따뜻함의 이면에는 분명 서늘함이 자리하고 있다. 주로 과거를 회상하는 구조로 이루어져 있는 그의 소설에서는 관계의 끝을 알아차리는 순간이 자주 등장한다. "이제 그곳에 수이와 다시 올 순 없을 거라는 예감"(「그 여름」, 26쪽)에 젖고, "모래를 다시 볼 수 없으리라는 걸 직감"(「모래로 지은 집」, 180쪽)하는 순간들은 자기기만적인 배신을 품고 있거나 모든 것이 오인에 불과했음을 알면서도 돌이킬 수 없는 자리에서 발생한다. 이때부터는 삶이란 곧 회한에 다름 아님을 받아들인 채 한 걸음씩 헤쳐나갈 도리밖에는 없다. 끝내 외면하고 싶었던 결정적인 한 장면에 다다를 때까지 소설은 채찍질하듯 스스로를 다그치며 나아간다. 그리고 그 끝에서 우리는 잔혹한 이해 속에 서 있게 된다. 첫번째 소설집 『쇼코의 미소』(문학동네, 2016)에서 우리는 다양한 세대 간의 수직적 관계가 수평적 관계로 전환되는, 즉 느슨하게 엮인 선량한 공동체를 목격했다. 이 중추에는 다만 선한 한 인간이 고통받는 다른 이의 어깨 위에 손을 얹는 부드러운 동감의 정조가 굳게 자리하고 있었다. 두번째 소설집 『내게 무해한 사람』은 가장 맑으면서도 미숙한 시기인 십대와 이십대 초반의 인물들을 스쳐가는 우정과 사랑에 집중한다. 그러나 이들의 감정이 어떤 조건도 걸지 않는 순연한 것인 만큼, 그것이 어긋날 때 이들은 더 깊이 서로를 베며 상대에게 치명상을 입힌다. 그리고 이들은 그 기억과 끝내 화해하지 못하고 마음 깊숙이 그 시절을 품은 채 살아간다. 최은영 소설의 관계망을 구성하던 미세한 균열들은 이번 소설집에서 더욱 선연하게 깊어졌다.

여성주의와 관련된 인식 역시 복잡해졌다. 「601, 602」의 '나'는 옆집 친구 '효진'이가 그녀의 오빠에게 맞는 걸 막기 위해 오빠의 로봇 장난감을 집어던진다. 그리고 그 사실을 알게 된 '나'의 엄마는 "넌 여자애야"(76쪽)라고 못박으며 오늘 더 나쁜 일이 없었던 것은 그저 운이 좋았기 때문이라고 말한다. 이 생물학적 육체의 환기는 묵직한 불편함을 안긴다. 효진이가 오빠에게 이유 없이 맞는 것을 방임하는 효진이네 엄마와, 그 폭력 앞에서 약한 여성의 육체성을 인지시키며 함부로 나서지 말 것을 경고하는 '나'의 엄마는 한몸이다. 아들에게 굴종의 포즈를 취하는 효진이네 엄마와, 대를 이을 아들을 낳으라는 시가의 압력을 이기지 못하고 아들을 갖기 위해 퇴사한 '나'의 엄마가 다른 사람일 수 없다. 이 엄마들은 약자로서의 여성성을 체득했으며, 그 여성성에 대한 인식을 딸에게 대물림하고, 이는 동일한 약자들 간의 연대를 막는 결과를 낳는다. 그런데 마음 어딘가가 시린 것은 그런 엄마 앞에서 '나'가 느끼는 감정이 "외로움이 서린 분노"(같은 쪽)라는 사실 때문이다. 이 분노에는 이해가 녹아들어가 있다. 딸인 자신을 향한 엄마의 본능적인 우려를 너무나 잘 이해하기에, 결국에는 그런 부당한 말을 한 엄마를 용서하게 될 거라는 사실까지 이미 예감하는 데서 오는 쓸쓸함이 있다. 그렇기에 이 분노는 누군가를 원망하거나 해칠 수 있는 것이 아니며, 때로 자신을 겨누는 위태로움까지 품고 있다. 이 복잡다단한 감정은 남성과 여성의 대립이나 생물학적 여성들 간의 무조건적 연대와 무관한 먼 자리까지 우리를 데리고 간다. 사회구조 속에서 여성들이 부당하게 놓여 있는 자리를 확인하고, 그럼에도 약자들 간의 연대는 왜 더 어려운지 들여다보고, 순간적인 감정의 솟구침과 무관하게 찾아오는 이해의 고통스러움에 젖는 이 복잡한 감정의 결들을 따라가지 않고 최은영의 소설을 선명하게 읽어내기란 불가능하다. 그의 두번째 소설집은 여전히 유순한 눈동자를 지니고 있지만 그 안에 서늘한 파열음을 품은 채, 영원한 여름의 기억으로 뚜벅뚜벅 걸어들어간다.

2. 사랑보다 깊은 상처

정말 우정은 사랑보다 가볍거나 손쉬운 것일까. 우리는 대개 운명처럼 서로에게 빠져들고 거센 정념에 휘말리는 관계에 낭만성을 부여하며 사랑이라 부른다. 이에 비해 우정은 보다 잔잔하고 느슨하게 거리를 둔 채 이어지는, 하지만 그렇기에 쉽게 끊어지지 않는 견고함을 지녔다고 여긴다. 그러나 십대와 이십대 초반의 우정에 대해서라면 조금 다른 이야기를 할 수밖에 없지 않을까. 그 시절 우리가 지니고 있는 천진함이란 연약하면서도 맹목적인 것이어서, 상대의 표정과 몸짓 하나하나를 해석하기 위해 온 신경을 기울이고 희미한 낌새 하나에도 민감해지며 속없이 자신을 상대에게 내어주게 한다. 하지만 이 천진한 무방비함은 미숙함의 다른 말이기도 해서, 관계 끝에는 쉬이 지워지지 않는 상흔들이 남는다. 최은영은 인생의 가장 연한 시기에 순도 높은 우정들이 남긴 흔적들을 좇아 그 강렬한 감정의 밀도를 복구해낸다.

「고백」은 화자인 '종은'이 수사가 되기 전에 사귄 마지막 여자친구 '미주'로부터 시작된다. 미주, '주나' '진희' 세 사람은 고등학교 1학년 때 만난 뒤 언제나 함께 어울리며 지낸다. 셋이 만드는 관계 속에서 모두가 미묘하게 소외감을 느끼면서, 뜨겁고 헌신적인 애정 가운데 이해할 수 없는 희미한 악의를 발견하기도 하면서 그들은 함께한다. 그러나 타인의 감정에 가장 예민해 누구에게도 상처를 주지 않으려 하던 진희가 자신의 열여덟번째 생일에 커밍아웃을 하고 다른 두 사람이 이를 받아들이지 못하면서 모든 것은 돌이킬 수 없는 상황으로 변해버린다. 유서 한 줄 없이 떠난 진희가 남긴 "쓰고 또 써도 채울 수 없는 공백"(200쪽)은 버거운 것이어서 미주와 주나는 더이상 예전처럼 지내지 못한다. 그들이 간신히 재회해 대화를 나눌 수 있게 된 것은 대학교 1학년 때가 되어서이고, 그로부터도 반년이 지나 그들은 망가진 놀이터에서 진희가 죽은 결정적인 이유를 서로의 탓으로 돌리며 상대에게 상처를 낸다. 그리고 이 대화를 통해 진희가 커밍아웃을 하던 순간에 진희에게 막말을 하고 떠난 주나보다, 경멸의 눈빛으로 진희를 바라본 미주가 어쩌면 진희에게 더한 상처를 남겼을 수도 있다는 사실이 드러난다. 이것은 진희의 생일날 보다 선량한 자리에 서 있는 것 같았던 미주에게 감정을 이입하며 이야기를 따라온 우리에게 충격으로 다가온다. 작가는 미주를 포함해 우리가 본능적으로 스스로를 기만함으로써 자신을 지키려 하는 방식을 들춰낸다. 이 진실

앞에 산포되어 있었던 "그때로 돌아간다면"(197쪽)이라는 가정법 과거의 문장은 차갑고 단단하게 다시 부딪쳐온다. 그것은 자신이 진희를 지켜주지 못했다는 사실에 대한 미주의 유약한 회한이 아니라, 이 모든 파괴적인 상황을 자신이 야기했을 수도 있다는 잔인한 진실과 자기기만에 대한 참담한 응시다. 밝고 화사한 미래가 아니라 죄책감에 매인 채 자신을 상처 입히는 과거로 거듭 돌아가는 이 회상의 움직임을 윤리라 말하지 않을 수 있을까.

소설은 진희와 얽힌 가장 깊은 상처에 직접 다가가는 대신, 주나의 폭로와 미주의 고백을 거쳐 종은의 독백으로 이어지는 세 겹의 계단을 만들어두었다. 종은은 미주의 고백 앞에서 오래전 미주의 말과 그녀를 바라보던 무당의 안타까운 표정에 끌린 이유를, 종은의 연민이 끔찍해서 연인으로 만날 수 없다고 했던 미주를 비로소 이해한다. 대개의 액자소설에서 액자 바깥의 청자에게는 사건과 무관한 존재로서 안전망을 씌워주는 것과 달리 작가는 어떤 청자에게도 구경꾼의 자리를 허용하지 않는다. 너의 이야기에 내가 슬픔을 느낀다는 사실 자체만으로도 "너에게 또다른 수치가 될 수 있다는 것"(208쪽)을 인지하는 작가의 예민한 경계심에 동감하면서, 그럼에도 불구하고 왜 수사인 종은이 듣는 자리에 있어야만 하는지를 생각하지 않을 수 없다. 여기에는 초월적인 종교를 경유해 용서하는 자리로, 또 무결한 자리로 도약하려는 움직임에 대한 거부가 있다. 신과 인간 사이에 놓여 있는 종은이 미주의 뼈아픈 고백 앞에 돌아서서 신에게 간구하는 대신, "사람에게 이야기해서만 구할 수 있는 마음이 존재"(209쪽)함을 인정하며 온전히 인간을 향하는 지점은 위로로 남는다.

친구 세 명이 만들어가는 우정의 어려움은 「모래로 지은 집」에서도 반복된다. '나'와 공무와 모래, 이 세 사람은 고등학교 삼 년 내내 통신 친구로만 지내다가 대학교 1학년 여름에 정모를 통해 만난다. 소설 곳곳에 등장하는 '천리안' '프리챌' '정모' 'MSN' '싸이월드' 같은 기표들은 그 시대를 추억하게 하는 주요한 장치이기도 하지만, 어떤 매체든 매개해서 관계를 맺는 것이 자연스러워진 그 시대의 거리 감각과도 연결되어 있다. 온라인으로 서로의 감정이나 취향을 공유하고 닉네임, 채팅 창을 만들고 댓글을 다는 방식, 문자를 보내는 빈도수 등의 형식은 지금의 세대들에게 내용과 무관하게 그 사람이 어떤 사람인지 알려주는 중요한 척도 중 하나다.

세 사람의 닉네임인 '나비'와 '공무'(비어 있는 안개空霧)와 '모래'는 모두 연약하고 흩어지는 속성을 가지고 있다. 그리고 공무와 모래의 실명이 처음 불리는 순간들은 그들이 현실에 부딪쳐 상처로 깨져나갈 때다. 직업군인 아버지의 분신 같은 첫아들로서 사법고시 실패의 고통을 공무에 대한 폭력으로 풀었던 공무의 형이 교통사고를 당해 중태에 빠졌을 때, 모래는 병원에서 떨고 있는 공무를 향해 거듭 "현우야"(124쪽)라고 부른다. 공무의 첫 휴가 때 취한 모래 대신 전화를 받은 '나'는, 모래의 권위적인 남자친구에게 "은아 친구 선미"(144쪽)라고 모래와 자신의 이름을 밝힌다. 이 순간들은 세상 앞에서 그들의 세계를 방파제처럼 세워보아도 이를 온전히 지켜나가기에는 역부족이라는 것을, 어떻게든 침범당하고 파괴될 거라는 것을 예고하는 것만 같다. 물론 이는 세 사람의 사이가 유토피아적으로 평화롭다는 것을 의미하지는 않는다. 사람에게 기대기보다 초연하고 외로운 인간이 되는 편이 낫다고 생각하는 '나'에게 공무는 애틋함을 불러일으키지만, 온실 속 화초 같은 모래는 자신을 전혀 과시하지 않음에도 불구하고 그 관대함마저도 '나'에게는 사치스러운 것이라 생각되는 존재다. 공무에게는 "마음이 무슨 물렁한 반죽이라도 되는 것처럼 조금씩 떼어"(131쪽) 전하며 공무를 자신의 일부처럼 느끼면서도, 모래에게는 "넌 정말 아무것도 모른다"(126쪽)고 비난하며 "마음이 구겨져 있는 사람 특유의 과시"(127쪽)를 부릴 수밖에 없었던 것도 그 때문이다. 공무와 모래의 마음은 서로를 향해 있지만 모래의 고백을 공무가 거절하고 모래가 다른 남자와 사귀게 되면서, 이들의 균형은 조금씩 깨져간다.

세상에서 살아남기 위해 뭔가를 포기하고 참는 데 익숙해져가는 동안, 서로를 보듬는 대신 오히려 날을 세우고 서로에게 상처를 주는 이들의 존재를 부드럽게 또 온전히 담아내는 것은 공무의 디지털카메라다. 그 카메라에는 무엇이 담기는가. 물결 위에 반사된 빛처럼 온기와 함께 빛나는 모래가, '나'와 모래가 번갈아 공무의 농구공을 던지는 모습이, 눈송이에 가려진 아주 작은 모래와, 그들이 졸업한 고등학교, 그리고 모래의 서툰 솜씨로 찍은 것이 분명한 공무가 근무하는 수원의 경찰서 사진과 경찰서 옥상 위의 한 사람이 있다. 뭉개지거나 잘못 찍힌 사진들, 화소가 부족해 흐릿하게 남아 있는 이 사진 조각들이 보여주는 또렷한 응시의 흔적을 두고 사랑이 아니라고 말할 수 있을까. 소설 속에서 그들의 말은 자주 서로를 공격하고 체념하게 하며 상처를 남기지만, 서로를 향해 있는 시선은 그 모든 것을 넘어선다. 자고 있는 모래를 다시는 못 볼 사람처럼 바라보던 공무의 응시가, 휴가 나온 공무를 보며 시간의 한 부분을 접듯이 공무를 포옹하고 싶어했던 '나'의 시선이, 잠에서 깨자 다정한 눈으로 '나'를 바라보던 모래의 눈빛이 사랑이 아니라면 무엇일까. 때로 어떤 사랑은 두 사람이 아니라 세 사람이 우정의 선을 넘어서며 만들어가는 것임을, 어떤 근사한 말들 사이가 아니라 상대방을 물끄러미 바라보는 시선에 깃드는 것임을 그들은 보여준다.

그래서 소설이 마지막에 들여다보는 것은 공무와 모래 사이의 어긋남이 아니라, 공무와 '나'를 떠나버린 모래와 모래를 단죄하며 불편해했던 '나' 사이의 어긋남이다. 물질은 변형될 뿐 사라지지 않는다는 과학적 사실을 말하던 '나'에게 "그래도 사람은 사라져"(162쪽)라고 단호하게 말했던 모래는, 그 말대로 공무와 '나'를 두고 떠난다. 모래가 남긴 편지에 적힌 "나비야"(176쪽)라는 말을 읽는 순간 마음이 내려앉는 것은 그들의 세계 속 '나'의 별칭을 독자인 우리가 처음으로 알게 되어서일까. 이미 그 별칭 속에 불가피한 헤어짐이 내장되어 있음을 바로 깨닫게 되어서일까. '모래로 지은 집'은 언젠가 무너지기 마련이고, '공무(안개)' 속에서 '나비'가 떠돌 수는 있어도 '모래' 속에서 '나비'는 살 수 없으니까. 모래는 그렇게 떠남으로써 물질이 아닌 사람의 세계에 대해, 영원이 아닌 멈춤과 단절에 대해 알려준다. 그러나 소설은 사라진 존재에 대한 회한을 '나'가 성숙하는 계기로 삼지 않는다. 소설의 가장 마지막은 모래가 '나'를 만나기 위해 홍천까지 찾아왔던 어느 날, '나'의 무정하고 방어적인 태도 속에서 모래가 깊이 상처받던 순간을 부조해두었다. 되새기고 싶은 아름다운 추억이 아니라, 관계에 소리 없는 파열음을 남긴 서늘한 기억을 응축시켜 보여주는 방식은 최은영의 소설이 관계 속에서 지향하는 윤리를 투명하게 지시한다. 의도와 무관하게 자신이 누군가를 배반하고 그에게 상처 주었던 순간을 끝내 잊지 않겠다는 의연함은 이번 소설집의 한가운데 놓여 있는 것이다.

3. 영원한 여름 속으로

앞에서 살펴본 두 소설 속에서 세 사람이 만들어가는 우정이 점차 강렬해지며 사랑을 닮아간다면, 소설집의 처음과 마지막에 각각 자리한 「그 여름」과 「아치디에서」는 열렬한 밀도의 사랑이 진행되던 끝에 점차 수그러들며 다른 문양으로 남는 것을 보여준다.

「그 여름」은 열여덟 살 여름, '이경'이 '수이'가 찬 공에 맞으면서 시작되는 사랑 이야기다. 풋풋한 청춘들의 사랑을 위해 자주 동원되어 온 계절이 여름이지만, 솜털처럼 곤두선 감각의 내밀한 묘사들로 가득차 있는, 이만큼 순도 높은 사랑 이야기를 또 보기는 어려울 것 같다. 길쭉하게 자란 강아지풀이 팔다리를 간질이고, 교복 치마가 땀에 젖은 허벅지에 달라붙는 감각, 곁에 다가서기만 해도 철봉에 거꾸로 매달린 것처럼 어지럽고 속이 울렁거리는 몸에 대한 묘사들은 사춘기 소녀와 숙녀 사이의 경계선상에 있는 육체를 더없이 정확히 포착한다. 보편과 특수의 어느 한편으로 쏠리지 않는 놀라운 균형 감각을 보여주는 이 사랑의 서사에서 여성인 이경과 수이의 몸이 다루어지는 방식 또한 인상적이다. 그들의 육체는 놀랍고 신비로운 아름다움으로 예찬되거나 섹슈얼리티가 과잉되어 있지 않고, 단련할 수 있지만 쉽게 다치기도 하는, 그야말로 물질성을 지닌 피부와 살로 묘사되고 있기 때문이다. 축구선수였던 수이의 단단한 육체성이 남성적인 것으로 치환되지 않고 남자 중학교 선수들로부터 추행을 당하는 여성의 몸으로 남아 있는 것, 부상으로 인해 축구를 그만두고 자동차 정비 일을 하게 된 수이가 이 직업이 상기시키는 성 역할과 달리 얼굴과 몸은 점점 부드럽고 물렁해지고 둥그스름해지는 것은 모두 성별을 가로지르며 물질로서의 육체를 중립적으로 보여주는 면면들이다.

사랑에 있어서도 성에 대한 고정관념들은 유동적으로 전환된다. 자동차 정비 일을 하는 수이가 "함께 있을 때 가장 편하게 숨쉴 수 있는 사람"(45~46쪽)이자 "가장 완전하게 위로해줄 수 있는 유일한 사람"(46쪽)으로서 어떤 상처도 안기지 않는 순연한 사랑으로 이경을 이끌었다면, 돌솥에 덴 손을 치료해주며 본격적으로 이경의 삶에 들어선 간호사 '은지'와의 사랑은 "한순간도 죄책감이나 불안함 없이 행복하지 못"(58쪽)하게 만드는 비수로 남는다. 직업에서 보여주는 젠더적 수행성은 사랑으로 확립되는 젠더성과 반드시 일치하지는 않는 것이다.

제도 속에 무사히 안착한 어떤 사랑도 결국에는 환멸로 실패에 다다르는 것이 사랑의 필연적인 운명일지도 모르겠다. 하지만 이 소설에서 처음 서로를 아찔할 만큼 들뜨게 만든 사랑이 바람이 빠져가는 풍선처럼 서서히 모양이 바뀌는 것을 바라보는 일은 유난히 마음을 아프게 한다. 수이를 마음으로 배신했다는 사실과 은지에 대한 간절한 갈망 사이에서 고통받다가, 결국 수이와 이별하기로 결단을 내린 이경이 수이의 일터 맞은편 골목길에 쭈그리고 앉아 수이를 기다리는 장면은 너무 생생하다. 회색의 가느다란 줄무늬를 띤 나뭇가지와 투명한 연둣빛의 이파리, 강 위를 위태롭게 날아가는 날갯죽지가 긴 새, 물냄새와 풀냄새 대신 그 자리를 채우는 것은 아스팔트의 열기와 코를 찌르는 시큼한 음식물 쓰레기 냄새, 쓰레기봉투에서 흘러나온 오렌지빛 액체다. 이 묘사는 "이 여름이 너무 길었다"(51쪽)는 말로 갈음된다. 그리고 이 한 문장은 '그 여름'이라는 소설의 제목을 날카롭게 환기시킨다. 수이를 배신하게 한 은지와의 관계는 헛되고 빠르게 끝나버리고, 그로부터 십삼 년이 지난 지금까지도 수이는 여전히 이

경의 마음 가장 낮은 지대에 꼿꼿이 자리한다. 그 존재는 이경이 한 세계를 부숴버렸음을 아프게 인지시키지만, 또 동시에 헤어짐을 마음먹던 '이 여름'의 순간이 아니라 처음 사랑에 빠져들던 '그 여름'의 순간을 상기하게 만든다. 마지막 장면에 이르러 강물 가까이에서 날아가는, 우리 모두 이름을 알고 있는 '그 새'는 사랑이 끝나더라도 '그 여름'의 모든 것은 영원하지 않은지 우리에게 물어오는 것 같다. 그리고 이 물음 앞에 그저 순순히 수긍하는 것 외에는 다른 어떤 대답도 상상할 수가 없다.

소설집의 문을 닫는 「아치디에서」는 스물다섯에 자신을 찾아왔던 사랑을 회고하는 브라질 청년 '랄도'의 이야기다. 아니, '일레인'이라는 여자와 사랑에 빠졌다고 믿고는 브라질에서 일레인이 있는 아일랜드까지 무작정 찾아갔던 맹목적 감정에 대한 이야기다. 아니, 대학 중퇴생으로 엄마에게 의존하며 대마초에 취한 채 무력하게 살아가고 있던 랄도가 아일랜드에서 비로소 '너 왜 여기 있어?'라는 질문을 받고 진짜 자신의 삶으로 답하기 시작한 이야기다. 아니, 사실은 이 모든 시행착오 끝에 '하민'과 만나고 그녀의 삶을 이해하고 그녀를 사랑하게 된 이야기다.

하민이 자기 환멸을 품고 한국을 떠나 아일랜드로 오도록 만든 것은 비인간적인 간호사로서의 모습이었다. 하민은 삼교대로 돌아가는 병원에서의 과도한 노동과 요청들 속에서 어느 순간 환자들의 감정적 요구를 무시하기 시작했으며, 아들을 위해 딸의 희생을 당연시하는 가족의 분위기로 인해 모아둔 돈의 대부분을 오빠의 결혼 자금 명목으로 빼앗긴다. 타인과 자기 감정에 대해 전혀 알 수 없을 정도로 무감각해졌다는 걸 충격적으로 인지한 후 한국을 떠나온 하민. 그리고 그녀의 이야기를 들으면서, 랄도는 비로소 브라질에서의 자신의 모습을 되돌아본다. 그 과정은 랄도 역시 하민의 오빠가 하민에게 그랬던 것처럼 누나 '마리솔'을 외롭게 하며 감정노동을 무의식적으로 요구해왔던 '가해자'이자, 작고 마른 체구에 조용한 성품으로 태어나 아버지에게는 계집애 같다는 이유로 못마땅한 대상이 되고 학교에서는 괴롭힘을 당했던 '피해자'였음을 받아들이는 일이다. 랄도는 짧은 순간이지만 하민에게 이런 과거를 털어놓는 자신이 부끄럽게 느껴지지 않아 놀라고, 그 고백의 끝에 하민이 울면서 걷고 있다는 걸 느끼지만 왜냐고 묻지 못한 채 다만 속도를 늦춰 걷는다.

「아치디에서」가 여러모로 최은영의 작품세계에서 또 한번의 전환점이 되는 소설일 수밖에 없는 이유는 이 장면 속에서 찾을 수 있는 것 같다. 사랑이란 무엇일까. 이 소설은 사랑은 다만 상대 앞에서 자신의 가장 약하고 수치스러운 감정을 노출하고도 부끄러워하지 않을 수 있는 것, 그 곁에 침묵하며 함께 서 있는 것, 대신해 우는 것, 조금씩 속도를 늦춰 걷는 것이라고 말하고 싶은 듯하다. 억압되고 제련당해온 감정으로부터 자유롭게 해방되는 일은 "가족을 위해서 희생"(281쪽)해온 한국 여성 하민만이 아니라, "슬픈 감정이 들면 늘 무서웠"(284쪽)던 브라질 남성 랄도에게도 똑같이 주어진 과제다. 소설은 여기에서 한 걸음 더 나아가 하민이 일하고 있는 마구간의 여덟 마리 말에 대해 애정과 의미를 부여한다. "말이 알고 우리는 모르는 그 무언가가 우리가 알고 말은 모르는 것보다 더 크고 깊을지도 모른다는 생각"(286쪽)과, "불교에선 그러더라. 윤회를 거듭해서 동물이 인간이 된다고. 그리고 인간이 되어서야 깨달음을 구할 수 있다고. 그런데 난 모르겠어. 반대로 인간이 맨 밑바닥에 있는 거 아닌가 싶어"(286~287쪽)라는 의문을 가질 때, 사람의 자유와 동물의 자유 사이의 위계 역시도 무너지고 만다. 최은영의 소설 속 여성주의는 이렇게 국적을 넘어 약자로서의 남성과 연대하며, 인간이라는 종種을 넘어 다른 생명체와 나란히 걷기 시작한다.

사실 이 말들은 소설에 처음 등장하던 순간부터 랄도와 연결되는 상징적 존재였다. 하민은 자신이 돌보는 여덟 마리의 말 중에서 가장 말을 듣지 않는 게으른 녀석과 나이가 제일 많은 녀석을 특히 아낀다며, 두 말에 대한 깊은 애정을 드러낸다. 정해진 수순처럼 승마 체험장 폐쇄가 결정되고 하민이 대학원이 있는 라페스트로 가게 되면서, 하민과 말들—특히 게으른 말—사이의 이별은 사실상 하민과 랄도의 이별에 대한 메타포로 기능한다. 말보다 "내가 먼저 떠나려고"(293쪽)라는 하민의 말 앞에서 두 사람이 비장해지고, "아무도 좋아하지 말아야지 결심하고 마음을 굳힌다고 해도 소용없어"(같은 쪽)라고 말한 하민이 도리어 상처받은 것처럼 보이며, 그 이유를 알 수 없지만 랄도 역시 당황하다 후에는 화가 나는 이유가 여기에 있다. 그러나 그들은 서로에 대한 감정의 실체를 인정하는 대신, 그 감정이 사랑이 아니라고 필사적으로 부인하는 데 마지막 순간들을 다 써버리고 만다. 그들은 비겁했던 것일까. 결국 이후에 라페스트 근처까지 갔던 랄도는 하민의 얼굴을 볼 마지막 기회일지도 모른다는 걸 알면서도 라페스트에 가지 않고, 핸드폰 너머의 하민은 그 모든 것을 이해하며 그들의 관계가 멈췄다는 사실을 받아들인다. 그런데 "넌 네 삶을 살 거야"(298쪽)라는 하민의 담담한 마지막 말 앞에서 우리는 왜 이토록 마음이 시린 걸까. 스쳐가고 결국 재회하지 못한, 우리를 떠나서 돌아오지 않는 존재들이 하나씩 떠오르기 때문일까. 어떤 아픈 사랑도 결국에는 서서히 사그라든다는 걸 깨닫게 되기 때문일까. 우리는 결국 이 우주 속에서 각자의 궤도를 홀로 돌고 있을 뿐이라는 걸 새삼 받아들이게 되기 때문일까. 최은영은 관계가 연결되고 넓어지는 지점이 아니라 단절되는 지점을 잔인하리만큼 섬세하게 그려나간다. 이것이 짙은 애상을 자아내는 것은 우리가 이 단절에서 어떤 결정적인 이유나 잘못도 찾아낼 수 없기 때문이다. 소설에는 극적인 각성과 도약의 순간이 없고, 특별한 치유의 순간 역시 좀처럼 찾아오지 않는다. 소설의 바탕이 되는 주요한 생각 중 하나는 우리가 유일하지도 소중하지도 않으며 끊임없이 대체될 수 있는 존재라는 것이다. 그러나 이 생각은 부정적으로 치닫는 대신, 실망과 균열들을 끌어안은 채 계속되는 평범한 일상의 삶을 의연하게 걸어가도록 한다. 시작도 끝도 분명치 않은 그들의 사랑과 이후의 삶은 여름날의 불꽃놀이보다는 이 불꽃놀이가 끝난 후의 기나긴 여운과 닮아 있다. 하지만 이미 사라졌지만 여전히 남아 있는 것들이 주는 적막한 위로에 기대면서, 우리의 평범한 삶은 그 짧은 여름을 영원히 살아간다.

4. 실버 라이닝 앞의 어두운 구름

마지막으로 이번 소설집의 제목에 대해 말해야만 하겠다. '내게 무해한 사람'은 「고백」에서 미주가 누구에게도 상처를 주지 않으려 하는 친구 진희에 대해 안도하며 스스로에게 속삭이듯 되짚던 말이다. 상대에 대한 견고한 신뢰가 실려 있는 이 말에는 꿈결을 걷는 듯한 나른한 달큰함이 있다. 그러나 소설은 이 달큰함이 진희가 품고 있던 고통에 대해 아무것도 알지 못했던 무지로 인해 가능했던 것임을 곧 드러낸다. 자신이 느끼는 안도와 행복의 풍경이 언제나 상대의 외로움과 아픔을 철저히 밀봉했을 때에야 가능한 것임을 선연하게 의식하는 예민한 윤리, 이 서늘한 거리 감각이야말로 최은영 소설의 요체이자 매력이다. 이것에 대해 알고 나면 왜 인물들이 쉽게 눈물을 흘리는 대신, 끝내 울음을 참아내는지도 이해할 수 있게 된다. 어떤 눈물도 결국에는 자신을 위한 것일지도 모른다는 나르시시즘에 대한 날선 경계가 여기에 있다.

단시간에 빠르게 솟구쳐 상대에게 범람하고 금세 소진되는 열정과 달리, 상대를 손쉽게 이해해버리지 않으려는 배려가 스며 있는 거리감은 가늘게 반짝이는 빛처럼 오래 유지된다. 이 빛나는 실선silver lining 앞에 어두운 구름이 자리하고 있다는 사실을 잊지 않은 채로. 누군가가 전하는 작은 온기 뒤에 자리한 단단한 슬픔을 읽어내고, 관계의 어떤 미세한 균열도 사소하게 바라보지 않는 작가의 힘은 이 세계를 쓸쓸하지만 투명하게 빛나는 곳으로 비춰낸다. 도처에서 쉽게 말해지는 희망과 구원에 냉소적으로 변했던 마음도 이 신실한 선함 앞에서는 다시 두 손을 기도하듯 모으며 단정해지는 것이다.

(2018)

키클롭스의 외눈과 불협화음의 형식
—박민정의 『아내들의 학교』

1. 세대론을 넘어 차가운 분노로

"다시는 망하고 싶지 않다. 작게는 망해도 크게는 망하고 싶지 않다"(226쪽)는 박민정의 첫 소설집 마지막 문단의 문장으로부터 시작해보면 어떨까. '망함'이 기정사실화된 상태에서 부디 더 크게는 나빠지지 않기를 바라는 이 문장은 인력이 세다. 여기에는 외부를 향한 분노도 냉소도 없다. 그저 지켜내야만 하는 자아가 극도로 축소되어 남아 있을 뿐이다. 해설에서도 명시하고 있듯, 첫 소설집 『유령이 신체를 얻을 때』(민음사, 2014)는 "1980년대 초중반 이후에 태어나 1990년대에 유년기와 청소년기를 보낸 현세대 청년"(231쪽)에 대한 이야기가 주를 이루고 있었다. 이들은 어떻게 자라났는가. 청소년기에 트라우마처럼 IMF를 겪은 이들은 십 년이 지나 사회로 진입할 무렵이 되자 '88만원 세대'로 호명되었다. 알을 깨고 나와 스스로 개별적인 두각을 나타내기 이전에, 사회가 먼저 이들을 에워싼 껍데기를 깨고 끌어다놓은 자리였다. 사회경제적 구조에 대한 안타까움과 청년들의 무기력함에 대한 탄식이 섞여 있던 이 호명이 소란스럽게 지나간 후, 응답처럼 박민정의 첫 소설집이 도착했다. 한국이라는 생태계의 불순함을 예리하게 짚고 있는 이 소설집에서 자신에게 허락된 자리가 희미하기만 한, 그러나 여전히 끈질기게 살아 있는 반존재론적 잔여물로서의 '유령' 같은 인물들은 육체적으로 현전한다.

『유령이 신체를 얻을 때』에서 단연 중요한 소설들일 「장물의 내력」과 「굿바이 플리즈 리턴」은 동세대 청년들이 놓인 사회경제적 문제들을 에두르지 않고 날을 세워 끝까지 밀고 나간 작품들이자, 두번째 소설집의 전초전이었다. 두 소설의 남녀 청년들은 빈곤을 공유하고 있다는 점에서 유사하다. 국가에서 진행하는 프로젝트들은 기성세대가 청년 세대를 착취하는 구조로 굴러가며, 비합법적일수록 더욱 정교하게 조직되어 있는 이 구조에서 자력으로 벗어날 수 있는 길은 사실상 봉쇄되어 있다. 그 분절되고 막혀 있는 곳에서 육체로 현전하는 이 유령들은 외부의 카메라에 잡혀 '가난한 이미지'(히토 슈타이얼)로 드러난다. 두 소설에서 각각 CCTV의 렌즈에, 지하철역 즉석 증명 사진기에 일그러지거나 뿌옇게 찍힌 그 얼굴들은 사회에서 그들이 겨우 좀도둑이나 실험용 쥐 정도 자리에 놓여 있음을 간접적으로 알린다. 이미지의 시대에 화질은 곧 계급과 직결된다. 잘 맞은 초점은 안락하고 특권적인 계급적 지위를 의미하는 한편, 잘 맞지 않은 초점은 떨어지는 지위를 암시한다. 박민정의 소설에서 가난한 청년들은 재현에서 밀려나가기 직전, 해상도가 떨어지는 저화질의 이미지 안에 포섭되어 있다. 풍요로움의 그림자 속에서 자라난 이 '유령'들이 '신체를 얻'는 순간은 놀라운 변전과 해방의 순간이 아니라, 예속되어 있는 답답한 자리를 거듭 확인하는 순간이다.

청년 세대의 어려움을 정치경제적 요인과 연결시키며 시작된 '세대론'은 본래 부당하게 착취당하는 이십대 청년들의 각성과 봉기를 위한 것이었다. 하지만 현실에서 분노는 무기력과 혼합된 채 자조의 형태로 웹 페이지들을 떠돌았으며 상황은 악화일로를 걸었다. 실업률이 치솟는 가운데 '속물과 잉여'에 대한 담론이 한차례 휩쓸고 지나갔고, 인터넷상에서 표출되는 모든 갈등은 원초적 형태의 혐오들로 퇴행했다. 이 과정에서 비정규직, 알바 세대로 묶이는 청년들은 젠더에 따른 불안과 불이익을 강도 높게 실감하기 시작했다. 한국문학은 이에 어떻게 응답해왔는가. 한동안 많은 소설들은 백수 청년들의 일상을 재현하는 작업에 몰두했고, 거기에는 언뜻 무기력해 보이지만 더 적극적인 저항 방식인 '무위'의 힘이 있었다. 많은 인물들이 생존의 불안이라는 짐을 지고 있었지만, '부끄러움'이라는 윤리적 감각이 여전히 우리 곁에 희미한 빛처럼 남아 있었다. 한국 소설은 거대한 체제의 부당한 요구 앞에서도 자존적이고 고귀한 선택을 하는 개인을 조명함으로써 새로운 세대와 미래에 대한 막연한 기대를 지속시켜왔다.

하지만 박민정의 두번째 소설집 『아내들의 학교』[1]는 이 기대를 잠시 중단시키고자 한다. 작가는 세대라는 공통 기반이 이미 신기루가 되어버렸음을 인지하면서, 온갖 혐오들이 중첩되어 만들어진 사태를 긴밀하게 살핀다. 그리고 자학적인 냉혹함을 끝까지 밀어붙인다. 그래서 박민정의 소설 속 젊은 주인공들은 희생양이 아니라, 피해자와 가해자 사이에 아슬아슬하게 서 있는 위선적인 방관자로 드러난다. 『아

1) 박민정, 『아내들의 학교』, 문학동네, 2017. 이하 인용시 본문에 작품 제목과 쪽수만 밝힌다.

내들의 학교』는 여성들이 일상 속에서 어떻게 여성혐오를 수치스럽게 감각하는가를 수평적으로 펼쳐 보이는 것을 넘어, 인종주의와 결탁해 초국가적으로 축적되어온 여성혐오의 역사를 계보학적으로 추적해 들어간다. 여기에 더해 여성 안의 여성혐오가 생존주의와 결탁해 자기계발적 주체로 탄생하는 지점까지 가닿는다. 이런 서사들 속에서 그간 '정치적 올바름'이란 이름으로 우리가 쉽게 덮어버린 지점들, 남성과 여성, 가해자와 피해자에 대한 상투적 편견들은 모조리 뒤집힌다. 이 소설집은 이 시대에 위험하게 회귀해 돌아오는 민족주의적 애국주의와, 젊은층의 우경화, 여성혐오를 대상으로 한판 붙는 중이다. 최근에 이렇게 야심차게 세계를 대상으로 싸움을 거는 소설집이 있었던가. 박민정의 이번 소설집은 뜨거웠던 세대론이 소멸한 자리에 도착한 차가운 분노의 응답이다. 이 차가운 분노는 어떤 감정이입의 자리도 남김없이 해체해버린다는 점에서 불편하지만, 그 자리를 지적 탐구로 채우며 현상의 기원을 모색한다는 점에서 더없이 통쾌하다. 이 불편과 통쾌를 가로지르며 지금 한국의 극우주의와 여성혐오를 탐구하는 소설의 최전선에 박민정이 있다.

2. 그들은 자기가 하는 일을 알지 못하나이다

청년이라는 단어는 근대 이후 늘 역사의 발전을 견인하는 주체로서, 변화와 가능성을 상징해왔다. 한국에서도 청년이 곧 진보이고, 진보가 곧 청년을 의미하는 시기가 반백 년 이상 계속되어왔었다. 그러나 1997년 IMF 경제 위기 이후 신자유주의화가 가속화되고 지난 십년 가까이 우익 정권이 집권하는 동안 청년이라는 표상은 서서히 일그러졌다. 보수와 청년이라는 단어가 서로 공모하기 시작한 것이다.

「청순한 마음」과 「버드아이즈 뷰」 속 주인공들은 앞서 이야기한 「장물의 내력」과 「굿바이 플리즈 리턴」의 주인공들과 동일한 시기에, 가장 다른 방식으로 자라난 인물들이다. 이들은 물질적 궁핍 속에서 착취당하는 대신, 부유한 환경 속에서 감정적으로 어딘가가 결여된 괴물로 자라나 성인의 시기로 진입했다. 그리고 지금 청소년기를 회고하는 중이다.

「청순한 마음」부터 살핀다. 대학 상담실에서 일하는 '윤수지'는 지금 곤혹스러운 상황에 빠져 있다. 사악하게 편집된 방송이 나간 후, 두 달째 상담 신청자가 없는 상태로 서서히 고립되어가는 중이기 때문이다. 무엇이 문제였던가. 윤수지는 학내를 뒤흔든 성폭력 사건의 가해자가 교수라는 것을 몰랐지만 그가 학생들과 상담한 내역이 유출되었고, 가해자인 'P교수'는 그중 한 학생의 신경정신과 병력을 이용해서 자신은 억울하게 모함을 받는 중이라고 주장중이다. 그리고 자연스럽게 학생들은 윤수지와 범죄학 전공 P교수의 결탁을 의심하고 있다. 윤수지는 자신에게 어떤 악의도 없었음을 거듭 강조한다. 그러나 소설은 이인칭시점으로, 윤수지를 '너'라고 몰아붙이듯 부르며, 네가 알 수 있었으면서도 모르고 살아왔던 진실을 차갑게 던지는 방식으로 쓰였다. 왜 이렇게 쓰일 수밖에 없었나. 앎이란 그저 외부에서 주어지는 것을 수동적으로 쌓아가는 것만이 아니라, 매 순간 자신의 선택에 의해 구성되는 것이기도 하기 때문이다. 알고 싶지 않아서 모르는 채로 지낼 수 있었던 권력의 그 불편한 '청순함'은 "제가 어떻게 일일이 기억하겠습니까. 학생이 한둘도 아니고 업무일 뿐입니다"(176쪽)라는 무성의한 말로 표출된다.

소설은 이런 폭력적인 무지, '청순한 마음'의 기원을 주인공의 고등학교 입시 시절에서 찾는다. 수재들만 가는 국제고등학교에서 느꼈던 열등감과, '컨설팅 아카데미'에서 만난 '이수지' 선생에게 대입 수시 관련 관리를 받고, 장래희망과 희망 사유를 암기식으로 주입받은 과정이 상세히 기술된다. 서사는 주인공이 지금의 몰락한 자신을 구원해줄 존재로 떠올리는 이수지 선생을 얼마나 표피적으로 우상화했는지를 보여준다. 윤수지가 이수지 선생을 선망했던 이유는 수재들만 간다는 학교 출신인데다 깔끔하고 세련된 몸가짐 때문이었다. 이 강자에 대한 선망은 약자에 대한 경멸과 맞닿아 있다는 점에서 문제적이다. 그것은 과거 윤수지가 이수지 선생에게 받은 기획기사를 읽고 가출한 아이들의 부족한 인내심을 거침없이 지적하는 데서도 잘 나타난다. '금수저 물고' 태어나 풍요롭게만 살아온 그에게는 타인의 불행을 이해하는 데 무능한 나르시시즘이 일찌감치 배태되어 있다. 소설은 이 청순한 마음을 뒤로하고 이수지 선생이 당시 얼마나 가난하고 병들어 있었는지 기술함으로써 두 가지를 폭로한다. 하나는 주인공이 우상화했던 이수지 선생이야말로 그가 경멸했던 가난한 약자의 자리에 있었다는 것이며, 다른 하나는 주인공이야말로 이수지 선생의 경멸에 의해 만들어진 존재라는 것이다.

마지막 장면에서 윤수지는 담배꽁초가 섞인 배양토를 뚫고 자라난 허연 버섯들을 보며 역겨움을 느끼다가, 강낭콩이 자라나 떡잎 사이로 본잎을 틔우던 모양을 생각하며 뿌듯해하던 기억을 떠올린다. 하지만 "그것과 이것이 다르지 않다는 생각"과 함께 "곧 생각하기를 그만둔다"(181쪽). 이는 윤수지가 어떤 인물인지 보여주는 핵심적인 장면이다. 그를 둘러싸고 있는 이미지들은 그에게 분명한 감정을 불러일으키지만, 그는 그 차이를 이성적으로 세심하게 분별하려 하지 않는다. 여기서 느끼게 되는 섬뜩함은 이 존재 속에 죄책감이나 억압과 싸운 어떤 흔적도 없다는 데서 온다. 그의 얼굴에는 간신히 통증을 참아내고 되찾은 무표정이 아니라, 한 번도 통증을 느껴본 적 없는 자의 서늘한 무감각이 있다. 이전의 보수가 강자인 자신이 속한 계급과 다른 계급 사이를 두꺼운 벽으로 완고하게 막아 세우고 있었다면, 새로 탄생하고 있는 보수들에게는 자신이 강자라는 인식 자체가 없다. 사유를 멈춘 채 자기 연민에 휩싸여 있는 이들을 둘러싸고 있는 투명한 벽은 이전보다 훨씬 더 침투하기 어려워 보인다.

새로운 보수 청년들에 대한 두려움은 서로가 서로를 감시하는 「버드아이즈 뷰」에서 확장된다. 소설은 '강남 한복판에 위치한 사립학교'인 '중남고'의 문예부 '솟대문학회'의 남자들이 이제 삼십대 중반이 되어 호프집에 모여 있는 장면에서 시작된다. 뉴스를 보던 그들의 눈에 들어온 건 '공부 잘하는 멍청이의 표상'이었던 '재혁'이다. 한 달 전부터 SNS에 예고했던 대로 한강 다리 위에서 자살 소동을 벌이고 있는 재혁의 모습은 과거 남성연대 대표 성재기의 투신자살 사건을 강하게 상기시킨다. 이 자학적 쇼는 정보 과잉 사회에서 타인의 관심을 끌기 위해 주목 경쟁에 몰두하는 '엔터테인먼트로서의 극우'(박권일)가 지향하는 바의 즉물적 버전이기도 하다. 그는 이념을 위해 주목을 추구하는 것이 아니라, 주목을 위해 이념을 추구하는 자다. 우리는 재혁이라는 인물이 원하는 바가 무엇인지 끝내 알 수 없다. 그는 '죽은 자'(열사 J)로서만 살아 있으며, 렌즈를 통해서만 감각 가능하다는 점에서 비인간의 자리에 존재한다.

소설은 이 괴물의 기원을 백 년 가까운 전통의 솟대문학회에서 찾는다. 이 집단의 남근적 자부심은 표면적으로는 일제강점기 시절 항일문학과 독립운동을 했던 선배들로부터 이어져온 역사에 기대고 있지만, 이들의 내밀한 속내에는 부유한 강남 출신이라는 사실과 엘리트로서의 특권의식이 결합해서 만들어낸 속물적인 자부심이 자리하고 있다. 실상 이들은 축제 시즌이면 여자 문제를 일으킬 뿐 아니라, 이중 '주원'이라는 인물은 축제 뒤풀이에서 술에 취해 쓰러져 있던 여학생들의 치마를 들추고 몰래 사진을 찍던 저열한 성추행범이었을 뿐이다. 소설은 과거에 이 성추행 사건을 곁에서 목격한 재혁이 구체적으로 어떤 영향을 받았는가가 아니라, 추행을 저지른 주원의 복잡한 감정에 초점을 맞춘다.

주원이 자신의 마음속에 죄책감으로 잠재되어 있다고 믿었던 감정은, 재혁이 나타나면서부터 평정을 잃고 불쾌감으로, 급기야는 "맥주잔을 갑자기 깨버리고 싶은 충동"(203쪽)의 깊은 분노로 치닫는다. 그의 히스테리는 어떻게 발동되는가. 죄책감과 수치의 차이는 외부의 시선을 의식하는가의 여부에 달려 있다. 죄책감은 자아의 내부로부터 생겨나는 것인 반면, 수치는 타자의 시선을 의식하는 데서 오는 것이다. 그래서 죄책감은 홀로 있을 때 더욱 깊어지지만, 수치는 홀로 있을 때 망각될 수 있다. 화면을 통해 보이는 재혁이 주원의 뭔가를 건드렸다면, 그것은 주원이 공공연하게 드러내온 부끄러움과 반성이 그야말로 가식적인 제스처에 불과했기 때문이다. 그 사건을 '반성의 매개'로 삼고 살아왔다는 주원의 은밀한 자부심은, 재혁이 자신의 목숨을 담보로 하는 퍼포먼스를 중계하기 위해 동원한 드론 카메라를 통해 외설적으로 폭로된다. "그따위로 딸딸이나 치면서 살아라. 내가 뭘 그렇게 잘못했냐, 랑 내가 정말 잘못했다, 를 반복해서 뇌까리면서"(207쪽)라는 재혁의 말은, 주원의 자기반성의 제스처가 자신의 과거를 미화하는 것 외에 아무것도 아님을 통렬하게 꿰뚫는다.

서사의 가장 외연에 자리한 재혁이 주목 경쟁에 몰두중이라면, 가장 안쪽에서 생존하고 있는 건 '유경'이다. 독립해서 살고 싶으면서도 번듯한 공간을 포기할 수 없어 육 개월 동안 낯선 사람의 집을 싼값에 임대한 유경이 굳게 닫힌 방문 너머를 궁금해하는 순간은 '푸른 수염의 아내'처럼 위태로워 보인다. 그 불안한 호기심은 소설 마지막 지점에 욕실에서 몰래카메라를 발견하는 소름 끼치는 방식으로 충족된다. 그런데 이 순간의 오싹함은 단지 재혁이 자신을 전시하면서도 누군가를 끊임없이 훔쳐보고 있었던 끔찍한 인간이라는 것을 알게 되었다는 사실 때문만은 아닌 듯하다. 오히려 이 장면은 재혁을 소비하며 즐겼던 대중의 관음증을 가리키고 있지 않은가. 누가 누구를 훔쳐보고 있는가를 계속 따라가던 서사 끝에서 마주하게 되는 것은 누구보다 렌즈를 탐닉하고 있던 우리의 눈이다. 이 세계에서 '버드아이즈 뷰'와 같이 높은 곳에서 바라보는 시선은 불능의 상태에 놓여 있는 반면, 일상의 모든 세부에 대해 말초적 호기심을 자극하는 시선은 극도로 활성화되어 있다. 소설 배후의 가장 커다란 눈은 자학적 쇼를 벌이는 자와 그로부터 눈을 떼지 못하는 우리의 상동성을 물끄러미 바라본다.

보수 청년들의 기원을 보여주는 이 두 소설을 '보수 청년의 탄생' 2부작으로 묶는다. 부유하게 자라난 이들이 어쩐지 괴이하게 느껴지는 것은 단지 공감 능력이 부족하고, 기만적이며, 훔쳐보기를 즐겨서가 아니라, 이들 안에 스스로를 추동하는 욕망이 거의 보이지 않기 때문이다. 「청순한 마음」에서 윤수지는 자신에 대한 연민에 몰입하며 파고들고, 「버드아이즈 뷰」에서 재혁은 목숨을 내걸어 최대한 많은 이들에게 자신을 전시하려 한다. 한쪽은 내향적으로, 다른 한쪽은 외향적으로 보이지만 두 사람 모두 피상적인 감정 구조 속에서 움직인다는 점에서 다르지 않다. 타인을 향한 막연한 동경과 경멸의 감정 속에서 계속 길항하는 이들은 사회에 진입하기 위해 자아를 키워 인정투쟁을 하는 대신, 자아를 소거하기를 택한 자들이다. 이들은 자기가 하는 일을 알지 못한다. 세상을 욕망하는 것이 아니라 세상에 반응하며 살고 있는 이들의 미래 어느 시점에서도 사회와의 싸움은 일어나지 않을 것이다. 이 시대의 투명한 보수는 이렇게 탄생한다.

3. 다시 만난 역사

리타 펠스키는 『페미니즘 이후의 문학』(이은경 옮김, 여성문화이론연구소, 2010)에서 '플롯'이라는 장 전체를 다음의 질문에 대한 답을 찾기 위해 할애한다. '여성이 정말로 여성을 위한 새로운 플롯을 창조할 수 있는가?' 조안나 러스는 서구 문학의 거의 모든 플롯이 남성을 위한 몫이었다고 말한다. 영웅적인 전투, 미개척지로의 여정, 세속적인 야심의 성취 등은 남성 주인공에게 필요한 이야기들이고, 이는 근본적인 지점의 문제여서 단순히 남성이 도맡았던 역할을 여성 인물로 대체한다고 해서 해결할 수 있는 게 아니라는 것이다. 여성 작가는 여자 주인공을 구속과 금기로 둘러싸여 있는 세상으로부터 벗어나도록 만들어야 하지만, 그 새로운 글쓰기를 발견하는 데 이중의 어려움을 겪는다. 세계와 더 많은 방식으로 교접할수록, '여성 중심적'으로 플롯이 새로워지기란 불가능해지기 때문이다. 이 고민은 놀라운 시대 변화와 맞닿아 있다. 여성으로서 오랜 기간 담금질당해오며 자신도 모르게 체득하고 숙달해온 체념과 강박은 '페미니즘 리부트'라 불렸던 2016년을 기점으로 전환되었다.[2] '강남역 살인 사건'의 충격으로 시작된 사회 전반의 여성혐오 코드들에 대한 분노가 거세게 분출되었다. '메갈리안'의 활약과 함께 그들을 향한 옹호와 비난이 폭력적 형태로 난무하는 가운데, 연말에는 '#○○계_내_성폭력'이라는 해시태그를 통해 성폭력 고발이 연이어 터져나왔다. 페미니즘이라는 단어를 끼고 담론이 이렇게 많이 쏟아져나온 것은 처음 있는 일이었다. 혐오와 분노를 비롯해 너무 많은 정동의 출렁임 속에서 이제 여성 소설은 어떻게 다시 쓰일 수 있을 것인가. 이에 대한 가장 치열한 문제의식이 「행복의 과학」「A코에게 보낸 유서」「당신의 나라에서」로 이어지는 '초국가적 여성혐오' 3부작을 낳았다. 그동안의 여성 소설들이 젠더의 위계질서가 공고하게 구축되어 있는 동시대 격전지에서 싸워왔다면, 박민정은 뒤로 물러나 거시적인 역사를 들고 온다. 아시아를 가로지르는 민족주의의 양태들을 추적해 들어가는 동안, 놀랍게도 인종혐오와는 전혀 다른 지점에 있다고 생각해온 여성혐오가 문제의 근원으로 다시 잡힌다. 민족주의와 가부장제가 어떻게 공모해왔는지가 선명해진다. 작가의 손에서 역사는 여성의 자리를 드러내는 방식으로 탈구된다. 그리고 이렇게 다시 만난 역사는 본래 역사라는 것이 불투

2) 그간 어떤 일이 있었나. 지난 십 년간 한국에서 일어난 사태들은 오래된 역사의 반복을 넘어서 있는 것처럼 보인다. 온라인에서 주로 남성들이 이용하는 특정 사이트들은 어마어마하게 세를 늘렸고, 그들은 자신들의 불안과 박탈감을 여성혐오와 지역 갈등 담론을 경유해 희생양을 찾아냄으로써 해소했다. '소라넷'이나 '일베' 같은 사이트가 극성을 부리며 관음증과 집단적 피해의식, 공격성을 표출했지만 오랫동안 제재 없이 방기되었다. 그 가운데 '된장녀' '개똥녀'로 시작된 여성혐오 명칭들은 '김치녀'라는 인종적 경멸마저 내포한 명칭으로 바뀌었다. 저출산 대책이라는 명목으로 낙태가 불법으로 규정되거나, '가임기 여성 지도'가 만들어졌다가 폐기되는 등의 사건들은 여성의 신체가 국가 차원에서도 얼마나 철저하게 대상화되고 있는지 보여주었다.

명하고 혼란스러운 과거 속에서 (남성) 역사가의 손을 거쳐서 만들어져온 '구성물'임을 상기시킨다.

그 거대한 숲으로 나아가는 야심찬 첫걸음이 「행복의 과학」이다. 초보 편집자인 '하나'는 '기노시타 류'라는 문제적 저자의 책을 맡게 된다. 사실 하나에게 류는 단순한 저자가 아니라 조카다. 하나는 버블기 일본 최고의 광고 감독이었던 '기노시타 히로무'와 그의 한국인 처 사이에서 태어난 혼혈이고, 히로무의 손자가 바로 류이기 때문이다. 오랜 불경기와 원전 폭발 사고에 절망한 일본에서 자라난 기노시타 류는 히키코모리가 될지도 모른다는 두려움 속에 지내다, 어느 날 '행복의 과학'이라는 종교를 통해 넷우익에 빠져든다. 경제적으로 호시절이 끝난 자리를 채우기 시작한 네오내셔널리즘의 기미는 한국에서도 마찬가지이기에, '행복의 과학'에 입교했다 거기에서 도망치게 된 정황들이 담긴 『류의 이야기』는 흥미롭게 읽힌다. 하지만 류의 책은 과거 문제적이었던 자신을 반성하며 쓰였기에 일본 넷우익에 대한 비판 자체가 이 소설의 관심사는 아니다.

다소 숨가쁘게 정보를 모아 전달하는 이 소설에서 집중하는 것은 혐오와 관련한 근본적인 균열 내기다. 류는 1991년 압구정동 맥도날드 앞에서 일어난 살인 사건의 가해자가 바로 자신의 아버지였음을 알게 되고, 그렇게 죽은 피해자 '박朴양'의 성이 자신의 성 기노시타木下와 닮아 있다는 것을 깨닫는다. 그리고 "어쩌면 나 자신이, 그토록 경멸했던 자이니치일지도 모른다는 생각에"(42쪽) 두려워한다. 이는 류가 범죄자의 아들이지만, 동시에 그 피해자와 자신이 구별 불가능함을 직감함으로써 불안에 휩싸이는 순간이다. 대개 인식론적 차원에서 문화적·사회적으로 위험한 것, 불쾌한 것, 제거되어야 할 불순물로 여겨지는 것들이 혐오의 대상이 된다. 자신에게 장착되어 있는 요소들 중에 불편한 부분을 떼어내 그것을 혐오함으로써 주체는 안정적으로 유지될 수 있다. 그러므로 강력하고 절대적인 적대가 제거된 시대에 어떤 집단적 정체성을 견고하게 유지하기 위한 수단으로서 혐오는 요긴한 정동이다. 그런데 박민정의 소설은 혐오의 대상이 되고 있는 다른 국가와 인종이라는 범주 자체가 애초에 '상상의 공동체'에 입각해 있음을 상기시킨다. 적이라고 믿었던 쪽을 향해 칼을 휘둘렀으나 결국에 추상적 개념 안에서 길을 잃고 베인 채 피를 흘리고 있는 것은 자신이다.

하지만 조금 더 나아가 말해야만 한다. 「행복의 과학」은 2016년 가을에 발표된 소설이다. 혼혈인 화자를 내세워 일본이 우경화되어가는 흐름을 짚고 있는 이 소설은 학술적인 탐색의 구조를 띠고 있다. 어찌 보면 숨겨진 혈통의 비밀을 파고드는 자극적인 과정이 될 수도 있었겠지만, 하나는 편집자라는 정체성에 충실해 객관적으로 정보를 수집해간다. 그럼에도 불구하고 이 소설이 어딘가 지금 시대의 정념을 건드린다고 느끼게 되는 것은 마지막에 기습적으로 등장하는 압구정동 맥도날드 살인 사건 때문이다. 시골에서 서울로 올라와 공장을 다니던 여공이 난생처음 압구정동에 갔다가 "한국 여성을 특정 증오한"(39쪽) 일본인에게 우발적으로 살해당하는 이 장면에서, 2016년 강남역 살인 사건을 떠올리는 건 거의 불가피한 일이다. 소설에서 죽은 '박양'은 '왜공주 년'으로 불리던 하나의 어머니를 대신한 희생양이지만, 한국의 불특정 다수의 여성들로 번져나간다. 인종과 여성이라는 이중의 기표가 겹쳐지는 순간 누구라도 그 살해 대상이 될 수 있었다는 사실이 자꾸만 소설 바깥으로 튀어나오는 것이다. 이는 강남역 살인 사건이 '혐오범죄'라는 것을 부인하고 싶어했던 남성들의 욕망의 기저를 문제적으로 드러내며, 인종이라는 다른 프레임으로 보면 한국인 남성 역시 언제든 우발적인 범죄의 표적이 될 수 있음을 서늘하게 보여준다.

「A코에게 보낸 유서」는 「행복의 과학」을 이어가는, 일종의 프리퀄에 해당하는 중편이다. 이 중편은 박양을 죽인 살인자 '기노시타 미노루'와 하나가 번갈아가며 화자로 등장하는 가운데, 박양의 일기가 삽입되는 구조로 이루어져 있다. 반성 없는 미노루가 만들어내는 세계는 속악함을 더하지만, 하나와 박양을 둘러싼 노동 현장의 결은 한층 두터워짐으로써 그들을 단순한 목격자나 희생자의 자리를 넘어서서 존재하도록 한다.

이 소설의 세계는 민족을 둘러싼 이상한 인정투쟁으로 이루어져 있다. 1974년 '외인아파트 살인 사건'과 관련된 신문기사는 한국 관광의 목적이 성 유희가 되어버렸음을 각성해야 한다는 '민족적 수치심'으로 채워져 있다. 그러나 가부키초에 가서 성매매를 하는 동시대의 한국 남성들은 이제 시대가 바뀌어 일본인을 구매하는 한국인이 되었다는 '민족적 승리감'에 도취되어 있다. 이들에게 여성은 민족의 일원이라기보다 민족적 승리에 따라 교환되는 하나의 전리품일 뿐이다. 그 중간에 자리한 자이니치 후손들에게도 민족이라는 지표는 중요해 보인다. 하나가 우연히 들어서게 된 교토조선중고급학교에서 마주친 이들은 지도에 없는 '조선'을 국적으로 둔 시대착오적 존재이면서도, 조국에 대한 긍지로 가득차 있다. 그러나 지나친 자부심은 언제나 지독한 열등감의 이면이 아닌가. 민족에 대한 자이니치 후손들의 강박은, 한국 여성이라는 이유만으로 박양을 죽인 기노시타 미노루의 원체험과 연결된다. 미노루가 고교 시절 가장 가까웠던 조선인 '유타로'는 "영원히 열등할 수밖에 없는 운명"으로부터 벗어날 수 없다며, "진짜배기로 살 수 없다"(81쪽)는 것에 괴로워한다. 그리고 그 열등감은 분노와 연민에 휩싸인 채 '동일한 종족'인 조선학교 여학생을 겁탈하는 것으로 이어진다. 미노루의 유서 속에서 이 겁탈당한 '영자英子'는 '첫번째 에이코'로, 한국에서 자신이 죽인 '영희'(박양)는 '두번째 에이코'로 불린다. 남성들은 자신에게 열패감을 안기는 민족적 지표를 떼어버리기 위해 '여성'이라는 존재를 혐오함으로써 주체화의 열정을 발휘한다. 이 여성혐오 속에서 일본인 남성과 한국인 남성은 일시적으로나마 격의 없는 형제가 된다.

미노루가 자살 전에 남겨놓은 유서는 'A코'라는 기이하게 착종되고 균열된 국적 불명의 기호를 향해 있다. 유서이기에 근본적으로 수신자의 거부가 불가능한 이 폭력적 형식의 편지 속에서, 'A코'라는 기호는 블랙홀처럼 모든 여성을 빨아들인다. 그가 '에이코'라고 직접적으로 명명하는 대상은 오래전 겁탈당한 영자와 압구정에서 살해당한 영희 두 사람이지만, 자이니치라는 이유로 멸시당했던 미노루의 부인 '가오루', 영희의 동반자 '최영은', 본래 살해 대상이었을 '하나의 어머니'와 '하나', 하나의 동료 '수영'으로까지 연결되며 넓어진다. 어느 시대에 태어나든지 어떤 교육을 받고 어떤 직업을 가지든지 여성들은 여성이라는 이유로 성적 학대를 당하고 희생양이 되는 초국가적 여성혐오의 자장에서 벗어나지 못한다. 이 세계의 모든 여성은 'A코'인 것이다. 그럼에도 남성의 세계가 승리하지는 못한다. 여성을 훼손하고 파괴하는 과정을 통해 구축되는 이 범죄의 왕국은 미노루의 자살로 무너진다.

원더우먼처럼 이 범죄의 왕국을 완전히 부수지는 못하지만, 소설 속 'A코'들은 민족과 인종이라는 개념들에 매이지 않고 조용히 연대해나간다. 「행복의 과학」에서 기사 속 희생양으로만 건조하게 등장하던 '박양'은 「A코에게 보낸 유서」에서 '박영희'라는 온전한 이름으로 등장할뿐더러, 일기를 통해 자신의 목소리를 직접 서사 안에 새겨놓는다. 어느 누구도 혼자가 아니다. 여공이었던 영희 곁에는 위장 취업한 대학생 언니 최영은이 있었고, 고통받는 수영의 곁으로 하나는 달려간다. 그들은 각기 다른 부당함에 시달리지만, 언제든 자신이 같은 일을 당할 수 있다는 걸 알기에 상대의 고통을 진심으로 연민하고, 더 적극적으로 행동하고 지켜주지 못한 자신을 자책한다. 여전히 부조리한 노동 현장 속에서 여성들은 "서로 상처 주는 순간이 있어도 친구가 되어야 하는 까닭"(107쪽)을 이해한다. 국가를 가로지르며 자행되는 여성혐오의 현장들 속에서 이들의 연대는 미약하게 이어지지만, 의미 없는 혐오의 물결 속에 휘말리지 않도록 서로의 버팀목이 되어준다.

이 연대는 「당신의 나라에서」에서 다시 한번 발견된다. 이 작품은 자이니치처럼 국가 간의 경계에서 누락된 인물에 대한 작가의 관심을 더 넓혀, 소비에트 지역의 '고려인'에 대한 이야기로 뻗어나간 소설이다. 레닌그라드 연극원으로 유학을 간 부모를 따라 '나'는 다섯 살부터 여덟 살까지 소비에트연방에서 자랐다. 아버지가 종종 쓰는 '망국'이라는 단어의 아련함 사이로 '나'에게 지금까지 각인되어 있는 인물들은 자신을 돌봐주던 '큰엄마'와, 지금은 문화계 거물이 된 '아저씨'다. 이제는 성인이 된 '나'가 '1991년 라이너스의 악몽' 사진전 작업을 하던 막바지에, 단 한 번 마주쳤던 큰엄마의 딸인 '윤지나'로부터 메일이 도착한다. 그리고 그 메일은 잃어버린 토끼 인형 포니와 반복되는 악몽, 아저씨의 징그러웠던 가면을 연결시킨다. 자유화 이후 백배쯤 물가가 뛰어버린 끔찍한 불황 속에서 윤지나가 감내해야 했던 것은 무엇이었나. 그녀는 '반반'이라는 모욕적인 말을 들어가며 '나'의 부모에게 러시아어 수업을 해서 먹고살았고, 끔찍한 가면을 쓴 아저씨에게 강간을 당하고도 누구에게도 사과받지 못했다. '나'의 부모는 모교 학과장의 아들인 아저씨에 대해 아무것도 할 수 없다고 비겁하게 발뺌했다. 한편 윤지나는 자신의 어머니가 아동 학대범이라는 사실을 숨기고 계속해서 '나'의 보모 일을 하도록 방기했다. 그러니까 이 소설은 일방적으로 도달한 편지 속에서 자신의 복잡한 위치를 확인하며 분열하는 한 여자의 이야기다. 화자는 부모를 대신해서 속죄해야 하는 이차 가해자들의 딸이자, 본인 역시 당시 폭력에 무방비하게 노출되어 있었던 피해자다. 부유한 남한 유학생들의 딸이자, 냄새나고 더러운 암실에서 작업하다가 옛 애인의 작업실에서 쪽잠을 청하는 가난한 예술가다.

「굿바이 플리즈 리턴」에 이어 초국가적 여성혐오 3부작에서도 계속 반복되는 '1991년'은 작가에게 원년처럼 자리하고 있다. 세계사적으로는 소비에트연방이라는 거대한 제국이 몰락한 그해는, 작가에게는 유년기의 호시절이 끝나고 악몽의 시기로 접어드는 분기점이다. 한국에서는 1987년 민주화가 이루어진 지 사 년이 지나고 아직 IMF가 오기 육 년 전, 자유 속에서 물질적 풍요로움을 만끽하기 시작했던 이 시기에는 불길하고 어두운 그림자가 드리워져 있다. 그때 새로 열린 세계 속에서 "지옥 계곡에서 온 변절자"(138쪽) 같은 비열한 작자들은 거물이 되어 승승장구하고, 주인공은 패자로 남은 아버지의 열등감과 빈곤의 여파를 견뎌야만 한다. 「굿바이 플리즈 리턴」에서 이는 생계를 위해 자궁과 관련한 위험한 시술에 몸을 내어주어야 하는 약자의 고통으로 육화되어 나타났다. 그런데 이번 초국가적 여성혐오 3부작은 '그 폭력의 세계를 어떻게 견뎌나갈 것인가'에 대한 질문에 전혀 다른 방식으로 답하고자 한다. 견뎌나가는 방법을 찾는 것이 아니라, 그때 또다른 방식으로 고통받았던 자를 문득 발견하는 것으로. 이는 「행복의 과학」과 「A코에게 보낸 유서」에서 일본인 남성으로부터 혐오 범죄의 표적이 된 한 가난한 한국 여성 박양과 겹쳐지는 자신의 자리를 확인하고 그 불안 속에 머물길 택하는 것으로 나타난다. 그리고 「당신의 나라에서」의 '나'는 고려인이라는 이유로 무시당하고 짓밟혔던 윤지나를 위해 자신이 감내해야 했던 폭력의 흔적을 망각에서 끌어올린다. 소설의 마지막에 이르러 화자는 윤지나에게 답장을 보낸다. "나는 라이너스의 악몽에서 깨어났고, 당신의 나라에서 있었던 일에 대해 알아보려고 합니다."(152쪽) '당신의 나라'는 대체 어디를 가리키는 것일까. 이제는 사라진 소비에트인가, 러시아인가, 한국인가. 이 알 수 없는 모호한 경계 위에서 희미하지만 굳건한 여성 연대의 장이 열린다. 초국가적이고 초역사적인 여성혐오는 쉽게 뿌리 뽑히지 않겠지만, 서로를 알아보고 애틋한 마음으로 서로에게 다가서는 여성들의 교감은 악몽에서 벗어나는 다른 방식을 보여주는 것 같다.

오랜 독재정치와 산업화로 만들어진 대한민국의 어두운 역사를 여성 수난사와 겹쳐서 보여주는 「천사는 마리아를 떠나갔다」에서 '나'의 고해성사와 함께 떨어지는 눈물 역시 이와 연관될 것이다. 아들에 대한 광기 어린 집착과 압박감 속에서 유산하게 된 '나'의 죄책감은 "그것은 자매님의 죄가 아닙니다"라는 말과 함께 씻겨 내려가지만, 그와 동시에 이십 년 가까이 모른 척해온 "알아내지 못한 죄"(271쪽)는 수면 위로 올라온다. 1979년 군사정권하에서 정치투쟁을 하다 어딘가로 끌려가 정신을 놓은 대학생 '필남(수경) 언니'와 버스 안내원으로서 느끼는 모멸감을 더이상 참지 못하고 분신 시도를 한 친구 '주혜'를 망각함으로써 화자는 계속 살아올 수 있었던 것이다. 미필적 고의를 지닌 방관자로서 결국 늘 자신을 보호하는 방향으로 움직여왔다는 화자의 자책감은 무겁고 무섭다. 이 세계에서 생존해온 사람들 중이 '알아내지 못한 죄'로부터 자유로울 수 있는 사람은 없기에. 여성작가의 시선으로 다시 쓰이는 역사 속에서 여성들은 그간 굴욕적으로 받아들이거나 회피해왔던 역사를 허약한 허구가 아닌지 의심하기 시작하고, 동시에 자신들의 과거를 이해해나간다. 국가와 민족을 단단한 기틀 삼아 쓰여왔던 기존의 역사 속에서 소거되었던 존재들은 다시 회귀하고, 이 시선으로 스스로를 다시 보는 일은 타인들과 새롭게 연결되는 데 있어 중요한 원동력이 된다.

4. 신자유주의 질서 속 맥베스 부인

이제 이 소설집의 가장 도발적인 소설에 대해 말할 차례다. 「아내들의 학교」는 레즈비언 커플에 대한 이야기다. 그러나 사회에서 금기시되는 레즈비언의 사랑을 다루었기 때문이 아니라, 여성이 다른 여성에게 느낄 수 있는 분노, 질투, 적대감을 깊이 천착함으로써 여성에 대한 가장 다면적인 초상화를 그려냈다는 점에서 도발적인 작품이다. 여성주의는 종종 남성에 비해 여성들이 더 도덕적이고 순수하며 감정이입을 잘하고 자기희생적이라고 보는 시각을 유지해왔다. 그러나 이 소설은 이런 순수함에 대한 강박을 벗어던지며, 다른 여성에 대한 감정이입과 자매애가 예상치 못한 폭력적인 방식으로 전환될 수 있음을 발가벗겨 보여준다.

「아내들의 학교」는 자신이 레즈비언이라는 사실을 숨겨야 하는 사회가 아니라, 동성 간의 결혼이 합법화된 미래 사회를 배경으로 하고 있다. 동성애를 다룬 많은 소설들이 성적 정체성을 둘러싼 외부와의 충돌과 그로 인한 상처에 집중해왔다면, 이 소설은 레즈비언 커플 내부의 폭력성에 초점을 맞춘다. 십오 년 전 중학교에서 만난 '설혜'와 '선'은 결혼한 뒤 아이를 입양해 살아가고 있는 레즈비언 커플이다. 그런데 선이 〈톱 모델 서바이벌 코리아〉에 출연하면서 그들은 각자 자신들의 폭력적인 과거와 대면하게 된다. 선에게는 중학교에 입학한 날 선생에게 끌려가 선천적인 붉은색 머리를 오해받고 까까머리가 되어 돌아온 트라우마가 있다. 설혜는 "야, 너는 애인 있잖아. 등록금 내주다가 때 되면 집 사줄 부모도 있고. 그런데 네가 약자냐?"(236쪽)라는 독설을 들으면서 여학생회를 하다가, 졸업생 선배가 기획한 다큐멘터리에 출연해 아우팅을 당한 기억이 있다. 여성들의 싸울 권리를 위해서, 설혜는 편안하게 자본을 가진 '강자'로 재단당하고 전체를 위해 '성소수자'라는 정체성을 희생하길 요구받았다. 소설은 감옥과도 같은 획일적인 훈육의 공간으로서 학교를 비판적으로 그리면서도, 여자들의 사회 내부에서 벌어지는 폭력이 더욱 가혹할 수 있음을 부인하지 않는다.

서바이벌 프로그램에서 살아남은 최후의 2인이 된 선은 이 과정에서 자신의 머리를 둘러싼 트라우마와 대면해 눈물을 흘렸음에도, 우승하기 위해 설혜에게 TV 출연을 요구한다. 아이와 설혜가 함께 TV에 나와서 사람들이 원하는 드라마를 연출해야만 우승할 수 있다는 것이다. 과거의 트라우마가 계속해서 떠오르지만 결국 설혜는 "이것이 내가 원한 유토피아였다는 걸"(241쪽) 스스로에게 주입하며 선의 요구에 따른다. 주어진 삶의 궤적에서 벗어나 소수자로서 자신의 성적 정체성을 자유롭게 표명하고 살아가고자 하는 주체의 욕망은, 개성적인 드라마를 요구하며 관음증적으로 타인의 삶을 소비하고자 하는 대중의 욕망과 손을 잡는다. 그들의 성 정체성은 자유를 꿈꾸는 주체의 자기 형성의 논리를 등에 업고 가장 센세이셔널한 방식으로 '소비'된다. 선과 설혜가 자신들의 사랑을 인정받으며 자유롭게 살려고 할수록 아이러니하게도 그들은 자발적으로 스스로를 착취하는 구조 속으로 깊숙이 들어가게 되는 것이다.

이 소설은 욕망 앞에서 어떤 것도 가리거나 보호하지 않는다. 여성들 사이에서도 "이마를 마음놓고 쓸어보고 싶었고 붉은 빛깔을 가진 입술과 손톱을 매만져보고 싶"(222쪽)은 성적 욕망이 발현될 수 있음을 인정하고, 모성애가 사회적으로 학습된 것임을 배우면서도 "아이를 키우고 싶다"(228쪽)는 욕망이 일어날 수 있음을 받아들인다. 그리고 거기에서 더 나아가 성적 소수자 여성이나 여성 단체가 선량하고 올바르게 행동하는 것이 아니라, 온전히 자신의 이익을 위해 사악하게 상대방을 이용할 수 있음을 보여준다. 프로그램의 최종 우승자가 되고 싶었던 선은 잔인한가? 그럴 수도 있다. 야망에 불타올라 상대의 희생을 요구하는 선은 신자유주의에 누구보다 잘 적응한 맥베스 부인처럼 보인다. 그러나 사랑과 대의를 빌미삼아 상대를 착취하는 이 모든 반여성주의적인 선택과 행동은 역설적으로 여성의 수행성을 가장 적극적으로 인정하게 만든다. 폭력적인 여성, 배반하고 비열하게 구는 여성이 없다면 도덕적 결단을 내리는 여성의 수행성 또한 있을 수 없다. 여성들은 가정의 천사가 아니다. 그간 우리의 발목을 잡아온 것은 여성을 결함 없는 순진한 희생자이자 자본주의와 가부장제의 무기력한 꼭두각시로 간주하는 것, 그럼으로써 여성들을 왜소하게 축소시켜온 단순한 시선이었을지도 모른다.

박민정은 레즈비언 성소수자의 사랑 이야기에 신자유주의에 걸맞은 자기계발적 주체를 겹쳐놓음으로써 완전히 새로운 페미니즘 소설을 써냈다. 이들의 사랑은 진정성 있고 평등하고 아름답지 않은 대신, 절박하고 혼란스럽고 목적 중심적이며 비도덕적이다. 그러나 욕망을 길들이는 것은 불가능한 일이 아닌가. 사랑에 있어 쾌락과 고통을 구별하기 어려운 만큼이나, 욕망의 도덕성을 구별하려는 행위는 오만에 가깝다. 페미니즘 소설은 어디로 향하는가. 박민정은 남성의 환상이 빚어낸 순결한 마리아나 위험한 팜파탈과 같은 관습적인 코드에 붙들리지 않으면서도, 여성 안의 충동과 파괴성을 부인하지 않음으로써 자기 갱신에 성공했다. 도덕적인 자기 위안을 버리고 차라리 악랄하고 파괴적인 방식으로 욕망에 충실함으로써 우리는 여성의 유토피아에 도달할 수 있을 것이다.

5. 키클롭스의 외눈과 불협화음의 형식

박민정의 두번째 소설집에 실린 소설들이 직조하는 세상은 『오디세이아』에 나오는 외눈박이 거인 키클롭스를 떠올리게 한다. 키클롭스의 외양은 총체성을 잃은 시야를, 하지만 그렇게 하나만 남아 있기에 더욱 절박하게 그 외눈에 의지하게 되는 감각의 편향을 설명해준다. 사람을 잡아먹는 거인 키클롭스와 마주했을 때 정면 대결할 수 없으리라는 것을 간파했던 오디세우스는 꾀를 냈다. 그는 자신의 이름을

'아무도 아니nobody'라고 소개했고, 키클롭스가 술에 취한 틈을 타서 눈을 공격한 후 빠져나갔다. 비명을 지르던 키클롭스는 자신을 돕기 위해 온 친구들에게 "힘이 아니라 꾀로써 나를 죽이려는 자는 '아무도 아니'요"라고 말함으로써 스스로를 구할 수 있었던 마지막 기회를 놓쳐버리고 만다. 이는 오디세우스의 많고 많은 영웅담 중 하나에 불과하다. 그러나 외눈의 키클롭스는 싸워야만 하는 적이나 미래에 대한 전망이 잘 보이지 않기에 오직 서로를 집요하게 훔쳐보는 데 몰두하는 관음증적인 지금 이 시대를 떠올리게 한다. 그런 그가 '아무도 아닌' 자에게 속아넘어가는 모습은 타인을 혐오함으로써 스스로를 보호하려는 욕망이 결국에는 자신을 해치는 방식으로 돌아오는 양상들과 닮아 있다.

이 시대에 외부의 현실과 적극적으로 관계 맺으며 소설을 쓴다는 건 어떤 것일까. 작가는 이전에 한 인터뷰에서 존 어빙의 화자 가아프의 말을 인용했다. "다시는 세상으로 돌아오지 못할까봐 두려움을 느끼면서도 결국 현실의 경계를 넘어 마침내 자신이 믿고 있는 세계로" 돌아왔던 그 남자 주인공. 세목은 현실과 매우 닮아 있지만 모아놓고 보면 결국 현실이란 건 아무것도 아닌 게 되어버리는 이야기를 쓰고 싶다는 말은, 원근법적인 시선이 아니라 다수의 다양한 시점으로 콜라주처럼 세계를 구성함으로써 궁극적으로 기존의 세계를 해체할 것이라는 의지의 표명으로 들린다. 실제로 우리 주변의 세상은 더 복잡하고 흥미로워지는 중이다. 하나의 대의를 위해 뭉치는 일은 점점 드물어지고 있으며, 어떤 사안에 대해 총체적으로 설명하고 이해하는 일은 거의 불가능해 보인다. 피해자와 가해자의 중첩은 사안을 도덕적으로 판단하기 어렵게 만든다. 박민정은 이 모든 복잡함을 회피하는 대신, 불협화음을 작품 안으로 끌어들여서 소설의 유일한 윤리로 삼았다. 이 불협화음의 윤리를 통해 만나게 되는 것은 새로운 여성 소설이다. 박민정의 소설에는 가부장제의 감옥에 감금되어 있는 미친 여자의 목소리도, 옅은 자취를 남기면서 달아나는 메아리나 모호한 수수께끼도 없다. 여기 실린 소설들의 호소력은 그간 여성 소설의 특수성으로 말해져왔던 선병질적인 광기와 히스테리, 뒤틀려 있는 기괴한 영역으로의 초대와 같은 상상력과는 무관한 지점에 있다. 그와 반대로 작가는 언어와 역사 안에 확고하게 닻을 내린다. 그는 초연한 학자처럼 거리를 유지하며 시대와 역사를 학술적으로 탐구하고, 이를 통해 동시대의 광적인 존재들의 위악적인 유희와 상투적인 여성혐오 방식이 어떤 방식으로 엉켜 있는지를 드러낸다. 남성들의 오염된 역사와 뻔뻔한 광기의 형식들을 균열 내는 새로운 방식이 더없이 냉정한 학구적인 시선일 수 있다는 것, 광기에 휩쓸리지 않는 이성이야말로 이 시대 여성이 든 칼이라는 것을 박민정의 소설은 보여준다.

박민정의 독자는 그 누구든 거시적인 역사에 대한 열렬한 탐색과 해체에서 지적인 황홀감을, 파괴적으로 내달리는 인물들을 통해서 이 시대와 감응하는 깊은 호소력을 느끼게 될 것이다. 모순이 중첩된 사태들을 강력하게 환기하면서, 또 이 사태들을 어떻게든 끌어안으려는 결기를 품고서 『아내들의 학교』는 이렇게 우리 시대의 전위로 서 있다.

(2017)

파열하며 새겨지는 사랑의 탄생
—최은미의 『눈으로 만든 사람』[1)]

글을 쓰는 모든 여성은 일종의 생존자다.
—에이드리언 리치

어떻게 하면 돌에 대해서가 아니라,
체온 그 자체에 대해 글을 쓸 수 있을까?
—일라이 클레어

1. 굴레를 넘어

파괴의 순간들을 문학으로 조형하는 적절한 방식은 무엇인가. 여성의 글쓰기에 따라붙는 시적이라든가 비의적이라는 수사는 아름답지만 금방 부스러지는 껍데기처럼 느껴진다. 여성이 써나간 글의 돌기들

1) 최은미, 『눈으로 만든 사람』, 문학동네, 2021. 이하 인용시 본문에 작품 제목과 쪽수만 밝힌다.

이 때로는 성스럽게 때로는 광기 어린 것으로 극단의 경계를 오가며 읽힐 때, 그 글 속에서 복잡하게 일렁이는 감정들은 납작하게 정리되어버린다. 최은미의 이번 소설집에 담긴 꿈과 현실의 테두리를 흐트러뜨리는 죽음의 그림자, 소녀들과 기혼 여성들이 서로를 향해 느끼는 끝없는 갈증의 기류들은 그런 방식으로는 충분히 읽히지 않는다. 분노와 자책으로 얼룩진 채 자신과 좀처럼 결합되지 않는 과거의 조각들을 뜯어내고 조각내길 반복하는 순간들 역시 분열의 글쓰기라는 범박한 설명으로 건져올려지지 않는다.

최은미의 이전 소설세계를 보여주는 대표작 중 하나인 「목련정전」(『목련정전目連正傳』, 문학과지성사, 2015)에는 유전의 굴레, 모녀간의 애증, 죽음 충동, 운명론적으로 닫혀 있는 신화적 세계관 등이 압축적으로 주조되어 있다. 음식에 비상을 넣어 마을 사람들을 살생한 엄마는 언덕에 갇혀 있으며, 그 죄는 딸인 목련에게 전가된다. 떼어낼 수 없는 생물학적인 요소처럼 죄 역시 유전되며, 그 대속의 과정은 십 년에 걸쳐 서서히 집요하게 이루어진다. 마을 사람들은 살생이 일어난 백중마다 절에 모여 「목련경」을 읽어나가는데, 독회가 끝나고 목련에게 '모든 지옥을 순례하고 모든 고통을 보아야 하며 반드시 엄마와 마주해야 한다'고 말한다. 그런데 목련이 자신의 엄마가 갇힌 언덕으로 달려가 나무에 목을 매달아 죽는 마지막 장면에서 두드러지는 것은 마을 사람들의 원한이 갈무리되는 인과응보적인 측면보다는, 엄마를 목전에 두고 그에게 지독하게 대항하려는 목련 안의 어떤 힘이다. 목련이 감금되어 있는 엄마 앞에서 목을 매닮으로써, 과거 살생을 저지른 폭력적인 엄마는 어떻게 해서도 영원히 빠져나올 수 없는 닫힌 세계로 떨어져내린다. "마을 어디에서나 나무와, 나무에 매달려 죽은 목련이 보인다"(127쪽)라는 「목련정전」의 건조한 마지막 문장은 목련의 생몰 시기를 알리며 시작된 소설의 서두에서 이미 예정되어 있던 필연적인 결말로서, 바꿀 수 없는 현실에 대한 냉혹한 인식을 보여준다. 그러니 「목련정전」을 표제작으로 하는 두번째 소설집을 동화와 설화의 형식을 차용한 "지옥의 알레고리"로, "결정론적 세계관의 생물학적 변형"으로 읽어낸 해석[2]은 최은미 서사의 작동 원리를 정확히 적시하는 것이라고 할 수 있겠다.

하지만 이번 세번째 소설집에 이르러 그 지옥의 알레고리는 이제 깨어져 나가는 것처럼 보인다. 생존과 번식의 행위가 누군가에게 기생하며 이루어지고 있다는 끔찍함, 부모에게서 자식으로 대물림되고 반복되는 시간성, 근친상간이나 죽음 충동을 불러일으키는 신화적 공간성, 전체를 부감하는 전지적인 시점은 더이상 작동하지 않는다. 물론 이번 소설집에서도 최은미 특유의 밀도 높은 정념과 열기, 암울한 세계를 바닥까지 들여다봄으로써 현실세계의 섬뜩함을 드러내는 힘은 여전하지만, 무기물의 상태를 지향하듯 달려가던 마조히즘은 잠시 질주를 멈추고 숨을 고르는 듯하다. 엄마를 향하던 오랜 애증과 생물학적인 순환의 굴레가 끊기는 그 자리에 자신을 닮은 다른 존재들을 향한 본능적인 끌림이 들어선다. 자신을 깊이 이해하는 누군가의 담백한 응시는 그의 소설에서 보지 못했던 낯선 무엇이다. 이번 소설집에서 끊어지고 파열하는 언어들은 관조할 수 없는 잔혹한 사건들을 드러내지만 최은미는 그런 혼돈의 상태를 정리하기보다 결연하게 끝까지 밀고 나감으로써 자기혐오나 자기 연민에 빠지지 않고

2) 김형중, 「미리 결정된 지옥에서」, 『목련정전』 해설, 문학과지성사, 2015.

균형을 유지한다. 무엇보다 이번 소설집에서 새롭고 강렬하게 다가오는 점은 유자녀 기혼 여성의 구체적인 일상 속에서 자신과 유사한 고통 속에 놓인 다른 여성을 바라보는 시선이다. 다른 여성을 향한 깊은 친밀감의 욕구는 그 대상에게 복잡한 감정을 투사하고, 그를 관능의 대상으로 감각하며, 폭발하기 직전의 광포한 정념으로 자신을 몰고 간다. 그 끝에서 우리가 마주하게 되는 것은 불안과 허무가 아니라, 충만한 사랑이다. 환상적인 황홀경과 축축함을 동반하던 최은미의 파토스는 이제 누군가를 난폭하게 죽음으로 밀어넣는 대신, 자유로운 해방의 기운을 뿜어내며 삶을 구원하는 길을 찾아낸다.

2. 짧고 외로운 낮잠 그리고 빛

최은미 소설의 근원에는 상실의 감각이 있다. 인물들은 "숱하게 되찾아왔지만 마침내는 잃어버린 것"(「11월행」, 307쪽)들에 둘러싸여 있으며, 세상을 떠난 이들은 미약한 한 점의 빛으로 남는다. 「11월행」에서 '규옥'은 어린 나이에 죽은 먼 친척 동생을 기리며 인등을 달고, 「점등」에서 출가한 형을 그리워하다 죽음을 선택한 '민'의 메신저 프로필 사진은 연꽃등으로 바뀐다. 민의 프로필 사진이 올해 점등식을 찍은 사진으로 바뀐 순간에, '경'은 승복 두루마기를 입은 사람을 발견하고 홀린 듯 그를 따라간다. 경의 직감대로 그 스님은 민이 살아 있을 적 몇 시간씩 절을 하며 자신을 떠난 이유를 이해하고자 노력했던 그 형이 맞을까. 소설은 끝내 그를 따라잡지 못한 상태로 아련한 시선 속에 경을 남겨둔다. 이런 서사적 선택은 현실보다는 환상의 편에 서 있는 것이지만, 민에게 그리움의 대상이었던 형이 그를 애도할 수 있는 가능성을 열어줌으로써 민의 짧은 생에 새로운 의미가 들어차게 한다. 최은미의 이번 소설집에는 짧고 외로운 낮잠을 자는 인물들이 많이 나온다. 이들은 낮잠에서 문득 깨어나 현실로 돌아왔을 때, 무언가 중요한 존재를 잃어버렸음을 깨닫는다. 하지만 그 존재는 증발하듯 사라지는 대신, 이들 안에 깊이 새겨진다. 소설 속에 여러 번 등장하는 희미한 불빛들은 쉽사리 완결되지 않는 애도의 시간을 함축하는 작은 표지다.

"거기 아직 내 가방이 남아 있어"(199쪽)라는 그리움과 불안이 뒤섞인 문장으로 시작되는 「美山」은 최은미 세계 속 상실의 기원을 엿보게 해주는 작품이다. 소설에서 핵심이 되는 사건은 남동생의 죽음이다. '나'에게는 두 남동생 '은욱'과 '은석'이 있었는데, 엄마가 큰 배낭을 메고 산을 넘어가려던 어느 날 여섯 살이었던 은석이 출렁다리 아래로 추락한다. 그런데 죽음을 동반하는 끔찍한 유년 시절의 기억은 억압되어야 할 과거의 시간으로 멀리 밀려나는 대신, '나'가 밥상 앞에 앉아 가족과 나누는 대화의 사이사이로 계속해서 끼어들어온다. 은욱이 결혼해 딸을 낳을 만큼의 시간이 흘렀지만, '나'는 "근데 은석이는 오늘 늦는대? 못 오는 건가?"(204쪽)라고 죽은 동생의 이야기를 천진하게 꺼내며 은석이 죽었다는 사실을 혼자서만 받아들이지 못한 채 웃자란 것처럼 보인다.

이 상실의 서사에 긴장감을 불어넣는 것은 두 시간성이 팽팽하게 병렬되는 방식이다. 한 축에 '잃어버린 시간'이 있다면, 다른 한 축에는 '되찾은 시간'이 있다. 두 시간은 투쟁중이다. 은욱과 있었던 일을 은석이 겪은 일로 기억하거나, 은석을 떠올리며 어린 조카의 말랑한 육체성을 감각할 때, '나'는 은석의 존재를 '되찾은 시간' 쪽으로 끌어당긴다. 그러나 어긋나면서도 절묘하게 닿아 있는 가족들 간의 대화는 은석을 '잃어버린 시간'으로 밀어낸다. '나'는 "그때 나한테 왜 그랬어?"(206쪽)라며 자식들을 버리고 떠나려 했던 엄마를 끈질기게 추궁하면서도, "이게 다 너 때문이야"(216쪽)라는 엄마의 말에 치명적으로 베이며 죄책감에 사로잡힌다. '되찾은 시간'을 지키려는 '나'의 간절함은 과거로 돌아가 은석이 출렁다리 아래로 떨어져내리는 순간, 모든 자연과 사물이 마음을 합하여 그에게 생명의 길을 터주는 기적의 평행세계를 열어낸다. 하지만 이런 기적의 평행세계를 부수며 또다시 날카로운 분열선이 침투해 들어온다.

> 손을 대는 순간 끔찍한 일이 일어날 거라는 걸 알지 못한 채로, 결코 잊을 수 없는 어떤 소리를 듣게 될 거라는 걸 모르는 채로 나는 두 손을 뻗는다. 그리고 잠자리의 날개를 잡는다.
>
> 여전히 떠오른다. 왼쪽 손에 들려 있던 잠자리의 왼쪽 몸통과 오른쪽 손에 들려 있던 잠자리의 오른쪽 몸통이. 잠자리가 찢어질 땐 잠자리 찢어지는 소리가 난다는 걸 알게 되던 순간이. 내가 정말 가져보고 싶었고 만져보고 싶었던 것, 그것이 내 손에 닿자마자 훼손되던 순간의 충격과 슬픔을, 나는 여전히 떠올린다.(「美山」, 216쪽)

소설의 서두에서 무언가 찢어지고, 분질러지고, 쪼개지고, 부러지고, 잡아 뜯어지며 나는 소리가 주는 자극은 이 장면에서 근원이 찾아진다. '나'에게 유일한 시간의 축은 은석을 잃던 순간이며, 이는 잠자리 날개가 찢어지는 장면으로 날카롭게 압축된다. 이 순간이 '나'에게 있어 원풍경에 해당한다. 매번 '나'에게 펼쳐지는 미산의 원풍경에는 엄마에 대한 애증과 동생의 죽음에 대한 자책이 도사리고 있다.

형태를 으스러뜨리는 촉각적 순간이 기이하리만큼 확장된 소리로 표현되는 것은 그의 몸에 깊이 새겨진 고통스러운 흔적을 나타낸다. 그런데 이상하게도 이 잔인한 풍경이 아름다운 비밀을 담고 있는 것처럼 느껴진다면 그것은 왜일까.

여기에 '푼크툼으로서의 시간'이 있다. 롤랑 바르트는 사진과 피사체의 객관적인 아름다움이 '스투디움'의 영역에 있다면, 그 피사체가 곧 죽는다는 사실을 인지하면서 그 존재를 감각하는 방식은 '푼크툼'의 영역이라고 보았다. 지극히 아름다운 순간에도 아직 발생하지 않은 파국적인 미래를 보는 이들만이 푼크툼으로서의 시간을 이해할 수 있다. 그러니 푼크툼으로서의 시간 속에 있는 인간은 늘 불안하고 슬프다. 소설에서 '나'가 자신을 "안달나게 하면서 바로 내 눈앞으로 날아 지나가는 것들"(207쪽)인 잠자리떼를 보며 "좋고도 두려운 그것"(같은 쪽)이라 말할 수밖에 없는 이유는 여기에 미래의 파국을 끌어와 겹쳐 보는 시선이 있기 때문이다. 무디고 질기게 살아남는 것들과 달리 섬세한 아름다움을 지닌 것들은 얼마나 연약하고 얼마나 손쉽게 훼손되는가. 간절하게 열망했던 것들은 왜 언제나 완벽하게 손에 쥘 수 없는가. 앞으로 벌어질 일들을 짐작하면서도 손을 뻗을 수밖에 없는 이의 도저한 슬픔이 여기에 있다. 이 푼크툼으로서의 시간을 이해한다면, 다른 소설에서 미산이 "너무도 벗어나고 싶은 곳이었지만 또한 너무도 그리운 곳"(「내게 내가 나일 그때」, 262쪽)이라는 모순된 문장으로 표현되었던 것이 새롭게 해석될 수 있다. 역설적이게도 끔찍하고 돌이킬 수 없는 사건만이 파괴되기 이전의 순수하고 절대적인 시간성을 온전히 감각할 수 있게 한다. 자신을 치명적으로 무너뜨린 사건을 곱씹는 일은 그 이전의 시간을 다시 살려내 그때와는 다른 방식으로 그 시간을 살아내는 일이다. 무지한 순수가 아니라, 오직 파괴와 죽음을 알고 있는 흔들리는 눈동자만이 이를 해낸다. 그러니 잠자리가 찢어지던 순간으로 돌아가 그때의 충격과 슬픔을 반복하는 탄성이야말로 최은미 소설 속에서 상처를 응시하며 삶을 추동하는 동력이라고 할 수 있을 것이다.

잠자리가 찢어지는 장면 이후, '나'가 은석을 만나는 모습은 '되찾은 시간'을 지켜내려는 의지가 만들어낸 사건이다. '나'와 은석이 나누는 천진난만한 대화 속에는 아버지의 비극적인 죽음이 어른거리지만, 금방 집으로 가겠다는 은석의 목소리가 골목을 울릴 때 소설은 비극을 넘어서는 하나의 방식을 보여준다. 이전의 최은미 소설에서 압도적이었던 결정론적 세계관은 「美山」의 소설적 환상 앞에서 깨어져 나가는 것 같다. 작가는 이제 비극의 파열선을 넘어 시간을 구부림으로써 사랑하는 이가 부서지지 않은 평행세계를 만들어내고, 그 존재를 지켜낼 수 있도록 세상에 맞선다.

시간을 되감고 또 되감아 죽음을 품고 있는 유년 시절의 한 풍경으로 돌아가는 일은 「운내」에서도 일어난다. 열세 살 소녀인 '나'와 '승미'가 보내진 운내는 어떤 공간인가. 운내는 시골이지만, 최은미의 이전 소설에서 섬뜩한 한기를 내뿜거나 파괴력을 지닌 공간과는 다소 다르다. 최은미의 소설에서 음험한 숲이 금기된 성적 욕망과 죽음 충동이 뒤섞인 우글거리는 용광로로 드러나곤 했다면, 마음연마원인 '기와유리집'은 특유의 샤머니즘적인 색채 속에서도 신비하고 상징적인 공간으로 추상화되지 않는다. 이곳에 놓인 '록산 크리스털'과 '파동 육각수'와 '약초 베개' 등의 물건들에는 모두 가격표가 붙어 있고, 약차를 만드는 데 쓰이는 목련 꽃봉오리 역시 "한줌 한줌이다 돈"(168쪽)으로 거래된다. 기와유리집을 주재하는 산주님의 하얗게 센 머리, 자글자글한 눈가와 입가, 복잡한 기운이 담긴 눈빛과 함께 시술의 영험함에 대한 소문들은 일견 비밀스럽게 다가온다. 그러나 남편이 사고로 죽은 뒤 받게 된 보상금을 시댁 식구들이 온갖 구실로 떼어가자 이를 견디다못한 산주님이 "꼭지가 돌아버린"(182쪽) 채 "동전 하나까지 긁어"(같은 쪽) 산을 산 이야기와 곁에 들러붙어 협박하고 깐죽대는 '군복 우와기 어른'의 존재는 한 여성이 조용한 결기로 세워낸 이 반反가부장적 공간이 불결하게 침범되는 것을 보여준다. '나'와 승미는 바로 이 공간, 즉 모계 신화적 공간이 되기에는 다분히 세속적이고, 무엇보다 남성 친족의 악의적인 공격 앞에 무방비로 노출된 이곳에 추방되듯 보내진 것이다. 그리고 이곳에서 만난 두 사람은 이내 서로를 알아보며 둘만의 세계를 형성한다.

"계속 까질까봐"(166쪽) 엄마에 의해 운내에 보내진 승미는 "심심해서 몸이 꼬인"(같은 쪽) 채 '나'를 기다리고, 자주 "쓰리쓰리"(167쪽) 해진다. 그리고 '나'에게는 의지와 무관하게 수시로 "ㅌ읏"(169쪽)이 찾아온다. 승미와 '나'가 겪는 병리적 증상들을 설명할 때 빈번하게 등장하는 마찰음과 파열음은 스산하고 섬뜩한 한기를 전달한다. 이전에 두 소녀에게 무슨 일이 일어났는지는 정확히 서술되지 않는다. 하지만 이 년 전부터 까진 채 계속 열한 살에 머물러 있으며 사혈을 통해 새로 태어나길 갈망하는 승미와 ㅌ읏이 오자 승미를 향해 더러운 피가 가득하다고 공격하며 죽음 충동에 시달리는 '나'의 모습은 서사 안에서 느슨하게 연결되며 성적인 불안감을 직조한다. 이 앞에서 두 소녀가 자신들을 방어하는 방법은 깨어진 언어들로 방공호를 만드는 것이다. 그러나 의미로 환원되지 않는 끝말잇기나 자음으로만 발설되곤

하는 이들의 비명 같은 말은 안이 다 들여다보이는 쇠창살처럼 투명해 연약하다는 느낌을 지울 수 없게 한다. 날이 선 채 진행되는 서사 속에서 승미가 '나'에게 해주는 숟가락 청혈 요법은 잠시 나른하고 평화로운 어떤 순간을 만들어낸다.

> 차갑고 뭉툭한 것이 몸에 닿았다. 승미가 내 등줄기를 긁어내려갔다. 금방이라도 오줌이 나올 것 같아서 나는 몸을 움찔거렸다. 좋아? 응. 얼마만큼? 나는 숨을 깊게 들이쉬었다. 스무 개입 키세스 초콜릿 한 봉지만큼. 겨드랑이를 지나 팔뚝 안쪽을, 허리를 지나 골반과 허벅지를. 여기도 좋아? 응. 얼마만큼? 투게더 아이스크림 한 통을 앉은자리에서 다 퍼먹은 것만큼. 몸이 나른하게 가라앉았고 나는 피가 맑아지기 시작했다. 몽롱해지는 내 귀에 대고 승미는 속삭였다. 여기가 기정혈이야. 여기는 천주혈. 잘 기억해, 알았지? 넌 똑똑하잖아. 여기는 양강혈. 여기는 명문혈.
>
> 승미의 목소리가 지금도 귓가를 간질인다. 그대로 자면 돼. 생각하지 말고 잠들어. 내가 너 해줄 테니까. 지금은 내가 너 해줄 테니까.(「운내」, 186~187쪽)

소녀들 사이에 짙게 깔리는 관능적인 공기는 이상하리만큼 평화롭다. 부서진 말들 사이에서 부유하던 소녀들은 귓가를 간질이는 속삭임과 함께 조심스럽게 서로의 몸을 접촉해나간다. 움찔거리다 나른하게 가라앉는 몸, 깊게 들이쉬는 숨, 몽롱해지는 정신을 동반하는 정직하고 내밀한 접촉 속에서 죽음을 향해 재촉하듯 움직이던 소녀들의 위태로운 발걸음은 잠시 멈춰진다. 내밀하게 떨리는 몸들은 가늘고 창백한 실들이 얽히듯 겹쳐지며, 두 소녀는 조용한 희열 속에서 충만감에 다다른다. 맑은 피를 갈망하는 '까진' 소녀들이 서로에게 기대고 포개어질 때, 이들은 원초적인 차원에서 접촉하며 교감한다. 이 성애적 장면은 소녀들을 순수성의 표상으로 남겨두는 대신 끈적임 속으로 밀어넣지만, 운내를 흐르던 탁한 공기는 이 순간에 잠시 맑게 정화되는 것 같다. '나'가 승미에게 느끼던 깊은 동질감은 밀착된 몸들의 틈새에서 비로소 멸시와 공격성의 날카로움 없이 순하게 흘러나온다. 그러나 이들의 몸은 학대와 착취 바깥의 안온한 밀실에 남지 못한다.

"내 피는 긁는다고 맑아지고 그런 피가 아니야"(187쪽)라고 단호히 말했던 승미가 사혈을 시도한 후, 두 사람의 짧은 낮잠 끝에 찾아오는 것은 깊은 적막이다. '나'는 "어딘가에서 올 하나가 풀려버린 것을, 종이가 울어버린 것을, 아주 중요한 조각 하나를 잃어버린 것을"(191쪽) 느끼지만 승미가 죽었다는 사실을 부인한 채 성장한다. 폭풍같이 찾아오는 식욕에 지고, 몸에서 나는 것들을 자로 재고, 계란은 완숙만 먹는 인물로 자란 '나'는 승미의 마지막 말을 기억하며 방 한 칸에 항상 불을 켜둔다. 이 성장에는 세계에 대한 일말의 타협도 조화도 없이 기괴한 생명력을 발산하는 육체적인 확장만이 있다. '나'의 성장은 부모 같은 초자아적 존재로부터 인정받거나 그 존재를 극복하면서 이루어지는 대신, 또래 여성인 승미의 죽음을 품어내며 이루어진다. '나'가 품은 기억 속에서 승미는 훼손된 소녀가 아니라 자신의 섹슈얼리티를 발산하며 생동하는 주체로 남은 채 소멸되지 않는다. 그리고 '나' 역시 세계에 포섭되지 않지만, 그렇다고 비의적인 존재로 남지도 않는다. 이 기괴하고 탁하게 고여 있는 시간은 승미의 존재를 하나의 불빛으로 온전히 보존한다. 자연이 무심하게 매해 목련을 피워내듯, 육체만이 자라는 이 기괴한 성장 속에서만 품을 수 있는 존재도 있을 것이다. 생전에 이미 시간이 멈춰 열한 살에 머물러 있던 승미는 성장이 멈춘 '나'의 세계 속에서 비로소 "짧고 외로운 낮잠을 자는 여자"(195쪽)로 자라나 조금은 청승맞고 조금은 굼뜨게 살아가고 있다는 것을, 오직 이 성숙한 소설만이 알고 있다.

3. 허공을 가르는 힘

「눈으로 만든 사람」과 「나와 내담자」 「내게 내가 나일 그때」는 '폭력 생존기' 3부작이다. 어떤 일이 있었는가. 자신을 충분히 방어할 수 없었고, 일어난 일을 충분히 의미화할 수도 없었던 어린 여자아이에게 친족으로부터 성적인 폭력이 가해졌다. 꽤 많은 시간이 흘러 그 여자아이는 딸아이를 키우는 기혼 여성이 된다. 그런데 어느 날 그때의 일이 다시 찾아온다. 「내게 내가 나일 그때」의 '유정'은 한 산문에서 "친족 성폭력 얘기를 쓴 자신의 소설이 자전적 경험을 모티프로 한 것임을 밝히"(247쪽)고 나서, "기이할 정도로 끈질기게 잠복돼"(246쪽) 있던 감각이 격렬히 자신을 타격해오며 자신이 놓여 있던 좌표를 어떻게 이동시켜버렸는지 말한다. 유정을 괴롭게 만드는 것은 "가족들은 모두가 이전의 상태에 있고 유정 혼자 이후의 상태로 와 있다는 것"(248쪽)이다. 유정은 오래된 과거와 결부되어 쉽사리 해결할 수 없는 주관적 고통에 붙들려 있으며, 무엇보다 자신이 써온 것을 가장 가까운 이들에게도 온전히 이해받지 못한다는 무기력에 시달린다. 그는 지금 허공 위에 홀로 떠 있다.

그런데 이 폭력 생존기 3부작에서 인물이 통과해온 파괴적인 경험을 서술하는 방식은 다른 글들과 꽤 다르다. 대개는 일상의 주형틀을 벗어나는 끔찍한 사건이 먼저 있고, 이로 인한 고통을 언어를 통해 길들이며 일상적인 정체성 안으로 통합시킨다. 하지만 폭력 생존기 3부작에서 언어는 역으로 고통을 확장하고 안정된 정체성을 무너뜨린다. 고통이 언어 속으로 들어와 은밀하게 파묻히는 대신 언어를 타고 오르며 구체적이고 생생하게 살아나고, 일상에서 배당된 자신의 역할과 정체성은 파열에 이른다. 여기에는 관습적인 재현의 방식이 없다. 소설은 인물이 겪는 고통의 원인인 사건을 추체험하게 함으로써 즉물적으로 동일시하지도, 섣불리 개입하거나 판단하지도 않는다. 사건 후 오랜 시간이 지났음에도 여전히 깊이 새겨져 있는 흔적들을 더듬어나가며 세계에 대응하는 인물의 몸을 드러낼 뿐이다. 이 또렷한 고통 속에서 언어는 비로소 마비적인 대치 상태로부터 달아난다. 인물들은 여전히 그 사건의 자장 안에 놓여 있지만, 가해자의 반성할 줄 모르는 무능력과 뻔뻔스러운 자기기만에도 불구하고 고통의 구체적인 시간성 바깥으로 나아간다.

그 고통의 바깥으로 나아가는 지난하고 기나긴 여정의 맨 앞에 놓인 소설이 「눈으로 만든 사람」이다. 소설 서두에 등장하는 삽화에는 한겨울에 아기가 태어난 직후의 일들이 마치 동화나 설화처럼 부조되어 있다. 아기를 만지고, 안고, 업어보고 싶어하는 소년의 열망은 어른들이 약속한 시간이 지날 때마다 천천히 하나씩 충족된다. 동화나 설화에서 소망 충족의 지연은 독자를 불안에 빠뜨리지 않는데, 그 속의 사건은 대개 주인공의 소망이 이루어지는 방향으로 또 오래전부터 운명 지어진 대로 일어나기 때문이다. 이 삽화를 처음 읽어나갈 때 순수하게 다가오며 심리적으로 동참하게 되던 소년의 열망은 소설을 읽은 후 파괴적인 사건을 예비하는 끔찍한 무지로 뒤바뀌어 읽힌다. 이 징그러운 무지의 결정론적 세계관 가운데에 아기의 '삼촌'인 소년이 만든 '눈사람'이 있다.

그런데 소설은 이 눈사람의 형상이 세대를 뛰어넘어 반복되는 것을 보여주는 한편, 그것이 맥없이 녹아내리고 마는 모습도 보여준다. 반복되는 눈사람의 형상 아래에는 끈질기게 이어지는 생존과 번식의 힘이 있다. 소설이 부러 성씨까지 붙여 인물들의 이름을 호명할 때, 가족을 비롯한 친족 간의 비슷한 외양과 친밀한 행동들은 이질적으로 다가온다. 부녀 관계인 '백은호'와 '백아영'이 공유하는 외양과 행동들은 문득 생경하고 이물스럽게 느껴지며, "성이 다른 일가족"(95쪽)이 아무렇지도 않게 저질러온 무례와 폭력들은 또렷하게 부조된다. 그리고 그 일가족 가운데 아버지의 막내 남동생의 아들인 '강민서'가 '강윤희'의 집에 잠시 머무르게 되면서 서사에 긴장감이 돌기 시작한다. 강민서는 바로 "세균 범벅인 이물질을 강윤희의 질 속에 넣고 휘젓던 강중식"(97쪽)의 아들이고, 강윤희에게는 성조숙증 확진 판정을 받아 '초경지연탕'을 먹고 있는 어린 딸 백아영이 있기 때문이다. 강윤희는 시어머니의 확고한 믿음에 따라 "어려서부터 성호르몬제를 맞고 번식을 반복한 초식동물들의 고기"(108쪽)를 백아영이 아기 때부터 먹어왔다는 사실을 자극적으로 받아들인다.

그런데 강윤희는 고기에 집착하는 백은호와 백아영과 달리, 강민서의 담백한 음식 취향이 자신과 거의 흡사한 것을 보고 놀란다. 그 음식들이 조부모가 생존해 있던 시절 그 아래서 강중식과 같이 살면서 먹어온 것이라는 사실을 깨달으면서도, 자신이 차린 음식을 정성스럽게 먹는 강민서를 보면서 강윤희는 본능적인 호감을 느낀다. 강민서는 특유의 섬세함으로 강윤희가 잠을 이루지 못하는 새벽에 홀로 기척을 감지하고 말을 걸어오고, 어려서부터 강윤희가 야무지고 예뻤다는 말을 들었다고 전하고, 강윤희가 눈사람을 만들어줬던 기억을 소중하게 간직하고 있다. 그래서 "그럼 우리 엄마는 어떻게 울게?"(123쪽)라는 백아영의 질문에 강민서가 정적 속에서 물끄러미 강윤희의 눈을 바라볼 때, 그 시선이 주는 기이한 힘은 강윤희에게 위로로 다가온다. 이 소년의 천진한 얼굴과 응시는 넘실거리는 불안에 압도되어 있는 강윤희를 불안의 바깥으로 부드럽게 끌어낸다.

소아림프종에 걸렸던 강민서의 예후가 좋지 않다는 검사 결과가 나오고 강중식이 눈물을 흘리며 강윤희에게 "다 내 죄"(125쪽)라고 말하면서도 "손가락밖에는 안 넣었다"(같은 쪽)는 말을 던질 때, 그의 반성할 줄 모르는 무능력과 무책임은 끔찍하고도 역겹다. 뻔뻔하게 자신의 행위를 부정하면서도 아들이 병에 걸린 사실과 그 행위를 연결하는 그의 일그러진 인과관계는 여전히 순환하고 있는 생물학적 굴레를 드러낸다. 하지만 한파 특보가 해제된 뒤 강윤희가 보게 되는 것은 녹아버린 눈사람과 그 물 위에 떠 있는 흑미들이다. 강민서가 만들었던 눈사람은 유순하게 녹아내리고, 강윤희가 겪었던 고통은 백아영에게로 대물림되지 않는다. 이제 눈사람은 설화의 세계관 속의 강건한 고체성을 지닌 것이 아니라, 자연의 흐름에 따라 녹아 흘러내리고 증발하는 유약한 액체성과 기체성을 지닌 것으로 변한다. 이 유연하게 흐르는 새로운 자연관은 폐쇄적인 순환의 굴레에 갇힌 생물학적 세계관을 부수고 들어온다. 그 자리에서 '눈으로 만든 사람'이란 제목을 다시 보면, 한때 위협적이었던 누군가의 존재는 맥없이 녹아내리며 세계에서 사라지는 것 같다.

「눈으로 만든 사람」에서 「내게 내가 나일 그때」로 넘어가는 자리에 「나와 내담자」가 있다. 「나와 내담자」의 특징적인 점은 화자가 트라우마에 시달리는 당사자가 아닌 상담자라는 것이다. 소설은 심리치료를 받는 내담자 '강수영'을 관찰한 상담자의 기록 일지라는 형식을 통해 진실의 조각들을 모으면서도 피해자가 원치 않는 고백의 자리에 놓이거나 관음의 대상이 되는 것을 막는다.

내담자 강수영이 열 번에 걸쳐 만들어간 모래 상자를 통해서 우리가 추정하거나 확신할 수 있는 것은 지극히 미미하다. 강수영이 어린 시절에 놀러갔던 시골집을 회상하며 "내가 불러도 할머니한텐 당연히 안 들리겠지"(138쪽)라고 말할 때 그 목소리에 묻어나는 고립감과 함께 현재 자신의 엄마와 딸아이 모두에게 애착과 부담을 느낀다는 것 정도를 짐작할 수 있을 뿐이다. 상담의 한가운데 놓인 이미지는 웃지 않은 채 시멘트 축대 앞에 서 있는 한 여자아이의 사진이다. 강수영이 모래 상자로 "네모난 구멍이 세 개씩 뚫려 있는 시멘트 블록"(144쪽)을 가져오며 그 안에 자신과 남동생 둘과 남자 사람 1이 있었고 남자 사람 1이 남동생들을 폭행했다고 말한 설명을 떠올려보면, 사진 속 소녀의 모습은 시멘트처럼 강건하고 간교한 남자 사람 1의 폭력 앞에서 보호받지 못했던 원형적인 이미지라고 추정하게 되지만, 이런 방식으로 소설을 독해하면 할수록 이 소설을 정확하게 감각하기보다 소설에서 멀어지는 것처럼 느껴진다. 오히려 이 소설에서 독자인 우리가 강수영으로부터 끝내 무엇을 읽어낼 수 없는지, 그 속에서 상담자인 화자는 무엇을 읽어내는지를 살피는 것이 훨씬 더 중요해 보인다.

10회기에 걸쳐 상담을 진행하는 동안 강수영은 자신에게 벌어진 가장 결정적인 사건에 대해 이야기하거나 진실을 토로하지 않는다. 그 자리를 채우는 것은 모래 상자를 앞에 두고 미심쩍어하는 얼굴,

마지못해 일어나 모래 상자에 넣을 소품을 가져오거나 때로는 모래를 상자 밖으로 다 퍼내버리고 싶다고 말하는 모습이다. 그러나 그는 대기실에서 마주친 다른 아이의 엄마처럼 아이의 문제가 자신 때문이라고 생각하는 것에 대해 저항감을 느끼기도 하며, 어떤 날은 멈추기 어려울 정도로 눈물을 흘리기도 한다. 소설은 강수영이 말한 내용이 아니라, 말할 수 없고 행위할 수 없는 그의 상태로부터 드러나는 진실을 보여준다. 이 소설을 통과하며 우리가 알게 되는 것은 날것의 트라우마가 아니라 강수영을 둘러싸고 있는 지극히 예민한 고통의 껍질 그 자체다. 소설은 끝에서 내담자인 강수영과 상담자인 화자를 겹쳐둔다. 강수영의 첫번째 상자 사진을 꺼내 자신의 첫번째 상자 사진과 비교해보는 화자는 강수영에게서 자신의 과거를 읽어내는 것처럼 보인다. 그는 무엇을 읽어낸 것일까. 이 역시도 해독의 불가능성 속에 남겨져 있다. 하지만 화자의 시선을 통해 관찰자로 자리해 있던 독자들은 이 순간에 문득 강수영에게 자신의 무언가를 투사하거나 강수영에게서 뭔가를 읽어내고 있었는지 묻게 된다. 이 질문 자체에 소설의 형식이 선취한 윤리와 위로가 함께 있다. 타인의 고통이 자신과 겹쳐질 때 비로소 고통은 분석의 대상이 아닌, 오롯이 고유한 고통 자체로 남아 응시의 대상이 된다.

그 응시는 「내게 내가 나일 그때」에서 다른 방식으로 이어진다. 이 소설은 친족 성폭력에 대해 쓴 소설이 자전적 경험을 모티프로 한 것임을 밝히고 난 후 새로운 상황을 맞닥뜨리게 된 소설가 유정의 이야기를 다룬다. 유정은 그 일이 있은 지 삼십 년이나 지났기에 앞으로 치고 나갈 수 있다고 생각했으나, 자기 극복은 그리 쉽게 이루어지지 않는다. 그동안 유지해왔던 모든 것들은 어그러지고 유정은 감정의 극단을 오가며 해결 불가능한 상황으로 치닫는다. 소설은 자전적 경험이 담긴 글을 쓴 후에 유정이 느끼는 고통을 언어로 구체화하는 데 많은 부분을 할애하고 있다. 그런데 이 소설에서 가장 핵심부에 놓여 있는 문제는 자신을 가해한 인물에 대한 감정이 아니라, 가족들과 주고받는 영향에 있다. 유정은 가족들한테 정식으로 얘기하지 못한 이 일이 지금 어떻게 받아들여지고 있는지 알 수 없다. 유정은 "어떤 분열도 겪지 않고 제정신으로 가족들을 보는 것"(264쪽)을 간절히 소망하나, "무언가를 체념한 채로 계속 가족들을 보면서 그런 자기 자신을 다시 혐오하게 되는 것"(같은 쪽)을 두려워한다. 가족을 보호해야 한다는 안간힘과 그랬을 때 필연적으로 수반되는 자기 파괴를 감지하며 유정은 조증과 울증을 쉼없이 오가며 숨쉬듯 고통받는 중이다. 남동생 '유태'와 함께 고향 미산으로 가게 된 유정은 허공에 세워진 휴게소에서 '창용이 오빠'네 가족과 이야기를 나누는 시시각각 "소리 없이 곤두박질치게 될 것 같다는 예감"(256쪽)을, "발밑에 들어찬 허공"(257쪽)을 느낀다. 그런 유정이 가학적으로 겨냥하는 대상은 남동생 유태다. "술 먹으면 자꾸, 죽고 싶어져서요"(261쪽)라는 말로 유정은 자신과 유태를 동시에 찌르며 유태에게 폭력적으로 상처와 고통을 전가하고, 이 앞에서 유태는 "누나는 한 번이라도, 소설보다 먼저, 가족들 생각을 해본 적이 있어?"(265쪽)라는 말로 응수한다. 이때 유정이 상담 선생님을 향해 토로하는 절규의 단문들은 날카롭게 찌르며 들어온다. 어떤 설득과 이해의 말도 소용없는 극도의 절망 속에서 유정은 자신이 오랫동안 원해온 것이 "이해받지 못하는 몸을 없애는 것"(269쪽)이라며 가슴을 내리찍다 혼절한다.

그런데 놀랍게도 이 순간에 유정이 무너지는 것을 가장 먼저 알아채고 다가온 사람은 창용이 오빠의 아내이자 베트남 여성인 '디엔'이다. 소설은 유정이 어린 시절 가까이 지내던 창용이 오빠가 평소처럼 자전거를 태워주겠다는 제안을 친구들 앞에서 했을 때 자신이 돌연 차갑게 거절했던 일에 대한 심리적 부채감을 보여주며 시작됐었다. 그런데 막상 다시 만난 창용이 오빠는 이를 기억하지 못하고, 그에게서 느껴지는 것은 유정과 유태의 경제적·문화적 자본을 향해 노골적으로 드러내는 속물성이다. "나는 그냥 노가단데"(255쪽), "한국말 늘더니 한국 여자들 하는 건 다 하고 싶어해서 큰일"(같은 쪽)이라는 창용이 오빠의 말 속에는 이주 여성인 자신의 아내에 대한 계급적 멸시가 녹아들어 있다. 어린 시절 순박하고 무해한 사람이었던 그는 이제 가부장제 자본주의 속에서 영악한 수혜자로 자리해 있다. 그러니 그 구조 속에서 처음부터 불리하게 시작된 운명과 비자발적인 휘둘림 속에 있었을 디엔이 유정을 알아본 것은 필연적인 일이었을 것이다. 디엔은 유정에게 무슨 일이 있었는지 전혀 알지 못하지만, 고통받는 그를 허공의 휴게소에서 발 디딜 수 있는 미산의 땅으로 기어코 데리고 온다.

디엔의 집에서 하룻밤을 묵은 다음날 유정은 미산을 산책하며 해바라기센터 진술녹화실에 갔던 날을 떠올린다. 선생님과 마주앉아 문서를 작성하던 그날의 기억은 간명하게 서술되어 있지만, 섬뜩한 인상을 남긴다. 여기에는 삶에서 끝내 지워지지 않을 얼룩을 흔들리지 않고 지그시 바라보는 시선과 안간힘이 있다. 여전히 손쉽게 극복을 말할 수 없으나 그날부터 유정은 자신을 살리려는 구원의 시도를 했고, 이제 자신을 다시 복잡한 결의 언어들 위에 세우려 한다. 디엔이 자신을 폄하하는 남편과 무관하게 자기만의 일상을 성실히 꾸려가고 있는 것처럼. 디엔과 다음을 기약하는 담백한 인사를 나누고 돌아가는 길에 유정이 떠올리는 풍경은 마당 평상에 놓여 있던 물건들이다. "못이 박혀 있는 각목과 잘 익은 감 서너 개, 때가 탄 로프와 주먹맨드라미 몇 송이"(274쪽)는 이상한 평화로움을 품고 있다. 사나운 공구와 부드러운 자연의 과실이 섞여 있는 이 풍경은 불균등한 가운데서도 조화롭게 어울린다. 인생의 끔찍하고 사나운 면과 달큰하고 부드러운 면이 서로 섞여 들어가 하나의 풍경을 이루는 일이란 너무나 당연하다는 듯이.

고통을 느끼는 인물을 또다른 폭력의 구조 속에 갇혀 있는 누군가가 이해를 담은 눈빛으로 응시하는 구도는 폭력 생존기 3부작에서 공통으로 나타나는 것이다. 「눈으로 만든 사람」에서 강윤희를 물끄러미 바라보던 강민서의 시선이 그러하고, 「나와 내담자」에서 자신의 사진과 강수영의 사진을 겹쳐 보던 상담자의 감정이입이 그러하며, 「내게 내가 나일 그때」에서 원하지 않는 속박을 견뎌나가는 디엔이 유정을 빠르게 구해내던 순간이 그러하다. 자신과는 다르지만 역시 고통받고 있던 그들의 응시 속에서 이 폭력 생존기 3부작의 인물들은 '집'을 나와 '상담소'로, 그리고 고향 미산의 '휴게소'로, 마침내 '미산'의 그 핵심 풍경 속으로 들어선다. 그렇게 인물들은 허공을 부수고 자신에게 가해진 상처의 기원 위에 단단히 발을 딛고 선다. 「내게 내가 나일 그때」의 마지막 장면에서 빠른 속도로 터널을 달려가는 유정의 모습은 여전히 위태로움을 품고 있지만, 미산으로 갈 때와 달리 유정이 직접 운전대를 잡은 채 허공을 가르며 집으로 돌아가고 있다는 점을 주목할 필요가 있다. 어떤 사건을 '경험했던 나'와 '후회하는 나'는 '그 일을 쓴/쓰고 있는 나'의 강인함 속에서 충돌하며, 최은미는 '내게 내가 나일 그때'를 향해 계속 달려나가는 중이다. 여기에 후회가 없을 수 없겠으나, 이 후회 속에서 자아는 무한히 높아지고 무한히 넓어진다. 그 깊이와 넓이로 최은미는 폭력을 생존으로, 생존을 구원으로 새롭게 번역한다. 자신을 무너뜨린 허공을 팽팽하게 가르며 찢고 나온 이 구원의 글쓰기만큼 생생하고 활기차고 투명하게 아름다운 것을 나는 본 적이 없다.

4. 만난 적 없는 새로운 사랑의 얼굴

이번 소설집의 화자들이 죽음을 품어내고 폭력을 다시 맞닥뜨리며 실존적 고민과 분투를 거치는 밑바탕에는 유자녀 기혼 여성의 일상이 자리하고 있다. 「여기 우리 마주」는 코로나19 시대를 배경으로 기혼 여성들에게 어떤 방식으로 성역할이 강제되며 돌봄노동과 감정노동의 강도가 심화되는지 그려나간다. 화자는 홈 공방을 구 년째 운영하다 비로소 상가를 계약해 자신의 수업 공간을 꾸린 참이다. 치열하게 경제활동을 하면서도 집에 와도 쉬는 기분이 안 든다는 남편의 불평에 미안한 마음을 가져야 했던 화자에게 '홈'으로부터의 독립은 절실한 염원이었을 것이다. 그러나 감염병 위기 경보가 경계에서 심각으로 격상되며 대부분의 클래스가 취소되고 남편의 급여도 삭감되었으나 공방의 월세와 관리비가 계속 빠져나가는 상황 속에서 화자는 민폐를 끼치는 죄인이 된 듯한 기분을 느낀다. 그런데 그가 겪는 난감함은 비단 "불특정다수의 방문을 원했고 불특정다수 모두를 의심"(58쪽)하면서도 그 모두와 접촉해야 하는 자영업자의 보편적인 고난에 의한 것만은 아니다. "일 때문에 가족들한테 민폐를 끼치는 것 같은 그 기분"(59쪽)과 가족 구성원의 안전을 책임져야 한다는 강박은 정확히 기혼 여성들만이 느끼는 감정이다.

그 배경에는 아이들을 데리고 밖으로 나갈 때면 어디서 뭘 해도 쉽게 비난을 받고 쌍욕을 들어야 하는 여성혐오 사회가 있다. 기혼 여성들은 집밖으로 나서는 순간부터 이미 분열과 고립을 겪으며 착취의 대상이 된다. 여성이라는 이유만으로 도로 위에서 가장 쉽게 공격의 대상이 되곤 하지만, 운전과 차량 보조를 동시에 할 수 있다는 이유로 선호되기도 한다. '수미' 또한 학원 운영자들이 오래 잡아두고 싶어하는 '여자 기사님'이다. 수미가 "정확한 차량 시간과 아이들 승하차 안전 둘 다에 신경을 쓰느라 늘 곤두서"(67쪽) 있는 동안, 상가에 공방을 낸 화자 또한 '선생님'으로 생존하기 위해 "주부로서의 노동만을 선별해서 지워"(74쪽)야만 한다. 그들은 여성이라는 이유로 직업 현장에서도 돌봄노동을 부가받으며 이중으로 착취되는 한편, 이 젠더화된 노동의 울퉁불퉁한 흔적을 매끄럽게 지워 하나의 그럴듯한 인적 자본이 되길 요청받는다. 이에 더해 "N개의 비명"(81쪽)이 들려오는 N번방 사건까지 겹치며 코로나 시국에 딸을 키우는 기혼 여성들은 딸의 모든 사소한 행동들을 단속해야 하며 "방역의 주체가 되라"(63쪽)는 요청에도 충실히 응해야 한다. 그리고 이 바깥에는 속 편히 모녀 갈등에 대한 책이나 사오는 남편이, 아동학대 예방 안내문을 보내는 것 이상의 역할은 하지 않는 학교 행정의 수동적인 방임이 있다. 화자가 '슬래시' 기호에 의지해 해야 할 일들을 해치워나가는 모습은 코로나라는 재난 속에서 누가 더 가혹하게 의무를 부과받는지 드러내는 하나의 비명으로 다가온다.

이 기혼 여성들은 자신이 사회에서 "살짝만 당겨도 죽는 집단과 제대로 당겨도 죽지 않는 집단"(80쪽) 중 어느 쪽에 속하는지를 정확히 알고 있다. '주부 취미'라는 카테고리에 들어가는 공방에서 감염자가 나온다면 어떻게 되겠느냐는 화자의 물음에 수미는 웃으며 말한다. "우린 아마 총살을 당할걸?"(같은 쪽) 복잡하게 얽힌 혐오의 각축 속에서 온전히 자기 자신으로 살 수 없을 뿐만 아니라, 함께 마주앉아 있는데도 각자 고립되는 이들은 자신을 향하는 혐오를 다른 이에게 전이시킨다. "다 감추지 못한 적의. 가눌 길 없는 분노"(83쪽)를 품고 튕겨져나가는 호스의 물줄기는 "가장 가까운 곳을, 가장 약한 것을, 가장 사랑하는 것을"(같은 쪽) 찌른다. 그렇게 화자는 동성 연인으로 추정되는 두 남자에게 날 선 말을 하고, 수미는 "벽 하나가 부서지는 것 같은 소리. 되붙일 수 없을 만큼 그 안의 어딘가가 망가지는 소리"(85쪽)와 함께 딸에게 폭력을 행사한다. 결국 소설 속에서 코로나 확진자가 되어 오명의 대상이 되는 것은 룸살롱에 있던 수미의 남편이 아니라, 경제적 활동과 '좋은 엄마'로서의 노동을 모두 해야 했던 수미다. 기혼 여성이 느끼는 고립감과 좌절감은 그들이 사회에서 병리화되는 방식과 병치되며 잔인하게 다가온다.

1990년대 많은 여성 소설들이 가부장적 결혼 제도가 지닌 관습적 도덕과 금기를 공격하거나 조롱하는 일탈을 그려낸 바 있다. 여성 인물들은 대물려 내려오던 여성적 삶의 규범을 숙명처럼 받아들이지 않겠다는 의지의 표명으로 순수한 열정의 수호자를 자임했다. 그런데 성적 욕망을 거침없이 드러내고 실천하던 여성 인물들 안에 암묵적인 전제로 자리한 비의적인 실존적 허무가 「여기 우리 마주」에는 없다. 추상화될 수 없는 구체적인 생활과 살림과 양육 속에서 주부로서의 노동은 비가시화되며, 그들의 공허함은 슬래시로 빈틈없이 처리된다. 그들의 모성은 신화적 생명력으로 도약하지 않으며, 그들의 정념은 제도 바깥의 남성을 미화하며 바라보지 않는다. 손쉽게 병리화되는 현실 속의 기혼 여성들은 자기혐오의 족쇄 같은 모성을 이전과는 다른 방식으로 껴안고 있다. 그 모성을 품은 새로운 정념이 향하는 대상은 바로 자신과 유사한 고통 속에 자리한 기혼 여성이다.

「여기 우리 마주」에서 온전히 투명하게 해명되지 않는 수미와 화자의 묘한 애착 관계는 「보내는 이」에서 '진아씨'를 향한 '나'의 몰입과 무한한 열망으로 드러난다. 마주보는 아파트의 꼭대기 층에 살고 있는 두 사람은 휴화산에서 계속 피어오르는 조용한 연기 같은 열정을 품은 채 서로를 향해 침투해 들어간다. '나'가 진아씨네 베란다에서 자신의 집을 바라보며 "일어났다 사라지고, 솟아났다 흩어지고, 눌리고, 찌그러지고, 터져나와 천장에 파편처럼 박혀버린 모든 감정"(19쪽)들을 동반한 채 감정적 고양 상태에 도달하는 장면은 두 사람의 관계가 사회에서 일반적으로 용인되는 관계를 넘어서 있음을 드러낸다. 그런데 흥미로운 것은 '엄마'로서의 그들의 정체성이 관계 속에 스며드는 방식이다.

"우리 오래오래 친하게 지내자."

"우리?"

"서윤이네랑 말이야. 하윤아, 너 다른 애랑은 싸워도 서윤이랑은 싸우면 절대 안 돼. 알지?"

엘리베이터 앞에 서서 나는 아이의 머리를 쓸어준다. 이리 보고 저리 봐도 예뻐서 얼굴을 한참 들여다본다.

"세상에서 제일 예쁜 내 새끼. 나는 니가 좋아서 정말, 가슴이 터질 것 같아."

아이를 으스러지게 껴안는다. 볼을 비빈다. 코도 비비고 이마도 맞대고 입술에도 뽀뽀, 뽀뽀. 엘리베이터에 타서도 두 손으로 귀를 당기고, 쓰다듬고, 다시 껴안고, 터뜨릴 듯이 끌어당긴다.

"숨막혀, 엄마."

엘리베이터 문이 열리자마자 아이는 탈출하듯 달려가 현관 도어록을 누른다. 남편은 귀가 전이다. 내 집 현관에서 신발을 벗는 시간, 나는 알알하고 허망해서 어떻게 해야 할지를 모르겠다. 허망한 채로도 이렇게 차올라서, 이 마음을 이제 어디에 쓰지.(「보내는 이」, 19~20쪽)

너무 가득차서 채워지지 않는 감정을 거의 황홀경의 상태로 경험하는 '나'는 진아씨를 향한 속절없는 끌림과 '하윤'을 향한 모성을 정확히 겹쳐둔다. 아이를 으스러지게 껴안고, 쓰다듬고, 터뜨릴 듯이 끌어당기는 이 장면에 감도는 섹슈얼리티는 진아씨를 향한 마음과 겹쳐졌을 때에만 제대로 읽힐 수 있다. "아이한테 뭔가를 해주고 있다는 느낌"(18쪽), "단짝 친구를 만들어주고 있다는 느낌"(같은 쪽)을 알리바이 삼고 그것을 전략적으로 활용하는 가운데, 상대방의 질감을 갈망하는 두 사람의 관계는 확장되어간다.

그러나 그렇게 이어져온 관계는 폭염의 절정 속에서 한계에 이른다. '나'가 집으로 찾아갔을 때 진아씨는 냉동실에서 모유 유축 팩 여섯 개를 꺼낸다. 지난 십 년간 얼어 있던 모유가 고체 형태에서 서서히 허물어지는 동안, 진아씨는 식탁 의자에 젖은 솜뭉치처럼 웅크리고 앉은 채 자신이 왜 젖을 끊을 수밖에 없었는지를 말한 뒤 '나'에게 결별을 고한다. 그런데 "이게 나야. (……) 이게 다야"(33쪽)라는 말로 잘라내는 이 단호한 결별의 순간은 왜 그 어떤 장면보다 뜨거운 애정 고백처럼 다가오는 것일까. 높은 기온 속에서 땀에 젖은 채 녹아 흐르는 모유를 두고 앉아 있는 두 사람 사이에서, 그 끈적거리는 액체성이 두 사람의 육체성을 하나로 옭아매며 내밀한 섹슈얼리티를 상기시키기 때문일까. 대개의 소설에서 모유가 녹아내리는 장면은 자신을 속박해온 모성을 끊어내면서 상대방에 대한 사랑의 감정을 해방시키는 것으로 읽힐 법하다. 그러나 이 소설에서 진아씨가 모유를 녹일 때의 끈적이는 정념에서는 어쩐지 자기 파괴적인 기운이 더 진하게 느껴진다. 그는 자신의 몸을 휘돌던 모유처럼 모성 역시 자신의 일부를 구성하는 근본적인 감정으로 받아들임으로써, 그리고 그 모성을 상대방에 대한 깊은 감응과 포개놓음으로써 근원적으로 상대방과 깊이 관계를 맺고자 하는 것 같다. 이 순간에 진아씨는 감정적으로 한계에 이르러 더는 그렇게 살 수 없음을 선언하며 자기 삶의 어떤 지점을 매듭지으려 한다. 그래서 이 장면은 자신의 과거와 총체적으로 결별하는 순간이지만, 상대를 향한 속수무책의 감정을 뜨겁게 드러내는 순간이기도 하다.

이 사건 이후 "무언가가 빠져나간 것 같은 허허로운 얼굴로"(35쪽) '나'와 궁궐 야행을 함께한 진아씨는 태풍 속에서 자신을 완전히 놓아버린다. 진아씨네 베란다 창은 마구 흔들리다가, '나'가 "설명할 수 없는 기미"(41쪽)에 몸을 돌려 바라보는 순간 "안에서부터의 압력으로 부풀고 부푼"(같은 쪽) 상태로 "하얗게 터져나오"(같은 쪽)며 산산조각난다. 이후에 진아씨가 아무 말도 없이 이사를 가버린 뒤 '나'는 집으로 배달된 택배 상자를 보고서야 진아씨의 이름을 팔 년 넘게 잘못 불러왔음을 깨닫는다. 재난 이후에야 도착한 소화기, 이름을 잘못 알고 있었다는 사실에서 오는 이 황망함의 정체는 무엇일까. 소설 내내 선명하게 감각되는 것은 두 사람이 팽팽하게 주고받다 끝내는 팽창해 터져버리는 격렬한 정념이다. 그런데 소설은 끝에서 이 정념을 불가피한 낭만성으로 포장하는 대신, 관계가 무너지는 그 아래 어떤 근본적인 어긋남이 내재되어 있었다는 사실을 슬쩍 암시한다. 그 어긋남으로 인해 소설이 지니게 된 아연한 표정과 기다림의 상태는 소설 내내 이어졌던 절박함을 상기시키면서도 끝내 명확하게 정의 내릴 수 없는 그들 관계의 본질을 보여주는 것 같다. 이것은 아마, 우리가 만난 적 없던 사랑일 것이다. 파도가 밀려간 뒤에 박혀 있는 조개껍데기처럼 이 사랑의 형해에는 욕망이 증발되고 남은 허기가 있다. 이 허기는 두 사람의 관계를 절대적이고 완전하며 영원불변한 것으로 끌어올리는 대신, 불완전한 현실 속에서 일시적으로 머물다 사라져버리는 덧없는 것으로 남겨둔다. 그런데 역설적이게도 이 선택으로 인해 기혼 여성들의 얼굴은 어떤 입체성을 얻는 것 같다. 다른 여성 역시 견뎌내고 있음을 알아차리고 자신을 상대와 동일시하며 그에게 몰입해 들어감으로써 삶을 다시 날 선 감각으로 들여다보고, 자기 분열 끝에 파열되는 지점에 이르러야 끝나는 욕망이 여기에 있다. 이 파열은 특정한 방식의 삶을 강요하는 세계에 대한 분노의 표출이며, 자신의 신체와 감정을 더이상 기존의 관점에 맞추지 않겠다는 선언이라는 점에서 정치적인 표명이다. 파열 끝에 찾아온 고요 속에서 돌연 자신만이 선명해지는 그 충만한 슬픔이 바로 최은미가 새로 발견하고 있는 사랑의 정체다.

최은미가 이번 소설집에서 그려내는 다층적이고 복잡다단하고 예민한 여성들의 관계는 우리의 문학적 감수성이 새로 개척하고 있는 감정 지도의 중요한 한 단면을 드러낸다. 그 아래 여성들의 들끓는 욕망과 새로운 존재 증명의 형식이 있다. 사회적으로 명확하게 규정될 수 없기에 미묘한 현기증을 동반하는 이 관계는 자기 의지와 에너지를 황홀경의 상태로 끌어올리고, 끈적하고 축축한 파토스 아래 눌린 말들을 쏟아낸다. 불균질한 혼돈으로 출렁이는 이 상태는 여성을 시련의 존재나 신화적 존재가 아닌 생생한 감각을 지닌 탄력적인 존재로 되살려낸다. 최은미의 소설적 재능을 이끌어온 특유의 그 허기는 소중한 존재들의 죽음을 품고, 폭력으로부터 생존하기 위한 언어들을 발명해가며, 이렇게 기이하고 충만한 사랑에 이르렀다. 몸속을 휘도는 회오리바람을 견디며 최은미가 이 자리에 도달했기에, 한국문학의 촉수로 감각할 수 있는 아름다움의 영역은 새롭게 확장되었다.

(2021)

3부

광장을 산책하는 언어

극복되지 않는 몸
—퀴어링과 크리핑이 교차하는 자리에서

1. 넘어서지 못하는 장벽

최근 한국문학장에서 가장 크게 주목받으며 활발한 논의의 대상이 되고 있는 장르인 SF는 페미니즘 리부트 이후 점화된 젠더에 대한 문제의식과 만나며 전위적인 상상력의 장을 열어주었다. 그런데 동시대 SF뿐만 아니라 한국문학사에서 꾸준히 축적되어온 SF가 재조명되는 방식은 다소 유토피아적인 데가 있었다. SF를 분석할 때 자주 등장하는 수사들이 대개 현실에 대한 '전복'과 '극복'을 향해 있었기 때문이다. 이를테면, 인간 남성 중심의 근대적 세계관을 반성하는 '전복적 상상력'이 비인간으로 통칭되어온 존재들을 가시화하고 인간/비인간의 경계를 극복한다는 것, 퀴어적인 상상력이 소수자 정치와 만나 해방에 가닿는다는 것, 장애와 비장애를 역전시키며 비장애 중심주의를 기각시킨다는 것 등이 대표적이다. 동시대의 날카로운 문제의식을 덧입혀 작품을 읽어내는 독해들에 기본적으로 동의하면서도, 이러한 분석틀이 반복되고 고정되면서 생겨나는 질문들이 있는 것 같다. 과연 SF는 반드시 장애와 퀴어 등 소수자성의 한계를 극복하기만 하는가? 타자로 등장하는 외계인, 클론, 사이보그, 돌연변이 등의 존재는 궁극적으로 인류를 반성하게 하는 거울로서만 읽혀도 될까? SF의 이러한 가능성은 기존 한국문학장의 서사들이 불평등한 세계에 저항하거나 젠더를 탐색하고 해체해온 방식과 변별된 채 탈역사적으로 읽혀도 좋은가?

2010년대 중반 이후 종종 백래시적 발화에 맞닥뜨리면서도 급진적인 정치성을 고수하기 위해 애써온 한국문학장은 새로운 서사에 대한 기대 속에서 독해의 장벽을 마주하고 있는 것일지도 모르겠다. 새롭게 등장한 이 매끄러운 신체들 곁에 기꺼이 나란히 서고자 하는 우리에게 더 필요한 것은 깔끔하게 봉합되지도, 쉬이 해방되지도 못하는 육중한 신체의 물질성에 대한 이야기가 아닐까? 특히 이 시대 가장 첨예한 관심사인 퀴어와 장애가 교차하는 지점에서 이를 효과적으로 사유하는 방식은 모든 것을 뛰어넘는 대신 끝내 어떤 한계를 극복하지 못한 채 불편하고 모호하게 남아 있는 잔여를 들여다보는 것이 아닐까? 이 '극복되지 않는 몸'을 통해서만 새롭게 보이는 세계의 국면들과 날카로운 질문들이 있을 것이다.

2. 인간 가족을 퀴어링하기

이를 위해 먼저 퀴어와 장애가 긴밀하게 연결되어 읽혀온 맥락을 살펴볼 필요가 있다. 일라이 클레어는 소수자들의 저항을 위해 이 두 단어가 전유되어온 방식의 동형성에 대해 말한 바 있다. "퀴어와 불구자는 사촌 관계다. 충격을 주는 단어, 자긍심과 자기애를 불어넣는 단어, 내면화된 혐오에 저항하는 단어, 정치를 구축하도록 돕는 단어. 많은 게이, 레즈비언, 바이, 트랜스가 퀴어란 단어를, 많은 장애인이 불구자 혹은 불구란 단어를 기꺼이 선택했다."[1] 그러나 퀴어와 장애는 외부로부터 규정되는 '병리화의 낙인'을 피하려는 과정에서 다소 껄끄러운 관계를 맺어오기도 했다. 각자 자신들의 '정상성'을 주장하기 위해 장애 운동에서는 이성애 중심적인 경향성을 보이며 퀴어 의제를 소외시켰고, 퀴어 운동에서는 반대로 비장애 중심주의를 고수했기 때문이다.[2] 이 갈등의 한가운데 트랜스젠더퀴어의 문제가 놓인다. 트랜스젠더를 향한 오랜 낙인을 반복하려는 것은 아니다. 그러나 몸에 존재하는 '손상'이 사회적 차별과 억압을 겪으며 비로소 '장애'가 된다는 것을 생각해보면, 지정 성별과 다르게 살기 위해 의료적 승인과 기술적 과정을 거쳐야 하는 트랜스섹슈얼의 몸은 퀴어와 장애가 교차하는 첨예한 장소다.

김멜라의 단편 「호르몬을 춰줘요」(『적어도 두 번』, 자음과모음, 2020) 속 주인공 '구도림'에게도 신체를 가로지르는 의료 권력의 힘은 세다. 내년에 중학교에 진학하는 구도림은 자신도 여중에 갈 수 있을지 고민하지만, 그의 몸에는 '버섯'이 있다. 인터섹스IS로 태어난 그는 버섯을 자르고 지금처럼 여자로 남을 것인지, 버섯을 남겨두었다가 확대하는 수술을 받아 남자가 될 것인지 결정해야 한다. 어느 쪽이든 돈이 든다며 자신의 '정체성 숫자'를 찍으며 로또에 도전하는 천진난만함과는 별개로, 그는 한 달에 한 번 상담 의사 '닥터 파이팅'을 만나 연구 대상이 되어야 한다. 뇌에도 성기가 있어 죽을 때까지 바뀌지

1) 일라이 클레어, 『망명과 자긍심—교차하는 퀴어 장애 정치학』, 전혜은·제이 옮김, 현실문화, 2020, 157쪽.

2) 김도현, 『장애학의 도전』, 오월의봄, 2019, 74~75쪽.

않는다고 주장하는 닥터 파이팅은 "생물학적 섹스와 사회문화적 젠더가 일치하는 주체만을 '정상'적인 생명으로 승인"[3]하는 의료 담론을 권력으로 휘두른다. 그러나 구도림 자신이 성별을 정하지 않은 채 계속해서 불투명한 몸으로 남아 있길 바라기에, 그의 젠더플루이드 상태는 주변 관계를 퀴어적인 것으로 물들여간다.

자신의 아빠가 교도소에서 '천사' 엄마에게 보낸 편지를 나눠주며 도림이 자기를 좋아하는지 거듭 확인하는 소년 '유지'와의 관계는 우정과 사랑 어느 쪽으로 확정하기 어렵다. 그러나 만일 도림이 남자가 되는 경우, 군대에 가는 대신 여호와의증인이 되어 함께 감옥에 갈 가능성을 열어두고 있다는 점에서 그들은 모종의 운명 공동체가 될 가능성을 지닌다. 남자이면서 생리를 하는 '미스터X'와 장난을 주고받는 장면은 어떤가. 도림이 미스터X의 젖꼭지를 꼬집거나 목덜미를 붙잡혀 엎드린 채 엉덩이로 깔아뭉개지는 장면은 남녀 사이의 성적 긴장감으로도, 남자들 사이의 격한 몸싸움이라고도 말하기 어려운 미묘한 온기가 감돈다. 명확하게 규정되거나 확정되지 않은 채 넓어지는 관계망의 중심에 IS 아지트를 찾던 도림이 도달한 술집이 있다. 그곳에는 빨간 입술에 굽이 납작한 구두를 신고 있지만 커다란 손바닥과 강한 완력을 지닌 '천사'가 있고, 긴 머리카락에 물고기 비늘처럼 반짝이는 모자를 쓰고 핑크색 챕스틱을 바르는 '물고기 모자'가 있다. 그런데 흥미롭게도 드래그 퀸으로 보이는 물고기 모자가 도림에게 건네는 질문은 천사가 도림의 엄마(또는 아빠)가 아니냐는 것이다. 젠더플루이드들에게도 가족은 중요한 것일까. 그 질문은 도림에 의해 곧

---

3) 김건형, 「얼어붙은 결정론적 세계를 깨뜨리는 방정식」, 『적어도 두 번』 해설, 276쪽.

부인되지만, 이 헤테로토피아적 공간에서 술 몇 방울이 섞인 음료를 마시고 엉망으로 취한 도림을 엄마처럼 다정하게 돌봐주는 건 다름 아닌 천사이기도 하다. "현대 음률 속에서/순간 속에 보이는/너의 새로운 춤에/마음을 빼긴다오"(29쪽)라는 '호르몬 노래'에 춤을 추는 이들의 젠더 정체성은 확정되지 않은 채 리듬처럼 흔들린다. 그러나 성별 이분법을 넘어 정확히 어디로 가야 할지 모르는 이 비결정적 정체성으로 인해 이들 사이의 관계는 규정이 불가능해지고, 벌어지는 사건에 대한 해석 역시 무한해진다. 그렇게 '사랑'의 범주를 무한한 퀴어성으로 열어젖히는 새로운 텍스트가 탄생했다.

천선란의 「어떤 물질의 사랑」(『어떤 물질의 사랑』, 아작, 2020) 역시 배꼽 없이 태어난 '심라현'이 자신의 존재의 기원에 대해 고민하며 시작된다. 심라현이 부딪치는 모든 의아함에 대해 '원래 그런' 당연한 것이란 없다며 단순명쾌하게 대답하는 쾌활한 엄마의 직업이 간호사라는 사실은 소위 비정상적인 신체 구조를 투시해 들어오는 의료 권력에 대한 최소한의 방패막이가 되어주는 것처럼 보이기도 한다. 소설의 주요한 설정은 심라현이 사랑에 빠질 때마다 그 대상의 성별에 따라 호르몬 분비가 달라지며 성별이 변한다는 것이다. 여자로 패싱되며 살아가던 심라현은 초등학교 6학년 때 '민혁'과 사랑에 빠지며 남자의 호르몬을 갖게 되지만, 중학교 2학년 때는 '풀잎'이라는 여자 선배를 사랑하며 여자 호르몬을 가지게 된다. 그런데 "상대방과 같아지려는 습성"(148쪽) 때문에 성별이 계속 바뀐다는 산뜻한 SF적 설정은 양가적으로 작동한다. 상대와 같은 성별을 갖게 되는 설정으로 인해, 이 소설 속 사랑은 기본적으로 이성애 매트릭스를 깨뜨린다. 하지만 이 설정은 깔끔하게 경계선을 없애버릴 뿐, 복잡다단한 현실을 들여다보며 사회가 구획해놓은 정상과 비정상의 이분법적인 배치와 경계에 대해 질문하지 않는다. 소설은 사랑하는 사람에게 느끼는 애착과 친밀성을 '같아지려는 습성'의 보편성 위에 두고, 그렇다면 동일한 성별을 가진 동성 간 관계 역시 이에 해당하며 인정받을 수 있는 것이라 설득한다. 하지만 사랑을 낭만화하고 자연화하는 소설적 시선은 동성 간 친밀성이 문화적 인정을 받는 데 그치게 할 뿐, 사랑, 섹스, 결혼을 일치시키며 중산층의 이해관계를 반영해온 부르주아 가족 체계가 어떻게 촘촘한 규율 속에서 사랑의 정치학을 만들고 특정 사랑을 허용하거나 배제해왔는지 들여다보지 않는다.

그래서 소설 속 '아빠 찾기 서사'의 맥락은 의심스럽다. 무성애자 여자 선배와의 결별 후 서점에서 아르바이트를 하며 가까워진 '라오'의 신체에서 떨어지는 비늘 조각을 본 심라현은 "알 수 없는 끌림"을 느끼고 이를 "동족을 향한 갈망"(127쪽)으로 받아들인다. 그러나 지구의 생명체들 "모두가 다 서로에게 외계인"(143쪽)이라는 걸 알려준 라오의 정체는 외계에서 온 아버지로 드러난다. 가장 가까운 혈육과 인간 종 바깥의 존재를 결부시킴으로써 소설은 인간이라는 종을 상대화할 뿐만 아니라, 모성과 부성이 지녀온 무게 역시 가볍게 넘어선다. 하지만 인간이 서로를 외계인으로 규정할 정도의 강력한 상대주의가 작동하기 전에는 동성 간 성적 친밀성은 인정받을 수 없는 것인가? 소설은 매끄럽지 않은 접촉과 오염을 발생시키는 '차이'를 견디고 기존의 경계를 부수기보다, 외부에서 계속해서 '동일성'을 확인하고 경계 안에 끌어들이는 방식으로 경계를 지키기를 택한다. 규범적 사랑의 의미를 다시 묻지 않은 채로 이 역시 아름다운 사랑이라는 승인을 내릴 때, 이 관용적 태도는 지배 질서를 더욱 공고하게 할 뿐이다.

‘어떤 물질의 사랑’이라는 제목이 정신과 육체의 오랜 이분법 속에서 정신에 과도한 의미 부여를 해왔던 역사를 벗어나, 인간이 그저 변화하는 호르몬으로 채워진 ‘물질’에 불과하며 이 연장선상에서 사랑 역시 건조한 물질성으로 정의될 수 있다는 혁신적인 명제를 제시하기 위해서는 규범의 안정적인 토대에 대해 더 집요한 질문이 필요하다.

이런 점에서 새로 읽혀야 할 소설이 엽편 「너를 위해서」(같은 책)다. 아이를 가지기 위해서는 엄격한 기준을 통과해야 하는 미래 사회에서 주인공은 ‘태아 보호자 권리 심사’와 건강한 정자 검사를 꾸준히 통과해 6주가 된 태아를 가지게 된다. 이제 그 아이가 태어나면 똑같이 아이를 가진 어머니를 만나 4인 가족을 꾸리는 절차를 밟기만 하면 되는 상황에서, 문득 큐레이터가 유전자 검사 결과를 통보한다. 유전 내력으로 인해 아이가 서른에 심장마비로 죽을 확률이 80퍼센트이고, 아이를 위해서는 아버지가 지금 심장을 기증해 건강한 상태로 보관해 두어야 한다는 것이다. 뒷걸음질치는 주인공과 뒤편에 아직 작은 쌀알 크기로 놓인 작은 생명체가 대비되는 장면으로 소설은 마무리된다. 천선란이 ‘작가의 말’에서 이 소설을 낙태죄 폐지를 외쳤던 2019년에 썼다고 밝히고 있기에, 서사는 일차적으로 산모와 태아의 생명의 가치를 일대일로 비교해 낙태를 금지했던 가부장제를 향한 유쾌한 미러링으로 독해될 수 있다. 그러나 이 소설은 동시에 인간의 우생학적 욕망이 어떤 방식으로 자신에게 부메랑처럼 돌아와 죽음이라는 대가를 치르게 하는지를 그리고 있기도 하다. ‘유전적으로 건강한’ 자를 더 재생산하려는 ‘포지티브 우생학’의 통치성은 필연적으로 ‘유전적으로 부적합한’ 자를 덜 생산하려는 ‘네거티브 우생학’과 연결되어 있을 수밖에 없다. 유전학적 신체 질환으로 인해 의료 권력에 의해 박탈되는 생명이

다름 아닌 자신이 될 때, 임신과 출산을 둘러싼 인간의 재생산 메커니즘에 대한 환상은 더없이 효과적으로 타개되며, 부모의 사랑 역시 상황과 조건에 따라 변할 수 있는 것으로 상대화된다.

김멜라와 천선란은 변동하는 호르몬 속에 인물들을 두고 이들의 젠더 정체성을 끝내 확정하지 않음으로써 젠더 범주를 불안정화한다. 신체적 변형의 유연성이 극대화되면서 생물학적 본질주의는 깨지고, 섹슈얼리티 실천과 젠더 실천의 경계가 중첩된다. 이런 예측 불가능하고 비결정적인 정체성은 이들을 둘러싼 관계성 자체를 퀴어하게 만든다. 이 퀴어성은 '혈육'이라는 끈적이는 인식이 붙어 있는 생물학적 가족을 해체시키고, 인간이라는 종적 범주 바깥으로까지 가족을 확장시킨다. 여성 신체와 남성 신체 사이 어딘가의 불안한 경계에 머무는 몸속에서, 이렇게 인간 가족은 유쾌하게 퀴어링queering된다.

3. 퀴어-이브와 테크노-이브의 섹슈얼리티

김멜라의 「적어도 두 번」(『적어도 두 번』)은 열여섯 살의 미성년자 시각장애 여성을 추행한 죄로 고발된 한 여대생의 고백 형식으로 진행된다. 청자인 중년의 남자 교수 '유파고'를 향해 화자는 과외 아르바이트를 하기 위해 간 맹인학교에서 '이테'를 보고 첫눈에 반한 이후 어떤 관계를 맺어왔는지 회고한다. 화자가 그날의 사건을 기술하기에 앞서 반복해서 강조하는 것은 시각장애인인 이테가 자연스러운 섹슈얼리티의 학습으로부터 소외되어 있었으며, "원인 불명"(71쪽)과 "아무런 강요가 없었"(72쪽)던 상태에서 모든 일이 벌어졌다는 사실이다. 자신에게 죄가 있다면 다만 이 모든 자연스럽고 자발적인 행위 뒤에 먼저 잠든 이테를 보고 동정심이 판단력을 흩뜨린 데 있다고 강변한다. 이테가 잠든 사이 그가 이테의 클리토리스를 혀로 핥았고, 그 장면을 이테의 아버지에게 들켜 고발당한 것이다. 이십대 레즈비언 여대생의 성적인 욕망에 대한 재현은 그 대상이 미성년자 시각장애 여성이라는 점에서 낯설고도 문제적으로 읽힌다. 이에 대해 한 평론은 이를 다른 소설과 비교하면서 "여고생과 성관계를 맺고 그녀를 임신하게 만든 윤리 교사의 난관을 이해했을 때처럼, 시각장애를 가진 미성년 여성을 추행했다고 고발된 이십대 레즈비언 여대생의 곤경을 해석하기 위해서, 윤리, 도덕, 정치적 올바름, 보편의 문제, 인간의 이기심, 위선 폭로와 같은 단어들로 곧장 나아갈 수 있는가? (……) 무엇이 우리로 하여금 이 긴 고백을 곧장 보편적인 윤리와 도덕의 문제로 승화되지 못하게 만드는가?"[4]라고 날카로운 질문을 던진 바 있다.

보편적 윤리와 도덕의 문제로 즉각 도약하지 못하는 이 퀴어 주체의 섹슈얼리티는 여러 겹의 질문을 내장하고 있다. 우리가 이테를 이제 막 태초의 성적 쾌감에 사로잡힌 '퀴어-이브'로 읽어내는 것이 왜 어려운가? 그간 장애인의 섹슈얼리티 논의가 "규범적 남성의 성기 삽입 섹스"를 중심으로 이루어져왔고, 장애 여성은 여성으로서의 억압과 장애인으로서의 억압(퀴어일 경우 퀴어로서의 억압도)에 동시에 노출되어 성폭력에 특히 취약한 탓에 "불쌍하고 수동적인 피해자"[5]로 재현되는 경우가 많았기 때문이다. 물론 소설은 이테를 단순히 수동적인 피해자로 재현하고 있지는 않다. 이테는 자신이 자위하는 동안 화

4) 인아영, 「답을 주는 소설과 질문하는 소설」, 문장 웹진 2018년 9월호.

5) 전혜은, 「장애와 퀴어의 교차성을 사유하기」, 『퀴어 페미니스트, 교차성을 사유하다』, 전혜은·루인·도균, 여이연, 2018.

자가 자신을 보고 있는지 거듭 확인하면서 상대방의 시선을 자신의 성적 실천과 쾌락에 적극적으로 이용하는 자발적인 섹슈얼리티를 수행하는 것처럼 그려지기 때문이다. 그런데 시선을 통해 성적으로 대상화되는 자신을 의식하며 쾌감을 느끼는 방식의 섹슈얼리티란 이테에게는 너무나 시각 중심적인 성애 방식이 아닌가. 반대로 이테의 클리토리스를 혀로 핥은 자신의 행위가 '동정심'에서 비롯된 것이라는 화자의 거듭된 강조는 비장애인들에게 으레 사회적으로 요청되어온 시혜적 태도 안에서 해석되도록 고안되어 있다. 이테의 성적 행위에 관해서는 장애의 흔적을 거의 지워내면서 자신의 행위에 관해서는 이테의 장애를 확대하는 교묘한 서술 방식 앞에서, 독자는 소설 전체가 성폭력 가해자에 의해 자기방어적으로 이루어지는 위험한 발화라는 점을 의식하지 않을 수 없어지고, 소설 속 장애 여성의 섹슈얼리티는 더욱 모순적으로 뒤엉킨다.

가해자의 고백으로 인해 모호성이 증폭되는 이테의 섹슈얼리티의 자발성을 의심하기 전에, 우리는 소설이 다른 섹슈얼리티의 가능성을 남겨두었다는 사실에 주목할 필요가 있다. 소설에는 '염소남'이라고 불리는, 이테보다 두 살 많은 시각장애 남성 '경준'이 꽤 중요한 비중으로 등장한다. 화자가 추행으로 고발당한 그날의 사건이 일어나기 전, 경준은 이테에게 '고백'해 둘은 밸런타인데이와 화이트데이, 크리스마스 같은 연인들의 연례행사에 충실한 데이트를 해온 것으로 서술된다. 만일 이테가 같은 시각장애인이자 미성년자인 경준과의 관계 속에서 성적 쾌감을 느끼는 사건을 맞이했다면 소설은 어떻게 독해되었을까? "장애인의 섹슈얼리티가 그나마 인정될 때에는 역경을 딛고 장애인 간, 혹은 장애인과 비장애인 간 이성애 결혼이 성사되는 모습으로 재현되고 축복받는다는 점"[6]에 대한 지적을 염두에 둔다면, 독자들은 이성애 매트릭스 속에서 이테와 경준의 관계를 좀더 익숙하고 편안하게 받아들였을 가능성이 높다. 이는 소설에서 경준이 이테에게 잠재적 위험 요소로 남는 대신, 내내 무해한 증언자로만 기능하고 있다는 점과도 연결된다. 그렇다면 이 소설이 야기하는 불편함은 시각장애 여성 이테의 섹슈얼리티를 판단하는 문제가 그 자신의 자발성과 무관함을 알아차리게 하는 데 있는 것은 아닐까. 가해자로 내몰린 퀴어 여성 화자의 고백이라는 형식 속에서 미성년자 시각장애 여성 이테의 섹슈얼리티를 둘러싼 진실은 공백으로 남는 것처럼 보인다. 하지만 애초에 '자연스럽고 자발적인 섹슈얼리티'와 '문화적으로 학습되거나 강요된 섹슈얼리티'는 어떻게 구분할 수 있는가. 이런 분리와 위계가 철폐될 때 비로소 사회가 자연화하는 '강제적 이성애'(에이드리언 리치)와 '정상인'(로즈메리 갈런드 톰슨)을 둘러싼 신체적 규범성이 다시 보일 것이다. 고백 내내 화자는 권력을 자임하며 특정 섹슈얼리티에 죄책감을 부여해온 '유파고'의 죽음에 대한 상상을 멈추지 못한다. 서두부터 섹슈얼리티와 관련된 기표와 기의를 자의적으로 재배치하며 비틀던 소설은 실은 진실 공방이 아닌 유파고의 죽음을 향해 달려온 셈이다. 럭비공처럼 튀어오르는 이 고백문 앞에서 유파고의 죽음은 임박해 보인다. 그가 스러진 자리에 비로소 "수천수만 개의 클리토리우스가 겨울나무의 눈처럼 봄을 기다리고"(83쪽) 있는 '퀴어-장애-이브'의 새로운 성애 가능성이 피어날 것이다.

6) 같은 글, 46쪽.

김멜라의 「적어도 두 번」이 섹슈얼리티 안에서 벌어지는 퀴어와 장애의 충돌을 그리며 섹슈얼리티들 사이의 위계를 타파해나간다면, 김초엽의 「로라」(웹진 비유 2019년 11월호)는 기술과 연계될 때 무엇이 장애가 되는지 물으며, 장애가 사회에서 반규범적인 일탈로서 자긍심이 되는 순간에 가닿는다. 소설에서 '로라'는 사랑하는 연인 '진'의 진지한 탐구 대상으로 자리한다. 스물한 살에 처음 만나 연인이 된 지 십 년 만에, 로라는 세번째 팔을 달겠다고 선언한다. 어린 시절 큰 교통사고를 겪은 뒤에 존재하지 않는 세번째 팔에 극심한 통증을 느끼기 시작한 로라는 이를 거짓 감각으로 치부하는 대신, 기계 팔을 달아 그 불일치의 상태를 해결하겠다고 말한다. 그는 '테크노-이브'로 다시 태어나고자 한다. 그 앞에서 진은 로라가 애초부터 자신에게 이해받을 생각이 없었다는 사실에 괴로워하면서 『잘못된 지도』라는 책을 써나간다. 진은 몸의 위치와 움직임을 감지하는 고유수용감각이 어긋나 '잘못된 지도'를 가지게 된 사람들을 찾아가 이야기를 듣고 기록한다. 첫 목적지 마드리드에서 만난 사람들은 몸 정체성 통합 장애로 인해 '절단 욕구'를 느끼고 의료적 시술을 원한다. 반면에 미국 코네티컷에 있는 세계 트랜스휴먼 연합 사람들은 인간적 한계를 넘어 자신의 신체를 변형하고 개조하기 위한 증강 시술을 희망한다.

진이 만난 이들이 원하는 것은 종으로서의 인간이 지닌 표준적, 전형적 기능을 회복하는 '치료treatment'이거나 그것을 강화하는 '증강enhancement'이다. 그런데 진이 보기에 로라의 세번째 팔은 "차라리 자신의 몸에 대한 훼손이었고, 결함"에 가깝다. 세번째 팔로 인해 로라는 진물과 흉터와 염증 등을 감수해야 했으며, 그 무게 때문에 균형을 자주 잃었고, 급기야는 원래 팔의 기능마저 저하되기 시작한다. 의

사에게 기계 팔을 떼어내는 것이 좋겠다는 조언을 받지만, 로라는 세 번째 팔을 가진 채로 살아가는 것이 최선의 현실이라 말한다. 로라는 "기계와 인간 신체가 이음새 없이 하나가 된 심리스-스타일"[7]이 구현된 사이보그적 존재가 아니라, 기술과의 관계에 있어 불안정성과 고통이 수반되는 '장애인 사이보그'처럼 보인다. 로라는 자신의 의지에 의해 인간의 한계를 극복하고 가벼워지는 대신 더욱 묵직한 신체성을 지닌 존재가 된다. 새로운 팔을 이식받음으로써 더 많은 고통을 감수하는 모습은 과학과 기술이 장애를 종식시킬 것이라는 테크노에이블리즘technoableism과 함께 사이보그라는 이미지 속에서 장애의 문제가 어떻게 지워져왔는가를 드러내는 것이다.

소설에서 진이 로라의 신체와 다시 마주하게 되는 계기는 진 자신이 구성해낸 의학 담론을 뚫고 들어오는 'H'의 사적인 메일이다. 비슷한 고민에 빠져 있는 H는 진이 쓰지 않은 로라의 이야기를 정확히 읽어내며, 이 놀라운 메일을 통해 진은 자신이 과거 한 에세이에서 로라의 신체가 지닌 불완전함을 사랑스러움으로 오역했던 자신의 한계를 자각한다. 그렇게 진은 자신의 이해 불가능성 속에서 로라와 두 달 만에 재회한다.

> 도저히 더 기다릴 수 없어 만나러 왔다는 말에 로라는 그럴 줄 알았다며 웃었습니다. 그리고 로라는 세번째 팔로 저를 꽉 안아주었어요.
>
> 그 팔은 여전히 차갑고 단단했으며 지독한 기름냄새가 났습니다.

---

7) 김초엽·김원영, 『사이보그가 되다』, 사계절, 2021, 238쪽.

힘 조절을 하지 못해 부품들이 제 어깨를 파고들어 찔렀고, 공기 중으로 노출된 인공 근육이 제 빰을 건드렸습니다. 로라의 팔에 여러 번 안겨보았지만, 아무리 반복해도 익숙해질 수 없는 감촉이었어요. 로라는 제가 불편해한다는 것을 알면서도 일부러 세번째 팔을 늘 포옹에 동참시켰고요. 이번에도 그랬죠.

눈이 마주쳤을 때, 로라는 장난기어린 표정으로 씩 웃었습니다. 그 순간 저는 여전히 로라를 사랑하고 있다는 사실을 알았어요. 동시에 제가 앞으로도, 어쩌면 영원히 로라를 이해할 수 없으리라는 것도요.

로라의 세번째 팔로 하는 포옹은 미학적으로 낭만화되지 않는다. 진보한 의학 기술의 보형물과 보철물로 구성된 인간의 몸은 지배 담론이 체계화한 가치의 질서와 배치를 쉽게 넘어서지 못한다. 로라는 적극적으로 비체abject가 되기를 선택한 셈이기도 하다. 그런데 이 기계로 된 세번째 팔의 기계성은 도리어 이 사랑에 새로운 긴장감을 야기한다. 인간성과 기계성의 경계를 결코 매끄럽게 넘어서지 못하는 이 팔의 '장애'는 기름에서 느껴지는 체액, 금속성을 뚫고 나오는 통제 불가한 힘, 인공 근육의 발가벗겨짐으로 인해 '퀴어'한 섹슈얼리티를 예비하는 것처럼 보인다. 이는 트랜스젠더퀴어들이 통과하는 의료적 시술을 포함해, 성기 중심의 쾌락이 아닌 주변부와 연결되는 다양한 섹슈얼리티를 자연스럽게 연상시킨다. 이 불편함을 화자가 '사랑'으로 받아들이는 순간에, 로라는 장애인이라고도 사이보그라고도 분명히 말해질 수 없는 경계 위의 불온한 몸이지만 자긍심을 지닌 채 오롯이 선다. 기술과 시술이 개입해 들어오는 몸을 어디서부터 장애로 볼 것인지는 사회의 관점에 달린 것이다. 이런 관점에서 장애는 수동적으로 고통을 겪어내는 몸에 그치지 않고, 퀴어처럼 수행성을 지닌 몸으로 다시 읽힐 수 있다. 장애의 수행성은 비장애 신체성을 표준으로 만들어온 사회의 정상화 기제를 폭로하며 다른 몸들을 가시화하는 쾌감을 분출한다. 그렇게 김초엽의 장애는 새로운 사랑을 발명한다.

4. 미학성을 크리핑하기

앞서 섹슈얼리티 안에서 장애와 퀴어가 경합하는 순간들이 기존 규범들을 해체하고 새로운 윤리의 기반을 만들어냈다면, 미학의 영역은 어떻게 변화되는가. 그런데 교차하는 자리에서 미학성을 논하기에 앞서, 자본으로부터 독립되어 중립적으로 존재하는 몸은 없다는 사실을 먼저 주지할 필요가 있다.

김초엽의 「#Cyborg_positive」(『릿터』 2019년 6/7월호)에는 기업으로부터 홍보 모델 제안을 받는 아름다운 장애인 사이보그 '리지'가 등장한다. 리지는 사고로 눈을 잃은 뒤 기계 눈인 아이보그를 장착한 채 살아왔고, 자신을 긍정하기 위해 기계 눈이 가장 아름답게 비치는 방법을 연구해 영상을 제작하며 유명해진다. 그의 장애는 대중들의 찬사와 인정 속에서 미학적으로 극복된 것처럼 보인다. 그런데 막상 기업으로부터 '사이보그 긍정 캠페인'을 내세우며 사이버네틱스 신체만이 가질 수 있는 독특한 아름다움을 보여달라는 요청을 받자, 리지는 그에 부응하는 것이 자신을 어떤 선 너머로 떠밀게 되리라는 불안에 사로잡힌다.

우리 시대 어떤 몸이 자본과 결탁하는가. 특정한 몸의 이상화는 소비사회의 흐름과 연동된다. 특정한 몸이 사회에서 추앙의 대상이 됨으로써 이윤이 창출되기에, 이윤 추구를 위해서 사회는 지속적으로 사람들에게 새로운 이상형을 제시한다. 그런데 문제는 몸을 이상화(대상화)하는 사회에서 통제할 수 없는 통증, 질병, 한계를 지닌 몸이 '거부당한 몸'으로서 꺼려지고, 대개 "장애 여성들은 대중들이 가지고 있는 이상적인 또는 '정상적인' 몸에 대한 요구로 인해 장애 남성들보다 더 많은 괴로움을 겪는다"[8]는 데 있다.

그렇다면 리지는 자신의 장애를 아이보그 영상을 통해 대중의 새로운 롤 모델로 만들었으므로 '거부당한 몸'이 되는 데서 벗어난 것일까. 소셜 미디어를 통해 리지가 받은, "저는 보통 눈을 가지고 있는데, 기계 눈을 가지고 싶어요"(14쪽)라는 메시지가 남기는 섬뜩함은 이제 장애의 몸조차 끝없이 미학적 가치로 평가되고 대상화되는 데서 자유로울 수 없다는 사실과 맞닿아 있다. 이런 장애의 미학화 아래에서 리지는 자주 진물이 흐르는 기계 눈의 불완전함을 숨기고, 적응을 위해 기계 눈을 거듭 피팅하는 과정을 지워낸다. 장애 역시도 새로운 패션이 될 수 있다면 분명 사회적 평가와 통념에 갇힌 몸의 해방을 가져올 수 있다. 그러나 "테크놀로지와 장애인의 몸이 하나의 이미지에서 만날 때면, 어떤 '불쾌함의 골짜기'로 빠질 위험이 거의 없이 테크놀로지와 장애 자체를 페티시적으로 바라보는 일이 한층 수월해진다"[9]는 점을 생각해보면, 이제 장애를 극복하는 일은 예전보다 더 많은 함정에 빠질 수 있는 위태로움을 감행하는 일처럼도 보인다. 몸을

8) 수전 웬델, 『거부당한 몸』, 강진영·김은정·황지성 옮김, 그린비, 2013, 177쪽.
9) 『사이보그가 되다』, 171쪽.

긍정하자는 것이 정치적 구호일 뿐 아니라 패션에 종사하는 대기업들의 주요한 캐치프레이즈로 자리잡은 이 시대에, 장애는 더욱 매끄럽게 세계의 통치성에 합일되는 것이다.

이런 위태로운 장애의 미학화를 깨뜨리는 자리에 김초엽의 「광장」(김사과 외, 『광장』, 워크룸프레스, 2019)이 있다. '나'는 '실패한 테러리스트'라는 이름으로 남은 '마리'를 단기간 가르쳤던 무용 강사다. 시지각 이상증을 앓는 '모그'인 마리는 춤을 감상하거나 즐길 수 없음에도 춤을 배우고 싶어한다. 마리는 "저는 어차피 보여지는 아름다움 같은 건 모르니까요"(126쪽)라고 당당히 말하며, 공간상의 위치 좌표를 알려주는 플루이드를 이용해 움직임을 배워나간다. 마리는 뛰고 구르는 등의 움직임이 큰 동작들은 잘 알아차리지만 플루이드의 한계로 인해 상대적으로 폭이 좁은 섬세한 동작을 어려워하는데, 마리에게 이는 무지가 아니라 무관심에 가깝게 나타난다. 마리가 춤을 추는 방식을 일종의 위계적 시선으로 바라보던 '나'는 그러나 마리를 통해 플루이드에 접속하고 놀라운 경험을 하게 된다. "공간 속에서 모든 목소리가 동등한 무게를 가지고 충돌"하는 방식의 진보성을 막연하게나마 이해하고, 그 안에서 자신이 "눈을 감고도 여전히 시각 정보를 기다리는 불완전한 존재"(145쪽)라는 사실을 깨닫는 것이다. 마리와 모그 동료들의 견고하고 유연한 세계 앞에서 '나'는 처음으로 "테두리에서 약간 밀려난 기분"(147쪽)을 느낀다.

플루이드를 통해 모그 동료들에게 자신이 배운 춤을 전달한 마리는 대규모 페스티벌에서 공연과 함께 테러를 감행한다. 무대 앞에 선 수천 명의 관객들에게 전환 물질이 담긴 안개가 흩뿌려지고, 수많은 사람들이 시지각 이상증을 겪게 된 것이다. 벤야민식으로 말하면 '신적 폭력'이라 할 수 있을 이 테러를 통해 모그의 존재는 세계에 다른 방식으로 새겨진다. 개별적으로 조직된 플루이드 그룹이 수백 개가 생겨나고, "이제 중심이 되는 곳은 없"는 상태에서 "모그들은 파편화된 세계에 자유롭게 속하게"(150쪽) 된다. '빛의 속도로 갈 수 없는' 이들이 기술 발전으로 인해 소외되는 이야기를 그려내던 김초엽은 「광장」에 이르러 "빛은 얼마나 상대적인 것일까?"(152쪽)라고 물으며 (장애를 지닌) 소수자의 자리와 다수자의 자리를 뒤집어버리길 택한다.

이 근본적 변화를 일으키는 매개가 '예술-테러'라는 점은 중요하다. 19세기에서 20세기 초반 파리에서 선천적 기형을 가진 이들이 어떻게 전시되는 '괴물'에서 생물학적 '인간' 가족 안으로 사회화되었는가를 다루는 한 논문은 흥미로운 질문을 던진다. "기형과 예술가의 차이는 예술적 진정성의 차이였을까? 다시 말해, 기형의 '퍼포먼스'는 단지 신체 전시를 위한 빌미일 뿐이고, 예술가의 신체 동작은 진정한 예술 행위인가?"[10] 역사는 인간이 신체와 정신을 둘러싸고 정상과 비정상을 다루는 기준이 예술사에서 미학성이 판정되는 기준만큼이나 지극히 상대적일 뿐임을 알려준다. 그렇기에 김초엽은 모그인 마리가 '정상인'들보다 더 뛰어난 춤을 추는 슈퍼 장애인supercrip으로서 장애를 '극복'하는 것을 그리는 대신, 예술-테러를 통해 일반인들의 인식 기준을 바꿔버리길 택한다. 장애를 없애기 위해 필요한 것은 더 놀랍고 새로운 기술이 아니라, 그저 손상을 장애로 만드는 차별과 억압

10) 다이애나 스니구로비치, 「기형의 딜레마—19세기에서 20세기 초반 파리에서의 비정상 인간에 대한 경찰 통제와 기형학」, 셸리 트레마인 엮음, 『푸코와 장애의 통치』, 박정수·임송이 옮김, 그린비, 2020, 233쪽.

을 지우는 일이기 때문이다. 정상성의 기준 자체가 무화되어버리면, 중심이 해체된다. "모그들이 하는 것만큼 풍부하게 그 세계를 감각할 수 없"으며 "제한된 감각으로, 애써 세계의 표면을 더듬어보려고 노력"(150쪽)할 수 있을 뿐이라는 '나'의 상대적 위치성에 대한 자각은 근본적인 변화를 불러온다. 이 자각과 함께 장애, 젠더, 성, 인종 등을 포괄하는 변별된 존재 범주들이 위계 없이 상대화되고, 이 가운데 미적 감각 역시 역사적 범주 바깥에서 재정의된다.

그러나 여전히 남아 있는 질문들이 있는 것 같다. 다른 신체를 '경험'해볼 수 있을 때에만 우리의 공고한 인지 공간은 바뀌는 것일까? 끝내 감각과 지각의 영역으로 들어올 수 없는 영역에 대해서는 어떤 방식으로 인지의 중심을 옮겨갈 수 있을 것인가? 장애, 젠더, 성, 인종 그리고 미학성은 결국에는 모두 인간의 인식 범주 안에 있는 것이 아닌가? 인간의 가치를 규정해온 역사성에 맞서는 어려운 싸움이 인간의 경험을 넘어 어떤 방식으로 확장되어나갈 수 있을까? 그럼에도 불구하고 장애를 가진 소수자들의 힘으로 미학성(예술성)이 크리핑cripping될 때, 우리가 세계를 바라보던 프리즘은 한층 더 다채롭고 풍요로워지는 것 같다. 세계의 어느 것도 고정불변의 위치를 갖지 않는다는 이 새로운 앎의 감각 속에서 서로의 연약함을 알아보는 취약한 존재들의 자리가 마련된다. 그곳에서 극복되지 않(아도 되)는 '퀴어'와 '장애'의 몸은 이제 서로를 온전히 받아들이며 마주하고 있는 중이다.

(2021)

멜랑콜리 퀴어 지리학
—박상영의 『대도시의 사랑법』

1. 침대와 광화문

트레이시 에민Tracey Emin에게 세계적인 명성을 가져다준 〈나의 침대My Bed〉(1998)는 한번 보고 나면 잊을 수 없는 작품이다. 전시장으로 옮겨진 그녀의 침대 위에는 정리되지 않은 이불과 시트, 땀에 찌들고 얼룩진 베개가, 침대 주변에는 담배꽁초와 빈 술병, 더럽혀진 속옷, 반창고, 강아지 인형, 휴지 조각들과 함께 다 쓴 경구피임약, 임신테스트기, 피에 젖은 콘돔 등이 놓여 있다. 그 침대는 노골적으로 성적인 주제를 드러내지만, 예민한 관객이라면 거기서 그저 성적인 쾌락만이 아니라 두통, 숙취, 우울증, 알코올중독, 외로움과 불안까지도 읽어낼 수 있을 것이다. 침대는 오히려 어떤 쾌락의 순간이 스러지고 난 후 찾아오는 외로움을, 질병과 죽음을, 홀로 겪는 어두운 순간들을 생생하게 증언하기에 열렬한 자기 고백적 사물이 된다.

박상영의 두번째 소설집 『대도시의 사랑법』[1]을 빠르고 정확하게 요약할 수 있는 사물이 있다면 역시 침대일 것이다. 파트너와 다정한 교감의 순간에, 무력하게 육체의 고통을 견디는 순간에, 결국 홀로 남겨졌음을 곱씹는 순간에, 침대를 버리는 순간에, 심지어 침대 대신 욕조에 잠겨 있을 때조차 침대는 박상영 세계의 중심에 놓여 있다. 이 소설집 안에서 침대는 누군가와 함께 뜨겁게 달아올랐던 시절들을 끊임없이 상기시키지만, 결국 홀로 남아 견뎌내야 하는 주인공 곁에 끝까지 남아 있는 진정한 동반자다. 첫 소설집 『알려지지 않은 예술가의 눈물과 자이툰 파스타』(문학동네, 2018)에 대한 "농담하는 퀴어라는 신인류의 등장"(김건형)이라는 적절한 호명처럼, 박상영 소설 속 인물들은 자주 울면서도 곧장 자기연민을 직시하며 웃음으로 바꾸어내곤 했다. 슬픔에 젖어드는 대신 '어디에도 고이지 못하는 소변'을 싸버리며 현실의 중력을 가볍게 튕겨내는 인물들의 태도는 두번째 소설집에서도 여전하다. 하지만 함께 머물다 떠나간 상대방의 뒷모습을 오래 직시하는 이번 소설집에서, 마지막에 이르러도 감정의 경쾌한 수직적 전환은 일어나지 않는다. 감정은 어딘가로 자꾸만 굴러떨어지는 것이다. 그들은 블루베리 봉지에서 "보라색 얼음 조각 하나만이 툭 떨어질"(67쪽) 때 영원할 줄 알았던 시절이 끝났음을 확인하고(「재희」), 도저히 이해할 수도 용서할 수도 없다는 말과 함께 찢어버린 종이 뭉치가 좌변기에서 "파문을 그리며 검은 구멍으로 빨려들어"(180쪽)가는 것을 바라본다(「우럭 한점 우주의 맛」). 이별의 절차는 길고 또 길어서 "늦은 우기"의 눅눅한 슬픔 속에서 욕조에 잠긴 채, 높이 떠오르지 못하고 "사선으로 나부끼다 곧 먼바다로 추락해버렸"(308쪽)던 풍등의

1) 박상영, 『대도시의 사랑법』, 창비, 2019. 이하 인용시 본문에 작품 제목과 쪽수만 밝힌다.

추억을 떠올린다(「늦은 우기의 바캉스」). 상승보다는 하강의 이미지들이 압도적인 가운데 인물들은 외로움에 휩싸인 채 침대에 누워 있고, 이제 멜랑콜리한 그들을 찾아올 수면의 시간은 꽤 길 것만 같다.

하지만 침대 위의 이 멜랑콜리들이 결코 사적으로 읽힐 수만은 없다. 침대에서의 성적 쾌락은 어떤 관계들에만 허용되는가. 성적인 쾌락은 권력의 분할에 따라 불평등하게 분배되며, 일탈적 섹슈얼리티와 '정상적' 섹슈얼리티를 나누는 기준선은 시대에 따라 요동친다. 일반적으로 사적인 공간으로 여겨져온 침대는 사실 가장 정치적인 공간이다. 잠시 이 침대를 2019년 6월 서울의 광화문으로 옮겨보면 어떨까. 2019년 6월 1일 광화문과 시청 일대는 극적으로 다른 입장을 지닌 집단들이 한데 모여 가히 장관을 이루었다. 서울시 장애인 공감나눔축제, 대한애국당의 태극기 집회, 퀴어문화축제와 축제 반대 집회가 동시에 벌어졌다. 무지개 빛깔로 가득한 퀴어문화축제에 도달하기까지 마주친 한국장애인인권포럼의 보라색과, 태극기 집회 속 태극기와 성조기의 붉은색과 파란색, 보수 기독교 단체가 내세우는 사랑의 분홍색은 그 자체로 서울이라는 대도시의 '퀴어 지리학'을 집약해 보여주고 있었다. 당신의 침대는 무슨 색으로 덮여 있는가. 이곳에서 당신의 침대는 허용되는가. 지금 당신의 침대는 광장 한복판에 놓여 있고, 이를 빼앗으려는 자와 사수하려는 자의 싸움은 그 어느 때보다 치열하다.

『대도시의 사랑법』은 장애와 병리화, 보수와 진보, 민족과 이념과 종교 등의 문제를 두루 아우르며, 대도시의 공적 공간에서 퀴어한 존재들의 허용과 배제가 어떻게 작동하는지 퀴어 지리학을 그려나간다. 박상영이 첫 소설집의 표제작인 「알려지지 않은 예술가의 눈물과 자이튼 파스타」를 쓰게 된 정황에는 뉴욕, 이라크, 한국이라는 세계적 지형도 안에서 퀴어의 위치에 대한 자각이 자리하고 있었다. 이 잔혹한 지정학적 조건들은 이번 소설집에서 더 세밀하게 새겨진다. 소설 속 공간이 한국 안의 이태원, 종로, 대학로, 신사동, 인천, 제주도 등을 두루 짚고 이를 넘어 도쿄, 방콕, 상해에 걸쳐 펼쳐지는 동안, 성적 지향을 넘어 나이와 계급과 몸의 상태 등에 따라 복잡하게 얽힌 퀴어의 국지적 양상들은 동아시아의 퀴어 지리학을 그려나간다. 절망의 유머를 구사하는 데 있어, 끔찍한 사랑의 아름다움을 그려내는 데 있어 지금 한국 문단에서 박상영의 에너지를 따라갈 작가는 없다. 그 혼종적 에너지에 힘입어 박상영의 이번 소설집은 더 멀리 뻗어나가는 중이다.

2. 병과 가족을 퀴어링!

그간 많은 성소수자 재현 서사에서 반복된 상수로 등장해온 것은 가족이었다. 동성애를 받아들이기 어려워하는 가족의 억압과 갈등 반대편에 성소수자 주인공의 자유와 사랑이 놓여 대립하는 구도는 이제 너무 익숙해진 어떤 것이다. 박상영의 「재희」와 「우럭 한점 우주의 맛」은 이성애적 가족 질서와 불협화음을 내면서도, 이로부터 완전히 벗어나거나 자유로울 수 없다는 것을 알기에 가족과 함께 뒤엉킨 채 멜랑콜리의 낮은 주조음을 낸다.

게이 남성이 주인공인 소설에 헤테로 시스젠더 여성의 존재가 이렇게 비중 있게 다루어진 적이 있었던가. 「재희」는 '재희'의 결혼식 하객으로 온 동기들의 입방아 속 무성한 소문들을 헤치며 재희와 '나'의 대학교 1학년 시절로 돌아가, "정조 관념이 희박"(14쪽)하며 "명실상

부 학과의 아웃사이더였던"(12쪽) 두 사람이 사소한 일상을 시시콜콜 공유하고, 진상을 부리는 남자들로부터 안전 이별을 책임져주며 가까워지는 과정을 그린다. 이들은 서로에게 굳건한 방파제다. 군대 시절 내내 재희는 '나'에게 "좋은 연막"(18쪽)이 되어주고, 이후에 재희가 한 남자의 스토커 행각에 위협받았던 사건을 계기로 두 사람의 동거는 자연스럽게 시작된다.

두 남자 사이에서 고민하던 재희가 겪어야 했던 임신중절수술을 두고 소설의 경쾌한 속도감은 주춤하는 대신 더 가속도를 낸다. 대개 여성의 죄책감으로 불편하게 채워지기 십상인 내면적 서술 대신 자리하는 것은, 한국사회에서 합법화되지 않은 중절수술 가능 여부를 알아보며 병원을 전전하는 과정에서 의사의 일방적 비난에 분노한 재희가 낡은 자궁 모형을 집어들고 뛰쳐나오는 장면의 통쾌함이다. 재희는 병원으로 향하기 전 새로 산 디올 립스틱을 바르고, 의사 앞에서 주눅들지 않고 할말을 쏟아내며, 자궁 모형을 집어든 채 뛰고, 꼰대 원장을 매개로 간호사와 친근한 대화를 나눈다. 소설은 이런 재희의 활력을 놓치지 않음으로써 재희를 한순간의 실수로 절망에 빠지는 스테레오타입의 여성으로 소비하지 않는다. 무엇보다 재희가 여성의 몸을 "숭고한 성전"(38쪽)에 비유하며 "느슨한 순결 의식과 주색에 경도된 망나니 같은 삶"(37쪽)을 비판하는 산부인과 의사 앞에서 느꼈을 수치심은, '나'가 비뇨기과에서 요로 감염을 진단받았을 때 파티션 뒤 남자 간호사들의 '더러운 똥꼬충들'이라는 속삭임이 준 모욕감과 겹쳐지며 동질감을 형성한다. 임신-출산-양육으로 연결되는 재생산의 궤적을 따라가지 않는 이들의 성적 실천은 '정상 성애'로 규정한 삶의 양식을 벗어난다는 이유로 가부장적 사회에서 강하게 제재되고 병리화된다. 규범적 이성애의 헤게모니와 긴밀히 연결된 의학 담론 속에서 여성이 숭배받거나 동성애자 남성이 경멸받는 경험은 사실상 나란히 놓인 어떤 것이다. 수술 후 누워 있는 재희를 위해 '나'가 서툴게 미역국을 끓여주고, 가족들에게 '나'가 동성애자라는 사실을 폭로하겠다며 찾아온 공대생을 재희가 대신 달래 보내주는 가운데, 두 사람은 서로를 통해서 "게이로 사는 건 때론 참으로 좆같다는 것을" "여자로 사는 것도 만만찮게 거지같다는 것을"(45~46쪽) 이해하게 된다.

하지만 이들의 관계는 많은 대중 로맨스 서사에서 소비되는 헤테로 여성과 게이 남성의 우정처럼 안전하고 이상적인 관계로 유쾌하게만 소비되지 않는다. 이 소설은 '재희와 나'의 관계가 '재희와 (예비) 남편' 사이에서 충돌을 빚는 가운데, 독자로 하여금 자연스럽게 양쪽 관계의 밀도를 가늠하게 만든다. 자신의 성 지향성이 밝혀지는 데 별 거리낌이 없는 편이었던 '나'가 처음 느끼는 격렬한 배신감과 분노는 "재희와 내가 공유하고 있던 것들이, 둘만의 이야기들이" 다른 이에게 알려지는 것이 싫다는 배타적인 마음에 기반한 것이다. 그저 누구에게나 편안하게 받아들여지는 '게이 친구'가 아니라, 재희와의 관계가 "전적으로 우리 둘만의 것"(53쪽)임을 요구하면서 '나'의 존재는 조연의 가벼운 위치성을 벗어난다. '나'가 군대에 있던 시절 재희가 보냈던 절절한 편지의 한 구절("상실하고 나서야 비로소 알게 되는 소중함도 있어. 네가 그래", 19쪽)과 'K3'라 불러온 공대생이 교통사고로 죽기 전 나에게 보낸 마지막 문자("집착이 사랑이 아니라면 난 한 번도 사랑해본 적이 없다", 55, 67쪽)는 묘하게 겹쳐진다. 과잉되어 있는 이 감상적 언어들은 사회에서 좀처럼 의미화되지 못하는 관계의 폭발적인 친밀성을 전달하며, 그 관계를 상실했을 때 애도할 방법을 묻는다. 사회에서 정상이라 말해지는 생애주기 속으로 편입되지 못한 관계는 일시적일 수밖에 없고 끝내 슬픔으로만 남는 것일까.

하지만 재희가 받은 프러포즈 앞에서 새삼스레 자신을 늘 웃게 해줬던 재희의 존재를 곱씹을 때, 재희와 함께하는 마지막 밤에 나란히 이불을 깔고 누워 잠들지 못할 때, 재희와 스무살부터 함께해온 "생물학적 남성이자 3년 된 룸메이트인"(58쪽) '나'의 존재는 우정으로만 단순하게 정리되지 않는다. 재희의 결혼식에서 '나'가 서게 되는 자리는 신랑의 자리도, 사회자의 자리도 아닌, 축가를 부르는 들러리의 자리일 뿐이지만, 축가를 부르다 목이 메자 재희는 웨딩드레스를 끌며 달려와 대신 노래하기 시작하고 그렇게 두 사람은 또다른 무대의 주인공이 된다. "항상 나의 곁에 있어줘. 꼭 네게만 내 꿈을 맡기고 싶어"(65쪽)라는 그들의 노래는 20대를 내내 함께 헤쳐온 두 사람을 위한 OST다. 결혼을 거치는 공인된 관계가 아니라면 미완의 관계로 치부되는 사회 속에서, 온갖 비밀을 공유하고 연대했던 그들은 낭만적 사랑과 결혼의 클리셰에 영원히 길들여지지 않는 또다른 사랑의 관계로 남는다. 「재희」는 앞으로도 예기치 못한 방식으로 항상 서로의 곁에 있어줄 재희와 '나'가 주연으로 만들어낸/만들어갈 로맨틱 코미디다.

「재희」의 장르가 로맨틱 코미디라면, 「우럭 한점 우주의 맛」은 가족 멜로드라마다. 오 년 전 누구보다 사랑했던 '형'을 반추하는 「우럭 한점 우주의 맛」의 중심에 놓여 있는 것은 모자 관계다. 서른한 살 "중도좌파에 남성 호모섹슈얼"(81쪽)인 '나'는 육 년 만에 암이 재발해 투병 생활중인 엄마를 간병한다. 어쩌면 이제 마지막을 준비해야 하는 어두운 상황에서 소설은 새삼 엄마를 특별히 미화하지도, 선불리 화해를 시도하려고도 하지 않는다. "50대, 중도우파 성향의 여성"이자 "40년 차 기독교인", 무엇보다 "포기를 모르는 여자"인 엄마가 여전히 결혼 타령을 멈추지 않으며, 병수발 과정에서 당당하고 우렁찬 요구들로 어떻게 "다채롭게도 사람을 미치게"(76~77쪽) 하는지 시시콜콜하게 보여주는 장면들은 그야말로 블랙 유머로 가득차 있다.

두 사람의 갈등은 오랜 과거로 거슬러올라간다. 고등학교 1학년 때 두 살 연상의 형과 키스를 하다 들킨 화자는 엄마에 의해 경기도 양주의 한 정신병원에 입원하게 된다. 그 과정에서 의사가 내린 결론은 오히려 "내가 아니라 엄마의 치료가 시급한 상황"(99쪽)이라는 것이었지만, 엄마는 종교를 내세워 상담과 약물 치료를 모두 거부한다. 그렇게 그해 여름방학 동안 모자에게 일어난 모든 일은 비밀의 영역에 묻히고 만다. 그런데 교정 치료를 둘러싼 억압과 폭력은 엄마가 어떻게 살아왔는지 누구보다 가까이에서 바라봐온 화자로 인해 입체적으로 다가온다. 상습적으로 바람을 피우다 사업까지 말아먹은 남편과 이혼을 단행한 뒤 밥벌이를 위해 소문난 커플 매니저가 되고, 자궁암 확진 판정을 받자 복권에라도 당첨된 양 '할렐루야'를 외치는 엄마의 희극성에는 암 보험 진단비를 통해서나 간신히 아파트의 남은 대출금을 갚을 수 있는 만만치 않은 경제적 상황이 모두 녹아 있다. 결혼에 대한 엄마의 집착과 나를 향한 수세적 공격성, 몸과 말투 깊이 스며들어 있는 특유의 억척스러움은 기실 결혼시장의 활황으로 이어진 금융 위기와 무책임한 부친 등이 함께 만들어낸 합작품인 것이다.

그러나 소설은 보수 기독교 신자 어머니와의 갈등과 억압 바깥에 행복한 사랑의 안식처를 마련해두지 않는다. '나'가 엄마를 처음 간병할 무렵 만나게 된 띠동갑 형은 알코올중독인 어머니를 두고 있는 프리랜서 편집자이자, "꼰대 디나이얼 게이"(113쪽) 티를 숨기지 못하며, 미 제국주의의 모든 것을 불편해하는 "마지막 운동권 세대"(138쪽)다. 우럭 한 점에서도 "우주의 맛"(105쪽)을 논하는 그의 진지함 앞에서 화자는 자신의 감정을 판별할 수 없는 상태가 되어 그에게 속수무책으로 빠져버리고 만다. 그러나 아픈 어머니를 비롯해 자신과 많은 공통점을 가진 "환상의 탈락조 커플"(112쪽)이라 믿었던 그는 대낮의 거리에서 '나'와 함께 걷는 것을 몹시 불편해하며, 동성애를 미제의 악습이라 말하며 깔깔대는 학과 선배 부부 앞에서 자신들의 관계를 인정하지 못한 채 주눅들고, 문과대 학생회장으로 운동했던 이력에 못박혀 여전히 정부로부터 감시당하고 있으리라는 망상 속에 살고 있는 사람이다. 그들의 갈등이 최고조에 이르는 것은 그의 컴퓨터 안에 동성애를 '질병'이나 '징후'로 치부하는 기사들이 잔뜩 갈무리된 것을 '나'가 보았을 때다. 이때 "으슬으슬한 기분" 앞에서 치솟는, "갑자기 사과를 받고 싶다는 생각"(148쪽)이 향하는 곳이 "다른 누구도 아닌,/ 엄마"(149쪽)라는 사실은 중요하다. 이 순간에 화자는 엄마야말로 결국 언제든 다시 직면할 수밖에 없는 가장 깊은 분노의 기원이자 절대적 존재임을 확인하게 된다.

아이러니하게도 가장 지독하게 멀어지고 싶은 엄마와 '나'는 자꾸만 겹쳐진다. 집에 초대해 한 번도 함께 먹지 못한 파스타를 요리해주었을 때 이제 좋은 사람을 만나라고 가벼운 어조로 말해버리는 그 앞에서 망연자실해진 '나'의 모습은, 엄마가 내연녀와 배드민턴을 치는 아빠를 바라봤을 때의 모습과 겹친다. 수술을 마친 후 "복부에 피 주머니와 관을 줄줄이 꽂고서도 새벽 다섯시에 득달같이 일어나"(158쪽) 침대에 앉아 기도하고 성경 구절을 필사하는 엄마의 모습에서 화자는 자신이 지난 시간 동안 잃았던 "한없이 나 자신에 대한 열망"을 읽어낸다. "예수를 사랑하고 누구보다 열렬히 삶에 투신하는"(159쪽) 엄마의 스스로에게 대한 열망은 한때 '나'가 그를 향해 가졌던 마음과 정확히 겹쳐지는 것이다. "너를 안고 있으면 세상을 다 가진 것 같았는데"(178쪽)라는 엄마의 말은 "그를 안고 있는 동안은 세상 모든 것을 다 가진 것 같았는데"(180쪽)라는 화자의 말로 이어진다. 그와 허망하게 이별한 후 오 년의 시간을 거쳐, 응답받지 못한 열망들은 나를 향한 엄마의 모습 속에서 다시 찾아진다. 그가 "내가 알지 못하는 미지의 세계"(153쪽)라는 것을 알수록 어떻게든 붙들고 싶었지만 실패한 것처럼, 자신 역시 엄마에게는 "커다란 미지의 존재"(181쪽)였으며 인생이 원하지 않는 방향으로 흘러간다고 느끼게 만드는 존재였을지도 모른다는 것을 이제 화자는 안다. 화자의 꿈에서 엄마는 "더이상 빨간 마티즈가 아닌 세상에서 가장 안전하다는 미국산 볼보"(176쪽)에 타고 있지만, 그럼에도 자동차가 낭떠러지로 추락해 산산조각난다. 엄마의 상실을 누구보다 두려워하면서도 끝내 꽃으로 화하는 죽음의 장면으로 직시하는 화자는 엄마를 용서하고 있는 것일까, 복수하고 있는 것일까. 대답은 그리 단순치 않다. 여기에 이해와 용서가 있다면, 기독교 신자인 엄마와 골수 운동권이었던 그에게 끝내 교정되어야 할 대상으로 남아 자신의 모습 그대로 받아들여지지 않았음에 오래 절망해온 화자가 꿈속에서나 간신히 붙잡는 이해와 용서일 것이다. 너무나 사랑하면서도 끝내 좋아할 수 없는 가족에 대한 감정은 이렇게 잔인하게 해부된다.

소설은 사랑과 증오가 구별할 수 없이 붙어 있는 것처럼, 병리화와 정상성 또한 동전의 양면임을 직시한다. 동성애를 가장 적극적으로 병리화해온 엄마와 그가 기실 누구보다 애정과 인정 욕망에 목말라 있었다는 사실, 보이지 않는 신에 기대거나 스스로를 국가가 시찰할 만큼 중요한 인물로 상상하는 편집증적 상상력으로만 삶을 버틸 수 있었다는 사실은 의미심장하게 다가온다. 이 앞에서 화자는 여러 번 묻는다. "사랑은 정말 아름다운" 것인가.(159, 169쪽) 우리는 이미 그 답을 알고 있는 것 같다. 어떤 애정은 그저 "새까만 영역에 온몸을 던져버리는 종류의 사랑"(159쪽)이며, 그것은 저릿한 증오와 그리 멀리 있지 않다는 것을. 이제 가능한 것은 "그녀가 아무것도 모른 채 죽어버리기를 바라는"(181쪽) 것뿐임을. 나의 사랑과 증오를 완결하기 위해 그녀는 죽어야 하지만, 이 끔찍한 바람만큼은 그녀가 끝내 몰랐으면 하는 마음의 밑바닥에 있는 것은 연민일까. 이해하지도 용서하지도 못하는 자리에서 여전히 전하지 못하는 말들은 산산이 흩어져간다. 소설은 가깝기에 너무 쉽게 이루어지는 심리적 착취를, 출구 없는 증오를, 그러나 가족을 사랑하지 않는다는 죄책감의 무한 회로를 반복하며 가족이란 얼마나 이상한 존재인지 가만히 바라본다.

이 소설집에서 가장 길고 또 압도적으로 아름다운 「우럭 한점 우주의 맛」을 이루는 감정들을 명쾌하게 설명하기란 불가능한 일이다. 어떤 사랑은 자신을 텅 비워내는 무력감과 절망감을 통해서만 가능하다는 것. 그 사랑이 자신을 얼마나 외롭게 하는 동시에 파괴하고 있는지 잘 알고 있음에도 자신을 한 번만이라도 있는 그대로 바라봐줄 것을 비통하게 애원하기를 멈출 수 없다는 것. 하지만 등을 돌리고 자리를 떠났던 화자는 어느새 다시 돌아와 저물어가는 해와 병으로 사위어가는 엄마를 나란히 오래 바라보며 서 있다. 이 사랑이 아무리 텅 빈 것이라 하더라도 절대로 포기할 수 없다는 것만을 가까스로 아는 채로.

3. (불)가능한 퀴어 헤테로토피아

「대도시의 사랑법」과 「늦은 우기의 바캉스」는 '규호'라는 존재로 느슨하게 묶인 채 박상영 소설의 퀴어 지리학을 그려나간다. 먼저 규호와의 만남과 헤어짐이 모두 담긴 「대도시의 사랑법」부터 이야기해야 할 것 같다. 규호와 처음 이태원의 한 클럽에서 만났던 회상 장면에 동반된 묘사들은 이 소설의 진정한 주인공이 네온사인 빛나는 도시 서울임을 알려준다. "당장이라도 실명해버릴 것 같은 강렬한 초록 빛깔의 레이저"(187쪽)와 "Don't be a Drag. Just be a Queen"(188쪽)이라 써진 네온사인 아래서 '티아라' 친구들은 내일이 없는 사람들처럼 넘쳐흐르도록 술을 마시고, 그 와중에 밀쳐져 쓰러진 '나'는 처음 보는 규호에게 키스를 해버리고 만다. 간호조무사를 꿈꾸며 바텐더로 일하는 규호의 이름은 곧 특별해지고, 아무것도 아닌 모든 것들을 찬란하게 만들어버리며 '나'의 "아름다운 서울시티"(209쪽)가 된다. 그러나 규호와 진지한 관계로 넘어가는 데 있어서의 문제는 "극장 입구에 망연히 앉아 팔리지도 않는 프로그램 북을 파는" "수드라" 같은 "최저 시급 인생"(194쪽)도 아니고, "술 먹고 떡이 된 애들을 살뜰히 챙기는 종갓집 당숙모"(196쪽) 역할을 맡아오게 만든 평범한 외모도 아니다. 낙산공원 위에서 화자는 규호에게 "5년도 넘게 나와 함께 살아온 가족"이자, "또다른 나"(225쪽)인 '카일리'의 존재를 밝힌다.

소설은 HIV(인간면역결핍바이러스)라는 단어를 한 번도 쓰지 않은 채, '카일리'가 무엇인지 전달한다. 질병을 호명하지 않음으로써 소설은 그간 HIV가 한국사회에서 얼마나 강력하게 타자화된 '은유로서의 질병'이었는지 상기시킨다. 성적인 것과 관련해서 유난히 고백을 요청하는 사회적 분위기는 성을 해독해야 할 의미와 진실의 영역으로 만들며, 고백하는 자를 생명 관리의 통치 대상으로 몰아넣는다. 그러나 화자가 자신의 특기인 "독창적 별명 짓기"(187쪽)를 통해 그 질병에 예쁜 이름 '카일리'를 붙여주는 순간, 이 명명의 정치학은 성을 외부로부터 일방적으로 주어지는 비난의 시선과 폭력으로부터 빠져나오게 한다. 비극의 중심에 카일리가 있는 것이 아니라, 오히려 카일리가 있기에 자신의 특별한 한 조각이 완성되는 것이다. 물론 명명의 힘이 현실의 중력을 모두 지워주는 것은 아니다. 카일리는 규호와의 관계에서 "제일 중요한 단 하나"(235쪽)인 성관계를 하지 못하도록 만드는 요소이며, 취업의 마지막 관문인 신체검사를 앞두고 엄청난 불안을 야기하기도 한다. 그러나 화자가 "인생에서 모든 것을 가질 순 없"다고 생각하며 "카일리./ 이것은 온전히 내 몫이니까"(236쪽)라 되뇔 때, 순진함을 걷어낸 이 당당한 말이 주는 울림은 새로운 주체성을 확립해나가는 데서 비롯된 것이다.

소설은 '카일리'라는 문제를 끌어옴으로써 퀴어의 사랑을 이성애와 대별해 더 '낭만적'으로 보거나, 성적 관습에 대한 위반을 감행하는 '급진적'인 것으로 보는 관행을 모두 넘어서버린다. 규호는 '나'의 카일리를 "그러거나 말거나, 너였으니까"(228쪽)라는 말로 온전히 받아주지만, 두 사람이 상해에서의 새로운 생활을 꿈꾸기 시작했을 때 카일리는 다시 발목을 잡고 만다. 상해에서 육 개월 이상 체류하려면 혈액검사를 받아야 하며, 중국에서 최근 성매개 질환을 엄격하게 단속하고 있다는 기사를 본 후 화자는 규호를 혼자 떠나보낸다. 소설에서 규호의 공간은 '제주(섬)'에서 '인천'을 거쳐 '서울'로 그리고 '상해'

로 점차 넓어지는 반면, 화자의 공간은 상대적으로 고정되어 있다는 것은 중요하다. 퀴어의 성적 자유는 '대도시' 속에서 더 자유롭게 탐색될 수 있는 것으로 받아들여져왔지만, 유독 병리화되는 특정 질병과 연결된 퀴어에게 도시의 경계선은 더 강력한 제약과 통제로 작동한다. 그래서 결국 화자의 공간으로 남는 곳은 대도시 속의 공항이다. 상해로 넘어가지 못한 채 홀로 공항철도를 타고 돌아오는 그의 쓸쓸한 모습은 소설 서두에서 만료된 여권 때문에 일본 여행을 가지 못하고 홀로 돌아오던 모습과 겹쳐진다. 카일리를 가진 그에게 자유로운 이동이 보장될 수 없다는 사실은 그의 여권(시민권)이 언제나 반쪽짜리일 수밖에 없을 것임을 상기시킨다. 그리고 그 절반의 시민권이 지금 한국에서 퀴어 정치가 지닌 한계를 반영한다는 사실 역시 자명해 보인다.

이런 동아시아 퀴어 지리학의 정치성을 고려하는 속에서만 「늦은 우기의 바캉스」의 배경이 되는 방콕은 새롭게 읽힐 수 있다. 이 소설은 규호와의 이별 후 '화양연화'처럼 남은 가장 아름다운 순간을 섬세하게 그려내고 있는 에필로그다. 방콕에 와서 간단하고 손쉬운 예방법이 되는 '복제약' 한 통을 산 규호와 나는 "카일리에게도 휴가를"(285쪽) 주게 된다. 호텔 밖으로 나와 정처 없이 거리를 걷다가, 강에서 배를 타자마자 늦은 우기의 폭풍우를 만나고, 비 오는 거리를 달리다 바닥에 함께 드러누워버리고, 낯선 게스트 하우스에 들어가 형편없는 방에서 섹스를 하는 모든 순간은 밀봉되었던 낙원처럼 조심스럽게 펼쳐진다. 무엇보다 "사귄 지 3년 만에 처음으로, 콘돔을 끼지 않고 한 섹스"라는 설명과 함께, 모든 시간이 지워지고 오직 규호의 "콧잔등에 맺혀 있는 땀"(298쪽)만이 생생하게 남는 장면은 물속에서 오래 참았다 내쉬는 긴 날숨처럼 자유롭고 아름답다. 두 사람이 자유롭게 완전히 합일된 순간은 아시아에서 가장 퀴어 친화적인 공간인 태국이기에 가능한 것이었을까. 방이 아니라 공적인 거리에서도 마음껏 하늘을 이불처럼 덮고 드러누울 수 있는 방콕은 그들이 막 만나기 시작했을 때 "모든 게 다 망한 디스토피아에 오직 두 사람만 남은 것 같은 기분을 느끼"(287쪽)게 했던 새벽길을 상기시키면서, 환상적이고 쾌락적인 성애를 가능하게 하는 퀴어 헤테로토피아를 구성해낸다.

그러나 규호와 이별한 후 크루징 상대인 '하비비'와 다시 찾은 방콕에서 퀴어 헤테로토피아는 지속되지 않는다. 싱가포르계 말레이시아인이자 미국에서 경제를 전공한 금융인인 하비비에게는 "남자도 여자도 될 수 있는" '루'라는 이름의 "홍콩 출신의 와이프 혹은 허즈번드"가 있으며, 영어와 중국어를 섞어 이루어진 둘의 대화에는 "가족 중 누군가가 암에 걸렸으며 빨리 집으로 돌아와줬으면 한다는 내용"(278쪽)이 들어가 있다. 하비비를 둘러싼 묘사들은 동아시아적 혼종성을 그대로 반영하고 있다. 그러나 그에게 부착된 혼종성은 화자와 규호가 함께 누렸던, 쏟아지는 비와 강렬했던 합일의 순간, 생생한 콧잔등의 땀으로 구성된 퀴어 헤테로토피아를 다시 만들어주지는 못한다. 출장이 잦은 하비비는 그저 방에 들어왔을 때 "누구라도 필요했"(301쪽)던 것뿐, 화자는 대체 가능한 존재로서의 자신을 인식하며 하비비의 호텔방에서 홀로 욕조 속에 들어가 잠이 들며, 그사이에 불꽃놀이는 지나가버린다. 규호가 없는 늦은 우기의 태국은 강렬한 밀도로 쏟아지는 비 대신 멜랑콜리에 잠긴 욕조로 변모해버리고 만다. 눈부신 시절은 지나갔으며 되찾을 수 없다는 것, 불멸과 덧없음이 하나가 되는 이 정조는 이번 소설집의 한가운데 있는 어떤 것이다.

4. 네온으로 명멸하는 글쓰기

자서전적 글쓰기로 묶여 있는 듯한 이 네 편의 소설에서 인물들은 비에 젖은 여행자다. 그들은 익명성이 보장되는 이질적인 공간들 사이를 끊임없이 이동하면서 영원한 현재를 살아가지만, 멜랑콜리에 젖은 채 가볍게 휘발되지 못하는 끈적이고 질척이는 감정들을 점점 무거워지는 캐리어에 담아 끌고 다닌다.

그 속에서 박상영은 글쓰기의 의미를 재규정한다. 「늦은 우기의 바캉스」의 화자는 글쓰기를 통해 오랫동안 규호를 "유리막 너머에서 안전하고 고결하게 보존된 상태로"(273쪽) 남겨두는 데 몰두했지만, 이제 "현실의 규호는 숨을 쉬며 자꾸만 자신의 삶을 걸어나간다"(307쪽)는 사실을 인정하며 자신의 글과 현실 속에서 자꾸만 커지는 간극을 받아들이기 시작한다. 글쓰기가 기억하기를 통해 영원히 모든 것을 박제하는 행위라면, 그것은 화자에게 아무것도 아니다. 소설에서 "오직 글을 쓰고 있는 나 자신만이 남는"(307쪽) 것을 확인하는 순간은 공허하게 그려진다. 사랑과 글쓰기는 동형일 수 없고, 자신을 향해 수렴되는 나르시시즘적인 글쓰기는 박상영에게 아무런 의미가 없다. 완결된 상태로 안전하게 보존되는 글쓰기는 「늦은 우기의 바캉스」의 마지막에 나부끼다 먼바다로 빠르게 추락해버린 풍등의 기억과 대립하는 것이다. 박상영은 영원할 수 있는 것이 없다면 차라리 장렬하게 산화되어버리기를, 언제나 지금 여기만을 사는 삶을 택하겠다고 선언하는 것처럼 보인다. 풍등에 남겨진 단 두 글자 "규호"(309쪽)에는 삶에서 사랑을 빼고는 모두 버려도 상관없다는 응축된 열망이 서려 있다. 그러나 박상영은 이 열망조차 결국 나약하게 찢기며 떨어져내리리라는 것을, 얼마나 깊이 사랑했던 사람이든 언젠가는 등을 돌려 멀어지리라는 것을, 그렇게 모든 게 사라져버리리라는 것을 안다. 그래서 그의 글쓰기는 단단하게 고정시키는 무거운 글쓰기가 아니라, 명멸하는 네온처럼 한없이 가벼운 글쓰기로 향한다.

이는 "Just love me" "Love is what you want"처럼 팝송 가사를 떼어놓은 듯 간결하고 가벼운 텍스트로 이루어진 트레이시 에민의 네온 작업을 상기시킨다. 에민은 네온을 두고 항상 비도덕적인 것과 연결된다고 하면서도, 반짝이고 강렬할 뿐 아니라 역동적이기까지 한 네온의 섹시함을 말했다. 박상영은 『2019 제10회 젊은작가상 수상작품집』에 실린 「우럭 한점 우주의 맛」에 대한 '작가노트'에서 "나는 이곳에 속해 있지 않다"라는 감각에 대해 재차 말한다. 뉴욕에서 끓어 잘 때 꿈속에서야 비로소 그는 "반짝이는 곳에서 그들과 함께 술을 마시며 웃고 있었고, 너무나도 자연스럽게 사람들 안에 속해" 있었다. 찬란한 네온사인이 빛나는 대도시와 꿈과 술과 웃음, 그것을 두고 우리는 박상영의 글쓰기를 이루는 요체라고 해도 좋겠다. 그 네온사인이 곧 홀로 남을 멜랑콜리한 어둠 속에 있기에 더 환히 빛난다는 사실은 당신도 잘 알고 있을 것이다. "Welcome to the PSY's Universe!" 박상영의 네온사인이 지금 명멸하며 외로운 당신에게 손을 내밀고 있다. 부디 그 섹시한 네온사인을 놓치지 마시기를.

(2019)

세상의 모든 존재들에게, 우산을
—황정은의 『디디의 우산』

1.

『디디의 우산』[1]은 최근 한국에서 일어났던 혁명에 대한 기록이다. 그러나 이 소설은 뜨거운 분노와 변화에 대한 열망으로 광장에 모여든 시민들이 만들어낸 광경을 묘사하거나 혁명의 성공에 갈채를 더하는 데 관심이 없다. 오히려 주목해야 할 것은 소설에서 지워져 있는 시기이다. 「d」와 「아무것도 말할 필요가 없다」, 이 두 소설에는 촛불집회가 시작된 2016년 10월부터 박근혜 대통령 탄핵 선고가 있었던 2017년 3월에 이르기까지의 기간이 의도적으로 누락되어 있다. 「d」에서 연인 'dd'의 죽음을 오랫동안 받아들이지 못하던 'd'가 광장의 진공과는 다른 무엇을 오디오 진공관에서 발견할 때, 혁명은 시작되는 듯 보인다. 실제로 작가는 한 인터뷰에서 이 소설의 마지막 단락을 퇴고하고 있을 때, JTBC에서 최순실의 태블릿 PC가 공개되며 바로

1) 황정은, 『디디의 우산』, 창비, 2019. 이하 인용시 본문에 작품 제목과 쪽수만 밝힌다.

촛불집회가 시작되었다고 밝힌 바 있다.(『Axt』 2017년 9/10월호) 그런데 이어서 발표된 「아무것도 말할 필요가 없다」는 그 혁명의 과정을 따라가는 대신, 혁명이 승리한 날짜로 기록된 2017년 3월 10일 헌법재판소가 탄핵을 선고한 후 정오가 막 지난 짧은 시간만을 시간적 배경으로 둔다. 2016년 겨울 초입에 뜨거웠던 촛불집회의 광경들이 파편적으로 등장하고는 있지만, 이는 수많은 개인적 회상과 역사적 맥락 속에 섞여들며, 독자적인 사건으로서 부각되지 않는다.

혁명의 시작점과 끝점만을 날카롭게 짚고 있는 소설 두 편이 나란히 놓이면서 『디디의 우산』에는 팽팽한 긴장감이 감돈다. 그것은 모두가 어둠 속에서 절망하고 있던 시기에 가능성을 포착하고, 반대로 혁명이 성공적으로 완수되었다고 믿는 시기에 불가능성을 겹쳐두는 시선의 낙차에서 비롯되는 것이다. 혁명은 정말 이루어졌을까. 이 소설집은 2019년 1월인 현재, 혁명이 완수되었다고 믿는 이들에게 보내는 서신이다.

2.

2009년 용산 참사 이후로 황정은의 소설과 정치성은 어깨를 나란히 하고 걸어온 바 있지만, 그것은 현실에서 조금 비켜선 알레고리적인 형태로 자리하고 있었다. 그의 소설에서 종종 등장하던 끝없이 낙하하는 운동성의 감각은 모순적이게도 폐쇄된 공간의 감각과 나란히 놓여 나날이 야만이 진화하는 시대의 폭력성을 증언해왔으며, 2014년 세월호 이후의 서사들에서는 급작스럽게 가장 가까운 자의 죽음을 겪고 그 이후를 살아내는(죽어가는) 형태로 서늘한 공백을 드러냈다. 「d」는 그 연장선상에 놓여 있지만 다른 가능성을 발견하는 소설이다.

이 소설 이전에 단편 「디디의 우산」(『파씨의 입문』, 창비, 2012)과 단편 「웃는 남자」(『아무도 아닌』, 문학동네, 2016)가 있었음을 상기할 필요가 있다. 단편 「디디의 우산」은 낙관적인 분위기로 둘러싸여 있다. 어린 시절 도도에게 빌렸지만 돌려주지 못한 우산에 대한 디디의 부채감은 다시 재회한 두 사람을 이어주는 매개가 된다. 도도는 세척 작업에 쓰이는 화학약품에 의한 발진으로 고통받고, 디디는 유연성과 합리성을 빙자한 회사에 의해 폭력적으로 구조조정을 당하지만, 그들은 고립되어 있지 않다. 어느 날 디디는 양장본 표지 위에서 '혁명'이라는 생소한 말을 무심코 따라 읽은 뒤 조금 놀랐다가 옛날 만화를 떠올리며 피식 웃는다. 이 작은 웃음의 순간은 친구들과 함께 유쾌한 시간을 갖는 가운데 이라크 기자가 미국 대통령에게 신발을 던진 이야기로 확장되며, 정치적 조롱을 담고 있는 좀더 거센 웃음으로 번져나간다. 다 같이 모여들어 웃는 동안 자연스럽게 찾아드는 저항으로의 전환은 놀라운 것이었다. 그러나 단편 「웃는 남자」에 이르러 작가는 「디디의 우산」에서 이 긍정적인 저항성을 담고 있던 웃음을 부정한다. 똑같이 혁명을 되뇌며 웃는 디디가 나오지만, 디디는 끔찍하게 죽고 만다. 가장 사랑하는 연인조차 버스에서 사고가 벌어진 순간 그를 구해주지 못한다. 그저 하던 대로 해왔던 익숙한 "패턴"이 끝내 가장 사랑하는 존재 디디를 파괴했다는 사실에 절망하며, 연인이었던 '나'는 스스로를 가둔다.

「d」는 이 두 단편을 결합시키며, '우산'을 매개로 이어졌으나 '패턴'의 반복으로 dd의 죽음을 겪게 된 화자 d가 사물들의 끔찍한 온기를 감지하는 데서 시작된다. dd의 죽음을 방안에서 견뎌나가던 d가 처음으로 방 바깥으로 나왔을 때, 그는 dd가 자신의 세계에서 예외였을 뿐이며 "잡음으로 가득"(40쪽)한 세계로, "본래 이러했"(38, 40쪽)던 상태로 돌아왔을 뿐임을 잔인하게 깨닫는다. 그러나 d가 세운상가에서 택배물을 수집하고 상차하는 노동을 매일 반복하는 가운데, 그는 타인을 인지하고 타인에게 인지되며 서서히 생성해나간다. 무엇을? 기억을. 그는 어린 시절 두 사람이 낙뢰 자국을 같이 보았다던 dd의 말을 거듭 돌이킨 끝에 그 광경의 기억을 만들어낸다. 이따금 그 광경을 꿈에서 볼 때마다 dd를 살릴 수 있도록 그 어린아이에게 팔을 내밀어 안아 올리고 싶어하는 부분은 이 소설에서 가장 아픈 장면이다. 여기에는 어떤 노력으로도 다시 살아날 수 없는, dd의 죽음이 남긴 그림자가 어른거린다. d가 생성하는 또다른 기억은 1983년 북한의 공군이었던 이웅평 대위가 전투기를 몰고 남한으로 귀순했던 순간에, 서해에서 긴 사이렌 소리와 함께 아무것도 없는 하늘을 바라봤던 장면이다. 그 사건은 d에게 환멸의 반대 방향으로 가는 탈출의 경험에 대한 상징이다. 본래 가지고 있던 기억이라기보다는 생성해낸 이 기억들 안에는, 불가능하다는 것을 알지만 사랑하는 이를 어떻게든 살려내고 싶으며 이 체제를 벗어나고 싶다는 갈망이 있다.

그래서 이 기억의 생성은 자본주의에서 강조되는 '생산력'이나, 세운상가가 걷는 '재생'의 길과 반대편에 있다. 세운상가의 재생은 인간을 살리는 것이 아니라, 자본의 흐름과 상권을 살리고자 하는 것이다. 그것은 '여소녀'처럼 사십 년간 세운상가에서 일해온 가운데, 시대의 새로움을 따라가지 못하고 나머지가 되어 잔류하게 된 존재들의 맥락을 소거시킨다. dd의 죽음에 오래 잠겨 있었던 d에게 재생이 그리 쉽고 단순한 일일 수 없다. 롤랑 바르트가 하이쿠를 두고 한 표현처럼 "딱 한 번 발생하는 것"으로서 모든 인간은 유일성의 세계를 구축한다. 그리고 그것이 붕괴되었을 때, 이를 복원한다는 것은 거의 불가능에 가깝다.

이 불가능에 저항하며 만들어낸 d의 기억들이 소설 마지막 순간에 오디오에서 "흐르는 빛과 신호로 채워져 있"는 "작고 사소한 진공"(144쪽)을 새롭게 발견하게 했을 것이다. 죽음으로 향하던 무력한 한 인간은 어떻게 그 모든 자기혐오를 이기고 삶 쪽으로 방향을 트는가. 오디오 안의 위태로워 보일 정도로 얇은 유리 껍질은 충돌 한 번에도 쉽게 내동댕이쳐지는 삶과 닮아 있다. 그러나 그 안에 빛과 소음으로 채워진 작은 진공은, "혁명을 거의 가능하지 않도록 하는"(133쪽) 광장의 "어둡고 고요하게 정지"(144쪽)된 진공과는 다른 것이다. 그렇게 소설은 서두에서 '번개'가 떨어져 그을린 자리에 남아 있던 뜨거운 열을 잊지 않고, 오디오 진공관의 "섬뜩한 열"(145쪽)로 이어간다. 인간이라는 존재의 하찮음을 껴안고서 어떻게든 살아가보겠다는 의연함을 담은 이 소설이, 모든 것이 어둠 속에 있는 가운데 변화가 시작되는 찰나였던 2016년 겨울에 도착했을 때의 감격을 잊을 수 없다. 혁명이란 무엇인가. 황정은은 그것이 번개처럼 크고 단절적인 절대적 힘이 아니라, 작고 사소한 진공관 속의 빛과 소음을 발견하는 일이라 말한다. 어떤 사소한 사물조차 "세상에 그거 한 대뿐"(같은 쪽)이라는 유일성을 담고 있음을 인지한 자라면, 그 안에는 결코 우습게 볼 수 없는 뜨거움이 있다는 사실을 알게 될 것이다. 그리고 이 뜨거움은 시대가 주는 환멸과 낙담으로부터 벗어나는 길을 열어낸다.

3.

「d」에서 「아무것도 말할 필요가 없다」로 넘어가는 이음매에는 "모두가 돌아갈 무렵엔 우산이 필요하다"(147쪽)라는 문장이 놓여 있다. 이것은 단편 「디디의 우산」에서 친구들과 웃고 떠들다 잠든 끝에 새벽에 깨어나, 친구들이 돌아갈 길을 걱정하며 신발장을 들여다보는 '디디'에게서 흘러나온 생각이다. 사소한 사물에 대해서도 오래 부채감을 지니고 사는 마음, 그 부채감으로 어느덧 가까운 이들을 돌보는 데까지 나아가는 힘은 황정은의 소설세계 안에서 다시 부활하는 것일까. 전작 소설집 제목이기도 했던 '아무도 아닌'의 세계는 혁명을 분기점으로 '모두'의 세계로 향하는 것일까. 그런데 이 달라진 주어에 주목하기보다 이제 다른 것을 보아야 할 것만 같다. 그 모두는 대체 어디로 돌아가려는 것일까. 모두에게 필요한 우산이 충분하지 않다면, 그 우산은 누구에게 쥐어질 것인가.

4.

「아무것도 말할 필요가 없다」는 많은 사람이 성공적으로 완수되었다고 믿고 있던 시기인 2017년 가을에 연재된 소설이다. 그리고 작품은 2017년 3월 10일 헌법재판소가 박근혜 대통령의 탄핵을 선고하던 날, 그러니까 "혁명이 이루어진 날"(314쪽)의 정오가 막 지난 오후의 고요한 풍경으로부터 시작된다. 혁명 이후의 소설. 이 소설에서 그 혁명이 야기한 도약의 흔적을 읽어내고자 하는 사람이라면, 「d」와 동일하게 광장을 배경으로 둔 2015년 4월 16일에 대한 서술 속에 새롭게 끼어든 한 문장에 주목하게 될 것이다. 다시 한번 세종대로 사거리가 "두개의 긴 벽을 사이에 둔 공간空間이 되"(132, 290쪽)었을 때, 화자는 더이상 이곳을 많은 사람들의 함성이 도저히 통과하지 못할 진공이라고 부정적으로만 감각하지 않는다. "이제 어떻게 할까"(123, 132, 290쪽)라는 말은 「d」에서는 체념을 담은 중얼거림이었지만, 「아무것도 말할 필요가 없다」에서는 이 말 직후 "더 가볼까?"(290쪽)라는 말이 불쑥 튀어나오며 적극적으로 호응한다. 이 놀라운 차이는 작가가 어떤 가능성을 보고 있음을 말하는 것일까. 이어지는 애니메이션 〈스카이 크롤러〉에 대한 대목에서 우리는 탈출할 수 없다는 끔찍한 제약이 이길 가능성이 거의 없다는 것을 알면서도 응전하는 힘으로 전환되었다는 설명을 듣게 된다. "탈출이 불가능하다면 여기서 날 수밖에, 여기서 마찰하는 수밖에 없"다는 〈스카이 크롤러〉 속 "탈조脫朝"(292쪽)의 꿈은 곧 그들의 현실에서 한눈에 들어오는 광장의 풍경과 함께 어디로도 갈 수 없다는 잔혹한 자각으로 번진다.

황정은은 이 소설에서 오히려 혁명의 감격이 날카롭게 단절되는 지점들, 혁명이 휩쓸고 간 자리에 남겨진 부스러기 같은 존재들에게 몰두한다. 「d」에서 미완의 느낌을 주던 아홉 개의 장章은 「아무것도 말할 필요가 없다」에서 열두 개로 늘어나며 숫자상으로 완결된 느낌을 준다. 그러나 그 완결성을 강렬하게 부정하듯, 각각의 장은 시간적으로 매끄럽게 연결되지 않는다. 이 연속된 병렬이 주는 절단의 느낌은 개인적 회상들과 역사적 사건들을 넘나드는 광범위한 시공간적 움직임으로 인해 발생하는 것이다. 소설을 감싸고 있는 서술의 층위에서 시간적 배경은 2017년 3월 대통령 탄핵 선고일의 정오가 막 지나가고 있는 짧은 동안이지만, 내용적 층위에서 배경은 1996년 8월의 연세대 항쟁(연대 한총련 사태)을 거쳐 1987년 6월 항쟁으로 내려갔다가, 2009년 용산 참사와 2014년 세월호 사건과 그 이후의 시위들로 거슬러올라온다. 그 사이사이로 세계사를 가로지르며 1882년 시력장애로 고통을 겪던 니체와, 2013년 가을에 목격한 베를린 홀로코스트 메모리얼과 폴란드 오시비엥침의 수용소 풍경이, 1942년의 슈테판 츠바이크의 결단이 나타난다. 그러나 이 넘나듦은 각각의 장을 파편으로 만드는 대신에 "논리의 파괴를 의미하지 않는 연속"(롤랑 바르트, 『롤랑 바르트, 마지막 강의』, 변광배 옮김, 민음사, 2015, 75쪽)을 보여주며, 롤랑 바르트가 하이쿠에 대해 설명했던 공현전公現前, co-présence의 방식을 만들어낸다. 전혀 상이한 이 시기들이 현전하며 서로에게 기대고 있는 맥락은 전쟁이나 혁명과 같은 역사적 사건과 일상 속에서 특정 젠더들이 지속적으로 배제되어온 양상의 동일성에 있다.

화자와 '서수경'이 우연히 다시 만난 곳은 바로 1996년 8월 "제6차 8·15통일대축전이 열릴 예정이었던 연세대학교"(171쪽)였다. 작가는 세상을 "관리자의 방향으로"(189쪽) 공감하며 바라보게 만들어 운동을 효과적으로 무력화시키는 '툴tool'이 확립된 기원으로 1996년의 '연세대 항쟁'을 주목하는 가운데, 문득 외부의 정보를 삽입한다.

> 그뒤로도 많은 시간이 흘렀고 적지 않은 사건이 있었지만 1996년은 덜 삼킨 덩어리처럼 목구멍 어디엔가 남아 있다. 오감이 다 동원된 물리적 기억으로. 페퍼 포그와 안개비처럼 공중에서 쏟아지던 최루액 냄새, 굶주림과 목마름, 야간 기습과 체포에 대한 공포, 더위와 습기와 화학약품 부작용으로 문드러진 동기생의 등, 만지지 않아도 상태가 느껴지는 타인의 피부, 세수 한 번과 양치 한 번에 대한 끔찍한 갈망, 그리고 "보지는 어떻게 씻었냐 더러운 년들."(172~173쪽)

소설은 인간의 정신이 동물적 육체로 내려앉는 그 처절한 순간에 대한 건조한 묘사들 끝에 맥락 없이 충격적인 발화 하나를 덧붙여 놓는다. 이 이물감에 잠시 멈춰 섰던 독자들이 바로 옆에 붙은 괄호를 읽어나가면, "'초선' 추미애가 국감장서 '쌍욕' 읊은 이유"라는 제목의 기사 일부를 만나게 된다. 1996년 연세대 항쟁 당시 경찰이 학생들을 연행하는 과정에서 자행된 성적 추행과 폭력 행사에 대한 기사 속 상세한 언급들은 가히 충격적이다. 하지만 이 기사를 괄호 속에 주석과 같은 형식으로 직접 인용하면서 생기는 효과 중 하나는 남성으로 추정되는 기자가 한 여성 국회의원의 공식적인 정치적 행위에 대해 '초선'과 '쌍욕'이라는 단어가 강조되는 제목을 붙임으로써 여성의 공적 행위가 그 온당성과 무관하게 격하되고 있다는 사실의 적시다. 객관적 사실을 보도하는 신문기사라는 '틀'에 대한 믿음은 젠더적 프레임을 가져다대는 순간 무너진다. 1996년 8월에 연세대에서 함께 싸웠던 학생들 가운데 여성들은 또다른 방식으로 이중으로 모욕당하며 분리되었다. 그리고 이후에 이 여성들을 위한 공적인 문제제기 역시 교묘한 방식으로 뭉개졌다. 이것은 그간 정치의 영역에서 대의라는 명분 아래 투명하게 치부되었던 또하나의 폭력적인 역사다.

민주주의 정치 한가운데 자리한 가부장적인 권력의 문제들은 사소한 일상들을 가로지른다. 1996년 투쟁의 현장에서 생리혈로 얼룩진 바지를 입고 지낸 'L'의 트라우마는 '별난' 것으로 회자되고, 대학원에서 서수경이 여자라는 이유만으로 잡다한 영수증 관리에 시간을 쓰는 동안 남자 선배는 '가장'이라는 이유 하나만으로 학위논문을 획득한다. 동기생 'J'는 '여자들이 자기 때문에 자꾸 죽는다'며 자신의 연애담에 도취되어 있고, 여름 농활에서 화자의 목걸이와 귀걸이는 모두를 매도시킬 수 있는 위험하고도 불경한 사물로 취급되며, 동아리의 남자 선배들은 유머로 간주하며 성희롱을 일삼는다. 이 일상들은 괄호 속의 "이명박 후보, 편집국장들에게 부적절 비유, 얼굴 '예쁜 여자'보다 '미운 여자' 골라라?" 같은 제목의 기사(194~195쪽)와 만나며 불편함을 증폭시킨다. 당선이 유력한 대통령 후보의 자리에 있는 사람이 '마사지 걸을 고를 때 얼굴이 덜 예쁜 여자들이 서비스가 좋다'는 식의 말을 할 때, 그것이 공공연하게 유머로 통용될 수 있는 사회에서 여성의 자리는 어디에 놓일 수 있는 것일까. 그 농담이 발화되는 자리에 여성이 있었다면, 그는 그 농담을 이미 승인하고 동의한 것일까. 소설 속 화자는 2016년 11월 26일 광화문에서 열린 집회에서 "惡女 OUT"이라는 손 팻말에 대한 불쾌함을 느꼈으나, "모두가 좋은 얼굴로 한가지 목적을 달성하려고 나온 자리에서 분란을 만드는 일을 거리끼는 마음"(306쪽)에 의해 묻어야만 했음을 말한다. 일상에서 용인되어온 여성혐오는 거대한 사회문제와 대결하는 순간에 사라지는 것이 아니라, 오히려 불거지며 끝내 덮일 수 없는 균열로 남는다.

왜 '모두'를 위한 혁명이 일어나는 광장의 자리에서 '여성'들만은 거듭 교묘하게 배제되는가. 남성과 동등하게 투쟁하고 있음에도 불구하고 여성이라는 성별은 지워져야 할 결격사유로 자리하고, 성性과 관련된 문제들은 언제나 대의에 밀려 부차적인 것으로 치부당하는가. 캐럴 페이트먼Carole Pateman은 일반적으로 성적 관계에서 여자의 거절은 사회적 편견에 따라 '예스'로 재해석되며 체계적으로 무효화된다고 말했다. 문제는 동의에 관한 문제가 사적 영역의 관계들에만 한정되지 않고, 공적 영역의 시민권에도 영향을 미친다는 것이다. 호감을 빙자한 성희롱이 난무함에도 많은 이들이 이를 낭만적 예술성의 발로

나 유쾌한 농담으로 받아들여주는 동안, 남자들의 통치가 여자들의 신체에 성적으로 접근할 수 있는 권리는 사회적으로 이미 허용되는 셈이다. 그리고 이때 근대 정치이론의 근본인 사회계약과 동의 문제에 있어서도 여성의 동의는 실천의 문제가 아니라 강제된 복종의 형태가 된다. 시민권을 향한 여성들의 투쟁과 성적 자유에 대한 투쟁은 실은 동일한 메커니즘을 공유하고 있는 것이다. 한국에서 가장 뜨거운 정치적 투쟁이 끝난 자리에서 미투 운동이 새롭게 일어나는 맥락이 여기에 있다.

공론장에 올리기에는 사소한 문제로 치부되어왔던 맥락들이 전혀 사소하지 않음을 말하는 「아무것도 말할 필요가 없다」에서 황정은 소설에 처음 등장하는 괄호 내부의 정보들은 이전과 다른 방식으로 서사를 비틀며 독해 속도를 지연시킨다. 이 정보들은 대개 '객관적'이고 '상식적'인 사전적 정의나 역사적 사실을 전하고 있다. 그런데 같은 자리에 놓여 사회현상을 다루는 기사들 속에서 여성들은 성별이 강조되며 희화화되거나 성희롱의 대상으로 나타난다. 아마도 정치면에 가십거리처럼 배치되었을 이런 기사 속에서 여성들이 권리와 의무를 행하는 주체가 아닌 대상으로 등장하는 방식은 낯익다. 기사들의 내용 자체가 주는 놀라움보다, 이 기사들 역시 대다수의 사람들에게 '객관적' 정보로 받아들여지며 우리 사회의 '상식'을 형성해왔음을 인지하는 순간의 충격은 크다. 이 방식은 모든 사람에게 속하고 순환되는 정보 이면에 어떤 존재들이 누락되어왔는지를 선명하게 부조한다.

5.

그러나 이는 여성에게만 국한된 문제일까. 소설의 전반부가 화자와 주변 사람들의 생애 안에 얼마나 많은 여성혐오가 깔려 있었는지를 보여준다면, 후반부는 그 아래 자리한, 사회의 근본적인 사유 방식의 문제를 말하기 위해 나아간다. 소설에 인용된 "산다는 것은 (……) 우리보다 먼저 존재했던 문장들로부터 삶의 형태들을 받는 것"(211, 242, 314쪽)이라는 롤랑 바르트의 말을 참고해본다면, 특별한 문제로도 인식되지 않을 만큼 혐오가 광범위하게 퍼져 있는 사회라면 그 문화가 이어받아온 사유의 메커니즘 자체에 문제가 있다는 뜻이기 때문이다. 1987년 6월 혁명의 현장에 있었음을 자랑스럽게 여기지만 지금의 데모를 명분 없는 것으로 치부하는 아버지의 모습에서 화자는 한나 아렌트가 묘사한 아이히만식의 상투성을, 사유하는 것에 대한 무능함을 본다. "툴을 쥔 인간은 툴의 방식으로 말하고 생각한다"(159, 189쪽)라는 소설 서두의 가정은 이 작품 전체를 끌고 가는 전제다. 사람들이 '상식'이라는 말을 사용할 때는 대개 "사리분별을 하고 있지 않은 상태"라는 것, 그저 "굳은 믿음"이자 "몸에 밴 습관"(265쪽)이라는 소설의 통찰은 정확하다. 상식은 강자의 것이다. 그러므로 대개 상식은 약함에 대한 혐오와 긴밀한 관계를 맺는다. 혐오는 누군가를 사랑하는 대신 증오하기 때문에 문제인 것이 아니라, 사회에서 반복되어온 이데올로기를 무비판적으로 재생산하기 때문에 문제가 되는 것이다. 무엇보다 '상식'이라는 말은 혐오의 작동 방식을 순식간에 비가시적으로 만들어버린다.

베를린에서 '나치에 희생된 동성애자 추모관'을 마주했을 때, 화자는 나치가 게이에게 핑크 트라이앵글 배지로 낙인을 찍은 것과 달리, 레즈비언의 낙인/상징이 따로 존재하지 않았다는 사실을 착잡하게 받아들인다. '상식' 속에서 혐오의 대상조차 되지 않은 채 더 손쉽게 지워지는 존재는 누구인가. 그리고 그들은 어떻게 살아가는가. "상식적으로 결혼은 남자와 하는 거라고"(252쪽) 가르쳐주는 사회에서, 이십 년을 함께 살아온 서수경과 화자에게 서로의 귀가는 "매일의 죽음에서 돌아"(257쪽)오는 것이다. 이 절박함과는 무관한 자리에서 두 사람이 무슨 관계인지를 궁금해하는 사람들은 자신의 호기심이 결국 사유의 무능과 다름 아니라는 것을 모른다. 그러나 그 무지가 특수한 사람들의 예외적인 문제가 아니라, 우리 모두가 '묵자墨字'의 세계 속에 살아가고 있음을 알려주는 것이 황정은 특유의 날카로운 윤리 감각이 드러나는 지점이다. 맹인의 글자를 '점자'라고 읽는 것은 모두가 알지만, 비맹인의 글자가 '묵자'라는 것은 대부분 알지 못한다. 볼 수 있다는 세상의 기본적인 전제에서 바라볼 때, "그것을 말할 필요가 없"(274, 275쪽)기에 무지는 수치스러운 것으로 들춰지지 않고 용인되어왔다.

마찬가지로 광장에도 '묵자'의 자리에 놓인 이들이 있지 않았을까. 다시 일어난 혁명과 변화 속에서도 끝내 변하지 않는 것들이 있지 않았을까. 상업고등학교에 다니며 패스트푸드 매장에서 아르바이트를 하던 '김소리'가 1996년 데모하는 대학생들에게 느꼈던 불편과 소외감은, 세월호에 대한 이야기를 무서워하는 것이 결국은 너의 감정을 보호하려는 방어가 아니냐는 화자의 공격 속에서 반복된다. 일상에 만연하던 여성혐오는 혁명이 일어나는 광장에서 "惡女 OUT"이라는 손 팻말로 또다시 나타난다. 이 모든 불편과 소외는 광장의 승리를 기록하는 역사 어디에도 기입되지 않을 것이다. 소설의 마지막에서 화자는 동거하는 서수경, 동생 김소리와 조카 '정진원'을 승리한 광장에서의 환호성과 함성의 파도가 지나가고 남은 바닷가에 밀려온 부유물처럼 느낀다. 화자는 묻는다. "여기에도 혁명은 있을까"(315쪽). 있어야만 할 것이다. '묵자'를 모르는 세계에서 어떤 약자도 침묵하는 자黙子들로 남겨두지 않기 위해서.

6.

마지막으로 「아무것도 말할 필요가 없다」에서 달라진 서술 방식에 대해 말해야만 하겠다. 이전 황정은 소설의 주된 형식을 이루어왔던 시적인 알레고리는 '현시'되는 것이 있고 그 아래 '잠재'되어 있는 의미를 찾아내는 독서를 요청해왔다. 이는 세계에 잠재된 의미에 대한 기대와 희망이 존재하기에 작동할 수 있었던 형식이었다. 그러나 「아무것도 말할 필요가 없다」는 일상과 한국의 현대사와 세계사를 가로지르는 방식으로 사건들을 비논리적으로 병치해두고 있으며, 여기에서 현시되는 세계와 그 잠재된 의미에 대한 화자의 바람은 어긋나며 파열음을 낸다. 무엇보다 이 비논리적인 사건의 병치는 전체(총체성)를 조화롭게 구성하는 대신, 세계라는 공간과 역사라는 시간을 평평하게 만든다. 사건들은 서로 충돌하는 것이 아니라, '이미' 너무 많이 발생했으며 현재에도 여전히 일어나고 있는 젠더 문제로 동일하게 묶이기 때문이다. 역사 속에서 전쟁이 일어나든 혁명이 일어나든, 끊임없이 배제되고 격리되어온 자들이 있었다. 이 사건들은 우리를 분개하게 만들지만, 한편으로는 역사 속에서 닫혀 있기에 한없이 무력하게 만들기도 한다. 우리의 슬픔이 1942년 2월 22일에 반려자인 로테 알트만과 자살한 슈테판 츠바이크를 살려낼 수 없는 것처럼, 슈테판 츠바이크에게 나치 독일이 폴란드를 침공한 1939년 9월 1일과 일본이 진주만을 공습한 1941년 12월 7일, 미국이 선전포고한 1941년 12월 8일이 모두 영원히 반복되는 '오늘'이었기에 절망을 벗어날 수 없었던 것처럼, 서사에서 반복되는 차별과 배제의 사건들은 흐르지 않는 시간의 폭력성을 상기시킨다.

하지만 「아무것도 말할 필요가 없다」는 소설을 구성하는 액자 바깥에 고요하게 홀로 앉아 글을 쓰기 위해 애쓰고 있는 화자를 그림으로써 이 폐쇄적 시간의 폭력성을 깨고, 다른 시간을 열어낸다. 화자는 책에 대한 자신의 취향과 온갖 종이와 책이 지닌 미세한 차이들을 경이감을 가지고 상세히 풀어낸다. 그리고 동시에 끊임없이 자문한다. "오늘은 어떻게 기억될까."(162, 196, 310, 313쪽) 그의 시간은 2017년 3월 10일, 18대 대통령 박근혜의 파면 판결이 내려진 날의 오후를 천천히 지나가고 있다. 소설은 혁명이 이루어진 날의 감격에 가득찬 광장이 아니라, 고요한 오후의 식탁으로 우리를 이끈다. 그리고 3월 10일이라는 역사에 기입될 날짜 대신에, 정오가 막 지난 시간이 오후 1시 23분으로, 다시 1시 39분으로 바뀌는 짧은 순간을 기입한다. 많은 서사들이 대개 새로운 출발의 순간을 날짜 단위로 기록하는 반면, 종말이 도래할 때는 좀더 조밀한 시간 단위로 접근하기에, 이 시간 감각은 시작보다도 끝에 더 가까운 어떤 것이다. 긴장감이 어리기보다는 어딘가 쓸쓸하게 느껴지는 이 시간의 분절은 "우리가 무조건 하나라는 거대하고도 괴로운 착각"(306쪽) 앞에서, 그 거대한 하나라는 허상을 균열시키며 개인성을 내보이려는 의지와 맞닿아 있다. 그의 글쓰기는 "다른 날일 가능성이 없는 오늘"(311쪽)을 미지의 미래로 열어두기 위해 "그만하자"(159, 161, 186, 208쪽)라는 단절의 욕망과 분투하며 이루어진다. 그는 언젠가는 "'완주完走'라는 제목으로 이야기 한편을 쓸 수 있"(151쪽)기를 바라는 사람, 12개의 장으로는 충분하지 않았다는 것을 알기에 이제 다시 열세번째 이야기를 쓰려 하는 사람이다. "누구도 죽지 않는 이야기"(151, 277, 316쪽)를 꿈꾸는 이 소설들이 그의 손에서 아직 완결되지 않았으므로, 혁명이 이루어진 날은 오늘이 아닐 것이다. 일상 속에서 사소하게 치부되어온 문제들과 지워져온 존재들을 위해 무수히 많은 혁명들이 계속되어야 하고, 정말 혁명이 도래하는 그날에는 "아무것도 말할 필요가 없"(316쪽)는 대신에 모두가 말하게 될 것이다.

7.

세상의 모든 존재들에게, 우산을.
묵자墨字의 세계에 있는 당신에게도.

(2019)

두 번의 농담과 경이로운 미래
—김지연의 『마음에 없는 소리』[1]

1. 두 번의 농담

김지연의 소설은 희극적인가? 이 소설집을 다 읽은 이들은 김지연 소설의 본령이 결코 유머러스함에 있지는 않다는 사실을 알아차렸을 것이기에 고개를 갸우뚱할지도 모른다. 하지만 앙리 베르그송은 외적인 상황만이 아니라 사람의 내면 깊숙이에서도 희극성이 생긴다고 설명했다. "반주에 뒤처져서 노래하는 것처럼, 지금 하고 있는 일이 아니라 종전에 했던 일에 여전히 몰두하는 사람(……), 타고나기를 감각적으로나 지적으로 유연성이 결여되어 있어서 이미 없어진 것을 보인다고 하고, 더이상 들리지 않는 소리를 듣고 당치도 않은 말을 계속 지껄이는 사람, 그래서 결국 눈앞의 현실에 대처하지 않고 지나가버린 가공의 상황에 자신을 계속 맞추려는 사람"[2]의 경우 우스꽝스러움

1) 김지연, 『마음에 없는 소리』, 문학동네, 2022. 이하 인용시 본문에 작품 제목과 쪽수만 밝힌다.

은 그 사람 내부에 자리한다고.

그러니까 선천적으로 마음의 긴장도가 높아 솔직하게 다 표현하지 못하는 사람, 그로 인해 미련과 슬픔이 만들어내는 환시와 환청 속에 잠겨 이에 대해 계속 말해야만 살 수 있는 사람이라니, 그건 바로 김지연의 소설 속 인물들이 아닌가. 이 소설집에 자주 등장하는 쇠락한 해변가 풍경에 쓸쓸함이 짙게 배어 있는 것처럼, 인물들은 대개 홀로 남겨져 있다. 그들은 사랑했던 연인과 결별했거나(「우리가 해변에서 주운 쓸모없는 것들」), 애착하며 의지해왔던 사람이 죽었거나(「그런 나약한 말들」 「작정기」) 심지어 자신이 이미 죽어 유령이 되었기에(「내가 울기 시작할 때」) 다른 사람과의 소통이 단절된 상태로 혼자 남겨진 채 허망한 시간을 보낸다. 비단 애착했던 대상의 부재 때문만이 아니더라도, 홀로 남겨졌다는 감각은 인물들의 일상 전체에 그림자처럼 드리워져 있다. 안정된 삶을 사는 친구들을 바라보면서 정상 생애 주기에서 벗어난 자신을 자각하는 것은 상시적으로 찾아오는 어긋남 속에 머무는 일이다(「굴 드라이브」 「마음에 없는 소리」).

이 세계를 채우는 건 '마음에 없는 말들'이다. 인물들은 자신의 진솔한 마음이 노출될 위기 앞에서, 때로는 상처받은 마음을 감추기 위해 빠르게 농담의 외피를 입는다. "농담이라는 말은 참 간편"하게도 "모든 말들을 금방 가볍게 만들어"주기 때문이다(「굴 드라이브」, 56쪽). 인물들은 때로 애증이 복잡하게 얽힌 상대를 다른 사람에게 설명하는 과정에서 그가 죽었다는 꽤나 독한 농담을 감행하기도 한다. 자신

2) 앙리 베르그송, 『웃음—희극성의 의미에 관하여』, 정연복 옮김, 문학과지성사, 2021, 19~20쪽.

의 친구를 죽은 사람으로 간주하는 누군가의 오해를 바로잡지 않거나(「작정기」), 자신의 동생을 두고 "그냥, 갑자기 죽었어요"(「결로」, 92쪽)라고 말해버리는 식이다. 여기서 '그냥'처럼 소설집에 자주 등장하는 부사는 김지연의 소설세계에서 사건성이 지닌 성격을 드러낸다. 이별이나 죽음 등 인물들이 급작스럽게 직면하게 되는 사건에는 어떤 개연성도 없다. 이러한 사건을 예측하거나 이해하는 건 거의 불가능하며, 변화시킬 수도 없다. 그러니 '그냥' 그렇게 된 무겁고 끔찍한 일들을 인물들은 '어차피'로 받아낸다. 그리고 그럴 때, 삶에 대한 체념을 초연한 긍정으로 덮기 위한 첫번째 농담이 시작된다. 여기서 농담이란 사회에서 학습된 자동적이고 기계적인 반응을 내보이는 일이기도 하다. 그러므로 김지연 소설 속에서 농담은 인물들이 진심을 숨기는 데 실패했다는 사실을 드러내는 기호가 된다.

그런데 소설에서 농담은 완전히 다른 방식으로 한번 더 반복된다. 그리고 그 두번째 농담은 공고한 현실 질서에 구멍을 내고 사건이 지닌 무거움을 증발시킨다. 이러한 농담의 작동 원리를 가장 잘 보여주는 단편이 「결로」다. 「결로」의 '나'는 중고 거래를 위해 한여름에 낯선 동네에 왔다가 긴 의자에서 쉬고 있던 세 명의 할머니와 우연히 대화를 나누게 된다. 한참을 기다려도 판매자가 오지 않자 '나'는 할머니들에게 올림픽 역도 선수 카토아타우에 대한 이야기를 꺼내고, 치매에 걸린 할머니 '미라씨'가 "알아, 내가 안다니까, 내가 그놈을 잘 알아"(81쪽) 하며 신나게 그에 대해 말하기 시작한다. 미라씨의 이야기 속에서 카토아타우는 충북 제천 출신의 1910년대생이었다가 충남 제천 출신의 1948년생이었다가 다시 신라시대 사람으로 바뀌는데, 어찌됐든 미라씨의 말에 따르면 그는 제방을 쌓아 어마어마하게 큰 호수를 만든 사람이다. 다른 할머니를 통해 미라씨가 아들네 집에서 감금당한 채 지냈던 끔찍한 경험이 있다는 이야기를 들은 '나'는 이 경험이 미라씨의 치매와 무관하지 않을 수도 있음을 막연히 짐작한다. 그러나 고통과 함께 기억이 사라진 자리에는 신비하게도 "세계의 비밀"(82쪽)을 꿰뚫고 있는 듯한 이야기가 남는다. 카토아타우가 올림픽에서 왜 춤을 췄는지 아느냐는 '나'의 물음에 대한 대답으로, 자신을 표현할 언어를 상실한 이가 건네주는 이 설화 같은 이야기는 엉뚱하면서도 어쩐지 그럴듯한 농담 같지 않은가?

그렇다면 '나'가 이름을 불러도 아무 기척이 없는 동생과의 단절된 관계를 푸는 방법도 직접적인 소통이나 화해만이 답은 아닐지 모른다. 소설은 억눌린 불투명한 마음을 뚫고 나오는 투명한 물질성의 이미지를 이 농담이 만드는 파문 위에 슬쩍 겹쳐둔다. 온도 차로 인해 물체의 표면에 맺히는 결로처럼, 우리는 여름이면 땀을 흘리고 슬플 때면 눈물도 흘리기 마련이지만 자연스러운 흐름 속에서 결국 물기는 증발하고 기억은 지워지며 몸과 마음은 가벼워진다. 카토아타우가 경기에서 어떤 기록도 세우지 못했는데도 춤을 췄던 것처럼, 망각은 멀리 돌아 예상치 못한 곳에서 세계의 진실에 도달한다. 이것은 '마음의 물질성'을 발견하는 일이다. 어떻게 기쁨을 찾을 것인가. 패배와 슬픔이 사라져서가 아니라, 리듬에 맞춰 몸을 흔드는 카토아타우의 춤처럼 표면의 가벼운 수행이 기쁨을 만든다. 어떻게 세계의 비밀을 알아낼 것인가. 더 깊이 세계를 탐구하고 기억해서가 아니라, 세계에 대한 망각이 세계의 비밀에 닿는다. 김지연의 소설에서는 형식과 내용을 각각 '피상적이고 가벼운 표면'과 '깊이 있고 무거운 내면'으로 나누어 바라보는 오래된 이분법이 작동하지 않는다. 오히려 표면적이고 물질적인 차원에서 만들어진 부력으로 내면이 끌어올려지며 변화를 이끈다. 형식이 지닌 이런 힘으로 김지연의 소설은 물리적 현실의 위계를 무너뜨린다. 춤을 추는 몸이 기쁜 마음을 이끌고, 기억이 아니라 망각이 세계의 진실을 알아내며, 결로가 증발하기에 동생과의 단절된 관계 역시 풀릴 가능성을 얻는다.

그렇게 김지연 소설에서 농담은 두 번 반복된다. 첫번째 농담이 충격적인 사건 앞에서 흔들리고 무력해진 채 시도하는 실패한 방어라면, 두번째 농담은 '마음에 없는 말들'을 반복함으로써 현실에 구멍을 내는 해방적 충돌이다. 그 두번째 농담은 물리적 세계의 굳건한 실재성을 무너뜨리고 현실의 여러 압력으로부터 벗어나게 하기에, 가벼운 액체성과 부유하는 기체성의 이미지와 닮아 있다. 이 글은 그 농담들의 행로를 따라가며 그 두 번의 농담이 열어내는 경이로운 미래에 닿아보려는 노력이다.

2. 나르시시즘 없는 출향기

김지연 소설에서 인물들의 중요한 정체성 중 하나는 지방 소도시에 근거지를 둔 삼십대 여성이라는 점이다. '여성-고향' 3부작이라 할 수 있는 「마음에 없는 소리」와 「굴 드라이브」, 그리고 「그런 나약한 말들」은 모두 이 여성들이 고향에서 겪는 일을 다루고 있다. 하지만 이들에게 고향은 어떤 소속감이나 연결감을 느낄 수 있는 공간이 아니다. 「마음에 없는 소리」의 '나'는 애써 재래시장에 식당을 개업하지만 감염병이 돌기 시작하면서 시장의 유동인구는 전보다 더 줄어들고, 확진자가 나올 때마다 신상이 낱낱이 까발려지고 비난의 대상이 되는 상황 속에 놓여 있다. 「굴 드라이브」의 사정도 비슷하다. 「굴 드라이브」는 나이가 많다는 이유로 실직한 '나'에게 고향에 있는 삼촌이 '월 삼백짜리' 일자리가 있다는 연락을 해오며 시작된다. "조선소 경기가 나빠지자 도시를 떠나는 사람도, 빈집도 점점 많아"(42쪽)진 고향에 제대로 된 일자리가 있을 리 없다고 생각하면서도 '나'는 바람도 쐬고 오랜만에 가족도 만날 겸 고향에 내려간다. 하지만 곧 삼촌이 말한 그 일자리가 결혼이라는 사실을 알게 된다. 이들은 비단 밥벌이의 문제에서만이 아니라 결혼하지 않은 여성이라는 이유로 더 쉽게 하대의 대상이 된다. 익명성에 기댈 수 있었던 도시에서와는 달리, "가정을 꾸린 친구들은 늘 부모의 입장에서 내게 잔소리를"(「마음에 없는 소리」, 184쪽) 하며 아무렇지 않게 묻는다. "결혼은 안 하나?"(182쪽) 이렇듯 불안정하게 위협받는 여성의 위치는 인물이 고향에 들어서자마자 겪게 되는 불쾌한 성희롱 장면을 그리는 「굴 드라이브」에서 더욱 뚜렷하게 드러난다. 시 외곽행 버스에 탄 '나'에게 세 명의 동남아계 남자가 술냄새를 풍기며 "누나, 우리집에 안 갈래?"(43쪽)라고 성희롱을 하고, 이를 목격한 버스 기사는 "그러니까 이렇게 늦게 다니면 안 되지"(44쪽)라며 오히려 '나'를 책한다. 그 앞에서 '나'는 "고향은 한 번도 나를 환영한 적이 없다는 사실"(같은 쪽)을 문득 떠올린다.

비단 이 두 소설만이 아니라 김지연의 소설에서 바닷가, 해변의 한적한 마을, 공원 등은 여성 인물들에게 결코 안온한 휴식 공간이 아니다. 「공원에서」의 화자는 공원에 갔다가 손에 요구르트를 들고 있었다는 이유로 모르는 남자에게 성매매를 제안받고, 또다른 날에는 남자같이 하고 다닌다는 이유로 술에 취한 남자에게 무자비한 폭행을 당한다. 하지만 폭력을 가한 그 남자를 찾는 일보다 사회에서 우선시되는 것은 화자가 마땅히 옹호받을 만한 선량한 피해자인지에 대한 점검이다. 결국 모든 문제가 궁극적으로 자신의 탓으로 돌려지고 할 수 있는 말은 비명밖에 없을 때, 화자는 자신이 '공원'이 뜻하는 '공공의 장소'라는 말에 포함되지 못하는 예외적 존재로서 소외되어 있다는 사실을 비로소 깨닫는다. 강아지들이 평화롭게 돌아다니지만 화자에게는 들개의 울음소리가 선명히 들려오는 것처럼, 여성에게 공원은 야생의 위협이 사라지지 않은 공간인 것이다. 21세기 한국에서도 여전히 '여성 산책자'의 존재 가능성은 희박하다.

이런 상시적 위협이 잠재된 세계에서 「마음에 없는 소리」는 지방에서 나이든 여성으로 살아가며 분투하는 일에 대해 다각도로 접근한다. 시에서 정한 나이 제한에 걸려 청년들을 위한 지원 사업에서 탈락한 '나'를 압박하는 건 주변 친구들과 다른 자신의 생애 주기다. 가장 친한 친구들은 아이의 교육을 위해 도시로 나가겠다는 결단을 내리고, 과거에 고백했지만 거절당한 적이 있는 '승호'와는 "무수한 뉘앙스"(183쪽)만 있는 상황에서 '나'는 혼자 남겨진 느낌을 받는다. "이제는 미래 쪽에서 나를 기다리지 않는다는 생각"을 넘어 "내가 어서 빨리 지쳐 낙오되기만을 바라고 있는 것처럼"(같은 쪽) 여겨지는 것이다. 그런데 '나'가 결혼 적령기를 놓친 이유는 단순하지 않다. '나'에게 사귀던 남자가 있었을 때 엄마가 병원에 입원해 있어서 간병할 사람이 필요했고, 이미 결혼해 아이를 키우느라 정신이 없던 언니나 고등학생이었던 늦둥이 남동생을 대신해 엄마 곁을 지킬 사람은 '나'뿐이었기 때문이다. 가족주의의 보상 순환 체계 속에서 누군가는 반드시 돌봄노동과 감정노동을 수행해야 할 때, 이를 주로 떠맡게 되는 미혼 여성의 삶은 역설적으로 사회가 올바른 모델로 규정하는 이성애 정상 가족으로부터 멀어진다.

이들의 미래는 어떻게 찾을 수 있을까. 생애 주기의 압박과 짝을 이루는 일상의 지리멸렬함을 탈출하는 길은 어디에 있을까. 이 소설의 흥미로운 대목 중 하나는 이곳에 잠시 살러 온 '청년 예술가'들에 대한 부러움과 적의가 드러나는 부분이다. 자신들에게는 익숙한 공간을 감탄할 만한 풍경으로 소비하고, 일상의 노동 공간을 삶의 중력이 느껴지지 않는 유쾌한 예술 공간으로 바꿔버리는 이들 앞에서 승호와 '나'는 묘한 소외감을 느낀다. 여기에서 감지되는 것은 2000년대 중후반 '백수 청년들'을 적극적으로 다루며 그들이 고수하는 '무위無爲의 태도'를 하나의 미학으로서 그려냈던 소설들과는 다른 감각이다. 무용한 예술을 생산하는 예술가와 생산적인 경제활동을 하지 못하는 인물을 쉽게 등치시키지 않음으로써 둘 사이의 거리감이 훨씬 더 두드러지는 것이다. 이 지방 소도시가 '나'에게는 경제적으로든 실존적으로든 살아남기 위해 분투해야 하는 공간이라는 점을 생각할 때, 동일한 공간을 예술 공간으로 소비하는 예술가들과 '나' 사이에는 엄밀한 의미에서 계급적 격차가 자리한다. 그래서 소설 마지막에 이르러 '나'가 우연히 전시회가 열리는 폐교에 갔다가 예술가 중 한 명과 함께 신나게 춤을 추는 상황은 유쾌한 유희로 의미화되는 대신, '나'가 정신을 차리듯 그 공간을 빠져나오는 것으로 마무리된다. 세상이 정한 규정에 따르거나 손쉬운 희망에 기대지 않고, 앞으로도 오랫동안 계속될 삶을 위해 공을 들일 것이라고 말하는 '나'의 모습은 미덥게 다가온다.

「굴 드라이브」는 실직한 삼십대 여성의 귀향기다. 앞서 언급한 것처럼 '나'가 고향에 진입하는 순간부터 기다렸다는 듯 불쾌한 상황이 이어지는데, 처음으로 '나'가 안도감을 느끼는 순간은 노로바이러스에 걸린 삼촌을 대신해 필리핀 이주 여성 '미셸'과 굴 상자를 배달하며 '굴 드라이브'를 할 때다. 드라이브 도중 미셸은 암컷 굴 한 마리가 수천만 마리의 알을 낳는 것으로 시작되어 결국 상자에 담기는 것으로 끝나는 굴의 생애에 대해 의미심장한 농담을 던진다. 그리고 잠시 뒤 '나'에게 서울에 돌아갈 때 자신도 데려가라고 말하고는 농담이라며 황급히 철회한다. 이 소설을 두고 "오늘날, 「무진기행」을 다시 쓴다면 그 최고치가 이 소설이라고 할 수 있을까?"[3]라고 질문한 평자 역시 짚은 것처럼, 실제로 이 짧은 대화는 김승옥의 「무진기행」의 분명한 패러디처럼 보인다. 그런데 그렇게 다소 씁쓸하게 마무리되었던 미셸의 농담은 이후 반장과 '나'의 만남에서 다시 한번 반복된다.

고등학교 시절 '나'를 따돌렸던 반장은 우연히 만난 '나'를 집으로 초대한 뒤 굴 요리를 대접하며 용서를 구한다. 그런데 반장이 적당히 생략하며 전하는 자신의 근황과 자신을 용서해줄 수 있는지 묻는 말에 내재해 있는 것은 사회에서 자동 반사적으로 체화된 관성이다. 반장의 말에 그와 유사한 방식으로 반응하던 '나'는 돌연 반장을 용서하지 않기로 결심한다. 여기에서 발생하는 통쾌한 파열의 정체는 무엇인가. 소설은 관성적으로 반복되는 삶의 어떤 면을 무력하게 포용하는 대신, 상황을 불편하게 만들지라도 진심을 다해 거절하는 솔직함에서 비롯하는 쾌가 분명히 있다고 말하는 것 같다. 그리고 이어서 드라이브와 농담이 다시 반복된다. 집을 나온 '나'가 차에 올라타 대리운전 기사를 기다리는데 그때 반장이 따라 나와 운전석에 앉는다.

3) 노대원, 「다시 쓰는 「무진기행」? 새로 쓰는 우리의 이야기」, 『2021 올해의 문제소설』, 푸른사상, 2021, 120쪽.

취한 반장과 '나'가 운전하는 시늉을 하며 찰떡 호흡으로 해나가는 가상의 드라이브는 두 사람이 "오래전에 서로를 싫어하지만 않았다면 제법 친한 사이가 될 수도 있었을"(67쪽) 가능성을 떠올리게 한다. 하지만 눈이 온다고 농담한 뒤 자신을 정말 용서해주지 않을 거냐고 묻는 반장에게 '나'는 이렇게 말한다. "안 해줄래. 그러니까 그냥 계속 싫어해."(68쪽)

그런데 반장과 주고받은 두번째 농담은 매끄럽게 굴러가던 현실의 질서에 작은 구멍을 내며 예상치 못한 방식의 미래를 만들어간다. 서울로 돌아가는 버스 안에서 '나'는 반장에게 굴 요리법을 알려줄 수 있느냐는 메시지를 보내는데, 반장은 예상 밖으로 굴 요리법과 함께 용서는 안 해줘도 되니까 또 먹으러 오라는 다정한 답신을 보내온다. 차창 밖으로는 눈발이 날리고, 그 눈을 보며 '나'는 붕붕거리며 바닷속을 떠돈다는 굴 유생들을 떠올린다. 그렇게 두 번의 드라이브와 두 번의 농담이 겹쳐진다. 눈이 온다는 반장의 농담이 현실이 되면서, 미셸의 첫번째 농담에서 상자에 갇혀 허무한 생의 끝을 마주했던 굴 유생들은 눈처럼 자유롭게 떠다니기 시작한다. 그러니 반장의 메시지에서 읽히는 따스함과 포용이 중요한 것은 아니다. "어차피 알 수 없는 일"(67쪽)이며 "이제 와서 그런 게 뭐가 중요하냐"(68쪽)는 김지연 특유의 미묘한 초연함이, 과거에 다른 선택을 함으로써 생겨났을 수도 있는 다른 가능성에 대한 상상을 끊어내는 결단으로 향한다는 사실이 중요하다. '나'는 자신이 미셸이나 반장과 다른 위치에 있는 게 아니라, 고향을 떠나지 않았다면 자신의 운명 역시 그녀들과 그리 다르지 않았으리라는 사실을 안다. 그러나 '나'는 반장을 용서하지 않기로 결심함으로써 '어차피'라는 관성적이고 체념적인 세계에서 벗어나

투명한 불편함의 세계로 나아간다. 그것은 고향에 남거나 결혼이라는 정상 생애 주기를 따르는 대신, 아직은 서울에 달라붙어 좀더 나답게 살아보겠다는 의지의 표명이기도 하다. 여기에는 「무진기행」에서 '하인숙'(무진)을 배반함으로써 내적 균열을 극복하는 통합된 주체가 없다. '나'가 통과한 두 번의 농담은 서울로 떠나 꿈을 펼치고 싶은 욕망(미셸)과 고향에 정착해 포용되고 싶다는 욕망(반장) 사이에서 균열을 느끼고 있다는 사실을 봉합하지 않는다. 그러나 아직은 그 사이 어딘가에서 굴 유생처럼 떠다닐 수밖에 없음을 기꺼이 받아들일 때, 스스로 꼿꼿이 존립해보려는 의지와 함께 소설은 문득 잠재되어 있던 미래를 열어낸다. 그 미래는 낙관적인가? 결과는 불확실하지만 서울로 떠나는 '나'에게는 미셸의 못다 이룬 열망과 반장과의 달라진 관계가 희미한 빛처럼 어른거린다. '나'는 더이상 홀로 선 개인으로서가 아니라, 어느샌가 자신 안에 스며든 관계들과 함께 미래를 헤쳐나갈 것이다. 그렇게 이 나르시시즘 없는 출향기가 완성되었다.

3. 레즈비언 연인과 경이로운 미래

앞에서 지방에 근거지를 둔 삼십대 미혼 여성의 고단함에 대해 이야기했지만, 레즈비언으로 산다는 것은 상당 부분 미혼 여성으로 자연스럽게 혹은 강제적으로 패싱되는 일이기도 하다. 때문에 김지연 소설 속 레즈비언들은 다른 사람에게 이해받을 수 있으리라는 기대 없이 "비밀 첩보원처럼. 들키지 않으려고"(「우리가 해변에서 주운 쓸모없는 것들」, 24쪽) 애쓰며 살아간다. 미혼 여성과 레즈비언은 정상 생애 주기의 바깥에 위치해 있어 정상을 재단하는 여러 규율들로 인해 위축된다는 점에서 표면적으로는 상당 부분 유사한 분노와 자기 멸시를 공유한다. 하지만 그 이면에서 조용히 존재하다 사라져야 하는 사랑에 대한 비탄과 슬픔까지 닮을 수는 없다.

「사랑하는 일」은 그 상흔을 내리누르는 대신 가볍게 비눗방울을 불어 날리듯, 최근의 레즈비언 서사들 가운데서도 예외적으로 유쾌하고 발랄한 정조를 유지한다. 이 소설의 매력은 퀴어로서 겪는 문제를 커밍아웃 투쟁과 존재론적 인정의 문제로만 단순화하지 않고 지극히 물질적이고 세속적인 영역까지 나아가 부조리극의 희극성으로 풀어낸다는 데 있다.

어느 날 영지는 은호에게 "우리가 이렇게 서로 사랑하는데 굳이…… 섹스까지 해야 할까?"(227쪽)라고 물어온다. 대개 퀴어 서사의 섹슈얼리티 문제가 외부의 '강제적 이성애'(에이드리언 리치) 질서에 맞서 어떻게 거부와 혐오를 넘어설 것인지에 달려 있다면, 「사랑하는 일」은 오히려 퀴어 커플 간에 성 지향성의 차이로 인해 발생하는 문제를 어떻게 해결해나갈 것인가를 다룬다. 영지의 말대로 섹스를 하지 않는다면 그들은 아이러니하게도 보수적인 엄마의 관점에서 보았을 때도 아무런 문제가 없는, '마음 맞는 친구'와 다를 게 없는 관계가 되어버린다. 그러니 은호가 레즈비언으로 살아가기 위해 선결되어야 할 문제는 가족에게 자신의 성 지향성을 납득시키기 이전에 무성애자 애인을 설득하는 것처럼 보이기도 한다.

또다른 문제는 '집을 마련하기 위해서는 상속밖에 답이 없는 시대'에 부동산을 가진 한량 아빠와 성공적으로 협상하는 일이다. 은호는 집을 물려받기 위해 아빠와의 약속 자리에 영지를 데려가고 그렇게 마주한 세 사람의 삼자대면은 우스꽝스러운 소동극처럼 그려진다. 그런데 울고불고하다 식탁보 위로 술이 쏟아지며 마무리되는 이 만남을 보고 있자면 슬그머니 웃음이 나온다. 물론 여기에는 가족을 둘러싼 수많은 불합리가 가로놓여 있다. 가족제도에서 성별에 따라 의무와 권리가 나뉘는 것은 물론이거니와 커밍아웃한 은호의 고백을 못들은 체하는 엄마의 태도나 분기에 차 막말을 쏟아내는 할머니의 몰이해는 은호에게 오래 상처로 남을 수밖에 없다. 그런데 사랑에 대해 뭘 아느냐는 은호의 반박을 들은 아빠가 훌쩍거리다 결국에는 "그래도 아빤 우리 딸 사랑해"(246쪽)라고 말할 때, 사랑이 뭔지 잘 모르겠다는 영지의 말을 들은 은호가 영지에게 사랑한다는 말을 듣고 싶으면서도 동시에 듣고 싶지 않아 갈팡질팡할 때, 이 소설은 문득 사랑스럽다.

이 사랑스러움은 레즈비언의 사랑을 무해하고 평등한 것으로 손쉽게 이상화하는 대신, 성욕의 차이부터 부동산 상속과 같은 경제적 문제에 이르기까지 물질적인 문제가 덕지스럽게 따라붙는 것을 숨기지 않는 데서 비롯되는 것이다. 이 속수무책의 솔직함은 누군가를 온전히 사랑할 때만 드러나는 상처받기 쉬운 연하고 부드러운 면면을 보여주기에 사랑스러워진다. 은호는 영지와의 관계를 비롯해 무언가가 끝나는 순간에 대한 상상을 멈추지 못하면서도 "나는 아주아주 행복한 사람으로 죽을 거야"(250쪽)라고 선언하고, "매일 다른 사람이 되고 매일 사랑하는 일"(253쪽)을 갱신하며 나아간다. 여기에는 사랑이 주는 환희와 고통으로 분열되면서도, 연인과 가족처럼 소중한 존재 모두를 포기하지 않고 지켜나가고자 하는 의지가 있다.

「우리가 해변에서 주운 쓸모없는 것들」은 '나'가 현재의 애인과 함께 휴가 때 갈 만한 인적이 드문 해변을 찾아보다가 문득 과거의 여자친구였던 '진영'과의 여름휴가를 떠올리는 서사 구조로 이루어져 있다. 인물들에게 허용된 공간은 지극히 제한적이다. 가벼운 스킨십만으로도 적나라한 혐오의 시선을 맞닥뜨려야 하는 이들에게 사랑을 표현할 수 있는 공간이란 좁은 차 안이나 폐촌이나 다름없는 마을 정도다. 나체로 바다에 뛰어들어보고 싶다는 소망으로 '나'는 진영과 함께 인적이 없는 해변으로 가지만, 정작 해변은 바람이 세고 파도가 높아 옷은 하나도 벗지 못하고 모래사장을 걷기만 한다. 아쉬움을 감추는 두 사람의 짧은 대화 뒤에 펼쳐지는 긴 묘사—"발로 한 번 팍 밟으면 완전히 바스러질" 것 같은 "속이 텅 빈 듯 가벼"운 나뭇가지를 집어 힘껏 멀리 던져보지만 "바다에도 가닿지 못"(27쪽)하는—는 그 자체로 두 연인의 내면을 고스란히 드러낸다.

이런 풍경에 조응하듯이 소설이 집중하는 것은 그간 퀴어의 사랑을 다룰 때 자주 누락되어온 나이듦과 질병의 문제다. '나'는 원체 조심스러운 성정을 지니고 있기도 하지만, 나이 많은 여성 퀴어로서 어린 애인이 "내가 자기보다 한참 늙었고 그래서 훨씬 먼저 죽을 사람이라는 사실을 새삼 실감하고 달아날까봐"(29쪽) 두려워 자궁근종 치료를 해야 했을 때에도 진영에게 아무 말 하지 않는다. 그리고 시간이 흐른 뒤에야 그 일에 대해 털어놓지만, '나'의 불안한 마음은 진영에게 매끄럽게 전달되지 않는다. 결국 진영은 거듭 원망 어린 질문을 던진 끝에 무심함과 잘 구별되지 않는 '나'의 두려움 많은 사랑을 이해하지 못하고 결별을 선언한다. 그런데 진영이 '나'를 떠나기 전 손에 쥐고 있던 것들을 해변에 던져버릴 때, 그들이 해변에서 보거나 주운 것들이 기묘한 방식으로 우리에게 돌아와 마음을 뒤흔든다.

이를 정확하게 설명하기 위해서는 소설이 마지막에 이르러 현재 여자친구와의 대화를 통해 미래의 여름 풍경을 열어내는 장면으로 가야만 한다. "마침내 우리는 바다에서 알몸으로 수영을 한다"(37쪽)라는 문장으로 시작되는 너무나 한가롭고 평온한 순간은 어째서 이리 상세히 묘사되는 것일까. 그리고 우리는 무엇에 뭉클해지는 것일까. 가정법으로 그려지는 미래에 대한 상상은 진영과 함께했던 그 여름에 바랐던 소망과 구별되지 않는다. 미래와 과거가 오묘하게 겹쳐지는 이 순간에 그들이 '해변에서 주운 쓸모없는 것들'은 하나하나 반짝이며 우리에게 돌아온다. 투명한 유릿조각, 소라 껍데기, 푸른색 라이터, 일본어가 쓰여 있는 도기 파편, 말라죽은 해마, "영원히 살 수도 있"(32쪽)지만 죽어 있던 해파리 등은 이 시공간을 공유한 두 사람이 아닌 이들에게는 그저 그런 '쓸모없는' 것들이다. 그 사소한 것들의 아슬아슬한 존재 방식은 사회의 시선 바깥에 서 있는 그들의 사랑이 얼마나 가냘프고 쉽게 훼손되거나 사라질 수 있는지 말해주는 듯하다. 하지만 동시에 이 사랑은 여행이 끝난 뒤에도 곳곳에서 발견되는 모래 알갱이들처럼 오랫동안 사라지지 않고 반짝이는 잔여물로 남는다.

'나'가 진영과 함께 오래오래 한가롭게 수영을 하는 장면은 실제로 없었고 영원히 없을 것이다. 하지만 혐오의 시선 때문에 혹은 이별했기에 그들에게 허락되지 않았던 수많은 시공간은, 잠재되어 있던 환상 속의 여름을 끌어온다. 이 한낮의 해변에는 그들을 혐오하는 어떤 시선도 없고, 나이듦이나 결별에 대한 두려움도 없다. 미래의 '나'가 알몸으로 더없이 자유롭게 바다를 감각할 때, "희한한 기쁨"(38쪽)과 함께 미래는 도래하고 그 속에서 과거의 슬픔은 서서히 지워져간다. 소설은 그렇게 과거의 사랑을 부인하지 않으면서도, 미지의 시간과 사랑에 대한 믿음으로 미래를 열어낸다.

작은 물결처럼 일렁이는 이 아름다운 잠재적 시공간에 대한 믿음의 기원에 「작정기」가 이미 존재하고 있었다고 말해도 될까. 작가의 등단작인 이 작품은 물리적인 세계를 건조하게 이해하고 받아들이는 일의 이면에 무엇이 있는지 탐구해가는 소설이기도 하다. 소설의 내용을 요약하자면 이렇다. '나'에게는 '원진'이라는 친구가 있었고, 사실 원진은 보통의 친구에게 품는 감정을 넘어서는 애틋한 사랑의 대상이었다. '나'는 원진과 함께 일본 여행을 가기로 하는데, 원진의 할아버지가 돌아가시면서 '나' 혼자만의 여행이 된다. 이 여행에서 '나'는 두 가지 이상한 일을 경험한다. 하나는 렌트한 차를 잃어버렸는데 두 시간 뒤에 차가 다시 돌아와 있었던 사건이고, 다른 하나는 우연히 만난 일본인 '유코'를 따라 가게에서 술을 마시다가 통역상의 문제인지, 아니면 술에 취했기 때문인지 사람들이 자신의 여행을 죽은 친구를 대신해 떠나온 것으로 오해하지만 이를 바로잡지 않은 것이다. 얼마 뒤 원진이 사고로 갑작스레 죽게 되면서, 그때의 오해를 방치했던 일이 '나'에게 죄책감으로 남는다. 그런데 원진이 죽었다고 믿고 있던 유코가 한국을 찾아와 '나'에게 녹나무가 있는 정원에 두 사람이 서 있는 작은 모형을 건네준다. 그러니 이 소설을 두고 "여행지에서 나를 오해한 타인이 뒤늦게 보내온 위로가 실은 제시간에 정확히 도착한 위로가 되어버린 아이러니"[4]를 읽어내는 독법은 합리적이다.

그러나 여기에서 좀더 나아가 이 소설이 거듭되는 농담 끝에 어떻게 사랑에 도달하는지, 무엇이 이 사랑을 죽음이라는 숨막히는 절대적 단절로부터 구해내는지 말해야 한다고 느낀다. 이 소설에서도 농담은 두 번 반복된다. 첫번째 농담은 혼자 간 일본 여행에서 발생한

4) 신형철, 문학동네신인상 소설 부문 심사평, 『문학동네』 2018년 가을호, 308쪽.

다. '나'는 원진을 향한 깊은 감정을 주체하지 못해 차라리 그녀가 죽은 사람으로 오인되기를 선택했으면서도, 시공간이 뒤틀린 듯 잠시 렌터카가 사라졌다 나타나는 경험 속에서 그 차를 몰래 가져간 사람이 원진일 거라고 여기는데 그건 원진과 함께 여행하길 바랐던 '나'의 마음이 반영된 것일 테다. 그런데 원진의 죽음은 현실이 되고, 이후에 예상치 못한 두번째 농담이 찾아온다. 원진이 죽었다는 오해이자 농담을 진심으로 믿은 유코가 건네준 정원 모형이 그것이다. 삼천 년을 살아남았다는 녹나무의 모형은 시공간을 기이하게 확장시키며 그 속에서 원진과 '나'는 영원히 함께하는 것처럼 보인다.

미처 싹트기도 전에 잃어버린 사랑을 어떻게 되찾을 것인가. 소설은 실제와는 다른 비율을 통해 세상을 바라봄으로써 오직 자신에게만 이루어질 수 있는 방식으로 그 사랑을 다시 경험할 수 있다고 말하는 것 같다. 이는 "큰 것을 무화시키는 작은 이름들"(100쪽) 사이에서 흔들리며 자신의 자리를 찾아가는 일이기도 하다. 실제 거리에 가까운 대축척지도의 세계에서라면, 제대로 마음을 고백하지도 못한 채 맞닥뜨린 원진의 죽음은 넘어설 수 없는 물리적인 현실이다. 하지만 소축척지도에서라면, 죽음이라는 비극은 다른 '작은 이름들'로 무화되며 다르게 보일 수도 있을 것이다. 유코가 만들어준 정원 모형을 비롯해 '나'가 꾼, 원진과 함께 어느 해안도로를 달리는 꿈은 '큰 것'을 무화시키는 '작은 이름들'이다. 선물받은 가상의 정원 모형 앞에서 소설은 문득, 일본 여행에서 두 시간 동안 사라졌던 차를 타고 달린 사람의 정체가 자신이라고 했던 원진의 농담으로 돌아가 두 사람이 함께할 수도 있었을 잠재된 과거의 시공간을 현실로 끌어오는 것 같다. 세계의 어긋난 틈새가 원진을 향한 '나'의 애착으로 메워지며 "원진이

나를 보호하고"(123쪽) "나의 행복을" "축원하"(124쪽)는 경이로운 미래가 열리는 것이다. "비합리적인 믿음 속에서"(같은 쪽) 죽음을 넘어 새롭게 열어젖혀지는 이 잠재적 시공간은 들뢰즈가 프루스트를 분석하며 이끌어낸, "잃어버린 시간 자체의 한복판에서 되찾는 시간, 곧 영원의 이미지"[5]를 닮아 있다. 마들렌을 음미하는 감각이 차이와 반복 속에서 콩브레를 새롭게 상기시킬 때, 이 공간은 사실의 측면에서가 아니라 진실의 측면에서, 외재적이고 우연적인 관계의 측면에서가 아니라 내재적인 차이의 측면에서 다시 출현한다. 그리고 여기서 되찾게 되는 시간은 잃어버린 시간 그 자체이다. 김지연의 소설 속에서 원진과 함께하는 여행에 대한 '나'의 상상은 욕망을 통해 새롭게 살려낼 수 있는 영원한 시간성을 가리키기에 사실상 사랑은 무한대로 펼쳐진다. 그리고 제목인 '작정기作庭記'는 가상의 정원을 만들어내는 기법을 넘어서, 물리적 법칙으로는 불가능한 한계에도 불구하고 잃어버린 사랑을 되살려내는 수많은 가능성의 세계로 그 의미가 확장된다.

그렇게 김지연은 레즈비언들의 사랑들 위에 반복되는 농담을 겹쳐 둠으로써 새로운 퀴어 시간성을 열어낸다. 주디스 핼버스탬의 퀴어 시간queer time은 결혼과 아이들을 중심에 두는 '재생산 시간'이나 '가족 시간'에 대응하여 "성숙함, 성인 됨, 결혼과 부모 됨처럼 특권화되고 존중받을 수 있는 시간성의 바깥에서"[6] 현재를 사는 삶을 강조한다. 아이가 없는 퀴어들에게는 희망찬 유토피아적 미래 역시 부재한

---

5) 질 들뢰즈, 『프루스트와 기호들』, 서동욱·이충민 옮김, 민음사, 2004, 132쪽.

6) 제이슨 림, 「퀴어 비평과 정동의 정치학」, 캐스 브라운 외, 『섹슈얼리티 지리학—페미니즘과 퀴어 지리학의 이론, 실천, 정치』, 김현철·시우·정규리·한빛나 옮김, 이매진, 2018, 115쪽.

다는 사회의 시선을 전유해 퀴어의 존재론을 부정적 현재에 연결시킬 때, 여기에는 이성애적 질서의 규범성을 비판할 수 있는 힘이 실린다. 김지연의 퀴어 시간성 역시 생애 주기의 압력을 해소시키는 과정에서 등장하지만, 그것은 물리적 세계의 묵직한 실재성에 반하는 가상의 시간성을 만들어낸다. 그의 소설 속 첫번째 농담은 현실을 탈주하는 데 실패했다는 흔적이지만, 두번째 농담은 그런 현실을 엉뚱하게 뚫어버린다. 「결로」에서 미라씨가 전해주는 카토아타우에 대한 이야기, 「굴 드라이브」에서 용서해달라는 반장의 성의 없는 말에 대한 거부, 「우리가 해변에서 주운 쓸모없는 것들」에서 자신의 질병과 관련된 과거의 불안을 들키지 않기 위해 차라리 헤어짐을 감수하는 것, 「작정기」에서 원진이 죽었다고 오해한 유코가 실제로 원진이 죽은 뒤에 건넨 작은 정원이 그런 두번째 농담에 해당된다. 그리고 그렇게 도착한 두번째 농담들은 현실을 기묘하게 틀어버림으로써 잠재되어 있던 새로운 시간을 열어낸다. 축축한 물기가 증발하고(「결로」), 굴 유생을 닮은 눈송이들이 떠다니며(「굴 드라이브」), 연인과 알몸으로 푸른 바다에 잠겨 한가롭게 수영을 하고(「우리가 해변에서 주운 쓸모없는 것들」), 죽은 친구와 일본의 해안가를 달리는 드라이브가 끝없이 계속된다(「작정기」). 실제로 존재한 적 없지만 가장 행복한 상태로 반복되는 미래. 그 속에서 영원히 함께하는 레즈비언 연인들. 이 가상의 시간성은 단순히 행복한 퀴어를 대안적 형상으로 제시함으로써 "불행한 결말의 정치학"을 지워버리는 것이 아니다. 소설에는 여전히 이들을 불행하고 비참하게 보는 시선이, 그리고 세상으로부터 인정받지 못하는 슬픔을 감추려는 존재들이 있다. 그러나 이 시간성은 인물들의 애도 불가능한 고통을 직시하면서도, 불행에만 머무르기를 거부한다. 관습적인 행복의 방식에 맞추는 것이 아니라, 행복에 몰두해 자신의 열망을 타협하지 않을 때 이 열망은 퀴어해진다. 행복에 대한 열망으로 중력을 거스르는 퀴어한 시간성, 이것이 김지연이 만들어내는 경이로운 미래의 퀴어 시간성이다.

현실에서 일어날 수 있었지만 일어나지 않은 순간들에 깊이 몰입함으로써 잠재적인 시간을 끌어올 때, 소설은 붙잡을 수 없는 과거의 순간을 붙들어 영원으로 만들고 존재들을 망각으로부터 지켜낸다. 기적은 그런 시간 자체가 아니라, 표면에 맺힌 물기가 증발하듯 그런 시간을 발생시키는 아주 사소한 물질의 이동인 것 같다. 그리고 이 끝에서 우리는 김지연에게 소설이 무엇인지 알게 된다. 그것은 충격적인 물리적 세계의 사건들 앞에서 약간의 거리를 유지하는 일, 각도를 살짝 기울여 환상에 침투해 들어가는 일이다. 현실과 어딘가 조금 어긋나 있는 엉뚱한 농담이 만들어내는 시간의 운동성 속에서 우리의 삶은 조금은 부드럽고 유연하게 풀리며 넓어지는 듯하다. 이것은 김지연이 우리에게 열어 보이는 가장 아름다운 환상인 동시에, 소설만이 할 수 있는 최대치의 일이 아닐까. 그곳에서 우리의 생보다 더 길게 지속될 사랑을 위해서라면, 작가를 따라 그 세계에 오래 잠겨 있어도 좋을 것 같다.

(2022)

풍경-아카이브를 걷는 사람

—김봉곤의 『시절과 기분』

프랑스어에서는 여름을 뜻하는 단어 자체가
이미 끝난 것 같은 느낌을 준다.
여름은 지나간 것일 수밖에 없다.
—아니 에르노

1.

김봉곤 소설의 요체는 날씨와 계절이 아닐까. "너에게 이 계절을 주고 싶다, 날씨를 주고 싶어, 그건 내가 아는 최고의 선물이고"(「디스코 멜랑콜리아」, 『여름, 스피드』, 120쪽)라는 속삭임처럼, 사랑의 충만함은 날씨/계절과 나란히 팽창하며 부풀어오른다. 날씨/계절은 김봉곤 소설의 일인칭화자가 세상을 어떤 이념이나 윤리에 따라서가 아니라, 가장 물리적인 직접성으로 감각하는 지표다. 무엇보다 생을 살아가는 모두에게 평등하게 주어지는 날씨/계절에는 존재론적 평등함이 내재되어 있기에, 계절과 날씨를 선물로 주고 싶다는 저 말은 자신의 사랑으로 부당한 차이와 슬픔을 모두 넘어서겠다는 가장 달콤한 고백이 된다. "'나'라는 인물이 그저 하루의 날씨에 종속된 사물처럼" 여겨진다는 김봉곤의 산문 속 말을 빌리자면, 상대방에게 날씨를 주는 것은 거의 자신의 전부를, 감각하고 느끼는 세계의 전부를 모두 그러모아 건네는 일이다.

그런데 조금 더 민감하게 들여다본다면 김봉곤 소설에서 날씨와 계절은 다소 다르게 작동한다. 설렘과 초조를 오가며 감정과 감각의 민감함이 최대치로 고조되는 사랑의 입구에서, 맑음과 흐림을 오가는 매일의 날씨는 더욱 선명하게 포착된다. 기시감과 패턴 속에서도 이별의 슬픔을 예비하듯 흔들리며 나아가는 그의 사랑은 영원히 지속될 수 없는 날씨의 속성과 닮아 있다. 그의 모든 소설들이 거의 사랑으로 수렴되고 있음에도 반복의 지리멸렬함이 없었던 이유 역시 종잡을 수 없는 우연한 날씨의 흐름처럼 그의 사랑이 움직여나가는 행로도 어떤 틀의 상투를 벗어나기 때문이다. 그러나 사랑이 종결된 후, 비로소 날씨는 더미가 되어 계절로 수렴된다. 사랑의 끝에서 글을 쓰기 시작할 때, 닫은 창문과 눈 위로 "그와 함께했던 봄과 여름이 쏟아져 들어"(「컬리지 포크」, 『여름, 스피드』, 51쪽)오는 것이다. 날씨는 시시각각 변화하며 일시적으로 머무를 뿐이지만, 계절은 순환하며 돌아온다는 것. 그 자명한 사실이 김봉곤의 글쓰기를 구원으로 만든다. 유한한 운명을 지닌 사랑은 곁을 흐르다 사라지지만, 그 사랑이 남겨놓은 흔적들은 계절이 돌아오듯 시간 속에서 강렬하게 기억을 환기한다. 그래서 이별과 함께 시작되는 김봉곤의 글쓰기는 날씨가 아니라 계절의 글쓰기이며, 사랑의 환희와 희열을 이어가는 내밀한 몸짓이다.

이번 두번째 소설집 『시절과 기분』[1]에서도 그만의 계절감은 여전하지만 밀도는 다소 달라진 것 같다. 『여름, 스피드』가 습하고 더운 여름의 한가운데서 누군가를 유혹하고 섹스하며 뜨거운 에너지를 방출했다면, 『시절과 기분』은 새로운 만남이 기다리는 여름을 예비하고 있지만 아직은 서늘한 바람이 절망적으로 맴돌고 있는 한 시절을 그린다. 등장인물들은 여름을 앞둔 계절의 냄새에 "마냥 취할 수가 없"이 "계절감보다 좌절감을 더 느끼려는 중"(「나의 여름 사람에게」)이다. '나는 모르겠다'에서 '나는 알고 싶다'로 단순하고 자명하게 이행하던 김봉곤의 글쓰기는 "어떤 답을 찾고 싶지도 않았다"(「시절과 기분」)는 말과 함께 흔들림 속에 머문다. 『여름, 스피드』에서 사랑의 끝이 예정되어 있음에도 이보다 더 사랑할 수 없을 것처럼 서로에게 몰두하며 충만함을 이끌어내던 이들은 『시절과 기분』에 이르러 사랑이 사라진 과거의 자리를 망연하게 바라본다. 이제 정념이 건조하게 증발된 결절점들을 따라 삶의 좌표는 다시 그려져야 하는 것이다.

『시절과 기분』에 실린 소설들은 이십대 초반에 시작된 만남의 궤적들을 천천히 되짚어나가다 현재 진행형의 연인을 그리는 지금에 이르는 구도로 배치되어 있다. 첫 연애, 첫 섹스, 첫사랑으로 묶이는 「시절과 기분」 「데이 포 나이트」 「나의 여름 사람에게」를 거쳐, 가장 사랑했던 연인과의 오랜 이별을 그리는 「엔드 게임」과 「마이 리틀 러버」를 지나, 현재 동거하는 애인과 어머니에 대한 이야기인 「그런 생활」에 도달했을 때, 비로소 과거로의 여행은 갈무리된다. 이 이야기들의 대부분에서 주인공 화자는 사랑을 새로 발견하고 몰입하고 타오르기보다, 이로부터 돌아서 부인하고 단절하고 영영 결별하고자 한다. 이야기들

1) 김봉곤, 『시절과 기분』, 창비, 2020. 이하 인용시 본문에 작품 제목과 쪽수만 밝힌다.

의 끝에서 발견하게 되는 것 또한 『여름, 스피드』에서처럼 사랑과 글쓰기라는 두 삶의 양식을 유비하는 일이 아니다. 이전 소설들의 결말에 이르러 "쓰지 않으면 살지 않았다"고 말하고 싶은 기분에 사로잡히고, "부디 나보다 나의 글이 더 진실할 수 있기를"(「컬리지 포크」, 『여름, 스피드』, 120~121쪽) 기원할 때, 사랑과 글쓰기라는 추상적인 두 항목은 더없이 낭만적으로 결합했다. 그러나 『시절과 기분』에서 그 결기와 충만함이 사라진 자리를 채우는 것은 생활의 문제다. 그는 이제 영원한 사랑이 아니라면 죽음까지 불사하며 절망하기보다, 세속에서 진부하고 너절한 생활을 감내하고 또 긍정한다. 그러니 이번 소설집에서도 김봉곤이 여전히 남자들을 향한 사랑을 통해 충만함에 도달하는 것은 맞지만, 그 사랑의 글쓰기로 한껏 고양된 채 삶의 흘러넘치는 풍요로움을 체험한다는 것은 절반만 맞는 말이다. 눈부신 사랑을 창안하는 대신 사랑 위에 겹쳐진 폭력과 상투를 받아들일 줄 알고, 충만함에 미달되는 수치와 무기력을 기꺼이 견뎌내게 된 그는 이제 쓸쓸하지만 맑고 순한 기운을 담은 채 새로운 풍경 속으로 걸어가고 있다. 아니 에르노가 말했듯 여름은 지나간 것일 수밖에 없다. 흐르던 음악은 멈추었고, 빠이롯드 간판이 있던 자리는 비어 있다. 여름날의 흰 구름처럼 부풀어오르던 절정의 순간들은 흘러가고, 나른한 봄날의 아지랑이만 희미하게 어른거린다. 그러나 끊임없이 마음을 동요시키는 사랑의 흔적들을 찾아내며 김봉곤의 소설은 오직 사랑하는 그가 전부였던 그 계절로 다시 돌아간다. 잡을 수 없었던 나날들이 지워지지 않도록 응축되어 있는 소설 속 그 계절은 영원히 여름이다.

2.

2008년 봄을 배경에 두고 시작되는 「데이 포 나이트」는 화자인 '나'가 남자를 좋아하는 사람이라는 의식은 있었지만 게이라고까지 인정은 하지 못한 상태를 유지-유예하고 있던 무렵의 이야기다. S 형에게 첫눈에 반한 화자는 자신이 게이라는 걸 인정하지만, 운명의 장난처럼 화자와 엮이게 되는 존재는 처음 스태프로 참여한 졸업 영화 프로덕션의 사운드 감독 '종인 선배'다. 붐 폴을 양손으로 세워 쥐고 미동 없이 우뚝 선 종인 선배의 길게 늘어진 그림자를 두고 화자는 '숭고'라는 단어까지 떠올리며 아름다움을 새로 배운다. 그러나 술자리에서 자신의 성 지향성을 거듭 확인하듯 종인 선배를 도발적으로 유혹하던 화자가 암전으로부터 돌아왔을 때, 그곳에는 뺨을 세게 후려갈기는 선배의 손이, 애널 섹스를 요청하지만 반응이 없는 선배의 몸이, 분노에 찬 선배의 신음이 있다. 그 모든 풍경은 온수도 제대로 나오지 않는 여관의 욕실처럼 참담하지만 그 와중에도 화자는 차가운 샤워 뒤에 닿은 선배의 몸을 따뜻하게 감각한다. 첫 섹스의 감흥에 취해 "얼얼한 뺨을 매만지면서도 웃었다, 고 기억한다. 곱씹어보면서 그럼에도 나는 기뻤다, 고 기억한다"(60쪽)고 쓸 때, 오래전 일을 회고하는 현재의 시점에서도 이 문장들 사이사이에 개입된 쉼표에 자리한 무게는 묵직하다. 하지만 우리는 '첫'에 두는 의미 부여가 얼마나 많은 부당함을 쉬이 가릴 수 있는지 알고 있다. 진정한 사랑이란 상대를 포용하고 상처를 넘어서는 것임을 머리로는 모두 알지만, 상대에게 이미 마음의 일부를 주었을 때 점점 더 자기 파괴적이고 불안정하고 위태로워지는 사랑은 자신을 버리는 일처럼 뿌리치기 어려운 것이다.

화자가 건넨 고백의 말에 선배로부터 돌아온 "니가 나를 존나 꼬셔

봐."(63쪽)라는 무감한 한마디가 모든 것을 예고하듯, 이후의 일들은 간략하게 정리될 수도 있다. 엉망으로 취한 채 선배가 전화를 걸어오면 화자는 기다렸다는 듯 뛰쳐나갔고, 잤고, 선배는 다시 화자를 때렸다. 그리고 오랜만에 학교에 방문해 수업을 진행중인 현재 시점의 화자는 소설이란 돌이킬 수 없는 변화를 겪게 되는 것이라는 문장을 학생들에게 전하다가, 인생에 찾아오는 변화들을 유의미한 것으로 이해하는 행위에 대해 처음으로 의아해진 것처럼 보인다. 실제로 이 소설은 언제나 한 시절의 기억을 열렬히 읊어내려가다 꽉 끌어안듯 쓰던 김봉곤의 소설 안에서 이례적으로 기억을 끊어내듯 쓰였다. 이미 오래전 자신에게 스며들어 떼어놓을 수 없게 된 가장 아름다운 기억 속에 진절머리 날 만큼 끔찍한 것도 함께 있다는 진실에 대해서, 그 모든 것을 유의미하다고 스스로에게 각인시키는 것을 이제는 단호하게 거부하기 위해 이 소설은 쓰였다. 실제로 마지막 풍경에서 화자는 H 선생님도, 종인 선배도, 나도 모두 지운 채 안도한다. 그렇다면 화자는 지금 폭력적인 사랑에 굴복하고 착취당했던 어리석은 자신의 과거를 회한에 잠긴 채 후회하는 중인가. 그 기억은 그저 끔찍하기만 한가.

그러나 그의 회상 한가운데 놓인 것은 자정 무렵의 믹싱실에서 종인 선배가 보여준 '데이 포 나이트' 기법이다. 필터를 씌우는 버튼 하나만으로 한낮에 촬영했던 천변 장면은 밤으로 변하고, 그녀가 바라보던 물결까지 달빛을 받아 반짝이는 것처럼 바뀐다. 이 방안의 모든 것이 아름답다는 생각, 이 신의 비밀을 공유했다는 기쁨, 영화 하기를 정말 잘했다는 확신까지 모두 더해져 그 장면은 사랑의 절정을 이룬다. 한낮의 촬영 장면을 한밤으로 바꿔버리는 '데이 포 나이트'는 환영을 만들어내는 기법이지만, 그 장면이 만들어내던 완벽한 아름다움과 비밀과 희열까지 환영일 수는 없을 것이다. 어떤 사랑의 기억은 자신을 지키기 위해 버려져야 하지만, 아름다운 것을 무의미한 것으로 탈색시키는 동안 떠나지 않는 또다른 슬픔을 화자는 환한 낮 속에서 가만히 응시한다. 마지막 순간 늦은 오후의 노란 빛 속에서 부서지듯 땅에서 흔들리는 긴 그림자를 어떻게 말해야 할까. 이 시선은 빛과 그림자를 분리할 수 없음을 이미 알고 있는 자의 것이다. 그는 균열되는 풍경 속에 놓여 있지만, 나뉘지 않고 소멸되지도 않으며 자신을 다시 일으켜세운다.

「나의 여름 사람에게」서도 가장 아름다운 순간은 어긋난 타이밍에 돌아오는 기억-풍경 속에 있다. "처음 사랑했던 남자의 나이가 되었다"(72쪽)는 소설의 첫 문장이 보여주는 것처럼, 소설은 내내 과거에 사랑했던 남자인 A 형에게 붙들려 있다. 이 소설에서 화자가 현재 만나는 대상은 '창준'이지만 화자는 그보다 A 형을 더 많이 떠올리며, 실패한 첫사랑의 여흥을 계속해서 음미하려 한다.

외양부터 성격과 직업에 이르기까지 너무나 화자의 스타일이지만, 온갖 막연한 이유들을 가져다대며 진지한 관계로부터 뒷걸음질치는 창준과의 대화는 보여주기의 방식으로 고스란히 노출되며 답답증을 유발한다. 감정은 단 한 순간도 넘치지 않는다. 열정으로 불타거나 몰입할 여지없이 계속해서 지연되기만 하는 구애 과정의 지지부진함은 이전 김봉곤의 소설에서 보지 못하던 무엇이다. 그에게 언제나 사랑의 황홀경을 선사했던 여름이라는 계절이 무색하게도 창준과의 눅눅한 대화는 이 여름밤의 날씨를 "도저히 견딜 수 없는 것"으로 만들어가면서, "계절감보다 좌절감"(97쪽)을 선사한다. 이제 그는 취향이 맞아도 의지만으로 욕망할 수 없는 대상의 존재를, 정념보다 먼저 자리를 차지하는 권태를 당황스러워하면서도 무력하게 받아들이는 중이다. 매력적인 추파와 긴장이 없는 틈새를 이질적으로 파고드는 것은 A 형과의 기억에 대한 상세한 묘사다. 그는 미칠 것 같은 흥분 속에서 탈진하기 직전에 이르렀던 A 형과의 첫 섹스가 "에로틱함이나 흥분을 넘어 어떻게 표현할 길 없는 순수한 기쁨"(91쪽)으로 다가왔는지 곱씹는다. 새 학기가 시작될 무렵 그의 학교에 가서 깨끗하게 세탁된 하늘색 커튼을 달고 가볍게 오르내리는 커튼 사이로 그의 모습을 보았던 기억은 떠올리는 것만으로도 여전히 "온몸이 푹 젖는 느낌"(96쪽)을 안겨준다. 거절에 가까운 말들만을 느슨하게 계속 늘어놓는 창준에게 느끼는 현재의 참담함과 외로움은 과거 A 형과의 기억이 교차되면서 덮이는 것처럼 보이기도 한다.

그러나 김봉곤은 사랑이 지나가고 남겨진 자리들을 처연하게 떠돌지만은 않는다. A 형이 근무하는 학교 교정에 와서 조금은 변한 그의 모습과 재회의 장면을 상상하던 화자는 기분좋게 웃지만, 불현듯 이 모든 것으로부터 벗어나고자 한다. A 형과 함께 잠시 머물렀던 교실은 추억 속 그대로지만 곧 "이젠 정말로 없겠다는 생각과 어쩌면 바로 그것을 보러 왔다는 생각"(102쪽)으로 전환된다. 이 놀라운 전환에는 체념이 아니라, 충만하지 못한 현재에 대한 뚜렷한 응시가 있다. 그는 의지와 무관하게 A 형에 대한 회상에 자주 젖어들지만, 동시에 그 기억 속 존재를 내려놓아야 할 때임을 인정한다. 만일 이 소설이 파토스를 끌어내는 데 관심을 두었다면 A 형에 대한 선명한 기억은 가장 마지막에 배치되고, 창준과의 연애는 끝내 이루어질 수 없는 것으로 남았을 것이다. 하지만 소설은 기어이 다시 창준이 보낸 문자로 돌아오고, 화자는 그를 만나러 간다. "있는 듯 없는 듯 저기 다시 있는 구름처럼 다시 있자"(103쪽)는 마지막 결심의 말은 건조하게 말라버린 정념 속에서도 아랑곳 않고 무심히 흘러가는 사랑에 다시 몸을 맡기려는 작가의 의지를 보여준다. 사랑이 가져오는 극적이고 격렬한 변화에 기대는 대신, 부유하는 감정들을 있는 그대로 담백하게 받아들이려는 이 소설의 천진함을 도무지 밀어낼 도리가 없다.

3.

「엔드 게임」과 「마이 리틀 러버」는 김봉곤이 등단작 「Auto」에서 언급했던 '시간의/기억의 팔랭세스트(재록 양피지)'가 구현되어 하나로 얽힌 것만 같은 소설이다. 원문자를 지운 후에 다른 내용을 기록한 팔랭세스트에서 표면적으로 보게 되는 것은 새로 쓰인 글자들이겠지만, 가려져 있는 원문서의 내용은 사라지는 대신 겹쳐지고 때로는 더 돌출된 채 읽힐 것이다. 한번 기록된 원문서가 영원히 지워질 수 없는 것처럼, 김봉곤의 소설에서도 한번 사랑한 남자는 어떻게든 영원히 잊힐 수 없다.

두 소설에 각각 그려지는 대상 '형섭'과 'H'는 다른 면면들을 지녔지만 짧지 않은 동거 기간을 거쳤고, 이 년 전 그들이 이사해 나갈 때 속수무책으로 걷잡을 수 없이 울었던 순간이 부조된다는 점에서 많은 부분이 겹쳐진다. 그러나 이런 피상적인 점들보다 더 중요하게 공유되는 지점은 "살면서 가장 사랑했던 한 남자"(106쪽)와의 이별 이야기라는 점이고, 분명 헤어졌지만 "그애를 처음 보았을 때처럼 여전히 사랑하는 걸 느끼고"(205쪽) 있으며, 그에 대한 이야기를 반복해서 쓰고 있다는 점이다. 두 소설에서 각각 다시-쓰기의 반복과 계절의 순환은 화자로 하여금 '형섭/H'를 무한히 반복해 사랑할 수 있는 기이한 시간성을 열어낸다. "그럼에도 불구하고, 우리에게 또 한번 선택의 기회가 주어진다 해도 이렇게 되기를 원하지 않을까?"(168쪽)라는 말은 형식 차원에서 이미 이루어지고 있는 셈이다. 이런 점에서 두 소설의 시간적 배경으로서의 계절 역시 다시 한번 중요하게 눈여겨 볼 필요가 있다. "문학 속의 날씨와 계절은 공간과 구성, 문체 못지않게 중요한 요소라고 생각"한다는 김봉곤의 소설에서 「엔드 게임」이 이례적으로 '환절기'라는 계절적 배경을 두고 있는 것은 그 사랑으로부터 이별로의 이행 과정이 결코 종결되지 않음을 보여주는 장치다. 「마이 리틀 러버」에서도 '夏日' '秋波' '冬心' '春愁'라는 소제목을 따라 흘러가는 계절의 변화는 한 계절에 머물러 있지 않고 변하는 사랑의 속성을 암시하는 동시에, 다시 돌아올 수밖에 없는 계절의 순환을 보여준다. 그것은 이별 이후에도 고갈되지 않고 계속 이어지는 삶의 표상인 동시에, 과거-현재-미래로 이어지는 일직선적인 시간의 흐름을 틀면서 언제든 사랑했던 과거와 접속할 수 있는 가능성을 남겨둔다. 김봉곤에게 계절은 사랑이 현존하던 시간의 물질성을 생생하게 확인하게 한다는 점에서 사랑의 전부다. 계절은 곧 사랑으로 등치된다.

「마이 리틀 러버」에서 "바야흐로 대 연애시대의 개막"(136쪽)을 알린 여름철을 지나, 헤어진 후에도 H의 연인의 암묵적 승인 아래 계속해서 만나며 의기소침해지던 시기를 거쳐, 지난 십 년 동안의 기간을 정리하는 진짜 이별의 말을 고하기까지 이 모든 사건들의 한가운데 놓인 공간은 광화문과 종로다. 주로 시간의 축이 중심이 되어왔던 김봉곤의 소설이 공간의 축으로까지 확장되는 순간, 몽상하듯 사랑하며 방랑하는 퀴어 산책자가 등장한다. 이미 헤어진 화자와 H가 서로를 안고 입맞추고 끌어안기 위해서 계속 은밀한 공간을 찾아다녀야만 하는 개인적인 사정의 발로도 있지만, 두 사람이 손을 잡고 걷는 것을 두고 지나가는 사람의 반응에 대해 내기하는 해맑음 뒤에는 이들을 거부해온 외부의 견고한 이성애적 질서가 있다. 그래서 '장소 없는' 이들이 끊임없이 유동하는 가운데 산책자로 거듭나는 것은 불가피하다. 그러나 가벼운 추파와 대화로 이루어진 이들의 즐거운 소요는 그리 오래가지 못한다. 종로라는 이 익명의 공간이 "내가 나일 수 있는 공간"이 되고 더 나아가 "일상의 공간"(176쪽)으로 자리잡은 이후에, 이 공간은 이별의 공간이 된다.

환한 대낮, 화자가 H의 옆얼굴을 훔쳐보다 말을 꺼내려는데 눈물이 먼저 흘러내리는 장면은 외롭고 슬프고 아련한데, 이상하게도 따뜻하다. "내가 너한테 조금이라도 더 연인일 때 말할게"(207쪽)라는 말 뒤에 이어지는 이별의 언사들은 십 년에 걸친 사랑의 무게를 간절하게 이고 있으면서도 맑고 투명하게 느껴진다. 저 말에는 연인과 비연인, 사랑과 이별의 경계가 나뉘어 있지 않다. 빛과 어둠을, 계절과 계절 사이를 명확하게 분리하는 것이 불가능하듯, 연인이라는 관계망 안에 묶일 수 있는 무한한 감정의 스펙트럼은 섬세하게 감각하고 있는 자가 할 수 있는 말이다. 헤어졌지만 오랫동안 규정하기 어려운 관계의 상태로라도 곁에 붙들어두던 H를 드디어 떠나보내려는 심정의 발로를 우리는 끝내 다 헤아릴 수 없다. 하지만 화자가 사랑한다고 말했던 순간의 H의 표정과 눈빛만은 영원히 잊을 수 없을 거라는 걸 알기에, 두 사람이 의심이나 농담이 끼어들 수 없는 완벽한 순정의 시간을 함께 보냈음을 알기에, 매 순간 H를 향해 절박하게 애써왔다는 걸 알기에, 그가 택한 진짜 작별은 체념이 아니라 헤어짐의 매듭을 통해서라도 어떻게든 충만함에 가닿으려는 안간힘으로 느껴진다. 그것은 무언가를 완결시키고 새로운 삶을 열어내려는 소망이자 의지이기도 하다. 새로 다가올 그 남자는 H와 같지 않겠지만, 새로운 남자와의 대화가 과거 H와의 대화와 겹쳐지는 순간에 우리는 기적처럼 H와의 사랑이 계절처럼 다시 순환하며 돌아오고 있음을 느낀다. 사랑은 결코 끝나지 않는다.

이 장면을 경유해 「엔드 게임」의 마지막 장면을 다시 읽고 싶다. 소설가인 화자는 자신의 소설 속에서 이미 헤어진 형섭과 진정한 작별의 순간을 근사하게 계획해둔다. 그 계획 속에서 그는 한때 사랑했지만 이제 희미해져갈 미래와 함께 더이상 "소설이 될 수 없는 사람"으로 형섭을 박제해두고자 한다. 그러나 마지막이라는 생각만으로도 화자는 무너져내린다. 형섭을 부재하는 자로 인식하는 순간, 관계의 희박한 밀도가 회상할 어떤 기억도 없던 둘의 첫 만남에 고스란히 겹쳐지는 것이다. 형섭에 대한 감정과 쓰고자 했던 글 모두 "도무지 끝을 낼 수 없는 상황"에 봉착한 채, 김봉곤의 '엔드 게임'은 비약한다. 형섭과 화자 사이의 '끝'을 둘러싼 대결은, 삶과 글 사이의 '시작'을 둘러싼 대결로 전환되는 것이다. "아직은 삶의 시간에 질 수 없다"는 소설의 마지막 문장은 상실을 곱씹으며 시작한 이 소설 전체를 새로운 시작을 향한 의지로 휘감는다. 이는 생에서 사랑 빼고는 모두 버릴 수 있는 자가 읊조리는 연약한 슬픔의 언어다. 이를 대결의 언어로 위장한 채 그는 자신을 날카로운 슬픔의 끝으로 밀어넣는 대신 이별의 가능성을 저멀리 떠나보낸다. 연인과의 만남과 이별을 나누지 못하고 삶과 글이 분리되지 않는 그이기에, '엔드 게임'에서 김봉곤은 언제나 지는 사람이다. 하지만 이 속수무책의 패배만큼 환하고 아름다운 것도 없을 것이다.

4.

이제 마지막으로 이 소설집의 입구와 출구를 감싸고 있는 「시절과 기분」과 「그런 생활」에 대해 말할 차례다. 「시절과 기분」이 자신이 게이로 정체화하기 이전의 첫 연애에 대한 부끄러움과 미안함을 포함한 복잡한 감정을 다룬다면, 「그런 생활」은 아들인 자신이 게이라는 것을 알게된 엄마의 비난과 애인의 바람 앞에서 느끼는 당혹감과 수치를 포착해낸다. 대개 남자들과 사랑에 빠진 인물들을 주축에 두고 진행되어온 김봉곤의 소설들과 달리, 그가 자리한 퀴어 공동체 바깥과의 접점에 놓인 이 이야기들은 자연스럽게 퀴어로서의 그 자신을 다시 의미화하게 하며 삶에 대한 태도 역시 재조정한다.

「시절과 기분」은 대학에 들어가 처음 사귀었던 여자 '혜인'과 칠 년 만에 만나기 위해 고향으로 내려가는 이야기다. 지금 주인공 화자에게는 사랑스러운 애인 '해준'이 있고 커밍아웃한 채 소설을 쓰고도 있지만, 혜인은 아직 이 모든 사실들을 모른다. 자신을 게이로 정체화하는 과정에서 "혜인을 향한 감정을 부정하며 나를 다졌고, 혜인과의 연애는 언제나 '초석'으로만 제구실했"(15~16쪽)기에 혜인을 두고 그에게 엄습하는 감정은 부끄러움이다.

부산을 향한 여정은 비단 지난 '시절' 속 혜인과의 관계 재정립만이 아니라 '기분'처럼 계속 변하고 흔들리며 형성되는 자신의 면면들과 대면하기 위한 것이다. 부산을 떠나는 것을 결정적인 분기점으로 삼아 "내가 없어지는 쪽을 택했다"(33쪽)고 말하는 그는, 자신이 선명해지기 위해 당시 훌리건 천국의 네임드였던 혜인과 비밀 공동체를 형성하며 느끼던 쾌감을, 사귀자고 고백했던 혜인의 우는 모습에 사랑이라 확신하던 순간을, 잠수 이별에 상심하면서 가슴이 아팠던 것을, 반수 실패 후에 우는 혜인을 달래주다 했던 키스를 모두 지워냈다. 고향에서 그는 여전히 자신이 아닌 다른 사람으로 자리할 수밖에 없음을 느끼고 끝내 혜인에게 직접 자신의 성 정체성을 고백하지는 못하지만, 혜인과 웃고 떠드는 동안 찾아온 무력감과 무화 속에서 지나가버린 '시절과 기분'을 기꺼이 받아들이는 것처럼 보인다. 마지막 장면에 이르러 다시 서울로 돌아오는 열차의 계속되는 진동과 흔들림 속에서, 그는 뛰는 심장의 무늬를 구별하지 않고 어떤 답을 찾지도 않는다. 하지만 자신을 통과한 불가해한 감정들을 애써 분류하거나 부인하지 않는 그의 모습은 선명해지기 위해 사라지는 기분을 근사한 것으로 느끼는 한 시절을 지나왔음을 보여준다. 그렇게 김봉곤은 어떤 성장은 선명할 수 없는 모호한 지점들을 끌어안는 것이라고, 그랬을 때에만 다시 되찾을 수 있는 섬세한 삶의 결이 있다고 알려준다.

"어떤 고백은 고백을 기다려온 시간보다 훨씬 더 길 수 있지 않을까?"(36쪽)라는 문장의 여운을 길게 남겼던 「시절과 기분」이 외부 세계와 부딪혀 파열음을 내기보다 자신 안에서 잔잔하게 번져나가는 감정의 무늬들을 따라가며 흔들렸다면, 「그런 생활」에 던져진 극적인 두 사건의 파문은 손쓸 방법이 없는 것처럼 너무 크고 좀처럼 진정되지 않는다. 화자의 성 지향성을 인지한 엄마의 "니 진짜로 그애랑 그런 생활을 했나?" 하는 추궁과 낙담은 생각보다 길게 이어지고, 애인의 무분별한 외도 행각이 적나라하게 발각된 순간에 나온 "형은 그런 사람이야"라는 체념 섞인 인정은 막막하다. 사랑이 맑고 뜨겁고 충만하기보다 통속적이며 너절하게 휩쓸고 지나간 자리에서, 그는 모두의 반대에도 애인과 동거하기를 선택하고 엄마 역시 그에 대해 알게 된 사실들을 기꺼이 받아들인다.

시간은 흐르고 "에필로그를 지나 그 이후의 삶"이 오듯, 모든 것은 천천히 제자리로 돌아온다. 소설 마지막에 애인과 함께 나란히 자전거를 타고 달리는 풍경은 이상할 만큼 평화롭고 아름답다. 그것은 표면적으로나마 엄마나 애인과의 갈등이 소강상태로 접어들며 찾아든 안도감 때문일까. 그리 단순히 말할 수는 없을 것 같다. 자신의 문학이 시작되던 순간과 현재를 오가며 과연 삶이 더 나아진 것인지 가늠해보던 화자에게 일상과 글쓰기 사이에 있던 어떤 미묘한 틈새가 사라지며 그 둘이 나란히 수평에 서는 순간이 찾아왔다고 말하는 것이 더 정확하지 않을까. 그가 출사표로 읽었던 아르토의 문장은 "현재의 내 몸이 산산조각으로 흩어져" "잊을 수 없게 할/하나의 새로운 몸으로"(257쪽) 다시 태어날 것을 다짐하고 있지만, 김봉곤은 더이상 그 강렬한 밀도가 담보하는 파괴성에 홀리는 것 같지 않다. 인생의 모든 변화 앞에서 매번 몸을 해체하며 다시 태어나는 극적인 탈피란 불가능하다는 것을, 때로는 수면의 위아래를 오가는 미약한 부력으로 살아내야 할 때가 있다는 것을 이제 그는 안다. 그렇게 그의 글쓰기는 몸을 바꿨다. 일상의 소용돌이가 그친 후 부서지는 강렬한 슬픔 속에서 비로소 글쓰기의 활동이 생성되는 것이 아니라, 나른하게 이어지는 일상의 건조하고 옅은 슬픔들 사이로 글쓰기가 끊이지 않고 흐르며 '문장-풍경'을 만들어간다. 그리고 화자는 이 모든 것에 '여름의 춤'이 아니라 '그런 생활'이라는 제목을 붙이고자 한다. 생동과 활력이 넘치는 시적인 제목 대신 선택한 '그런'이라는 담담한 지시형용사에는 지금 있는 그대로를 고스란히 받아들이며 쓰겠다는 결심이 스며 있다.

아름다움에 숨막힐 듯 취해 있는 상태가 그간 김봉곤 소설의 중핵에 있었다면, 『시절과 기분』에 이르러 펼쳐지는 서사들은 퀴어한 욕망을 온전히 순정한 것으로 승화시켜내지 못한다. 계속해서 과거로 돌아가는 시간 속에서 시적인 순간으로서의 에피파니는 무뎌지고, 과거와 단절하려는 의지는 관철되기보다는 미세하게 분산되어 흩어진다. '삶'의 은유로서 함축되어 있던 비밀들은 풀려나와 '생활'의 산문성으로 펼쳐진다. 그러나 김봉곤은 그 통속적인 생활의 산문성 안에서 엄마와 애인이 진부한 동시에 경이롭게 살아가고 있음을, "서로에 대해 정말로 모르는 채 사랑"(261쪽)하고 있음을 알아차린다. 구질구질한 생활은 소설이라는 산문의 잡식성과 만나자, 게이인 자신이 "받아들여질 수 있는 공간"(256쪽)으로 다시 발견되며 기이하게 아름답고 충만해진다. 퀴어의 사랑에 필연적으로 내재되어 있는 불안정과 모욕, 폭력이 자신과 가장 내밀한 사이인 어머니, 애인과의 관계에 불가분하게 얽혀 있다는 자각이 이제는 김봉곤의 글쓰기 안에서 사랑이라는 풍경의 일부가 되는 것이다. 이 공간을 김봉곤이 '문장-풍경'을 벽돌처럼 쌓아올려 만들어낸 '풍경-아카이브'라 부르고 싶다. 아를레트 파르주는 아카이브를 두고 "역사가 집필되는 곳이 아니라, 사소한 것과 비장한 것이 똑같은 일상적 어조로 펼쳐지는 곳"이라 말했다. 김봉곤의 풍경-아카이브 역시 역사적 문헌으로 남지 않을 기억의 시간들이 수집된 공간으로, 이곳에서 퀴어한 욕망이나 사랑의 아름다움, 그리고 퀴어가 이성애 규범 속에서 겪어야 하는 너절한 생활은 모두 나란히 공존한다. 그의 풍경-아카이브는 일상의 통속적인 산문성을 쉬이 넘어서려 하는 대신, 산만하고 유머러스하게 표출되는 문자 창의 대화 더미들 사이로 가장 은밀했던 순간들의 작은 조각들을 깊이 보존해둔다. 풍경-아카이브 위에 새겨진 인물들의 흔적들은 몰래 숨겨진 씨앗처럼 글쓰기의 불안정한 속성을 뚫고 살아남아, 계절이 돌아오면 다시 사랑의 풍경을 만들어낼 것이다. 그러니 이 글을 읽는 당신도 부디 김봉곤의 풍경-아카이브의 한가운데를 천천히 음미하며 걸어가는 산책자가 되기를, 그곳에서 사랑의 빛나는 작은 조각들을 찾아내게 되기를.

부기

예전에 다른 짤막한 글을 통해, 김봉곤이 데려다놓는 이런 슬픔들에 대해서라면 지치지 않고 영원히 쓸 수도 있을 것 같다고 말한 적이 있다. 그 고백에 대해 부연하며 남겨두고 싶다. 「데이 포 나이트」를 거듭 읽던 새벽에 가슴 어딘가가 빠개지는 듯한 통증을 잊을 수가 없다. 글쓰기와 사랑 앞에서라면 도무지 자신을 어떻게 지켜야 할지 모르겠다는 어리둥절한 표정으로 그는 쓰고 있었다. 인생의 내밀하고 아름다운 비밀은 오직 사랑뿐인데 그것이 사라졌다고. 이제 내가 할 수 있는 것이라곤 이렇게 쓰는 것밖에는 없다고. 한여름의 햇빛 아래 반짝이던 사랑이 허무하게 사라지는 걸 이해할 수 없다고. 하지만 내가 이해하고 싶은 건 오직 그것뿐이라고. 여전히 갈망하고 있다고.

일인칭 화자를 내세운 채 자전적 기록과 소설의 경계에서 흔들리는 그의 글쓰기가 문학일 수밖에 없는 이유는 자학적일 만큼 고통스러운 자기 관찰과 가장 약한 면까지도 날것으로 드러내려는 안간힘 때문이다. 깊은 수치를 감내하는 그의 글쓰기는 독선이나 냉담한 성찰과 거리가 멀다. 대신 그의 글쓰기는 기억이 얼마나 고독한 행위인지 입증한다. 그는 수많은 의심과 망설임 속에서 바닥으로부터 기억을 끌어올리고, 어떤 윤색도 검열도 없이 자기 파괴적으로 보일 만큼 무모하게 끝까지 써내려간다. 그 끝에서 비로소 자신을 이해하면서 자유로워지는 순간을 맞이할 때, 그의 농밀한 글은 개인이 사랑을 누릴 권리를 제약 없이 확장해내는 문학이 된다. 누구나 삶을 살지만, 삶이 문학이 되는 것은 드문 일이다. 김봉곤은 자신의 모든 슬픔과 절망이 문학이 될 때까지 살아내는 사람이다.

(2020)

동시대성을 재감각하기[1)]

1. 사건과 책임

사회의 중요한 사건들은 잠재된 '적대'의 분할선을 표면화시키고 조정하는 기능을 한다. 그런 점에서 2010년대 한국문단에서 빼놓을 수 없는 핵심적인 사건은 2015년 신경숙 표절 사태이자 2016년 문단 내 성폭력 말하기 운동일 것이다. 전면적인 변화에 대한 문단 내부의 자각과 외부의 요청이 만나 새로운 잡지들이 생성되고 기존 잡지들은 혁신을 모색했다. 출판사에서는 성폭력을 저지른 문인들의 출판물을 출간 중지하거나 회수 조치했다. 이런 구조적인 개입과 더불어 페미니즘과 퀴어와 관련된 텍스트들이 양적으로 증가했고, 이 텍스트들의 정치성을 독해하려는 비평적인 흐름이 이어졌다. 새로운 비평들은 한

---

1) 아직 논의는 충분히 이루어지지 않았다. 그러므로 이 사건과 관련해 다시 써야 하고 보강할 것들이 많지만, 이미 써서 발표된 글을 지금 시점에서 고치는 것은 비겁한 일이라 생각했다. 다음을 기약하며 원문은 그대로 살리고 다만 몇 개의 각주들을 달았다. 추가한 각주들은 2, 5, 8번이다.

국문학사에서 전제되어왔던 문학성을 고찰하여 재구성했으며, 정치성과 미학성에 대한 이분법적인 사고를 해체하고, 텍스트에 개입하는 독자들의 정치성을 적극적으로 의미화했다. 문학장을 새로 구성하는 중요한 주제, 윤리적 기준선이라 할 만한 것이 서서히 명확해져가고 있었다고 말해볼 수 있겠다.

2020년 7월, 김봉곤의 「그런 생활」과 관련해 SNS에서 처음 공론화가 이루어졌다. 사적 대화의 인용 허가를 구하는 과정에서 충분한 소통이 이루어지지 않았고, 그 결과로 피해자가 발생했다. 물론 이 인용의 '무단'을 판별하는 문제에 대해서, 제3자가 선명하게 결론을 내리기 어려운 정황이 있었다고 생각한다. 한쪽에서는 '무단 인용'이라고 주장했으나, 한쪽에서는 작품 발표 전에 당사자에게 소설을 보여주며 '허가'를 받았다고 주장하고 있었다.[2] 그러나 문제의 핵심은 비단 '무단 인용'에 있지 않았다. 소설 속 인용이 피해자에게 "성적 수치심과 자기혐오를 불러일으"켰다는 사실은 즉각적으로 페미니즘의 흐름에 역행하는 사건으로 받아들여졌다. 김봉곤이 한국에서 최초로 등단과 함께 커밍아웃을 하며 문단 활동을 지속한 작가이며, 그간 그의 소설이 '퀴어 소설'로서 성 소수자의 적극적인 발화라는 맥락 속에서 호명되어왔음을 상기할 때, 이는 치명적인 문제로 부각되었다. 김봉곤 소설을 지지해온 대다수의 평론가와 독자들이 퀴어 페미니즘 담론에

2) 2021년 10월 5일, 법원은 김봉곤 작가의 '그런 생활' 속 문제가 된 대화가 무단인용이 아니라 상대에게 동의를 얻었다고 판단하며, 손해배상 청구소송에 대해 원고 패소 판결을 내렸다. 한소범, 「카카오톡 대화 인용한 김봉곤 소설… 법원 "무단인용 아니다"」, 한국일보, 2021. 10. 5. https://www.hankookilbo.com/News/Read/A2021100514250004812?did=NA

대한 예민한 촉각을 지닌 이들이었기에 충격은 더욱 컸다.

이 사건의 충격에서 야기된 침묵이 성찰보다는 공모하는 권력으로 이해되면서, 김봉곤의 「그런 생활」의 문제는 문단 안에서 반복되어온 문제적 관행으로 확장되어 받아들여졌다. 인용 허가를 둘러싸고 당사자들이 경합을 벌이는 중이었으며, 문단 안에서도 인용의 기준이 충분히 논의된 바가 없었다는 점을 감안한다고 하더라도, SNS에서 내려지는 판단의 속도와 비평장의 속도의 차이가 있었다. 물론 대부분의 비평가가 문학 계간지의 지면을 통해 발언의 기회를 갖는다는 점을 생각해보면 가장 빠른 비평적 대응은 가을호에 가능했을 것이다. 하지만 사실상 9월이 채 되기 전에 김봉곤의 「그런 생활」에 대한 논란은 작가의 사과와 도서 절판, 출판사의 도서 회수 및 교환 조치 등으로 갈무리되었다. 매체가 지닌 속도의 한계일까. 그런데 어쩐지 비평이 주로 기대고 있는 매체가 대중의 감각보다 느리게 설정되어 있었던 문제는 부차적이었던 것만 같다.

비평이 적절하게 개입할 자리를 찾지 못하는 동안, 고통받은 피해자뿐만 아니라 작가 개인이 모든 책임을 떠맡게 된 정황에 김봉곤의 소설을 좋아했던 독자이자 그와 관련된 비평을 제출했던 한 명의 비평가로서 책임을 느낀다. 하지만 사건에 대해 비평적으로 규정하고 구조를 파악하고 그 대안을 찾는 작업에 앞서, 밟아야 하는 계단들이 있는 것 같다. 나는 김봉곤의 「그런 생활」이 수록된 『시절과 기분』의 해설에서 김봉곤의 소설을 '풍경-아카이브'라고 부를 것을 제안하며 다음과 같이 쓴 바 있다. "그의 풍경-아카이브는 일상의 통속적인 산문성을 쉬이 넘어서려 하는 대신, 산만하고 유머러스하게 표출되는 문자 창의 대화 더미들 사이로 가장 은밀했던 순간들의 작은 조각들을 깊이 보존해둔다."[3] 구태여 해설의 일부를 인용한 이유는 이 "문자 창의 대화 더미들"이란 표현을 쓰는 동안 소설 속 카카오톡 대화들을 선명하게 떠올렸기 때문이다. 이 문장을 경유해 다시 현실에서 벌어졌던 상황을 본다면, "가장 은밀했던 순간들의 작은 조각들"이란 김봉곤 작가를 넘어서 노출되지 말았어야 할 타인의 은밀한 순간도 포함하고 있었던 셈이다. 정황을 미리 알 수 없었기에 이 부분을 쓰는 동안 비평가로서 무엇을 놓친 것일까 묻는다면, 오히려 비평에 대한 과도한 권위 부여나 기만의 시작일 것이다. 물어야 하는 것은 김봉곤의 오토픽션이 읽히는 과정에서 독자-비평가들과 맺었던 관계란 무엇이었나가 아닐까.

수전 손태그는 「강조해야 할 것」에서, 다음과 같이 말했다. "1인칭 화자가 이야기를 한다면 필연적으로 과거의 이야기일 수밖에 없다. 이것은 다시 말한다는 것이며, 자의식적인 이야기와 목격담이 있는 곳에는 늘 오류의 가능성이 있다. 무언가에 대해 슬퍼하는 1인칭 시점의 소설에는 이런 회상들로 가득하다. 오류가 발생하는 이유는 기억이 틀려서일 수도 있고, 인간의 마음을 꿰뚫어볼 수 없기 때문이기도 하며, 과거와 현재가 모호하기 때문일 수도 있다."[4] 이 글을 다시 읽으며, '오류 가능성'이란 단어가 눈에 들어오는 것은 사실이다. 하지만 이 글 전체에 걸쳐 수전 손태그가 말하고자 하는 바는 오히려 오류 가능성을 담보한 주관성에 "어찌할 수 없음의 파토스"가 담기고, 자신감 없고 상처 입은 "결함이 있는 목소리"야말로 독자들이 더 신

3) 강지희, 「풍경-아카이브를 걷는 사람」, 『시절과 기분』, 창비, 2020, 358쪽.
4) 수전 손태그, 「강조해야 할 것」, 『강조해야 할 것』, 김유경 옮김, 시울, 2006, 214쪽.

뢰하고 선호하는 양식이라는 데 있다.[5] 그리고 이 지점이 이번 사태에 있어 핵심일지도 모르겠다. 독자들의 공감과 분노는 한 자리에서 출발하고 있다는 것. "'이건 정말 내 이야기야'라고 감탄하는 독자와 '내 이야기를 이런 식으로 갖다 쓰다니'라며 분노하는 독자는 얼마나 다를까"라는 노태훈의 질문[6]은 정확하게 곤혹스러움의 정체를 간파한다. 자신을 보호하지 않고 가장 내밀한 상처를 드러내 보이는 오토픽션이라는 장르의 매혹은 계속 비밀의 장막을 걷으며 '작가'와 '화자'를 숨기고/찾아내는 구조로 되어 있고, 이 과정 속에서 독자를 깊이 연루시킨다.[7] 이 장르에 대한 매혹을 그저 선정적인 관음증으로 간단히 정리할 수는 없다. 외부의 모든 것을 자신을 향해 사적으로 소급시키는 오토픽션의 글쓰기는 다른 텍스트보다 더 긴밀하게 밀착하며

---

5) 이 사건은 2016년 10월에 있었던 이자혜 사건과 함께 사유되어야 할 것이다. 이연숙은 이자혜 사건을 다루며 다음과 같은 논평을 남긴 바 있다. "우리가 허구의 인물을 만날 때 참조하는 것이 결국 현실의 인간이라면, 창작자가 의도하든 의도하지 않든 작품 안에서 확보되는 것은 결국 현실에 존재하는 누군가의 고통이다. 결국 우리는 항상 누군가의 고통에 의존해 왔다. 그러한 고통을 의식하지 않고 작품을 볼 수 있다는 환상은 지나치게 순진한 것이다. 작가가 비윤리적인 사람이기에 작품이 비윤리적이고, 그래서 평균치보다 더 많은 고통이 착취되고 있다는 주장은 당혹스럽다. (……) 당신이 조미지에게 얻었던 최초의 쾌감, 차마 '여자'라고 부를 수도 없는 혐오스럽고 추한 이 존재에게서 얻었던 최초의 위로를 당신 안에서 어떻게 추방할 것인가? 정치적 올바름을 기준으로 서로를 등급 매기고, 일렬로 줄 세우는 세계에서 당신의 문제가 많은 욕망은 어디서 위안을 얻을 수 있을 것인가?"(이연숙, 「아직 제목을 정하지 못했습니다」, 양효실 외, 『당신은 피해자입니까, 가해자입니까』, 현실문화, 2017, 112, 122쪽) 물론 여기서 '현실에 존재하는 누군가의 고통'이 누구의 것인지, 작가나 독자의 고통이 아니라 제3자의 고통이 끼어드는 문제에 대해서, 이를 선별해낼 수 있느냐에 대해서는 더 나아가서 이야기 되어야 한다.

6) 노태훈, 「자신에 대해 쓰면서 자아에 대한 믿음을 잃지 않는 것」, 『자음과모음』 2020년 가을호, 7쪽.

화자인 '나'의 욕망에 깊이 침윤되도록 만든다. 그 과정에서 독자들은 자신이 느끼는 쾌감의 토대에 허구와 진실이 명확히 판별 불가능한 실재가 자리해 있음을 막연하게나마 짐작한다. 여기에 타인의 사적인 이야기가 다소 무분별하게 섞여 있었다는 사실에서 오는 불쾌와 혼란은 전혀 생각하지도 못한 사실이 드러났던 데서 온 것이기보다는, 장막 너머로 넘겨다보며 눅눅하고 뜨거운 몰입을 함께했던 경험 속에 이미 허구와 진실의 뒤섞임이 불가피하다는 것을 인지하고 있었기에 오는 것은 아닐까.[8)]

독자들의 공감과 분노가 한자리에서 출발한다는 점에서 두 가지 생각을 조심스럽게 정리해볼 수 있지 않을까. 첫째, 한국문학장에서 페미니즘 리부트를 이끌어낸 독자군과 이번 '사적 대화 무단 인용' 앞에 분개한 독자군은 다르지 않다. 이상적인 독자상을 따로 상정해두었는데, 예상을 벗어난 새로운 독자군이 나타난 것이거나 이전과 다른 공통감각이 생겨난 것이 아니다. 독자의 역동성을 통해 공통감각을 갱신해나가야 할 일이지, 독자의 범주를 나눠 위계화할 일은 아니

---

7) 박혜진은 다음과 같이 설명한 바 있다. "김봉곤 소설을 읽을 때 독자들은 작가와 함께 하나의 역할 놀이를 한다. 이것이 진짜인 동시에 진짜가 아니라는 걸 알지만 '진짜' 처럼 보이는 것을 '진짜' 처럼 읽는 하나의 놀이." 박혜진, 「증언소설, 기록소설, 오토소설」, 『크릿터』 1호, 민음사, 2019, 104쪽.

8) 당시 "눅눅하고 뜨거운 몰입"이라는 표현 속에는 섹슈얼리티에 대한 염두가 있었던 셈이지만, 이에 대해 깊이 파고 들어가 사유하지 못했다. 오은교는 퀴어 서사를 매개하여 일어난 아우팅 피해 논란들이 모두 피해자들의 섹슈얼리티와 연결되어 있다는 점에 주목한다. 이 사건들을 대하는 우리의 언어가 벽장의 패닉에 붙들려 사생활 보호라는 프레임에 갇혀 있으나, 이 프레임을 벗어나 권력과 직접적인 연관을 맺는 사생활의 자유를 어떻게 성취할 것인지에 대한 문제로 이동해야 한다는 것이다. 오은교, 「벽장의 문학과 사생활의 자유」, 『문학동네』 2021년 가을호 참조.

다. 두번째, 텍스트의 독해 방향과 의미 창출의 결과는 작가 개인의 몫으로만 고정시킬 수 없다. 이는 낭만화된 자율적인 개인 주체로서의 예술가상을 깨고, 텍스트를 시대와 독자 쪽으로 더 끌어오려 했던 최근 담론들의 방향성에 닿아 있는 말이다. 독자는 사안에 따라 허구적인 세계에 몰입하거나 거리를 유지하면서, 연대와 저항 사이에서 끊임없이 길항한다. 독자와 작품 사이에 초래되는 혼란스럽고 예측 불가능한 상호작용은 끊임없는 '협상'으로 이루어진다.[9] 동일한 구절에서도 독자 각각이 읽어내는 맥락이 다른 것처럼, 그 구절을 만들어내는 작가 역시 현실의 일부를 선별하고 배치와 조합을 이어가는 자다. 창작과정이 한 개인의 자율성과 창의력이 발현되는 순간으로 신비화되지 않을 때, 재현에 대한 평가는 인격화되기보다 텍스트의 정합성과 효과를 따지는 쪽으로 이동할 수 있다. 이번 사태가 뼈아픈 것은 퀴어 페미니즘 문학과 가장 가까이에 있던 독자들이 새로운 한국문단의 정의가 선별적으로 작동하는 것은 아닌지 불신을 품었다는 데 있다. 이 앞에서 작가 개인의 문제로 인격화하는 대신, 장 전체를 살피며 비평의 작동 방식을 보아야 한다.

책임감responsibility이라는 단어는 응답response과 능력ability의 결합으로 이루어진 합성어다. 지금 가능한 비평의 응답이 있다면 오류 가능성에 대한 인정과 함께 동시대성을 재감각하는 데서 시작되어야만 하겠다. 2015년 신경숙 사태 이후의 논의들에서 가장 핵심적으로 강조되었던 것은 '문학의 공공성 회복'이었다. 그리고 이와 함께 "문학장에서 사라진 것은 역설적으로 독자가 누구인가에 대한 관심이며

---

9) 리타 펠스키, 『페미니즘 이후의 문학』, 이은경 옮김, 여이연, 2010, 44~95쪽.

어떤 다른 존재 방식이 가능한가를 둘러싼 문학의 다양성에 관한 논의"[10]가 필요하다는 것, '이성애자-선주민-비장애-남성-지식인들의 한국문학'은 "새로운 정치적·문화적 주체로 부상·활약하고 있는 20~30대 여성 독자"에 맞춰진 형질 변형이 필요하다는 점을 상기해야 한다는 지적[11]들이 이후의 한국문학을 만들어왔다. 페미니즘 리부트 이후의 한국문학이 사회적 이슈들 속에서 길항하고, 특히나 젠더 관련된 비평 담론을 다각도로 분화했으며, 독자를 적극적으로 호명하며 공통감각을 개진시켜온 것은 모두 2015년~2016년의 사건들 이후에 제대로 전진하려는 노력이었다. 그렇게 만들어온 문학-삶이 허상이 되지 않도록 동시대성을 재감각하기 위해, 이 글에서는 먼저 김봉곤 사건에 대해 왜곡된 논의를 비판적으로 검토하고, 지금 한국 문단이 요청하는 문제에 대해 더 깊이 들어가보고자 한다.

2. 블랙홀로서의 통치성

김봉곤 사건에 대한 즉각적인 반응으로 빠르게 제출된 강동호의 평론 「비평의 시간—김봉곤 사건 '이후'의 비평」에서 "비평은 왜 김봉곤 사건에 대해 무기력할 수밖에 없을까"[12]라는 질문은 중요하게 이어받을 필요가 있다.[13] 하지만 그의 발화가 지목하는 방향도 유심

10) 소영현, 「비평의 공공성과 문학의 대중성」, 『올빼미의 숲』, 문학과지성사, 2017, 259쪽.

11) 오혜진, 「퇴행의 시대와 'K문학/비평'의 종말」, 『지극히 문학적인 취향』, 오월의 봄, 110~111쪽.

12) 강동호, 「비평의 시간—김봉곤 사건 '이후'의 비평」, 『문학과사회』 2020년 가을호, 428쪽.

히 지켜봐야 한다. 강동호는 최근 비평들이 의욕적으로 수행하고 있는 비평 운동을 "스타 시스템의 속도주의"라 명명하며, 새로운 '세대'의 비평적 수행이 90년대 비평의 인식 구조와 "구조적 상동성"으로 묶여 있다고 말한다. 푸코의 통치성 이론을 적극적으로 끌어오는 이 글은 궁극적으로 1990년대 문학장을 목적지로 삼고 있다. 그리고 90년대 이후의 문학장이 "특정한 스타일의 글쓰기(비판 없는 섬세한 독해)를 하나의 유력한 모델로 인식하게 만드는 진실의 체계, 즉 문학주의적 통치성을 강화한 담론 구조"의 수행적 효과와 헤게모니를 설명하고자 한다며 '문학동네'를 적시한다.

기실 문학사를 바라보는 역사적 분석틀은 2015년 이후의 평론들에서 특히 더 활성화되어 있다. 동시대성에 가닿고자 할 때 정치적인 지평에서 다수의 시간성의 탐색은 필수적인 것이다. 철학자 피터 오

13) 그러나 이 글 전체에 자리한 자기 초월성은 의아하다는 점을 밝혀두고 싶다. "김봉곤 작가와 그 어떤 사적 관계를 맺지 않은 사람이고, 그의 소설에 대한 그 어떤 비평적 발화 한마디도 내놓지 않았던, 한 사람의 개별적 문학평론가"라는 변명만으로 『문학과 사회』의 편집 동인인 그가 이 비평적 응답에서 예외적인 위치에 놓일 수는 없기 때문이다. 문지에서 주요한 문학적 인준의 결과물로 발행되는 『소설 보다: 봄-여름 2018』에 김봉곤 작가의 작품이 실렸으며, 『문학과사회』 2018년 가을호에 김봉곤론이 수록되었고, 이번에 문제가 된 「그런 생활」이 『문학과 사회』 2019년 봄호에 처음 발표되었다는 점은 김봉곤이라는 작가가 문지 내부에서도 꾸준한 주목의 대상이었음을 말해준다. 물론 강동호가 자신이 김봉곤에 대한 개별적인 지지를 표한 적 없다는 사실을 공적으로 표명할 수는 있다. 그러나 그것이 이 사건에서 비롯한 책임 윤리로부터 자유로울 수 있는 단초가 될 수는 없다. 그가 2015년에 쓴 글에서 정확히 적시한대로 권력은 주체의 "의도와 무관하게 발현되는 일종의 수행적 효과에 가깝기 때문"이고, "권력이 가장 분명하게 스스로의 존재를 내비치는 순간은 역설적이게도 자신의 발화 위치에 대한 정치적 이해가 실종되어버리는 순간"이라던 강동호의 발언은 '부기'와 함께 경종을 울리며 그에게 다시 돌아오는 것처럼 보인다.

스본은 동시대를 '작동하는 허구'로 규정하며, 이는 본질적으로 상상력의 생산적인 행위임을 지적한 바 있다. 클레어 비숍은 동시대를 상정하려는 시기 구분이 "서구적인 시각에 따라 작동"하기에 전 지구적 다양성을 수용하기 어렵다는 한계를 지적하면서도, "새로운 정치적 상상력을 위한 토대"[14]로서 중요하다고 설득한다. 그러니 우리는 '동시대성'을 위한 '역사적 분석틀'이 가동할 때, 그 상상력이 어떤 시각에 따라 작동하며 헤게모니에 순응하는지, 파열시키는지를 면밀히 점검해야 한다. 예컨대 『문학을 부수는 문학들』 『문학은 위험하다』 『원본 없는 판타지』 등의 저술들에서 근현대 문학사 전반은 젠더라는 항목을 중심축에 둔 채 전복적으로 읽힌다. 이를 통해 남성 보편의 기준에서 상정되어온 문학성/미학성을 해체하고, 문학사의 틈새를 다각도로 살피는 작업은 최근 문학 비평과 연구에서 눈에 띄는 성과를 만들어왔다.

그런데 필요한 시차가 단일한 하나의 과거로 좁혀져 1990년대만을 재차 요청한다면, 어떠한 맥락에서 역사적 분석틀을 필요로 하는지 먼저 탐문해볼 필요가 있다. 1990년대를 '문학동네'가 주조한 '문학주의적 통치성'의 시대로 전제할 때, 문제의 원인을 시대적인 차원에서 폭넓게 탐색하는 대신 '문동'이라는 타자가 필요했던 것은 아닐까? 이 진영 싸움은 1980년대 문지 신세대론에서 당시의 "엄연한 위계적 구획을 은폐"하고 "'창비 대 문지'의 평면적 대립"[15]에 기대고자 했던

---

14) 클레어 비숍, 『래디컬 뮤지엄—동시대 미술관에서 무엇이 '동시대적'인가?』, 구정연·김해주·윤지원·우현정·임경용·현시원 옮김, 현실문화연구, 2016, 3장 참조.

15) 손유경, 「후진국에서 문학하기—세대교체기의 문학과 지성을 중심으로」, 『한국현대문학회 학술발표회자료집』, 2014.

정황을 유사하게 다시 반복하고 있는 것은 아닐까? 인정 욕망이 작동하는 문학장 내부의 다양한 요소와 맥락들이 성실하게 고려되지 않고 '문학주의(통치성)'로 범박하게 통칭될 때, "한국문학사에서 가장 강력한 '문학주의'의 생산처이자 발신처였던 문지를 정면으로 다룰 수 없다는"[16] 함정에 또다시 빠지게 되지는 않는가? 협소한 문제 진단은 특정한 해결책을 이미 전제로 하고 있기에 가능한 것이기도 하다. 2016년을 기점으로 폭발한 페미니즘 리부트 이후의 문학장의 '제도'를 반박하기 위해 1990년대의 '담론'으로 돌아가야 한다면, 이 논지에는 동시대성에 접속하지 못하는 더 근본적인 무력감이 자리하고 있는 것은 아닐까? 무엇보다 자본주의와 문학을 대립각으로 세워놓는 단순한 인식틀이 중요한 지점을 누락시키지는 않는가? 페미니즘이라는 의제를 향한 각개전투를 자본주의에서의 새로운 상품생산과 등치시켰을 때, 구조를 읽어내겠다는 선하고도 의욕적인 의도와는 다르게 백래시의 효과를 불러일으키지는 않는가?

강동호의 논지[17] 속에는 신자유주의의 중요한 기제인 통치성이 블랙홀처럼 모든 것의 근본 원인처럼 자리하고 있다. 그의 글에서 드러나는 문학주의의 통치성이란 모든 형태의 비판적이고 성찰적인 문학비평을 잠식해온 상업화의 쓰나미와 같은 이미지다. 통치성은 현 문학장의 모든 모순을 손쉽게 투사할 수 있는 거대한 스크린으로 기능하고 있는 것이다. 그러나 이 글의 근본적인 문제는 새로운 형태의 비평을 요청하기 위해 그 반대급부로 현재 광범위하게 동의와 지지를

16) 한영인, 「문학성(文學性)에서 문학성(文學+成)으로, 그리고 그 밖으로」, 『문학과 사회』 2017년 봄호, 81~93쪽 참조.

17) 강동호, 같은 글. 다음 두 문단에서 인용할 때는 쪽수만 밝힌다.

얻고 있는 '페미니즘-퀴어 비평'을 내세우며, 이 비평들이 "자본주의적 소비 주체 형성"과 "스타 시스템의 속도주의"(419쪽)에 복무했다는 식의 논평을 이어가는 방식이다. 본인 역시도 이자혜 사건과 김봉곤의 경우를 단선적으로 동일시하는 것은 여러모로 무리라고 말하면서도, 이 사건을 구태여 회고함으로써 획득하는 것은 "페미니즘 정치 자체의 불가능성"(418쪽)이라는 표현이다. 시장(상업주의) 대 사회(정치성)라는 다분히 관습화된 이분법의 한계가 분명해 보임에도, 이에 기댄 채로 진행되는 그의 글에서 (페미니즘-퀴어 문학의) 독자는 손쉽게 탈정치적 존재가 된다. 페미니즘-퀴어 비평 담론이 "독자 중심주의라는 신비주의적이고 목적론적 이념에 무기력하게 견인"(425쪽)될 가능성에 대한 우려에는 과거 한국문학사에서 대중문학이나 여성 문학에 대한 논의가 벌어질 때면 나타났던 '이상적 독자' 대 '대중 독자'의 대립 구도와 후자에 대한 불신이 고스란히 반복되고 있다.

그의 글은 비평이 과거에 수행해왔던 본연의 역할을 회복하기만 한다면 신자유주의로 인한 문학장의 문제들을 기꺼이 '회복'할 수 있다는 식의, 불가능한 이상을 주조하는 노스탤지어를 작동시킨다. 그렇다면 통치성에 휘발되어버린 이상적인 비평상의 재건은 어떻게 가능한가. 그는 야심차게 "비평에 대한 역사적 개입"(436쪽)과 "주체화 기제를 멈추게 할 수 있는 대항 장치의 개발"(437쪽)을 제시하지만, 다소 이론에 경도된 듯한 이 제안들은 모호하게 다가오는 것이 사실이다. 세간의 의혹처럼 그의 논지가 탐구와 유보를 자기 순환적으로 거듭하는 회의주의에 불과하지만은 않을 것이다. 그럼에도 이 시스템의 점검을 통해 새로운 비평의 도래를 갈망하는 논지의 당위성은 어딘가 낯익은 데가 있다. 오혜진은 "2015년 신경숙 표절 사건 이후, 주류 비평계로부터 너무나도 당연하다는 듯 '비평의 위기' 담론 및 '비평의 회복'이라는 과제가 소환된 맥락을 점검할 필요가 있다"[18]는 날카로운 지적을 남겼다. 그 글에서 답보하는 비평장을 향해 독자의 젠더성에 대한 고려를 요청했던 것을 새삼스럽게 떠올려보면, 그로부터 사 년 후에 제출된 그의 글이 최근 페미니즘-퀴어 비평들의 활달한 정치적 상상력을 예속화된 주체성이자 상업주의로 단순화시키는 것은 권위주의적인 비평의 복권이나 다름없다.

지금 한국문학장에서 장치와 테크놀로지들의 작동을 통해 가치중립적 접근을 시도하는 것도 중요한 일이지만, 푸코가 주체화의 문제를 다룰 때 통치 장치들에 의한 예속화 과정과 겹치면서도 어떻게 구분하고자 했는지 떠올려보면 어떨까. 푸코에게 정치적인 것은 언제나 기존의 진리 형태를 그 권력 효과와 관련해 의문시하는 '비판'과 진리와 새롭게 관계 맺는 방식으로서의 자기-변환의 문제를 포함하는 것이었다. 2020년 한국문학장의 동시대성에 효과적으로 접속하고 헤게모니를 분쇄하는 길은, 올해 초반부터 제기된 다른 문제의 틀과 접속하며 도모될 수 있을 것 같다.

3. 새로운 프로젝트로서의 예술 노동

2020년은 문학 제도에 대한 고민과 함께 글쓰기-노동의 가치를 적극적으로 묻기 시작한 해라고 할 수 있다. 2020년 1월 저작권을 둘러싼 벌어진 이상문학상 사태는 '문학사상사'의 보이콧 운동을 넘어 '문학'과 '노동'에 대한 전면적인 검토로 이어졌다. 『자음과모음』 2020년

18) 오혜진, 같은 글, 97쪽.

봄호 게스트 에디터의 키워드는 '작가-노동'으로, 문학을 읽고 쓰는 '노동'과 '조건'에 대해 점검했다. 『문학과사회 하이픈』 2020년 여름호는 그간 문학비평이 문학작품을 해석하고 평가하는 장르로 제한적으로 이해되어온 것에 문제를 제기하며, 문학계를 작동시키는 여러 제도(청탁서, 계약서, 문학상에 이르는 각종 세부 제도)를 검토하면서 문학장의 권력을 가시화하고자 했다. 예술 분야 전반이 처한 문제이기도 하지만, 글쓰기라는 것 자체가 애초에 정량적으로 가치를 평가하기 어려운 노동이다. 특히나 예술이 자본과 불화하며 '무용한 것의 정치성'을 고수하고자 할 때, 이 대립각은 예술을 사사로운 물질성을 초월한 숭고한 것으로 만듦으로써 예술가의 생존에 대해서는 눈감게 만든다. 게다가 "소비자-시민으로서 자신의 라이프스타일을 적극적으로 구성하는 개인들"이 만들어내는 "미학화된 삶"[19] 속에서 경제와 예술을 분화시켜 사유하기란 점점 어려워지고 있다. 자본주의의 경제적 합리성에 반하는 미학을 창안하려는 오랜 노력은 다소 순진한 것이 되어버렸을지도 모르겠다.

이런 맥락 속에서 2000년대 촉발된 문학과 정치의 논의를 다시 점검하며 눈에 띄는 것은 당시 비판적으로 읽혔던 부르디외의 '문학의 장場 이론'의 물질적 기반이다. 부르디외는 문학의 장은 부르주아라는 계급적 기반 위에서, 부르주아적 삶을 상속받는 것을 거부하는 데 의지를 투자하는 성향을 가진 이들에 의거해 성립한다고 보았다. 그에 따르면 오직 철저한 계급적 조건 위에서만, "상업적인 화폐의 공간과

---

19) 서동진, 「자본주의의 심미화의 기획 혹은 새로운 자본주의의 소실매개자로서의 68혁명」, 『문화과학』 2008년 봄호, 218쪽.

우파와 좌파 모두의 도덕주의적 정치 공간으로부터 분리되어 존재하는 하나의 새로운 장소"로 나타나는 예술의 '자율적' 공간이 펼쳐지는 셈이다. 그러나 진은영은 예술의 공간이 부르디외식으로 사회적 계급별로 구획된 공간으로 구조화되는 것을 넘어 자리할 수 있다고 믿는다. 재건축 철거에 맞서 투쟁중인 건물에서 아방가르드 시인들의 작품을 낭송하거나, 학습지 노동자들이 농성중인 광장을 향해 떠오르는 달을 보면서 왕유와 소동파를 베껴 쓰는 일 등은 "문학의 공간을 바꾸고 또 문학에 의해 점유된 한 공간의 사회적-감각적 공간성을 또다른 사회적-감각적 삶의 공간성으로 변화시키"며 "문학의 아토포스"로 거듭난다.[20] 당시 진은영의 이 논의가 감동적이었던 것은 '문학적 염장도'가 높은 작품과 형식에 대한 선호를 탈피하는 동시에, 사회참여라는 정치적이고 윤리적인 당위도 넘어, 미학적 욕망을 삶에 접속시키고 있었기 때문이다. 그러나 "시민적 공간을 예술가적 주체로서 범람하려는 시도"[21]에는 여전히 자본주의를 포괄해 기존 사회질서를 무효화할 수 있는 예술의 특수성만이 두드러지게 강조되고 있었던 것은 아닐까. 여기에서 물화된 공간을 정치적 공간으로 만들어내는 예술적 시도들은 오직 주체들의 자발성으로 이루어져 있다. 그렇다면 문학과 정치성에 대한 2000년대의 논의는 노동자의 '예술가-되기'와 관련해서는 더없이 다정한 담론이었으나, 예술가의 '노동자-되기'에 대해서는 물질성을 뛰어넘길 요구하며 형이상학적으로 작동한 차가운 담론이 아니었을까.

---

20) 진은영, 6장 「문학의 아토포스: 문학, 정치, 장소」, 『문학의 아토포스』, 그린비, 2014, 180쪽.

21) 같은 책, 176쪽.

계급적 조건으로 바라본다면 거의 모든 노동이 프레카리아트화 되고 있는 신자유주의시대에서, 문학가 역시 한 명의 불안정한 프레카리아트라는 사실은 그리 놀랍지 않을지도 모른다. 그 불안정이 소속되지 않는 절대적 자유를 상징하며 아우라를 입었던 시기도 있었지만, 점점 공고한 제도를 갖춰나가는 예술장 안에서 그 자유란 여러 권력들이 교차되는 자리를 비틀거리며 횡보하는 일에 불과할 수 있다. 그렇기에 노동에 대한 정확한 대가를 지불받는 것이 불가능한 예술장에서 그 처우와 환경을 긴밀히 살피고 개선하는 일은 당연한 의무처럼 들리기도 한다. 그런데 문제는 예술에 대한 노동의 대가가 교환가치로 환원되는 순간, 시장 논리가 개입되며 글쓰기가 상품으로 급속하게 정리된다는 데 있다.[22] 그렇다면 자본으로 환원될 수 없는 문학의 특수성이 고려되어야 하겠지만, 이 역시 쉽지만은 않은 문제다. 새로운 독립문예지들의 현황과 조건들을 꼼꼼히 살펴본 노태훈에 따르면, 이제 창작자들은 이윤만을 중시하는 풍토 속에서 문학의 진정성을 지키는 일에 골몰하지 않는다. "오히려 작품이 합당하고 정당한 대우를 받아야 한다는 것, 비윤리적이고 비합리적인 관행적 의사 결정 구조를 바꿔야 한다는 것, 문학의 유통 역시 예술 노동을 전제로 한 계약 행

22) 이지은은 장은정 평론가의 「지나간 미래」가 보도되는 과정에서 "매당 5000원, 월평균 46만원"으로 요약되고 회자된 문제에 대해 다음과 같이 아쉬움을 표한 바 있다. "이는 보도의 방식 때문이 아니라, 현실적으로 '노동'이나 '직업'이라는 개념이 시장 논리 위에서 작동하고 있기 때문이다. 노동의 가치는 교환가치로만 측정되므로 '글쓰기-노동자'로서의 삶은 '임금'으로 대변되고, 이때 글쓰기는 임금 노동자가 생산한 상품이 된다. 이렇게 되면 글쓰기를 '상품성'으로 따지고 드는 논지에 맞설 방법이 없다." 이지은, 「'글쓰기-노동'이라는 문제 설정, 그 이상의 논의를 바라며」, 『문학과사회 하이픈』 2020년 여름호, 120쪽.

위라는 것" 등의 새로운 인식과 요구는 단순히 독립문예지를 "상업적 유통의 바깥 혹은 공적 영역으로부터의 이탈"로만 볼 수 없게 한다.[23] 문학에 대한 불필요한 낭만화 속에서 자발적인 자기착취를 일삼는 대신, 주어진 물적 조건을 부정하지 않고 붙잡고 나아가려고 한다는 점에서 여기에는 이전과 다른 방식의 수행성이 읽힌다.

실제로 최근 예술가 소설에 등장하는 인물들은 이전처럼 우울의 정조에 빠져 있거나, 자기 충족적인 미적 기준 속에 머물지만은 않는다. 은모든의 「에로즈 셀라비」(『자음과모음』 2020년 봄호)는 "청년 예술가의 생존 조건을 정확하게 응시하는 주체들로 하여금 다른 질문을 던지게"함으로써 "가난한 세대의 운명론에 대한 엄숙한 비탄이라는 사회적 관습과 산뜻하게 단절"[24]하는 소설이다. 사인조 걸 그룹의 리더였던 '성지'에게 지금 주어지는 일이라고는 미니시리즈 조역 정도인데, 그나마도 "여주의 애정 전선 혹은 삶 자체를 훼방 놓는 일"이라 '여적여'의 구도에서 비호감 캐릭터를 벗어나지 못한다. 여성 아이돌로서 상품성이 거의 떨어지고 은퇴 직전이 되어서야 이들이 겪었던 일들은 '노동'으로서 온전하게 다시 회상된다. 아이돌 시절 리더 '성지'와 '막내'가 집중적으로 받았던 다이어트 압박, 치아 교정을 비롯해 손톱 발톱의 정교한 관리, 예능에서 분위기를 띄우기 위해 뭐라도 해야 한다는 압박감, 집요한 성적 모욕과 고어적 협박이 난무하는 악플들은 여성 아이돌이 상시 감내해야 하는 '꾸밈노동'과 '감정노동'의 강도의 가혹함을 짐작하게 한다. "걸그룹은 대표적인 이미지 제공자

23) 노태훈, 「독립 문학은 가능한가」, 『쓺』 2020년 하반기, 235~236쪽.

24) 김건형, 「뭐가 이 세대의 절망이야? —은모든, 「에로즈 셀라비」」, 『문학동네』 2020년 여름호, 393쪽.

로서 특정 섹슈얼리티를 통해 많은 자산을 가질 수 있다고 지목"되지 만 정작 그들이 "노동하는 존재라는 사실을 간과하는"[25] 시선은 동일한 예술 노동에 종사하더라도 사회적 약자에게 더 가혹하게 비가시적으로 작동하는 노동의 조건을 보여준다.

홀로 고군분투하던 성지에게 철희가 제안한 잡지 『에로즈 샐라비』 창간 프로젝트는 비로소 "여주인공을 향해 악을 쓰는 역할이 아니라 자기 목표를 향해 움직이는 역을 맡는" 새로운 꿈을 꾸게 한다. 다 같이 촬영을 위해 발리로 떠난 이들은 〈바람과 함께 사라지다〉의 포스터를 패러디하는 과정에서 젠더 패러디 연출에까지 이르는 것이다.

> 불꽃을 연상시키는 원작 포스터의 붉은 배경은 초록 잎이 우거진 배경으로 대치됐다. 성지와 막내는 그 앞의 계단 위에 스칼렛 오하라와 레트 버틀러를 연상시키는 차림으로 섰지만, 포즈는 정반대로 취했다. 검은 슈트를 입은 성지는 블라우스 위로 드러난 막내의 어깨 위에 양팔을 두르며 매달리듯 안겼고 막내는 지그시 성지를 내려다보았다. 두 사람의 코끝은 당장이라도 닿을 듯 가까웠다. 셔터가 몇 번 울린 뒤에 자세를 바꾼 막내는 오른손으로 성지의 목덜미를 감쌌다.
>
> "너무 능숙한 거 아니야?"라고 소곤거리는 성지에게 "집중해"하고 이르는 막내의 표정에는 흔들림이 없었다. 그녀는 당장이라도 입술이 맞닿을 것만 같은 거리에서 애정과 욕망이 소용돌이치는 시선

---

25) 류진희, 「젠더화된 메타서사로서 한류, 혹은 K-엔터테인먼트 비판」, 『대중서사연구』 제26권 2호, 2020, 30쪽.

으로 성지를 내려다보고 있었다.(「에로즈 셀라비」, 143쪽)

크로스 드레싱과 동성애 코드가 두루 결합된 이 장면에 감도는 유쾌함은 비단 전복적인 젠더 수행성으로만 읽힐 수는 없을 것 같다. 이성애 연애 서사와 여성혐오를 다각도로 작동시키는 자본의 유통 체계로부터 벗어난 자리에서, 이들은 비로소 강요된 '콘셉트'를 벗어 던지고 비규범적인 성적 서사를 욕망하는 실천으로 나아간다. 이들의 『에로즈 샐라비』 역시 다른 방식으로 여전히 예술의 상품화에 기여하고 있는 것이 아닌지 의심하는 시선이 존재할 수 있지만, 우리는 예술이 정치적이 된다는 것이 뜻하는 바가 "현존하는 상황과의 완전한 단절을 요구하는 급진적 비판을 제공하는 것이라는 관념"[26]에 도전해야 한다는 샹탈 무페의 말에 귀 기울일 필요가 있다. '에로즈 셀라비'라는 새로운 프로젝트로서의 예술 노동 안에는 이미 예술과 자본의 불화가 미학성이나 정치성을 담보한다는 믿음이나 환상이 없다. 이들은 특정 전문가-관객에 기대고 있지 않으며, 자신들이 향유해온 콘텐츠에서 자신이 원하는 콘셉트("한 번쯤 제대로 슈트를 차려 입고 화보 촬영을 해보고 싶었다")를 찾아냄으로써 예술 노동과 사적 욕망을

26) 샹탈 무페는 비판적 예술을 둘러싼 오해를 불식시킬 필요에 대해 강조하며 다음과 같이 덧붙인다. "비판적 예술은 거부를 표명해야만 존재할 수 있다고 보는 관점도 비판받아야 한다. 또한 (예술의) 숭고함을 주창하는 어떤 사람들이 가지고 있는 것처럼, 비판적 예술은 절대적 부정의 표현이어야 하며 '다루기 어렵고', '재현될 수 없는' 것의 증언이어야 한다고 보는 관점도 비판받아야 한다. 흔히 일어나는 또다른 오해는, 비판적 예술의 역할이 도덕적 비난에 있다고 보면서, 비판적 예술을 도덕주의적 측면으로 구상하는 것이다." 샹탈 무페, 『경합들-갈등과 적대의 세계를 정치적으로 사유하기』, 서정연 옮김, 난장, 2020, 167~168쪽.

일치시킨다. 무엇보다 이 모든 것은 한 사람의 기발한 창의력에 기대는 것이 아니라, 공동 작업임을 강조하고 싶다. 각자의 산발적인 아이디어가 기획의 형태로 모여져 프로젝트의 형태로 완성되는 이들의 예술 노동은 '숭고'해지는 대신, 기존 엔터테인먼트 사업의 지배적 헤게모니를 문제삼을 수 있는 다층적 장소들을 창출해낸다.

이 공동 기획으로서의 예술 노동 앞에서 다시 2000년대 문학과 정치의 논의에서 자주 귀결점으로 나타났던 공동체 개념에 대해 짚어보고 싶다. 떠올려보면, 2010년대 후반에 '연대'라는 키워드만큼이나 2000년대 후반에 활발하게 말해진 것은 '공동체'였다. 블랑쇼, 장뤼크 낭시, 아감벤 등을 경유하여 이상적 형태로 제시되었던 '무위의 공동체'나 '도래할 공동체' 개념들을 적극적으로 차용했던 맥락에는 과거 이데올로기적 대의 아래 묶인 조직적 연대와 구별될 필요성을 느꼈기 때문으로 보인다. 실제로 장뤼크 낭시나 아감벤의 철학적 성찰들은 나치즘이나 스탈린주의와 같은 이데올로기 형식들을 비판 대상으로 삼으며 등장했기에, 그들이 주창하는 공동체에는 실체나 안정적인 기반의 동일성이 부재했다. 그리고 이 공통의 본질이 부재하는 공동체 개념틀은 2000년대 후반에 다양한 투쟁의 현장에서 예술을 기반으로 한 새로운 연대와 잘 맞물렸다. 동일한 믿음 속에 있는 동질적인 주체들이 아니라, 수행적 행위가 일시적으로 느슨한 사회적 네트워크를 만들어나가는 데서 새로운 가능성을 보고자 하는 의지가 공동체를 호명하게 한 것이다.

그러나 다시금 확인하게 되는 것은 선한 의지에 기반한 개별적 주체들이 자발적으로 모여 일시적으로 구성한 예술가-노동자들의 공동체란 예술과 노동의 위계를 해체함으로써 예술의 자율성에 대한 신화에서는 탈피했지만, 그로 인해 생겨나는 효과에 신성성을 부여함으로써 그 기반에 있는 예술 노동의 물적 조건은 누락시켰다는 사실이다. 이 형이상학적 공동체에 대한 갈망이 직접적인 재현에 대한 금기를 통해 작동했던 '비재현의 윤리학', 곧 '숭고의 미학'과 함께했던 것은 우연처럼 보이지 않는다. 타자나 세계에 대한 불가해성이 주체의 깨달음으로 전환되는 과정에서 재난과 타자의 실재성이 증발하게 되는 현상들은 예술 노동에서 물적 조건을 지우는 사태들과 완전히 무관한 것은 아니었을 것이다.

자본이 압도하는 예술장 속에서 틈새를 찾아내는 일, 이를 통해 새로운 미적 기준을 개발해내는 일은 일견 불가능한 것처럼 들리지만, 은모든의 소설이 보여주는 것처럼 이미 우리에게 도래한 미래이기도 하다. 최근 문학장을 둘러싼 여러 사건들은 우리가 글쓰기의 가치나 존재 조건이 바뀌는 시기를 살아가고 있음을 실감하게 한다. 많은 이들이 믿어왔던 문학에 대한 생각들은 맞부딪치거나 깨지고 있고, 그 과정에서 새로운 형태의 문학 플랫폼들이 만들어졌다. 등단자와 비등단자를 가르는 기준은 옅어졌고, 형식적으로나 내용적으로나 좋은 문학의 기준 역시 변화하고 있음을 느낀다. 전위적인 것이 있다면 비단 텍스트의 내부에서가 아니라, 일상의 물질적 조건들과 긴밀하게 연동된 공동의 자리에서 등장하고 있다. 끊임없는 지각변동과 함께 새로운 문학의 실천들은 대항 헤게모니적 개입으로 구상되는 중이다. 비평이 할 수 있는 일이란 이런 동시대의 새로운 미적 경험의 자리에서 발산되는 진동을 인식하며, 역동적인 정념의 흐름을 따라가는 일일 것이다. 2015년과 2016년 이후의 변화들에서 독자들이 문학을 감각하는 방식이 달라졌음을 읽어낸 것처럼, 2020년의 변화들에서 비평은 문학이라는 노동 아래 자리한 물적 조건을 긴밀하게 사유하며 새로운 수행성을 함께 발견해나가야 될 것이다. 문학의 지각변동 앞에서 그 생경함에 놀라 권위주의적인 비평으로 회귀하는 대신, 유연함을 잃지 않고 문학과 삶이 만나는 자리에서 가능성을 찾아내는 일을 멈추고 싶지 않다.

(2020)

4부

환상의 불꽃놀이

환상이 사라진 자리에서 동물성을 가진 '식물-되기'
—한강의 『채식주의자』

1. 재현된 다프네—환상이 사라진 '식물-되기'

잔 로렌초 베르니니의 조각상 〈아폴론과 다프네〉(1622~1625)를 보면 급박한 찰나의 순간이 살아 있다. 아폴론을 피해 숨가쁘게 달려가다 그의 손이 닿는 순간 서서히 월계수로 변해가는 다프네. 가느다란 손가락 하나하나에서 나뭇잎들이 솟아나고, 흩날리는 머리카락이 나뭇가지로 변하고, 다리는 어느새 땅에 뿌리를 내려 굳건하게 엉겨 붙는다. 이제 식물로 변한 그녀의 몸은 누구에게도 함부로 침범당하지 않을 것이다. 물어뜯고 씹고 삼키는 폭력적인 동물성의 세계에 저항하는 식물성. 한강의 장편 『채식주의자』[1]를 관통하고 있는 것은 바로 이런 처절한 고통과 저항을 내포한 식물성이다.

1997년 단편 「내 여자의 열매」로 '식물-되기'라는 새롭고 독특한 환상을 보여주었던 한강은 정확히 십 년 만에 이 소설에 대한 변주로

1) 한강, 『채식주의자』, 창비, 2007. 이하 인용시 본문에 작품 제목과 쪽수만 밝힌다.

볼 수 있는 연작소설 『채식주의자』를 들고 돌아왔다. 그러나 이 두 소설은 같은 부모 아래 자랐지만 판이하게 다른 아이들과 같다. 십 년이라는 시간 동안 그녀의 소설 속 변신 모티프는 어떻게 변화했는가.

한강의 소설에서 '식물-되기'란 질 들뢰즈와 펠릭스 가타리가 『천 개의 고원』에서 언급한 자신의 존재 여건을 자발적으로 바꾸어가는 '동물-되기'와 맞닿아 있는 것처럼 보인다. 그리고 가장 가까운 사람과의 소통 불가능성으로부터 기원한 절망이 '식물-되기'의 모티프가 되고 있다는 점에서 「내 여자의 열매」와 「채식주의자」는 유사한 지점에 놓여 있다. 그러나 관계의 폭력성에 맞서 차라리 식물이 되고자 하는 한 여자의 불가능한 꿈(욕망)의 실현 여부에서 두 소설은 갈라져 다른 길을 간다. 「내 여자의 열매」에서 온몸에 이유를 알 수 없는 멍이 들었던 여자의 몸은 자연스럽게 꽃을 피우고 열매를 맺는 식물로 완벽하게 변신했지만, 「채식주의자」에서 여자의 몸은 나무가 되기 위해 음식을 거부하고 물구나무를 서는 등 능동적 행위를 수반하며 여전히 무언가를 소화하고 배설해야만 하는 동물의 육체로 남아 있다. 전작 「내 여자의 열매」의 여자가 제집 베란다에서 식물로 변한 후 남편에 의해 화분으로 옮겨지고 보살핌받으며 사적이고 은밀한 생을 기록해나갔다면, 근작 「채식주의자」의 여자는 정상과 비정상을 철저히 가르고 재단하는 사회의 시선 속에서 정신이상으로 분류되어 결국에는 공적인 공간인 정신병원에 놓이며, 의학 담론에 의해 함부로 취급당하는 것을 작가는 보여준다.

이렇게 한강의 소설 속에서 그녀들의 역사Her histories는 처절한 아픔과 슬픔을 담은 동일한 기반 위에 놓여 줄기차게 식물이 되어 꽃을 피워내고자 열망하는 모습으로 반복된다. 그러나 작가는 분명히 변화했다. 바야흐로 그녀의 소설은 이제 비과학적인 욕망의 실현('식물-되기')을 독자들의 눈앞에 펼쳐놓던 신화적 '환상성'을 버리고, 끈질긴 욕망이 현실적인 공간 안에서 끊임없이 좌절되는 모습을 집요하게 그려냄으로써 현실의 이면을 살피는 또다른 '리얼리즘'을 실현해 보이고자 하는 중이다.

누구에게나 '타인은 지옥'이다. '식물-되기'가 성공으로 귀결될 때, 이 변신은 타인을 둘러싼 현실을 가볍게 초월해버린다. 그러나 타인과 세계로부터 벗어나기를, '식물-되기'를 갈망함에도 끝내 이루어지지 않는 극단의 지점을 그리는 소설에서 독자들은 비로소 현실을 직시하게 된다. 「채식주의자」는 개인의 욕망이 현실과 대립되고 좌절하는 과정에서 비롯된 강한 흡인력을 갖고 있다. 바로 여기에 아주 미세한 변주로 전혀 다른 결론을 이끌어낸 한강 소설의 변화를 살펴보아야 하는 이유가 존재한다.

소설가 한강에게 다프네는 21세기 한국에서 계속해서 재현될 수밖에 없는 인물이다. 남성성과 여성성을 상징하는 이미지들이 선명하게 대립하는 가운데, 여성은 세상의 폭력성에 휘둘리지 않기 위해 자신의 몸을 변신시키거나 파괴할 수밖에 없으며, 꽃 피우고 열매 맺는 식물이 되고자 갈망한다. 그러나 끝끝내 남아 있는 인간의 육체, 그 동물성은 환상으로 현실을 탈주하지 못하고, 결국 죽음에 가까워지는 절망적인 몸으로 남는다.

2. 동물성과 식물성의 그로테스크한 공존—언어를 박탈당한 여성 육체의 '식물-되기'

연작소설 『채식주의자』 속의 세 소설은 시간순으로 이루어져 있다. 그 순서를 따라 서사를 펼쳐놓으면, 남편에게 특별한 매력도 특별한 단점도 없는 무난한 여자로서 평범한 아내의 역할을 수행하고 있던 주인공이 왜 육식을 거부하게 되는지, 그리고 그후 자신과 언니의 가정이 어떻게 무너지고, 사회와 격리되어 정신병원에 갇히는지 그 과정이 담담하게 그려진다. 이 가파른 비극의 곡선을 가진 플롯이 독자들에게 거리를 두고 객관적으로 전달되는 이유는 세 소설 모두 대문자 I가 중심에 놓여 있기를 거부하는 일인칭 관찰자 시점이기 때문이다. 연작 중 첫번째 단편 「채식주의자」에서는 남편이, 두번째 단편 「몽고반점」에서는 형부가, 세번째 단편 「나무 불꽃」에서는 언니가 각각 화자로 등장하고 있으며, 그들은 제각기 다른 시선으로 여주인공을 재단한다. 단순히 화자의 역할을 포기했다는 점 때문이 아니라, 제3의 인물들이 화자로서 개입하는 가운데 이야기가 진행됨에 따라 여자가 점점 더 말이 없어지고 명징한 의식으로부터 멀어져 정신을 놓아버리기 때문에, 대문자 I—모든 인식과 행동의 주체인 '나'—는 차츰 소멸된다. 소설의 중요한 구성 요소인 시점부터가 여성 주인공이 언표를 장악할 수 없는 무기력한 존재로서 비극성을 고스란히 감당해야 한다는 점을 독자들에게 암시하고 있는 것이다.

그러나 여자가 처음부터 언표를 박탈당한 존재로 그려지는 것은 아니다. 첫번째 단편 「채식주의자」에서는 여자를 열렬히 사랑하지도 권태로워하지도 않으며 다만 집에서 평범한 아내 역할을 해주는 것에 만족하는 남편이 등장한다. 그리고 이 남편은 아내 때문에 자신의 일상생활에 문제가 발생할 때에만 신경질적으로 여자에게 응대한다. 이런 상황에서 여자는 최소한의 단순한 대화를 제외하고는 남편에게 침묵으로 대응하고 있는 것처럼 보이지만, 독자에게는 그녀가 발화하는

n개의 목소리가 들려온다. 그 목소리가 울려퍼지는 장은 소설의 사이사이에 이탤릭체로 쓰인 부분이다. 여기에서 그녀는 자신의 꿈에 대한 '독백'이나 무감정한 시선이 드러나는 '중얼거림'을, 때로는 숨에 가쁜 절규를 보여준다.

이제는 오 분 이상 잠들지 못해. 설핏 의식이 나가자마자 꿈이야. 아니, 꿈이라고도 할 수 없어. 짧은 장면들이 단속적으로 덮쳐와. 번들거리는 짐승의 눈, 피의 형상, 파헤쳐진 두개골, 그리고 다시 맹수의 눈. 내 뱃속에서 올라온 것 같은 눈. 떨면서 눈을 뜨면 내 손을 확인해. 내 손톱이 아직 부드러운지, 내 이빨이 아직 온순한지.(「채식주의자」, 43쪽)

새롭게 구성된 장을 통해 독자에게 드러나는 여주인공의 언어는 독특하고 강렬하다. 정돈되지 않고 횡설수설하며 때때로 광기 어린 넋두리를 담고 있다는 점에서, 그녀는 '중심'으로 상징되는 권위나 이성을 부정하는 '주변'의 언어를 사용하고 있다. 또한, 독백이 합리적 이성의 검열을 거치지 않은 유보적이고 부정적否定的인 망설임의 언어이자, 오랫동안 하위에 머물러오면서 키워진 여성만의 언어라는 점을 상기해볼 때, 그녀가 하는 말 중 많은 부분이 꿈에 관련된 내적 독백들로 채워져 있다는 점은 의미 있게 드러난다. 그러나 「채식주의자」에 연이어지는 연작 단편들 「몽고반점」과 「나무 불꽃」에서는 그동안 작가가 이탤릭체를 통해 숨통을 틔워주던 그녀 내면의 발화까지도 침묵으로 변화하며 완전히 단절된 모습을 보여준다.

"처제, 나야. 듣고 있어? 지우엄마가……"

스스로를 경멸하며, 자신의 위선과 책략을 소름끼치게 실감하며 그는 말을 이었다.

"하도 걱정을 해서 말이지."

아무 대답도 들려오지 않는 수화기 저편을 향해 그는 짧은 숨을 뱉었다.(「몽고반점」, 84쪽)

그녀의 변화와 함께 무겁게 동반되는 침묵은 여자의 언어 자체가 상대방에게 전달되지 못하고 있는 억압 상황을 환기하는 동시에 언어들로부터 완전히 소외당하고 감금된 여자를 드러낸다.

타인의 시선으로 재단당하고 언어마저 빼앗겨 침묵으로 일관해야 하는 여자는 서서히 인간으로서의 삶을 거부하고 식물이 되고자 한다. 식물이 되기 위해 여자는 그에 필요한 최소한의 능동적 행위들을 한다. 「채식주의자」에서는 육식을 거부하고, 「몽고반점」에서는 온몸에 꽃을 피우는 식물 그림으로 채우고 성행위를 하며, 「나무 불꽃」에서는 물구나무를 선다. 이 과정이 모두 몸이라는 외피를 통해 구현되는 모습은 그동안 여성을 '육체적인 존재'로서 이야기해왔던 이론들과 멀리 떨어져 있지 않다. 뤼스 이리가라이는 여성은 애무하듯 포개진 두 음순과 분산된 성감대로부터 다양한 쾌감을 경험하며, 이런 여성적 에로티시즘을 통해 한계 없이 팽창하는 우주와 만난다고 했다.[2] 한강의 소설에서 여자는 육체를 식물화시킴으로써 세계와 만난다. 그

2) 뤼스 이리가라이, 「하나이지 않은 성」, 『하나이지 않은 성』, 이은민 옮김, 동문선, 2000.

리고 이 식물은 본래의 수동적인 속성을 벗어나, 동물성이 결합되어 있는 기이한 모습으로 재탄생하는 모습을 보인다. 꿈틀거리는 성욕과 육식성을 여전히 지니고 있는 그녀의 식물은 잔인하면서도 예민한 식충食蟲식물을 연상케 한다. 그 식충식물이 뿜어내는 끈적하고 강렬한 힘은 독자들을 압도하는 동시에 매력적으로 소설 속으로 포획해낸다.

「채식주의자」에서 고깃덩어리와 칼질, 살인, 짐승, 피, 이빨, 손톱, 손, 발, 시선 등의 폭력적 이미지들과 대립된 지점에 놓여 있는 유일한 육체는 '아무것도 죽일 수 없는 젖가슴'이다. 날카롭고 폭력적인 세계가 기존의 남성 질서(팔루스)의 권력 행사 방식을 보여주고 있다면, 여성만이 가지고 있는 둥근 가슴은 모성의 질서를 상징하며 이에 맞선다.

내가 믿는 건 내 가슴뿐이야. 난 내 젖가슴이 좋아. 젖가슴으론 아무것도 죽일 수 없으니까.(「채식주의자」, 43쪽)

가슴은 그 둥근 모양으로도 앞에서 열거한 날카로운 이미지들과 대립되지만, 모유로 대표되는 모성성을 담고 있는 육체 내부의 생산적인 젠더 공간이라는 점에서 의미가 있다. 오래전부터 가슴에 브래지어를 차는 것에 답답함을 느껴왔던 여자는 자살 시도 이후 대낮에 병원 뜰에서 상체를 햇볕에 고스란히 드러낸 채 무방비 상태로 앉아 있는 모습으로 사람들에게 발견된다. 이는 마치 광합성을 하는 식물을 떠올리게 하는 동시에, 벌거벗음에 대해 부끄러움을 모르던 태초의 공간에서의 이브를 연상케 한다. 어떤 욕망이나 죄악이 통과해본 적 없는 듯한 극도의 순수함. 하지만 이렇게 상체를 햇볕에 드러내놓고 있는 여자의 입술에는 피가 묻어 있고, 꽉 쥐어진 손에는 살해당한 작은 동박새가 놓여 있다. 여자의 온순한 식물성 이면에 살육하는 맹수와 같은 짙은 육식성이 스며들어가 있는 것이다.

식물이 되어가는 여자의 몸속에 내재된 강렬한 동물성은 「몽고반점」에서도 은유적으로 드러난다. 말이 거의 사라진 채 표정과 고개를 움직이는 간단한 몸동작으로만 자신의 감정을 수동적으로 표출하는 여자는 몸 전체에 물감으로 낮의 꽃과 밤의 꽃을 휘감게 되면서 시각적으로는 한층 더 식물에 가까운 존재가 된다. 그러나 이런 식물적인 몸 위에 성교라는 동물적 욕망의 행위가 결합됨으로써 그녀의 식물성은 무화된다. 식물의 수분受粉은 동물과 다르게 직접적으로 이루어지지 않는다. 거리를 유지한 채로 이 둘을 연결시켜주는 제3의 매체를 통해 이루어지는 식물의 수분은 수동성을 띠고 있다. 그러나 소설 속 성행위 장면에서 남성의 성기는 거대한 꽃술이 되어 그녀의 엉덩이 위에 놓인 몽고반점을 열고 덮으며 몸속을 드나든다. 서로를 얽어맨 채 하나가 되는 장면의 적나라한 노출은 수분하는 식물들의 수동적 이미지와 충돌하면서 그로테스크하게 다가오도록 만든다.

「나무 불꽃」에서 '물구나무서기'는 나무들이 '모두 두 팔로 땅을 받치고 있는 것'이라고 믿는 여자가 중력을 거부하고 식물이 되고자 하는 노력이자, 동물적 본능과 가까워지는 행위이다.

> 난 몰랐거든. 나무들이 똑바로 서 있다고만 생각했는데…… 이제야 알게 됐어. 모두 두 팔로 땅을 받치고 있는 거더라구. 봐, 저거 봐, 놀랍지 않아?
>
> 영혜는 벌떡 일어서서 창을 가리켰다.

모두, 모두 다 물구나무서 있어.(「나무 불꽃」, 179쪽)

인간의 신체는 본래 '관념'을 의미하는 머리가 가장 위쪽에, '본능'을 의미하는 배(성기 기관)가 아래쪽에 놓여 있다. 생물학뿐만 아니라 인식론적으로도 'cogito'를 외치며 등장한 근대가 정신/몸, 남성/여성, 문명/자연 등으로 양분하면서, 몸과 여성과 자연은 항상 음습한 그늘, 즉 하위에 놓여져왔다. 한강은 소설 속 여자의 물구나무서기를 통해 이 이분법을 전복시킨다. 본능을 관념보다, 몸을 정신보다 앞세우는 것이다. 그리고 이렇게 본능과 몸을 되찾는 것은 동물적인 생으로 보다 가까이 가는 것에 다름 아니다. 여자의 물구나무서기는 표면적으로는 식물이 되고자 하는 노력이지만 결과적으로 더 강한 동물성을 표출하는 행위다. 따라서 이 소설 마지막 장면에서 여자의 언니가 "활활 타오르는 도로변의 나무들"(221쪽)을 "무수한 짐승들처럼 몸을 일으켜 일렁이는 초록빛의 불꽃들"(같은 쪽)처럼 바라볼 때, 사나운 식물성은 더이상 동물과 구별되지 않는다.

3. 에로스와 타나토스의 격렬한 충돌—죽음을 향해 가는 '식물-되기'

프로이트는 쾌락을 추구하고 고통은 즉각적으로 피하려는 '쾌락원칙'을 정신의 1차 과정이며 모든 생명체의 절대 원칙이라고 보았다. 그런데 쾌락원칙은 때때로 냉혹한 현실이나 초자아의 윤리적 억압과 맞부딪친다. 이때 보다 안정적인 쾌락을 확보하기 위해 즉각적인 쾌락추구를 '지연'시키거나 욕망 대상의 현재 상태를 배려하는 '우회적인 욕망 충족 방법'을 모색하게 되는데, 이것이 '현실원칙'이다. 사람들의 사회활동 가운데 많은 부분은 쾌락원칙을 대체하는 현실원칙을 쫓아

이루어진다. 「채식주의자」에서 나타나는 여자의 남편이나 「나무 불꽃」에서 보이는 여자의 언니는 사회적 윤리 기준에 따라 자신의 충동을 적절하게 억제할 줄 안다는 점에서 모두 현실원칙을 따르는 인물이다.

그러나 때때로 인간에겐 치명적인 위험을 감수하면서까지 현실원칙을 넘어서 쾌락을 추구하는 현상들이 발생한다. 「몽고반점」에서의 여자의 형부가 그렇다. 그는 사회에서 요구하는 도덕적 윤리에 밝았고, 자신 대신 일상의 경제적 문제를 해결해주는 아내에게 충분히 고마움을 느끼고 있었다. 만약 자신이 처제와 관계를 맺을 경우, 그동안 이뤄왔던 예술가로서의 모든 활동이 한순간에 매장될 것이라는 점도 잘 인지하고 있었다. 그래서 욕망이 솟구쳐오를 때면 몰래 수음을 하면서 오래 망설이고, 화려한 꽃을 프린팅하고 처제와 성행위 장면을 찍을 때 자기 대신 후배 예술가 J를 끌어들이는 등 이성적인 노력을 기울이지만, 결국은 자신의 몸에도 꽃들을 그려넣은 뒤 처제인 여자와 함께 교합의 절정을 맞는다.

연어와 같은 물고기들은 도중에 탈진해 죽을지라도 필사적으로 태어난 곳으로 회귀한다. 사마귀, 메뚜기, 수벌 등 몇몇 곤충들의 경우, 교미한 후 몇 시간 안에 죽고 만다. 프로이트는 하등동물들의 죽음을 무릅쓴 회귀와 교미를 추동시키는 이 강력한 내적 힘의 정체를 '타나토스(죽음 본능)'라고 해석했다. 「몽고반점」에서 "가슴을 움켜쥐며" "닥치는 대로 빨며" "짐승의 헐떡이는 소리"를 내면서 '전율'과 함께 이루어지는 여자와 형부의 성행위는 이런 곤충들의 교미 행위를 연상시킨다. 그것이 자신은 둘러싸고 있는 가족과 사회적 지위 등 모든 것을 잃어버리는 '사회적 죽음'이라는 치명적인 위험을 둘러싸고 벌어지는 성행위이기 때문이다.

> 어디선가 짐승의 헐떡이는 소리, 괴성 같은 신음이 계속해서 들렸는데, 그것이 바로 자신이 낸 소리라는 것을 깨닫고 그는 전율했다. 그는 지금까지 섹스할 때 소리를 내본 적이 없었다. 교성은 여자들만 지르는 것이라고 생각했기 때문이다. 그녀의 이미 흠뻑 젖은 몸, 무서울 만큼 수축력 있게 조여드는 몸안에서 그는 혼절하듯 정액을 뿜어냈다.(「몽고반점」, 138쪽)

만족스러운 교미 과정 속에서 곤충들의 에로스 에너지가 전부 소진되고, 그 순간 죽음 본능이 마음껏 자기 목적을 달성하듯이, 남자의 '정액'이 분출되고 여자의 '눈물'이 떨어지는 절정의 순간 그들을 둘러싸고 있는 것 역시 에로스와의 강한 충돌에서 승리를 거머쥔 타나토스다.

남자는 왜 현실원칙을 지켜내지 못하고 결국 쾌락원칙을 택할 수밖에 없었는가. 그것은 그가 오래전부터 가지고 있었던 양립 불가능한 욕망들의 충돌에서 비롯한다. 처제의 엉덩이에 남아 있다는 '몽고반점'의 이야기를 듣는 순간부터 남자는 처제의 몸에 강렬한 매혹을 느낀다. 몽고반점에 대한 그의 열망은 두 가지로 해석될 수 있는데, 첫째 그것은 어머니의 자궁에서 분리된 지 얼마 되지 않은 태아에게서만 발견되는 것이며, 두번째로 연한 초록빛을 띠고 있는 몽고반점이 그 색채 때문에 광합성을 하는 식물을 연상시킨다는 점이다. 이 두 가지는 '내가 탄생한 근원으로 돌아가고자 하는 욕망'이라는 점에서 일치한다. 어머니의 자궁은 모든 욕망이 충족되는 완전한 공간이지만, 결코 돌아갈 수 없는 공간이라는 점에서 유토피아적이다. 그에 대한 아내의 회상에서도 드러나다시피 그는 자궁과 같은 절대적 안식처를 일상에서 간절히 원하고 있었다.

> 이따금 새벽에 깬 그녀는 불켜진 욕실에 들어갔다가 소스라치게 놀라곤 했다. 언제 들어왔는지 모를 그가, 물을 받지 않은 욕조 속에 옷을 입은 채 웅크려 잠들어 있었기 때문이었다.(「나무 불꽃」, 163쪽)

따뜻한 물이 고이고 빠지는 욕조는 양수로 아이를 품는 자궁과 유사하며, 눈을 감은 채 웅크려 있는 그의 모습은 태아의 형태와 닮아 있다. 남자는 완벽하게 보호받을 수 있는 모성의 품으로 회귀하고자 하는 강한 욕망을 가지고 있었다. 그의 이런 욕망이 어머니와의 신체적 분리가 이제야 막 이루어진 태아의 흔적, '몽고반점'에 대한 집착으로 발발하게 된 것이다. 몽고반점을 식물적 속성으로 보는 두번째 관점 역시 이런 연장선상에서 해석이 가능하다. 식물은 땅에 뿌리를 깊게 내려 자신의 영역을 확보하며, 땅-자연Mother Nature을 떠나서는 살 수 없는 생명체이다. 자궁을 떠나 살아야만 하는 인간의 필연적 운명과 자연에 깊이 뿌리를 내릴 때에만 살 수 있으며 자신 역시도 자연에 포섭되어 있는 식물. 이런 대조는 남자로 하여금 '몽고반점'이라는 삶 이전의 흔적, 식물성의 흔적을 간직하고 있는 처제에게 집착하게 만든 것이다.

그러나 그는 땅과 모성의 품으로 '하강'하고 '돌아가고자' 하는 욕망 외에도 하늘로 높이 '상승'하고자 하는 욕구 또한 가지고 있었다. 이는 그의 정신과 가치관을 담아내는 비디오아트 작업에 날아가는 새나 날아오르는 나비떼와 같은 상승의 이미지들을 등장시키고자 했던 것에서 잘 드러난다.

> 알 수 없는 생명의 빛이 번쩍이는 눈으로 그는 말했다.
>
> 지우가 한발 한발 디딜 때마다, 미야자끼 하야오의 영화처럼 발자국에서 꽃이 피어나도록 애니메이션을 넣을까? 아니, 나비떼가 날아오르는 게 낫겠어.(「나무 불꽃」, 162쪽)

아내의 신고로 그와 여자를 붙잡기 위해 구급대가 도착했을 때, 그 끝이 죽음이라는 것을 인지하면서도 그는 베란다로 달려가 난간을 뛰어넘어 '날고자' 잠시 욕망했다. 하지만 이미 태어난 인간이 그 생이 지속되고 있는 이상 자궁이나 땅으로 돌아가는 것이 불가능한 것처럼 그의 날고자 하는 욕망도 결국에는 불가능한 하나의 꿈에 불과하다. 상승과 하강, 이 상충되는 욕망이자 근본적으로 충족 불가능한 욕망들은 그가 땅에 발붙이고 현실원칙을 통해 살아가게 만드는 대신에 많은 것을 배반하고 쾌락원칙을 따르게 만들었다.

그렇다면 쾌락원칙도 아니고 현실원칙도 아닌 삶을 살고 있는 여자는 어떻게 설명될 수 있을까. 여자는 쾌락원칙보다도 더 근본적인 힘처럼 이따금 쾌락원칙을 무시하듯이 출현하는 '반복 강박'에 의해 지배당하는 '외상성신경증자'라고 볼 수 있다. 외상성신경증자들은 끔찍했던 외상의 흔적으로부터 지속적으로 정신을 방어하기 위한 일종의 타협책으로, 외상을 입은 당시의 상황을 재연하는 악몽을 반복해서 꾼다. 그들의 정신은 억압된 외상이 처음 발생한 순간에 고착되어 있다. 꿈에 대한 그녀의 반복되는 고백에서 드러나듯, 그녀의 외상 원인은 두 가지 지점에 놓여 있다. 하나는 어린 시절의 트라우마로, 자신의 다리를 물어뜯은 개를 아버지가 오토바이에 매달고 죽을 때까지 달리게 하는 잔인한 방식으로 죽인 후에 다 같이 그 개를 먹었던 기억이다. 다른 하나는 어느 날 아침을 먹던 남편이 여자의 손가락을 베면서 들어간 고기 속 식칼의 이를 가지고 매우 화를 냈던 사건이다. 남편과의 사건이 있은 다음날부터 여자의 꿈은 시작된다. 압도하는 고깃덩어리들과 피가 묻은 자신의 육체와 피 웅덩이에 번쩍이는 자신의 눈 등의 이미지들이 반복되는 것은 고착된 외상 장면이 상징화되어 재연되고 있음을 보여준다. 이런 여자의 트라우마 가운데에는 '폭력적인 아버지'와 '의사소통의 부재'가 존재한다. 고통스러운 방법으로 개를 죽이고 그 미각을 즐겼던 아버지. 아내의 상처에 대해서는 전혀 안중에도 없는 채 자신의 얄팍한 안위를 걱정하는 남편. 그리고 육식을 거부하는 자신에 대해 신경질적으로 응대하는 남편과 폭력을 사용해 억지로 먹이려는 아버지. 이 모든 것을 묵묵히 침묵으로 견뎌내는 여자를 통해서, 아버지는 생물학적 아버지에 국한되지 않고 이를 초월해 동물성(육식성)으로 물든 사회 전체 질서를 상징하는 데까지 나아간다.

일반적으로 '소망 충족'에 의해 발생하는 꿈들과 달리 외상성 신경증자의 꿈은 '반복 강박의 원리'에 의해 발생한다고 한다. 이들은 안전한 수면 상황 속에서 외상 장면을 거듭 직면함으로써 낯설고 무기력했던 외상 상황에 대한 '모종의 적응'을 시도하는 것이다. 반복 강박의 궁극적인 목적은 아무런 외상도 없었던 편안한 상태로 회귀하는 데 있다. 위의 해석을 다시 도입해본다면, 주인공 여자에게 외상을 입기 이전의 세계는 인간이기 이전의 세계가 될 수밖에 없다. 인간으로 태어나는 순간, 속하게 된 사회 자체가 이미 폭력적인 본성이 만연한 거대한 동물성의 사회였기에 여자는 상처 입었고, 이를 치유하는 과정이자 사회에서 멀어지기 위한 방편으로 식물이 되기를 택한 것은 불가피했다.

그러나 유기체인 인간의 몸이 식물이 되는 것은 또다른 불가능한 꿈이다. 끊임없이 먹고 소화하고 배설하는 과정 안에 놓여 있을 때에만 인간은 생명을 유지할 수 있다. 그럼에도 여자는 동물성에 대한 극렬한 거부를 통해 육식뿐만 아니라 모든 음식을 거부함으로써 내장을 퇴화시키고 마침내 말과 생각까지 사라지는 지경에 이르게 된다. 트라우마를 치유하고 세상의 폭력성을 거부함으로써 살아가기 위한 그녀의 노력, 즉 생을 향한 의지와 본능(에로스)은 역으로 맹렬하게 죽음을 향해 달려가는 타나토스로 이어지는 아이러니를 드러낸다. 사회 속에서 식물로서라도 살아보려는 그녀의 의지가 오히려 사회와 분리되어 정신병원에 갇히도록 만들었다. 그리고 이제 그녀는 수많은 여성들이 역사 속에서 밟아왔던 수순대로 '다락방의 미친 여자'로 남게 되었다.

4. 다프네—탈주하는 '식물-되기'를 향한 꿈

다시 다프네로 돌아가자. 다프네는 폭력적인 세계에 저항하기 위한 방식으로 식물이 되기를 택하고 자신을 보호하는 데 일차적으로는 성공을 거둔 것처럼 보인다. 그러나 그후 그녀의 잎사귀들은 '월계관'을 만드는 데 쓰였다. 남성의 지배와 질서에서 벗어나기 위한 저항의 산물이 다시 역으로 남성의 승리를 빛내주는 상징물로서의 월계관으로 탄생한 것은 하나의 아이러니다. '채식주의자'에서 '식물-되기'를 통해 동물성의 폭력적 사회에 대항하고자 했으나 궁극적으로는 자신의 몸을 보호하는 데 실패한 여성 주인공 위로 다프네가 겹쳐져 보이는 이유는 여기에 있다.

한강의 변화한 소설 속에서 여성의 육체는 새로운 지점에 위치한다. 그녀가 새롭게 구성해낸 몸은 그간 남성적 질서에 의해 희생되는 여성의 이미지를 부각시키는 관습화된 표상으로서의 '훼손된 몸'과는 상당한 거리를 두고 있다. 식물이 되기를 갈망한다는 점에서 어머니-자연Mother Nature과의 자매애를 강조하는 에코 페미니즘을 상기시키는 면이 존재하기는 하지만, 그렇다고 해서 부드러움과 돌봄이라는 '모성적인 몸'으로서의 신체와도 거리가 멀다. 동물의 폭력성을 경멸하며 식물이 되기를 갈망하는 과정을 통해 변화된 몸은 동물적인 식욕과 성욕을 보존하고 있는 기이한 식물의 몸으로서, 이전에 존재하는 어떤 영역에도 자신을 정착시키지 않는다. 남성/여성, 폭력성/모성, 동물성/식물성 등의 이분법으로부터 출발되었으나 한강의 소설 속 여자에게 남은 몸은 이런 이분법들을 교란시키는 몸이자, 세상에 맞설 희망의 가능성을 담고 있는 아름다운 몸이다. 이는 단순히 식물로의 변신이라는 환상을 실현해내는 대신에, 이 모든 환상을 제거해버린 서사에서 태어났다는 점에서 더욱 긍정적인 의의를 갖는다. 그러나 '동물성을 배태한 식물'의 몸이 사회에 정착하고 자신의 삶을 추동하는 힘을 갖지 못하고 타나토스에 끌려갈 때 문제가 발생한다.

들뢰즈와 가타리의 '기관 없는 신체'를 향한 물음들이 다시 여기에서 조명될 필요가 있는 것은 이 때문이다. 그들은 새로운 신체를 생산하려는 욕망이 죽음을 의미하는 '텅 빈 기관 없는 신체'로 귀착되지 않기 위해 탈영토화라는 본래의 목적을 계속해서 상기시킨다. 기관 없는 신체는 기관에 반대하는 것이 아니라, 어디까지나 기관들을 '신의 심판'이라는 하나의 중심에 복속시켜버리는 유기체로부터 벗어나고자 하는 것이다. 이제 이 점에 대해 인식하면서 한강 소설 속 여자들은 탈주를 재시도해야 한다. 여자의 몸은 모든 기관을 제거하고 지층을 파괴하는 것이 아니라, 자유로움으로 충만한 탈주의 선을 따라 움직이면서 동물로도 식물로도 규정되지 않는 몸으로 노래를 부르고 춤을 추어야 한다.

한강의 소설에서는 물질로서의 몸 자체의 이물적인 속성에서 오는 고통과 소통 불가능에 관련한 절망들이 계속해서 그려져왔다. 「아기부처」에서는 수려한 얼굴과 상반되는 화상으로 뒤틀린 몸을 가진 남편과 이에 대해 본능적인 혐오를 감추지 못하게 된 아내의 불화, 이유를 알 수 없이 계속되는 아내의 토악질이 있다. 「노랑무늬영원」에서는 사고로 인해 더이상 의지대로 움직여지지 않는 손들이 놓여 있고, 「왼손」에서는 뇌의 통제력을 완전히 벗어나 주인공 내면의 깊숙한 곳에 자리잡은 폭력과 성적인 본능을 제멋대로 드러내는 왼손이 있다. 한강 소설 속에 나타나는 의지 바깥에 있는 몸의 고통들 뒤에는 언제나 가까운 타인들을 비롯해 세상 전체와 소통되지 않는, 소통할 수 없는 인간의 근원적인 슬픔이 자리하고 있다. 그러나 이런 고통과 슬픔들 속에 침몰되지 않고 그녀의 인물들은 자신 안의 '아기부처'와 조우하고, 스스로 상처를 치유하고 재생하는 도마뱀 '노랑무늬영원'을 발견하며 이전의 삶을 견뎌내고 탈주해 또다른 삶을 모색해왔다.

이렇게 한강의 소설은 한곳에 머물러 있지 않다. '글을 쓰다 죽고 싶다'라는 작가의 귀기 어린 말에서도 짐작되다시피 글쟁이로서의 업을 타고난 듯한 그녀의 글은 삶에 대해 거리를 두고 지긋이 바라보는 진지함과 일상에 대한 예민한 촉수를 보여주면서도 자기 갱신의 노력을 잃지 않고 있다. 그렇기에 '외계로부터의 타전' '무중력 공간의 탄생' '무재현의 세계' 등으로 일컬어지며 지루한 동어반복의 위기와 절망 속에 빠져 있는 듯한 2000년대 한국문학 속에서 한강이라는 작가의 존재는 더욱 귀하게 느껴진다. 『채식주의자』에서 이분법을 교란하는 식물로의 변신을 통해 더 강하고 아름다워진 그녀의 소설이 계속되는 창작활동을 통해 또다시 이를 뛰어넘어 탈주하는 모습을 오랫동안 지켜볼 수 있길 기대한다.

(2008)

빛을 향해 가는 식물의 춤
—한강의 『내 여자의 열매』[1]

1. 외로운 흰 뼈들

중국의 주목받는 젊은 예술가 티엔샤오레이田曉磊의 영상작품 〈춘추春秋〉(2012)를 장악하고 있는 것은 흰 색상과 뻗어나가는 뼈의 형상이다. 온몸을 둥글게 만 채 엎드린 자의 등에서 손과 팔의 가느다란 흰 뼈들이 돋아나 생장해 나무의 형상을 이룬다. 무성하게 뻗어나간 뼈는 가을을 맞아 바람에 나뭇잎이 떨어지듯 바닥으로 낙하하고, 그 해골 위에서는 다시 아기의 울음소리와 함께 통통한 아이의 팔이 자라난다. 삼 분가량의 짧은 영상이지만 이 속에서 살과 뼈, 탄생과 죽음은 구분되기보다 긴밀하게 서로 얽히며 무한한 반복 속에 놓여 있다. 그러나 이 영상을 인상적으로 만드는 것은 계절이 순환하듯 무연하고 순한 흐름이 아닌 듯하다. 오히려 생명과 죽음이 서로의 경계

1) 한강, 『내 여자의 열매』(개정판), 문학과지성사, 2018. 이하 인용시 본문에 작품 제목과 쪽수만 밝힌다.

를 넘어설 때 무언가 부서지고 꺾이는 탈인간화된 느낌이 어딘가 서늘하게 남는다. 생명이 물질로 되돌아갈 때 숨이 끊어지는 기척과, 다시 태어날 때 내는 가느다란 울음소리가 품은 선연함이 묘하게도 닮았기 때문일까. 생명보다는 물질에 가까울 흰 뼈가 왕성하게 계속 가지를 뻗어나가듯 자라나는 모습이 아름다우면서도 기괴하기 때문일까. 한강의 소설은 약하고 연한 살성과 물질인 뼈로 이루어진 인간이 어떤 존재일 수 있는지에 대한 탐구다. 두번째 소설집에는 아홉 편의 쓸쓸한 연애시를 모아놓은 듯한 단편 「아홉 개의 이야기」가 있고, 이 안의 '어깨뼈'라는 장에서 화자는 사람의 몸에서 가장 정신적인 곳이 어깨라고 말한다. 처음으로 당신과 나란히 걸을 때 길이 좁아지면서 당신의 마른 어깨와 내 마른 어깨가 부딪친 순간을 그는 "외로운 흰 뼈들이 달그랑, 먼 풍경風磬 소리를 낸 순간"(300쪽)이라 표현한다. 훼손되지 않고 생생하게 살아 있는 짐승에게서 우리가 뼈를 볼 수는 없다. 그렇기에 뼈는 인간 역시 모든 생물들처럼 영원할 수 없고 언젠가 죽음이라는 물질의 세계로 반납될 것을 알리는 증표이지만, 한강이 '흰 뼈'를 말할 때 그것은 영원히 바닥으로 떨어지지 않는 눈송이처럼 훼손될 수 없는 인간 안의 어떤 것을 상기시킨다. 세계는 어두운 환영에 불과할지 모르지만 인간 안에는 외로운 흰 뼈들이 조용히 자리한 채 빛나고 있다는 것을, 그것들이 예기치 못한 때에 서로 부딪치며 아름다운 소리를 내는 순간이 올 것을 그는 믿는다.

그런데 무엇을 통해 믿을 수 있단 말인가. 한강의 소설에서 반복해서 말해지는 명제는 삶은 끔찍한 비극으로 붕괴되곤 한다는 것, 그럼에도 불구하고 삶의 바닥에는 어떤 끈덕진 힘이 자리하고 있어 인간은 다시 밝은 쪽으로 나아간다는 것이다. 떨어져내리던 인간이 어느 순간 방향을 꺾어 날아오를 때, 그 비상이 품고 있는 미약한 빛에 대해서 한강은 이렇게 쓴 바 있다.

> 그 길은 눈이나 서리 대신 연하고 끈덕진 연둣빛 봄풀들로 덮여 있을지도 모른다. 문득 팔락이며 날아가는 흰나비가 그녀의 눈길을 잡아채고, 떨며 번민하는 혼 같은 그 날갯짓을 따라 그녀가 몇 걸음 더 나아가게 될지도 모른다. 그제야 주변의 모든 나무들이 무엇인가에 사로잡힌 듯 되살아나고 있다는 사실을, 숨막히는 낯선 향기를 뿜고 있다는 사실을, 더 무성해지기 위해 위로, 허공으로, 밝은 쪽으로 타오르고 있다는 사실을 깨달을지도 모른다.(『흰』, 문학동네, 2018, 107쪽)

세상 어떤 것에도 오염되지 않은 순하고 맑은 것들을 모아 그 안에 깃든 치유의 힘을 믿으며 씌어진 글이 있다면 『흰』일 것이다. 그 안에 담긴 글 중에서도 이 인용문은 한강이 그간 생의 의지를 담은 빛과 관련된 원형적인 이미지들이 압축되어 드러나고 있다. 그것은 "연하고 끈덕진 연둣빛 봄풀들"이자 "팔락이며 날아가는 흰나비"이고, "무성해지기 위해 위로, 허공으로, 밝은 쪽으로 타오르"는 나무들이다. 그녀에게 생의 감각은 끈덕지지만 가볍게 위로 솟구치는 식물의 이미지로 구성된다. 거기에는 어떤 관념이나 추상도 깃들어 있지 않다. 빛을 향하는 식물의 향일성向日性은 구원을 갈망하며 손을 뻗어야 할 외부의 것이 아니라, 본래 자신 안에 품고 있던 빛을 발견하는 것이라 믿게 만든다.

그러므로 『채식주의자』(창비, 2007)의 끄트머리에 이르러 정신병원에 갇힌 영혜가 물구나무서서 몸에서 잎사귀가 자라고, 손에서 뿌리가 돋고, 사타구니에서 꽃이 피어나는 꿈에 젖은 채 서서히 생명을 놓아갈 때, 역설적으로 그녀는 무엇에도 오염되지 않은 선명하고 생생한 삶으로 넘어가는 중이라고 할 수 있다. 『채식주의자』는 영혜의 언니가 "활활 타오르는 도로변의 나무들을, 무수한 짐승들처럼 몸을 일으켜 일렁이는 초록빛의 불꽃들"을 응시하는 지점에서 소설이 마무리된다. 그 나무들이 몸을 일으키는 짐승들로, 일렁이는 불꽃으로 묘사되고 있다는 것은 한강 소설 속 식물성을 설명하는 데 중요한 지표다. 한강 소설의 식물성은 정주하거나 수동적으로 외부 환경에 순응하는 존재 방식과 연결되지 않는다. 식물성을 지닌 소설 속 인물들은 자신을 짓누르는 폭력과 고통의 세계를 고요하지만 격렬하게 거부하면서, 구속받지 않는 새로운 생을 열망하는 내적인 투쟁중이다. 그렇게 한강 소설의 주인공은 남성성과 동물성, 여성성과 식물성을 등치시키는 이분법을 깨고 '날카로운 가슴'을 통해 "식물성 속에 내재하는 육식성을 상징하는 몸"을 드러내며(김미현), "짐승의 운명과 식물에의 꿈을 한 몸에 지닌 슬픈 존재의 숙명"(황도경)을 살아간다. 한강의 두번째 소설집 『내 여자의 열매』에는 핏빛 세계 안에서 죽음과 삶을 가로지르는 깨끗한 흰빛에의 욕망이, 춤을 추듯 상승하며 새로운 삶으로 도약하는 식물성의 씨앗들이 고스란히 담겨 있다. 그리고 이후에 그것들은 『채식주의자』로, 『희랍어 시간』(문학동네, 2011)으로, 『소년이 온다』(창비, 2014)로 서서히 펼쳐졌다.

2. 동박새의 붉은 핏속에서

한강 소설에서 붉은색은 피비린내가 나는 슬픔의 색이다. 그것은 일견 식물성과 대립되는 육식하는 동물성의 세계를 상징하는 색처럼 느껴지지만, 실은 살아가면서 피할 수 없는 이별과 죽음으로 인해 더 이상 곁에 없는 존재들을 둘러싼 정조를 상기시키는 쓸쓸함의 색상이라고 해야 더 정확할 것이다.

이 소설집에서 「철길을 흐르는 강」과 「해질녘에 개들은 어떤 기분일까」는 이런 붉은색이 장악하는 세계 속에 포획된 고통을 드러낸다. 「철길을 흐르는 강」에서 고단하고 무기력한 시간을 견뎌내야 하는 여자의 현재를 잘 보여주는 것은 "먼지를 뒤집어쓴 검은색 단벌 구두"와 "지나치게 밝아 흡사 정육점의 그것처럼 역겹게 느껴"지는 육십 촉짜리 백열등 불빛이다.(346~347쪽) 여자의 발은 어디로 떠날 수 없이 무겁고 남루하며, 그녀를 둘러싸고 있는 빛은 아련하고 따뜻하게 드리우는 달빛이나 햇볕과 다른 거친 인공의 빛이다. 함께 살던 당신이 떠나간 자리에서 망연하게 또 관성적으로 생활을 지속하는 여자의 시간 속에 수시로 끼어드는 것은 어린 시절에 대한 회상이다. 늦겨울에도 꽃이 핀다는 고향을 그리워하는 어머니와 함께 갔던 성당에서 어머니가 세차게 어깨를 떨며 흐느끼고 있을 때 현관의 유리문을 내리치듯 부딪치며 박새가 추락한다. 스스로를 보호하지 못한 박새의 추락은 어머니의 운명을 예견한 듯 보이는데, 그녀는 죽은 박새를 호주머니에 넣고 썩어갈 때까지 지니고 다니는 방식으로 어머니의 운명을 살고자 한다. 이 애도를 가로막는 것은 아버지다. 죽은 어머니의 외투를 못마땅해하던 아버지가 여자의 뺨을 때리며 그 외투를 벗기는 순간, 책과 함께 새들이 바닥에 뒹군다. 이때 "아버지가 검은 비닐봉지에 황황히 쓸어 담던 내 새"(364쪽)들의 얼굴과 반들거리는 검은 눈들은 여자의 죽은 얼굴과 눈으로 나타난다. 제대로 애도되는 대신 그렇게 다시 한번 죽음을 모욕당한 죽은 새들을 철길 끝에 묻고 돌아오면서 여자의 성장은 강제로 이루어진다. 그날 밤, 그녀는 "이빨 날카로운 바람이 목덜미를 억세게 물어뜯"는 걸 느끼며, 이제 육식성의 세계에서 자신 역시 "파랗게 독 오른" 눈을 한 짐승으로 살아가야 하리라는 것을 직감한다.(344쪽) 열세 살, 죽은 어머니의 장롱 서랍을 정리하면서 "새끼 뱀의 허물을 밟은 것처럼 진저리"(342쪽)치며 두번째로 다시 태어나는 순간은 곧 어머니와 결별한 채 아버지가 관장하는 핏빛 세계로 진입했음을 재확인하는 순간이다. 이 핏빛 세계는 때로 근원적인 외로움의 색상으로 나타나기도 한다. 석양이 남기는 쓸쓸한 분위기가 소설 전체를 압도하는 「해질녘에 개들은 어떤 기분일까」에서 엄마는 감정을 거칠게만 표현할 줄 아는 무책임한 남편과의 생활을 견디지 못하고 몰래 떠나버린다. 이후 광기에 사로잡힌 아빠와 떠도는 생활은 어린아이에게 해질녘 개들이 느끼는 기분으로 은유된다. 그것은 개들이 지닌 "어둠속에서 하얗게 빛나는 들짐승 같은 이빨들"(49쪽)처럼 잔인하면서도, 길바닥에 묶인 채 목청껏 짖어대다 갑자기 눈시울을 경련하며 꼬리를 숨기는 개처럼 처연한 무엇이다. 해질녘 들개들이 보이는 날 선 처연함처럼 생은 그리 쉽게 부드럽고 순해지지 않는다. 아버지의 손에 죽을 수도 있었던 순간을 통과하며 아이는 체념하듯 끝내 길들여지지 않을 생을 받아들인다.

그런 세계 속에서 본다는 것은 희열을 주는 감각이 아니라, 괴로움으로 남아 있을 수밖에 없다. 보고 싶은 것은 이 붉은 세계가 아닌 다른 곳에 있는 것이다. 그래서 「철길을 흐르는 강」의 여자는 어느 날부터 "흰 것을 보면 안구가 무엇인가에 찔리는 듯한 통증"(369쪽)을 느끼며 밝은 것을 보지 못한다. 함께 살던 남자는 그런 그녀에게 '어느 날 아침에 당신이 잠에서 깨었을 때 눈이 하얗게 멀어 있다면 뭐가 가장 보고 싶을지' 자꾸만 묻는다. 머뭇거리던 여자와 달리 고향의 가을 강기슭에 무수히 번쩍이던 물살을 보고 싶다던 남자는 머지않아 바쁘게 몰아치는 생활이 주는 만연한 피로와 환멸을 견디지 못하고 황량한 도시를 떠난다. 그에게 잠에서 깨어 눈도 못 뜬 채 새끼고양이처럼 움직이는 여자는 사랑스러운 존재였지만, 혐오스러운 "재개발 아파트들의 불빛"(360쪽)들이 창밖으로 부유하는 도시의 지하방에서 느끼는 염오까지 다 덮지는 못했다.

이 소설집에서 붉은빛의 세계를 떠나 자유로워지는 존재들은 주로 어머니다. 「해질녘에 개들은 어떤 기분일까」의 엄마가 지긋지긋하던 생활을 피해 자신을 자두꽃처럼 바라봐주던 청년과 하얗게 웃을 수 있는 세계로 떠나버린 것처럼, 「철길을 흐르는 강」에서 봄이 무르익던 새벽에 어머니는 그녀가 그리워하던 고향의 꽃이 떨어져내리듯 철길에 몸을 던진다. 이 죽음은 표면적으로는 분명 비극이지만, 어머니는 물에 뛰어들 듯 흰 구두를 벗어두었다. 화자는 어머니의 마지막 순간을 영화로 상상하면서 어머니의 뒷모습이 아니라 그 구두를, "흰 밑창 가득 햇빛이 물여울처럼 번지는 구두 한 켤레"를 보여주고 싶어한다. 그에게 어머니는 잔인한 세계에서 서서히 무너지는 대신, 문득 자유로운 꿈길로 날아간 사람이다. 뜨거운 불길이 이는 세계에서 "순연한 빛 덩이"의 세계로, 질척이는 고통으로부터 "맑은 슬픔"으로 넘어간 사람이다.(371쪽) 그래서 여자가 "내 고향은 철길"(372쪽)이라 말할 때 그 말은 이 세상 무엇에도 집착하거나 머물지 않는 유랑에의 꿈을 담은 채 흰빛의 세계로 향한다. 그곳은 하얗게 웃던 당신의 세계이기도 하고, 투명한 햇빛을 폭포수처럼 맞던 유년 시절이기도 하며,

무엇보다 고향에 피던 꽃을 그리워하는 어머니의 세계다.

그러나 이 흰빛으로의 도약은 너무 아름답지만 때로 죽음에 이르는 길을 표상하지 않는가. 「붉은 꽃 속에서」는 그 흰빛에의 유혹을 뒤로하고 이곳에서 살아가는 일에 대해 말하는 소설이다. 어린 시절 초파일을 회상하며 시작하는 이 소설에서 화자의 네 살 난 동생 윤이는 하얀 꽃처럼 피어 있는 영가등을 예쁘다고 가리키며 갖고 싶어한다. 그리고 이듬해 윤이는 허무한 죽음으로 그 '하얀 꽃'의 세계로 떠나버린다. 그 죽음은 화자의 마음속에 고요하게 잠재되어 있다가 고등학교 진학을 앞둔 어느 날 머리를 깎고 산에 들어가도록 만드는 하나의 계기가 된다. 이 선택은 몇몇 평자들에 의해 속세의 인연을 끊고 현실을 부정하며 초월해버리는 이야기로 종종 오인되기도 했다. 하지만 이 소설에서 어머니는 앞의 두 소설과는 다르게 흰빛의 세계로 날아가듯 떠나버리는 대신 견디며 서 있다. 시종일관 어린 자식의 죽음도 딸아이의 출가에 대한 결심도 헤아릴 수 없는 표정으로 담담하게 받아들이던 어머니는 화자의 꿈속에서 등을 떠미는 존재로 나타난다. "괜찮다. 앞으로 가라. 앞으로 걸어가"(269쪽)라는 어머니의 단호한 목소리와 떠미는 손길은 그 앞을 까마득한 낭떠러지로 보는 게 삶을 두려워하는 화자의 환영일 뿐임을, 화자의 출가가 흰 꽃의 세계로 쉬이 도약해버리지 않고 견디며 계속 걸어가는 일이라는 것을 이해하는 듯 보인다.

이 소설에서 작가는 보이는 것들을 괴로워하며 눈병을 앓기보다 이제 눈앞에 나타나는 것들에 흔들리지 않고자 하는 것 같다. 그래서 옛날 중국 스님의 일화—밖이 어둡다는 객스님의 말에 촛불을 켜서 건네주었다가 그가 받자마자 후욱 불어 꺼버렸고, 그 순간 객스님은 깨달음의 눈물을 흘렸다는—가 서사 속에 들어설 필요가 있었을 것이다. 동양화를 그리는 여자가 자신을 그려 건네주고 간 두루마리를 불 속에 던지는 것도 일시적으로 눈앞에 보이는 것에 미혹되지 않겠다는 의지였을 것이다. 그래서 첫 동안거를 지내는 동안 화자는 초월하여 너울거리는 정신이 아니라, 자신을 담고 있으며 또한 이 세계에 붙들고 있는 몸을 깨닫는다. 그는 "몸속에 미처 상상 못했던 많은 기억들"이 있었다는 사실과 함께 감정의 육체와 감각들을 알아가면서 단단해진다. 그렇게 그는 "햇살의 선명한 분말들" 같은 흰 꽃잎이 아니라, "살아 있는 한 목숨" 같은 '붉은 꽃 속에' 밝혀 있는 불빛으로 온전히 자리한다.(283~284쪽) 세속을 떠나서라도 붉은 꽃—생의 세계 속에 머무르고자 하는 의지는 온통 허공에 떠다니는 빛으로 가득한 연등제처럼 순연한 아름다움으로 빛난다.

이 세 편의 소설들에서 인간은 작은 동박새처럼 쉽게 파괴될 수 있는 연약한 존재다. 그러나 인물들은 그 동박새가 아무 이유 없이 피를 흘려야 하는 핏빛 세계를 격렬하게 증오하면서도, 그 붉음도 꽃이 될 수 있음을 믿으며 그 붉은 꽃의 세계 속에 머무르고자 한다. 보고 싶지 않은 것들 속에서 눈을 잃어가면서도 아름다운 예술의 영상을 꿈꾸고, 불꽃이 꺼진 순간 어두우나 밝으나 늘 오롯이 거기 있었던 마음 한 자리를 알아차린다. 한강은 미학주의자인가. 분명 그렇다. 하지만 그는 초파일에 걸린 연등들에 홀리면서도 그것이 순간에 머무는 환영에 불과하다는 것을 알아차린 채 슬퍼하는 미학주의자다. "아름답다는 건 그렇게 어려운 것인가보다"(「붉은 꽃 속에서」)라는 읊조림이 『희랍어 시간』의 "칼레파 타 칼라(아름다움은 아름다운/어려운/고결한 것이다)"라는 말의 탐구를 낳았고, 이제는 쓰이지 않는 희랍어를 배우고 가르치며 서서히 눈이 멀어가는 남자를 그려내도록 만들었다. 죽음과 소멸은 영원하고 아름다운 이데아의 세계에 닿을 수 없다는 것을 알면서도, 누군가의 손을 빌리고 그 기척과 온기에 기대서만이 살아갈 수 있는 인간이라는 존재를 붙들도록 했다.

3. 존재의 흰 숨결

그렇게 생동하는 인간의 몸 쪽으로 조금 더 기울어진 채 삶의 의지를 말하는 소설들이 「아기 부처」와 「흰 꽃」이다. 그중 「아기 부처」는 「붉은 꽃 속에서」에서 펼쳐지는 불교의 세계, 담담히 삶의 모든 불행에 맞선 어머니를 소설의 주요 유전자로 공유하는 또다른 단편이다. 그러나 이 소설은 불교라는 종교가 품고 있을 추상적인 의미들을 조금 멀리 밀어두고, 세속화된 구체적인 삶의 자리로 깊숙이 들어와 한 여자의 내면에서 벌어지는 삶의 투쟁을 그려나간다. 그리고 이 투쟁하는 마음은 화자의 꿈속에서 아기 부처의 얼굴로 나타난다.

유명 앵커를 남편으로 둔 일러스트 작가인 화자는 아름다운 목소리를 가진 한 여자로부터 남편과 만나고 있다는 전화를 받기 전날, 처음으로 아기 부처의 꿈을 꾼다. 약수를 뜨는 작은 동굴 속에 진흙으로 빚어진 아기 부처는, 자신의 손으로 주물러서 얼굴을 만들어내야 하는 존재다. 그런데 꿈속에서 처음으로 들여다본 그 얼굴은 "눈꼬리가 위로 찢어진데다 음흉하게 입꼬리를 들어"(104쪽)올리고 있다. 그 불길했던 얼굴 형상이 예고라도 한 것처럼 화자는 남편이 지난 몇 달간 숨겨온 외도를 알게 되고, 서서히 분노에 사로잡힌다. 완벽주의에 예민한 성격인 남편은 중학생 때 집에 난 불로 얼굴과 손을 제외하고 붉게 일그러진 몸을 가지고 있었다. '나'는 사랑이 아니라 자신에게 그 몸을 보여주었던 용기와 신뢰로 결혼을 결심했지만 결혼생활은 한참 전부터 무너져가는 중이다.

서로 깊은 소통을 포기한 채 표면적으로만 이어져가고 있는 남편과의 생활이 갖는 의미는 북한산 등산로를 타다 한 남자를 마주쳤을 때 폭발하듯 분명해진다. 화자는 기껏해야 스무 살 남짓한 남자의 "눈부시게 흰 몸"(129쪽)에서 강렬한 촉각적 열망을 느낀다. 그 매끄러운 살갗에 젖가슴을 비비고 싶고, 자신의 매끄러운 몸이 그 몸에 스치는 느낌, 부드러운 살끼리 차지게 문질러지는 느낌을 그는 갈망한다. 한강 소설에서 '채식주의자' 연작 안에 포함된 「몽고반점」을 제외하면 성욕이나 성애에 대한 표현은 지극히 드문 편이다. 그러나 이때 몸에 대해 일어나는 원초적인 욕망은 성욕과는 다소 다른 지점에 놓인다고 해야 맞을 것 같다. 「몽고반점」에서 상대의 몸이 아니라 그 몸을 뒤덮은 꽃의 그림이 여자의 몸을 흥분으로 적신 것처럼, 「아기 부처」의 '나'에게 찾아온 갈망은 눈부시게 흰 무언가를 통해 분열되고 찢긴 삶에 숨결을 불어넣으며 다시 태어나고 싶다는 근원적인 갈망이다. 이 갈망 직후에 찾아온, 남편의 셔츠를 찢고 그의 추한 몸뚱이를 햇빛 아래 고스란히 발가벗기고 싶다는 파괴적인 충동은 반대편에 놓인 갈망의 성격을 더 분명히 한다. 이때 화자는 벼랑 밑에서 "무섭도록 둔탁한 초록색"의 나무들이 "거대한 육식동물처럼 대지를 집어삼키"(130쪽)듯 다가오는 것을, 집에 들어서서도 "마치 보이지 않는 짐승의 흡반이 그 지진 자리에 달라붙어 의식을 빨아들이는 것"(132쪽)을 느낀다. 이 몸부림과 같은 고통은 남편의 뾰족한 성미와 그의 외도라는 구체적인 원인을 가지고 있는 것처럼 보이지만, 그에 앞서 살아간다는 것은 필연적으로 폭력적인 짐승의 세계 속에 뒤섞이는 일임을 깨닫는 어두운 직감과 맞닿아 있다. 생의 이 모든 괴로움은 대체 어디에서 오는 것일까 묻고, 그것이 남편의 몸을 뒤덮은 흉터처럼 "다만 한 겹 얇은 살갗일 뿐"(134쪽)임을 알면서도 그 끔찍함을 넘어설 수 없다는 한계 앞에 절망은 반복된다. 이 절망은 소거할 수 있는 구체적인 원인을 바탕으로 한 것이 아니라, 삶이라는 껍데기를 지닌 한 떨쳐낼 수 없는 근본적인 불협화음 같은 것이다.

그러므로 구원은 남편이 찾은 새로운 사랑이 어떻게 흘러갈 것인지에 달려 있지 않다. '나'가 뾰족한 것들에 민감해지고 말라가면서 감내하고 있는 모욕과 어딘가 균열이 가고 허물어진 얼굴은 자신의 어떤 능동적 움직임에 의해 쉽게 변할 수 없는 삶 자체를 은유한다. 다시 나타난 꿈속의 아기 부처 얼굴은 음산하게 웃고 있을뿐더러 흙으로 힘차게 덮고 신발로 아무리 밟아도 빈정대듯 다시 입꼬리를 치켜든 채 되살아난다. 이때 그를 내리꽂는 것은 연하고 순한 빛이 아닌, "무수한 창槍 같은 빛살"(148쪽)이다. 이 반대편에 어머니가 묵묵한 인내로 삼천 장씩 베끼며 그리는 불화가 놓인다. 불화 속 관음의 고요하기만 한 얼굴은 곧 속내 깊은 표정에 조용한 웃음이 어리는 강인한 어머니의 얼굴이다. 풍을 맞았다 일어나 다시 걷게 된 어머니의 불화는 무한한 반복 속에서 붓놀림이 점점 가벼워지고 자유로워진다. 어머니가 도달한 그 무연한 자리는 정신을 단련하고 생각을 거듭함으로써 초월하여 갈 수 있는 곳이 아니라, 몸의 반복되는 움직임 끝에 몸이 시키는 대로 저절로 이르는 자리다. 그 움직임을 닮아가며 생각을 비워내는 화자의 꿈속에서 어느 순간 아기 부처의 얼굴은 사라진다. 손으로 주무르듯 애써 뭔가를 만들고자 하지 않고, 쏟아져내리는 눈과 비를 온몸으로 맞듯 모든 절망을 있는 그대로 겪어내면서 여자는 비로소 아기 부처로부터 자유로워지는 것이다. 소설의 마지막에 이르러 "겨울에는 견뎠고, 봄에는 기쁘다"(174쪽)는 이 간명한 문장은 삶의 의지가 아닌, 불현듯 찾아드는 청량한 삶의 감각을 고스란히 담고 있어 아름답다. 이는 화자의 도덕적인 승리도, 종교로 초월하는 관념도, 정교한 논리로 만든 결론도 아니다. 천진난만한 한 아이처럼 지극히 단순하고 말갛게, 직관적으로 다다른 어떤 자리다. 그곳에 쏟아지는 빛이 있다면 「노랑무늬영원」의 "*한없이 깊고 밝고 가벼운 빛*"과 같을 것이다. 신비하지 않은 "*대낮 안에*" 서서 그 모든 빛을 겪고 견딘 후에야 찾아드는 가벼운 빛 속에서 인간은 작고 투명한 새 손이 돋아나듯 서서히 회복해간다.

그 근원적인 회복에 대한 믿음이 「흰 꽃」을 낳았다. 이 소설은 "욕망해온 것은 햇빛뿐"(313쪽)이며 "종종 음식 앞에서 염오감을 느끼곤"(314쪽) 하는 여자가 화자로 등장하고, 그가 생의 또렷한 감각들이 들어오는 순간을 맞이한다는 점에서 한강 소설의 인장을 고스란히 담고 있기도 하지만, 이전과는 죽음을 다루는 방식이 달라졌다는 점에서 더 주목하게 되는 소설이다. 소설은 북제주군의 소읍에서 두 달을 지내고 난 뒤 돌아오던 화자가 완도행 페리호에서 마주하게 되는 사람들을 묘사하는 방식으로 이어진다. 항선하고 있는 짧은 시간 동안에 거리를 둔 채 말없이 바라보는 방식으로 다루고 있기에, 『내 여자의 열매』 안에서 가장 사건과 감정이 절제되어 있는 소설이기도 하다. 그와 함께 항선한 사람들 중에는 상을 치른 지 얼마 되지 않은 듯한 중년의 남녀가 있다. 귓가에 아직 흰 무명 리본 핀이 매달려 있는 그 중년 여자는 바다 한가운데서 나비의 환영을 보고 망연자실하며, 급기야는 흰 양복의 사내를 향해 구토하고 자신이 다 망쳐버렸다며 울기 시작한다. 이 모습을 보던 화자는 불현듯 '송빈막松殯幕'이라고도 부른다는 '생빈눌'에 대한 이야기를 떠올린다.

4·3 사건 때 남편이 총에 맞아 죽고 사 형제를 혼자 키워낸 자신의 생애를 언제든 들려주곤 하던 세화리의 주인집 노파는, 화자와 함께 장을 보러 가던 길에 4·3 사건을 떠올리며 오십 년이 지나도 변하지 않는 것들을 곱씹으면서 생빈눌에 대해 설명해줬던 것이다. 기일 안에 마땅한 택일이 나오지 않으면 육지의 초분과 같은 생빈눌을 만들게 되는데, 노파는 지아비가 숨지고 꼭 팔 년이 지난 사월 스물한 살의 나이에 폐병으로 세상을 떠난 맏아들을 위해 생빈눌을 마련해야 했다. 거기서 택일을 기다리며 자식의 젊은 몸뚱이가 썩어가는 냄새를 맡아야 했다는 그 서럽고 섬뜩한 사연은 여러 겹으로 둘러진 채 전달된다. 그 겹에는 작가의 고심이 읽힌다. 제주 4·3 사건을 비롯해 거듭 애도되어야 할, 그러나 끝내 애도를 그칠 수 없을 죽음들에 대해 어떻게 이야기할 것인가. 어떤 예의바른 애도도 그 죽음을 가장 가까이에서 처절하게 겪어내야 할 당사자들에게 미치지 못할 것임을 헤아리듯이, 소설은 죽음을 만들어낸 어떤 사건에 가까이 가 파헤쳐들어가는 대신, 거듭 무명천을 싸듯 하얀 이미지들을 덮어간다. 그 죽음을 감싸는 무명천은 수학여행을 다녀오는 소년들의 해맑은 대화와 웃음이기도 하고, 아버지가 돌아가셨을 때 어머니가 꽂았던 흰 무명 리본 핀과 어머니가 돌아가셨을 때 화자가 꽂았던 흰 리본 핀이기도 하며, "어머니처럼 얼굴이 달떡 같은 계집아이"(334쪽)를 낳고 싶다는 생각, 흰 양복을 입은 사내의 점잖은 단정함과 하선한 후 그에게 달려온 두 딸과의 포옹 장면 등이 조각조각 모여 만들어진 것이다.

이윽고 터미널 옆 음식점에서 다시 만난 중년 남녀의 "산 사람은 살어야 쓰지"(337쪽)라는 나지막한 대화와 함께 말없이 밥을 먹을 때, 곁에서 깔깔한 밥알들을 삼키며 화자는 더이상 욕지기를 느끼지 않는다. 무슨 일이 벌어지지는 않았다. 그저 어두운 밥집에서 묵묵히 밥을 먹는 동안 선착장에서 소녀들을 안고 있던 사내의 흰 양복에 부서지던 햇빛의 기억은 차츰 밝아졌을 뿐이다. 그런데 이 햇빛은 선박에서 흐느끼던 중년 여자가 견뎌내는 죽음을, 세화리 주인집 노파가 오래전부터 안고 살아왔을 죽음을, 화자 역시 부대끼며 살아온 죽음을 환히 밝힌다. 그 빛이 "떨어진 꽃잎 같은 흰 밥풀"(338쪽)로 이어질 때 앙금이 가라앉은 것처럼 맑아지는 애도의 마음은, 『소년이 온다』에서 먹는다는 것엔 치욕스러운 데가 있다던 괴로운 마음을 부드럽게 쓰다듬으며 동호의 무덤 앞에 밝혀진 초를 응시하는 마지막 시선으로 연결된다. 그리고 어린 동호가 엄마의 손목을 밝은 쪽으로 힘껏 끌어당기도록 한다. 또 그 흰 밥풀은 허공에 멈춰 있는 눈 한 송이로 현현하며, 「눈 한 송이가 녹는 동안」에서 잃어버린 사람들을 떠올릴 때마다 자신이 그 고통의 바깥에 있다는 사실이 무섭도록 생생해 희곡을 완성하지 못하는 주인공의 시간을 끌어안는다. '생빈눌'의 '생'이라는 글자는 살 생生 자를 쓴다. 그래서인지 생빈눌이라는 단어는 죽었지만 죽지 못한, 외로운 죽음으로 미처 이승을 떠나지 못한 혼들을 떠올리게 만든다. 그 죽음이 눈부시게 환한 빛으로 덮이는 순간이란 "눈 한 송이가 녹지 않는 동안"처럼 불가능한, 꿈결 같은 찰나일 수밖에 없을 것이다. 그것은 곧 사그라들 약한 숨결에 가까울 것이다. 그러나 흰 공기에 담긴 밥에서 김이 피어 올라오는 것을 가만히 보고 있을 때 "무엇인가 영원히 지나가버렸다고/지금도 영원히/지나가버리고 있다고"(「어느 늦은 저녁 나는」 부분, 『서랍에 저녁을 넣어 두었다』,

문학과지성사, 2013) 느끼는 것처럼, 밥과 같이 범상한 일상 속에도 스며들어 있는 소멸의 기운은 놀랍게도 영원을 상기시키지 않는가. 도처에 소멸이 자리해 있기에 역설적으로 인간은 영원을 떠올리며 살아간다. '지금'과 '영원'이라는 시간성이 무언가 사라져버리는 감각 안에서만 마주하게 되는 것이라면, 소멸하는 무엇도 실은 사라지지 않는 것이 아닐까. 그래서 한강은 절망하는 대신 소멸해가는 존재들의 흰 숨결을 두 손으로 받아안는 것 같다. 깨끗한 흰 밥풀이 흰 나비처럼 치유의 빛을 담고 날아오르는 드물고 귀한 순간이 오기를 기다리며.

4. 식물의 춤

모든 인간은 붉은 피의 세계와 흰 숨결이 느껴지는 빛의 세계 사이에서 길항하며 살아가겠지만, 한강 소설 속 여성 인물들에게는 특별한 데가 있다. 그들은 체념하며 포기하지도 격렬하게 싸우지도 않은 채 고요하게 자리해 있는데, 누구보다 강하고 생동하는 욕망 속에 있다는 느낌이 들기 때문이다.

「어느 날 그는」은 전선의 빗방울이 떨어지려는 그 찰나의 순간을 전체 서사의 시간으로 잡아, 한 남자가 한 여자를 특별한 존재로 발견하며 사랑에 빠졌다가 그 사랑이 처참하게 끝나는 종말까지를 다루는 소설이다. 소설은 빗방울이 중력에 저항할 수 없는 것처럼, 어떤 사랑도 시간의 힘을 이길 수 없음을 드러내려는 것 같다. 그 중력의 무게는 그를 절망하게 하지만 또 그로 인해 마지막 장면에 이르면 남자의 혈관들은 소리 내어 흐르기 시작하며, 삶은 다시 깨어난다. 여기에도 어떤 감흥이 어리지만 이 소설을 읽으면서 더 마음이 쓰이고 오래 기억에 남는 것은 '이민화'라는 인물이 지닌 독특한 활력 쪽인 것 같다.

그녀는 보잘것없는 것에서도 아름다운 구석을 찾아내고 기뻐할 줄 아는 섬세한 시선을 지닌 여자이며, 좋아하게 된 남자를 망설임 없이 반지하 자취방으로 들여 동거를 시작할 수 있는 계산 없는 여자다. 금방 데친 버섯처럼 연하고 말랑말랑한 몸으로 사랑을 나누고, 아무런 저항 없이 부드럽고 평화로운 표정으로 잠을 자는 여자다. 그런데 신기하게도 민화를 보면서 자신이 가진 것들을 쉬이 내어주며 남자의 요구에 따르는 전형적인 여성상, 순응적이고 순애보적인 여성상을 떠올리게 되지는 않는다. 민화는 태양이 오십억 년 후에 없어진다는 말에 "그믐달처럼 파르스름하게" 여윈 얼굴로 쓸쓸해하지만, "날 사랑해?"라는 남자의 집착 어린 질문을 받을 때면 담담한 어조로 "현재까지는"이라고 잘라 대답하는 사람이다.(207쪽) 민화는 자신을 찾아든 사랑에 충실하지만, 그 사랑은 현재에 잠시 머무르는 것이지 그것에 기대어 영원을 꿈꾸지는 않는다. 남자에게는 이해하기 힘든 사소한 말들, 열띤 애정을 확인할 수 없는 무연한 태도, 어떤 관계든 지속하고 간직하려 하는 노력이 없는 무심함은 여자에게는 삶에 대한 조용한 열의와 자유를 지켜나가는 중요한 방식이다. 그래서 그와의 관계가 어긋나기 시작할 때, 그녀는 사랑이 식었음을 숨기지 않는다. 그러나 이런 모습은 이기적으로 보이기보다는, 무엇에도 구속되지 않는 자유로 다가온다. 그녀는 언제든 홀연히 떠날 수 있기에 인연을 맺는데 두려움이 없고, 자신을 스쳐가는 지금의 시간 속에서 더없이 충만한 존재다. 무심함이 주는 투명함은 힘이 세다.

이처럼 다른 존재 방식을 끝까지 밀고 나간 자리에 「내 여자의 열매」가 놓인다. 이 소설의 출발점에서 화자는 남자로 설정되어 있다. 처음 아내의 마른 몸에 생긴 “갓난아이의 손바닥만한 연푸른 피멍”(10쪽)에서 시작된 변화는 점점 온몸으로 번져나가 많은 것을 바꾸어버린다. 아내의 우울과 두 사람의 다른 성향은 여기저기서 암시된다. 그녀는 상계동 아파트에 사는 일을 두고 “인구 칠십만이 모여 산다는 거기서 천천히 말라죽을 것 같”(17쪽)다고 말해왔고, 그는 반대로 언제나 번화가 가까운 곳에서만 자취방을 얻곤 했다. 세상 끝까지 가길 원하며 “떠나서 피를 갈고 싶어”(18쪽)라고 말하는 아내의 꿈을, 남자는 어린아이같이 비현실적이고 낭만적인 몽상이었으리라고 쉽게 재단해버린다. 사실 그들의 시작부터 남자의 몰이해가 자리하고 있었다. 마치 어딘가 먼 곳을 헤매고 있는 듯한 비밀스러운 아내의 표정을 그는 멋대로 외로움으로 해석했고, 평생을 외롭게 산 자신을 이해할 수 있는 단초로 받아들이며 고백했다. 그때 쓸쓸하다못해 차가운 옆얼굴로 먼 곳을 응시하다 평생을 정착하지 않고 살고 싶다고 대답한 아내의 진의를 주인공은 끝내 이해하지 못한 채로 남아 있다. 아내는 결혼한 뒤 베란다에 식물들이 죽어 오직 메마른 흙과 화분들만 남은 상태에서 답답함을 호소하지만, 화자는 자신의 짧고 아슬아슬한 행복을 함부로 깨뜨리는 예민함으로 받아들이며 두 손바닥 가득 받은 빗물을 아내의 얼굴에 끼얹는다. 그는 자신의 지난 삼 년간의 결혼생활을 “모든 것이 적당히 덥혀진 욕조의 온수처럼”(25쪽) 가장 따뜻하고 평화로운 시간으로 기억하지만, 그것은 지극히 일방적인 이기적 감상에 불과할 뿐이다. 차츰 말수를 잃어가고 햇빛만을 갈망하며 살갗 전체에 푸른 피멍이 들기 시작하던 아내는 남자가 출장으로부터 돌아온 어느 날, 식물로 변해 있다.

나는 홀린 듯이 싱크대로 달려갔다. 플라스틱 대야에 넘치도록 물을 받았다. 내 잰걸음에 맞추어 흔들리는 물을 왈칵왈칵 거실 바닥에 쏟으며 베란다로 돌아왔다. 그것을 아내의 가슴에 끼얹은 순간, 그녀의 몸이 거대한 식물의 잎사귀처럼 파들거리며 살아났다. 다시 한번 물을 받아와 아내의 머리에 끼얹었다. 춤추듯이 아내의 머리카락이 솟구쳐올라왔다. 아내의 번득이는 초록빛 몸이 내 물세례 속에서 청신하게 피어나는 것을 보며 나는 체머리를 떨었다.

내 아내가 저만큼 아름다웠던 적은 없었다.(「내 여자의 열매」, 30쪽)

아내에게 트라우마가 된, 남편이 얼굴에 빗물을 끼얹었던 행위는 완전히 다른 맥락 속에서 다시 한번 반복된다. 그녀가 인간이었을 때 그 행위는 그저 모욕적인 폭력에 불과했지만, 마지막 요청에 따라 남편이 물을 끼얹었을 때 그것은 생의 에너지로 충만한 다른 존재로 변이하는 결정적인 순간을 만든다. 그 물을 받아 청신하게 피어나는 아내의 "번득이는 초록빛 몸"은 압도적으로 아름답다. 하지만 그 아름다움은 남편을 위한 것이 아닌, 남편을 소외시키는 아름다움이다. 이는 처음 연두색 피멍이 든 아내가 알몸이 되었을 때부터 예고되었던 어떤 것이다. 마르고 또 푸르게 변한 그녀의 알몸에서 남자는 "욕망을 느낄 수 없"(13쪽)다. 여자는 자신의 욕망이 무화되는 지점에 이르기를 원했던 것이 아니라, 남자로부터 대상화되고 욕망되는 몸으로부터 벗어나고 싶다는 욕망을 실현하기 위해 능동적으로 식물로 변한다. 여자의 식물로의 변이는 외부 환경으로부터 위축되어 자신을 보호하고 정주하려는 것이 아니라, 옷을 벗고 자신의 알몸을 무방비 상태로 드러낸 채 밝은 햇빛을 향해 한없이 뻗어가며 놓인 자리에서 이

탈하고자 한다. 식물로 변한 아내는 생생해진다. 식물이 되었을 때 그녀의 "만세 부르듯 치켜올리고 있"는 두 팔, "반들반들"해진 얼굴, "싱그러운 들풀 줄기의 윤기가" 흐르는 머리카락, "희미하게 반짝"이는 두 눈에 대한 묘사에는 강인한 활력이 넘쳐흐른다.(29쪽) 아내의 머리카락은 비로소 자유의 춤을 추는 것처럼 보이고, 그 솟구쳐올라간 머리카락의 형상은 메두사를 상기시키기까지 한다.

동물과 식물의 세계가 각각 산문과 시의 세계로 등치되는 지점이 있다면, 식물이 실어失語의 세계 속에 놓여 있기 때문일지 모른다. 소설의 시작점에 등장했던 "모란은 잘린 혀 같은 꽃이파리들을 뚝뚝 뱉어대고"(9쪽)라는 묘사처럼, "새파란 입술 속에서 퇴화된 혀가 수초처럼 흔들"(29쪽)리며 신음에 가까운 외마디로 물을 요구한 것을 마지막으로 아내는 침묵의 세계로 접어든다. 그러나 그것은 표면적인 층위에서의 변모일 뿐이고, 소설은 그때부터 서사를 장악해온 남편의 목소리를 뒤로 하고 어머니를 호명하며 흘러나오는 아내의 목소리로 채워진다. 이때 햇빛에서 어머니의 살내를 느끼는 여자는 생각이 점점 사라지고 바람과 햇빛과 물만으로 살 수 있는 몸에 적응해가면서 어머니-자연Mother Nature으로 회귀하는 것처럼 느껴진다. 그러나 여자가 식물로 변하는 순간의 역동성은 지구상의 생명체들과 문화를 대립되는 것으로 전제하는 에코 페미니즘으로 이 소설을 독해하는 것을 단호하게 거부하는 어떤 것이다.

인간에서 식물로 변하겠다는 불가능한 꿈. 그것은 분명 현실의 세계가 아니라 감각에 맞닿아 있는 너머의 세계, 신화의 세계 속에서나 가능한 일이다. 그러나 현실적이고 이성적인 것이란 한 사회의 질서와 기준들에 부합한다는 의미가 아닌가. 그 규범들에서 벗어나기 위해서는 결국에 언어의 이전이나 이후의 세계로 나아갈 수밖에 없다. 그녀는 식물이 되지 않고는 더이상 살아갈 수가 없었기 때문에, 존재하기 위해서, 『채식주의자』의 영혜처럼 미쳐버리지 않기 위해서, 계속해서 빛을 향해 나아가기 위해서 식물이 되었다. 그 새로운 존재 방식은 세속적인 현실을 손쉽게 초월해버리는 것이 아니라 현실 속에서 어떤 면들을 끝까지 거부하며, 치열하고 고요한 내적인 투쟁 안에 자리하는 것이다.

페미니즘 리부트의 시대가 펼쳐진 2018년에 『내 여자의 열매』를 다시 읽는 일은 이 식물의 저항성을 다시 바라보는 일일 수밖에 없겠다. 동물성과 식물성을 구분하여 남성과 여성이라는 젠더와 직결시키는 것은 가장 위험한 독해가 될 수도 있다. 자칫 익숙한 가해와 피해의 이분법을 반복함으로써 그 구조로부터 벗어날 수 없게 만들기 때문이다. 소설 속에서 파들거리며 살아나는 식물은 동물적인 활력으로 우리를 매혹시키지만, 그 혼종성이 지닌 힘은 메두사의 여성 괴물적 속성을 끝까지 유지하기보다 '내 여자의 열매'가 되어 남자의 입안에서 음미되는 것도 사실이다. 이 지점에서 한강의 소설은 남성과 반목하고 충돌하는 대신, 다른 방식의 강함으로 향한다. 식물로의 변신은 생태계의 피라미드 안에서 싸우는 것이 아니라, 그 피라미드에서 빠져나오는 것이다. 그것은 상대에게 받은 상처에 매몰되거나 화해하며 포용하는 대신, 상대의 방식으로는 더이상 어떤 상처도 입힐 수 없는 존재로 변하는 일이다. 들뢰즈가 읽어내는 스피노자의 윤리학에 따르면, 이는 무능력한 슬픈 정념이 아니라 즐거운 정념의 극한에 도달해서 그로부터 자유롭고 능동적인 감정으로 이행하는 일이기도 하다. 「어느 날 그는」의 민화가 지닌 청량한 무심함, 「내 여자의 열매」의 아내가 식물이 되는 순간의 춤은 고요하지만 즐거운 정념을 담은 채 빛난다. 곧 스러질 것처럼 연약하지만 압도적으로 아름다운 그녀들의 존재는, 이제 남자와 여자 사이에 놓인 칼을 넘어 "해독할 수 없는 사랑과 고통의 목소리를 향해, 희끗한 빛과 체온이 있는 쪽을 향해"(『흰』, 33쪽) 갈 것이다. "어둠을 안고 타오르는 텅 빈 흰 불꽃들"(같은 책, 79쪽)처럼 그 안에 생명과 재생과 부활을 품은 채로. 무엇에도 파괴되지 않고.

(2018)

구멍 뚫린 신체와 세계의 비밀
—신유물론과 길항하는 소설 독해

1. 바이러스 공생자와 새로운 우주

코로나19로 인해 전 세계가 예상치 못한 재난 상황을 맞닥뜨린 지도 어느새 이 년이 지났다. 백신 개발과 함께 이 모든 비상사태가 종결되리라는 기대는 계속되는 코로나19 변이와 함께 희미해지는 중이다. 학계의 여러 전문가들은 코로나의 완전한 종식은 없을 것이며 인류는 진화하는 바이러스와 함께 살아가게 될 것이라고 진단하고 있다. 「반려종 선언」에서부터 꾸준히 공생에 대해 말해온 도나 해러웨이는 『트러블과 함께하기』에 이르러 "자식이 아니라 친척을 만들자 making kin, not babies"고 제안한다.[1] 혈연으로 연결된 인간 종種의 재생산이 아니라 타자로서의 다양한 생명체들과 '이상한 친족'을 구성하자는 이 말은 곳곳에서 기후 위기가 선언되고 사회 공동체 간의 정치적 반목이 격심해진 동시대에 더욱 당위성을 얻는 듯하다. 그런데 '바

---

1) 도나 해러웨이, 『트러블과 함께하기』, 최유미 옮김, 마농지, 2021, 176쪽.

이러스 친척'이라니? 인간의 친척으로 받아들여야 하는 존재에 바이러스까지 포함될 거라 예상한 사람이 과연 얼마나 있었을까.

그러니 이 시대의 문학을 진단하려면 무엇보다 인간이라는 종을 중심에 두고 사유하기를 그치고 다른 지구 종들의 감각세계로 인도하는 방식에 대한 고민이 우선될 수밖에 없을 것이다. 이는 인간뿐 아니라 활력을 지닌 사물들을 포함한 비인간 행위자들이 사건을 촉발하고 이끌 수 있다는 점에 주목하는 최근의 신유물론이 지닌 문제의식과도 공명한다. 한 사회학자는 바이러스를 '원형-행위자'로 인정하고 그것에 이론적 시민권을 부여해 '인간-너머의 행위 능력'의 테마를 개진할 때 고전 사회학이 상정하는 방식과 다른 새로운 사회성의 전면화를 이끌어낼 수 있음을 통찰한 바 있다.[2] 객체들의 세계로 열리며 분산되는 자아에 대한 이 새로운 사유들은 근대적 주체에 갇혀 있던 인간들에게 분명 어떤 해방감을 선사해주는 듯하다. 그런데 문학의 영역으로 돌아왔을 때 여전히 남아 있는 질문은 이런 것이다. 바이러스 공생자 앞에서 문득 주춤하며 섬뜩해지는 마음 같은 것들은 문학의 재현에서 어떻게 다루어져야 하는가. 이 글에서는 인간의 감각과 시야 바깥에서 우주와 조우하는 순간들 속에서, 사물에 행위 주체성을 부여하는 관점과 나란히 한국문학의 새로운 파장들을 따라가보고자 한다.

---

2) 김홍중, 「코로나19와 사회이론—바이러스, 사회적 거리두기, 비말을 중심으로」, 『한국사회학』 54집 3호, 2020.

2. 식물들의 생기에서 포착되지 않는 것—김초엽

최근 한국문학에는 동식물이 중요한 행위자로 등장하기 시작했다. 이유리나 김화진의 소설에서는 동물이나 식물, 심지어 광물까지도 서슴지 않고 인간의 언어로 인간에게 직접 말을 걸어온다. 하이브리드적 변이와 변신 역시 활발하다. 이유리의 「브로콜리 펀치」(『브로콜리 펀치』, 문학과지성사, 2021)에서 권투선수의 오른손은 브로콜리로 변하고, 임선우의 「환하고 아름다운」(『악스트』 2021년 11/12월호)에서 사람들은 해파리가 된다. 현호정의 「라즈베리 부루」(웹진 비유 2022년 1월호)에서 말하는 식물은 인간의 피를 흡수하며 점점 거대하게 자라난다. 이 비인간 존재자들이 하나의 개체로서 사유하고 인간의 언어를 경유해 감정을 공유하며 소통하는 모습은 동화적 애니미즘의 화사한 빛깔을 띠고 사랑스러움을 내뿜는다. 이를 두고 동식물이 인간과 유사성을 지닌 존재로서 익숙한 인식적 틀 안에서 이해되면서 타자성을 상실하는 것은 아닌지 우려하는 것은 당연하지만, 이는 오히려 주체와 타자의 관계를 다룰 때 수없이 반복되어온 너무 쉬운 비판처럼 느껴지기도 한다.

이와 다른 편에 집합적으로 움직이는 식물들이 있다. 이 식물들은 무력한 물질과 생기적인 생명 사이의 선을 가로지르며 인간-너머의 행위 능력을 보여준다. 그 대표적인 소설이 김초엽의 단편 「오래된 협약」(『방금 떠나온 세계』, 한겨레출판, 2021)과 그 연장선상에 있는 『지구 끝의 온실』(자이언트북스, 2021)과 『므레모사』(현대문학, 2021)라고 할 수 있다. 「오래된 협약」은 고요한 행성으로 보이는 '벨라타'의 비밀을 지구인에게 알려주는 편지 형식으로 되어 있다. 벨라타인들의 짧은 수명과 그들이 생애 마지막에 반드시 겪는 '몰입' 상태는 금기시되는 식물 '오브'와 맺은 태초의 협약과 관련되어 있다. 오래전 벨라타에 도착한 인간들은 행성을 지배하는 오브가 뿜어내는 '루티닐'이 인체를 급격히 손상시킨다는 사실을 알고 생존을 위해 오브를 죽이기 시작했다. 그러나 행성 그 자체인 오브는 침략자들에 맞서 무서운 속도로 증식했으며, 오브의 생명 활동이 활발해지면서 대기 중의 루티닐은 더욱 증가했다. 계속되던 죽음은 생태 의존적인 취약함을 지닌 인간들을 연민한 오브의 관대함에 의해 멈춰질 수 있었다. "우리의 긴 삶에 비하면 너희의 삶은 아주 짧은 순간이지. 그러니까 우리가 행성의 시간을 나누어줄게."(223쪽)

인간이 식물에게 시혜의 대상이 되는 순간이 주는 인지적 충격은 "우리에게 주어진 삶의 시간은, 이 행성의 시간을 잠시 빌려온 것에 불과하다"(224쪽)는 익숙한 말로 덮이지 않는다. 이 말은 언뜻 생명체를 낳고 부양하는 대자연Mother Nature을 떠올리게 하지만, 이후 두 편의 장편으로 발전한 이 단편에 포함된 사유의 단초는 보다 전복적인 것이다. 그 첫번째는 개체 중심적인 인간과 달리 집단으로서의 지성을 지닌 식물의 생동하는 물질성에 대한 의미 부여다. 이 식물은 수동적인 존재가 아니라 활기 넘치고 잠재적으로 위험한 집단성을 지닌 존재다. 여기서 감지되는 식물의 '생기'란 "인간의 의지와 설계를 흩뜨리거나 차단할 뿐 아니라 자신만의 궤적, 성향 또는 경향을 지닌 유사 행위자"로서 움직이며 드러내는 "사물들의 역량"[3]이다. 이 소설에서 오브의 정적인 삶은 인간들을 살게 하는 배려의 맥락에서 그려지지만, 그 공생의 대가로 벨라타인이 루티닐에 노출된 채 짧은 생애를

3) 제인 베넷, 『생동하는 물질』, 문성재 옮김, 현실문화, 2020, 9쪽.

살아야 한다는 점은 자연을 인간에게 무한정한 증여를 베푸는 대상으로 바라보는 복고적인 관점과는 거리를 둔다. 식물은 인류의 이해타산과 무관하게 존재하며, 특정한 의도 없이 형체를 이루는 배열을 전환하며 번식할 뿐이다. 『지구 끝의 온실』에서 인류 재건의 토대가 된 식물 '모스바나' 역시 사람들에게 약리적 효과가 있다고 알려진 것과 달리 실제로는 독성만을 지닌 것으로 확인된다. 모스바나가 죽은 것들을 양분 삼아 자라나고 땅을 훼손하면서 최대한 멀리 뻗어나가는 생존과 번식에 특화된 식물이라는 사실이 거듭 강조되는 가운데, 식물은 인간의 통제를 벗어나는 "사물-권력"[4]을 가진 존재로 재발견된다. 이는 모스바나를 만들어낸 사이보그 '레이첼'이 어떤 사명감도 없이 모스바나가 인간이 사라진 지구를 덮어버리기를 원한 것과도 연결된다. 최종적으로 지구를 재건하는 결과를 낳았으나 근본적으로는 인류 중심적 가치에서 분리된 채 무심하게 작동하는 식물과 사이보그의 행위성은 인간의 인지나 욕망이 가닿지 못하는 기묘한 외부를 형성한다.

두번째 단초는 정적이고 고요한 삶, 소위 죽음에 가까운 상태에 대한 의미 부여다. 언뜻 죽은 고목처럼 보이는 오브는 벨라타인과의 오래된 협약을 이행하기 위해 자신의 생명력을 억제하는 중이다. 벨라타인들 역시 오브를 섭취하면 루티닐로 인한 지성과 언어능력의 급격한 감쇠를 피할 수 있다는 사실을 알지만 이를 금기시한다. 소설은 인

4) 사물-권력은 스피노자의 코나투스와 친족 유사성을 지닌 것으로, 헨리 데이비드 소로가 야생에서 발견한 기괴한 존재들이나 그가 천재라고 부르는 소외된 자 등을 포괄한다. 이 야생성이란 인간만의 힘이 아니며, 인간과 다른 신체들을 혼란스럽게 하고 전환시키는 힘이다. 같은 책, 38쪽.

간의 생명을 고유하고 절대적으로 지켜야 할 숭고한 신전에 올려두는 대신, 자연에 침투당하거나 교섭할 수 있는 유동적인 대상으로 본다. 이는 『세상 끝에 있는 버섯』에서 안나 칭이 야생 송이버섯과 이를 채취하는 사람들에게서 공통된 불안정성precarity을 읽어내며 인간과 자연이 뒤엉킨 삶이 어떤 식으로 협동적 생존을 이끌어내는지 주목한 것을 상기시킨다. 안나 칭은 "협력은 차이를 가로질러 일하는 것이며 이는 필연적으로 오염을 수반한다"[5]고 말하며, 우리가 홀로 생존할 수 있다는 환상을 버리고 오염된 협력에 함께하기를 촉구한다. 김초엽의 소설 역시 인간과 자연이 서로를 통제하거나 정복하는 것이 아니라 다른 방식으로 공생할 수 있으며, 그러기 위해서 죽음을 비롯한 정적인 생명의 상태에 대한 새로운 시각이 필요하다고 믿는다. 이 사유가 『므레모사』에서 사고로 다리를 잃어버린 무용수 '유안'이 더 이상 눈부신 도약과 생동의 세계가 아닌, 움직임을 완전히 멈춘 고목의 정적인 세계에 남기를 선택하는 결말을 이끌었을 것이다. 이는 실제로 존재한 적 없는 '자연스러운' 몸의 회복을 염원하거나 몸의 생동력을 개인의 자율성과 직결시키는 사유 방식에서 벗어나, 장애를 포괄해 다양한 형태로 존재하는 신체들의 사물성을 긍정하는 정치학으로 이어진다.

김초엽의 '식물 3부작'이라 지칭할 수 있을 이 소설들은 동식물을 인간 경험에 대한 은유로 사용하여 인간 주체 안에 갇힌 감정을 확인하고 발굴하는 식으로 전개되지 않는다. 그렇기에 어떤 이들은 나르

5) Anna Tsing, *The Mushroom at the End of the World: On the Possibility of Life in Capitalist Ruins*, Princeton University Press, 2015, p. 28.

시시즘적 주체의 표상이 완전히 제거된 이 소설들을 미래지향적인 것으로 바라볼 것이다. 여기에는 사물이나 객체는 인간 정신이 관계하고 이해하는 방식과는 무관하게 존재한다는 생각, 최근 주요한 철학적 경향으로 등장한 사변적 실재론의 그림자가 어른거린다. 그런데 세계를 파악하는 새로운 방식과 함께 온당한 결말을 선사하는 이 서사들에서 해방감을 느끼기보다 미묘한 공허를 느끼게 되는 이유는 무엇일까. 이는 비단 '개별성'을 지닌 인간이나 동물과 달리 '집단적 고유성'을 지닌 식물이 서사의 중심에 놓일 때 사건을 만들어내는 감정의 동력을 읽어내기 어렵다는 점에서 비롯되는 것은 아닌 듯하다. 『지구 끝의 온실』에서 비인간 신체인 사이보그 레이첼과 식물 모스바나는 인간의 생존에는 무심하지만 공중의 구성원으로서 연합 행위에 참여하며 행위성을 발휘한다. 사전에 결정된 의도나 목적 없이도 자연 속 식물들은 서로에게 반응하고 배열을 전환하는 집단적인 힘을 통해 오히려 대다수의 인간보다 효과적인 개입 전략을 만들어낸다.

보다 근본적인 이유는 다른 곳에 있다. 『지구 끝의 온실』에서 비인간 존재자들에게서 설명할 수 없는 생기 또는 에너지를 발견하는 것과 『므레모사』에서 인간을 물화된 신체로 재발견하며 생기 바깥으로 밀어내는 것은 모종의 균형을 맞추는 듯 보이지만, 역설적이게도 '인간적인 너무나 인간적인' 생기의 위계를 드러내는 것처럼 보이기도 하기 때문이다. 더불어 이러한 사유가 다양한 객체들의 행위 능력을 동등하게 조명하는 차원으로 이행할 때, 인간 안의 인종, 성별, 계급 등은 별다른 의미 없는 기표로만 남음으로써 현실 사회에 존재하는 불평등 구조를 다소 평평하게 만들어버린다.[6] 어쩌면 문학에서 기존의 자유주의적인 개인의 신화를 벗어나는 방식은 인간이 자신을 객체들의 세계로 내던지며 깔끔하게 표백된 중립적인 사물로서의 행위 주체성을 드러내는 것이 아니라, 자본주의의 질서에 귀속된 인간 안의 위계들을 조금 더 들여다보는 것에서 비롯되지는 않을까. 안나 칭이 분석한 것처럼 인간의 생존에는 자본주의와 생태주의의 동학이 뒤엉킨 채, 오염된 상태로 협력하고 있다. 자본주의에 의해 물화되는 인간성과 종을 넘어 다른 물질에 침투당하는 구멍으로서의 인간의 신체는 의외로 그리 멀리 있지 않을 수도 있다.

3. 생생한 피가 신화로 도약할 때—현호정

현호정은 지금까지 경장편 『단명소녀 투쟁기』(사계절, 2021)와 단편 「라즈베리 부루」 두 편만을 발표했을 뿐이지만, 두 작품 모두 소녀를 중심에 두고 기존의 신화를 전복하는 활달한 상상력을 공통적으로 드러낸다. 대개 순수하고 무지한 존재로 표상되는 동시에 관음증적인 성적 대상으로 착취되어온 소녀가 그의 소설에서는 '살해하며 뿜어져 나오는 피'와 '생리혈'을 통해 소녀성을 흔들고 파열시키고 있다는 사실은 특별한 주목을 요한다. 문화 담론에서 소녀는 "이미 현실화된 현재보다는 여전히 잠재성을 품고 있는 과거나 파괴 위에서 정초되는 변신의 미래 시간에 존재하는 경향"이 있는데,[7] 현호정은 신화의 불멸하는 시간성 위에 흘러내리는 피의 선명한 물질성을 더함으로써 소

---

6) 이는 김미정이 도나 해러웨이의 「반려종 선언」이 은폐하는 동물에 대한 착취와 수탈의 구체적 현실에 대해 말하면서 "모든 존재에 상존하는 불평등과 모순을 균질화하는 측면이 있는 포스트휴먼 논의"의 한계를 짚은 것과도 공명하는 문제의식이다. 김미정, 「한낱 목숨으로부터 시작한다면—비인간동물, 관계성, 문학을 말하기 위해 더 질문할 것들」, 『문학동네』 2020년 봄호, 450쪽.

녀를 생생한 현실로 구출해낸다.

『단명소녀 투쟁기』에서 주인공 '수정'은 대학 입시 운을 물으러 무속인 '북두'를 찾아갔다가 자신이 스무 살이 되기 전에 죽는다는 예언을 듣는다. 그 말에 기가 죽는 대신 당차게 "싫다면요?"(12쪽)라고 대꾸한 수정은 북두의 조언에 따라 남동쪽으로 계속해서 걸어간다. 일방적으로 하달되는 세상의 부당한 질서에 순응하지 않기 위해 시작된 이 여성 모험담은 곧 위태로워진다. 혼자 다니는 미성년자 여성이 길에서 낯선 남자에게 성적 희롱의 대상이 되는 일이란 너무 흔하기 때문이다. 이때 불현듯 개가 나타나 수정의 목덜미를 물고 반대편으로 달리기 시작한다. 수정이 터져나오는 웃음 속에서 "나는 죽지 않을 것이다. 적어도 오늘은 아니다"(21쪽) 생각하고 개의 옆구리에서 날개가 펼쳐질 때, 개는 마치 수정의 삶의 의지를 반영하는 분신double처럼 보인다. 개는 코뿔소처럼 거대하고 강했다가도 치와와처럼 작고 약해지다 죽기도 하는데, 이는 모두 수정 내면의 생의 의지에 따른 것이다. 그런데 이 개는 위험으로부터 수정을 수호하는 데 그치지 않는다. 개가 죽은 뒤에 그 사체를 지키려는 수정의 본능적인 애착과 의지는 그로 하여금 저승의 신에게 정면으로 맞서게 하는 결정적인 계기를 만들어낸다. 그것은 어떤 생명을 위해서라면 기꺼이 삶이 아닌 죽음을, 질서가 아닌 거대한 무질서를 선택하겠다는 의지와 연결

7) 조혜영은 가장 취약하지만 최대의 잠재성을 지닌 존재로 드러나는 소녀 형상의 예시로 봉준호 감독의 영화 〈괴물〉(2006)의 현서, 〈설국열차〉(2013)의 요나, 〈옥자〉(2017)의 미자가 디스토피아 세계의 '최후-최초의 소녀'로 재현되는 사례를 들어 정확하게 설명한다. 조혜영, 「페미니스트 소녀학을 향해」, 조혜영 엮음, 『소녀들—K-pop 스크린 광장』, 여이연, 2017, 9쪽.

되어 있다. 실제로 이 직후에 수정은 살해를 감행하게 된다.

이 개가 수정의 삶에 죽음을 끌어오는 방식은 맥락을 잘 살피며 분석될 필요가 있어 보인다. 수정이 강한 거부감을 느끼고 살해하는 존재들이 대개 분신의 성격을 띠고 있는 것처럼 보이기 때문이다. 수정이 길에서 만나는 존재들이 자신과 구별되지 않는다는 감각 속에서 손에 피를 흠뻑 묻히는 살해를 감행하면서 "아주 먼 시간 혹은 공간에서부터 비롯된 증오"(42쪽)는 비로소 사라진다. 그런데 그 존재들이 수정과 명확하게 구별되지 않는다는 것은 무엇을 의미하는가. 일곱 명씩 무리 지어 나타나는 존재들이나 곳곳에서 나타나는 북두는 직선적인 시간선을 벗어나 어린이와 노인의 상태를 넘나들고, 그 외양이나 목소리에는 수정의 흔적이 스쳐간다. 그렇게 소설은 기존의 무협소설을 젠더링하며 탈인간화한다. 기존 무협소설에서 선악과 정사의 극명한 대립 속에서 의협심이 강한 남성 주인공이 순차적으로 무공을 발전시키고 끊임없이 등장하는 악인과 대결하면서 성장해나간다면, 소녀 수정이 칼을 휘두르는 동안 도처에서 발견되는 것은 분말처럼 흩뿌려진 자아의 형체들이다. 세계가 서로에게 열려 있는 몸들로 구성되어 있다는 사실은 근대적 개인의 행위능력을 무화시킨다. 이곳에는 종의 장벽이 없고, 하나의 신체 내에서 세포의 생성과 소멸이 동시적인 것처럼 삶과 죽음의 경계도 없다.

그런데 이 분신들의 복수성은 미묘한 방식으로 현실의 맥락과 맞닿는다. 수정은 단명을 선고받고 나오자마자, 자신이 어린 시절에 슈퍼에서 죽을 때까지 다 소진하지 못할 물건들을 보며 불경스럽다고 생각했음을 떠올린다. 명이 짧은 누군가라면 평생 다 못 먹고 죽을 백 조각의 백설기를 보면서 불경스러움은 다시 한번 환기된다. 도나 해러웨이는 캐리 울프와 나눈 대화에서 "잉여의 죽임과 잉여의 죽음이 유례없이 퍼진 시대에 산다는 것은 어떤 의미일까요"라고 묻는다. 확장되는 인구 문제, 인간 집단에서 무엇을 부로 간주하는가의 문제는 "가치를 추출하고 도살하려는 목적으로 삶을 강요하는 거대 장치"와 긴밀하게 연결된다. 죽이는 것이 문제가 아니라, 오히려 "살게 만드는making live 끔찍한 폭력"이 문제가 되는 시기에 우리가 살고 있다는 것이 그들의 진단이다.[8] 그러므로 현호정의 소설로 돌아와 이렇게 다시 정리해볼 수 있겠다. 단명할 것이라는 예언을 통해 필멸하는 존재로 자신을 의식한 수정은 무수히 복제된 사물들과 무의미한 분신들을 불경스러운 잉여로 새로이 인식하게 되었다고. 단지 이윤을 위해 엄청난 수의 존재들이 죽기 위해 태어나 끔찍하게 살게 되는 것이 이 시대 자본주의의 이치라면, 그 세상에서 연루된 폭력을 벗어나는 방식이 무의미한 생명의 지속일 수는 없다고. 그리하여 살해하는 행위가 이곳의 구원이 되었다고.

『단명소녀 투쟁기』는 "나는 나의 죽음을 죽일 수 있다"(125쪽)는 이중부정의 문장에 다다르기 위해 쓰였다. 죽음을 살리는 것이 아니라 죽음을 죽일 수 있다는 말은 의미심장하다. 단명을 거부하고 연명을 위해 떠난 수정의 모험담이 자신을 불멸의 신으로 좌정하려는 시도 역시 거부한 뒤 마무리된다는 사실은 중요하다. 그는 삶을 원하지만 단명과 불멸의 강압적이고 인위적인 질서는 단호히 거부한다. 그저 무의미한 생명의 지속이 아니라 제대로 된 삶을 살기 위해서는 죽

8) 도나 해러웨이·캐리 울프, 「반려자들의 대화」, 도나 해러웨이, 『해러웨이 선언문』, 황희선 옮김, 책세상, 2019, 282~288쪽.

여야만 하고, 역으로 죽여야만 살릴 수도 있다는 '긍정의 생명 정치'를 소설은 흘러넘치는 피의 냄새를 통해 우리에게 보여준다.

'잘 살고 잘 죽기'의 문제가 종을 뛰어넘어 자리하고 피와 연결되어 있다는 점을 생각하며 「라즈베리 부루」를 보면, 이 소설에서 노숙자 소녀 '나'와 라즈베리 나무 '부루'와의 공생이 피를 통해 이루어진다는 사실은 의미심장하게 다가온다. 소녀의 생리혈을 통해 점점 더 크게 자라나고 생동하기 시작하는 식물 부루는 동물인 인간의 피를 소비하는 식물이라는 점에서 이미 잡종적인 존재다. 두 존재가 '피'를 나눈다는 점은 '혈연 바깥에서 친척을 만들자'는 해러웨이의 말과 기묘한 차원에서 공명하며 공생 관계에 대해 생각하게 한다. 부루가 외출했다가 사람들에게 목격되어 울고 몸부림치며 도망치는 사건에서는 부루를 소녀 '나'의 상상적 분신으로 볼 여지도 충분하다.

하지만 무엇보다 이들이 나누는 것이 '생리혈'이라는 점을 주목하고 싶다. 현호정은 웹 매거진 'OFF'에 실린 산문 「젖은 내가 말하도록—자꾸 저질러지는 우유 소비와 괴로운 암컷들에 관한 짧은 이야기」에서 공장식 축산업하에서 암컷 젖소들에게 가해지는 폭력을 상세히 묘사하면서, 캐럴 제이 애덤스가 남성 지배의 상징으로 기능해온 고기와 다른 관점에서 우유를 '여성화된 단백질'이라고 표현했음에 주목한다.[9] 이런 맥락에서 가부장제에서 재생산과 직결되는 긍정

---

9) 젖가슴을 가진 여성으로서 우유를 마시는 어른들을 보면 "모두에게 온종일 젖을 물리"는 상상 속에서 피로해지고, 비거니즘 실천을 하다가도 우유를 마신 날이면 "남의 젖을 먹고 살아남은 하루"라 생각하게 된다는 작가의 말은 가부장제의 그물이 식습관 위에 얼마나 촘촘히 겹쳐져 있는지를 새삼 생각하게 한다. 현호정, 「젖은 내가 말하도록—자꾸 저질러지는 우유 소비와 괴로운 암컷들에 관한 짧은 이야기」, 웹 매거진 'OFF', https://off-magazine.net/TEXT/2021-hyonhojeong.html

적 표상인 '젖'이 아니라, 재생산에 실패했다는 증표이자 비체적 오물인 '생리혈'을 먹고 살아남는 부루의 이야기는 모성에 대한 기존의 성정치학을 영리하게 뒤집는다. 신성한 젖 대신 비천한 생리혈을 통해 식물을 기르는 이 소설은 여성의 육체와 대자연이 매끄럽게 연결되는 모성적 돌봄 개념에 등을 돌린다. 이들은 남성적 지배와 통제 바깥에, 사회문화와 경제의 순환 바깥에 자리한 채 그로테스크한 존재 방식을 고수한다.

—내가 너한테 피 주는 사람이냐?
—피 준 사람.
—그렇지.
—그리고 피 줄 사람.
(……)
—봐라, 봐. 이게 뭐 귀한 거라고 내가 감추겠어?
—귀하지도 않은 걸 감추니까 더 치사한 거지.
—뭐라고?
—내가 다시 작아지기를, 화분 속으로 들어가기를 바라는 거야?
(……)

부루는 바깥에서 피를 구하는 데 성공하기도 하고 실패하기도 했다. 쓰레기봉투를 뒤져 생리대나 탐폰을 주워와 내 굴 여기저기에 쌓아두었다. 고약한 냄새를 맡으며 빵을 씹다보면 몇 번씩이나 구역질이 났다.

이들이 주고받는 피에 어떤 신성성의 아우라도 없다는 점은 인용문에서 더욱 확실하게 드러난다. 부루는 '나'의 생리혈이 부족해지자 쓰레기를 뒤져 피를 먹고 자란다. 이는 문화의 반대편에 자리한 순수한 자연이라는 환상을 깨고, 인공적인 문화의 잔여물을 무차별적으로 흡수하며 오염된 채 자라나는 식물의 물질성을 선명하게 보여준다. 무엇보다 '나'와 부루의 대화는 부루가 무구하고 사랑스러운 동시에 어린아이처럼 통제하기 어려운 존재임을 보여준다. 부루가 "풀죽은 아이처럼" 잠들었다거나 "아주 높은 신분의 어린이"처럼 의젓하게 말한다는 표현들에서 힌트를 얻어, '어머니 자연Mother Nature'이 아닌 '어린이 식물Child Nature'이라는 개념을 창안해볼 수도 있겠다. 이때 '어린이 식물'은 근대적인 순진한 아동의 개념과는 다른, 끝없이 요구를 충족해주어야 하고 통제되지 않는다는 점에서 원초적인 불편함과 두려움의 대상으로 드러날 것이다. 그럼에도 불구하고 '나'와 부루는 둘의 환원 불가능한 차이를 예민하게 인식하면서도 유사한 생존 위협 속에서 생리혈을 나누고 서로를 돌보며 공생하는 '반려종companion species'(도나 해러웨이)으로 살아간다.

소설의 끝에서 거대하게 자라난 부루는 열이 나고 계속 피를 흘리는 '나'를 엄마처럼 감싼다. "흙이 뿌리를 감싸듯" 부루가 완전히 감싸안은 가운데 '나'는 머릿속이 부옇게 흐려져가고, 부루의 뱃속에 부루의 눈물과 함께 잠긴다. 이 마지막 장면에서 신화가 되는 존재는 명확하게 인간이 아닌 비인간 주체인 식물 부루다. 인간은 변신의 주체가 아니라 거대해진 식물에 기생하는 사물처럼 부드럽게 흡수되어버린다. 기존 신화에서 부루의 어머니 '유화'가 몸에 동물성의 징표를 갖게 되는 것은 아버지가 내린 징벌로 인해서이며, 유화가 낳은 알은 나라의 왕이 됨으로써 가부장제에 흡수된다. 하지만 이 소설에서 부루는 인간을 알로 품음으로써 최종적으로 동물도 식물도 아닌 기괴한 존재가 된다.

우리는 이 결말을 두고 생기적 유물론을 적용해 다음과 같이 해석해볼 수 있을 것 같다. 습지대 마을 가장 낡은 빌라의 지하 공간에 몰래 숨어살아야 했던 부랑자 소녀와 내버려진 식물이 만나 최종적으로 형성한 무기질은 자본주의사회에서 버려진 채 서로에게 기생하던 존재들이 생성하는 '사물-권력'(제인 베넷)처럼 보인다. 두 존재가 결합해 만들어낸 기이한 형상과 거기에서 흘러나오는 노래는 버려지고 쓸모없어진 상황에서도 고갈되지 않고 활동을 지속하는 "활기 없는 사물들의 기이한 능력"[10]으로 읽을 수 있다. 그러나 철저히 무신론에 입각한 생기적 유물론의 관점에서 두 육체는 오염된 채 살아남아 흐느끼고 진동하는 것처럼 보일 뿐, 이 소설 마지막에 등장하는 노래처럼 신성하고 초월적인 힘으로 열리지 않는다.

그래서 이런 질문으로 넘어가게 된다. 생기적 유물론이 오랫동안 비체화되어온 여성에게도 동일하게 전복적인 힘으로 작동할 수 있을까. 끈적하게 달라붙고 구역질이 나는 피, 구토물, 배설물 같은 비체적 대상이 됨으로써만 급진적 부정성을 획득해온 특정 젠더와 계급은 오히려 모종의 초월성과 연결될 때 어떤 상관관계도 초월해 존재 그 자체와 마주할 수 있지 않을까. 소설에서 2월이 되어 긴 울음을 그친 부루가 뱃속의 아기를 위해 부르는 자장가는 다음과 같다. 이 소설의 신화를 완성하는 것은 이 마지막 노래에 내포된 추상성과 초월성이다.

---

10) 제인 베넷, 같은 책, 46쪽.

부루는 혼자 알 하나를 낳을 것이다
희고 작고 둥근 알을
그뒤에 다시 작아져
작은 부루에 작은 열매가 맺힐 것이다
(……)
붉은 새는 푸른 하늘을 빗겨
먼 땅으로 가네
곰과 호랑이가 겨울잠에서 깨어나는 곳

마침내 부루는 시들고
부루는 아무런 슬픔도 느끼지 않네
멀리서 언 땅이 녹는 동안에—

부루가 낳은 흰 알에서는 흰 새가 태어나고, 부루의 붉은 열매는 새의 깃털을 붉게 하고 부리를 짧게 하며, 이윽고 붉은 새는 인간들 너머 먼 땅으로 날아간다. 그리고 마침내 부루는 시든다. 이 마지막 노래는 왜 이렇게 긴 여운을 갖는가? 여기에서는 자연의 순환 속에 다양한 존재들이 하나의 풍경처럼 그저 무심하게 존속하고 있을 뿐이지 않은가. 게다가 "부루는 아무런 슬픔도 느끼지 않네"라는 문장에는 개체적 감정인 '슬픔'을 광활한 대지의 순환에서 흘러나오는 액체와 연결하여 인격화하는 지극히 낭만주의적인 시선이 작동하고 있다. 그리고 마지막 행인 "멀리서 언 땅이 녹는 동안에—"에서 소설은 인간의 지각을 넘어서는 먼 시공간과의 연결 속에서 인간이 부재하는 듯한 온전한 평화의 세계에 도달한다. 이 해석은 부정변증법을 통해 어떻게든 소외된 실재를 다루려 노력했던 아도르노 쪽에 더 가까이 있다. 아도르노는 세계를 설계한 자애로운 신과 같은 진부한 초월성은 거부하지만, 초월성에 대한 욕망은 완전히 제거될 수 없다고 믿는다. 그는 인간 개념에 저항하는 물질적인 힘을 인정하면서도, 도래할 절대적인 것에 대한 흐릿한 약속이라는 점에서 영적인 힘을 설명하려 노력한다.[11] 현호정의 이 소설에 신화로 등극하는 힘이 있다면 그것은 선명한 피와 죽음이 유발하는 강력한 단절과 파열 뒤에 불멸로 도약하는 지점에 있는 것 같다. 포유류의 피부에서 흘러나온 생리혈이 식물의 뿌리를 통해 잎맥으로 흘러갈 때, 서로 다른 종의 경계를 침투해 들어가는 내밀한 접촉은 유물론적인 분자의 수평적 전이를 드러낸다. 그러나 긴 울음이 그친 뒤의 깊은 잠과 마지막 노래는 죽음 너머에서 태곳적의 시공간으로 거슬러올라가는 수직적 승화를 보여준다. 유물론과 거리를 두는 이 숭고의 미학을 경유하면서 「라즈베리 부루」의 노숙자 소녀와 식물의 공생적 집합체는 오히려 그 복잡성이 훼손되지 않은 채 새로운 실뜨기를 계속해나가는 것 같다. 새들이 씨앗과 함께 먼 땅으로 자유로이 날아가며 새로 창조되는 신화는 인간의 역사가 아니라 지구와 땅속에서 함께 살아가는 존재들의 이야기에 자리를 내어준다는 점에서 비인간들이 구성하는 새로운 정치성과 맞닿아 있다.

4. 확률이 아니라 아름다운 우연성의 세계로—임솔아

신자유주의 체제에서 인간과 동물의 자리는 어떻게 교차하는가.

---

11) 같은 책, 59~67쪽 참조.

임솔아는 이 시대 질병과 노동과 자본이 어떤 방식으로 복잡하게 얽혀 있는지를 보여주는 문제에 꾸준히 천착해왔다. 그의 최근작 「초파리 돌보기」(『아무것도 아니라고 잘라 말하기』, 문학과지성사, 2021)는 나이든 저임금 여성 노동자 '이원영'과 실험동물인 초파리를 직관적으로 겹쳐 드러낸다. 가발 공장 직원, 외판원, 마트 캐셔, 급식실 조리원 등을 전전해온 원영은 수많은 경력에도 '오십대 무경력 주부'로 취급된다. 비정규직 서비스 노동자로서 끔찍한 감정노동을 감당해야 할 때면 "자신이 인간이라는 당연한 사실이 기억났다"(40쪽)는 말은, 사회구조 속에서 그의 자리가 이미 '동물화'되어 있었음을 보여준다. 실험동 아르바이트를 하면서 이원영이 누리게 된 쾌적한 연구실의 환경은 실험동물인 초파리가 최적의 번식을 하기 위한 환경조건이라는 점에서 섬뜩한 데가 있다. 깨끗이 멸균 처리되고 온도와 습도가 일정한 실험실에서 원영이 정성껏 초파리를 돌볼수록, 초파리들은 죽기 위해 더 많이 태어난다. 그래서 이원영이 초파리의 군집 속에서 각각 다르게 존재하는 개별성을 알아보고 초파리가 지닌 강한 생명력과 아름다움에 매료되는 장면은 그 배후에 자리한 생명 정치와 어우러져 더욱 아이러니해진다. 그러나 폐기 처분될 초파리들을 몰래 훔쳐서 집에 데리고 온 그날부터 원영이 탈모 증상과 함께 급격히 쇠약해지면서 그의 일은 중단된다. 질병 치료를 위해 실험 대상이 되고 폐기 처분되는 초파리와, 저임금 일자리를 전전하다 치명적 질병을 떠안게 되는 이원영 사이의 종적 위계는 무너져내린다.

그렇게 이원영의 딸이자 소설가인 '권지유'의 엄마에 대한 소설쓰기가 시작된다. 이 소설 속 소설의 결말을 두고 엄마와 딸은 경합을 벌인다. 지유는 질병의 원인을 초파리 실험실에 찾는다. 하지만 의혹에 대한 근거를 찾아가는 지유의 추궁 속에서 원영은 자신의 꿈이 이루어진 실험실과 아름다웠던 초파리의 기억이 훼손되는 느낌을 받는다. 반대로 원영이 자신의 이야기를 들려줄 때, 평생 시달렸지만 너무 사소해서 무시되어온 감정노동과 돌봄노동은 뒤늦게나마 호소되고 후련해진다. 그런데 자신이 깨끗이 다 나아서 건강해지는 결말을 써달라는 원영의 요청에 지유가 "그렇게 쓰면 뭐 해. 소설은 소설일 뿐인데"라고 말하자, 원영은 놀란 듯 묻는다. "소설일 뿐이면, 왜 써?"(62쪽)

소설의 세계에서 가능한 것과 불가능한 것의 기준에 대한 원영의 솔직한 실망감은 사실 이 서사를 뛰어넘어 시대를 뚫고 나오는 질문이다. 소설가인 지유에게 소설은 '있을 법하지 않은improbable' 상황을 소거해야 하는 개연성의 세계다. 그런데 당연하게 느껴지는 이 기준에 대해 아미타브 고시는 그것이 '확률'과 '근대소설'이 동시에 태어나며 발생한 현상이라 말한다. 근대 이전에 우리는 『아라비안나이트』 『서유기』 『데카메론』 같은 이야기에서 환상적이고 예외적인 사건들을 즐겨왔지만, 근대소설은 "전례없는unprecedented 사건은 배경으로 밀어내고 나날의 일상을 전경으로 끌어내는" 변화를 겪는다. 그렇게 등장한 사실주의 소설에서 일상의 세세한 묘사에 대한 강박은 '부르주아적 삶의 규칙성'을 담보해주는 장치가 되었다. 이제 소설적 세계는 개연성이란 명목하에 놀라움과 모험과 기적이 모두 사라진 세계로 바뀐 것이다.[12] 「초파리 돌보기」는 구조적 연결망 속에서 값싼 노동과 실험 대상으로 착취되는 인간과 비인간 존재들이 어떻게 새로운 서사(삶)로 나아갈 수 있을지를, 최근의 어떤 소설보다 직설적이고 도

12) 아미타브 고시, 『대혼란의 시대』, 김홍옥 옮김, 에코리브르, 2021, 1부 참조.

발적으로 묻는다. 엄마 자신이 삶에서 행복과 보람으로 느꼈던 순간이 인과관계 속에서 질병의 원인으로 축약되며 부정된다면, 노동자로서의 존엄이 구조 속에서 희생자로만 읽힌다면, 그 개연성을 우리는 계속 의미 있게 지켜내야 하는가? 흥미로운 것은 이 소설이 인과관계의 틀을 부수고 해피엔드로 향하기 위해 감정적으로 설득해가는 대신, 불쑥 과학적 사실과 주관적 현상을 번갈아 가져오며 나란히 놓는다는 점이다.

다음 장에는 기억과 망각에 대한 초파리 연구 기사가 있었다. 기억 정보를 운반하는 단백질이 바이러스의 흔적이라는 사실을 발견했으며, 망각은 뇌 용량의 한계에 의해 수동적으로 발생되는 것이 아니라 망각 세포의 적극적이고 능동적인 파괴 기능이라는 것이었다.(54~55쪽)

이유를 잊게 되는 원인이 있을 거예요. 스트레스 상황이 반복되면서 단기 기억력이 나빠진 것일 수도 있겠죠. 그런데 이유를 잊어야만 하는 이유가 따로 있는 것 같다는 생각이 들어요. 지워진 게 아니라 필요에 의해 치워졌다고 해야 할까요. 이런 생각을 하다보면 원인과 이유가 일치할 수 없다는 것을 종내는 알게 돼요. 그 불일치가 나한테는 원인인 것 같아요.(64쪽)

첫번째 인용문에 나온 연구에 따르면, 망각은 인간의 이해나 의지와 무관하게 세포의 능동성으로 발생하는 것이다. 이에 따르면 인간과 초파리는 모두 바이러스의 흔적인 기억 정보 단백질에 따라 좌우

되는 존재에 불과하다. 인간과 초파리는 세포 단위에서 동일하다. 두 번째 인용문은 소설가 '치온'의 말로, 망각의 원인과 이유의 간극을 말하고 있다. 사전에 의거해 구분하자면, 결과를 이끌어내는 객관적인 사실이 '원인'이라면, 결과에 이르는 다소 주관적인 사실이 '이유'다. 그리고 치온은 객관적인 원인이 아니라 주관적인 이유에 주목하며, 그 끝에서 원인과 이유가 일치할 수 없다는 결론에 도달한다. 치온의 어린 시절 트라우마가 사소해진 것도, 지유의 소설이 원래의 생각과 다른 치유의 방향으로 움직이기 시작한 것도 여기서부터다. 개연성은 붕괴된다. 이들은 자신에게 영향을 미친 주요한 사건들이 의도적이고 필연적인 지점이 아니라 우연적이고 이해할 수 없는 지점에서 출발했음을 받아들인다.

하지만 이 소설은 세계의 비밀이나 한 인간의 진실에 가닿으려는 노력이 해독 불가능한 수수께끼로 귀결되는 지점을 말하며 그 불가해를 지켜내는 방식으로 윤리의 처소를 마련하는 2000년대 소설들과는 다소 다른 지점에 있다. 이 새로운 불가해성의 중핵에는 인간이 인지적 행위 능력을 갖춘 자율적인 존재가 아니라, 초파리와 마찬가지로 바이러스에 침투되고 세포에 의해 파괴되는 구멍 뚫린 신체이자 물질이라는 건조한 전제가 자리하고 있다.

그렇다면 원영에게 벌어진 질병의 발현과 치유는 단순히 해피엔딩 자체를 목적으로 하는 것이 아니라, 인간의 이해나 의지와 무관한 영역에서 벌어지고 있다는 사실이 더 핵심적일 것이다. 애초에 인과관계라는 것이 비장애 인간 중심의 시간관 속에서 성립했다는 사실을 떠올려보면 어떨까. 수나우라 테일러는 장애는 일상 전반에 속도 조절과 진전에 대한 다른 감각을 조성한다는 점에서 상대적인 '불구의 시간crip time'을 갖는다고 말한다. 이렇게 완전히 다른 시간을 받아들일 수 있다면, 극심한 지적 차이를 가진 사람들이나 수명이 오직 몇 시간, 며칠, 몇 주인 다양한 동물들의 시간 역시 새롭게 개념화된다. 그렇게 우리는 '불구의 시간'에서 '동물의 시간animal time'으로 도약할 수 있다.[13] 소설에서 원인 불명의 질병을 앓기 시작한 원영의 시간crip time도 짧은 생애로 인해 여러 세대에 누적되는 변화 관찰이 용이한 초파리의 시간animal time을 경유하면서 비로소 치유와 행복의 시간에 가닿게 된다. 소설에서 원영은 수명이 겨우 이 주 내외인 초파리들을 두고 "어떤 일들은 아주 나중에야 볼 수 있다고. 4세대 초파리는 자신에게 생긴 일을 결코 이해할 수 없을 것"(45쪽)이라 말한다. 그렇다면 길어봐야 고작 백 년을 사는 인간이 이해하는 인과관계 역시 불완전할 수밖에 없을 것이다. 초파리처럼 너무 짧거나 인간을 넘어서는 아주 긴 시간 사이 어디쯤에서 기적의 세계는 열린다. 자립적 존재로서 인간이 구성한 근대의 서사적 시간은 종결된다. 인간 역시 초파리와 같이 물질적 네트워크에 얽혀 공존하는 세계에서 로열젤리로 인해 몸에 다시 보송보송한 하얀 솜털이 자라나는 원영, 희생자가 아닌 건강하고 행복한 원영의 모습은 당연해진다. 이렇게 「초파리 돌보기」는 오랫동안 우리가 상실해왔던 집합적이고 우연한 세계를 열어낸다. 놀랍게도 이 공생의 세계는 군집해 있는 초파리들에서 개체들이 지닌 각각의 아름다움을 알아본 원영의 시선에 이미 내재되어 있던 것이기도 하다. 원영은 아프기 전부터 자신의 삶을 해피엔드로 이끌며 스스

13) 수나우라 테일러, 『짐을 끄는 짐승들—동물해방과 장애해방』, 이마즈 유리·장한길 옮김, 오월의봄, 2020, 231~232쪽.

로를 구원하고 있던 것일지도 모른다.

지금 세계를 이루는 미학은 위치 이동중인 듯하다. "아름다움은 관계의 세계에서 아름답고 숭고함은 실체의 세계에서 숭고할 것이다"[14]라는 한 철학자의 말에서, 숭고가 아닌 조화의 아름다움으로 향하는 움직임은 미래를 향한 하나의 결단으로 보인다. 비인간 유기체들의 정동, 인지, 결정을 보며 우리는 인간에게 당연하게 여겨져온 합리적이고 지향적이며 상관주의적인 생각을 넘어서는 사고를 확인한다. 비인간 행위자의 힘에 대한 새로운 관념은 개인 너머의 주체성에 대한 생각을 열어낸다. 물질적 네트워크의 얽힘 속에서 자아와 세계가 개체 하부적 수준에서 연결되어 있다면, 구멍 뚫린 신체 앞에서 개인의 깊이나 비밀을 담보하는 내면성을 읽어내는 일은 이전만큼 중요하지 않을 것이다. 실제로 김초엽 소설에서 인류의 생존에 무심한 식물들과 사이보그, 현호정 소설에서 생리혈을 빨아먹는 '어린이 식물', 임솔아 소설에서 원영을 치유하게 되는 초파리에서 우리는 끝내 인간에게 동화되지 않는 건조하지만 활기 넘치는 사물성을 발견한다. 식물들과 초파리에게서 오는 시선과 몸짓에 의해 인간은 침투되고 파열되며 틀어진 채 생명의 그물 속으로 흡수된다. 그리하여 이제 품고 있는 비밀을 읽어내야 되는 쪽은 인간이 아닌 세계 쪽인 것처럼 보인다. 지금 비인간 존재자들의 힘과 영향력 앞에 인간은 객체로 다시 태어나고 있다. 세계를 구성하는 수많은 비인간 존재자들의 관점 중에 하나로서 인간의 시선을 놓을 때, 비로소 새로운 세계는 열릴 것이다.

(2022)

---

14) 스티븐 샤비로, 『사물들의 우주』, 안호성 옮김, 갈무리, 2021, 88쪽.

달의 뒷면, 이형異形의 윤리
—윤이형론[1)]

1. 무엇으로 변할 것인가

최근 현대미술에서 신체 변형의 영역이 어디까지 그 실험성을 확장해나가고 있는지를 확인하고 놀란 적이 있다. 〈May the Horse Live in Me〉(2010)라는 작품은 말의 피(혈청)를 몸에 수혈하는 실험적 퍼포먼스이자 그것을 기록한 비디오아트다. 퍼포먼스 시행 전에 아티스트 '마리옹 라발장테'는 수혈로 인한 과민성 쇼크를 방지하기 위해 모든 테스트를 거쳤으나, 그의 몸은 대량으로 주입된 이상 세포에 대응하지 못했다. 이후의 인터뷰에서 그는 발열과 발작, 수면장애, 식욕증가, 예민해진 촉각 등의 신체적 변화뿐만 아니라 믿을 수 없을 정도로 자신이 강해짐을 느꼈다는 심정적 변화에 대해서 이야기했다. 충

1) 이 글이 대상으로 하는 윤이형의 작품은 소설집 『큰 늑대 파랑』(창비, 2011), 『러브 레플리카』(문학동네, 2016), 그리고 단편소설 「이웃의 선한 사람」(『21세기문학』 2015년 겨울호)이다. 이하 문단으로 인용시 본문에 작품 제목과 쪽수를 밝히고, 구절만 인용하는 경우 쪽수 표기를 생략한다.

격적이었던 것은 말 전문 면역학자들에 따르면, 그녀의 증상과 반응이 말에게는 아주 전형적인 것이라는 증언이었다.[2] 이 순간에 저 아티스트는 인간인가, 말인가? 이 실험이 우리의 어떤 말초신경을 건드린다면, 그것이 그간 인간이 해온 동물실험의 역행위로서 어떤 반성을 불러일으켰기 때문이라기보다는, 반인반수의 괴물의 탄생을 보고 있는 것 같은 '기이한 낯섦uncanny'에 휘말리게 만들기 때문일 것 같다. 동서양을 막론하고 '피blood'는 존재에 깊이 내재되어 바꿀 수 없는 특성에 대한 은유로 사용되어왔다. 그러나 저 실험이 진행되는 동안 인간의 육체는 그저 또하나의 포유류로 격하되고, 고유하다고 믿어왔던 감정의 영역마저 훼손된다. 하지만 이런 '격하'와 '훼손'이라는 단어 선택조차 실은 얼마나 인간 중심적인 것인가. 자신의 육체를 과학적으로 정교하게 대상화시키며 행하는 저 예술을 뒤로하고 우리가 다시 '인간적인 것'에 대해 말하고자 한다면, 거기에는 얼마나 무방비한 오만이 흐르고 있는 것일까.

윤이형은 자신의 소설에서 한 번도 인간의 육체를 보존해야 마땅할, 고결한 무엇으로 다룬 적이 없다. 윤이형이라는 작가를 우리에게 각인시켰던 단편 「큰 늑대 파랑」에서 어느 날 인간들은 좀비로 변하기 시작하고, 그 아비규환의 현장에 나타나는 것은 십 년 전에 그들이 디지털 세상에 그려두었던 늑대 '파랑'이다. '파랑'은 자신을 만들어주었던 네 명의 '부모'를 차례로 찾아가 막 좀비로 변해버린 그들의 두개골을 쪼개고 깨물어 먹는다. 그런데 흥미롭게도 소설을 읽다보면 끔찍해야 할 이 장면들은 유달리 맑게, 마치 하나의 정화 의식처럼 다

2) 전혜숙, 『포스트휴먼 시대의 미술』, 아카넷, 2015, 131~134쪽.

가온다. "우리가 뭘 잘못한 걸까? 그 사람들처럼 거리로 나가 싸워야 한 걸까? 그때 그러지 않아서 지금 이렇게 되어버린 걸까? 난, 무언가를 진심으로 좋아하면 그걸로 세상을 바꿀 수 있을 줄 알았어. 재미있는 것들이 우리를 구원해줄 거라고 생각했어."(「큰 늑대 파랑」) 날것으로 드러나는 이 말은 지금의 젊은 세대들에게도 그리 다르지 않게 반복되는 것이기에 뼈아프다. 그러나 소설은 누군가 시위대 속에서 죽어갈 때 선혈이 낭자한 예술영화를 봤다는 죄의식에 몰두하고 도취되는 것이 아니라, 그 모든 것을 이미 잊고 일상의 비겁한 관성 속에서 살아가는 시시함을 맹렬하게 공격한다. 그들이 갈망했던 구원은 좀비로 변한 직후에, 파랑이 고통을 참으며 그들에게 달려가 두개골을 부숴버릴 때에야 육체의 파열과 함께 다가온다.

2000년대 후반에는 유독 묵시록적 소설들이 많았고, 윤이형의 이 소설 역시 그 주제와 더불어 적극적으로 호명되었다. "어떤 이상도 이념도 정치도 사라졌을 때 남는 것은 생존이고 경쟁이고 노예화"이기에 이 소설에서 좀비의 창궐은 "포스트-정치, 포스트-이데올로기의 세상"[3]을 보여주는 것이라는 설득력 있는 해석(문강형준)이 있었다. 결말에 마지막 좀비가 된 부모를 처음으로 살해하는 아영의 "오이디푸스적인 행위"[4]를 짚으며, 휴머니즘적으로 이 소설을 읽어내려는 것을 경계하는 날카로운 지적(복도훈)도 있었다. 두번째 소설집에 함께 묶인 소설들이 다소 밝은 색채를 띤 데 비해, 이 소설에는 작가의 고유

3) 문강형준, 「보유 1. 비인간적 고찰—좀비의 비/존재론과 윤이형의 「큰 늑대 파랑」」, 『파국의 지형학』, 자음과모음, 2011.

4) 복도훈, 「세계의 끝, 끝의 서사—2000년대 한국소설에 나타난 재난의 상상력과 그 불만」, 『묵시록의 네 기사』, 자음과모음, 2012, 180쪽.

한 세대적 상처가 장르적 문법을 변용한 고유한 인장으로 새겨져 있었다는 점도 이 소설을 오래 기억하게 만든 요소였다. 그러나 변용한 장르의 속성을 의식하더라도, 등장인물들이 좀비처럼 무의미한 생을 지속하다 죽음으로 구원되는 장면에는 어떤 아슬아슬함이 있었다. 생의 무의미는 과연 가늠할 수 있는 성질의 것인가. 작가는 자신의 세대를 부정하는 것일까, 아니면 이 세계 자체를 비관하는 것일까. 이 소설 속에 도저한 허무주의가 있는 것은 아닌가에 대한 의혹을 지울 수가 없었다.

오 년이 지나 세번째 소설집 『러브 레플리카』에 실린 「쿤의 여행」에서 놀랍게도 그는 자신의 신체를 다시 한번 변형시킨다. '나'는 열다섯 살 이후로 '쿤'의 등에 바싹 붙어 업힌 자세로 한 몸이 되어 살아왔으며, '쿤'은 감당하기 어려운 삶의 무게들을 대신 짊어짐으로써 그녀가 성장하지 않아도 되도록 도왔다. 하지만 그 편안한 관성을 뒤로하고 그녀는 몸의 주도권을 잡고 있던 쿤을 뜯어내는 대수술을 감행한다. 마흔 살 여자의 몸과 얼굴은 성장이 멈춰 있던 열다섯 살 소녀로 돌아오고, 모든 것을 어른도 아이도 아닌 애매한 상태에서 비로소 다시 시작한다. 「큰 늑대 파랑」에서 같은 세대들이 과거를 망각한 채 지리멸렬한 세속적 삶을 살고 있음에 몸서리치던 시선은 이제 미래를 박탈당한 젊은 세대에 대한 연민과 책임감으로 향한다. "난 내가 뭘 놓칠 수나 있는지 잘 모르겠어. 뭔가가 있긴 있을까?"라며 회의하는 대학생의 이야기에 귀기울이고, "딸, 미안해. 엄마가 자랄게. 얼른 자랄게"(「쿤의 여행」)라 읊조리며 거듭 자신을 다스릴 때 윤이형은 갑자기 웃자란 어른처럼 보인다. 묵시록적인 세상을 맞이하고 그 세상에서 죽음으로 구원될 때 그것은 '자기애'에 가까운 감정의 발현으로 보였으나, 이제 그 감정은 타자에 대한 '공감과 연민' 쪽으로 조금 더 기울어 있는 듯하다. 물론 이 모든 감정과 상황을 열다섯 살의 육체로 감당해내야 한다는 사실의 난감함은 여전히 세계를 무작정 낙관하거나 자신의 능력을 과신하지 않는 작가의 태도를 반영하고 있지만, 이제 구원은 '구할 수 있는 자가 구하라'며 던져지는 것이 아니라 자신의 힘으로 찾아가는 무엇이다. 그의 신체는 계속해서 비인간적인 형상과 결합하는 중이지만, 우발적인 신체 변형으로 흩어지는 대신 자발적인 자기 형성으로 방향을 돌리는 중이다.

2. 진정성이라는 환상을 넘어

묵시록적 상황을 통해 세계의 전면적 파괴와 쇄신을 꿈꾸는 것에서 자아의 발견으로의 이동은 '진정성'이라는 단어를 자연스럽게 상기시킨다. 「쿤의 여행」에서 주인공은 책에 나오는 "쿤을 영원히 없애는 법: 거울을 볼 것"이라는 지침을 의미심장하게 참고할 뿐만 아니라, "이제, 무엇이든 되고 싶은 것이 되어봐"라는 선배의 말에 "나는 나를 사랑하는 사람이 되고 싶었다"고 생각한다. 이 말은 일차적으로 사회생활에서의 역할을 모두 벗어버리고 사회의 요구와 무관하게 자신이 진정으로 원하는 바에 천착함으로써 규명되는 자아를 보여준다. 그런데 진정성이란 대체 무엇인가. 베르거에 따르면 '진정성'은, 자신에게 거짓되지 않은 동시에 타인에게도 진실하기를 원하는 태도인 신실성sincerity보다 훨씬 후에 나타나는 도덕적 개념으로, 자신의 참된 자아를 실현하고자 하는 열정을 가로막는 사회적 힘(전통, 규범, 타인)과의 대립을 마다하지 않는 태도로 이야기된다.[5] 그렇다면 윤이형은 이 진정성의 테제를 따라 '포스트-진정성 레짐'(김홍중)의 시대 속에서 다시 어떤 윤리를 회복하는 길을 가고 있는 중일까.

그렇게 말하기는 어려울 것 같다. 진정성이 잠재적 가능태의 상태를 벗어나 현실화되기 위해서는 '진정한 나'를 추구하는 자아 정치와 '진정한 사회'를 추구하는 현실 정치가 결합해야 한다. 그러나 우리가 단편을 검토하고 있는 중이라는 한계를 감안해보더라도, 윤이형의 소설에서 현실 정치의 이상적인 면모가 비춰지는 경우는 거의 없다. 물론 이번 세번째 소설집에 실린 「굿바이」에서는 예외적으로 구체적인 정치적 유토피아의 실험이 이루어진다. 화성에 간 사람들은 몸을 기계로 바꾸고, 돈의 사용에서 자유로워졌으며, 뇌가 연결되는 방식을 패턴화해 언어로는 불가능했던 수준의 내밀한 의사소통을 나눈다. 하지만 기적적으로 개별적인 인격을 잃지 않으면서 동시에 하나의 공동체를 이루는 데 성공했음에도 이유를 알 수 없는 자살자들이 속출하기 시작하고, 가치를 두고 있는 부분이 서로 다르다는 사실을 확인하면서 그들은 분열하기 시작한다. SF적인 설정이 강한 「굿바이」가 아니라, 다시 「큰의 여행」으로 돌아와도 상황은 크게 다르지 않다. 큰을 떼어내는 수술을 통해 진정한 자신과의 관계에 기초한 내성적이고 사적인 '윤리'의 계기가 마련되었지만, 주인공은 현실의 벽 앞에 좌절하는 대학생의 독백을 들어주는 이상의 역할을 하지 못한다. 이 관계는 분명 세대 간의 벽을 넘어선 진실함을 품고 있지만, 사회와의 관계에 기초한 참여적이고 공적인 '도덕'의 계기로 나아가지는 못하는 것이다.

윤이형의 진정성은 이보다 더 근본적인 구조로의 역행으로 향한

5) 김홍중, 「진정성의 기원과 구조」, 『한국사회학』 제43집 5호, 2009, 10쪽.

다. 원래 진품성眞品性의 개념에서 연원한 진정성 개념은 진품이 언제나 하나이듯이, 진정한 삶의 형식 또한 하나일 수밖에 없다는 통념을 안고 있다. 그러나 무엇이 진품, 즉 진정한 것인지를 판단할 수 있는 절대적 권위가 존재하지 않는 이상, 진정성은 실증의 대상이 아니라 주장의 대상이 되며, 과잉이 아닌 결여의 형식으로 표현될 수밖에 없다.[6] 윤이형은 개별적 인물의 차원에서도, 구조의 차원에서도 원본과 사본을 구별하는 것이 무의미하며 불가능하다고 판단한다. 그에게 있어 진정한 자아라든가, 유일하게 존재하는 단 하나의 현실이라는 것은 모두 착각이나 허상에 불과한 것이다.

『큰 늑대 파랑』에 수록된 단편 「결투」에서 사람들은 계속 분열하고, 분열은 분리체가 본체에서 떨어져나가는 일로 이어진다. 그리고 이 분리체를 물리적으로 수용하는 것이 불가능하기 때문에, 사람들은 체육관을 찾아와 결투하기를 택한다. 도플갱어나 복제인간을 다룬 소설들의 주요한 파토스가 대개 '진짜'가 '가짜'로 오인됨으로써 진짜가 제거될지도 모른다는 데서 오는 공포에 맞추어져 있다면, 윤이형은 이 둘 사이의 위계를 짓는 일의 유효성을 묻는다. 우리는 암묵적으로 본체에 '아우라'를 부여해왔지만, 「결투」에서 보여주는 것은 본체라고 해서 결코 자신에 대한 확신을 갖고 있거나, 더 높은 도덕적 이상을 갖춘 것은 아니라는 점이다. 의식이 수면상태에 접어들어야 분리가 일어나기에 누구도 자신이 '진짜'라고 주장할 근거는 없는 상태에서 본체는 혼란과 불안에 빠진다. 무엇보다 소설 속의 분리체는 높은 윤리성을 지니고 있다. 밖에서 문을 두드리는 사람들이 혹시

6) 같은 글, 18쪽.

나 도움이 필요한 건 아닌지 걱정하고, 마트에서 물건을 살 때도 제품의 생산과정에 공리적인 문제가 있지는 않았는지를 생각하고, 무언가가 사라지고 새로 생겨나는 것을 애석해한다. 심지어 그는 분리될 때마다 점점 더 살고 싶어짐에도 불구하고, 본체가 자신을 죽일 수 있도록 생에 대한 의지까지도 억누르는 초인적인 배려를 발휘한다. 소설은 마지막에 화자가 다시 만난 그녀가 본체가 아니라, 분리체일지도 모른다는 사실을 암시하며 끝난다.

윤이형에게 원본이 아니라 사본이 우월할 수도 있으며, 심지어 더 인간적일 수도 있다는 사실은 혼란을 야기하기보다 삶의 가능성을 폭넓게 열어두는 일처럼 보인다. 그것은 「결투」에서 분열 초기 증상이 묘하게도 임신 초기 증상과 정확히 일치한다는 설정과도 상통하는 바가 있다. 분열을 겪게 되는 남자들도 어김없이 헛구역질이 나고, 입에 침이 고이며, 음식 냄새를 견디기 어려워진다. 결투가 끝나면 그 사체를 처리하는 '결투진행요원'이라는 직업을 가진 남성 '나'는 소설 내내 '최은효'라는 여자의 분열과 사투를 지켜보는 목격자로서 자리하지만, 그 과정 속에서 감정적으로 연루되며 소설의 마지막에는 자신이 분열 초기 증상을 겪게 된다. 소설이 여성 분리체와의 감정적인 사건을 더 흥미진진하게 그려나갈 수 있는 가능성 앞에서 멈추고 주목하고 싶어하는 것은 '나'가 처음으로 겪는 분열 증상 앞에서의 혼란스러움이다. 이로 인해 플롯은 다소 무미건조해졌으나, 이는 서구 근대의 '겸손한 목격자modest witness'라는 주체 모델을 재형상화함으로써 '투명한 객관성'을 생산해온 근대 서사의 모델을 비틀어내는 데까지 나아간다. 도나 해러웨이가 구체화시킨 이 '겸손한 목격자'라는 말은 본래 근대과학의 생산 장치의 비가시성을 지시하는 것이다. 과학 실험의 주체는 '겸손한 목격자'이기 위해, "실재를 거울처럼 보여주는 설명을 할 수 있는 목격자는 눈에 보여서는 안 되며, 자기 비가시성이라는 기이한 관습에 의해 구축된 강력한 '표시가 없는 범주'의 거주자이어야" 했다.[7] 이 투명한 객관성은 오랫동안 근대적·유럽적·남성적·과학적 미덕으로 정착되어왔고, 그것은 근대소설들의 화자에서도 예외는 아니었다. 「결투」에서 줄곧 분리라는 사건과 심리적 거리를 견지해왔던 '나'가 화장실에서 오른쪽 허벅지 바깥쪽에 생긴 '갈색 분리선'을 확인하고, 키트에서 굵고 진한 두 개의 푸른 선이 떠오르는 것을 보는 장면은 '겸손한 목격자'의 투명성을 오염되고 불순한 것으로 끌어내리는 중요한 순간이다. 소설의 화자는 결국 자신을 의심하고 분열하는 인식론적 회의주의에 이른다. 여기에는 어떤 비애의 파토스도 없다. 윤이형은 담담하게 원본과 사본, 사건 당사자와 목격자의 위계들을 지워나간다.

투명한 객관성의 자리를 버리는 일은 「러브 레플리카」에서 더 깊은 층위에 이른다. 거식증을 앓는 '나'는 같은 병원에서 상담을 받는 환자인 '경'을 만나 가까워지며 심정적으로 의존하기 시작한다. 조금 위악적으로 경에게 다가갔던 '나'와 다르게, 경은 평범하고 다정한 언니처럼 대해주었고 화자는 점점 자신의 유약함을 부끄럽게 여기기 시작한다. 화자의 눈에 비친 경은 "보통 사람보다 예민하고 걱정이 많고 그래서 미안해하지 않아도 될 일에 미안함을 느끼는 사람"이었다. 경은 지금의 자신을 만든 사건을 이렇게 설명한다. 오래전 경이 여대

7) 김애령, 「사이보그와 그 자매들: 해러웨이의 포스트휴먼 수사 전략」, 이화인문과학원·LABEX Arts-H2H 연구소, 『포스트휴먼의 무대』, 아카넷, 2015, 109쪽.

생이었을 때, 동네에서 자주 마주치던 이주 노동자는 그녀에게 데이트 신청을 해왔고, 어쩐지 무서웠던 그녀는 부모님에게 그 이야기를 했다. 그런데 몇 년이 지나 경은 인터넷에서 하나의 기사를 보게 된다. 그가 신고에 의해 붙잡혀 본국으로 추방되었고, 고국에서 어떻게든 다시 삶을 시작하려 했으나 계속되는 생활고의 무게와 추방되었을 때의 모멸감을 이기지 못하고 자살을 했다는 것. 경은 그뒤로 시간이 더이상 한 방향으로 흐르지 않았고, 무슨 일을 해도 자신에게는 자격이 없는 것처럼 생각하게 되었다고 말한다. 그러나 문제는 경의 말들이 자꾸만 엉뚱한 곳에서 발견된다는 데 있다. 경의 트라우마는 동명이인의 책에서 발견되고, 급기야 경은 화자가 앓고 있는 거식증을 자신의 고통스러운 꿈의 이미지들로 전유해 말하기 시작한다.

이것은 무척 이상하고 혼란스러운 죄의식이다. 죄책감이라는 것은 감정이기에 앞서 사유의 결과물이고, 이것이 탄생하기 위해서는 우선 자신이 해야만 했던 일과 그럼에도 하지 못한 일이 분리되어야만 한다. 세계와 나를 분리시키고, 다시 접합시켜 그 연결점에서 발생한 오류를 찾아나가야 한다. 그런데 경은 객관적인 위치 찾기를 부정하면서, 모든 사건에 연루되는 복수의 화자로 자리잡으려 한다. 이는 윤리를 가장한 제삼자의 연민이 아니다. 그녀는 자신이 들은 고통스러운 이야기의 내부로 들어가, 그 고통을 모두 자신의 것으로 떠안으려 한다. 이렇게 말해볼 수도 있겠다. 육체적으로 자신을 비워내는 '나'의 거식증이 세계를 거부하는 몸짓이라면, 정신을 다른 사람들의 이야기로 채워가는 '경'의 허언증은 세계에 감응하고 모든 것을 포용하려는 안간힘이다. 거식증이 사물과 세계에 대한 '서정적 자아'의 우위를 유지하는 방편이라면, '경'의 허언증은 그 서정의 반대편에서 사물과 세계의 '산문적 진실'과 맞대면하는 방식이다. 그래서 거식증이 미학적 주체가 될 수 있는 맹아를 지니고 있다면, 허언증은 윤리적 주체로 향하는 발판이 된다. 그런데 이 지점에서 소설은 갑자기 이상하고 혼란스러운 반성의 자세를 보여준다.

> 허언증이라는 건 보통은 부나 학력이나 유명한 사람들과의 친분 같은, 꾸며냈을 때 자신에게 득이 되는 부분을 지어내는 병이 아니냐고 나는 물었다. 다른 사람의 죄책감이나 부끄러움, 괴로움 같은 걸 훔치고 자신의 것인 양 착각하는 경우도 있느냐고. 그게 옳은 일이냐고, 남의 이야기를 더 풍부하고 생생하게 살아 있는 것으로 만들 수 있는 능력이 있다고 해서 그렇게 쉽게 다른 사람을 우스운 존재로 만들어버려도 되는 거냐고, 나는 물었다.(「러브 레플리카」, 184~185쪽)

인용문은 화자가 의사 선생님에게 던진 질문인데, 마지막 순간에 문득 메타소설적 질문으로 전환된다. 작가가 지닌 재현의 능력이 뛰어나다고 해서, 그 많은 불행들을 되살려내는 것이 윤리적으로 정당화될 수 있느냐고. 거기에는 정말 어떤 관음증적 시선도 개입하지 않는다고 말할 수 있느냐고. 저 마지막 문장에는 소설을 초과하며 튀어나오는 듯한 어떤 힘이 있다. 사실 소설은 화자가 허언증을 가진 경을 이해하고 받아들이고 그의 윤리성에 탄복하는 방향이 아니라, 믿었던 경에게 놀라고 배신감을 느끼고 경멸하게 되는 방향으로 쓰였다. 작가가 기대고 싶었던 것은 경의 윤리성일 테지만, 나는 작가가 화해가 아니라 불화의 방향으로 소설을 쓴 이유를 다음과 같이 이해해야 한다고 생각한다. 그는 남의 불행을 "더 풍부하고 생생하게 살아 있는 것으로 만들 수 있는 능력"에 대해 최소한의 자부심도 허락할 수가 없는 것이다. 타인의 불행에 공감함으로써 어떤 연민과 반성에 도달하는 자신을 견딜 수가 없는 것이다. 자신의 작업을 윤리성으로 도약시키는 것이 아니라, 이렇게까지 지독하게 병증으로 의심하는 자의 결벽성이 밀고 나간 자리에서 기존의 진정성은 균열과 혼동을 겪는다. 진정성은 더이상 실제의 경험을 기반으로 한다고 해서 담보될 수 있는 것이 아니다. 타인의 욕망을 경유하는 것이 아니라, 타인의 절망을 경유함으로써 더 깊은 절망에 다다르는 이상한 삼각형을 지금 윤이형은 만들어내고 있는 중이다. 그의 소설에는 허구의 경험이라고 해도 거기에서 발생하는 책임의 구조로부터 자신을 사면하지 못하는 자들이 있다. 진정성을 담보해주는 경험의 토대가 부재한 세계 속에서, 서정의 반대편에 위치한 산문적인 불화의 공간 속에서 이들만이 '균열의 진정성'이라 할 만한 것에 다다른다.

3. 달의 뒷면에서

분명 '저기 바깥'에는 무언가가 있고, 우리는 더 나은 표현이 없기 때문에 그것을 '현실'이라고 부른다. 그러나 우리에게, 그리고 모든 생명체에게 있어서 '현실'은 오로지 유기체 자신의 조직화에 의해서 결정되는 상호작용 과정을 통해서만 존재한다. 그런 점에서 포스트휴먼의 인식론과 관련해 중요한 초석을 다진 움베르토 마투라나의 논문 「개구리의 눈이 개구리의 뇌에게 말하는 것」은 흥미롭다. 저자들은 개구리의 시각 피질에 미소전극을 이식하여 다양한 자극에 대한 신경 반응의 강도를 측정했다. 연구자들은 개구리가 빠르고 불규칙적으로 움직이는 작은 물체에는 최대의 반응을 보이는 반면, 크고 천천히 움직이는 물체에는 최소한의 반응만 일으키거나 아무 반응도 일으키지 않는다는 사실을 발견했다. 그렇다면 개구리는 파리를 인식하면서 별로 관심이 없는 다른 현상들을 무시할 수 있으므로 이러한 인식 작용이 개구리의 관점에서 어떻게 활용될 수 있는지는 쉽게 이해할 수 있다. 이 결과는 곧 개구리의 지각 체계가 현실을 기록하는 것이 아니라 현실을 '구성한다'는 뜻이었다.[8] 심지어 인간 아닌 생물체에게도 단 하나의 객관적 현실이 존재한다는 건 불가능하다. 관찰자의 숫자만큼 현실은 증식되며 구성된다. 「러브 레플리카」에서 '경'은 그가 읽고 들었던 모든 현실 속에 존재했다. 허구는 그 허구를 향한 믿음의 강렬함에 따라 또하나의 현실이 된다. 그렇게 한 사람 내부에도 다양한 현실이 세워질 수 있고, 그 현실들은 복잡한 층위를 이루며 함께 존재한다. 윤이형은 일찌감치 소설 속에서 '현실 반대 선언'을 제창한 바 있다.

> 그건 세상에는 하나의 현실만 있다는 생각에 반대해 몇 년 전에 제창된 선언이었다. 사람들이 마음을 두고 애착을 갖는 현실은 저마다 다르다. 예를 들어 어떤 사람이 일생 동안 매일 스물네 시간 가운데 열여덟 시간을 어떤 드라마를 보면서 보낸다면, 그 사람에게 중요한 의미를 갖는 현실은 그 드라마 속 세계가 된다. 그것이 책이든, 영화든, 산이든, 장난감 로봇이든, 단전호흡이든 마찬가지다. 그가 마

8) 캐서린 헤일스, 『우리는 어떻게 포스트휴먼이 되었는가』, 허진 옮김, 플래닛, 2013, 247쪽.

음을 둔 곳이 그의 현실이다. 그런데 오랫동안 세계는 하나의 특정한 현실만 존재한다는 생각을 가진 사람들이 지배해왔다. 그들은 자신과는 생각이 다른 사람들을 억압하면서 현실로 회귀하고 관심을 가져야 한다는 당위를 강요했다.(「이스투아 공원에서의 점심」, 『큰 늑대 파랑』, 159~160쪽)

세상에는 다발로서의 현실이 존재하고, 그중 어떤 현실도 다른 현실에 우위성을 주장할 수 없다는 사고가 윤이형의 세계관 저변에는 자리한다. 사실 익숙한 이야기이기도 하다. 피로와 권태로 가득한 현실을 우리는 자주 예능 프로그램에 대한 몰입으로 구제하지 않았던가. 실패를 거듭하는 실제의 자아 대신 아바타는 훌륭하게 성장하지 않았는가. 특정 현실의 우위를 주장하지 않는다면, 망가진 현실을 가상현실이 구제하는 기적도 가능하다. 아마 그렇게 '큰 늑대 파랑'이 가상성의 공간을 넘어 현실로 침투해 오고, 부모를 구해내는 플롯도 실현 가능해졌을 것이다. 그런데 이는 우리가 소위 '오타쿠'들을 바라보는 시선에 깔리는 의심처럼 단순히 현실도피적인 사고에 불과한 걸까.

윤이형은 이례적으로 긴 산문 「1980년대라는 달의 뒷면」에서 자신이 속한 세대적 무의식을 밝힌 바 있다.[9] 그에게 생생하게 남은 그 시대의 흔적은 음악, 그것도 외국에서 수입된 음악이었다. 신시사이저가 만들어낸 단순하고 꾸밈없는 댄스 비트들과 과장된 멜로디로 가득하던 그 음악들은 그에게 동경과 사랑의 대상이 되어주었다. 그런데 대학교에 들어가 처음으로 1980년대의 역사적 현장들을 학습받

---

9) 윤이형, 「1980년대라는 달의 뒷면」, 『실천문학』 2013년 봄호, 295~302쪽.

던 시간의 충격은 1988년 국민학교 6학년 시절에 올림픽 경기장을 제때 찾지 못해 경기를 완전히 놓쳐버렸던 경험에 대한 회상으로 이어진다. "그날 그 자리에서 벌어진, 다시는 벌어지지 않을 중대하고 유일한 사건에서 영원히 제외되어버렸다는 기분과 그것이 영영 지나가버렸다는 느낌은 쉽게 가시지 않았다."[10] 1980년대의 역사는 그에게 그 폭력성의 실감과 충격으로 체감되는 것이 아니라, 그 시대에 한국에 살고 있었음에도 그 모든 사실로부터 단절되어 있었다는 소외감과 허탈함으로 먼저 다가온다.

> 그 시대에 관한 이야기를 접하며 느낀 건 텅 빈 올림픽 주경기장에 서 있던 그날과 정확히 똑같은 소외감이었다. 자신이 유년기를 보낸, 암울함이라고는 조금도 묻어 있지 않던 시공간이 정말로 1980년대의 한국이었는지 K는 확신할 수가 없었다. 마치 세계선에 어떤 착오가 생겨 자신과 자신의 가족만 엉뚱한 평행우주를 헤치고 살아온 것 같았다.(「1980년대라는 달의 뒷면」, 298쪽)

평행우주에 우리가 친연성을 느낀다면, 그것은 아마도 매체를 경유해 다른 세계를 가정하고 경험하는 것이 익숙해진 시대적 특수성에 기인할 것이다. 하지만 윤이형의 평행우주에 있어서는 소외감이 먼저 자리하고 있음을 이해하는 것이 더 중요할 것 같다. 1980년대에 대한 집단적 기억과, 더이상 행복할 수 없는 시간인 그 시절의 음악들 사이에는 한 번도 보지 못한 '달의 뒷면'이 있다. 만약 작가가 자신 안에

10) 같은 글, 298쪽.

서 집단적 기억과 사적 기억을 충돌시켰다면, 둘 중 하나는 사장되어야만 했을 것이다. 전자가 살아남았다면 공적 지평으로 향하고자 했을 것이고, 후자가 살아남았다면 내면의 공간이 팽창했을 것이다. 그러나 작가는 그 두 세계를 훼손 없이 공존시키는 대신, 그 '사이'에 어두운 '달의 뒷면'을 위치시킨다. 1980년대는 그 시기를 '살았던' 나와 '알게 된' 나의 봉합할 수 없는 차이 속에서만 존재한다. 알게 되긴 하였으나 자신이 당대에 주체적으로 목도한 것이 아니므로, 제대로 떠맡을 수도 없는 이 잔여의 감정은 불편하다. 이것은 죄책감과는 조금 명도가 다른 어둠이다. '달의 뒷면'이라는 말은 작가가 상황의 전체를 조감할 수 있으리라는 믿음을 가지고 있지 않음을 내비치는 표현이자, 그에게 1980년대가 노스탤지어의 대상으로 환원될 수 없다는 완고한 선언이기도 하다. 작가에게는 회복해야 할 낙원도, 도달해야 할 역사의 목적telos도 없다. 무한정의 막막함만을 지닌 채, 영원한 미지의 공간인 달의 뒷면에서 평행우주가 뻗어나가기 시작한다.

4. 평행우주의 가능성과 절망

나와 분열된 너 중에 진짜 자아를 판별할 수 없고, 사적 기억과 집단적 기억 중에 어느 세계가 실재라고 말할 수 없다는 불확실성이 먼저 있었다. 그 불확실성이 야기하는 깊은 내적 고독감 속에서 구조적으로 평행우주가 발생한다. 여기 자신이 쓴 소설을 그럴듯하게 변환시켜주는 기계 앞에서 고민하는 남자가 있다.(「로즈 가든 라이팅 머신」, 『큰 늑대 파랑』) 자신이 쓴 플롯의 전개 방향과 기계가 새로 구성해준 전개가 다르기 때문이다. 자신이 만든 세계에서 A는 외롭게 죽었는데, 기계를 따라가다보면 A의 외로움에 대해서는 말할 수 없는 상황이 되어버린다. 그래서 그는 문득 이런 질문을 던진다. “그 두 개가 같이 존재하게 할 수는 없나? 이것도 진실이고, 저것도 진실이게 만들 수는 없을까?” 그 공존 가능성의 모색이 윤이형의 평행우주가 열리는 순간이다.

그러나 두 우주가 공존하는 것이 곧 수평적인 관계를 보장하는 것은 아니다. 같은 책에 수록된 「완전한 항해」는 다소 복잡한 설정으로 인해 크게 주목받지 못했으나, 그 설정에 눌리지 않고 휴머니즘적인 관점에 투항하지도 않은 채 아름다움을 발하는 소설이다. 이 소설 속에서 평행우주는 ‘갈래세계’라는 말로 표현되어 있고, 이곳에서 사람들은 많은 돈을 들이면 자신을 ‘튜닝’할 수 있다. 곧 쉰번째 생일을 맞는 ‘창연’은 이 튜닝에 최적화된 인간으로, 곧 죽음으로 육체가 소멸하는 사람들의 영혼들을 계속 자신 안에 통합하면서 더없이 높은 지능과 통찰력, 감각 등을 모두 갖추고 사회적인 명예와 부를 누리며 살아왔다. 그 과정에 점점 가속도가 붙으며 자신을 확장시키고 팽창해서 모든 것을 경계 없이 포섭해버리는 창연은 자본주의의 은유로 보이기도 한다. 그런데 창연의 쉰번째 튜닝을 앞두고, 다른 갈래세계에서 살아가는 그의 쉰번째 에디션인 ‘창’이 튜닝을 거부하는 데서 제동이 걸린다. 창연의 관점에서 어차피 죽을 거라는 것을 알면서도 기억을 전이시켜 불멸하기를 택하지 않는 창이란 이해할 수 없는 존재다. 그러나 시스템 안에서 이미 확실히 정해져 있는 죽음의 시간을 앞두고 고민하던 창은 끝내 그 세계에서 가장 멀리, 가장 빠르게 날아 새빨간 불꽃으로 소멸해버리길 택한다.

소설은 비범한 개인이 시스템을 바꿀 수도 있다는 순진한 주장을 하는 것이 아니다. 시스템은 정확하고, 그의 죽음은 시스템이 예언한 바로 그 시간에 찾아온다. 그러나 시스템은 창이 어떤 방식으로 죽을 것인지까지 맞히지는 못한다. 99.82%라는 높은 정답률을 가진 시스템의 예언과 달리 그는 동사凍死하지 않고, 대기권을 벗어나며 "새빨간 불꽃으로 변해" 타오른다. 가장 추운 날 가장 뜨겁게 죽기를 택한 창으로 인해 시스템은 오류 가능성을 노출하게 된다. 그는 기억을 전이시키며 갈래세계를 넘어 불멸하는 대신, 자신의 고유한 기억을 품은 채 육체가 소멸하기를 택한다. 그의 선택은 느린 인간들처럼 거대하지도 않고 의미를 축적해나가는 방식도 아니지만, 빠르게 명멸하며 긴 잔상을 남긴다. 평행우주로부터 끌어낼 수 있는 가장 아름다운 가능성이란 이와 같은 것이 아닐까. 평행우주에서의 선택과 죽음은 실제 현실에 직접적인 영향을 미치지는 못하지만, 아주 작은 틈을 만들어내는 데 성공한다. 이런 평행우주란 다른 더 좋은 선택지가 외부에 있을지도 모른다는 낙관주의와도 무관하고, 현재에 대한 거리 두기와 자기 보호가 될 수도 없다. 다만 이 세계의 중력을 거슬러 살아갈 수 있는 희미한 가능성을 잠시 보여준다. 그렇다면 소외감에서 탄생한 윤이형의 평행우주는 가능성을 보여주는 유토피아로 자리하는 것일까.

그렇게 말할 수는 없을 것 같다. 예외적인 단 한 순간이지만 시스템을 넘어서는 개인의 의지에 방점을 찍었던 「완전한 항해」와 달리, 「굿바이」에 이르러 작가는 시스템의 공고함 앞에 다소 무기력하게 죽음을 택하는 개인을 보여준다. 소설은 태아라는 독특한 화자에 의해 전개된다. 이 소설을 처음 봤을 때, 나는 소설이 두 가지 갈래의 결말을 갖고 있다고 착각했다. 한 평행우주에는 세상에 태어나고 싶지 않기에 자신의 목에 탯줄을 감는 태아가 있고, 다른 평행우주에서는 외부(엄마)의 의지에 따라 태어나야만 했던 태아가 있는 것처럼 보였다. 이런 착각을 야기한 것은 마지막에 이르러 화자가 태어나는 순간, 리턴 시술을 받아 인간으로 돌아오기보다 차라리 소각되기를 택한 친구가 옆에 있었기 때문이었다. 이것은 마치 일어나야만 했으나 일어날 수 없었던 아름다운 꿈처럼 보였다. 그러나 다시 읽어보니 이것은 착각이었고, 태아가 태어나는 결말의 선택은 분명했다. 그런데 나를 혼란스럽게 만들었던 것은 철저한 회의주의자였던 태아가 태어나는 순간 당신(어머니)의 사랑을 깨달으며 두껍고 포근한 망각 속에 빠져든다는 사실이었다. 이 결말의 해석은 곤혹스러웠다. 태아는 마음을 바꿔 자신이 태어나기를 선택한 것이 아니라 세계가 찢어지며 불가피하게 탄생했고, 암울한 회의주의를 지고 살아가는 것이 아니라 망각 속에 묻힌다. 그렇게 살아가는 것도 실존적인 선택이라고 할 수 있을까. 망각으로 시작되고 지탱되는 탄생과 삶 역시도 긍정할 수 있는 것일까. 여기에 긍정이 있다면 그것은 수많은 반복 속에 차이가 무뎌지며 모든 것이 평화로워지는 노년의 삶에나 찾아들 수 있는 그런 긍정이 아닐까. 망각의 옷을 입은 회의주의는 어디로 향하는가.

평행우주에서 윤이형이 발견해오던 희미한 가능성이란 본래 유토피아적인 것은 아니었으나, 그것은 점점 어두운 절망의 색채를 띠어가는 것 같다. 근작 「이웃의 선한 사람」은 '악의 평범성'을 다시 발견하는 소설이다. 한 청년이 평범한 중산층 가정의 어린아이를 교통사고로부터 구해낸다. 그 아이의 아버지인 주인공은 마땅히 이에 보답하고자 하는데, 두 가지 문제가 발생한다. 첫번째는 그 청년이 언젠가 흡연하던 주인공에게 창문 너머로 말없이 그러나 무자비하게 식초를 부었던 바로 그 사람임을 알게 된다는 것이고, 두번째는 그 청년이 자신의 선행에 대해 그저 명백하게 고정되어 있는 미래가 보이기에 그렇게 행한 것이라 주장한다는 점이다. '이웃의 선한 사람'인 청년의 철저한 무감함으로 인해 주인공의 부채감은 적절한 보상과 응답으로 상쇄되지 않을뿐더러, 그 청년의 선행과 무관하게, 미래에 끔찍한 대형 참사에 손녀가 휘말리게 된다는 것 역시 그에게서 듣게 된다. 멱살이 잡힌 채 청년이 내뱉는 말은 의미심장하다. "믿어야겠죠. 선한 마음에는 힘이 없다고. 그건 아주 작고 연약한 거라서, 어떤 무서운 일도 일어나게 할 힘이 없다고요. 그래서 우리가 지켜줘야 하는 거라고요."

그렇게 훈훈한 선행에서 시작된 소설은 거친 허무주의에 도달한다. 대형 참사 이후 우리가 지니게 된 부채감만으로 정말 충분한가. 우리 모두 '선한 사마리아인'이 되어 선한 마음이 선한 마음을 낳다보면 누군가를 구할 수 있을까. 그 선함으로 대형 참사는 다시 일어나지 않을 것인가. 놀랍게도 윤이형은 "선한 사람들이 선하게 살았기 때문에" 그런 일이 일어난다고 말한다. 그는 지금 악이 가진 진정한 본질이 이런 식의 무책임한 '선함'일 수 있음을 드러내며 중산층 가정의 응접실이 지닌 안온한 풍경을 가차 없이 때려 부수는 중이다. 작가는 이제 '달의 뒷면'이라는 가닿을 수 없는 공간의 기원이 중산층의 소시민적 의식이 아닌가 의심하는 중인 듯하다. 그곳이 본래 가닿을 수 없는 근원적인 무지의 공간이 아니라, 부드러운 망각과 무의미한 선함들로 덮어왔던 실재의 공간임을 조급하게 알려오는 것만 같다.

5. 실패한 유토피아를 넘어서서

회복해야 할 낙원도, 도달해야 할 역사의 목적도 없이 시작된 세계라고 앞에서 이미 말한 바 있지만, 윤이형의 소설에는 유토피아의 공동체를 세우고 무너뜨리는 반복되는 움직임이 있는 것 같다. 왜 유토피아는 불가능한가. 장편이 될 많은 단초를 품고 있는 「굿바이」에서 육체를 포기하고 화성에서 공동체를 꾸린 인물들을 스쳐간 자극적인 감각이 그 답을 품고 있는 것 같다. 그건 "아주 사소한 경험, 그러니까 토사—모래가 손바닥을 따끔따끔 찌르는 느낌, 바다에서 나는 냄새와 바람에 머리카락이 휘날리는 감각, 잘 내린 커피와 담배의 향, 켄터키 프라이드치킨의 맛, 뜨거운 물에 세척—샤워를 할 때의 느낌, 그리고 연인과의 친밀한 포옹, 그런 것들이 한데 뒤섞여 들어 있"는 무엇이다. 그들 중 대다수는 결국 그 자극적인 경험에 대한 그리움, 인간의 몸에 대한 욕망을 이기지 못하고 지구로 돌아온다. 공동체를 갈망하지만, 마지막 순간에 더 힘이 센 것은 아주 사소한 기억과 감각들이라는 것을 부인할 수 없는 이들은 지금의 우리와 같은 지평선에 있지 않은가. 세번째 소설집에서 특별히 아름다운 연애의 장면들을 만들어내는 「대니」와 「루카」에서도 공동체와 개인의 내밀한 감각 속에서 길항하기는 마찬가지다. 화자들의 말 속에서만 존재할 뿐 실제로 모습을 드러내지 않는 '루카'의 시나리오에서 짐작되는 것처럼, 사랑으로 두 사람만의 행복한 공동체를 구축할 때조차도 그들은 전체와 분리되어 있는 자신들을 인식하지 않을 수 없다. 더없이 아늑했던 이 공동체들은 바깥의 시선을 의식함으로 인해 생겨나는 이 배신 아닌 배신들로 인해 모래성처럼 허물어지고, 남은 자들은 치욕 속에서 죄책감을 곱씹으며 살아간다. 이 두 소설을 두고 사랑의 부드러운 앞모습과 잔혹한 뒷모습에 대해 가장 정확하게 접근한 소설로 읽어도 좋겠지만, 달의 뒷면을 의식하며 글을 써온 작가의 세대적 자화상으로 봐도 무리는 아닐 것이다.

무엇으로 변할 것인가라는 야심찬 질문으로 시작했으나, 논의 끝에 남은 것은 시스템을 거스르는 가능성을 품은 죽음도 아니고 망각으로 시작되는 절망의 삶도 아닌 어정쩡한 육체 그 자체인 것 같다. 아마 「쿤의 여행」에서 어른의 육체도 아이의 육체도 아닌 몸이 그렇게 탄생하게 된 것일 터이다. 이것이 최선인가에 대해서는 다른 대답이 가능할 것도 같지만, 적어도 이건 이 시대를 철저히 감각한 후에 작가가 내놓는 가장 솔직한 대답이라는 생각이다. 적어도 이는 치욕적인 삶과 불후의 죽음 사이에 선택지를 강요하는 고루한 진정성의 논리로부터 벗어나 있다. 그리고 성장에의 열망을 품고 있다. "딸, 미안해. 엄마가 자랄게. 얼른 자랄게"(「쿤의 여행」)라는 말에 담겨 있는 의지는 도달할 수 없는 달의 뒷면을 망연히 바라보는 소외감과는 아주 멀리 떨어져 있는 것이 아닐까. 실패한 유토피아들을 뒤로하고 나르시시즘적인 절망도 버린 채 윤이형 소설은 그렇게 단단하게 육체 하나를 품고 걸어가고 있는 중이다.

(2016)

진화하는 야만이 그대를 부른다
—황정은의 『야만적인 앨리스씨』

『백의 그림자』 이후, 황정은의 이름은 하나의 스타일이 되었다. 철거를 앞둔 전자상가에서 가난한 연인들이 서로의 이름 뒤에 '씨'라는 존칭을 붙여 조심스럽게 호명하고 이야기를 나눌 때, 상대의 의중을 두텁게 듣고 부드럽게 감싸안으며 이어지는 짧은 대화들은 그 자체로 시가 되었다. 유려한 수사도 은유도 담고 있지 않았으나, 다만 슬픔을 억누르면서 투명하게 정직하고자 하는 힘이 거기에 있었다. 이 대화의 투명함과 대칭되는 지점에 '그림자'의 움직임이 있었다. 누군가의 그림자가 벌떡 일어서거나 그 그림자를 따라가버리는 비극적인 우화 같은 사건들이 왕왕 벌어지는 동안 인물들의 끔찍한 좌절감은 손에 잡히는 실제가 되어 돌아오곤 했다.

그림자가 일어서는 것과 같이 현실원칙에서 슬쩍 비껴 있는 사건의 삽입은 황정은의 첫번째 소설집 『일곱시 삼십이분 코끼리열차』(문학동네, 2008)에서부터 나타났던 주요한 특징이었다. 할말을 잃었을 때마다 돌연 '모자'가 되어버리는 아버지나(「모자」) 문득 오뚝이가 되어버리는 아내(「오뚝이와 지빠귀」)가 등장하는 이야기는 자연스럽게 카프카의 변신담을 떠올리게도 했지만, 이 말을 전하는 어조는 명랑하고 태연할 뿐이어서 그 비애의 감당은 어느 틈에 우리의 몫으로 넘어와 있곤 했다. 그 공기처럼 가벼운 어조와 환상성은 서사 속 현실의 중력이 우리가 살고 있는 이 세계보다 가벼워서 자연스럽게 발현된 것이 아니라, 누구보다 무겁게 현실을 감지하는 이가 어떻게든 계속 살아가기 위해 차라리 자신의 희로애락을 축소시켜버릴 때 생겨나는 것이었다. 혹자들의 평처럼 '동화적'이라고 해도 틀리지는 않겠으나, 시대가 만들어내는 부조리와 불안의 무게가 실려 있다는 점에서 그 동화는 잔혹 동화에 더 가까운 무엇이었다.

이번 『야만적인 앨리스씨』[1]는 전작들에 감돌던 시적인 여운이 바싹 달군 강철과 같은 분노로 응고된 소설이다. 대화의 끝에 길게 남던 고요한 울림 대신, 억눌린 비명과 나지막이 뱉어내는 욕설이 우리를 깊게 찌르며 들어온다. 곳곳에서 분출하는 '씨발됨'은 독자들로 하여금 소설을 빠르게 자신의 것으로 흡수하듯 읽는 것을 집요하게 방해한다. 황정은식의 잔혹 동화는 이제 따뜻한 환상을 증발시키고 잔혹성만 남겨둔 것일까. 그간 거대하고 따뜻한 환상이 현실의 잔인한 조각을 품고 있었다면, 『야만적인 앨리스씨』는 어떤 감상적인 연민 없이 거침없이 찢어지고 내동댕이쳐지는 현실을 보여준다. 이 절박한 전환은 어떻게 이루어진 것일까.

책장을 열면 우리는 사거리에 서 있는 여장 부랑자 '앨리시어'와 만난다. 그리고 그가 여장을 한 채 그곳에 있는 맥락을 헤아리기 위해,

---

1) 황정은, 『야만적인 앨리스씨』, 문학동네, 2013. 이하 인용시 본문에 쪽수만 밝힌다.

서사는 자연스럽게 앨리시어의 어린 시절로 되돌아간다. 소년 앨리시어는 재개발사업에 대한 열기에 가득차 있는 마을 '고모리'에서, 뻔뻔하지만 무력한 아버지와 난폭한 어머니, 어린 남동생과 함께 살아가고 있는 중이다. 더 많은 보상금을 받아내기 위해 임시 집들이 빠르게 증축되고 있는 고모리에서, 앨리시어의 늙은 아버지가 잡아먹기 위해 키우는 개는 개장이 열려도 도망가지 않는다. 도망갈 수 있다는 것을 모르는지도, 아니면 도망가도 달리 갈 곳이 없다는 것을 아는 것도 같은 개의 무력함은 앨리시어와 그 동생이 놓인 상태를 함축적으로 보여주는 풍경이다. 문제는 한 번씩 앨리시어의 어머니에게 '씨발됨'의 상태가 찾아온다는 것이다. "백 퍼센트로 농축된 씨발, 백만년의 원한을 담은 씨발, 백만년 천만년은 씨발 상태로 썩을 것 같은 씨발"(27쪽)로 표현되는 그녀의 가차없는 폭력적 양태들은 '씨발됨'이라는 하나의 명사로 단단하게 결집된다. 소설은 앨리시어의 어머니가 보여주는 '씨발됨'이 때려서는 안 된다는 당위를 내면에 쌓는 일이 귀찮고 구차해 이것도 저것도 마다하고 때리는 데 몰두하는 것이라고 냉정하게 기술하면서도, 그 기원을 찾아간다. 눈 속에 알몸으로 서 있다가 몰래 집으로 들어가야 했던 밤에, 앨리시어의 어머니는 상시적이고 일상적인 아버지의 매질보다 어머니를 궁금해한다. "어머니는 왜 아무것도 하지 않을까. 왜 내다보지도 않았을까. 왜 나를 들여보내려고 노력하지 않았을까. 죽고 싶을 정도로 나는 씨발 추웠는데 왜 나를 궁금해하지 않는 얼굴로 자고 있나."(42쪽) 배부르고 평온한 얼굴로 자고 있는 어머니를 보는 동안, 아주 조용하게 '포스트 씨발년'이 발아한다.

이 폭력의 기원 한 줄기를 탐색함으로써 소설은 앨리시어의 어머니에 대한 이해에 쉽게 도달하지도 그것을 간청하지도 않는다. 폭력은 견딜 만한 것으로 축소되거나 어떤 방식으로도 승화되지 않는다. 오히려 그 장면에서 소설은 온 세상이 씨발됨으로 가득 차오르는 동안, 책을 읽는 당신은 왜 아무것도 하지 않고, 내다보지도 않고, 궁금해하지 않는 얼굴로 있는지 묻는 것처럼 느껴진다. 그래서 소설 곳곳에 배치된 "그대는 어디까지 왔나" 하는 물음은 어느 순간부터 질문이라기보다는 '그대는 지금 무엇을 하고 있나' 하는 힐난으로 변한다. 이에 대해 말하기 위해 기꺼이 돌아가서 소설의 서두에 대해 언급할 필요를 느낀다.

> 그대는 앨리시어가 발을 끌며 걷는 것을 보게 될 것이고 불시에 앨리시어의 냄새를 맡게 될 것이다. (……) 그대는 얼굴을 찡그린다. 불쾌해지는 것이다. 앨리시어는 이 불쾌함이 사랑스럽다. 그대의 무방비한 점막에 앨리시어는 도꼬마리처럼 달라붙는다. 갈고리 같은 작은 가시로 진하게 들러붙는다. 앨리시어는 그렇게 하려고 존재한다. 다른 이유는 없다. 추하고 더럽고 역겨워서 밀어낼수록 신나게 유쾌하게 존나게 들러붙는다. (……) 그대가 앨리시어 덕분에 불쾌하고 지루하더라도 앨리시어는 계속할 것이다. 그대의 재미와 안녕, 평안함에 앨리시어는 관심이 없다. 계속 그렇게 한다.(7~8쪽)

소설이 진행되는 동안 우리가 목도하는 것은 소년 앨리시어의 일상에서 상연되는 적나라한 폭력들이다. 이 서사 뒤편으로 하나의 이미지가 깔리는데, 그것이 바로 이 추하고 더럽고 역겨운 부랑자로 성장한 앨리시어의 모습이다. 여기서 중요한 것은 앨리시어가 우리에게 주로 자극하는 감각이 시각이 아닌, 후각이라는 점이다. "무방비한 점막"에 "신나게 유쾌하게 존나게 들러붙는" 앨리시어의 냄새로부터 우리는 스스로를 방어할 수 없다. 시각의 차단이 눈꺼풀을 감아버리는 동작 하나로 손쉽게 이루어지는 것과 달리, 살아가기 위해 수반되는 가장 근본적인 행위로서의 호흡과 함께 앨리시어의 체취는 몸 깊숙이 흡수되어버리고 만다. 그러므로 그 어떤 감각보다도 내밀한 감각으로 침투해 불쾌를 불러오고자 하는 소설이 궁극적으로 목적하는 바는 전염/감염의 수사학이다.

실제로 앨리시어는 고물상을 하는 친구 '고미'의 집에 놀러갔다가 폐지 더미 속에서 감염과 관련된 이미지와 기사를 발견한다. 이 두 번의 에피소드들은 대수롭지 않은 듯 지나치며 삽입되어 있지만, 반복되는 동안 그 의미는 더 명확해진다. 처음 폐지에서 빼낸 종이는 이것이다. "무명지에 은반지를 낀 아시아 남자가 싸움닭의 볏에 입을 대고 상처에서 피를 빨아내고 있다. 전염, 동물계, 새로운 바이러스, 축제, 청록색 페인트를 바른 흙벽 앞에 머리를 땋아내린 여자아이가 권총을 쥐고 서 있다."(20쪽) 죽음과 극도의 흥분이 혼융되어 있는 원시적 축제의 현장은 "전염"이라는 언어와 만나면서 불결한 상징이 되고, 그 곁에 보색인 청록색 벽을 배경으로 권총을 쥐고 서 있는 여자아이와 미묘한 대구를 이룬다. 물어뜯고 피를 빠는 원시적 폭력성은 어느새 전염되어 권총으로 진화한 것처럼 보인다. 그다음번 고미의 집으로 찾아갔을 때, 앨리시어가 발견한 종이는 아마존 어딘가에서 발견되었다는 원시 부족에 관한 기사다. "기사를 작성한 사람은 원시 부족이 갑작스럽게 외부와 만날 경우 발생할지 모를 감염에 관해 그리고 절멸에 관해 걱정하는 말로 기사를 마무리하고 있었다."(68쪽) 다섯 명의 구성원이 남았다는 그 부족이 기사화된 것이 벌써 십 년 전이라는 사실을 확인하며, 앨리시어는 그 부족이 아직도 살고 있을까를 의심스럽게 자문한다. 그들은 아마 분명히 "감염"되고 "절멸"했을 것이다. 그러나 여기서 감염과 절멸은 부정적인 뉘앙스로 쓰였다기보다 폭력으로 점철된 인류사를 종결하게 되는 자연스러운 귀결처럼 보인다. 이는 이 기사를 발견하기 직전에 앨리시어가 잠들기 전 동생에게 들려주는 '베드타임 스토리'와도 연결되어 있다. '네꼬'라는 둥근 생물에 붙어서 번식하며 살기 시작한 생물체 '얌'들은 화폐와 같은 역할을 하는 '조개'에 미쳐 있다가 결국은 자멸하는 길을 걷는다. 이제 황정은에게 폭력적인 인류의 자멸은 필연적인 것일까. 작가의 눈은 문명의 진화가 아니라, 야만이 나날이 진화하는 것을 목도하는 것처럼 보인다. 야만의 진화 속에서 그 어떤 삶도 간절한 안간힘으로 붙들어야 할 무엇일 수 없다. 소년 앨리시어가 도망치지도 않는 개를 물끄러미 바라보다 "빨리 죽으면 좋을 텐데. 빨리 죽어버렸으면 좋겠다."(14쪽)고 웅얼거릴 때, 거기에는 한 줌의 악의도 없어서 더 서늘하게 다가온다.

밤마다 앨리시어가 동생에게 들려주는 베드 타임 스토리는 소설에서 세 번에 걸쳐서 전개된다. 중요한 것은 베드 타임 스토리가 몇 번 나오는지가 아니라, 그 스토리들이 서사에서 무엇을 하고 있는지 묻는 것이겠다. 이 베드 타임 스토리들은 현실의 시간으로부터 이탈하는 것이 아니라, 상시적인 폭력에 짓눌려 있는 갑갑한 현실을 구부리고 압축해서 변주한다. 말하는 여우가 나오고 '네꼬'라는 생물이 등장하는 그 스토리들은 어머니의 '씨발됨'이 내뿜는 독기와 치욕의 세계로부터 잠시나마 환상의 방어막이 되어준다. 하지만 그 내부 서사가 종결되는 방향들은 "온 집안을 완전 씨발 상태로 만들어버리고 씨발 사라져버렸다"거나, 가장 밝은 갤럭시를 만들어내며 결국에는 "다 죽는" 이야기다. 어느 순간 압력을 견디지 못하고 폭발하는 이야기들 속에서 마지막 베드 타임 스토리는 이례적인 결말을 보여준다.

> 앨리스 소년은 떨어지면서 다시 기다렸다.
>
> 뭐를?
>
> 바닥에 닿기를.
>
> (……)
>
> 그래서, 닿았냐.
>
> 아직.
>
> 아직?
>
> 아직도 떨어지고, 여태 떨어지고 있는 거다. 상당히 어둡고 긴 굴 속을 떨어지면서 앨리스 소년이 생각하기를, 내가 생각하기에 나는 상당히 오래전에 토끼 한 마리를 쫓다가 굴속으로 떨어졌는데… 아무리 떨어져도 바닥에 닿지를 않고 있네… 나는 다만, 떨어지고 있네… 떨어지고 떨어지고 떨어지고… 계속, 계속… (131~132쪽)

앨리스 소년은 "뭔가 다른 일이 벌어지기를. 밤과 낮이 뒤집어지기를" 바라다가 토끼를 따라 뛰고 마침내 토끼굴로 미끄러진다. 그런데 다른 곳으로 향하기 위한 이 여정은 좀처럼 끝날 기미가 보이지 않는다. 이 떨어짐은 어째자고 이렇게 쓸쓸하고 불안한 것일까. 이 끝없는 하강의 감각은 최근 황정은 소설에서 변주되고 있는 무엇이다. 이 에피소드는 『파씨의 입문』(창비, 2012)에 수록된 「낙하하다」에서 이미 하나의 서사로 구축된 바 있었다. 여러 에피소드가 희박하게 제시되는 가운데 소설을 읽어갈수록 분명해지는 것은 화자가 "죽는 순간도 인식하지 못할 정도로 순식간에 죽어서 죽었는지 죽지 않았는지 확실하게 말할 수는 없는 상태"(63쪽)로 하염없이 떨어져내리고 있다는 사실 그 자체이다. 여기서 흥미로운 것은 낙하하는 운동성의 감각이 모순적이게도 폐쇄된 공간의 감각과 나란히 놓여 있다는 것이다. 「낙하하다」에서 막연하게나마 인지되는 공간은 시멘트 개수대에 개수 구멍이 없고, 문이 없고, 시계가 없는 극도의 폐쇄성을 보여주는데, 그 안에서 화자의 낙하만이 무한히 계속된다. 그래서 이 폐쇄성과 일방향적인 운동성의 병치는 역설적으로 더 큰 절망을 불러온다. 무언가 붙잡을 수도 없이 그저 떨어지고만 있는 공간의 바깥이 없다면, 어떻게 이 세계에서 탈출이 가능할 수 있을 것인가. 그러나 이 모든 절망에 무심한 채, 앨리시어가 사는 고모리에는 끝없이 비가 내리고, 앨리스 소년은 토끼굴 속을 계속 떨어져내릴 뿐이다.

『야만적인 앨리스씨』는 「內」와 「外」, 그리고 「再, 外」의 3장으로 구성되어 있다. 그런데 왜 3장에서 작가는 안으로 들어오는 대신 또다시 바깥으로 향하는 것일까. 3장 「再, 外」에 진입하기 직전, 마침내 앨리시어가 효과적으로 상대방을 제압할 수 있는 자신의 무력을 깨우친 날에, 유일하게 "죽지 않았으면 했던"(114쪽) 동생의 죽음에 속수무책으로 직면해야 했던 것은 시사적이다. 야만의 진화는 삶이 아닌 죽음이 차라리 온당한 것으로 느껴지게 만들었으며, 끝내 이해 불가한 죽음을 남겨놓고 말았다. 이 죽음 앞에서 앨리시어는 '야'라고 불러왔던 동생의 진짜 이름을 부르지 못한다. 이름이 지워진다는 것은 상징질서 바깥으로 밀려난다는 것이다. 한때 어느 돌에 새겨지기도 했던 그 이름은 영원히 불리지 않을 것이며, 우리 역시 영영 그 이름을 알 수 없을 것이다. 화자는 애도할 수 없는 죽음 앞에 서 있는, 절박하고 쓸쓸한 "앨리시어의 실패와 패배의 기록"(161쪽)을 써내려갈 '그대'를 찾는다. 그대는 어디까지 왔나. 바깥에 무기력한 방관자의 자리로부터 그대는 자석에 끌려가듯 천천히 그곳으로 불려간다. 만일 『야만적인 앨리스씨』를 읽는 동안 당신이 충만감에 도달하는 데 실패했다면 당신은 이 소설을 읽는 데 성공한 것이다. 이 선명하고 무섭고 단단한 씨발됨, 문명이 아니라 야만이 진화하는 시대 속에서 황정은은 이렇게밖에 쓸 수 없었을 것이다. 이제 그대가 응답할 차례다.

(2014)

낭만적 거짓과 잉여적 진실
—윤고은의 『알로하』[1)]

1. 몽상의 방에서 악몽의 도시로

'무중력'과 '환상'이 내는 길 없는 길 위를 흘러다니던 2000년대 중반의 한국문학을 돌이켜볼 때, 20대의 삶이 물질적으로 다소 양극화되어 나타나고 있었음은 특징적이다. 한쪽에 옥탑방, 고시원, 반지하에 자리한 한 칸 방을 사수하기 위해 최저 시급의 아르바이트를 뛰며 고투하는 인물들이 있었다면, 다른 한쪽에는 현란한 명품들의 로고 사이를 맴돌며 어떻게든 상위 계층으로 진입해보려 몸부림치는 인물들이 있었다. 그러나 언뜻 '잉여'와 '속물'로 확연히 분리될 법한 이들은 데칼코마니처럼 마주한 형태로 닮아 있었다. 어두운 방안에 스스로를 유폐시키던 잉여적 인물들은 재기발랄한 상상력과 유머 감각을 통해 '도약'하며 불가해한 따뜻함에 도달했고, 상류 계급으로의 황금빛 아치를 향해 불철주야 달려가던 속물적 인물들은 어느 순간

1) 윤고은, 『알로하』, 창비, 2014. 이하 인용시 본문에 작품 제목과 쪽수만 밝힌다.

환상에서 '추락'하며 현실의 서늘한 밑바닥을 거듭 확인해야 했다. 잉여들이 환상을 통해서라도 벗어나고자 했던 바닥과, 속물들이 환상으로부터 추락해 마주한 바닥이 다른 곳은 아니었다. 그 출발점과 도착점에는 장기하와 얼굴들의 노래 속 가사처럼 "싸구려 커피"를 마신 후 쓰린 속을 부여잡고 "눅눅한 비닐 장판에 발바닥이 쩍 하고 떨어"지는 것을 확인하며 하루를 흘려보내는 한 칸의 방이 자리하고 있었다. 사회에서 20대를 향해 보내는 과도한 예찬이나 비난과 무관한 자리에서, 그 방들은 실로 남루하고도 평온한 몽상의 인큐베이터였다.

그런데 2010년대 들어 묵시록적인 재난의 상상력을 보여주는 많은 소설들은 이 몽상이 오직 개인의 윤리적 지침에만 의존해 시대를 견뎌보려는 가벼운 방책은 아니었는지 들추고 싶어하는 것처럼 보인다. 몽상의 방들은 아름다웠으나, 그 아름다움의 바깥에서 도시는 악몽처럼 무너져내리고 있었다. 재개발 현장마다 투입되는 용역의 쇠몽둥이 위에 세워지는 신도시와 멀티플렉스, 비정규직의 착취와 죽음으로 굴러가는 최첨단 산업들, 재난의 현장에서 적나라하게 드러난 제도의 총체적 부재 등은, 소설의 배경으로 폐허가 되어버린 도시를 자꾸만 소환시켰다. 이렇게 개인을 넘어서는 구조적 문제로 눈을 돌리지 않을 수 없는 거대한 흐름 속에 윤고은이 자리한다.

윤고은은 시스템을 상대로 섀도복싱하는 작가다. 정념이 개입되지 않은 재기발랄하고 위트 있는 문체가 속도감 있게 상황을 치고 빠지는 가운데, 일상의 사소한 문제를 들여다보며 시작되는 상상력은 그 몸집을 점점 불려가 사회 전체의 구조를 포괄적으로 짚어낸다. 작품의 환상적 색채가 강할수록 현실은 희미하게 알레고리화되는 경우가 많지만, 윤고은 소설에서 상상력은 사회 작동의 메커니즘을 긴밀하게 따라 움직이고 있어 환상이 펼쳐질수록 사회문제를 환기하고 공격하는 힘은 더욱 커진다. 장편 『무중력 증후군』과 소설집 『일인용 식탁』, 그리고 최근 경장편 『밤의 여행자들』에 이르기까지 그를 가장 많이 수식했던 단어는 '환상'이었으나, 그 환상은 방안의 몽상에 그치지 않고 비가시적으로 더 교묘하게 목을 죄어오는 자본의 속성, 위태롭게 구축되는 도시의 허울을 겨냥하고 있었다. 그래서 그의 소설 속 배경은 인물 이상으로 역동적이고 힘이 세다. 끊임없이 무언가를 생산하고 소비하며 팽창해나가는 외부 세계의 과잉된 생산성 앞에서, 순수하거나 영악하거나 어떤 개인도 불필요하게 남겨진 잉여로 지목되고 축출되는 것을 막을 수 없다.

이제 작가는 글을 쓰는 일조차 자본의 운용으로부터 자유로운 행위가 될 수 없음을 투명하게 직시하는 것처럼 보인다. 『2011년 제12회 이효석문학상 수상작품집』에 자전소설로 실리기도 했던 「Q」는 더이상 사회와 고립된 창작자로 온전히 남아 있을 수 없는 21세기 소설가의 곤경을 재치 있게 그려낸 소설이다. 도시 A, C, P를 거쳐 Q로 온 소설가는 그가 거쳐온 동네들이 모두 값이 뛰었다는 점 때문에 사람들로부터 주목 받고 "작가적 안목"(233쪽)이 있다며 칭찬받지만, 사실 "싼 보증금으로 갈 수 있는 전세를 찾다보면 재개발이 임박한 곳이 시야에 들어오게 되었던 것뿐"(233~234쪽)이다. 머무는 도시마다 재개발로 인해 쫓겨나 Q에 이른 주인공은 Q의 '문화산책도시 프로젝트'를 위한 장편소설 주문을 받아들이면서, 아이러니하게도 재개발의 중심이자 동력이 된다. 그런데 그가 '말의 변비'라는 형이상학적 고뇌와 '장의 변비'라는 형이하학적 골칫거리 사이에서 전전긍긍하는 중에, 어느 순간 도시가 그의 소설을 앞지르기 시작한다.

"개울이 문젭니까, 산이라도 옮겨놓지요. 아름드리나무 같은 거 원하시면 작가님 방 창문 앞에다가 떡하니 만들어놓을 수도 있습니다. 지금 등장해 있거나 예상하고 계신 것까지만 말씀해주셔도 됩니다. 영수증 처리하신다 생각하고 편하게 말씀하세요."

대답을 하지 않아도 될 거라 생각했지만 Q5가 계속 그의 말을 기다렸다. 무언가 대답해야만 할 시점, 그는 텅 빈 원고를 생각하며 말했다.

"허허 벌판이라면 어찌 되는 겁니까."

"허허 벌판이요? 소설에 허허벌판이 등장하나요?"

"지금은 그렇습니다만, 이 동네엔 너무 뭔가가 많아요."

(……)

"그렇다면 일단 허허벌판은 제가 한번 준비해보겠습니다."(「Q」, 240~241쪽)

자본집약적 공간을 향한 도시의 조급한 욕망은 소설이 쓰이기도 전에 미리 앞질러 도시를 구성하고, 그렇게 만들어지는 것은 자본으로 환원되지 않는 '허허벌판'이다. 찬찬히 도시를 관찰하고 기록하는 낭만주의 문학의 '고독한 산보자'로서의 소설가는, 이제 어떤 재현도 무력화시키는 허허벌판 앞에서 망연해진다. 그의 소설보다 훨씬 빠른 속도로 '공백'을 생산해내는 도시, "모든 것이 꽉 찬 그곳에 오직 그의 자리만이 없었다"(246쪽). 산책로에서 똥을 싸고 프로답지 못하다는 이유로 구조조정당한 개를 보며, 변비에 걸린 작가는 자신의 처지가 그 개와 다르지 않음을 문득 깨닫는다. 끝없이 팽창해나가는 도시 안에서는 소설을 생산하거나 생산하지 못하거나(싸거나 싸지 못하거나), 소설가는 결국 잉여로 치부되어 도시 바깥으로 퇴출될 것이다. 소설의 말미에 이르러, 그는 도시를 벗어나기 위해 미완성의 산책로로 뛰어가기 시작한다. 그는 지금 밀려나고 있는 것일까, 탈출하는 중일까. 영원히 순환할 것 같은 원환궤도로부터 삐죽 튀어나온 짧은 선을 가진 대문자 Q는, 이 시대 거대한 자본의 중력으로부터 벗어날 수 있는 한 줌의 가능성에 대해, 윤고은이 진지하게 묻는 응답 없는 물음Question이다.

2. 술과 장미의 시절은 가고

2010년대도 중반에 접어든 지금, 청춘들에게 술과 장미의 나날은 이미 한참 전에 종말을 고한 것처럼 보인다. 바야흐로 술지게미와 부평초의 나날 속에서 청춘은 간신히 연명중이다. 학점이 시력처럼 나와도 기업을 골라 들어갈 수 있었던 시절에 대해 풍문으로 들은 바 있으나, 이제 스펙과 무관한 어떤 일을 하는 것도 낭만으로 치부될 만큼 살아남는 것 자체가 벅찬 시대다. 이런 세태를 반영하듯 윤고은의 소설에는 고단한 비정규직과 그나마도 유지하지 못하고 실업자가 되어 직업전선에서 내몰리는 이들이 자주 등장한다. 그들 위에는 "이렇게 해롱해롱해서야 되겠습니까"(「해마, 날다」, 142쪽)라며 끊임없이 '프로' 정신으로 각성해 몸 바쳐 일하길 요구하는 사람들이 버티고 서 있다. 필경사 바틀비처럼 "그렇게 안 하고 싶습니다"라고 말할 수 있다면 좋으련만, 더럽고 치사해도 이들은 분노를 꾹꾹 눌러 담으며 열성적으로 일한다. 무던한 성격이거나 하는 일에 대한 애착이 남달라서가 아니라, 먹고살기 힘들고 재취업은 상상조차 할 수 없는 시대에 최선을 다해 몸을 사리는 것만이 유일하게 현명한 처사로 여겨지기 때문이다. 이 숨막히는 구조의 틈새를 뚫고 기상천외한 직업들이 등장한다.

「요리사의 손톱」은 지역신문의 광고 기사에 'CHEF'S MAIL'을 'CHEF'S NAIL'로 잘못 기입하는 '정'의 작은 실수에서 시작된다. 이때부터 사무실 문 앞 지문 인식기는 정의 지문을 잘 인식하지 못한다. 과로로 잠시 손의 좌우를 착각했을 뿐이지만 계속되는 지문 '불량 판정'은 그의 정체성이 아슬아슬한 벼랑 앞에 있음을 보여준다. 사회는 더이상 소란스럽게 굴욕적이고 압제적인 상황을 연출하지 않는다. 다만 어느 날 기계의 인식 불능 앞에서 작은 모멸감과 함께 자신이 시스템 바깥으로 밀려났음을 정중하게 통보받는 개인이 있을 뿐이다. 카프카의 「법 앞에서」에서 문을 가로막던 문지기는 이제 기계로 바뀌었고, 시스템 내부로의 진입 불가능성은 더욱 공고해졌다.

실직은 즉각 사택에서의 퇴출로 이어진다. 은행에서의 대출은 불가능하고 마땅한 가격으로 구할 수 있는 집은 전무한 진퇴양난의 상황에서 정이 찾은 새로운 직업은 '책벌레'다. 그는 매일 다섯 시간 동안 지하철에서 특정한 책을 '시선을 끌며' 읽음으로써 불특정 다수에게 그 책을 홍보한다. 지하철에서 스마트폰을 만지작거리는 대신 독서라니! 바람직하다못해 숭고하게까지 느껴지는 독서가의 정체는 윤고은의 기발한 상상력 속에서 그저 마케팅을 위해 동원된 자본의 첩자로 드러난다. 「Q」에서 도시에 대한 소설이 쓰이기도 전에 그 도시 자체를 집어삼켰던 자본은, 이제 일상의 독서 행위까지 마케팅으로 포섭하며 진화한다.

정이 『민달팽이의 집』이란 책을 홍보하는 동안 계속 원점으로 돌아오는 순환선은 자본주의사회 먹이사슬 아래쪽으로 내려가는 것은 순식간이어도, 어지간해서는 이 바깥으로 빠져나가기 어렵다는 사실을 넌지시 알려준다. 정은 "더도 덜도 말고 보통, 그러니까 중간 정도로만 살고 싶었으나" "중간에 머물려고 하는 사람들은 아래로 추락"한다는 것을, 일단 "수족관 안에 들어왔다면 수족관이 요구하는 속도대로 돌아야"(218쪽) 하며 속도 조절기는 그의 손에 있는 것이 아님을 깨닫는다. 이 속도와 순환에서 자유로워질 수 있는 가능성을 문자 안에서 찾는 일에 대해 작가는 회의적인 듯하다. "책의 세계가 얼마나 황홀합니까, 여러분. 책으로 들어오세요"(212쪽)라는 뻔한 홍보성 멘트는 가장 끔찍한 방식으로 실현된다. 자신의 몸 하나 위탁할 공간을 찾지 못한 정은 책을 든 채 투신하고, 지하철 바닥으로 기어가던 민달팽이가 밟혀서 초록 얼룩으로 남듯 평면의 세계에서 "행간으로"(223쪽) 남는다. 아직 이곳에 남아 있는 우리는 그 행간을 읽어낼 자격이 있을까. "거세당하지 않고 무럭무럭 발기한"(213쪽) 요리사-자본가의 손톱으로부터 언제까지 무사히 피해 다닐 수 있을까.

그러나 본래 독서는 홀로였을 때만 가능한 참으로 고독한 행위가 아닌가. 정적이고 고립된 직업이 아니라 대화를 나누는 직종이라면 다른 방식의 연대나 탈출이 가능하지 않을까. 「해마, 날다」에 나오는 회사 '해마 005'는 술 먹고 하는 진상 짓 중 최고봉이라는 음주 통화를 '양성화'하기 위해 생겨난 회사다. 일 분에 천오백원씩, 거의 해외로밍 수준의 요금이 부과되지만, 필름이 끊어지면서 필터 없이 나간 이야기들은 누설되지 않고 전문적으로 폐기처분된다. 주인공 '나'는 지원하면서 "가장 말 같지도 않은 곳"(49쪽)이라 생각했지만, 대학을 졸업한 지 일 년 동안 면접까지 통과한 유일한 업체이기에 '해마 005'의 사원이 된다. 그러나 이렇게 발을 들인 회사에서는 어떤 야망의 드라마도, 달콤한 사내 연애 시트콤도 펼쳐지지 않는다. 면접 때는 분명 "긍정적인 마인드면 된다"던 회사는 어느새 정색하고 누군가의 해고 소식을 전하며, "회사가 자라기 위해서는 외국어 써비스가 필수"니 "영어부터 정복"(142~143쪽)할 것을 요구해온다.

기억을 관장하는 해마를 분실하기라도 해야 현실을 버틸 수 있는 것처럼 사람들은 외부 업체 '해마 005'로 끊임없이 전화를 걸어오고, 그들은 모두 '당신'으로 지칭된다. 그 '당신'들이 수화기 너머로 전하는 많은 이야기들은 대개 취업난에 관한 것이다. 마치 텍스트 바깥에 자리한 독자들을 끊임없이 호명하는 듯한 수많은 '당신'들과 화자는 꽤 오랫동안 대화를 나누지만, 그럼에도 불구하고 어떤 유대감이나 연대를 형성하지는 못한다. '당신'과 '나'는 "될 놈은 다 되고 있다"(142쪽) 같은 의구심과 불안에 함께 발을 담그고 있으나, 그 유사한 실패의 감각은 공유되어 깊은 관계로 발전하기에는 너무나 미미한 무엇이다. 이 연대 불가능성은 이십대를 하나로 묶어서 통칭하고 싶어하는 세대론의 맹점을 드러내는 지점이기도 하다. 취업난이 전 지구적으로 보편화되면서, 사람들은 오히려 그 안에 자리한 미세한 온도 차에 훨씬 민감해지고 분화된다. 주인공 '나'는 투철한 서비스 정신으로 시종일관 친절하게 통화에 임하기는 하지만, 사귀는 사람을 '거래처'로 결혼을 '정규직 전환'으로 비유하는 '당신'의 말에 어딘가 빈정이 상한다. 졸업을 거쳐 취업으로 이어지는 인생 열차에서 "객실 문을 벌컥 열었는데 다음 객실은커녕, 암흑 같은 어둠만 꼬리처럼 달라붙는 그런 상황을"(145쪽) 본 적 없을 당신이 연애를 취업에 비유하는 화법은 화자에게 사치스러움 이상도 이하도 아니다.

그러니 처음으로 오프라인에서의 만남을 제안한 어떤 '당신'과 만나보지도 못하고 어긋나버리는 허무한 결말은 필연적이었던 것이 아닐까. '당신'이 비밀스럽게 전해준 '달은 누군가가 지켜보는 구멍'이라는 이야기는 언뜻 의미심장하게 들리기도 하지만, 그 이야기는 어떤 비밀도 경험도 담지 않은 채 익명의 사람들 사이에서 맥거핀처럼 돌고 돌 뿐이다. 공유될 수 있는 경험만이 이야기를 발생시키고 또 그 이야기에 가치를 부여하며 전승시킨다면, 「해마, 날다」는 우리 시대에 공유될 만한 경험 자체가 너무나 드물고 희미한 것임을 알려준다. 읽고 쓰는 행위가 모두 자본의 손아귀 안에 있다는 표면적인 난관 아래에는, 공유할 수 있는 경험의 총체적 부재라는 근본적인 문제가 놓여 있다.

자신의 자리 하나도 지키기 어려운 각박한 현실 속에서 연대는커녕 관계는 곧잘 치명적인 배신으로 치닫는다. 「P」에서 P 타이어 직원들은 고가의 신제품인 캡슐 내시경 검사를 협찬 받는다. 내키지 않았지만 회사를 통해 들어온 제안이라 거부하기 어려웠던 이 검사에서, '장'의 몸안으로 들어간 '해파리'는 배출되지 않는다. 단순히 속이 더부룩하고 이물감을 느끼는 것을 넘어, 장은 "자신의 모든 것이 캡슐 내시경 해파리를 통해 어딘가로 보고될 것 같은 공포를"(170쪽) 느끼기 시작한다. 그를 엿볼 수 있는 구멍은 외부에 설치된 것이 아니라 바로 그의 몸안에 있기에 그는 어디서도 사적인 안전을 보장받지 못한다. 급기야 해파리는 몸안에서 자라기 시작하고, 캡슐 내시경에 들어갔던 성분 중 하나가 유해한 것이라는 기사가 돌면서 그는 P시의 '이물질'이 된다. 위기에서 벗어나기 위해 그가 택하는 방책은 같은 이유로 회사에서 퇴출당한 동료의 회사 고발 계획을 유출시키는 것이다. 동료를 배신함으로써 그는 프랑스어로 '메두사'라는 해파리를 페르세우스처럼 처치하는 데 성공하지만, 그 대가로 복직한 사무실은 "땅 아래로 뚫린"(191쪽) 지하에 "꼭 스페어타이어를 만드는 틀과 같은 크기"(192쪽)를 갖고 있을 뿐이다. 이곳에 들어서는 순간, 그는 펑크 난 타이어와 새 타이어 사이의 시간만 견뎌주면 되는 '스페어타이어'가 된다. 이렇게 굴욕은 내재화된다. 우리 시대의 네트워크는 거듭되는 배신과 체념 속에 익숙해지며 살아남은 잉여분의 삶들로 우글거린다.

「요리사의 손톱」「해마, 날다」「P」 이 세 소설은 실직이라는 경험을 통해, 전체라는 개념에 포괄되지 않고 어떤 잔여로 남는 잉여적 인물들을 포착한다. 물론 문학에서 백수라는 존재가 그렇게 새롭지는 않다. 그러나 이들은 권태롭게 유희를 즐기던 인텔리겐치아 청년도, 일하기를 거부함으로써 시스템에 제동을 거는 바틀비 같은 문제적 인물도 아니다. 이들의 비극은 어떻게든 유기적인 전체 속으로 통합되어 몸 바쳐 일할 만반의 준비가 되어있지만, 아무도 이들을 착취하지 않는다는 데 있다. 그렇다고 이런 상황을 냉소하거나 유희로 승화시킬 만큼 초연하지도 못하다. 그러니 잉여의 미학 같은 것은 애써 찾지 말자. 오히려 이 소설들에서 흥미로운 것은 잉여로 선별되는 어떤 표지가 신체의 일부를 통해 나타난다는 점이다. 개별성을 보증하는 징표인 '지문'이 인식되지 않고(「요리사의 손톱」), 기억 입력장치인 '해마'의 기능은 외부 업체에 맡겨지며(「해마, 날다」), 해파리는 '내장'을 돌아다닌다(「P」). 신체는 나의 의지 아래 통제되는 대상이기보다, 몸 깊숙이 침투한 시선에 의해 투명하게 인식되는 동시에 끊임없이 정상/비정상으로 판별되는 대상이다. 표면적으로 외부의 강압이나 시선이 두드러지지는 않지만, 신체 내부로 이미 스며들어와 있는 병리 해부학적 시선과 자기 규율은 끔찍할 만큼 죄어온다. 그러니 이 세 소설을 '미시 권력 3부작'으로 묶어볼 수도 있겠다. 카프카 소설에서 인물들이 죄인으로 판정받았기 때문에 사후적으로 죄책감과 죄의 세목을 구성했던 것처럼, 이들은 잉여라는 표식을 신체를 통해 먼저 확인받았기에 결국에는 사회 바깥으로 떠밀려가 잉여가 된다. 해부적 시선의 사회는 반드시 잉여를 찾아낸다.

3. Show must go on

앞의 세 소설이 내밀한 신체의 일부를 통해 포섭과 배제의 잉여 정치학을 상연하는 사회를 포착했지만, 진화하는 자본은 점점 그 작은 증표조차 필요로 하지 않는다. 굳이 현장에서 지문을 검출하거나 돋보기를 들고 머리카락을 발견하지 않더라도 한순간에 범인의 수법과 동기까지 파악해버리는 고도의 지능적 탐정처럼, 자본은 비가시적인 동선 위에서 자신의 몸을 확장중이다. 이를테면 후각으로 승부하는 향수를 파는 데 있어 이미지는 어떻게 동원되는가(「프레디의 사생아」). 여기 파리에서도 집세가 비싼 16구에 사업 전략상 세 들어 살게 된 남자가 있다. 사업을 어떻게 진행시킬지는 캄캄하지만, 화원 주인의 지나가는 듯한 질문에 답할 때조차 "이 도시를, 이 거리를 여유롭게 소비할 수 있는 이방인의 냄새를 풍기는 것"(16쪽)이 중요하다는 것을 간파하고 있는 이 남자에게 어느 날 노랫소리가 들려온다. 그 목소리의 주인공은 4옥타브를 자유롭게 넘나드는, 퀸의 전설적인 보컬 '프레디 머큐리'다. 그가 죽었다는 건 세상이 다 아는데, 도대체 어찌 된 것일까. 화원 주인은 그 집에 프레디 머큐리가 두 해 정도 살았음을 알려주면서, 화자에게 누구나 다 아는 거 말고 "이제 아는 사람만 아는 것도 좀 만들어봐요"(15쪽)라는 오묘한 말을 던진다.

이때부터 새로운 향수 브랜드의 이미지를 구축하기 위한 주인공의 활약이 시작된다. "벽의 균열인 줄 알고 닦았을 뿐인데 걸레에 딸려 나온 머리카락 한 개"(20쪽)는 머큐리의 머리카락으로 돌변하고, 유명인들의 남겨진 집을 세입자 입장에서 정리하도록 도와주는 전문가를 통해 집 전체를 '볼거리'로 만들어간다. 드디어 향수계의 거물들과 언론의 관심이 쏟아지기 시작하고 향수 브랜드 출시 기념 파티가 성대하게 치러지지만, 더이상 그 모든 것의 시발점에 있던 프레디 머큐리의 노래에 신경쓰는 사람은 없다. 소설의 마지막 문장은 이렇다. "이제 그 집에는 모든 것이 있었다. 단지 프레디 머큐리의 목소리만 없었을 뿐이다"(39쪽).

화자에게 프레디가 마지막으로 불러준 노래가 〈Show must go on〉이라는 사실은 의미심장하다. 원본인 그는 세상이 원하는 건 더이상 진짜를 엄정하게 가려내는 것이 아니라, 진짜보다 더 그럴듯한 쇼를 보여주는 데 있다는 걸 호탕하게 받아들이는 것처럼 보인다. 프레디 머큐리가 진짜 그곳에 살았는지, 그 목소리와 머리카락의 주인이 진짜 프레디인지, 우리는 알 방도가 없지만 사실 알 필요도 없다. 세상이 요구하는 것은 그럴듯한 이미지를 입고, 그 환상이 균열되지 않도록 지켜나가는 것이다. 시시각각 포털 사이트의 검색어 대부분을 차지하는 연예인들의 사생활에서 우리가 무엇에 열광하고 또 분노하는지 생각해보면 이는 더욱 자명해진다. 국민 여동생이라 불리는 그녀들이 영원히 '순결'하기를, 연예인이라면 자고로 '엔터테인먼트'의 영역에 머물러 있고 불편하게 정치적 발언까지 하지는 않기를, 대중들은 일사불란한 클릭으로 염원하는 것이다. 한때 공산주의 혁명의 주축들까지도 아이콘화해 염가로 매대 위에 올려놓는 자본주의는 프레디 역시 편안한 소비 상품으로 만든다. 사람들이 열광하는 프레디의 아우라에는 동성애와 에이즈 등으로 고통받았던 한 인물의 복잡하고 균열된 내면이 완전히 거세되어 있으며, 심지어 그의 노래조차 궁극적인 관심의 대상이 아니다. 그렇게 프레디는 성대를 빼앗긴 대신 무제한의 향락을 가능케 하는 이미지로 화해 21세기 인어공주가 된다. 그 이미지가 낳은 '사생아'들만이 지금 파리 16구를 넘어 지구 곳곳에서 맹렬히 성장중이다.

「프레디의 사생아」가 노래를 소거시킨 프레디의 놀라운 가치 상승을 보여줬다면, 「월리를 찾아라」는 캐릭터의 숫자가 늘어나면서 자본으로서의 가치를 상실하는 월리를 보여준다. 마틴 핸드포드가 만들어낸 월리에 대해서 우리가 아는 건 인상착의 하나다. 게임의 유일한 규칙은 한 페이지 안에 사백 명 정도 되는 군중들 속에서 월리를 찾아내야 한다는 것이다. 그런 월리가 1987년 영국에서 태어나, 1990년 한국으로 진출했다는 사실에는 절묘한 데가 있다. 이데올로기가 붕괴된 자리에 개인의 사사로운 일상과 취미가 들어서던 시기, 수많은 군중들 속에서 단 한 명의 특정한 개인을 찾아내는 '현미경적 시선'에 대한 갈망이 게임 안에까지 스며든 것이다. 이로부터 약 이십여 년이 흐른 지금, 부활한 월리는 거대 쇼핑몰을 서성이는 중이다.

리버시티는 "백화점 일곱 개를 합친 규모지만, 그 안에서는 아무것도 판매하지 않"(78쪽)는 오로지 홍보만을 위한 공간이다. 그곳에서 월리로 변장한 '제이'가 맡은 임무는 사람들이 '좋아요' 스티커를 붙여줄 때마다 사과 한 알 교환권을 나눠주는 것이다. 그런데 행사가 시작되고 상당한 시간이 흘렀는데도 제이는 '좋아요' 스티커를 구경조차 하지 못한다. "군중 속에 섞여 있어야 하지만, 절대 숨어 있어서는 안"(83쪽)된다는 손쉬워 보였던 과제는 메텔, 해리포터, 뽀로로 등의 캐릭터와 이벤트가 넘쳐나는 이곳에서 더없이 난해한 것으로 변모한다.

리버시티에서 '좋아요' 스티커를 위한 월리들의 쟁투는 한병철이 고찰한대로 투명사회에서 긍정을 표방하는 방식을 보여준다. 투명사회에서 일반화된 판정의 형식은 '좋아요'다. 커뮤니케이션의 가치가 오직 정보 교환의 양과 속도로만 측정되는 곳에서 부정성은 커뮤니케이션에 장애가 될 뿐이기 때문이다. 정보는 계속해서 증가하고 축적되지만 여기에 의미 있는 방향성이란 없다. 완벽하게 투명한 이곳은 철저히 탈정치화된 공간이다.[2] 경제는 문화를 관통할 때만 정치가 된다. 그러나 60명의 월리들이 하나의 관리직을 놓고 싸워야 하는 리버시티에서 그들이 자신이 처한 계급을 사유하고 연대하는 것은 사실상 불가능에 가깝다. 모든 것이 경제적 가치로 환원되는 이곳에서 제이는 인생 선배로 신뢰해왔던 소장조차 자신을 이용하려고 했음을, 속물이 되지 않고서는 생존 자체가 불가능한 상황을 깨닫는다.

소설은 형식적으로도 실제적인 주인공 '제이'를 객관화시켜 이름으로 부르고, 캐릭터 월리를 '나'의 자리에 둠으로써 제이를 철저히 소외시킨다. 서로의 스티커를 빼앗기 위한 치사스러운 분투에 휘말린 끝에 제이는 리버시티의 육중한 유리 회전문을 열고 나온다. "나 없어도 잘 돌아가네"가 아니라 "너 없으면 나는 안 돼"(86쪽)라는 말을 하게 했던 한 사람, 절박하고 애틋한 감정을 느끼게 해주는 '장'의 손을 잡고 리버시티를 빠져나오는 마지막 장면은 이상적이다. 그럼에도

2) 한병철, 『투명사회』, 김태환 옮김, 문학과지성사, 2014, 26쪽.

이 결말에는 어딘가 석연치 않은 데가 있다. 당장 또다른 아르바이트를 찾아야 하는 현실의 문제가 해결되지 않은 상태에서 단순히 리버시티 바깥으로 나간다고 해서 욕망의 방향이 달라질 수 있을까? 제이는 모든 것을 포기한 순간조차 '좋아요' 스티커들이 붙자, 진짜 챔피언이 되는 길이 멀지 않았다는 생각으로 황급히 되돌아가지 않았던가. 어쩐지 천안과 대전 사이에 있다는 '리버시티' 바깥에는 더 광대하고 폭력적인 '씨Sea시티'가 버티고 있을 것만 같다. 환상이 실재보다 더욱 실재적이고, 이미지가 원본을 압도하는 세상에서 쇼는 계속될 것이다. 그 쇼의 일부가 되지 않을 수 있는 가능성이 있을까?

4. 너무나 많은 오류의 아름다움

시스템을 향해 결정타를 날리기 위해 불가피한 선택이었겠으나 앞에서 짚어왔던 것처럼 윤고은의 소설에서 방점은 배경 자체에 놓일 때가 많았고, 그 속에서 우리는 인물들의 실패나 죽음 앞에서 무감해지는 기이한 경험을 하기도 했다. 시스템의 힘이 막강할 때 내쫓기거나 압사당해 얼룩으로 남는 인물의 운명이란 불가항력적으로 보였던 것이다. 세계는 미니어처처럼 매끈하게 구성되었고, 그 세계 속에서 인간들의 욕망이나 의지는 상대적으로 축소되어 있었다. 인간의 삶은 그토록 허망한 것인가. 윤고은은 고개를 끄덕이는 듯 했다. 끊임없이 잉여를 양산하고 축출하는 사회를 집요하게 그려낼 때, 거기에는 이런 사회에서 삶을 향한 열망이란 대개 음지식물처럼 눅눅하고 불편한 것이 아닌지 회의하는 시선이 있었다. 그러나 최근 발표된 「알로하」와 「콜롬버스의 뼈」는 온화한 햇빛 아래 인물들의 기원에 놓인 공백을, 삶에 기입되지 않는 결락이 만들어내는 리듬을 펼쳐낸다. 이제 윤고은은 세계의 공백을 떠나와 인간 내면의 공백으로 파고드는 것처럼 보인다.

「콜럼버스의 뼈」에서 주인공은 아버지를 찾기 위해 스페인 세비야까지 온다. 그러나 아버지가 살았다는 세비야의 주소를 알아보는 사람은 아무도 없다. 삼십 년 동안 친부모의 소식을 기다렸으나 여전히 자신의 기원을 알 수 없는 이 여자에게 찾아온 불면증은 깊고도 깊다. 설상가상으로 세비야에서 아버지의 행보를 되밟는 일주일이 지난 후, 그녀는 자신이 찾고 있던 주소는 "오류에 의한 것"으로 친부는 죽을 때까지 한국을 떠난 적이 없다는 연락을 받는다. 그러나 일생을 건 존재 증명을 두고 어떻게 이 모든 걸 "단지 '오류'라고 말할 수 있단 말인가"(277쪽).

소설은 '오류'로 판명된 아버지의 주소에 현재 살고 있는 '콜롬'의 가족들과 주인공을 조우하도록 이끈다. 그리고 '나'가 지닌 기원의 공백에 세비야대성당 콜럼버스의 묘에 대한 이야기를 슬쩍 겹쳐놓는다. 아버지처럼 역사 속의 콜럼버스도 언제 어디서 왔으며, 여기에 존재하기는 했는지 도통 알 수가 없는 인물이다. 그런데 몇 세기 동안 계속되어오던 콜럼버스에 대한 논쟁은 2003년, 드디어 검증의 시간을 만난다. 콜럼버스의 관이 열렸고, 스페인, 이탈리아, 포르투갈 등지에서 천여 명이 자신의 DNA를 자료로 제공했다. 콜롬의 가족들도 그때 타액과 머리카락을 보내는데, 돌아온 연구 결과는 이렇다. "과학은 시간으로 완성된다"(282쪽). 여기서 소설은 현실세계 속 기적과는 다른 길을 간다. 콜럼버스는 인류에게 신대륙 발견이라는 극적이고 역사적인 사건을 남겼다. 하지만 '콜럼버스의 뼈'는 너무나 많은 DNA 제공자들과 공통적으로 일치해 어떤 것도 증명해내지 못한다. 현재의 과학기술하에서 콜럼버스의 뼈는 해독되지 않는 암호이자, 오류로 남은 사물일 뿐이다. 그러나 그 무엇도 증명 불가능한 콜럼버스의 뼈는 아버지가 다른 콜롬의 "다섯 남매 모두를 콜럼버스의 형제들로 묶어"(283쪽)두는 유쾌한 기적을 실현한다.

그러니 '오류'로 시작된 세비야 여행이 단지 아버지를 찾지 못했다고 하여 기적이 되지 말란 법은 없을 것이다. 콜롬 가족은 아버지를 찾기 위해 스페인까지 온 나의 오랜 횡설수설을 들어주고 위안의 말을 전하려고 애쓰며, 콜롬의 큰누나는 내가 일주일 넘게 찾으려 애썼던 엉뚱한 아버지의 주소가 가사로 담겨 있는 노래를 들려준다. 그녀의 노래를 듣는 동안 주인공은 자신 안의 어떤 공기가 역류하고 비로소 편안해지는 걸 느낀다. 그들은 "나에게 아버지가 이 곡을 들려주고 싶었던 모양"이라고, "이 수첩 속 주소가 내게 온 데에는 바로 그런 이유가 있었던 모양"(285쪽)이라고 말해준다. 때로 삶의 의미는 이렇게 예상치 못한 샛길에서 찾아지기도 한다. 주인공의 기원은 여전히 공백으로 남아 있으나, 그 밤 아버지는 노래 속에 있었고, 그 밤의 전율은 오래 지속된다. "오랫동안 너를 보지 못했지/수많은 밤이 흘러갔지/그러나 밤은 테이블일 뿐/긴 밤은 조금 더 긴 테이블일 뿐/너와 나는 그때부터 지금까지 아주 긴 밤을 사이에 두고/조금 떨어져 있을 뿐"(284쪽).

이 담백한 인생 예찬의 우아한 선율을 뒤로하고 이 소설집 안에서 가장 아름다운 소설인 「알로하」로 넘어가야 하겠다. 당신이 눈을 감았다 뜨면, 눈이 베일 것처럼 쏟아지던 세비야의 햇빛 대신 온화한 호놀룰루의 햇빛이 펼쳐져 있을 것이다. 그 햇빛 아래 지역신문사 '넥스트호놀룰루'에서 부고에 관한 업무를 맡고 있는 주인공이 있다. 주인공 '나'가 하는 일은 지역 내의 누군가가 죽으면 그 사람의 삶에 대해 타블로이드판 두 페이지를 할애해 기사를 쓰는 것이다. 그런 어느 날 '윤'이라는 이름의 당신이 대장암 말기 판정을 받았다며, 미리 자신의 부고 기사에 대해 부탁해온다. 1968년생 한국계 미국인으로 1989년 하와이에 와서 지금은 거리에서 생활하는 그의 이야기를 '나'는 열심히 듣는다. 하와이에 도착한 후 그의 친구 '빌리'와 그의 인생이 절묘하게 갈리던 순간에 대해, 대여한 차를 길가에 세우고 잠이 든 사이에 코코넛 열매들이 떨어져 차가 망가졌던 사건에 대해, 그 코코넛 나무 주인 '에이미'와 사랑했던 시절에 대해, 에이미가 떠나고 남은 빈 자리에 대해, 그때 자신을 구원한 파도와 서핑에 대해. 그러나 당신에게 에이미를 찾아주려는 순수한 의도로 검색 사이트를 들어갔을 때, '나'는 경악할 만한 사태에 직면한다.

> 당신이 내게 말해준 이야기들은 정작 당신의 것이 아니었다. 당신의 이야기는 대부분 당신이 겪은 것이 아니라 읽은 것이었다. 당신이 읽은 이야기들은 모두 거리에서 시작된 것이었다. 신문지 위에 몇 줄로 남은 인생들을 당신은 덮고 자다가, 깔고 앉다가 읽게 되었고, 읽은 말들을 기억하게 되었다. 말은 말과 만나 더 크게 몸을 부풀렸다. 그러다 어느 시점에는 그 말이 원래 누구의 것이었는지 불분명해지고 말았다. 그래서 그 말들은 다시 당신의 것이 되었다.(「알로하」, 64쪽)

수첩 속 당신에 관한 메모들은 하나씩 지워진다. 심지어 서류상으로 당신은 이미 오 년 전에 죽은 사람이다. 노숙자인 당신은 아마도 오래전에 누군가에게 신원을 팔았을 확률이 높다. 이 모든 것은 "아주 흔한 줄거리"였으나, "기사화할 수 없는 오류"(65쪽)로 남는다. 그는 타인의 인생을 기워 자신을 덮을 수밖에 없던 텅 빈 공백의 존재였던 것일까. 하지만 어느 주말 아침, 호놀룰루에 처음 온 당신이 차를 빌려 달렸을 경로를 똑같이 따라 달려보던 주인공은 급작스러운 비를 피해 우연히 들르게 된 집에서 놀라운 경험을 한다. 1989년 12월에 뉴욕에서 날아온 비행기, '빌리'라는 사람의 존재, '에이미'라고 붙어 있는 문패 등 그곳에서 발견된 몇 조각의 진실들은 이제 당신의 말이 어디서부터 어디까지 진실이고 허구인지 도저히 알아볼 수 없게 한다. 분명해진 단 하나의 사실은 윤이라는 대상에 대해 결코 단 하나의 진실된 서사적 패턴을 구성하고 확정할 수 없다는 것이다. 그는 이해의 범주를 넘어 존재한다.

여기서부터 소설은 다시 시작된다. 대개 한 사람의 삶이 종결되면, 우리는 그가 남기고 간 것들을 통해 그의 정체성과 삶의 의미를 사후적으로 서사화한다. 그런데 이 세상에 분명히 존재했던 한 사람이 있으나, 그가 남겨놓은 것이 오직 확인할 길 없는 농담처럼 타인의 인생들을 콜라주한 이야기뿐이라면, 어떻게 기억되고 또 애도될 수 있을 것인가. 그는 상징질서 속에서 도저히 포착해낼 수 없이 내밀하게 누락된 개인의 총체다. 사실 우리는 체험하는 모든 것들을 기억하는 것이 아니라, 의식화되는 것들, 사유망에서 관찰되는 것만을 기억할 수 있다. 우리는 아는 것들을 기억하지만, 나머지 것들은 모두 붙잡을 수 없이 휙 지나가는 이미지로만 간신히 존재한다. 매일 오후 세시에 부고 기사를 마감하지만 한 줄도 제대로 기억하지 못하는 '나'의 머릿속은, 사실상 무심함 속에 소멸되는 이미지 속으로 그들의 생을 밀어넣고 있었던 것이다. 그러나 윤은 타인의 인생에 대해 거듭 읽음으로써 이제는 세상에 부재하는 타인에 대해 몇 줄로 남은 문장들을 기억하고 자신의 생 안으로 새겨넣는다. 경험한 바 없으나 자신의 것으로 들어와버린 타인의 이야기들은 내 것이 아니므로 여전히 거짓일까.

그럴 수는 없을 것이다. 윤의 이야기는 한 인생이 언어 속에서 깔끔하게 정리될 때가 아니라, 그 언어에 투신하고 응답하는 누군가가 있을 때에만 보증될 수 있다는 것을 다시 한번 알려준다. 조르조 아감벤이 미디어 테크놀로지 속에서 점점 공허해지는 말들 가운데 '맹세의 고고학'을 끌어내는 논지가 이와 같다. 인간의 언어는 "참말과 거짓말의 가능성에 공기원적으로 노출되어 있는 생명체가 자진해서 자신의 말에 대해 자신의 생명으로 응답하는 순간에만, 일인칭으로 그것들에 대한 증인이 되는 순간에만 산출될 수 있"[3]다. 'One wave one man', 한 파도에 한 사람씩 즐기라는 서핑의 규칙을 따라 풀어낸 그의 이야기는 무심하게 흘러가는 인생의 한 자락들을 끌어모아 성좌처럼 구성해낸다. 이는 또한 소설가의 본령이 아닌가. 그는 오직 씀으로써 기억하고, 기억하는 타인의 생 안에서만 존재한다.

애도와 기억의 문제로 쏟아지듯 파고들어가는 이 소설들은 윤고은의 소설세계에 중요한 변곡점을 이루는 것처럼 보인다. 그간 윤고은의 소설에서 등장인물들은 독자가 감정을 이입할 만한 내면을 거의 드러낸 적이 없었다. 작가의 재기발랄함은 때때로 인물을 캐릭터라기보다 자신의 독특한 공상을 진행시키는 데 필요한 피조물로서 사무적으로 다루곤 했다. 그것은 서사의 흥미진진하고 빠른 전개에 효과적으로 복무했지만 인물의 심리적 고통에 무심한 것은 아닌지 어떤 일말의 의

3) 조르조 아감벤, 『언어의 성사』, 정문영 옮김, 새물결, 2012, 143쪽.

심을 품게도 했다. 그러나 이제 인물들은 사회에서 잉여로 퇴출되는 상황에 매이고 연연하는 대신, 모든 사람의 내면에 투명하게 설명되지 않는 잉여적인 지점을 응시한다. 끊임없이 어긋나고 상실되는 삶 속에서 그 의미를 찾는 것은 쉬운 일이 아니다. 삶의 의미를 파악하는 해석학적 능력이란 개인의 것이기도 하지만, 사회에 축적된 문화의 산물이기도 하기 때문이다. 이미지들로 허구적인 욕망을 추동시키지만, 한편으로는 불필요한 노동력을 바깥으로 내쳐버리는 사회 속에서 삶의 의미란 공백을 덮으려는 허황된 '낭만적 거짓'에 불과하기 쉽다. 그러나 윤고은의 소설은 사회가 권하는 낭만적 거짓을 뛰어넘어, 오류로 시작되고 신기루처럼 지탱될지라도 모든 삶에는 가치 있는 '잉여적 진실'이 있다는 뜨거운 깨달음에 도달한다. 그 진실이 텍스트 속의 낙원과 익명적 행복들에 머무는 것이 아니라, 공백으로 존재해온 익명적 불행에 오래 머무르고 기억하는 노력으로서만 나타난다는 것은 일말의 구원처럼 느껴진다. 빨라지고, 더 기괴해지고, 해독할 길이 없는 괴물 같은 세계에서 필사적으로 이 질서에 순응하지 않을 수 있는 길을 찾아내며, 그렇게 윤고은의 세계는 점점 넓어지고 있는 중이다.

(2014)

빛을 선물한 신, 인간이 도달한 어둠
—정미경론

1. 내기하는 인간들

"이 무한한 거리의 끝에서는 동전의 앞면 아니면 뒷면이 나오게 될 하나의 내기가 이루어질 것입니다."[1] 파스칼이 신을 두고 시도한 이 내기만큼 도발적이고 사람들의 입에 많이 오르내린 내기는 없을 것이다. 「기계의 논설」이라는 장에서 파스칼은 이성이 이해하지는 못하더라도 인정할 수밖에 없는 것이 있다는 점을 언급하며, 신의 존재를 두

---

1) 블레즈 파스칼, 「기계의 논설」, 『팡세』, 김형길 옮김, 서울대학교출판부, 1996, 490쪽. 파스칼의 『팡세』는 자필의 '원본'과 오늘날 전해 내려오는 두 개의 '사본'들 속에 보존되어 있다. 전자가 여러 사람들의 손을 거치는 동안 상당한 변형과 훼손을 겪은 데 비해, 사본들은 파스칼의 의도에 더 가까이 있다는 평가를 받는다. '제1사본'을 따른 라퓨마 판이 있고 '제2사본'을 따른 셀리에 판이 있는데, 한국에 번역되어 있는 대부분의 『팡세』는 라퓨마 판이다. 라퓨마 판 번역본에는 '내기'라는 제목으로 알려져 있는 이 「기계의 논설」 장이 생략되어 있다. 이 인용은 세리에 판을 번역한 김형길을 따르되 '노름'이라는 말만 '내기'로 변용했다. 이 단장에 대한 가장 상세하고 흥미로운 연구인 김화영, 「파스칼의 "내기논증"의 "이면" 연구」, 『프랑스문화예술연구』 2009년 봄호 역시 참조했다.

고 내기를 제안한다. 내기에 참여한 사람들에게는 각자의 지상의 삶과 불확실하지만 영원한 삶이 판돈의 총액으로 제시된다. 여기에 적용되는 확률은 신의 존재 유무에 달려 있으므로 이분의 일이다. 파스칼은 각각의 경우의 득실을 계산해본다. 신이 존재할 경우, 내기에 건 것(지상의 삶)에 비하여 딸 수 있는 기댓값(영원한 삶)은 매우 크게 나타난다. 신이 존재하지 않을 경우, 하나의 생명을 걸고 하나의 생명만 딸 수 있다. 따라서 신의 존재를 부인하는 쪽에 거는 것은 손해다. '믿는 자에게 복이 있을지어니' 같은 단순한 말을 에둘러 한 것처럼 들릴 수도 있겠다. 그러나 이 단장에서 더 흥미로운 것은 내기의 필연성을 강조하는 다음 단락이다.

> 무한한 운수 중에서 한 개의 운수가 당신을 위한 것인데, 무한히 행복한 무한한 생명을 딸 수 있는 내기에서 내기를 하지 않으면 안 될 상황인데도 당신이 세 개의 생명에 대해서 한 개의 생명을 내거는 것을 거절한다면 당신은 지각이 없이 행동하는 것입니다. (……) 모든 노름꾼들은 불확실하게 따기 위해서 확실하게 내겁니다. 그러면서도 조금치도 **이성에 어긋남이 없이** 확실하게 유한한 것을 따기 위해서 확실하게 유한한 것을 내겁니다. 사람들이 내거는 것의 확실성과 따는 것의 불확실성 사이에 무한한 간격은 존재하지 않습니다.(『팡세』, 492쪽, 강조는 인용자)

노름꾼이라고 되어 있지만, 일반 사람들의 행위 양태 역시 이와 무관하지 않다. 대개 사람들은 유리하지 못한 상황과는 무관하게 딸 수 있는 돈의 액수가 엄청나게 크다면 모든 것을 걸곤 한다. 그렇게 모든 것을 잃은 이들을 두고 순간적으로 상상력과 결탁된 기대심리가 이성적 판단을 마비시켜 극단적인 행동을 결정한 것이라고 설명할 수도 있다. 그러나 실상은 반대다. 이 모든 행동은 조금도 "이성에 어긋남이 없이" 이루어지는 합리적인 행위다. 현재의 생명은 미래의 기댓값에 모든 것을 차분하게 내어준다. 이제 이 단락은 신의 존재를 증명하기 위해서가 아니라, 근대 자본주의의 기본 원리를 설명하기 위해 쓰인 것처럼 보인다. 신을 향한 성스러운 믿음을 가장 명쾌하게 설명해주는 것이 바로 내기라는 세속적 이성의 형태라는 도발성. 그리고 그 설명이 '자본이라는 종교'(폴 라파르그)에 대한 가장 명쾌한 주석이 되는 불경한 아이러니. 성聖과 속俗은 이렇게 기이하게 만난다. 그리고 언제나 아슬아슬한 성과 속, 그 빛과 그림자의 교차 속에 서 있던 작가가 바로 정미경이다.[2)]

2. 질주의 이면, 결백의 수사학

정미경 소설의 인물들은 노동하고 달린다. 단편에서조차 한 번도 직업이 모호하게 설정된 적 없는 그의 인물들은 대개 쉬지 않고 소진

---

2) 이 글은 정미경이 남긴 소설집 『나의 피투성이 연인』(민음사, 2004); 『발칸의 장미를 내게 주었네』(생각의나무, 2006); 『내 아들의 연인』(문학동네, 2008); 『프랑스식 세탁소』(창비, 2013), 장편소설 『장밋빛 인생』(민음사, 2002); 『이상한 슬픔의 원더랜드』(현대문학, 2005); 『아프리카의 별』(문학동네, 2010), 단편 「달콤한 게 좋아」(『창작과비평』 2012년 봄호); 「목 놓아 우네」(『현대문학』 2012년 12월호); 「장마」(『도시와 나』, 바람, 2013); 「엄마, 나는 바보예요」(『한국문학』 2015년 여름호); 「못」(『현대문학』 2016년 5월호); 「새벽까지 희미하게」(『창작과비평』 2016년 여름호), 장편 연재작 『가수는 입을 다무네』(『세계의문학』 2014년 봄, 여름, 가을, 겨울호)를 차례대로 읽고 쓰였다. 이하 문단으로 인용시 본문에 작품 제목과 쪽수를 밝히고, 구절만 인용하는 경우 쪽수 표기를 생략한다.

될 때까지 노동하는 인간들이다. 자본주의의 첨단에서 가장 치열하게 움직이는 직군들이기 때문일까. 『장밋빛 인생』의 광고기획자 주인공이나 『이상한 슬픔의 원더랜드』의 직업활동이 의무이고 소명이며 인생의 목적이라고 믿는 프로테스탄트의 윤리를 이마에 깊이 새긴 듯 보인다.

그런데 더없이 성실한 이들의 직종이 각각 '광고'와 '주식'이기에 문제는 그리 단순치 않다. 막스 베버에 따르면 자본주의 정신은 무제한의 영리를 추구하되, 투기적·모험적이 아닌 금욕적·조직적인 방식으로 추구하는 심적 태도다. 그러나 광고와 파생시장은 각각 가상의 삶에 대한 욕망과 미래 시점의 주식가격에 대한 환상을 불러일으킴으로써 투기와 모험으로 굴러간다. 근면한 노동과 소득은 더이상 비례하지 않으며, 제품은 이미지가 그 제품에 부여하는 상상적 쾌락을 추구함으로써 소비된다. 그래서 광고와 주식의 세계에서 가장 정직한 자는 욕망에 가장 기민한 자이고, 가장 근면한 자는 삶을 파산의 벼랑으로 미끄러뜨릴 가능성이 가장 높은 자가 된다. 점멸하는 광고판과 주가판 위에서 기민하게 움직이는 욕망은 삶을 과감한 베팅을 부추기는 속도전으로 변환시킨다.[3)]

3) 이 속도의 원료가 되는 것 중 하나는 인간의 생명이다. 그런 점에서 첫 소설집 『나의 피투성이 연인』에 실린 소설 중 두 편이나 보험을 다루고 있다는 것은 의미심장하다. 등단작 「비소 여인」에 나오는 '윤'의 팜파탈적 면모를 추동하는 것은 주변인들의 생명보험금이다. 손해보험 쪽 일을 하는 남자가 나오는 「성스러운 봄」에서는 딸의 불치병 앞에서 돈을 벌리는 것을 멈춤으로써 딸의 목숨을 포기했던 순간과, 자신이 조사하는 차 사고의 보험사기 가능성을 심문하는 과정이 겹쳐지며 서술된다. 인간을 집요하게 살게 하거나 가장 소중한 존재마저도 죽게 버려두는 것이 모두 돈에 연루되어 벌어지는 일이라는 인식은, 생명과 돈을 등가교환하는 보험이라는 소재를 통해 가장 잘 드러난다.

자본주의의 이런 역동성은 정미경 소설 속 질주하는 차들의 이미지와 긴밀하게 연결된다. 주식 트레이더 중호는 장이 끝나는 금요일 밤이면 도로로 나서서 가속페달만으로 운전하며 일주일 치의 스트레스를 해소하고(『이상한 슬픔의 원더랜드』),[4] 판사 '강'은 온갖 소송들에 시달리다가도 밤이면 도박을 위해 카지노가 있는 J시로 달려가며(「파견 근무」, 『프랑스식 세탁소』), 출판사를 운영하는 '김'은 판매량이 보증되어 있는 만큼 변덕스러운 베스트셀러 작가와 책을 계약하기 위해 택시를 잡아타고 질주한다(「남쪽 절」, 같은 책). 흥미롭게도 이 질주의 이면에는 불편한 윤리적 결단의 순간들이 자리하고 있다. 아니, 사실 이 결단 앞에서의 망설임은 거짓이다. 이미 배반을 향해 치밀하게 계산된 채 움직여왔지만, 그들은 참지 못하고 마지막으로 어떤 선善의 영역을 오르페우스처럼 돌아보고 만다. 그러나 주인공들은 어김없이 비도덕적인 계약에 넘어가고, 그 순간 영점에서 아슬아슬하게 흔들리던 저울추는 어둠 쪽으로 기운다.

이중에서도 「파견 근무」는 판사인 '강'의 선택에서 최대한 자발성을 삭제하는 방식으로 쓰였다는 점에서 더욱 문제적이다. 지방 근무를 하러 내려온 고향에서 그는 "휴양지로 떠난 출장" 같은 느낌을 받으며 지역 유지들에게 적당히 얻어먹고 재량껏 선처해주며 지내는 중이다. 그를 둘러싼 생활과 관계들은 상 위에 올라온 횟감이 아직 살

---

4) 김형중은 폴 비릴리오를 경유해 『이상한 슬픔의 원더랜드』의 도입부에 나오는 이 질주가 어떻게 혁명과 부르주아 모더니티 간의 상관관계를 표현하는지 매력적으로 설명한다. 부르주아 모더니티에게 정지는 곧 죽음을 의미하며, 결국 소설의 마지막에 이르러 주인공의 속도가 더뎌졌을 때 그는 실제로 죽고 만다(김형중, 「질주정 사회, 거리, 군중」, 『이상한 슬픔의 원더랜드』 해설, 현대문학, 2005, 320~325쪽).

아 아가미를 움직이는 것을 연민 없이 바라볼 정도의 냉담한 거리감이 항시 유지되는 어떤 것이다. 그런 강의 영혼을 완전히 사로잡은 것, 살아오면서 한 번도 뜨거워본 적이 없던 횡격막 아래를 뜨끈하게 만들고, 손 모으고 기도하던 여자를 이해할 만큼 절박해지도록 만든 것은 바로 '다이사이', 오십 퍼센트 확률의 단순한 도박의 세계다. 이 절반 확률의 도박 앞에서 그는 "씨스티나 성당 천당화 속 아담의 손가락처럼 '바로 그' 세계에 내 손가락이 마침내 닿을 것이라는 확신이 밀려"오는 듯한 성스러운 희열을 체험하고 그 세계에 닿기 위해 밤마다 J시를 향해 달린다. 하지만 그 무한 반복되는 밤의 질주를 제외하고는, 아무 일도 일어나지 않는다. 홍이 데려온 엄마를 잃은 다섯 살짜리 아이를 증인으로 두고, 여자의 죽음이 단순 자살인지 남편 손에 살해당한 건지를 판정하는 것은 불가능하다. 홍이 사건에 대한 은근한 부탁과 함께 곧 일곱 배가 오를 거라는 코스닥 '이지쏠루션'에 대한 말을 흘려도 아이 아빠가 근거는 댈 수 없지만 자신은 억울하다며 호소해올 때도, 그는 모두와 거리를 둔 채 담담하고 조금은 지루하게 존재한다. 어떻게 보더라도 그는 자신의 삶에서 '영웅'이 아니라 '구경꾼'으로 자리한다.[5)]

프랑코 모레티는 고대 서사시의 인물들과 파우스트의 행동 양식을 대조한다. 호메로스가 그리는 영웅은 심지어 행동하지 않을 때조차—막사 안의 아킬레스—아주 중요한 실천적 결과들을 가져온다.

---

5) 「파견 근무」에서의 강의 '방관자'적 태도와, 그 태도가 현실을 일종의 허구 내지는 '가상현실'과 같은 것으로 탈구축하려는 경향에 대해서는 흥미로운 평문이 제출된 바 있다(조형래, 「휴양지에서 생긴 일—정미경 단편소설 「파견 근무」」, 『신 없는 세계의 비참』, 문학동네, 2015, 216~224쪽).

즉 행동하지 않는 것조차 그 자체로 하나의 행동인 것이다. 이와 반대로 『파우스트』에서 주인공의 존재는 항상 모든 것을 원래 있던 그대로, 일종의 거대한 구경거리로 남겨둔다. 그래서 역설적으로 이런 파우스트의 무기력 속에서 근대의 서사시적 총체성을 향한 기회를 찾을 수 있다. 서사시의 거대한 세계는 이제 변화의 힘을 가진 행동 속에서가 아니라 상상, 꿈, 마술 속에서 형성된다. 괴테의 파우스트는 강한 의지가 아니라, 수동적으로 행동의 외부에 남아 있음으로써 인류 전체의 경험으로서 어떤 사람의 내적 자아 안에 포괄되어 있어야 할 우주의 진정 서사시적인 광대함을 가리키며 반쪽짜리 총체성, 일차원적인 총체성을 실현한다.[6] 그러나 강의 무기력과 냉담을 두고, 적어도 그의 고향인 작은 소도시 전체와 법의 성긴 그물망을 전망한다는 점에서 반쪽짜리 총체성을 실현중이라고 할 수 있는 걸까. 더 큰 문제는 그가 행동의 외부에 남아 있음으로써 자신의 죄에 대해서도 몸을 빼낸다는 사실이다. 소설의 마지막에 이르면 그는 홍의 거듭된 촉구 속에서 모종의 결단을 내린 것처럼 보인다.

죽거나 죽였거나. 아이의 증언을 인정한다 해도 무리한 판결이라는 소리는 듣지 않을 판이다. 홍이 짜놓은 판이라면 초록빛 테이블이 아니겠는가. 한때는 법전처럼 명징한 것이 없다고 생각했지. 페이지마다 세상을 정화하는 시의 세계가 펼쳐졌는데. 인간이라는 기이한 생물을 가두기엔 법이라는 망의 구멍은 너무 성글고 단순했다. 가령 형법 제246조의 그물은 어떠한가. 상습으로 도박을 한 자는

6) 프랑코 모레티, 『근대의 서사시』, 조형준 옮김, 새물결, 2001, 37~40쪽.

> 삼 년 이하의 징역, 또는 이천만원 이하의 벌금. 누군가는 그 그물을 스스로 들추고 들어간다. 어떤 판결을 내리든 완전한 판결은 없다고 생각하면 기분이 좀 나아질까.(「파견 근무」, 76쪽)

경박하고 외설적인 트로트 가락이 흘러나오는 사이로 들리는 "무엇보다도, 정 억울하면 항소하겠지"라는 강의 중얼거림은 자기 봉합을 완벽히 끝낸 자의 실밥 같은 말이다. 죄의식은 어떻게 몸을 숨기는가. 『파우스트』에서 마르게리타의 비극을 둘러싼 파우스트의 죄는, 그 이전에 더 고약하게 메피스토펠레스를 부추겨 파우스트를 유혹하게 한 것이 바로 신이라는 것을 강조함으로써 덜어진다. 「파견 근무」에서 강이 판사로서의 공정함이 아니라 도박으로 늘어난 빚의 변제를 위해 내릴 살인 판결에 대한 죄의식은, 위의 인용문에서 보이듯 신 앞에서 "인간이라는 기이한 생물"들의 근본적인 한계로 덮인다. 그는 법이라는 그물망을 어떻게 씌우느냐에 따라 누구나 죄인이 될 수 있으며, 자신 역시 상습 도박자로서 죄인이겠지만, 우리는 모두 스스로에게 유리한 방식으로 움직이는 거 아니겠냐며 항변중이다.

실제로 이 소설에서 화자인 강의 서술은 자기 운명을 좌우하는 것이 홍이며, 자신은 이 모든 것에 수동적으로 끌려갈 뿐이라는 것을 뒷받침하는 연극적 몸짓들로 가득차 있다. 밤마다 차로 질주할 때 "헤드라이트 불빛에 놀란 숲이 팔을 들어올려 휘청, 얼굴을 가렸다"는 식으로 자신을 제외한 모든 것을 활달하게 의인화시키는 대신, 자신에 대해서는 충동에 사로잡혀 어떤 제어도 불가능하다는 것을 반복하는 서술들이 그러하다. 이런 서술 속에서 강은 자신과 홍을 파우스트와 메피스토펠레스 같은 인물로 상정함으로써 둘 사이의 적대성을 드러내려 했던 것 같다. 하지만 강이 자신을 수동적인 위치에 거듭 위치시킴으로써 자기 행동에 대한 궁극적인 책임을 사악한 동반자에게 전가시키려는 이 전략은 꽤 투명하게 읽힌다. 이렇게 죄의식을 자기 외부로 투사해버리는 부정과 거부의 전략으로 정미경식 '결백의 수사학'은 완성된다.

예의바른 냉소로 가득한 부르주아의 책략, 완성된 '결백의 수사학'은 정미경의 또다른 작품 「내 아들의 연인」을 상기시킨다. 이 소설에서 "울트라 부잣집" 사모님으로 나오는 화자는 아들의 가난한 여자친구 '도란'을 보면서 스무 살 무렵 자신이 '초핀'이라 부르던 무식하지만 순진했던 한 남자를 떠올린다. 착하고 반듯하지만 백화점 같은 장소에서는 어딘가 겉도는 느낌과 묘한 이질감이 숨겨지지 않는 도란을 보며, 화자는 복잡한 심경으로 만남을 반복한다. 결국 아들은 도란과 헤어진다. "단둘이 있을 때면 도란이의 모든 걸 받아들일 수 있는데 내 네트워크 속에서는 끊임없이 부딪치게 된다"는 아들의 말에 따르면, 이 헤어짐은 아비투스habitus의 불일치로 깔끔하게 설명되는 듯하다. 하지만 이 소설에서 더 눈에 띄는 장면은 부잣집 남자와 가난한 여자 사이에 예견되어 있던 이별의 수순이 아니라, 약간의 호감과 더 많은 거리감을 가지고 그들을 지켜보던 화자가 엉뚱한 곳에서 겪게 되는 죄책감이다. 여자는 창밖을 내다보다가, 질주해오다 다른 차의 백미러를 부수고도 모르는 척 다른 곳에 주차하는 차를 보게 되고, 그 차의 주인이 바로 옆집 여자를 찾아온 손님이라는 걸 알게 된다. 며칠 뒤 그 부서진 백미러에 대한 상당한 손해배상을 억울하게도 운전기사가 대신하게 되었다는 말을 전해듣게 된 그녀는 목격했던 것을 말해야 하는가에 대한 고민에 사로잡힌다. "그 여잔 눈이 없어서

벽보를 못 읽었겠니? 정 불쌍하면 네 돈으로 봉투 하나 해서 익명으로 전해주든지"라는 남편의 냉소적인 말과, 어쩔 수 없다는 듯 자신과 남편의 동일성을 확인하는 데서 멈추는 화자를 불편한 시선으로 바라보게 되는 것은 당연할지도 모르겠다. 그런데 정미경의 소설들 중 가장 많은 평문이 제출되었던 이 매력적인 문제작에서 우리를 건드렸던 것은 무엇인가. 이 소설을 향한 대부분의 비판은 결국 버림받은 건 자신이라는 자기 연민의 정서, 그리고 부르주아적 속물성에 대한 자기 냉소마저도 일정한 진정성을 부여받는 자기 합리화의 면모를 지적해왔다. 그러나 핵심은 저 사소한 죄책감이 의례적으로 덮어버리는 것이 무엇인지보다는, 죄책감이 그들의 생에서 필수불가결한 것으로 보이는 까닭이 무엇인지 짚어보는 것이 아닐까.

이 지점에서 우리는 부르주아지들의 질주와 죄책감이라는 오묘한 결합의 원리를 풀기 위해, 테리 이글턴의 질문을 경유해볼 수 있겠다. "어떻게 부르주아지의 안정에 대한 희구가, 이 계급의 혁명만이 유일무이하게도 결코 현실적으로 종결되지 않는다는 사실—카를 마르크스가 우리에게 상기시킨, 자본가 계급은 영원히 도발하고, 폭로하고, 분출하고, 와해시키는, 생리적으로 위반을 일삼는 힘이라는 사실과 화해할 수 있을까?"[7] 자신이 억울한 운전기사 대신 돈을 내줄 수도, 외부에 목격한 바를 알릴 수도 없으리라는 사실을 받아들이며, 아들의 헤어짐 역시 담담하게 받아들이는 화자는, 자신에게 지금 머무는 씁쓸함도 금세 휘발될 성질의 것임을 직감한다. 이때 죄책감은 자신

7) 테리 이글턴, 「자본주의와 형식」, 페리 앤더슨 외, 『뉴레프트리뷰 1』, 이택광 옮김, 길, 2009, 507쪽.

이 의지하고 있는 기존의 자본주의의 윤리 체제를 일시적으로 약화시키는 듯 보이지만, 반대로 자신이 자본주의라는 주어진 질서에 의해 철저히 속박당해 있다는 사실을 더욱 적극적으로 매끄럽게 수용하도록 기여한다. 죄책감은 그들이 이 질서 안에서 다시 질주하게 만드는 원료가 되는 것이다. 결국 다시 돌아와 문제는 '구경꾼'으로서의 삶의 자세다. 「파견 근무」와 「내 아들의 연인」의 주인공들이 주어진 질서를 받아들이는 자세는 확실히 보수성의 혐의를 띤다. 게다가 이 세계에서 이루어지고 있는 모든 일이 자신의 개입과 무관하게 움직여질 수밖에 없는 것이라면, 나는 무엇인가? 이 절망적인 질문은 소설 속 인물들을 마찰음 없이 매끄럽게 질주하는 세계로부터 멈춰 세우지는 못하지만, 읽는 이들로 하여금 그 속물적 세계를 구성하는 무의미에 대해 생각하게 만든다.

그러나 비판은 단순치 않다. 속물과 보수적인 세계에 대해 말할 때 그들을 대상화해서 혐오의 대상으로 만들고, 자신 안에 윤리적 비판의 준거점을 마련하는 일은 좀더 쉬운 길이다. 하지만 2000년대 이후를 살고 있는 우리에게도 그런 부르주아의 영악한 욕망과 지하 생활자의 순수한 자유와 같은 식의 분리가 여전히 유효할 수 있을까? 문학과 평론에서 말해온 자본주의와 부르주아는 그간 다소 단일한 표상 속에 머물러 있었던 것은 아닐까? 우리의 믿음 혹은 바람과 달리, 부르주아의 악은 그리 가시적이지도 명확하게 구별되지도 않는다. 그 악은 잘살고 싶다는 욕망으로 들끓어 도덕성을 훼손하는 것이 아니라, 우아하게 자리잡고 앉은 채 순수성과 도덕성에 결탁하기 때문에 더욱 문제적이다. 이런 면에서 정미경은 적이 외부에 있다는 손쉬운 사유에 머문 적이 없다. 그는 욕망이 지닌 파괴적이고 오만한 자질들과 우리의 안온한 도덕성이 어깨를 나란히 하고 있음을, 속물성과 진정성이 얼마나 깊숙이 교착되어 있는지를 입증하려 한다. 자본주의하에서는 신을 두고 내기를 거는 자가 문제가 아니라, 모두가 어떤 방식으로든 내기하기를 멈출 수 없다는 것이 더 큰 문제다.

3. 몰락을 위한 예술을 넘어

정미경이 조금 더 높은 체온으로 다가가는 건 예술의 영역이다. 하지만 작가가 예술에 대한 환상을 가지고 있는 것은 아니다. 정미경은 예술로의 승화가 항상 고결한 것만은 아니라고 말한다. 「무화과나무 아래」(『발칸의 장미를 내게 주었네』)에서 오래전 불법으로 신장 이식 수술을 받은 남자가 더 위험한 곳만 다니며 분쟁지역 전문 촬영가가 되어갈 때, 예술이란 대면하고 싶은 고통의 기억을 피해 비틀려서 나오는 삶에 대한 갈망에 불과하다. 그때의 예술은 나르시시즘의 다른 이름일 뿐이다.

무엇보다 정미경은 자본주의하에서 예술만이 홀로 고고하게 자율성을 지킨다는 건 불가능한 일이라고 생각한다. 히토 슈타이얼의 「미술의 정치학」은 순수미술이 포스트포드주의적 투기와 얼마나 깊은 관련을 맺어왔는지에 대한 설명으로 시작한다. "과시, 대유행, 파산"이라는 반복 속에서 현대미술은 사물의 신자유주의적 질서 안에 똑바로 자리하게 되었으며, 현대미술은 이미 '박진감 넘치는 도박'이자, '규제 완화로 붕괴된 혼란스러운 세계를 위한 놀이터'가 되었다. "만약 현대미술이 답이라면, 질문은 곧 '자본주의는 어떻게 더 아름다워질 수 있을까?'였을 것이다"[8]라는 히토 슈타이얼의 말은 예술의 정치학을 논하기에 앞서 그보다 더 압도적으로 존재하는 사회적 조건을 상기시킨다. 이 시대에 와서 예술은 결코 경제와의 연관성 없이 이야기될 수 없다.

"데미안 허스트의 〈상어〉, 라는 작품을 알고 있죠? 포름알데히드 용액에 죽어서 뻣뻣하게 굳은 상어 한 마리를 둥둥 띄워놓고 백사십억을 호가해요. 십 년 사이에 백 배 이상이 오른 가격이에요. 그 백사십억이라는 숫자의 근거가 뭐라고 생각해요? 현대인의 불안과 공포를 상징하는 작품성? 부르주아의 허위의식? 흥, 그 정도 의식 없는 작가가 있을라구요. 설마 지원씨도 그게 예술성의 값어치라고 생각하진 않겠죠? 당연히 살아 있을 때의 상어 가격에 포름알데히드의 값, 견고한 수족관 제작비의 합이라고 생각하지도 않겠죠? 그것 속엔 언어로 규정할 수 없는 어떤 X요인이 있는 거예요. 그 X는 익사이팅일 수도 있고 욕망일 수도 있고 돈이 너무 많은 자의 속물근성을 살짝 긁어주는 섹시한 손톱 같은 것일 수도 있어요. 모나리자가 아름다운가요? 난 그 그림 보면 체할 것 같아. 미술이 뭔지 모르지만 자신의 주관성을 끝까지 밀어붙이는 것, 그게 중요하다고 봐요. 전시, 픽스해도 되죠?"(『이상한 슬픔의 원더랜드』, 245쪽)

『이상한 슬픔의 원더랜드』는 정미경의 소설 중에서는 예외적으로 사회 역사적인 배경의 맥락 속에서 끌고 가는 작품이다. 1987년 6월과 2002년 6월의 대비 속에서 한국사회가 얼마나 극적으로 변했나

8) 히토 슈타이얼, 「미술의 정치학—현대미술과 포스트 민주주의로의 이행」, 『스크린의 추방자들』, 김실비 옮김, 워크룸프레스, 2016, 111쪽.

를 거듭 가늠하는 작가의 식견이나, 어떤 소설에서도 볼 수 없었던 주식시장에 대한 꼼꼼한 묘사도 흥미롭지만, 이 소설은 자본주의사회 속에서 예술의 존재 방식이 이전과는 달라졌음을 성찰하는 예술에 대한 메타픽션이란 측면에서도 훌륭하다. 그리고 위의 인용문에서 주식 트레이더인 주인공 이중호가 사랑에 빠진 '유지원'을 유혹하기 위해 늘어놓는 이런 장광설은 현대미술을 작동시키는 원리가 결국 파생시장과 기본적인 메커니즘을 공유하고 있다는 비밀 아닌 비밀을 누설한다.[9]

이 소설에서 작가가 심정적으로 가장 많은 감정을 투사하고 있는 캐릭터로 보이는 것은 유지원이라는 화가다. 그녀는 대학 시절 운동권 활동을 함께했었던 첫사랑이자 지금은 국회의원으로 승승장구하는 '최한석'과 능수능란한 주식 트레이더로 엄청난 돈을 버는 이중호 사이에서 삼각관계를 형성한다. 여기서 작가는 유지원과 최한석의 사랑이 얼마나 순수하고 진지하며 끈끈한 것이었는가를 묘사하는 데

---

9) 오늘날의 예술적 실천이 더이상 예전과 같은 미학과 비평의 범주로는 이해할 수 없는 것이 되었음을 말하기 위해서, 프레드릭 제임슨 역시 데이미언 허스트의 작품을 예로 든다. "가령 막스 에른스트의 파멸을 예고하는 이미지나 피카소의 〈게르니카〉를 감상하는 것과 동일한 방식으로 데이미언 허스트의 죽은 상어에 접근할 수 있겠는가?" 이 설치작업은 일종의 개념적 콜라주이자 패스티시다. 중요한 것은 "작품의 감각적 현전이 아니라 작품의 관념"이며, 이런 '단독성-사건'으로서의 예술작품들은 의미의 시뮬라크라로 소비된다(프레드릭 제임슨, 「단독성의 미학」, 박진철 옮김, 『문학과사회』 2017년 봄호, 293쪽). 박진철은 해제에서 다음과 같이 첨언한다. "새로운 예술적 실천이 자본에 반대하는 관념을 표현할 수는 있겠지만 그런 의미들이야말로 오늘날 상품의 가치에서 가장 중요한 것이 아닌가. 오늘날 '자유'와 '반항' 같은 것을 내세우지 않는 상품이 있을까. 미술품이 세계화의 구조 안으로 깊이 들어와 있으며 심지어 파생상품으로 매매된다는 것은 이제 비밀도 아닐 것이다."(박진철, 「세계 없는 세계의 딜레마들」, 『문학과사회』 2017년 봄호, 319쪽.)

공을 들이면서도, 결국에 유지원의 마음이 이중호 쪽으로 움직이는 것을 보여준다.

이 끌림을 단순히 속물로의 투항이라고 읽기는 어렵다. 민중미술 운동의 선두 그룹에서 활동하던 지원은 시간의 흐름에 따라 자연스럽게 그 관심사를 생태주의로 옮기게 된 것뿐이다. 생태주의가 아니라 민중미술을 계속했더라도, 이 전시가 매끄럽게 잡지의 문화면에 소개되는 대신 피냄새 나는 '운동'으로 남기란 거의 불가능했을 것이다. 지원의 전시가 성공적으로 마무리되자 그의 대학 시절 친구들은 "지원이까지 몸을 팔게 될 줄이야" 운운하며 분개하지만, 실은 이제 진짜 문제는 '바깥에 존재하던 검열'이 아니라 '자기 내부의 욕망'이 되었음을 모두 알고 있다. 씁쓸하지만 자본주의의 세계에서 예술만이 저항의 특권적인 장소로 남아 있을 수는 없을 것이다. 『이상한 슬픔의 원더랜드』에서 이렇게 예술을 탈신화화시키는 작업으로 나아갔던 정미경은, 구 년이 지나 예술에 대한 또다른 메타픽션이라 할 수 있는 『가수는 입을 다무네』를 연재하기 시작했다. 거의 십 년 가까운 시간 동안에 그의 예술관은 어떻게 변화했을까.

『이상한 슬픔의 원더랜드』(2005)에서 『가수는 입을 다무네』(2014)로 건너가기 위해 우리는 먼저 단편 「밤이여, 나뉘어라」(『내 아들의 연인』)를 경유해야만 할 것 같다. 이상문학상을 받으면서 정미경의 소설 중에서도 대중적으로 가장 많이 알려진 이 소설은 평생 천재 모차르트를 바라보며 열등감에 시달려야 했을 살리에르의 시점으로 쓰였다. 고등학교 때부터 화자 주변에는 박탈감과 매혹의 대상인 'P'가 있었다. "신의 특별한 은총을 받는" 걸 넘어 "그를 향한 은총이 당연해 보이도록 하는 재능까지도" 함께 있었던 P를 따라잡기 위해 화자는 미친듯이 공부해 그와 같은 의대를 나왔지만, P는 논문 발표장에서 탁월한 결과물과 비등한 오만한 태도로 논란이 되고 결국 논문 심사를 통과하지 못한 채 미국으로 떠난다. 그러나 오랜만에 오슬로에서 만나게 된 P는 생각과는 다른 모습이다. P는 미국에서 자신을 전혀 제어하지 못하는 알코올중독자가 되어 병원을 그만둬야 했고, 그곳을 떠나 오슬로에서 다닌 사설 연구소마저 무너지기 시작한 참이다. 그는 거침없는 추락의 도정을 밟고 있다. 생에 불가능이란 없었고, 화자의 첫사랑까지도 너무 쉽게 뺏어간 P가 대체 무엇이 부족했던 걸까.

"밤이 얼마나 아름다운지 모르지? 백야가 계속되는 동안은, 덧창 없이는 잠들 수가 없어. 밤이 없으면, 잠들지 않고 일하면 썩 훌륭한 인간이 되어 있을 것 같은데, 그게 아니더라. 저 사람에겐, 자기 인생이 끝없는 하얀 밤처럼 느껴졌나봐. 기억과 욕망이란, 신의 영역이란 걸 너무도 잘 알고 있기에 선택했겠지. 저 사람은, 그림자를 찾고 싶어하는 거라고 생각해."(「밤이여, 나뉘어라」, 286쪽)

이 소설의 백미는 몰락하는 천재의 배경에 작가가 입혀둔 강렬한 색과 이미지다. 며칠씩 계속되는 백야의 비인간적인 아름다움이 한 축에 있고, 핏빛 하늘 배경에 일그러진 얼굴의 〈절규〉 시리즈들로 가득 채워진 미술관의 한 전시실이 다른 한 축에 있다. 이 이미지들이 소설을 미와 숭고의 경계 지점으로, 인간과 신 사이의 분투로 올려놓는다. 소설이 묻고자 하는 질문은 이런 것처럼 보인다. 인간으로서 살기 위해 필요한 것은 무엇인가. 왜 절대적으로 빛나는 신의 은총에 어떤 인간은 소리 없는 비명으로 응답하는가. 어째서 빛이 아니라 어둠과 결핍과 그림자가 인간을 살게 하는가.

읽는 이로서 끌리는 것은 '인간적인 너무나 인간적인' 화자의 삶과 무난한 성공이 아니라, 오만한 천재인 P의 몰락한 생이다. P를 그토록 매력적이게 하는 것, 천재다운 면모를 부각시키는 것은 바로 무시(무지)다. P는 다른 이들의 욕망이나 반응에 무지하고, 철저히 자신에게만 매혹되어 있다. 그는 지상에서 더이상 욕망할 수 있는 것이 없었기에 신과 대결하기 시작한다. P는 자신의 뛰어난 자질들을 불가능한 도약을 위해 사용하고, 오직 추락하기 위해 날아오른다. 신의 시선처럼 거리를 두고 인간을 바라보는 P와 같은 천재에게, 자신의 생을 포함해 인생은 근본적으로 허망하고 무의미한 것이다. 그는 인생을 불가능하기에 무의미할 수밖에 없는 도전 속으로 던져 넣는다.

화자는 망가진 P의 모습에 분개하지만 P는 천진난만한 목소리로 주절거리고, 행복감으로 충만한 채 웃는다. 그는 일반적인 시선으로는 몰락했다고 말해질 자신에게 어떤 연민도 느끼지 않는다. 어째서 몰락한 자가 웃을 수 있는가. 여기서 P는 이상한 승리자이며, 시대착오적 영웅으로 보인다. 오늘날 우리는 자신이 몰랐거나 상황을 잘못 인식하여 의도했던 것과 달리 행동했을 때에는 그에 대해 책임지기를 거부하며, 자기가 알고서 의도적으로 행동한 부분에 대해서만 책임을 진다. 그러나 오이디푸스가 신탁을 찾아 유랑하는 동안에 한 남자를 만나 다투다가 결국 그를 살해한 것이 상황상 정당방위였음에도 불구하고, 그후 오이디푸스는 자신도 모르게 생부를 죽이고 어머니와 근친상간의 죄를 범했음을 알자 자신에게 형벌을 가한다. 헤겔이 보기에 영웅적인 성격의 독자적인 강건함과 총체성은, 자신의 행동에서 나오는 모든 결과에 전적으로 책임을 떠맡는다는 데 있다.[10) 오늘날의 범속한 상태에서는 주체가 이런저런 측면에 따라 스스로 행동을 하더라도 기존의 사회질서 속에 예속된다. 그러나 P는 신과의 승부에서 자신을 걸어버리고 스스로를 완전히 소진시킴으로써 세계의 질서로부터 벗어나버린다. 그는 철저하게 몰락함으로써 단지 한 사회의 일원이 아니라, 독자적이고 총체적이며 개성적으로 생동하는 인간이 된다. 이것이 단순히 낭만주의적 천재의 방탕함과 기행을 미화하는 것으로 오해되어서는 안 된다. 천재라는 존재는 눈에 띄는 재능으로 인해 저절로 입증되는 것이겠지만, 이 재능이라는 것은 기본적으로 의지의 차원이 아니라 타고난 기질의 차원에 있다. P는 그 천재적인 기질을 의지의 차원으로 옮겨 무용한 싸움을 걸고 패배한다. 그리고 그 패배로 인해 독보적인 존재가 된다. 이때 그는 천재라기보다, 자신의 삶을 재료로 숭고의 영역에 가닿는 예술가처럼 보인다. 불순하게도 이렇게까지 말하고 싶다. 신이 빛과 의미를 만들기는 차라리 쉬웠을 것이다. 그러나 그림자 속에서 무의미에 절규함으로써 신과 대결하는 것은 오직 인간에게만 허용되는 숭고다.

세속의 기준들과 인정투쟁을 한순간에 지엽적인 것으로 만들어버리는 이 신과의 대결은 매혹적이었고, 정미경의 소설 세계관의 본질에 가닿아 있다고 느꼈다. 하지만 이 주제는 정미경의 소설세계에서 한동안 수면 아래 잠겨 있는 듯했다. 그사이에 정미경은 부르주아의 생태를 날카롭게 파헤치는 명편들을 써냈다. 그리고 2014년 장편 『가수는 입을 다무네』[11]를 들고 나오면서, 그는 빛이 아닌 그림자에 간

10) 게오르크 빌헬름 프리드리히 헤겔, 『헤겔의 미학강의 1』, 두행숙 옮김, 은행나무, 2010, 314~336쪽.

힌 채 대결하는 인간을 다시 꺼내들었다. 이 소설을 어떻게 설명하면 좋을까. 한때는 신앙에 가까운 열광을 불러일으켰던 한 가수가 더이상 노래를 부르지 못하게 된 이후를 그리는, 절정의 순간이 소거되어 있고 로맨티시즘이 제거된 메타 예술소설이라고 하면 될까. 화자인 '이경'은 짧은 다큐멘터리를 만들어야 하는 과제를 위해 '율'을 처음 만나자마자 깨닫는다. "신이 아닌 인간의 후광이란 영속하는 게 아니라는 것을".

음악은 추상적인 예술이다. 그 때문인지 율은 자신이 한때 도달했었던 완벽한 아름다움에 대해 스스로도 전혀 통제하거나 설명할 수 없는 것처럼 보인다. 여기서 예술은 인간의 인지나 노력과는 무관한 하나의 '우연적 사건'처럼 그려진다. 원천을 알 수 없는 재능이 기름처럼 출렁거리며 고여 있을 때, 우연히 영감과 시대가 불씨처럼 와서 붙는다. 그것은 어마어마한 불이 되어 걸작으로 탄생하지만 불은 언젠가는 소진되기 마련이다. 그리고 남은 생애 동안 예술가는 자신이 만들었던 예전의 예술에 압도된 채 고통받는 비극적인 운명에 갇힌다. 극심한 우울 속에 잠겨 있는 율은 자신의 절망을 토로하는 것조차 포기한 듯 보이며, 이 모든 것은 다큐를 찍는 아마추어 이경의 카메라를 통해 거리를 유지한 채 관찰된다.

천재성이라고 할 만한 자질을 지니고 있었던 다소 괴팍한 예술가를 중심으로 전개되지만, 이 소설은 광기와 천재성의 불가분성에 대한 낭만주의적 믿음을 유지하는 데 관심이 없다. 정신적 고뇌와 위대

---

11) 이 작품이 연재되는 동안, 3회 차만 이례적으로 '나의 기타가 슬피 우는 동안'이라는 제목으로 변경되었다. 하지만 연재하는 동안의 형식을 살펴보았을 때, 3회 차의 제목은 소제목이 잘못 표기되었을 가능성이 높다.

한 음악과의 상관관계 역시 부인한다. 대신에 그 자리를 채우는 것은 예술가를 둘러싼 관계망 속에서 오가는 복잡하고 미묘한 감정들이다. 쉼 없는 발열과도 같은 예술가의 우울과 자기애가 있고, 삶을 정지시켜둔 예술가를 지키기 위한 가장 가까운 주변인들의 감정노동이 있다. 율의 주변인들은 예술가를 지키는 파수꾼인 동시에, 찬란했던 그의 과거에 대한 환상으로 자신의 삶을 지탱하는 기생자이기도 하다. 그래서 율이 점차 달라지고 다시 한번 재기를 꿈꿀 때의 공기는 더없이 꿈처럼 흐른다. 그러나 정오를 지난 시간은 오직 자정을 향해 달려갈 뿐일까. 그의 목소리에는 여전히 "부패시킬 수 없는 무언가가 내부에 있는" 순수함이 느껴지면서도, 들려주는 노래에는 압도적인 매혹이 부재한다. 그리고 예정된 수순처럼 공연은 엉망으로 끝이 나고, 그는 자살한다. 이 결말은 다소 당혹스럽다. 재기를 꿈꾸던 예술가의 처절한 실패를 통해서 작가는 무엇을 말하고 싶었던 것일까. 예술가는 그저 우연성의 사건처럼 예술이 찾아올 때, 숙주처럼 몸을 내어주는 존재에 불과하단 말인가.

의미를 부여해볼 수도 있을 것이다. "움직이지 않을 때 가장 위대한 춤을 추고 있"는 무용수처럼, 오랫동안 노래를 부르지 못했기에 더 강렬하게 노래하길 갈망했던 침묵의 순간들이야말로 가장 위대한 음악가로서의 시간이었을지도 모른다. 수전 손태그는 "'감각의 귀'에 큰 소리로 울려퍼지는 멜로디는 사라지지만, '들리지 않는' 멜로디는 오래도록 지속된다"[12]고 말했으므로. 그러나 최선을 다해 자신의 의지로

12) 수전 손태그, 「침묵의 미학」, 『급진적 의지의 스타일』, 이병용·안재연 옮김, 현대미학사, 2004, 31쪽.

일어섰으나 결국에 예술에 진 인간, 그가 겪은 체념적인 고통의 순간과 결말에 대해 그리 쉽게 긍정하는 것은 어쩐지 불편하고 온당치 않게 느껴진다. 「밤이여, 나뉘어라」에서 자신의 천재성을 소진시킴으로써 끝까지 오만한 웃음을 지으며 신과 대결했던 P와 달리, 『가수는 입을 다무네』의 율은 그 천재성이 자신의 것이 아님을 확인하고 어떤 해방감도 웃음도 없이 어두운 절망 속에 남아 있는 것 같기 때문이다.

이 막막함 속에서 작가가 카메라를 든 화자를 뒤에 남겨놓았음을, 율은 떠나갔지만 그의 마지막 생의 모습들은 필름 속에 담겼음을 떠올려본다. 흥미롭게도 이 다큐는 실패하는데, 그 실패를 통해서 뭔가를 구원한다. 소설은 율이 재기의 과정에서 만나게 된 가장 큰 위안의 순간을 카메라 바깥으로 밀어낸다. 촬영하던 이경이 잠시 자리를 비웠을 때, 카메라가 오프 상태인 줄 알았던 율과 '호영'은 띄엄띄엄 대화를 시작한다. 호영은 중학생 때 율의 노래를 듣는 순간 완전히 다른 세계를 만났던 그 황홀경을, 그후 천천히 진행되던 율의 몰락을 바라볼 수밖에 없었던 안타까움을 진솔하게 털어놓는다. 침묵 속에서 검은 티셔츠가 흔들리고, 렌즈 바깥으로 사라진 손은 주저하듯 머리칼을 쓰다듬는다. "그 시간은 짧았고 아주 살짝 닿았지만 그 손짓이 무얼 뜻하는지 너무나 잘 이해"할 수밖에 없는 압도적인 순간이다. 이 장면은 우연과 착각으로 카메라에 기록되었지만, 다큐에 기록될 수 없고 설명될 수도 없는 순간이다. 이때 율은 천재 예술가로서 가학적인 감동의 대상이 아니라, 잠시지만 그저 이해와 온기가 필요했던 한 인간으로 자리한다.

소설 마지막에 이르러 이경은 문득 깨닫는다. 율은 자신이 만들고 부른 노래들의 아름다움과 완벽함과 슬픔의 수위에 대해 전혀 이해하지 못하고 있으며, 카메라를 든 자신 역시 율이라는 피사체에 대해서 전혀 이해하지 못하고 있다는 것을. "그저 함께 머물며 숨소리를 듣는 것만으로도 완벽했던 순간들은 프레임 바깥으로 툭툭 잘려나가 버렸다"는 것을. 정미경은 어떤 삶도 예술 속에 완벽하게 담길 수 없다고 말한다. 시퀀스와 시퀀스 사이에는 잘려나간 삶의 조각들이 쌓여 있고, 가장 결정적인 삶의 장면들은 다큐에 담기지 못한다. 사실 율은 「밤이여, 나뉘어라」의 P가 구현한 숭고에 가장 가까이 간 사람이다. 그는 완고한 예술성의 욕망을 가지고, 세계의 진행에 자신의 의지로 맞서려고 했다. 평정심과 냉정함을 갖춘 신 앞에서, 그는 타협 없이 자신의 파토스를 밀고 나가 패배해버렸다. 그런데 이 패배 앞에서 정미경은 이전과 달리 백야나 〈절규〉로 가득찬 방의 이미지로 아우라를 드리워주지 않는다. 대신에 다큐멘터리를 처음 찍는 아마추어에 불과한 이경의 깨달음에 손을 들어준다. 우리 인간은 자신이 하는 일이 무엇인지 모른다고, 그런 인간이 만들어내는 예술은 완벽해질 수 없다고, 완벽한 것은 예술이 아니라 삶이라고. 자본주의에 포섭될 수밖에 없는 예술의 조건을 복잡한 심경으로 관찰하고(『이상한 슬픔의 원더랜드』), 비인간적인 몰락의 생에서 예술적 숭고를 발견하던(「밤이여, 나뉘어라」) 정미경은 마지막 장편을 통해 예술이 아니라 삶을 향해 뜨거운 찬사를 보낸다. 그렇게 그의 소설세계는 삶에 한층 더 깊이 들어섰다.

4. 비로소 도달한 어둠

마지막으로 그가 남긴 가장 아름다운 소설들에 대해 말하고 싶다. 여러 번 다시 보아도 여전히 아름답다고 느껴지는 그 소설들은 「남쪽

절」과 「타인의 삶」(『프랑스식 세탁소』)이다. 이 둘을 어둠 연작이라고 묶을 수 있을까. 이 소설들에는 어떤 경지에 이른 듯한 담백한 기운이 있다.

「남쪽 절」은 독립출판사를 운영하는 남자인 김이 베스트셀러가 될 가능성이 높은 저자 백과의 계약을 따내기 위해, 택시를 잡아타고 달려가는 장면에서 시작된다. 변덕스러운 백이 마음을 바꾸기 전에 도착하려 김은 택시 운전사를 재촉하고, 그들은 그렇게 큰길을 벗어나 재개발 공사 현장을 위태롭게 지나게 된다. 작가는 주인공에게 우연히 용산 참사의 현장을 목격하게 만듦으로써 그 끔찍한 사건과 착잡한 심경을 구구절절하게 전달하는 방식을 피한다. 금전 사정이 어려운 독립출판사를 계속 운영하기 위해서, 아내의 힐난 속에서도 여러 치사스러움에 눈감고 어떻게든 백의 계약을 따내야만 하는 김의 절박함에 초점을 맞추는 것이다. 김이 걸어서 다시 그 참사 현장을 둘러볼 때, 그는 그 사건의 부당함에 분개하거나 연민하는 대신 자신의 처지를 생각한다. "소돔을 뒤돌아보던 롯의 아내가 그러했을까. ……같지 않을 것이다. 김은 더 절박했다." 정미경은 어설프게 온당한 도덕적 제스처를 취하지 않는다. 여기에서 참사의 무거움과 일상의 생존주의는 한 치의 양보도 없이 팽팽하게 맞선다. 그의 세계는 검은 불덩어리가 떨어지는 세계도 아니지만, 마냥 환하고 쾌적하기만 한 인공정원의 세계도 아니다. 그는 그 어둠과 빛 사이 어디쯤에 있다. 그곳에서 도피하지 않고 지금 참담한 사건이 벌어진 이곳에서, 그리고 먹고 살아야만 하는 절박함 역시 부인하지 않으면서 목격한 것을 넘어서는 일이란 가능할까.

이를 위해 작가는 세 번의 어둠을 마련해두었다. 사무실 바로 옆에 있는 미술관에는 암막으로 가려진 입구로 들어가 완전히 어두운 공간을 몸으로만 읽어내는 공간구조물이 설치되어 있다. 이 소설에서 아마도 가장 핵심이었을 질문은, 그 어둠 속에서 우리가 어떻게 자신을 이해할 수 있느냐일 것이다. 이 세 번의 어둠은 면밀하게 구성되어 있다. 첫번째 어둠 속에서 그는 아무것도 보지 못한다. 그곳은 자신이 속하지 않은 절대적 이질감의 세계다. 두번째 그곳에 들어간 그의 눈에 주춤주춤 나아가는 사람들의 뒷모습은 "개별성이 파악되지 않는" "마네킹"처럼 보인다. 세번째 관람인 이 마지막 어둠 속에서 "한 사람의 숨소리가 갑자기 도드라"지면서 흐느끼기 시작하고, "완고한 어둠이 미세하게 흔들린다". 전시장을 빠져나와 저만치 앞에서 걷는 여자의 뒷모습을 따라가던 그는 물감을 문지른 듯 흐릿하고 먼 여자의 얼굴을, 거기에서 흘러나오는 자신의 목소리를 듣는다. 어떻게 된 일인가. 어둠 속에서 흐느끼던 여자는 왜 빛의 세계로 나오자 김과 합쳐지는가. 무언가가 그를 건드렸고, 예술 속 완전한 어둠과 세속의 빛이, 흐느끼는 여자와 무감했던 김의 세계가 뒤섞이기 시작한다.

이 글의 2장에서 이 소설을 영혼을 판 파우스트 유형 속에 들어간다고 보았으나, 이 소설은 의미심장한 뒷부분을 남겨두고 있다. 예술 속 완전한 어둠의 세계에서 나와 버스를 타기 전 잠시 팸플릿에 실려 있는 설치물의 외부 사진을 본 그는 "그것이 부당하다고" 잠깐 느낀다. 무엇이 부당하다는 것인가. 그는 잠시지만 자신을 완전히 압도해버렸던 어떤 혼란스러운 어둠의 경험에 대해 부인하고 싶은 것일까. 그 어둠의 세계를 도무지 제대로 재현해내지 못하는 그 사진을 부정하고 싶은 것일까. 참사 현장에서 벌어진 일, 아니면 그 와중에도 자신은 계약을 따내기 위해 달려야만 했던 일이 부당하다는 것일까. 알 수 없다.

분명 그는 세 번의 어둠을 통해 아무것도 말하지 않고 드러내지도 않은 채 되돌아오는 어떤 울림과 마주하게 된 것 같다. 어둠을 보여주는 예술의 비의미와 함축된 무한성이 그에게 강요되고 있던 현실의 논리들을 잠시 정지시켰다고 해도 될까. 모든 것을 시각적으로 환원시켜 보여주고 빠르게 발언하는 시대에, 아무것도 드러내지 않고 말하지 않는 침묵의 어둠은 흐느낌을 이끌어낸다. 그리고 이는 무감각한 허무주의와 투쟁하기 시작한다. 하지만 부당하다는 김의 혼잣말은 불편한 쪽으로도 계속 미끄러진다. 예술이 우리를 해방시킬 수 있는 가능성 이상으로 먹고살아야 하는 문제는 힘이 세다. 어둠 속에서의 흔들림은 다시 관성처럼 제자리를 찾아가는 듯하다. 그럼에도 예술과 생존주의 사이에서 삶을 길항시키는 이 어둠은 한 개인의 울음을 홀로 두지 않겠다는 의지의 악력을 발휘한다.

그리하여 드디어 「타인의 삶」에 대해서 말할 준비가 된 것 같다. 이 소설에서 '현규'는 절로 들어가겠다며 머리를 깎고 나타난다. 대학병원 흉부외과의로 오만과 자부심으로 똘똘 뭉쳐 있고 그 오만에 합당한 실력까지 갖춘 그에게 무슨 일이 있었던 것일까. 이 극적인 선택을 설명할 극적인 장면을 만들 수도 있었을 것이다. 그런데 이 소설은 놀랍게도 그 선택을 극화시키는 대신 세 갈래로 갈라놓았다. 먼저 화자의 회상 속에서 벌어지는 첫 장면. 지난해 4월, 그는 화자의 집에 와서 밤벚꽃을 보러 나가자고 졸랐고, 그때 '나'는 기자로서 낙종한 피로감에 그 제안을 외면하고 있었다. 그런데 그때 텔레비전에서 산사에 사는 스님들의 일상을 보여주는 다큐멘터리가 흘러나온다. 잠시지만 현규는 아무런 말 없이 그 다큐멘터리에 완전히 몰입해 있었고,

'나'는 막연하게나마 뭔가 변했음을 직감했다.

두번째 장면에서 '나'는 마지막으로 절박하게 현규를 붙들어보고자 한다. 일부러 스테이크를 준비해 식사를 마치고 관계까지 가진 후, 납득할 수 있게 설명한다면 보내주겠다는 '나'의 말에 현규는 '그날'의 이야기를 시작한다. 꽃구경을 가자고 조르던 그날, 현규는 한 남자의 심장이식 수술을 집도했다. 수술은 무사히 끝났는데, 안정 상태에서 중환자실로 옮겨진 환자는 삼십 분 후에 혈압이 급격히 떨어지며 심장이 멈추어버렸다. 그리고 우연히 만나게 된 다큐멘터리 화면 속의 삶에서 그는 자신이 똑같이 살아내야 할 시간의 이면을 보았고, 저 풍경 속으로 걸어가기를 갈망하게 되었다.

세번째 장면은 반전처럼 던져진다. 현규의 이야기를 듣기 하루 전, '나'는 현규의 제일 친한 친구이자 동료인 '천'을 찾아갔다. 그리고 천은 현규가 극심한 통증의 진통제로 쓰이는 약을 몰래 사용해왔으며, 감사에 걸려서 사표를 낼 수밖에 없었음을 말해준다.

누군들 "고갱이 없이 삭아버리는 시간" 속에서 이 부대끼는 속세를 벗어나고 싶다는 욕망을 품어보지 않았을까. 처음에 화자는 세속과 무관한 종교가 얼마나 무의미한 진공적 유토피아일 수 있는지 들춰내며 싸운다. "서로 찌르고 상처받고, 집착하다 무심해지고, 깨지고 피 흘리고, 허공을 가르는 칼날로 가득찬 이곳에서 던지는 질문이 아니라면, 이곳에서 찾을 수 있는 답이 아니라면 도대체 그 질문 그 대답이란 얼마나 공허한 거니?" 꽃그늘 아래에서라면 누구나 너그러울 것이다. 하지만 욕망의 전초전을 겪으면서도 그렇게 살아갈 수 있을까. 그러니 속세를 버린다는 그 어떤 비장함도 사실은 가짜가 아닌가. 한 철학자는 이렇게 물었다. "추상에 의해 구원을 받아야 하는가 아니면 추상으로부터 도망쳐야 하는가? 어디에 구원이 있는가?"[13] 이 철학자는 종교에 관한 담론을 구원에 관한 담론으로부터, 온전하고 성스러운 것으로부터 분리해야만 우리가 이 문제를 제대로 사유할 수 있으리라고 믿었다.

우리는 삶에서 마주치는 사건들, 예컨대 우연히 보게 된 다큐멘터리나 예상치 못한 죽음 같은 것들을 신호로 받아들이고 거기에서 뭔가 깊고 중요하고 진실된 의미를 찾아내려고 한다. 그러나 이러한 우리의 해석들이 이미 특정한 정조를 통해 여과된 것이라면, 결국 우리는 최종적이고 궁극적인 진리에 도달할 수 없는 것이 아닐까. 「타인의 삶」은 모든 사물들의 존재 방식에 진리가 있다고 믿었던 화자가 그 믿음을 버리는 방향으로 쓰였다. 실존의 중요한 국면들은 궁극적인 하나의 진리를 통해 작동되지 않는다. 약혼자인 현규가 결단에 이르게 된 것이 운명 같은 다큐멘터리와의 마주침 때문인지, 죽음에 대한 실존적 충격 때문인지, 약물중독에 걸린 자기 자신을 기만하려는 노력인지, 그 세 가능성 중에 어떤 것일지는 영원히 알 수 없으리라는 것이 그녀가 도달한 결론이다. 모든 행위의 원인이 확정된다면 좋겠지만, 확정되는 순간 그것은 이해와 멀어질 것이며 진실일 수도 없을 것이다. 인간의 내면이 복잡한 그만큼, 진실은 끝내 투명할 수 없다. 앞에서 추상과 구원의 관계에 대해서 고민했던 그 철학자는 이렇게 정리한다. "신앙과 지식. 안다고 믿는 것과 믿을 줄 아는 것 사이에서의 양자택일은 놀이가 아니다."[14] 믿는 자의 신성함과 아는 자의 합리성

13) 자크 데리다, 『신앙과 지식』, 신정아·최용호 옮김, 아카넷, 2016, 71쪽.

14) 같은 책, 147쪽.

은 따로 존재하는 것이 아닐 것이다. 이 둘은 원천에서 분열된 채 자가면역적 관계를 맺으며 함께 간다. 어떤 믿음도 신성을 위험에 빠뜨릴 수 있는 회의 없이 성립할 수 없는 것처럼, 신앙과 지식은 한계 안의 한계에 머물러 이중의 관계 맺음을 갖는다. 그러니 현상 이면에 숨겨진 진리가 따로 있는 것이 아니라, 표면에 보여지는 현상 자체가 이미 진리일 수도 있을 것이다. 정미경은 이 소설을 통해 세계에서 신의 얼굴을 지우려고 했던 것 같다. 그것은 세계 안에 숨겨진 진리를 더 이상 찾지 않는 모습으로 드러난다. 마지막 장면에서 화자는 어둠 속에 잠겨, 무성한 이파리만이 검게 보이는 버찌나무 아래 떠나가는 남자를 보며 서 있다. 이 장면에는 상황 이면의 진리를 찾지 않고 표면에 머무르려는 힘이 있다. 어둠을 떠나 빛의 세계에 진리가 따로 존재하는 것이 아니라, 지금 놓여 있는 어둠 자체가 진리다. 타인의 삶이기에 어두운 것이 아니라, 삶이 본래 어둠과 분별되지 않는 어떤 것일 터이다. 그렇게 작가는 속세를 떠난다는 손쉬운 '초월'의 관념에 맞서며 막막한 어둠을 받아들인다.

블랑쇼는 오르페우스가 에우리디케를 향해 내려갔다면, 예술은 밤이 스스로를 개방하도록 하는 권능이라고 말했다. 신은 빛을 선물하지만, 인간은 기어코 어둠에 도달한다. 빛에 머물러 있지 않으려는 이상한 반동으로, 인간은 치열하게 욕망하며 몰락해간다. 이것이 인간의 어리석음일지도 모르지만, 실은 이것이야말로 인간의 가능성일 것이다. '자본이라는 종교'에 대한 탐색에서 소설쓰기를 시작한 정미경은 인간의 욕망을 누구보다도 잘 알고 있었기에, 종교적인 초월과 구원이 아니라 문학적인 몰락과 절망으로만 인간을 제대로 설명할 수 있다고 믿었다. 우아한 찬송가가 아니라 경박한 트로트에, 신을 향한 기도가 아니라 신에 대한 내기에 인간의 본질이 있음을 잊지 않았다. 정미경이 우리 시대의 속물성을 가장 잘 드러낸 작가라면, 그것은 멈출 줄 모르는 인간의 오만함이 아니라 인간이 가닿은 어둠의 막막함과 가능성을 가장 열렬한 경외를 담아 바라봤기 때문일 것이다. "밤이여, 나뉘어라"라는 그의 주문이 오르페우스의 뒤늦은 탄식처럼, 구할 수 없는 인간을 향해 무너지듯 쏟아내는 기도였음을 이제야 깨닫는다.

5. 어떠한 날씨도 이 거리를 바꾸지 못하리

정미경이라는 한 작가를 떠나보내는 것이 나에게만 비단 쓸쓸하고 어지러웠던 것은 아닐 것이다. 그는 언젠가 미시마 유키오의 소설에 대한 산문에서 소설 쓰는 일을 칼을 쓰는 것으로 묘사한 적이 있었다. "일상과 영혼을 단 한 번의 휘두름으로 베어낼 수 있는 칼. 처음엔 선명한 단면을 보여주고 다음엔 그 독특하고 유일무이한 냄새를, 마침내 과즙 대신 방울져 나오는 피를 맛볼 수 있게 해주는 칼." 소설가라면 영원한 젊음보다는 이런 칼과 자신의 영혼을 바꾸자는 유혹에 넘어갈지도 모른다는 말에서, 정미경이라는 작가에게 소설이란 참으로 서늘한 것이구나 하는 생각을 했었다.

돌아보면 정미경 소설을 읽으면서 도발적이거나 난해한 미학을 발견하고 놀랐던 적은 없었던 것 같다. 그러나 발표하는 작품들을 따라 읽으면서 그 소설적 완성도에 실망한 적은 단 한 번도 없었다. 그는 이전에 자신의 소설에서 썼던 비슷한 소재를 반복하는 법이 없었고, 직장생활에 관한 묘사들에서는 집요한 조사의 공력이 느껴졌으며, 복합적인 인간의 심리를 따라가는 문제에 있어서라면 매번 갱신되는 통찰력을 보여주었다. 자신의 소설에 좀처럼 도취되는 일이 드문 듯했던 정미경은 언제나 소설이라는 칼을 스스로도 베일 만큼 날카롭게 벼렸던 듯하다. 그의 소설집은 묶여 나올 때마다 이전보다 한 단계씩 격상되는 게 느껴졌다. 타협하지 않고 오래 견딘 이들의 작품에서만 느껴지는 어떤 격조가 있었다.

그가 연재했지만 아직 책으로 묶지 않고 있었던 장편 『가수는 입을 다무네』는 기형도의 시로부터 제목을 빌려온 것이다. 그 시를 찾아 읽는데 마지막 연이 자꾸만 눈에 걸렸다. 홀로 가랑비와 인파 속을 걷고 있는 검은 외투를 입은 중년 사내, 너무 먼 거리여서 표정을 알 수 없는 그 사내가 죽음과 너무 가까워 보였기 때문이다. "어떠한 날씨도 이 거리를 바꾸지 못하리"라는 구절은 어떠한 글도 이 죽음의 거리를 넘지 못하리라는 말처럼 읽혔다. 다 사후적인 감상일 뿐일까.

죽음의 뒤편에서 우리는 생의 의지대로 계속 살아나가겠지만, 삶이 난감하게 느껴질 때면 자기 연민에 지지 않고 계속 읽고 썼던 정미경이란 작가를 떠올릴 것이다. 그는 세상의 속물성과 잔인한 타자성을 끊임없이 대면하면서도 안온한 냉소에 머물지 않았고, 예술과 생의 괴리 속에서도 삶에 제각기 다르게 주어진 어둠의 채도들을 분별해내려고 했다. 위반과 파격이 일어날 때에도, 결국 그 위반은 전범典範을 염두에 둔 채 일어난다. 정미경은 그 전범 중 하나를 만들었다. 한국 단편소설의 독자적인 구성과 미학을 이루기 위해서, 또 그걸 넘어서기 위해서 수많은 손들이 그의 소설들을 다시 찾고 붙들며 갈 수밖에 없을 것이다. 너무 이르게 떠나갔지만 우리 시대의 중요한 작가로 남을 정미경을 위해, 그의 소설 「발칸의 장미를 내게 주었네」의 마지막에 흐르던 노래 가사를 옮겨놓는다. 그러나 헤어지기에 이토록 아름다운 순간이라는 말은 다 거짓일 것이다.

"여름의 끝이 이토록 아름다웠던 적은 없었네.
헤어지기에 이토록 아름다운 순간은 없었네."

(2017)

당신은 빚지고 있습니까

—〈오징어 게임〉과 〈더 체어〉를 겹쳐 읽으며

부동산 시장의 폭등, 주식과 비트코인 투자 열풍 속에서 우리 모두 어느 정도는 생존 게임의 플레이어로 전락한 것 같다. 운좋게 급등하는 그래프에 편승해 희열에 젖은 사람도 있겠지만, 사회 전반에는 불안과 공포가 더 짙게 깔리는 중이다. 작년 영화 〈기생충〉에서 시작해 올해 드라마 〈오징어 게임〉과 〈지옥〉에 이르기까지 전 세계적 열광을 받는 한국 콘텐츠들을 보면 사야크 발렌시아가 '고어gore 자본주의'라고 명명한 현상이 고스란히 투영되어 있다. 고어 영화에서 무차별한 시신 훼손과 내장 전시 행위가 벌어지듯, 제3세계에서 제1세계에 다가가거나 맞서기 위해 자본을 축적하는 많은 방식이 적나라한 유혈 사태를 동반하는 극도의 폭력성을 띠기 시작했다는 것이 이 학자의 진단이다. 그는 "죽음이야말로 가장 수익성 높은 사업으로 등극"[1]했다고 말한다. 서바이벌 게임 형식의 예능이 대중화되고 이에

1) 사야크 발렌시아, 『고어 자본주의』, 최이슬기 옮김, 워크룸프레스, 2021, 18쪽.

대해 신자유주의 사회에서 유순한 신체가 발명되는 방식이라는 진단이 내려진 지도 벌써 십여 년이 지났다. 그사이에 진화한 K-서바이벌 엔터테인먼트들에는 신성함을 박탈당한 채 훼손된 신체 더미가 얹어졌으며, 이에 대한 서구권의 열광에는 경제적 중심부인 제1세계의 충격파를 가능한 한 멀리 떨어진 시공간에서 관망하고 싶어하는 관음증적 욕망이 흐른다.

〈오징어 게임〉, 박탈된 자율성의 기묘한 쾌감

비단 잔혹성의 정도만이 아니라, 무언가 더 결정적인 게 바뀌었다는 생각이 든다. 그간 생존 게임에서 가장 강력하게 작동했던 것은 불안의 동학이었다. 그런데 〈오징어 게임〉에서 미지의 생존 게임이 촉발하는 도태나 낙오의 불안은 이상하게도 크지 않다. 물론 〈오징어 게임〉은 평범한 노동과 성실함으로는 탈출 불가능한 경제적 수렁에 갇힌 개인들이 자신의 목숨을 판돈으로 걸고 게임을 시작하기에 당연히 긴장도가 높은 서사다. 하지만 일상의 세부가 삭제된 인공적인 세트장에서 벌어지는 경쟁은 사실상 경쟁이라 보기 어렵다. 참가자들의 어떤 재능이나 노력도 개입할 틈새가 없기 때문이다. 징검다리 게임에서 유리공工이 빛과 소리로 강화유리를 구별해내자 그가 실력을 발휘할 수 없도록 바로 조명이 차단된 것처럼, 체제의 합리성이나 개인의 역량과는 전혀 무관한 우연의 결과만이 용인되는 방식으로 게임은 신속히 진행된다. 부정한 권력과 결탁하거나 운이 좋은 이들이 게임에서 살아남는 동안, 도태나 낙오의 결과는 간단히 죽음으로 귀결된다. 일반적인 서바이벌에서 생존 가능성과 지속적인 불안이 역동적으로 참가자의 안간힘을 이끌어낸다면, 〈오징어 게임〉에서 보다 압도적인 것은 포식자에게 잡힌 초식동물이 죽음을 받아들이는 것 같은 지극히 무기력하고 단순한 공포감이다. 게다가 제한된 인원 안에서 죽음이 늘어날수록 지켜보는 관객들은 결말에 더 가까이 가고 있다는 안도감마저 느끼게 된다. 그렇게 어린 시절의 추억이자 자기 충족적인 행위였던 놀이들은 모두 시스템에 흡수되고 소멸된다.

여기 들어온 이들에게 시스템의 바깥은 없다. 철저히 고립된 섬에 설계된 세트장에서 게임이 시작되면, 이를 그만둘 수 있는 선택지는 사실상 부재한다(물론 도입부에서 게임을 중지시키려는 사람들의 시도가 성공하지만, 표가 동수同數인 상황에서 결정적인 선택을 한 자가 게임의 주최자 오일남이었음을 상기해야 한다. 그는 그곳에 모인 사람들이 목숨을 거는 게임으로 다시 돌아올 수밖에 없는 절박한 상황에 처했음을 가장 잘 아는 이다). 서사의 후반부에 등장해 조롱 섞인 태도로 게임을 관람하는 VIP들의 존재는 시청자들마저 게임에 참여한 이들을 경주마와 등치시켜 바라보게 만든다. 이 시스템을 파헤치려는 경찰이 등장해 분투하기는 하지만, 그는 서사에서 어떤 구심력도 얻지 못하고 검은 가면의 정체를 밝히는 정도의 역할만 한 채 긴장감 없이 퇴장하고 만다. 정해진 수순처럼 참가자 456명 중 455명이 차례대로 죽고 주인공 '성기훈'만이 살아남아 456억이라는 상금과 함께 폐인이 된 채 돌아오는 결말에서, 서사는 경쟁을 뚫고 생존한 주인공에게 어떤 승리의 쾌감도 선사하지 않는다. 그렇기에 이런 질문이 남는다. 이 서사가 주는 기묘한 쾌감의 중추에 있는 것은 모든 게임 참가자가 자율성을 박탈당한 바로 이 상태가 아닌가? 철두철미하게 제도에 포박된 상태, 자신의 삶을 주체적으로 추구해나갈 여지 없이 무차별하게 죽음으로 내몰리는 상황의 동등함이 차라리 평범한 안정을 위해 더이상 분투하지 않아도 된다는 안정을 주고 있는 것은 아닌가?

누군가는 그래도 주인공 성기훈이 승리하는 이유가 약자에게 연민을 갖는 미덕이 있었기 때문이 아닌지 물을 것이다. 그래서 많은 이들에게 감동적인 에피소드로 꼽히는 6화 '깐부'에 대해 말할 필요를 느낀다. 2인 1조로 진행되는 네번째 게임에서 성기훈은 늙고 쇠약한 '오일남'이 누구와도 짝을 짓지 못해 게임에서 자동 탈락되는 것을 막기 위해 여러 불리함을 감수하고 그와 짝을 맺는다. 그런데 곧 공개된 게임은 짝과 시합을 벌여 상대의 구슬 열 개를 모두 따내는 사람이 승리하는 데스 매치다. 성기훈은 어쩔 수 없이 치매 증상을 보이는 오일남을 속이며 구슬을 따내는데, 마지막 구슬 하나가 남았을 때 오일남은 성기훈이 자신을 속여왔음을 알지만 그간 자신을 위해준 것에 감사를 표하며 구슬을 넘겨주고 자발적으로 죽음을 선택한다. 그래서 '지영'과 '새벽'의 에피소드를 비롯해 6화의 게임은 우연성을 따라 죽음의 스펙터클이 난무하는 게임들 중 유일하게 호의가 보상으로 돌아오는 개연적인 결말을 가진 듯 보인다. 성훈과 새벽은 그간 쌓여온 호의와 신뢰를 통해 얻은 '우정'의 결과로서 살아남는 것이다.

그러나 서사의 마지막에서 우리는 살아 있는 오일남을 본다. 게임 전체를 주관한 그는 유사 신神의 자리에 있다. 그리고 우리가 알게 되는 것은 서사의 가장 극적인 공감과 연민의 순간까지도 철저하게 연출된 결과라는 사실이다. 〈오징어 게임〉은 어떤 호의와 연대도 일종의 거래처럼 개인적 이득으로 돌아오는 것을 보여준다. 이 닫힌 구조에서 개인의 선의는 결코 제도의 악을 넘어서지 못한다. 다른 게임의 추상적인 세트장과 다르게, 6화가 오래된 골목길을 배경으로 하며 노스탤지어를 자극한다는 사실은 의미심장하다. 이미 2000년대 초반부터 골목길 풍경이 아련한 그리움의 대상으로 소비되어온 맥락을 분석한 김홍중은 미적 가상의 골목길 풍경 속에서 주체는 "자신의 불확실한 주체성을 고정시킬 정박점을 확보"할 수 있지만, 이 안에는 "신자유주의적 삶의 원초적 상처들이 분비하는 불안의 감정"[2]이 숨겨져 있음을 지적했다. 드라마는 유일하게 골목길의 풍경에 도취된 채 돌아다니는 오일남의 얼굴을 자주 클로즈업한다. 이 유년의 풍경 속 노스탤지어에 기반해 자신의 주체성을 고정시킬 정박점을 확보하는 건 오직 게임의 주최자인 오일남뿐이다. 그러나 이곳이 어떤 입체성이나 깊이도 없는 평면적인 세트장이라는 사실을 알고 있는 주인공 성기훈은 곧 그 환각이 깨질 것 같은 초조 속에서 그의 얼굴을 본다. 그에게는 불안을 숨길 골목길의 풍경도, 공감과 연민을 연출할 여력도 허용되지 않는다. 오일남의 정체를 알게 된 마지막 순간까지 성기훈은 오일남의 얄팍한 전략으로 고안된 내기에 끌려다닐 뿐이다.

〈오징어 게임〉은 구조의 강력함에 복속되길 꿈꾸는 서사다. 이 드라마는 인간은 고작 자본주의의 부속품에 불과하며, 어떤 개인의 감응이나 도덕적 선택도 이를 넘어설 수 없다고 말해준다. 많은 이들이 이 드라마 속 자율성이 박탈된 상태에 차라리 안정과 쾌감을 느낄 때, 이 구조적 모순의 실체를 비판적으로 응시하는 것은 가능할까? 아니, 456억이라는 상금을 뚫고 이를 응시하길 원할까? 타인에게 윤리적인 책무를 느끼는 인물이 등장하거나, 나아가 소수자의 주체성을 부각하는 미학적 장치를 지닌 여러 서사들은 여전히 유효할까?

---

2) 김홍중, 『사회학적 파상력』, 문학동네, 2016, 141쪽.

〈더 체어〉, 정치적 올바름이 문제가 될 때

〈더 체어〉는 주인공 '김지윤'이 펨브로크대학 영문학과의 역대 첫 유색인종 여성 학과장이 되면서 시작된다. 하지만 그가 학과장 사무실에 처음 들어와 앉자마자 부서지는 의자처럼, 처한 상황은 만만치 않다. 학과는 수강 인원이 30퍼센트 이상 하락하면서 예산을 절감해야 하는 심각한 위기에 처해 있다. 학장은 지윤을 불러다놓고 연봉은 상위권이지만 수강 인원은 하위권에 속하는 종신 교수들의 리스트를 주며, 이들을 조기 퇴직시킬 것을 노골적으로 주문한다. 전전긍긍하며 학생들의 강의 평가에 보다 신경써달라고 요청하는 지윤의 말에 늙은 백인 교수들은 위풍당당하게 말한다. "난 소비자 입맛에 맞추는 사람이 아니야."

이들의 반대편에 시대에 맞춰 작품을 새로 읽어야 한다는 사실을 이해하고, 교수자의 일방적인 내용 전달이 아닌 토론을 통해 자유분방하게 수업을 이끌어나가는 삼십대의 뛰어난 흑인 여교수 '야즈'가 있다. 지윤은 폐강 위기에 놓인 노교수 '엘리엇'의 수강 인원 문제를 해결하기 위해 그에게 종신 임용 심사를 받아야 하는 야즈를 설득해 두 수업을 통합시키는데, 엘리엇은 야즈를 숫제 조교 취급하며 자신의 고루한 수업 방식을 고수한다. 이렇게 이 드라마는 한때 지식의 요람이었지만 이제 거대하고 쓸모없는 상아탑으로 전락한 인문대가 처한 위기를 늙은 백인 종신 교수들로 상징화하고, 낡은 이데올로기와 고루한 이미지를 탈피하며 문제를 해결해나가는 반대편 자리에 능력 있는 젊은 유색인 여성 교수들을 배치하고 있다. 하지만 여기에는 다양한 인종과 여성에게 열려 있는 젊은 학과로 이미지 변신을 하기 위해 여성주의와 인종주의까지도 유연하게 이용하고 누구든 포섭하는 신자유주의의 그림자가 어른거린다. 지윤 역시 자신이 유리 절벽에서 학과의 온갖 난망한 일들을 처리하기 위해 승격된 여성 리더라는 사실을 명확히 인지하고 있다. "내가 맡은 게 영문학과가 아니라 째깍거리는 시한폭탄 같아. 저들은 여자가 들고 있을 때 폭발하길 바라겠지."

그런데 정작 영문학과에 문제적인 돌풍을 일으키는 것은 잘생기고 학생들에게 인기도 많은 백인 남자 교수 '빌 돕슨'이다. 일 년 전 아내가 죽은 뒤부터 늘 취한 채로 난동을 부리고 수업 준비에 불성실했던 그는, 수업에서 파시즘과 부조리를 연결해 설명하다가 경박하게도 나치 경례 포즈를 취하며 괴상한 농담을 한다. 빌의 나치 경례 동영상 장면은 인터넷에 퍼지고, 대학가를 횡행하는 네오나치즘에 예민한 학생들은 "히틀러 교수를 해고하라"며 시위에 나선다. 이 사태의 심각성을 이해하지 못한 빌은 학교의 인사과 직원이 작성해준 사과문을 거부한 채 공개 토론회를 열지만, 제대로 된 사과 없이 변명만을 늘어놓는 빌의 태도에 격양된 학생들이 때마침 기부 행사에 참여하기 위해 그 자리에 도착한 학장과 경찰을 보고 자신들을 제지하려는 것으로 오해하면서 일은 더욱 커지고 만다. 그런 가운데 빌의 조교 '라일라'에게 언론에 발언을 조심하라고 했던 지윤의 말이 억압적인 함구령으로 기사화되면서, 어떻게든 빌의 무해한 의도를 옹호하며 문제를 수습해보려고 했던 지윤마저도 위기에 처하게 된다.

흥미롭게도 이 드라마가 전개되는 동안 서사의 안타고니스트antagonist는 신자유주의 정책으로 노교수들을 내보내려는 학교에서 '정치적 올바름'을 주창하는 학생들의 무리로 이동한다. 네오나치즘을 경계하는 학생들의 민감성은 지극히 온당함에도 불구하고, 편집 영상의 특성상 수업의 전체 맥락이 누락되면서 빌은 자신의 잘못보다 지나치게 비난받는 것처럼 그려진다. 게다가 서사는 문제 발발 후 빌의 수업 설명이 지닌 낙후성에 대해 더 깊이 조명하는 대신, 정직 처분을 받은 그가 지윤의 입양 딸 '주주'의 좋은 보육자가 되는 모습을 보여준다. 아내를 잃고 딸을 먼 대학으로 떠나보낸 빌이 보여주는 애처가이자 훌륭한 아버지로서의 면모는 그가 저지른 공적인 실책을 많은 부분 손쉽게 면죄해준다. 교수와 조교 사이의 억압적인 위계 관계를 염두에 두었을 학보사 기자의 사명감 역시 충분히 고려되어야 함에도, 관객에게 보여지는 것은 악의 없이 가볍게 던진 말이 오인됨으로써 지윤이 겪어야 하는 고통과 고단함이다. 이후에도 백인 우월주의의 보루인 대학이 소수 인종 몇으로 구색 맞추기를 한다는 학생들의 지속적인 비난은 지나치게 공격적으로 비쳐진다. 그런데 서사의 설정을 들여다보면 이런 편향성은 필연적인 귀결이다. 이 드라마는 교수들은 개인으로 밀착해 다루지만, 학생들은 '집단으로서의 존재'로 멀리서 바라볼 뿐이기 때문이다. 범주로 묶이는 순간 실체를 구체적으로 상상해보는 일은 일어나지 않고, 드라마 속 학생들은 절대적인 타자로 남는다. 더이상 '백인 남성'을 기준으로 삼을 수 없게 된 대학에서 어떤 방식으로 교육이 이루어져야 하는지에 대한 생산적인 고민으로 향할 수도 있었던 논의의 구도는 결국 개개인의 사유를 규제하려 드는 정치적인 올바름에 모든 원인을 돌리고 만다. 분명 서사의 시작점에는 인문학의 효용을 단순한 수치로 폄하하는 신자유주의적 학교 정책이 있었음에도 그 문제는 어느새 증발해 있다. 오늘날 정치적 올바름을 적으로 규정하는 이들은 누구인가. 그들은 냉혹한 구조 앞에서 공격하기 쉬운 적을 찾아내고 있는 것은 아닌가. 보편의 자리를 끊임없이 상정하고, 누릴 수 있는 몫이 한정되어 있다고 믿기에 누군가를 불편하게 바라보기 시작한 것은 아닌가.

오늘날 어떤 서사가 살아남고 있으며, 문학이 지켜내는 '가치'를 살피는 것은 문학비평이 해온 오래된 일이다. 하지만 하다스 바이스는 가치는 "무기력한 자유를 반영한다는 점에서, 의무감이나 개인적 미덕과는 다른 종류의 도덕"일 수 있다고 일갈한 바 있다. 실현의 의무를 지지 않은 채 그저 가치를 취하거나 버리는 선택의 자유를 통해서 우리가 "매우 소극적인 상태"에 머물면서 "고귀하고 비물질적인 이상을 추구하면서, 실용주의를 초월하고 있는" 듯한 착각을 통해 구조의 경직성을 받아들이게 만든다는 것이다.[3] 이런 맥락에서 보면 문학비평에는 또다른 의무가 부여되는데, 그것은 도덕적 가치들의 거름망이 되어 가치의 하락 자체를 지연시키는 것이다. 이해타산적 세계에서 생존을 목적에 두는 순간 공고한 구조 속으로 가치들은 쉽게 삼켜진다. 그러나 대타항으로 익숙한 도덕적 가치들을 내세우는 순간 그것은 알량한 정의감과 함께 추락하곤 한다. 자신의 쾌와 고통에 몰두하는 대신 이를 더 큰 맥락에서 보는 것, 구조를 해부해서 들여다보고 무너뜨리고 재구성하는 시선이야말로 지금 우리에게 필요한 무엇이다. 이때 흘러나오는 가치들은 제각각으로 빛나겠지만, 유폐적인 자아를 넘어서는 이 힘 아래에는 분명 세상에 '빚진 상태'라는 인식이 있을 것이다. 세상이 내게 빚지고 있는 일확천금이 어딘가에서 기다리고 있다고 상상하는 대신, 나의 몫을 사회적 소수자가 부당하게 차지했으므로 그들이 빚을 진 것이라는 착시에 빠지는 대신, 내가 세상에 지고 있는 빚이 무엇인지 생각하는 서사는 불편한 차이들을 경유해 삶

3) 하다스 바이스, 『중산층은 없다』, 문혜림·고민지 옮김, 산지니, 2021, 189~192쪽.

을 움직이는 힘을 길어올릴 수 있다. 캐시 박 홍은 이렇게 말했다. "윤리적인 삶을 산다는 것은 곧 역사에 책임지는 것을 의미하므로, 나는 세상이 자기에게 빚지고 있다고 여기는 부류의 백인 남자가 되느니 차라리 빚을 지겠다."[4] 이 빚진 자들만이 폭압적인 시스템 아래에서 자신의 자율성을 끝까지 지키며, 또 낡은 이데올로기를 벗어나 변화하는 사회를 편견 없이 새로 살아낼 것이다. 그러니 조심스럽게 물어본다. 당신은 세상에 빚지고 있습니까?

(2021)

4) 캐시 박 홍, 『마이너 필링스』, 노시내 옮김, 마티, 2021, 266쪽.

| 발표 지면 |

1부 번뜩이는 천 개의 눈

이 밤이 영원히 밤일 수는 없을 것이다 『문학동네』 2016년 겨울호(「"내가 복수해줄게 파이팅!"」(『문학동네』 2016년 가을호)을 더하여 개고)

광장에서 폭발하는 지성과 명랑—2017년 촛불혁명 이후, 미투 운동이 시작되는 광장에서 『현대문학』 2018년 4월호

관조가 아닌, 연루됨을 위해—미투-위드유 『21세기문학』 2018년 여름호

2000년대 여성 소설 비평의 신성화와 세속화—배수아와 정이현을 중심으로 『대중서사연구』 24권 2호(대중서사학회, 2018)

경계 위에서—1990년대를 이어가는 여성 문학의 자리 『크릿터 1호』(민음사, 2019)

찢어진 광장이라고 쓸 때—윤이형의 『작은마음동호회』 『자음과모음』 2019년 겨울호

분노의 정동, 복수의 정치학—세월호와 미투 운동 이후의 문학은 어떻게 만나는가 『현대비평』 2019년 창간호

2부 불협화음으로 춤추는 여성들

투명한 밤과 미친 여자들의 그림자—여성 스릴러의 가능성 『문학동네』 2020년 봄호

영원한 샤먼의 노래—배수아의 『뱀과 물』 배수아 소설 『뱀과 물』(문학동네, 2017)

처음에는 오필리아로, 다음에는 세이렌으로—강화길의 「호수—다른 사람」 『2017 제8회 젊은작가상 수상작품집』(임현 외, 문학동네, 2017)

잔존의 파토스—김금희의 『너무 한낮의 연애』 김금희 소설 『너무 한낮의 연애』(문학동네, 2016)

끝내 울음을 참는 자의 윤리—최은영의 『내게 무해한 사람』 최은영 소설 『내게 무해한 사람』(문학동네, 2018)

키클롭스의 외눈과 불협화음의 형식—박민정의 『아내들의 학교』 박민정 소설 『아내들의 학교』(문학동네, 2017)

파열하며 새겨지는 사랑의 탄성—최은미의 『눈으로 만든 사람』 최은미 소설 『눈으로 만든 사람』(문학동네, 2021)

3부 광장을 산책하는 언어

극복되지 않는 몸—퀴어링과 크리핑이 교차하는 자리에서 『문학동네』 2021년 여름호

멜랑콜리 퀴어 지리학—박상영의 『대도시의 사랑법』 박상영 연작소설 『대도시의 사랑법』(창비, 2019)

세상의 모든 존재들에게, 우산을—황정은의 『디디의 우산』 황정은 연작소설 『디디의 우산』(창비, 2019)

두 번의 농담과 경이로운 미래—김지연의 『마음에 없는 소리』 김지연 소설 『마음에 없는 소리』(문학동네, 2022)

풍경-아카이브를 걷는 사람—김봉곤의 『시절과 기분』 김봉곤 소설 『시절과 기분』(창비, 2020)

동시대성을 재감각하기 『자음과모음』 2020년 겨울호

4부 환상의 불꽃놀이

환상이 사라진 자리에서 동물성을 가진 '식물-되기'—한강의 『채식주의자』 2008년 조선일보 신춘문예 당선작

빛을 향해 가는 식물의 춤—한강의 『내 여자의 열매』 한강 소설 『내 여자의 열매』(문학과지성사, 2018)

구멍 뚫린 신체와 세계의 비밀—신유물론과 길항하는 소설 독해 『문학동네』 2022년 봄호

달의 뒷면, 이형異形의 윤리—윤이형론 『문학동네』 2016년 여름호

진화하는 야만이 그대를 부른다—황정은의 『야만적인 앨리스씨』 프레시안, 2014. 1. 10.(발표 당시 제목은 '가차없는 야만의 '씨발됨', 당신이 응답할 차례')

낭만적 거짓과 잉여적 진실—윤고은의 『알로하』 윤고은 소설 『알로하』(창비, 2014)

빛을 선물한 신, 인간이 도달한 어둠—정미경론 『문학동네』 2017년 여름호

당신은 빚지고 있습니까—〈오징어 게임〉과 〈더 체어〉를 겹쳐 읽으며 『문학동네』 2021년 겨울호

문학동네 평론집
파토스의 그림자

초판 인쇄 2022년 10월 17일
초판 발행 2022년 10월 26일

지은이 강지희
책임편집 김봉곤
디자인 백주영
마케팅 정민호 이숙재 박치우 한민아 이민경 안남영 왕지경 김수현 정경주
브랜딩 함유지 함근아 김희숙 고보미 박민재 박진희 정승민
제작 강신은 김동욱 임현식 | 제작처 천광인쇄사

펴낸곳 (주)문학동네 | 펴낸이 김소영
출판등록 1993년 10월 22일 제2003-000045호
주소 10881 경기도 파주시 회동길 210
전자우편 editor@munhak.com
대표전화 031) 955-8888 | 팩스 031) 955-8855
문의전화 031) 955-3578(마케팅) 031) 955-2660(편집)
문학동네카페 http://cafe.naver.com/mhdn
인스타그램 @munhakdongne 트위터 @munhakdongne
북클럽문학동네 http://bookclubmunhak.com

ISBN 978-89-546-8925-0 03810

• 이 책은 서울문화재단 '2018년 첫 책 발간 지원사업'의 지원을 받아 발간되었습니다.

잘못된 책은 구입하신 서점에서 교환해드립니다.
기타 교환 문의: 031-955-2661, 3580

www.munhak.com